Im Glanz der roten Sonne

Elizabeth Haran

Im Glanz der roten Sonne

Roman

Aus dem Englischen von Monika Ohletz

Weltbild

Die englische Originalausgabe erschien unter dem Titel
Sunset over Eden.

Besuchen Sie uns im Internet:
www.weltbild.de

Lizenzausgabe mit Genehmigung der
Verlagsgruppe Lübbe GmbH & Co. KG, Bergisch Gladbach
für Verlagsgruppe Weltbild GmbH, Steinerne Furt, 86167 Augsburg
Copyright der Originalausgabe © 2002 by Elizabeth Haran
Copyright der deutschsprachigen Ausgabe © 2003 by
Verlagsgruppe Lübbe GmbH & Co. KG, Bergisch Gladbach
Übersetzung: Monika Ohletz
Umschlaggestaltung: das buero, Düsseldorf
Umschlagmotiv: Clemens Kerkhoff
Gesamtherstellung: GGP Media GmbH,
Karl-Marx-Straße 24, 07381 Pößneck
Printed in Germany
ISBN 3-8289-7358-2

2006 2005 2004 2003
Die letzte Jahreszahl gibt die aktuelle Lizenzausgabe an.

PROLOG

Im Norden von Queensland, 1893

Im Schutz der überhängenden Tischdecke kauerte der sechzehnjährige Jordan Hale unter dem Esstisch, wie er es zum letzten Mal als kleiner Junge getan hatte. Hilflos musste er mit ansehen, wie sein stolzer, unbeugsamer Vater vor seinen Augen zu einem gebrochenen Mann wurde.

Patrick Hale trank den hochprozentigen Rum direkt aus dem Krug. Immer wieder setzte er ihn ab, barg den Kopf in den Händen und stöhnte verzweifelt auf. Das Haus lag in völliger Dunkelheit, doch durch einen Spalt im Vorhang fielen Streifen silbernes Mondlicht auf die zusammengesunkene Gestalt im Sessel.

Jedes Mal, wenn Patrick Hale den Kopf hob, ließ der silbrige Schein die Falten auf seinem eingefallenen Gesicht noch tiefer erscheinen, sodass man kaum noch den Besitzer Edens erkannte, der blühenden Zuckerrohrplantage an der Cassowary-Küste. Nichts mehr an diesem verzweifelten Mann erinnerte Jordan an seinen unerschütterlichen Vater.

Erst drei Tage zuvor hatte Patrick Hale noch allen Grund gehabt, mit seiner schönen Frau, seinem prächtigen Sohn und seiner gut gehenden Plantage optimistisch in die Zukunft zu blicken. Er hätte glücklicher nicht sein können. Patrick war ein Mann, der sich alles erkämpft hatte, was er besaß, und der es deshalb auch zu schätzen wusste. Er war überzeugt gewesen, gemeinsam mit seiner Familie jeder Herausforderung gewachsen zu sein. Nie hatte er es nötig gehabt, Zuflucht im Alkohol zu suchen.

Dass sein Glück an einem einzigen Tag zerstört werden könnte, hätte Patrick Hale in seinen schlimmsten Träumen nicht erwartet. Und doch war dieser Tag gekommen. Der Tag, an dem er seine Frau tot aufgefunden hatte ...

Jordan starrte auf seinen Vater, der sich über Nacht in einen Furcht einflößenden Fremden verwandelt hatte. Tränen strömten dem Jungen über die Wangen. Er fühlte sich allein und hatte schreckliche Angst. Jordan konnte den Gedanken an eine Zukunft ohne seine Mutter kaum ertragen; und auch sein Vater hatte ihm deutlich zu verstehen gegeben, dass er in Ruhe gelassen werden wollte, hatte seinen Sohn angeschrien, er solle gefälligst in seinem Zimmer bleiben. Patrick hatte so fürchterlich getobt, dass die Hausangestellten verängstigt ins Quartier der Plantagenarbeiter geflüchtet waren, außer Sichtweite des Haupthauses.

Jordan konnte kaum glauben, dass seit der Beerdigung seiner Mutter erst ein paar Stunden vergangen waren. Die Tage seit ihrem Tod und die Trauerfeier waren dem Jungen so unwirklich erschienen, dass er wider alle Vernunft immer noch hoffte, aus einem Albtraum zu erwachen. Doch der Erdhügel am Lieblingsplatz seiner Mutter unter dem Affenbrotbaum am Fluss war schreckliche Wirklichkeit.

Man hatte Jordan gesagt, seine Mutter sei am Biss einer Taipan-Schlange gestorben, doch heimliches Geflüster und verstohlenes Kopfschütteln hatten Zweifel in dem verwirrten und schmerzerfüllten Jungen geweckt.

Plötzlich glaubte Jordan Schritte auf der Veranda zu hören und lauschte angespannt. Es war schon spät – zu spät für einen zufälligen Besucher. Jordan vernahm das Quietschen der Fliegengittertür; dann hörte er schwere Schritte im Flur, die schließlich in der Tür verstummten. Aus seinem Versteck unter dem Esstisch konnte Jordan nicht sehen, wer an der Wohnzimmertür stand, doch in der plötzlichen Stille, die nur vom Quaken der Ochsenfrösche am Fluss gestört wurde, vernahm er raues Atmen und das leise Knarzen von Lederstiefeln. Zigarrengeruch stieg ihm in die Nase.

Einen Moment lauschte Jordan gespannt in die Stille und erwartete, dass sein Vater den Besucher begrüßte, doch der sprach zuerst.

»Ich bin gekommen, um dir mein Beileid auszusprechen, Patrick. Ich weiß, dass wir Reibereien hatten, aber ich bin bereit, alles zu vergessen. Wenn ich etwas für dich tun kann ...«

Jordan erkannte den irisch-amerikanischen Akzent und wusste, dass der Besucher Maximillian Courtland war. Er schien betrunken zu sein. Jordan glaubte, Unaufrichtigkeit aus Courtlands Worten herauszuhören. Oder täuschte er sich? War Max Courtland tatsächlich bereit, Patrick nach dem Tod Cathelines die Hand zu reichen und ihre fünf Jahre während Fehde zu beenden?

Patrick Hale und Maximillian Courtland waren erbitterte Feinde. Abgesehen davon, dass Courtland aus dem Süden Irlands stammte und Patrick aus dem Norden, hatten sie grundverschiedene Ansichten über die Behandlung der *kanakas*, der Arbeiter von den Südseeinseln, die meist für einen Hungerlohn auf den australischen Plantagen schufteten. All diese unterschiedlichen Charakterzüge und Ansichten hatten eine tiefe Abneigung zwischen beiden Männern entstehen lassen, eine unüberwindliche Kluft. Max Courtland führte ein grausames, oft gewalttätiges Regiment über seine Arbeiter, während Patrick Hale ein rücksichtsvoller Boss war, der keinen Unterschied in der Behandlung europäischer und polynesischer Plantagenarbeiter machte – eine Einstellung, die Courtland als Schwäche auslegte.

Endlich hob Patrick den Blick. Jordan erschrak, als er den brennenden Zorn in den Augen des Vaters sah. »Fahr zur Hölle! Spar dir deine verlogenen Beileidswünsche!«, rief Patrick mit schwerer Zunge. »Raus aus meinem Haus!«

Jordan hielt den Atem an, denn er rechnete mit einer ähnlich heftigen Reaktion Courtlands, der für seine Wutausbrüche berüchtigt war. Der Junge konnte den stechenden Blick der eisblauen Augen und die abschätzig herabgezogenen Mundwinkel vor sich sehen.

»Weißt du, Patrick«, hörte er dann Max Courtlands scheinbar gelassene Stimme, »eigentlich wollte ich es dir nicht sagen, aber vielleicht ist es an der Zeit, dass du die Wahrheit über Catheline erfährst.«

»Welche Wahrheit?«, fragte Patrick. »Was weißt du denn schon über meine Frau?«

Trotz seiner Jugend spürte Jordan die Genugtuung Courtlands, als dieser nun den wahren Grund für sein Kommen enthüllte.

»Oh, viel mehr, als du denkst ...«

Sogar in Jordans Ohren klang diese in plump vertraulichem Tonfall gemachte Andeutung erschreckend.

»Wovon redest du eigentlich?«, stieß Patrick wütend hervor.

»Dass du für eine Frau wie Catheline nicht Manns genug gewesen bist.«

Wutentbrannt wollte Patrick aufspringen, um sich auf den anderen zu stürzen, doch er war zu betrunken. Jordan sah, wie sein Vater von Courtland zurück in den Sessel gestoßen wurde, als wäre er ein Leichtgewicht. Jordan bewegte sich ein Stück vor, wollte dem Vater zu Hilfe kommen, verharrte dann aber. Fast alle hatte Angst vor Maximillian Courtland, diesem großen, einschüchternden, reizbaren Mann. Courtland wusste, was er wollte, und bekam es auch, egal zu welchem Preis. Für einen Sechzehnjährigen – mochte er noch so kräftig und hoch gewachsen sein – war allein schon der Gedanke erschreckend, einen solchen Mann herauszufordern. Jordan hasste sich für seine Feigheit, doch Courtlands nächste Worte ließen all diese Gedanken zur Bedeutungslosigkeit verblassen.

»Catheline ist mir jahrelang hinterhergelaufen. Ich habe ihr nur gegeben, was sie wollte ...«

Jordan verschlug es den Atem. Nur im Unterbewusstsein hörte er den grausamen Triumph in Courtlands Stimme.

Patrick hob wieder den Kopf. In seinem Blick mischten sich Fassungslosigkeit und unsägliche Qual.

»Hör auf, von meiner Catheline wie von einer Hure zu sprechen! Du warst immer schon hinter ihr her, aber sie wollte von einem Bastard wie dir nichts wissen.«

»Hat sie dir das gesagt? Ich glaube eher, sie hat einen richtigen Mann wie mich einem aufgeblasenen Angeber aus Derry vorgezogen!«

Jordan dachte an seine Mutter, an ihre makellose, weiche Haut und ihr tiefschwarzes Haar. Er vermeinte, noch immer den feinen Veilchenduft ihres Parfüms wahrzunehmen. Was Maximillian Courtland auch behauptete – in Jordans Erinnerung würde seine Mutter stets die wunderschöne und gütige Frau bleiben, als die er sie gekannt hatte – voller Sanftmut, und doch von einer inneren Kraft erfüllt, die ihre Familie durch manche schwere Zeit geführt hatte.

Jordan wusste nicht, dass seine Großeltern derselben Ansicht gewesen waren wie Maximillian Courtland: dass Catheline, die in Galway geboren war, keinen Protestanten aus Londonderry hätte heiraten sollen. Die Feindseligkeit ihrer Eltern hatte die Jungverheirateten aus Irland fortgetrieben.

»Catheline ist aus freien Stücken in mein Bett gestiegen. Als ich ihr sagte, dass ich genug von ihr hätte, ist sie nicht damit fertig geworden und hat sich das Leben genommen. Ist es denn meine Schuld, dass sie eine solche Dummheit begangen hat?«

Seine Mutter ... Selbstmord? Jordan erstarrte vor Schreck. In seinem Kopf drehte sich alles. Er konnte nicht fassen, was er da hörte.

»Du überheblicher, selbstherrlicher Schweinehund!«, stieß

Patrick hervor. »Catheline ist an einem Schlangenbiss gestorben!«

»Das willst du die Leute glauben machen! Aber wir wissen beide, dass es nicht wahr ist!«

Jordan wartete darauf, dass sein Vater diese Anschuldigung zurückwies und Courtland aus dem Haus prügelte, doch Patrick schwieg und starrte ins Leere.

»Du solltest dir deswegen keine Vorwürfe machen, Patrick«, fuhr Courtland in gönnerhaftem Tonfall fort. »Frauen können einem mächtigen Mann nicht widerstehen, so ist es nun mal. Catheline war da keine Ausnahme.«

»Catheline hat Jordan und mich mehr geliebt als ihr Leben«, flüsterte Patrick. »Sie hätte uns niemals belogen und betrogen ... niemals, schon gar nicht mit einem Dreckskerl wie dir. Und sie hätte nie ...« Er stockte und brach in Tränen aus. Sogar Jordan spürte, dass sein Vater sich bloß selbst zu überzeugen versuchte. Noch nie hatte Jordan einen so hoffnungslosen, verzweifelten Mann gesehen, und er hatte schreckliche Angst, dass sein Vater nie wieder der Alte würde.

»Ich wette, du hättest auch niemals geglaubt, dass deine Frau sich umbringt«, sagte Courtland verächtlich.

Patrick Hale stieß einen Laut aus, in dem alle Qualen der Welt lagen.

»Catheline war eine lebenshungrige, leidenschaftliche Frau, die ein Mann wie du nicht befriedigen konnte«, fuhr Courtland unerbittlich fort. »Nachdem sie mit mir zusammen gewesen war, konnte und wollte sie nicht mehr zurück ...«

Jordan hätte am liebsten laut herausgeschrien: »Hören Sie auf, haben Sie Erbarmen!« Sein Vater konnte unmöglich weiteren Schmerz, weitere Demütigungen ertragen.

Patrick lehnte sich schwer zurück, eine Hand auf den Brustkorb gepresst. Das Mondlicht riss sein Gesicht aus dem Halbdunkel und ließ erkennen, wie schrecklich er litt.

Jordan schloss die Augen; er konnte den Anblick seines Vaters nicht mehr ertragen. Wenig später hörte er seltsame Geräusche und schlug die Augen wieder auf. Er sah die massige Gestalt Courtlands, der sich über den Sessel seines Vaters beugte. Augenblicke später war Courtland verschwunden.

Jordan übergab sich. Er würgte, bis sein Magen nur noch aus brennendem Schmerz zu bestehen schien. Es vergingen ein paar Minuten, bis er unter dem Tisch hervorkriechen konnte. Mit zögernden Schritten ging er zu seinem Vater, der regungslos dasaß.

»Vater«, sagte Jordan. »Vater, wach auf!«

Doch Patrick bewegte sich nicht. Er hatte die Augen geöffnet, doch es war kein Leben mehr darin. Sein Mund stand weit offen; ein Speichelfaden rann aus einem Mundwinkel.

Jordan starrte seinen Vater fassungslos an.

Patrick Hale war tot.

Als die ersten Sonnenstrahlen durchs Fenster schienen, kauerte Jordan noch immer neben seinem Vater und starrte blicklos vor sich hin. Er hatte in nur drei Tagen die Eltern verloren, und sein Verstand weigerte sich, diese schreckliche Wahrheit zu akzeptieren. Der Junge wusste nicht mehr, was Wirklichkeit war und was nicht, was er tun sollte, wohin er gehen konnte ...

Maximillian Courtland war seit mehreren Stunden fort. Seitdem hatte Jordan im Geiste immer wieder einen Satz gehört, den Courtland in der Nacht gesagt hatte:

»Frauen können einem mächtigen Mann nicht widerstehen ...«

Diese Worte sollten Jordan während der nächsten zehn Jahre seines Lebens verfolgen.

1

1903

Die Sonne des späten Nachmittags lag auf der stillen Landschaft, und kein Windhauch strich durch die hohen Zuckerrohrfelder zu beiden Seiten der Straße. Der schrille Gesang der Zikaden und der Anblick grauer Käfer erinnerten Jordan Hale an seine Kindheit, als er und seine Freunde auf diesen Feldern gespielt hatten – trotz der Schlangen, Spinnen und Ratten und der vielen anderen Gefahren, die in diesem Meer aus Zuckerrohr auf sie lauerten.

Für die Fahrt von Brisbane nach Geraldton hatte Jordan in einer einspännigen Kutsche fast zwei Monate gebraucht. In weniger als einer Stunde würde er in Eden sein, auf der Plantage seiner Familie. Jordan war von den verschiedensten Gefühlen erfüllt. Ihm war heiß, und der Gedanke an sein Zuhause beunruhigte ihn; zugleich freute er sich darauf, das Haus und die Plantage wiederzusehen. Selbst mithilfe seines Onkels hatte es zehn Jahre gedauert, bis Jordan über den Verlust der Eltern hinweggekommen war und die Schuldgefühle überwunden hatte, ihren Tod nicht verhindert zu haben. Mit der Zeit und dem wachsenden persönlichen und geschäftlichen Erfolg hatte er an Selbstvertrauen gewonnen – doch der brennende Wunsch, an Maximillian Courtland Rache zu nehmen, war nicht zu stillen gewesen.

Jordan lehnte sich im Sitz des kleinen Wagens zurück und verzog das Gesicht, als ihm das Hemd am schweißbedeckten Rücken festklebte. Er hatte beinahe schon vergessen, wie drückend schwül es in Nordqueensland sein konnte. Jordan fuhr nach Westen, der sinkenden Sonne entgegen, auf einer staubigen Straße zwischen endlosen Zuckerrohrfeldern hindurch. Der Zeitpunkt seiner Ankunft in Queensland war mit Bedacht gewählt: Sobald er Arbeiter eingestellt hatte und die Felder zu beiden Seiten des Weges gerodet waren, konnte er mit der Aussaat beginnen.

Über den fernen Hügeln grollte leiser Donner, und Jordan blickte zu den sich auftürmenden Wolken hinauf, Vorboten der Regenzeit, die in ein paar Wochen begann. Dann würde sich die Straße, auf der er nun fuhr, in einen schlammigen Fluss verwandeln.

An einer Weggabelung nahm Jordan seinen breitkrempigen Hut ab und wischte sich den Schweiß von der Stirn. Nach kurzer Überlegung, welche Richtung er einschlagen sollte, wandte er sich nach Nordosten, wo mehr als sechs Meter hohes Zuckerrohr seinen Schatten auf die Straße warf. Die Gegend wirkte fremd auf ihn, was unter anderem daran lag, dass es während der zehn Jahre, die Jordan von zu Hause fort gewesen war, in der Zuckerrohrindustrie einige Veränderungen gegeben hatte. Er hatte gelesen, dass in Nordqueensland elf neue Fabriken in Betrieb genommen worden waren, einige hoch im Norden, im Gebiet um den Mulgrave-Fluss, wo man die großen Plantagen in Parzellen von dreißig Hektar aufgeteilt hatte. Zurzeit wurde im nahen Babinda ein Verarbeitungsbetrieb für die Zuckerrohrernte aus dem Bezirk Geraldton gebaut, um den Produktionszuwachs aufzufangen, der durch neue, meist italienische Einwanderer entstanden war, die Plantagen gegründet hatten.

Jordan dachte an den Tag, als er Eden verlassen hatte – eine Woche, nachdem sein Vater neben seiner Mutter zur ewigen Ruhe gebettet worden war; sein Onkel hatte ihn mit zu sich nach Brisbane genommen, wo Jordan ein neues Leben beginnen sollte. Das Haus war verriegelt worden, die Fenster mit Brettern vernagelt; das Zuckerrohr und den Viehbestand der

Plantage hatten sie in der Obhut der treuen Arbeiter gelassen, die das Zuckerrohr selbstständig ernteten und verkauften.

Jordan fiel der Schwur wieder ein, den er am Grab seiner Eltern unter dem Affenbrotbaum am Johnstone River geflüstert hatte: »*Ich komme nach Eden zurück und werde euch rächen!*« Natürlich hatte er schon damals gewusst, dass er den Schwur, einen Feind wie Maximillian Courtland zu vernichten, nur dann einlösen konnte, wenn er ein mächtiger Mann wurde, doch der Schwur hatte ihm Kraft gegeben und ihn immer wieder vorangetrieben.

Seitdem waren zehn Jahre vergangen. Jordan hatte ein riesiges Vermögen erworben, das seine kühnsten Erwartungen – und die seines Onkels – bei weitem übertraf. Er stand in dem Ruf, ein eiskalter Geschäftsmann zu sein und hohe Risiken einzugehen, doch er vergaß darüber niemals sein Ziel. Anhand von Zeitungsartikeln und Reportagen in Illustrierten hatte Jordan das Leben Maximillian Courtlands, seiner Frau und seiner beiden ältesten Töchter genau verfolgt; an die dritte und jüngste Tochter, Evangeline, erinnerte er sich kaum. Sie war schon als kleines Mädchen zu Verwandten in den Süden geschickt worden und im Unterschied zu ihren Schwestern völlig unbeachtet geblieben. Über Celia, Alexandra und ihre Mutter Letitia war in den Klatschspalten immer wieder berichtet worden – wie auch über Maximillian, den Jordan in all den Jahren am genausten im Auge behalten hatte.

Den Zeitungsberichten zufolge war »Max«, wie Courtland meist genannt wurde, noch immer der arrogante und brutale Plantagenbesitzer, der er schon zehn Jahre zuvor gewesen war. Kurz bevor Jordan damals fortgegangen war, hatte es im »schwarzen Norden« Unruhen gegeben, da die europäischen Arbeiter fürchteten, von den Bewohnern der polynesischen Inseln, den *kanakas*, verdrängt zu werden. Maximillian hatte damals eine Gruppe von Plantagenbesitzern angeführt, die gegen ein Gesetz Sturm liefen, in dem untersagt wurde, noch mehr billige Arbeitskräfte aus Polynesien heranzuschaffen, denn die *kanakas* wurden von den so genannten »Black Birders«, den gefürchteten Slavernjägern und -händlern, buchstäblich von ihren Heimatinseln entführt. Jordan wusste, dass Maximillian solche Fahrten finanzierte, da er nicht bereit war, die höheren Löhne für die europäischen Einwanderer zu zahlen. Mit den Arbeitern von den Südseeinseln, die nichts anderes waren als Sklaven, machte seine Plantage viel mehr Gewinn.

Eine Schlange glitt vor dem Wagen über den Weg, und Jordans Pferd scheute. Gerade als er versuchte, das erschrockene Tier wieder unter Kontrolle zu bekommen, schoss ein Radfahrer aus dem Zuckerrohrfeld hervor. Das Rad schwankte einen Moment von einer Seite zur anderen, bevor es mitsamt dem Fahrer im Straßengraben landete.

Als Jordan das Pferd wieder in der Gewalt hatte und vom Wagenbock geklettert war, hatte der Fahrer sich aufgerappelt und bemühte sich, das Fahrrad aus dem Graben zu heben.

»Wo kommen Sie denn so plötzlich her, zum Teufel?«, stieß der Fremde zornig hervor.

»Das könnte ich Sie auch fragen«, erwiderte Jordan und streckte die Hand aus, um dem Unglücklichen aus dem Graben zu helfen.

Doch Jordans Geste blieb unbeachtet. Stattdessen begutachtete der Mann den Schaden am Rad und an sich selbst, der zum Glück nicht groß war.

Jordan blickte hinter sich und betrachtete die schmale Reifenspur des Fahrrads zwischen den dichten Reihen der Zuckerrohrpflanzen. Als er sich wieder umwandte, schaute der andere zu ihm auf. Erstaunt musterte Jordan die Reithose, das weit geschnittene Hemd, den breitkrempigen Hut, der das kurze Haar fast gänzlich bedeckte – und das Gesicht, das einer jungen Frau gehörte, die soeben aus dem Graben kletterte. Sie stellte sich vor Jordan hin und betrachtete den gut aussehenden jungen Mann genauer.

»Ich habe Sie hier noch nie gesehen«, sagte sie.

»Ich bin lange Zeit nicht hier gewesen«, erwiderte er. »Hier hat sich alles sehr verändert. Haben Sie sich wehgetan?«

»Oh, keine Bange.«

»Erstaunlich, dass Sie mit diesem seltsamen Ding so gut umgehen können«, sagte Jordan.

»Ja – so gut, dass ich damit im Graben lande«, sagte die junge Frau seufzend. »Anfangs haben sich meine Röcke in der Kette verfangen, und jetzt kommen wildfremde Männer daher und fahren mich beinahe über den Haufen. Eines Tages werde ich mir noch den Hals brechen.« Sie betrachtete ihr Fahrrad. »Das nennt sich nun Fortschritt«, sagte sie verächtlich, zog die dunklen Brauen hoch und schaute Jordan wieder an. »Jetzt wollen die Leute das gute alte Geraldton sogar in ›Innisfail‹ umbenennen! Na, das wird unter den Alteingesessenen und Durchreisenden für einige Verwirrung sorgen.«

Sie besaß die dunkelsten Augen, die Jordan je gesehen hatte, schön geformte Lippen und ein spitzbübisches Gesicht. Ihr kurzes Haar war so schwarz wie das seiner Mutter, wie er es von Fotos in Erinnerung hatte, und ihr Teint war dunkel, was ihr ein leicht exotisches Aussehen verlieh.

»Suchen Sie etwas Bestimmtes?«, erkundigte sie sich und wandte verlegen den Blick ab, als sie bemerkte, dass Jordan sie musterte.

»Eine Plantage. Sie heißt Eden. Vielleicht können Sie mir sagen, wo ich sie finden kann.«

Sie wandte sich um und ging ein paar Schritte, wobei sie ein wenig humpelte und das Fahrrad mit einem leicht schiefen Gang neben sich her schob. »Sind sie verletzt?«, fragte Jordan.

»Nein, das sehen Sie doch«, stieß sie gekränkt hervor und ging mit trotzig erhobenem Kopf weiter. Jordan spürte, dass er etwas Falsches gesagt hatte; die junge Frau litt offensichtlich unter irgendeinem körperlichen Gebrechen. Jordan nahm sein Pferd am Halfter und ging zu Fuß neben ihr.

»Wenn Sie Ackerland pachten wollen«, sagte sie, »sind Sie mit Eden nicht gut beraten. Das alte Wohnhaus der Hales ist schrecklich heruntergekommen. Der Eigentümer hat es arg vernachlässigt. Und die Äcker sind voller Unkraut.«

»Ich würde es mir trotzdem gern anschauen.« Jordans bestimmter Tonfall ließ das Mädchen erkennen, dass er es gewohnt war, Anweisungen zu geben, die widerspruchslos ausgeführt wurden. Sie musterte ihn neugierig.

»Wenn Sie meinen. Aber es ist Zeitverschwendung, das sage ich Ihnen gleich.«

»Woher wissen Sie so viel über Eden?«, fragte Jordan verwundert.

»Ich bin so etwas wie die … Verwalterin.«

Jordan blickte sie fragend an, doch die junge Frau schaute den Weg hinunter und bemerkte es nicht. »Dann haben Sie sicher eine Vereinbarung mit dem Besitzer, nicht wahr?« Er wollte sie bei einer Lüge ertappen, doch zu seinem Erstaunen hob sie den Kopf und erwiderte mit durchtriebenem Lächeln: »Nicht offiziell. Ich habe mich einfach dort eingenistet. Aber ohne mich wäre das Haus voller Flughunde, Tauben und Schlangen. Ich wohne schon lange dort.«

Jordan wurde neugierig. Sie sah niemandem ähnlich, an den er sich aus seiner Jugendzeit erinnern konnte. Wer mochte sie sein?

»Sie wohnen schon lange in Eden? Wie alt sind Sie denn?«

»Das ist eine sehr direkte Frage«, gab sie zurück. »Besonders für einen Gentleman.«

Jordan ließ den Blick über die Zuckerrohrfelder schweifen, wobei er trotz seines breitkrempigen Hutes blinzeln musste. »Man hat mir in den letzten Jahren so manche Bezeichnung gegeben, aber einen Gentleman hat mich niemand genannt.« Er dachte an seine mitunter rücksichtslosen Geschäftsmethoden, die ihn zu einem reichen Mann gemacht hatten – und an seine ehemaligen Geliebten, die er verlassen hatte; es waren sehr schöne Frauen darunter gewesen.

»Sie sind ein bekennender Schuft?«, meinte sie mit einem spöttischen Blick, und ihre dunklen Augen funkelten. »Muss ich die Frauen in der Gegend vor Ihnen warnen? Nein, das werde ich nicht tun«, gab sie sich selbst die Antwort, als sie an ihre Schwestern dachte. »Es ist lustiger, wenn sie es selbst herausfinden.«

»Woher sind Sie eigentlich gekommen, als Sie aus dem Feld auf die Straße gejagt sind?«

»Aus der Stadt. Ich nehme immer die Abkürzung, wenn es so schwül ist.« Dass der drohende Regen ihre Hüfte schmerzen ließ, erwähnte sie nicht. »Ich war bei Jules Keane, dem Herausgeber der Lokalzeitung, und habe ihn gebeten, mich als Reporterin einzustellen.«

Jordan war freudig überrascht. Er bewunderte es stets, wenn jemand Ehrgeiz entwickelte. »Aber ohne Erfolg?«

»Vor einiger Zeit hat er ein paar von meinen Artikeln veröffentlicht. Doch sie haben in der Gegend so viel Staub aufgewirbelt, dass er jetzt keine mehr annehmen will. Aber ich glaube, ich kann ihn trotzdem überreden. Allerdings werde ich nichts für die Klatschspalte schreiben, wie er es heute verlangt hat.« Sie rümpfte verächtlich die Nase.

»Ist das nichts für Sie?«

»Genau. Klatschkolumnen zu schreiben ist für mich keine Herausforderung. Diese Dinge sind mir gleich. Ich interessiere mich für Themen, die *Mut* verlangen.«

»Mord und Totschlag? Raub und Diebstahl?«

»Das weniger. Mich interessiert die Politik und ihre Auswirkungen auf die Menschen, die dieses Land bebauen, besonders die auf die polynesischen Arbeiter im Zuckerrohrgebiet.«

Mit der zierlichen jungen Frau war eine Veränderung vor

sich gegangen. Mit einem Mal war sie leidenschaftlich und engagiert und hatte ihre Verlegenheit abgelegt.

»Und was für Artikel haben Sie bis jetzt geschrieben? Weshalb waren sie so umstritten, dass der Herausgeber nichts mehr von Ihnen veröffentlichen will?«

»Ich habe über die Ausbeutung der *kanakas* geschrieben, und dass eine Gesetzesänderung erforderlich ist, die diese Sklavenarbeit verbietet. Nun befürchtet Jules Keane, ich könnte meine Stellung dazu nutzen, meine persönliche Meinung zu verbreiten, wenn er mich fest bei der Zeitung anstellt.«

»Und Sie würden das tun? Ich meine, Ihre persönliche Meinung verbreiten, auch wenn Sie sich damit unbeliebt machen?«, fragte Jordan.

Jetzt war ihr Lächeln wieder scheu. »Natürlich. Es ist für eine gerechte Sache.«

Jordan nickte. Sie war erfrischend ehrlich, und sie besaß Kampfgeist. Außerdem teilte er ihre Ansichten über die Ausbeutung der *kanakas*, denn die Arbeiter von den Südseeinseln waren auf den Plantagen schon viel zu lange wie Sklaven gehalten worden.

»Seit wann sind Sie schon Verwalterin in Eden?«

»Fast ein Jahr.«

»Und davor?«

»Ich habe fast mein ganzes Leben in Sydney verbracht.«

»Dann sind Sie keine Einheimische?«

Die junge Frau senkte den Kopf, doch Jordan hatte für einen winzigen Moment so etwas wie Trauer in ihren dunklen Augen schimmern sehen. »Nein.«

»Was hat Sie dann hierher verschlagen? In einer großen Stadt hätten Sie doch sicher bessere Möglichkeiten, Journalistin zu werden.«

Sie schaute ihn an. »Bei den großen Zeitungen im Süden hat man mir immer denselben Rat erteilt – bei einem kleinen Blatt Erfahrung zu sammeln und dann wiederzukommen.« Sie verschwieg, dass ihre Mitarbeit bei der Lokalzeitung auch ein persönliches Entgegenkommen des Herausgebers war, denn Jules Keane war mit ihrem Onkel verwandt. »Ich weiß, dass sie mich bei den großen Zeitungen nur loswerden wollten. Aber eines Tages werden sie mich ernst nehmen *müssen* – wenn ich meine eigene Zeitung gründe!«

Jordan nickte beipflichtend. »Man sollte seine Pläne niemals aufgeben und nie Angst haben, Risiken einzugehen.«

»Das hört sich so an, als sprächen Sie aus Erfahrung.«

»Stimmt. Und es hat mir immer sehr geholfen, mich an diese Regeln zu halten. Das sollten Sie auch tun.«

Sie konnte ihr Erstaunen kaum verbergen; es war das erste Mal, dass jemand sie ermutigte. Es wunderte sie, dass er die offensichtlichen Hindernisse nicht sah. Andere hatten nie gezögert, sie ihr vor Augen zu führen, am wenigsten ihre Eltern. Nicht nur, dass sie eine junge Frau war, nein, sie war außerdem ...

Plötzlich blieb Jordan stehen. »Eden müsste irgendwo hier in der Nähe sein«, sagte er und blickte sich verwirrt um. Er glaubte, den richtigen Ort gefunden zu haben, doch auf der anderen Straßenseite stand ein Bauernhaus, das zehn Jahre zuvor noch nicht dort gewesen war.

»Der Eingang zur Plantage ist gleich da vorn an der Straße, aber er ist zugewachsen und kaum zu erkennen.«

Ein paar Meter weiter war in dem wilden Zuckerrohr, das am Straßenrand wuchs, tatsächlich eine schmale Lücke zu sehen. Jordan erkannte, dass er sie ohne die Hilfe der jungen Frau wahrscheinlich nicht gefunden hätte. Einen Augenblick starrte er die gewundene Auffahrt hinauf, die fast vollständig von Unkraut überwuchert war. Er hatte geglaubt, auf diesen Moment vorbereitet zu sein, doch nun schlug sein Herz vor Aufregung plötzlich rasend schnell. Während er mit seiner geheimnisvollen Führerin den Weg entlangging, überkamen ihn lebhafte Erinnerungen. Er musste daran denken, wie viel harte Arbeit in diesem Anwesen steckte ... wie viel Liebe, Hoffnungen, Träume und Tränen mit jedem Stein, jedem Balken Holz verbunden waren.

Im Jahr 1880 hatte Thomas Fitzgerald gemeinsam mit zehn Siedlern – einer davon war Jordans Vater gewesen – und fünfunddreißig *kanakas* tausend Hektar Land übernommen, das ihnen vom katholischen Bischof von Brisbane und den »Gnadenreichen Schwestern« zur Verfügung gestellt worden war. Die Männer hatten den Regenwald gerodet und Zuckerrohr gepflanzt, doch zunächst ohne großen Erfolg. Die meisten waren daraufhin weitergezogen, doch Patrick Hale war in Geraldton geblieben. Er hatte sich ein Zuhause geschaffen und Eden aufgebaut. Die Ernten waren bald so ergiebig gewesen, dass im Jahr 1882 die Zuckerrohrmühle von Mourilyan Hill errichtet worden war.

Anders als die meist ganz aus Holz erbauten Häuser anderer Plantagenbesitzer war das Erdgeschoss von Patrick Hales Heim aus Natursteinen gemauert. Zum Schutz gegen Überschwemmungen stand es auf dem höchsten Punkt der umgebenden Landschaft. Jordan hatte noch die Worte seines Vaters im Ohr, dass Stein besser gegen die Hitze schütze. Dies hatte sich bestätigt, denn selbst an den heißesten Tagen war das Haus kühl und luftig gewesen, und auch die Termiten hatten ihm nichts anhaben können. Einst hatte es eine breite Veranda besessen, von weißen Säulen getragen, die sich um das Gebäude zog; abends hatten die Hales oft auf dieser Veranda gesessen und über die Zuckerrohrfelder geblickt. In der Regenzeit hatten die Schauer auf das Blechdach getrommelt; ein lautes und beständiges Geräusch, doch Jordans Mutter hatte es stets als tröstlich empfunden.

Als Jordan das Haus erblickte, blieb er ungläubig stehen.

»Kein schöner Anblick, nicht wahr?«, sagte die junge Frau. »Ich hatte Sie ja gewarnt.« Als Jordan nichts erwiderte, fuhr sie fort: »Ein Agent erzählte mir, vor acht Jahren habe es hier einen Wirbelsturm gegeben, der einen Teil des Daches abgedeckt hat. Der Besitzer ließ den Schaden nicht reparieren, und so sind die Balken vom Regen verrottet. Das Dach ist einsturzgefährdet, und im Innern des Hauses wimmelt es von Ungeziefer. Als ich hierher kam, war es völlig unbewohnbar.«

Jordan hatte von dem Wirbelsturm gehört, das Ausmaß des Schadens jedoch unterschätzt. Er konnte kaum glauben, dass das Haus tatsächlich dermaßen heruntergekommen war. In seiner Erinnerung war Eden immer ein prächtiger Besitz gewesen, doch nun war es ein verfallendes Gemäuer – ein trauriges Spiegelbild der Menschen, die einst darin gelebt hatten.

Nichts erinnerte mehr an das schöne Herrenhaus, das Jordan vor zehn Jahren verlassen hatte. Im Dach klafften große Löcher, und an mehreren zerbrochenen Fenstern im Erdgeschoss fehlten die Läden. Die Vordertür war nur angelehnt; sie war vor langer Zeit aufgebrochen worden, wahrscheinlich von einem Plünderer nach dem Wirbelsturm. Das Fliegengitter war abgerissen.

Jordans Blick fiel auf die Reste einer hölzernen Gartenschaukel, die sein Vater einst für seine Mutter gebaut hatte. Die Trümmer lagen auf der ganzen Veranda verstreut. Er fühlte einen schmerzhaften Stich in der Brust, schloss für einen Moment die Augen und holte tief Atem, um seine Gefühle unter Kontrolle zu bringen. Im Geiste sah er seine Eltern lachend nebeneinander auf der Schaukel sitzen. Sie waren so glücklich gewesen. Wenn er doch nur die Zeit zurückdrehen könnte ...

Jordan fühlte, wie der Hass auf Max Courtland ihn wieder zu überwältigen drohte. Er zitterte vor Wut am ganzen Leib. Doch er kämpfte das Hassgefühl nieder – so, wie er im Geschäftsleben seine Gefühle beiseite schieben musste, um sich durchzusetzen. Er richtete seine Aufmerksamkeit auf die abblätternde Farbe an den Säulen der Veranda und auf das halb eingestürzte Dach des Vorbaus. Überall waren Staub, Schmutz und Spinnweben. Jordan mochte gar nicht an das Innere des Hauses denken, an die hübschen Sachen seiner Mutter, ihre Porzellanfiguren, ihr chinesisches Rosenmuster-Service, ihr Klavier ...

Jordan ließ den Blick über die Felder schweifen, die von Unkraut und wilden Zuckerrohrtrieben überwuchert waren. Es würde Wochen harter Arbeit bedeuten, die Felder zu jäten. Jordan dachte daran, wie ordentlich diese Felder zu Lebzeiten seines Vaters bestellt gewesen waren, und Trauer überkam ihn.

Weit draußen, hinter den ordentlich bestellten Feldern anderer Plantagenbesitzer, sah Jordan das Korallenmeer schimmern. In der Ferne ratterte ein mit frisch geerntetem Zuckerrohr beladener Zug zur Mourilyan-Mühle.

In der Gegenrichtung breitete sich eine von Trockenheit braune, verdorrte Ebene aus, doch Jordan wusste, wie rasch dieses Land wieder grünte, sobald die Regenzeit begann. Die Luft war warm und angenehm, erfüllt vom süßen Geruch nach frisch geerntetem Zuckerrohr.

Jordan war klar, dass es viel harte Arbeit und Geld kosten würde, um Eden neu aufzubauen und die Plantage wieder zu einem Gewinn bringenden Betrieb zu machen. Doch er würde alles tun, um den Traum seines Vaters Wirklichkeit werden zu lassen – ein Ziel, das Patrick Hale vor zehn Jahren fast schon erreicht hatte, als seine Welt in Trümmer fiel. Jordan wusste, dass der Wiederaufbau Edens den Schmerz in seinem Innern lindern würde.

Die letzten Wunden aber würden erst dann verheilen, wenn er Maximillian Courtland zugrunde gerichtet hatte.

Jordan und die junge Frau schlenderten zum Flussufer hinunter, wo sie vor den Gräbern der Hales stehen blieben. Anders als das Haus waren die Gräber sorgfältig gepflegt; vor jedem der Kreuze mit den Namen lagen Hibiskusblüten.

»Haben Sie die Hales gekannt?«, wollte die junge Frau wissen.

Jordan nickte. »Es war nett von Ihnen, die Gräber zu pflegen«, sagte er leise.

»Der Dank gebührt nicht mir, sondern einem der ehemaligen Plantagenarbeiter. Er kümmert sich um die Gräber.«

Jordan wandte sich um. »Ein ehemaliger Plantagenarbeiter? Wollen Sie damit sagen, er war schon damals hier beschäftigt, als es Eden noch gab?«

»Ja. Nebo hat für die Hales gearbeitet.« Sie schaute ihn nachdenklich an. »Kennen Sie ihn?«

»Ja, sicher! Ich hatte keine Ahnung, dass er noch hier ist ... dass er überhaupt noch lebt.« Schon als Jordan ein kleiner Junge gewesen war, war Nebo ihm steinalt erschienen.

Die junge Frau lächelte. »Das würde Nebo sicher nicht gern hören, er ist sehr stolz. Er hat mir erzählt, dass er Eden nie verlassen hat, seit die Hales gestorben sind. Ich glaube, er wartet auf die Rückkehr des Sohnes ... Jordan Hale. Haben Sie Jordan gekannt? Er muss jetzt ein erwachsener Mann sein, doch Nebo spricht von ihm noch immer wie von einem kleinen Jungen.«

Jordan wandte sich wieder den Gräbern seiner Eltern zu. Die junge Frau sah an seiner ernsten, traurigen Miene, dass er Patrick und Catheline Hale sehr gut gekannt haben musste – und plötzlich glaubte sie zu wissen, wen sie vor sich hatte.

»Mein Gott, *Sie* sind Jordan, nicht wahr?«, stieß sie hervor und kam sich sehr dumm vor, als er nickte. »Oje«, murmelte sie dann zu seinem Erstaunen. »Das bedeutet, dass ich obdachlos bin.«

Jordan wandte sich ihr zu. »Jetzt wird es aber Zeit, dass Sie mir endlich Ihren Namen sagen.«

»Eve.«

»Eve – und weiter?«

»Eve Kingsly.«

»Wo haben Sie geschlafen, Eve? Ich kann mir nicht vorstellen, dass Sie im Haus gewohnt haben, so wie es aussieht.«

»Ich wohne in dem kleinen Anbau an der Rückseite. Nur dort ist das Dach dicht geblieben, und auch das Fliegengitter ist noch heil, sodass ich nicht bei lebendigem Leib von den Mücken gefressen werde. Nebo wohnt im Arbeiterquartier. Die meisten anderen Gebäude auf dem Anwesen sind nur noch Ruinen.«

»Ich werde ins Haupthaus einziehen und es renovieren«, erklärte Jordan.

»Sie wollen es renovieren? Ich dachte, Sie würden es abreißen.«

Jordan schaute sie verwundert an. »Eden abreißen? Das würde ich niemals über mich bringen.« Gedankenverloren wandte er sich dem Haus zu. Eden war seine Heimat. »Ich habe große Pläne mit der Plantage.«

Jordan hatte Eden so lange sich selbst überlassen, dass Eve nicht wissen konnte, wie viel ihm die Plantage bedeutete. »Wollen Sie es wieder aufbauen, um es zu verkaufen?«

»O nein. Ich werde hier wieder Zuckerrohr anbauen. Ich bin hergekommen, um zu bleiben, Eve.«

»Oh.« Eve zögerte; dann fragte sie stockend: »Könnte ich dann vielleicht ... auch noch eine Weile hier bleiben, bis ich etwas anderes gefunden habe?«

»Ich glaube nicht, Eve«, murmelte Jordan.

Er ahnte nicht, wie viel es die junge Frau gekostet hatte, ihren Stolz hinunterzuschlucken und ihn um diesen Gefallen zu bitten. Als er zum Haus zurückging, folgte sie ihm. »Ich wäre Ihnen bestimmt nicht im Weg«, sagte sie. »Vielleicht könnte ich Ihnen sogar helfen.«

Jordan blieb stehen und schaute sie an. »Ich brauche Zimmerleute, Dachdecker und andere Handwerker, Eve, aber niemandem zum Staubwischen.«

Eve schaute ihn betroffen an. Er spürte, dass er sie verletzt hatte, doch er wandte sich ab – wie schon bei vielen Frauen zuvor, die ebenfalls verletzt gewesen waren. Doch irgendetwas veranlasste ihn, sich doch noch einmal umzudrehen. Eve blickte auf den Fluss, traurig und niedergeschlagen. Sie hatte ihm nicht viel erzählt, doch er wusste, dass sie kein Geld besaß – sie wäre kaum in einem halb verfallenen Haus untergekrochen, hätte sie eine andere Wahl gehabt. Doch Jordan wollte nicht, dass jemand sein Leben und seine Pläne durcheinander brachte, also beschloss er zu schweigen.

Eve wandte sich um und schaute ihn an. In ihrem Blick spiegelte sich verletzter Stolz. »Ich weiß, dass das Haus arg heruntergekommen ist, aber es würde noch viel schlimmer aussehen, wäre ich nicht eingezogen. Die Aborigines hatten am Fluss ihr Lager aufgeschlagen, als ich hierher kam. Wäre ich nicht ins Haus gezogen, hätten sie es abgerissen, um von dem Holz Feuer zu machen. Auf Nebo haben sie nicht gehört, aber auf mich, als ich behauptet habe, ich wäre mit den Besitzern verwandt. Es war die einzige Möglichkeit, die Aborigines zum Weiterziehen zu bewegen.«

»Wollen Sie damit andeuten, dass ich in Ihrer Schuld stehe?«, fragte Jordan.

Eve schaute ihn zornig und ein wenig beleidigt an. Natürlich hatte sie nicht gemeint, dass er ihr etwas schuldig sei, aber ein wenig Rücksicht hatte sie doch erwartet.

Jordan missdeutete ihren Blick als Bestätigung seiner Vermutung. »Also gut. Würden fünf Pfund genügen, um die Zeit zu überbrücken, bis Sie etwas anderes gefunden haben?«

»Fünf Pfund ...!«, stieß Eve entsetzt hervor.

Zorn stieg in Jordan auf. Eve gab sich nicht so leicht geschlagen, das musste er ihr lassen. »Wollen Sie noch mehr herausschlagen?«

»Ich will Ihr Geld nicht!«, stieß sie wütend hervor.

Jordans Zorn schlug in Verwirrung um. »Seien Sie nicht so stolz. Ich weiß, dass Sie keine Arbeit haben ...«

»Hätte ich die Stelle bei der Zeitung angenommen, wäre ich jetzt nicht arbeitslos! Aber ich will keine Almosen, von niemandem.« Gedemütigt humpelte Eve an ihm vorüber, fest entschlossen, ihre Sachen zu packen und fortzugehen. Wohin, wusste sie noch nicht.

»Ich dachte auch gar nicht an Almosen«, rief Jordan ihr nach, doch sie beachtete ihn nicht. »Du lieber Himmel, Sie sind wirklich empfindlich. Und viel zu stolz!«

Eve fuhr so schnell herum, dass sie beinahe das Gleichgewicht verloren hätte. Sie war den Tränen nahe, und das machte sie noch zorniger. »Warum sollte ich nicht stolz sein? Weil ich ein Krüppel bin?«

Jordan fühlte, wie er errötete. »Das habe ich nicht gesagt.«

»Das brauchen Sie auch nicht zu sagen.«

»Finden Sie nicht, dass Sie ein bisschen zu empfindlich sind?«

»Nein, finde ich nicht. Sie sagten vorhin, ich wäre nur zum Abstauben gut, aber das stimmt nicht. Ich bin nicht weniger wert als andere. Vielleicht brauche ich für manche Dinge länger, aber ich kann alles, was andere auch können.« Außer ein Pferd zu reiten, fügte sie in Gedanken hinzu.

Jordan seufzte leise. Eve hatte Recht. Ohne es zu wollen, behandelte er sie wirklich so, als wäre sie eher eine Last als eine Hilfe. »Das glaube ich Ihnen ja. Aber Sie haben doch das Haus gesehen – da gibt es sehr viel zu tun. Ich brauche Handwerker, vor allem Zimmerleute. Und einen Koch. Und da Sie weder Zimmermann noch Koch sind ...«

»Ich kann mit Werkzeug umgehen. Ich habe meinem Onkel geholfen, Spielzeuge für Waisenkinder anzufertigen. Und kochen kann ich auch!«

Jordan blickte überrascht, was Eves Zorn weiter entfachte.

Er bemerkte es und sagte eilig: »Wenn Sie für die Stelle als Köchin geeignet sind, gehört sie Ihnen.« Ihm war klar, dass Eve ihn praktisch dazu getrieben hatte, ihr den Job zu geben, doch wenn sie schon blieb, konnte sie sich wenigstens nützlich machen.

Eve jedoch zögerte. Jetzt war nicht der richtige Zeitpunkt, ihm zu sagen, dass Nebo normalerweise ihr Abendessen aus dem Fluss angelte und es auch zubereitete. Außerdem lebten sie von wilden Früchten, die auf der Plantage wuchsen. Von Kochen konnte keine Rede sein.

Jordan tat es jetzt schon Leid, sich gleich nach der Ankunft auf der Plantage ein Problem aufgeladen zu haben, doch nun konnte er sein Angebot nicht mehr zurückziehen. Aber vielleicht gelang es ihm ja, Eve zu entmutigen ...

»Handwerker werde ich später einstellen. Vorerst brauche ich jemanden, der für mich und die Arbeiter kocht, ungefähr zwanzig Personen. Sicher nicht das, was Sie sich vorgestellt haben, oder? Außerdem hätten Sie dann keine Zeit mehr, beim Herausgeber der Lokalzeitung wegen einer Stelle nachzufragen ...«

Eve blickte ihn argwöhnisch an; sie schien zu spüren, dass er sie abschrecken wollte. »Es ist wirklich nicht gerade mein Wunschtraum«, erwiderte sie und bemerkte die aufkeimende Hoffnung in Jordans Blick, »aber ich nehme die Stelle trotzdem.«

Jordan nickte und fügte sich in das Unabänderliche.

»Was kriege ich denn an Lohn?«, fragte Eve.

Sie war wirklich raffiniert. »Sie bekommen ein kleines Gehalt plus Essen und Unterkunft. Das ist mein letztes Angebot. Nehmen Sie es an oder lassen Sie's bleiben.«

»Ich nehme an.«

Nachdem er sie genauer gemustert hatte, meinte er: »Von dem, was Sie so kochen, scheinen Sie aber nicht satt zu werden. Sie sind zu mager.«

»*Mager*? Ich bin schlank und zierlich! Das war ich schon immer«, erwidert Eve pikiert.

»Also gut«, sagte Jordan, wandte sich um und ging zum Haus hinüber. Eve folgte ihm. »Wenn Sie bleiben wollen, überlasse ich es Ihnen, ob Sie weiter im Anbau wohnen. Er liegt ja zur Hinterseite, sodass Ihr guter Ruf keinen allzu großen Schaden nehmen wird.«

»Mein Ruf als Unruhestifterin übertrifft sowieso jeden moralischen Zweifel«, gab Eve ruhig zurück.

Jordan schien ihre Worte nicht gehört zu haben. Er starrte nachdenklich auf das Haus. »Es gibt wirklich viel zu tun«, meinte er wie im Selbstgespräch, bevor er sie über die Schulter hinweg anblickte. »Ich werde Nebo bitten, ein paar Zimmerleute und Feldarbeiter einzustellen.«

»Er wird sich sehr freuen, Sie zu sehen«, erwiderte Eve. »Von diesem Tag hat er schon sehr lange geträumt.«

Als Jordan zu den Unterkünften der Arbeiter ging, fragte sich Eve, welche Veränderungen auf Eden zukamen, jetzt, wo der Besitzer wieder da war. Das Leben mit dem alten Nebo war sehr friedlich gewesen. Er hatte keine Erwartungen an sie gestellt und sie nie kritisiert. Doch sie fürchtete, Jordan Hale würde beides tun, besonders, wenn er erst ihre Kochkünste kennen gelernt hatte ...

2

Die barackenähnliche Unterkunft für die Arbeiter stand ungefähr zweihundert Meter vom Haus entfernt an einem gewundenen Pfad, der von verwilderten Feldern gesäumt wurde. Wie die Auffahrt war auch dieser Weg bis auf einen schmalen Durchgang von Unkraut überwuchert, da er selten benutzt worden war.

Während Jordan über den Pfad ging, versuchte er sich Nebos Leben in den vergangenen zehn Jahren vorzustellen. Warum war der alte Plantagenarbeiter überhaupt in Eden geblieben? Und wie hatte er sich durchgeschlagen? Jordan dachte an sein eigenes Leben in Brisbane, an all den Luxus und den Überfluss – und schämte sich plötzlich. Wahrscheinlich war auch die Arbeiterbaracke beim Wirbelsturm beschädigt worden und im Lauf der Zeit verfallen. War sie überhaupt noch bewohnbar? Und wie war Nebo ohne einen Penny Lohn zurechtgekommen? Wovon hatte er sich Kleidung und Essen gekauft?

Plötzlich stutzte Jordan und musste unwillkürlich lächeln: Es duftete nach gebratenem Fisch. Kindheitserinnerungen stiegen in ihm auf. Er dachte an Nebos Klugheit und Umsicht. Wann immer Jordan als Junge ein Problem gehabt hatte, mit dem er seinen Vater nicht belästigen wollte – eine gebrochene Angelrute zum Beispiel oder ein Loch im Schuh –, war er zu Nebo gegangen, und der hatte alles wieder in Ordnung gebracht. Nie hatte er seine Hilfe verweigert.

Jordan hatte geglaubt, er wäre auf das Schlimmste vorbereitet, doch als er die Baracke sah, packte ihn das blanke Entsetzen. Ob das Gebäude beim Wirbelsturm beschädigt worden war, konnte er nicht sehen, denn die Baracke war vollständig vom einem dichten Geflecht aus Schlingpflanzen und wildem Wein überwuchert. Eine vom Sturm umgewehte Bananenstaude lag halb auf dem Dach, und die Mango- und Papayabäume standen in einem mindestens hüfthohen Teppich aus Gras und Unkraut.

Plötzlich tauchte Nebo im Türrahmen der Baracke auf, die eher wie der dunkle Eingang einer Höhle wirkte.

»Wer schleicht hier herum?«, rief er heiser und blinzelte ins grelle Sonnenlicht. Er wusste, dass es nicht Eve war, denn diese rief ihm immer einen Gruß zu, wenn sie kam.

Einen Moment standen die beiden Männer einander gegenüber. Plötzlich legte sich ein Lächeln auf Nebos Gesicht.

»Gütiger Gott, es ist Master Jordan! Sie sind ein Mann geworden!«, rief der alte Plantagenarbeiter. »Sie sind heimgekommen!«

»Nebo! Wie schön, dich wiederzusehen.« Jordan eilte auf den alten Mann zu und schloss ihn in die Arme. Nebos abgetragene, schmutzige Hose war an den Knien durchgescheuert und wurde an der Hüfte mit einem Stück Seil zusammengehalten. Als Jordan die Hände auf den Rücken des alten Mannes legte, spürte er durch den dünnen Stoff des zerlumpten Hemdes hindurch die hervorstehenden Knochen des mageren Körpers und erschrak.

Nebos Augen füllten sich mit Tränen. »Ich habe lange auf diesen Tag gewartet, Master, sehr lange!« Es klang müde, als wäre das Warten ihm schwer geworden. Jordan fühlte sich schuldig, da er all die Jahre kaum an Nebo und die anderen Arbeiter gedacht hatte; seine Gedanken waren allein auf Maximillian Courtland und seine Rachepläne gerichtet gewesen. »Ich kann kaum glauben, dass du noch hier bist«, sagte er, gerührt über so viel unverdiente Treue. Nebo humpelte zu einem altersschwachen Stuhl im Schatten. Er schien ein wenig steif in den Knochen zu sein, und seine Haare und die Bartstoppeln waren weiß. Außerdem hatte er fast alle Zähne verloren. Doch Nebos Miene, die stets den Eindruck erweckte, als würde er lächeln, war geblieben.

»Ich hätte nicht gewusst, wohin ich sonst gehen sollte, Boss«, erwiderte er und fügte hinzu: »Zumindest weiß ich keinen Ort, an den ich gern gegangen wäre.« Er bedeutete Jordan, sich auf ein altes Ölfass zu setzen.

»Ich dachte, du wärst zurück nach Hause, Nebo.« Jordan ließ sich auf dem Fass nieder. Die *kanakas* waren damals angewiesen worden, die letzte Ernte einzubringen und den Erlös unter sich aufzuteilen. So hätten sie über mehr als genügend Geld verfügt, um auf ihre Heimatinseln zurückzukehren – die Cook-Inseln, Tonga, Fidschi ...

Ein Schatten huschte über Nebos Gesicht. »Ich habe zu Hause niemanden mehr. Diejenigen, die nicht hierher gebracht wurden, sind längst tot.« Plötzlich hellte seine Miene sich wieder auf. »Saul und Noah sind noch in der Gegend, Boss. Wenn die beiden hören, dass Sie wieder in Eden sind...!«

Jordan lächelte. »Saul und Noah.« Sein Vater hatte die beiden hünenhaften Südseeinsulaner, die von Tonga stammten, als Arbeiter eingestellt, kurz nachdem er das Land gekauft hatte, um Zuckerrohr anzubauen. Schon als Junge hatte Jordan gewusst, wie sehr sein Vater Saul und Noah schätzte – nicht nur, weil sie so stark waren, dass sie gemeinsam die Arbeit von zehn Männern schafften; obendrein waren sie treu wie Gold und stets gut gelaunt, wie hart die Arbeit auch sein mochte. Mit der Zeit waren sie Freunde geworden. »Für wen arbeiten sie?«

Nebo lächelte leicht. »Für keinen mehr. Sie haben damals gesagt, sie arbeiten für keinen anderen als Master Patrick.« Ein Schatten huschte über sein Gesicht. »Seit zehn Jahren wohnen sie am Fluss und leben von Fisch und wilden Früchten, genau wie ich.« Er deutete auf die Pfanne über dem Feuer, in der zwei große Katzenfische brieten, und grinste. »Miss Eve mag Katzenfisch.« Plötzliche Besorgnis legte sich auf seine Züge, und Jordan ahnte, was der alte Mann dachte.

»Ich habe Eve auf dem Weg hierher kennen gelernt«, sagte er.

»Sie war mir eine gute Gesellschaft, Boss«, erklärte Nebo, und tiefe Falten bildeten sich um seine dunklen Augen. »Hat mir Licht ins Leben gebracht.« Er senkte den Kopf, und sein Lächeln schwand.

Nebo musste sehr einsam gewesen sein, bis Eve erschienen war. Zuvor hatte sein Leben auf Eden wahrscheinlich Ähnlichkeit mit einer langen Einzelhaft gehabt. Und Eve hatte niemanden in der Gegend gekannt; so hatten die beiden aus der Not heraus eine ungewöhnliche Freundschaft geschlossen.

»Ich habe ihr gesagt, dass sie bleiben kann«, erklärte Jordan und blickte zum Haus. »Ich bin froh, dass sie dir eine gute Gesellschaft gewesen ist, Nebo, aber ich hoffe, ich habe keinen Fehler gemacht. Es gibt sehr viel zu tun, und ich kann keine Ablenkungen oder Probleme gebrauchen. Und nach meiner Erfahrung können Frauen beides sein ...«

Nebo strahlte übers ganze Gesicht. »Oh, Eve ist nicht so, Boss! Sie macht sich keine Gedanken über ihr Aussehen und hat mit den Ladys aus der feinen Gesellschaft nichts im Sinn. Sie ist zufrieden, wenn sie mit dem alten Nebo am Feuer sitzen kann.«

Jordan musste Nebo beipflichten, dass Eve anders als andere junge Frauen in ihrem Alter war. Er hatte sie sogar für einen halbwüchsigen Jungen gehalten, bis er ihr Gesicht sah und ihre Stimme hörte. »Sie wird ohnehin kaum Gelegenheit haben, die Zeit mit feinen Leuten totzuschlagen. Ich habe sie ist als Köchin angestellt, bis ich richtiges Hauspersonal bekomme.«

»Köchin?« Nebo wirkte völlig verblüfft.

»Ja.« Jordan wurde misstrauisch. »Sie kann doch kochen, oder? Ich möchte nicht, dass sie mir meine Arbeiter vergiftet.«

In Nebos Miene spiegelte sich noch immer tiefe Verwunderung. »Oh ... ja, doch, Boss, sie kann kochen. Sie kocht immer für mich ...«

Jordan fand diese Versicherung nicht allzu überzeugend, vor allem, da nicht Eve, sondern Nebo selbst gerade dabei war, das Abendessen zuzubereiten. Wieder fragte er sich, ob es ein Fehler gewesen war, Eve die Stelle zu geben. Doch jetzt konnte er nicht mehr zurück. »Ich brauche ein paar tüchtige Männer, Nebo. Es gibt viel zu tun. Ich will das Haus in Ordnung bringen und die Felder jäten, damit wir so schnell wie möglich eine Ernte einbringen können. Ich weiß, dass es viel Arbeit kosten wird, aber in sechs Monaten wird Eden die beste Plantage im Umkreis von hundert Meilen sein.«

Nebo strahlte, überglücklich, dass sein Leben im Exil vorüber war und dass Jordan blieb. »Ich bin nicht mehr so jung und kräftig wie früher, Boss«, meinte er dann verlegen. »Wenn ich zu essen bekomme, genügt mir das als Lohn.«

Jordan betrachtete den alten Mann. Nebo sah tatsächlich nicht so aus, als würde er auch nur einen Tag harter Feldarbeit überleben, doch ein paar kräftige Mahlzeiten würden hoffentlich dafür sorgen, dass wieder Fleisch auf seinen knochigen Körper kam.

»Du bist viel zu erfahren, um als einfacher Feldarbeiter dein Geld zu verdienen, Nebo«, sagte Jordan. »Ich möchte, dass du mein Aufseher wirst und dafür sorgst, dass die Männer, die ich einstelle, fleißig arbeiten.«

»Das ist nett von Ihnen, Master Jordan.« Nebo wirkte plötzlich bedrückt. »Aber kein weißer Mann will sich von einem *kanaka* wie mir Anweisungen erteilen lassen. Hier hat sich nicht viel geändert, während Sie fort waren, und es wird sich auch nichts ändern. Ich jedenfalls werde es nicht mehr erleben.«

»Du irrst dich, Nebo. Die Dinge *werden* sich ändern. Ich werde meinen Arbeitern mehr bezahlen als alle anderen Plantagenbesitzer; deshalb glaube ich nicht, dass ich Probleme haben werde, Leute zu finden. Außerdem werde ich meine Arbeiter gleich behandeln, egal welcher Hautfarbe sie sind und welche Aufgaben sie haben. Und ich bleibe dabei – du bist der richtige Mann, als Aufseher zu arbeiten. Bitte, nimm die Stelle an.«

Nebo schaute Jordan verwundert an; dann nickte er zögernd.

»Als Erstes kaufen wir dir ein paar neue Sachen«, fuhr Jordan fort. »Ich kann meinen Aufseher schließlich nicht herumlaufen lassen wie einen Landstreicher.« Er lächelte dem alten Mann zu, um ihn wissen zu lassen, dass er es nicht abwertend meinte.

Nebo starrte an seinem abgetragenen Hemd und der zerrissenen Hose hinunter und meinte grinsend: »Wenn Miss Eve nicht hier wäre, Boss, würde ich so nackt herumlaufen wie ein gerupftes Hühnchen.«

Jordan lachte herzlich. »Ich muss einen Frachtwagen und ein paar Ochsen kaufen. Außerdem brauche ich Bauholz, Wellblech und Farbe.« Er blickte in die Richtung, in der das Wohnhaus stand. »Ich war entsetzt, wie sehr das Haus verfallen ist ...«

In Nebos Blick lag Schmerz, und er senkte den Kopf. »Tut mir Leid, Boss.«

»Ich werfe dir nichts vor, Nebo. Ich *selbst* habe Eden vernachlässigt. Aber das wird sich ändern. Ich bin übrigens noch nicht im Haus gewesen ...«

»Es ist nicht alles fort, Boss. Als die Plünderer kamen, habe ich in Sicherheit gebracht, was von Mistress Cathelines Sachen noch übrig war, und sie dort versteckt.« Er deutete nach hinten, ins Innere der Arbeiterbaracke. »Die Uhren, das Silberbesteck und alle anderen schönen Dinge. Ich habe ein gutes Versteck gefunden und bewache es Tag und Nacht. Wenn das Haus repariert ist, bringen wir alles zurück, damit es aussieht wie vorher.«

Jordan hatte ihm mit wachsender Verwunderung zugehört. »Nebo, du bist großartig! Ich dachte, die Sachen wären für immer verloren.« Das war der Hauptgrund dafür, dass Jordan noch nicht im Haus gewesen war: Er wollte die vertrauten Zimmer nicht leer sehen, ohne all jene Dinge, die sie zu einem Heim gemacht hatten. Jetzt bedauerte er, das Haus vor seiner Abreise nicht ausgeräumt zu haben. Doch hatte er damals nur den Wunsch gehabt, so schnell wie möglich wegzukommen – und so weit wie nur möglich fort von den schmerzlichen Erinnerungen, bevor diese ihn überwältigen konnten. Jordan hatte damals nicht gewusst, dass er so lange fort sein würde, doch die Jahre waren wie im Flug vergangen.

»Danke, dass du die Gräber meiner Eltern gepflegt hast«, sagte er.

Nebo winkte ab. »Jetzt, wo Sie wieder da sind, Master, lächelt Master Patrick bestimmt vom Himmel auf Eden runter.«

Jordan verschwieg dem alten Mann, dass er gekommen war, um seine Eltern zu rächen. Nebo würde es nicht verstehen. Ohnehin wusste niemand außer Jordan und seinem Onkel, dass Maximillian Courtland für den Tod der Hales verantwortlich war – und sein Onkel hatte Jordan dringend geraten, nicht nach Eden zurückzugehen. Andererseits würde Nebo ihm wahrscheinlich die Wahrheit über den Tod seiner Mutter erzählen können, doch jetzt war nicht der richtige Augenblick, danach zu fragen. Jordan war noch nicht bereit für die ganze Wahrheit.

Jordan, Nebo und Eve fuhren mit dem Einspänner in die Stadt. Jordan hatte Eve beauftragt, einen Vorrat an Nahrungsmitteln zu kaufen: Fleisch, ein paar Hühner und Gemüsesamen. Er rechnete damit, dass Eves Erscheinen und ihre Einkäufe Gerüchte nach sich ziehen würde, die sich wie ein Lauffeuer verbreiteten. Was sie auf mögliche Fragen antwortete, überließ er ihr selbst; sie war klug und schlagfertig genug.

Am Nachmittag hatte Jordan Ochsen und einen Wagen gekauft, der nun mit Bauholz, Farbe, Nägeln und Wellblech beladen war. Außerdem hatte er Handwerker eingestellt, die gleich am nächsten Morgen mit dem Wiederaufbau des Haupthauses auf der Plantage beginnen würden.

Als Jordan durch die Straßen von Geraldton ging, erkannten viele der älteren Einwohner ihn wieder. Der Tod von Catheline und Patrick Hale war damals eine Sensation, ja ein Skandal in der kleinen Gemeinde gewesen, der Gerüchte und wilde Spekulationen ausgelöst hatte. Die meisten der alten Bekannten freuten sich, Jordan wiederzusehen, doch es lag auch ein gewisses Unbehagen in ihren Blicken, als sie ihn begrüßten. Während Jordan von einem Geschäft zum anderen ging, hörte er Geflüster hinter seinem Rücken.

Sein blendendes Aussehen brachte ihm die bewundernden Blicke einiger junger Frauen ein. Jordan lächelte charmant zurück – auch deshalb, um einen guten Eindruck zu hinterlassen. Hatte sich erst herumgesprochen, dass er ein blendend aussehender, wohlhabender junger Mann mit guter Ausbildung war, würden manche Frauen alles tun, um seine Bekanntschaft zu machen. So war es schon in Brisbane gewesen, und es passte in Jordans Pläne.

Bevor sie in die Stadt gefahren waren, hatte Nebo einigen Kindern aus der Umgebung aufgetragen, Saul und Noah zu suchen und zur Plantage zu bringen. Er hatte die beiden hünenhaften Männer zwar schon eine ganze Weile nicht mehr gesehen, doch er wusste, dass sie ebenso gern für Jordan arbeiten würden, wie sie für seinen Vater Patrick gearbeitet hatten.

Jordan hängte am schwarzen Brett im Postamt einen Zettel aus, um Feldarbeiter anzuwerben. Außerdem hielt er auf dem Weg immer wieder an und sprach mit Plantagenarbeitern. Er bat sie, überall zu erzählen, dass er Männer suche und einen guten Lohn zahle. Als Jordan zur Plantage zurückkehrte, warteten dort bereits einige hoffnungsvolle Anwärter auf ihn.

Jordan stellte sich vor und musterte die Bewerber. Drei *kanakas* und drei Chinesen, darunter eine Frau, standen ein Stück entfernt. Ihren ausdruckslosen Mienen war nicht zu entnehmen, was sie dachten, während die anderen Bewerber – Griechen, Italiener und zwei Iren – sie neugierig anstarrten.

»Ich stelle keine Billigkräfte ein«, sagte Jordan, worauf die Europäer den *kanakas* und Chinesen triumphierende Blicke zuwarfen, was Jordan nicht entging. »Bei mir bekommen alle den gleichen Lohn, egal woher die Leute kommen.« Er schaute die verwunderten *kanakas* und Chinesen an und wiederholte: »Ich werde euch gerecht und gleich behandeln, und ich verlange, dass ihr ebenso miteinander umgeht. Wer gegen diese Regel verstößt, wird entlassen. Wenn ihr meint, nicht gleichberechtigt miteinander arbeiten zu können, dann verschwendet meine Zeit nicht länger.« Jordan wartete einen Augenblick, doch keiner der Bewerber ging, obwohl sie einander misstrauische Blicke zuwarfen.

»Nichts gegen Ihren Idealismus, Sir, aber sind Sie sicher, dass Sie uns bezahlen können?« Der Ire, der das Wort ergriffen hatte, warf einen skeptischen Blick auf das halb verfallene Haupthaus und die überwucherten Felder.

»Würden zwei Tageslöhne im Voraus Ihre Zweifel ausräumen, Mister ...?«

Der Ire bekam große Augen. »O'Connor, Ryan O'Connor. Und zwei Tageslöhne Vorschuss würden meine Zweifel tatsächlich ausräumen.«

»Dann ist es abgemacht.« Jordan streckte dem Mann die Hand hin, und der stämmige Ire schlug ein. Irgendetwas in

Jordans Blick sagte dem Iren, dass es nicht ratsam gewesen wäre, sich mit dem jungen Mann anzulegen.

»Ich werde die Arbeiterbaracke instand setzen lassen, sobald im Haus wieder einige Zimmer bewohnbar sind. Bis dahin könnt ihr hier unten am Fluss ein Lager aufschlagen, oder auch woanders, wenn ihr wollt. Ich möchte morgen mit der Arbeit anfangen. Ich habe eine Köchin eingestellt, sodass fürs Essen gesorgt ist. Ich behandle meine Arbeiter gut – dafür erwarte ich euren vollen Einsatz. Für alle gilt eine Probezeit von einem Monat. Hat jeder das verstanden?«

Eifriges Nicken war die Antwort.

»Dann sehen wir uns morgen bei Sonnenaufgang. Und als Zeichen meines guten Willens werde ich jedem von euch zwei Tageslöhne zahlen.«

Nachdem die Arbeiter gegangen waren, fasste Jordan sich ein Herz und betrat das Haupthaus. Die Sonne verschwand gerade hinter den Hügeln, die sich in einiger Entfernung von der Plantage erhoben. Das Innere des Hauses wirkte schmutzig und düster. In den Räumen war es kühl. Die Teppiche waren ebenso verschwunden wie einige Dielenbretter und die Möbel. Jordan ging von Zimmer zu Zimmer und dachte wehmütig an glücklichere Zeiten. Als er den Esstisch sah, blieb er stehen. Der Tisch war beschädigt, stand aber noch an der alten Stelle. Patrick Hale hatte ihn damals selbst aus Eichenholz getischlert – im Esszimmer, denn der fertige Tisch hätte seiner Größe wegen nicht durch die Türen gepasst. Er wog eine Tonne, was ihn – anders als etwa die Stühle – vor Diebstahl bewahrt hatte.

Jordan blieb vor dem Tisch stehen und blickte durchs Wohnzimmer. Der Lehnstuhl war verschwunden, doch im Geiste sah er seinen Vater wieder am Fenster sitzen, wie am Abend seines Todes. Als er an das Geschehen vor zehn Jahren dachte und der Zorn wieder von ihm Besitz ergriff, meinte er auf der Veranda Schritte zu hören. Er wollte es schon als Trugbild seiner überreizten Fantasie abtun, als draußen ein Ruf erklang: »Ist jemand da?«

Jordans Körper spannte sich. Obwohl er diese Stimme seit langer, langer Zeit nicht gehört hatte, erkannte er sie auf Anhieb. Zehn Jahre hatte er auf dieses Zusammentreffen gewartet, doch der Zeitpunkt für Maximillian Courtlands Erscheinen hätte ungünstiger nicht sein können. Jordan schlug das Herz bis zum Hals, und seine Handflächen wurden feucht vor Schweiß. Er schluckte schwer, als er zur Tür ging.

Maximillian Courtland hatte sich abgewandt und stieg die Verandatreppe hinunter. Als er Jordan hörte, drehte er sich um. Er hielt den Hut in der einen Hand, in der anderen eine teure Zigarre. Sein Pferd war ein paar Meter weiter angebunden. Auf seinen Zügen lag derselbe hochmütige Ausdruck wie früher. Um die Taille herum hatte er an Gewicht zugelegt. Seine Haare waren dünner und von mehr Grau durchzogen, aber sonst schien er unverändert.

Max musterte Jordan ebenfalls von oben bis unten und stellte fest, dass dieser groß und breitschultrig geworden war. Zum ersten Mal erkannte er, wie sehr Jordan mit seinem dunklen Haar und den grünen Augen seiner Mutter ähnelte. Der Gedanke an Catheline machte Courtland seltsam unruhig. Max musste zugeben, dass Jordan gut aussah, doch er wirkte zu weich, um eine Zuckerrohrplantage zu führen. Dafür brauchte es einen ganzen Mann, der hart und rücksichtslos sein konnte.

»Wie ich höre, möchtest du zurück nach Eden, Jordan.«

»Da haben Sie richtig gehört, Courtland.« Jordans Stimme war kalt und ironisch.

Einen Augenblick lang versuchte Max, Jordans Stimmung einzuschätzen. War er feindselig oder nur müde? »Und wie sehen deine Pläne aus?«

Jordan kämpfte den aufkeimenden Zorn nieder. Er erinnerte sich noch schwach daran, wie er sich als Kind in Max' Gegenwart gefühlt hatte, doch jetzt spürte er kaum etwas von der damaligen Furcht und Scheu. Stattdessen war er von Rachegedanken erfüllt. »Tun Sie doch nicht so, als wüssten Sie noch nicht, dass ich Arbeiter eingestellt habe, Max. Manche Dinge ändern sich nie, deshalb bin ich sicher, dass Ihre Spione Ihnen berichten, was in der Gegend passiert.«

Max nickte, und seine grauen Augen wurden schmal. Jordans Feindseligkeit brachte ihn aus dem Konzept, doch er versuchte es sich nicht anmerken zu lassen. »Ja, ich weiß, dass du Arbeiter eingestellt hast, und das wundert mich. Ich dachte, du hättest die Plantage schon vor Jahren verkauft.«

Jordan wusste, dass Max schon öfter versucht hatte, Eden in seinen Besitz zu bringen. Mindestens zweimal jedes Jahr hatte er über einen Agenten ein vermeintlich anonymes Angebot abgegeben, doch Jordan hatte dank seiner guten Verbindungen in der Geschäftswelt stets davon erfahren. Er bekam jede Information, die er haben wollte. Courtlands erste Angebote waren beleidigend niedrig gewesen und hatten Jordan entschlossener denn je an dem Besitz festhalten lassen. Die letzten Gebote hingegen waren großzügig, was Jordan als Anzeichen dafür wertete, dass Max Courtland die Plantage um jeden Preis haben wollte.

»Ich werde Eden niemals verkaufen«, stieß Jordan nun hervor. »Niemals!«

Zorn legte sich auf Max' Gesicht. »Es wird riesige Summen verschlingen, Eden wieder zu einer einträglichen Plantage zu machen«, sagte er.

»Ich weiß.«

Max war sichtlich überrascht, dass Jordan über solche Mittel verfügte. »Wie ich hörte«, sagte er, »hast du allen Feldarbeitern den gleichen Lohn versprochen, ob Europäer oder *kanaka*. Aber wir Plantagenbesitzer machen hier Unterschiede.«

Jordan starrte ihn an, zornig wegen seiner Überheblichkeit.

»Ich mache es, wie ich es will. Im Gegensatz zu Ihnen glaube ich nämlich an die Gleichheit aller Menschen.«

»Gleichheit aller Menschen? Du liebe Zeit, du hörst dich schon genauso an wie dein Vater!« Einen Moment lang wurde Max unruhig unter Jordans durchdringendem Blick; offenbar machte sein Gewissen ihm zu schaffen. »Wir arbeiten hier nach einem gut funktionierenden System«, fuhr Courtland dann leiser fort. »Du kannst nicht einfach herkommen und alles auf den Kopf stellen.«

»Ich werde meine Plantage so führen, wie ich es für richtig halte, Courtland. Wenn das unter Ihren Arbeitern für Unruhe sorgt, ist das Ihr Pech. Es wird höchste Zeit, dass ein solch ungerechtes System beseitigt wird.«

Max' tief liegende Augen unter den dichten Brauen wurden schmal. »Du bist offensichtlich wiedergekommen, um Ärger zu machen. Ich warne dich, Junge. Ich mag die Dinge so, wie sie sind. Ich will nicht, dass sich etwas ändert – und das hier ist *meine* Stadt. Die Leute hören auf mich und tun, was ich sage. Wenn du mir Probleme machst, wird man sich um dich kümmern. Du verstehst, was ich meine?«

Jordan verstand die Drohung nur zu gut. »Es wird sich vieles ändern, Max«, erwiderte er ernst. »Vor allem, wenn ich Sie erst vernichtet habe.«

Max Courtland war einen Augenblick verblüfft; dann lachte er laut auf. »Glaubst du im Ernst, du könntest mich vernichten, Jordan? Schau dir diese Bruchbude an – sie ist eine Schande!« Er trat mit der Stiefelspitze gegen das verfaulte Holz der Veranda, dass es zersplitterte. »Du bist erwachsen geworden, aber deshalb bist du noch lange kein Gegner für mich. Mir gehört mehr als die Hälfte aller Plantagen in dieser Gegend.«

Jordan wusste, das Max die Wahrheit sagte. Doch er schien noch immer zu glauben, dass niemand wusste, dass er außerdem an der Mourilyan-Mühle beteiligt war. Jahrelang schon sorgte Max Courtland dafür, dass bestimmte Plantagenbesitzer einen niedrigen Preis für ihr Zuckerrohr bekamen, bis sie gezwungen waren, ihren Grund und Boden aufzugeben. Dann kaufte Max ihre Plantagen, um sie anschließend an ihre früheren Besitzer zu verpachten. Doch Jordan wusste, dass Max' gerissener Plan nicht aufgegangen war, denn als Pächter arbeiteten die Pflanzer nicht so hart und produzierten nicht mehr so viel. Sogar Max' brutale Methoden hatten sie nicht dazu bringen können, härter zu schuften.

»Ich verfüge hier über sehr viel Einfluss«, fügte Max hinzu. »Ich werde dafür sorgen, dass die Mühle dir dein Zuckerrohr nicht abkauft und dass kein einziger Arbeiter herkommt, um dein Haus zu reparieren oder auf deinen Feldern zu arbeiten. Ich werde dich von hier verjagen, Junge!«

Jordan lächelte ungerührt und trat drohend einen Schritt auf Max zu, der kleiner war, als er ihn in Erinnerung hatte. Er konnte seinen Zorn nur mühsam im Zaum halten. »Ich werde nirgendwohin gehen, Max, weder jetzt noch später. Ich werde Sie fertig machen – und ich werde es genießen. Und jetzt verschwinden Sie, und setzen Sie nie wieder einen Fuß auf mein Land.«

Max Courtland blickte Jordan lange an. Er fragte sich, ob der junge Mann wusste, dass er in der Todesnacht von Patrick Hale in Eden gewesen war, oder ob er es auf irgendeine Weise herausgefunden haben konnte. Jedenfalls hatte ihn irgendetwas zutiefst verbittert und seinen Zorn entfacht.

»Das hat dein Vater nicht geschafft – und du wirst es auch nicht schaffen, Söhnchen!«

Jordan ballte die Fäuste. »Ich tue es im Gedenken an meinen Vater, alter Mann, und ich werde mich nicht damit zufrieden geben, Ihre Geschäfte zunichte zu machen.« Seine Stimme wurde gefährlich sanft. »Ich werde Sie persönlich treffen, so wie auch Sie es immer getan haben.« Eigentlich hatte Jordan nicht so offen reden wollen, doch seine Wut ließ ihn die

Beherrschung verlieren. Er wollte Max ins Gesicht sehen, während er ihm sagte, was er vorhatte.

Max starrte ihn verblüfft an. »Mich persönlich treffen?«

»Sie und Ihre Familie. Wie geht es eigentlich Ihrer Frau, Letitia? Spielt sie immer noch mittwochs nachmittags mit Millie Kirkbright, Joan Mallard und Corona Byrne Bridge?«

»Du Hurensohn. Woher weißt du ...«

»Und was machen Ihre Töchter? Es hat mich nicht überrascht, dass Celia ihre Hochzeit mit Warren Morrison abgesagt hat. Wahrscheinlich ist er ein genauso mieser Hund wie sein Vater.« Jordan wusste, dass Frank Morrison ein sehr guter Freund von Max war und dass die beiden Männer die Ehe abgesprochen hatten.

»Die Hochzeit ist nur verschoben«, meinte Max trotzig, während seine Gedanken rasten. War es möglich, dass Jordan seine Familie beobachtete oder jemanden beauftragt hatte, sie unter Beobachtung zu halten? Doch er schob diese Möglichkeit rasch wieder beiseite, überzeugt, dass Jordan zu solchen Mitteln gar nicht fähig war.

»Feiert Alexandra noch immer so gern?« Sie stand in dem Ruf, mehr zu trinken, als einer Dame angemessen war, und ihrer gewagten Witze und ihrer aufreizenden Art wegen war sie ein ständiges Gesprächsthema in der besseren Gesellschaft – doch in letzter Zeit waren die Zeitungsartikel voller Andeutungen darüber gewesen, dass sie ein Alkoholproblem hatte.

Auf Max' Zügen zeichnete sich Überraschung ab. Er fragte sich, ob einer seiner Vertrauten Informationen an Jordan weitergegeben haben konnte. »Lass meine Frau und meine Töchter aus dem Spiel«, stieß er kalt hervor.

»So wie Sie meine Mutter aus dem Spiel gelassen haben? Nein, Max. Ich werde mir ein Vergnügen daraus machen, die Frauen in Ihrem Leben kennen zu lernen – und zwar ganz genau.«

Maximillian Courtland verstand den tieferen Sinn der Worte und bebte vor Zorn, zwang sich jedoch, nach außen hin die Fassung zu wahren. Er wollte Jordan nicht zeigen, wie tief dieser ihn getroffen hatte. Jetzt war Max sicher, dass Jordan von seinem Besuch an dem Abend wusste, als Patrick Hale gestorben war – doch wie viel mochte er außerdem noch ahnen?

»Ich weiß nicht, was du glaubst, aber mich trifft keine Schuld am Tod deines Vaters. Der Gerichtsmediziner sagte, dass er an einem Herzanfall gestorben ist.«

»Daran sind Sie ebenso schuldig, als hätten Sie ihn mit ihren eigenen Händen erwürgt!«

»Ich habe ihn nicht angerührt.«

»Was Sie über meine Mutter gesagt haben, hat Vater umgebracht! All diese widerlichen Lügen ... wie konnten Sie nur am Abend ihrer Beerdigung zu uns kommen und so scheußliche Dinge zu meinem Vater sagen?«

Max starrte ihn verblüfft an. »Woher weißt du ...?«

»Weil ich jedes Wort gehört habe.«

»Du kennst die Wahrheit nicht und wirst sie nie erfahren!«

»Da irren Sie sich. Ich werde die Wahrheit herausfinden, die ganze Wahrheit – und dann werden Sie dafür bezahlen, was Sie getan haben!«

Jetzt spiegelte sich Besorgnis auf Maximillians Gesicht. »Ich warne dich, Junge. Lass meine Familie in Ruhe.«

Jordan wusste, dass Max seinen Töchtern jeden Kontakt mir ihm untersagen würde. Doch dadurch wurde er für sie eine verbotene Frucht – und erst recht interessant.

»Du machst einen Fehler, Jordan, einen großen Fehler«, sagte Max über die Schulter, während er zu seinem Pferd ging, doch er wirkte nicht mehr so selbstbewusst und siegessicher wie bei seiner Ankunft. Nachdem er aufgesessen war, warf er einen verächtlichen Blick über die Plantage und meinte: »Ich hätte diesen Schandfleck schon vor Jahren niederbrennen sollen!«

Jordan ballte die Fäuste. »Wenn meinem Haus, meinem Land oder einem meiner Arbeiter irgendetwas geschieht, Max, werde ich dafür sorgen, dass Willoughby dem Erdboden gleichgemacht wird.«

Max starrte ihn an, und sein Blick sagte deutlich, dass er es Jordan nicht zutraute. Aber konnte er es darauf ankommen lassen? Willoughby, seine Plantage, war Max' Leben. Wortlos wendete er sein Pferd und ritt die Auffahrt hinunter.

Jordan schaute ihm nach. Obwohl er einen kleinen Sieg errungen hatte, verspürte er keinerlei Triumph. Langsam wandte er sich wieder dem Haus zu und fragte sich, wo er in dieser Nacht schlafen würde und ob er überhaupt ein Auge zubekam.

3

Jeden Nachmittag um fünf Uhr zog sich Letitia Courtland mit einem Drink auf ihre schattige Terrasse zurück, üblicherweise mit einem doppelten Rumcocktail. Sie hatte eben das dritte Glas binnen einer Stunde getrunken, als eine einspännige Kutsche durch das Tor am anderen Ende der langen Auffahrt gerollt kam. Auf dem Kutschbock saßen Letitias Töchter Celia und Alexandra.

Letitia beobachtete, wie der Wagen zwischen den bunt blühenden Beeten zu den Ställen fuhr. In den Rabatten prangten rosafarbene und gelbe Hibisken, rote Poinsettien und weiße Gardenien, die vor einem Hintergrund aus Goldrohrpalmen gepflanzt worden waren. Der parkähnliche Garten wurde ständig von drei eigens dafür eingestellten *kanakas* gepflegt, was dem Willoughby-Anwesen der Courtlands den Neid der Nachbarn eintrug. Doch unglücklicherweise vermochte schon seit langer Zeit weder der Garten noch irgendetwas anderes Letitia Freude zu schenken.

Celia und Alexandra waren so verschieden, dass sie selten gemeinsam etwas unternahmen. Deshalb war es ungewöhnlich, sie zusammen zu sehen, noch dazu in eine angeregte Unterhaltung vertieft, offenbar über ein Thema, das sie beide interessierte. Letitias Neugier war geweckt.

Von ihrem Sessel auf der breiten Veranda aus, die um die gesamte Villa herumführte, beobachtete Letitia, wie ihre Töchter von der Kutsche stiegen, noch immer in lebhaftem Gespräch vertieft. Sie lächelte über die so unterschiedliche

Kleidung der Mädchen, in der sich deutlich ihr ebenso unterschiedliches Naturell spiegelte.

Celia trug ein loses, zitronengelbes, züchtiges Sommerkleid von altmodischem Schnitt. Sie war überaus korrekt und versuchte nie, die Aufmerksamkeit auf sich zu lenken wie ihre Schwester Alexandra, die allgemein nur »Lexie« genannt wurde. Celia achtete auf Korrektheit; stets trug sie züchtige Kleidung, und ihre Hände mussten immer gepflegt, ihr glattes, kastanienbraunes Haar stets ordentlich frisiert sein. Sie wollte den Eindruck von strengem Ernst erwecken, was ihr auch sehr gut gelang. Allerdings erregte sie deshalb selten die Aufmerksamkeit des anderen Geschlechts.

Lexie hingegen trug ein rotes Kleid, das eng an ihren wohl gerundeten Hüften anlag und sehr tief ausgeschnitten war. Ihre widerspenstigen schwarzen Haare hatte sie lose zurückgebunden. Wenn sie wütend war oder ihren Willen nicht bekam, zog sie einen Schmollmund, und die dunklen Augen in ihrem hübschen Gesicht blitzten vor Zorn. Lexie war leidenschaftlich und reizbar, hochmütig und fordernd. Oft konnte Letitia kaum fassen, dass ihre Töchter so verschieden waren. Andererseits – bei ihr und Max war es ja genauso.

»Was hat euch denn so in Aufregung versetzt?«, erkundigte sie sich, als die Mädchen mit funkelnden Augen und rosigen Wangen die Verandatreppe heraufkamen. Wie die meisten Häuser in Nordqueensland war auch die Courtland-Villa auf doppelt mannshohen Pfählen errichtet worden, um zu verhindern, dass es während der Regenzeit zu Überschwemmungen kam. Bei schweren Wolkenbrüchen konnte es vorkommen, dass binnen einer Nacht mehr als zweihundert Millimeter Niederschlag fielen.

»Jordan Hale ist nach Geraldton zurückgekommen«, sagte Celia so beiläufig, als wäre es eine völlig unwichtige Neuigkeit. Doch Letita entging nicht, dass Celia für ihre Verhältnisse ungewöhnlich aufgeregt war. Ihre normalerweise blassen

Wangen waren gerötet, und es schien sie wenig zu stören, dass sich Haarsträhnen aus ihrer Frisur gelöst hatten und um ihr Gesicht wehten.

»Jordan Hale? Was will der denn hier?«, meinte Letitia. »Eden ist doch völlig am Ende.«

»Clara Hodge sagt, dass Jordan sehr gut aussieht«, sagte Lexie, als hätte sie die Bemerkung ihrer Mutter gar nicht gehört. Sie machte gar nicht erst den Versuch, ihre Begeisterung zu verbergen, dass ein neues männliches Wesen in der Nachbarschaft erschienen war, das ihr Interesse auf sich zog. Die einheimischen jungen Männer fand Lexie meist langweilig; sie schienen sich nur für die Landwirtschaft, für Pferde und für illegales Schnapsbrennen im Regenwald zu interessieren, wo sie sich heimlich betranken.

»Ich habe gehört, Jordan will Eden wieder aufbauen«, sagte Celia. »Anscheinend will er sogar wieder Zuckerrohr pflanzen.«

»Wirklich?«, fragte Letitia, täuschte jedoch nur Interesse vor. Als sie Jordan Hale das letzte Mal gesehen hatte, war er ein schlaksiger, halbwüchsiger Junge gewesen; seiner Rückkehr vermochte sie nichts Aufregendes abzugewinnen. Sie hatte die Hoffnung inzwischen fast aufgegeben, dass sich in Geraldton irgendetwas ereignen könnte, was ihr eintöniges Leben ein wenig bunter machte.

»Eden«, murmelte sie nachdenklich, »aber dort war doch ...«

Lexie unterbrach sie unsanft. »Jordan soll nicht nur sehr gut aussehen, er soll auch sehr wohlhabend sein. Jemand hat uns erzählt, dass er in der Sägemühle so viel Holz gekauft hat, dass sie es sich leisten konnten, für den Nachmittag zu schließen.«

Letitia blickte ihre Tochter neugierig an.

»Und er ist groß und breitschultrig ...«, fügte Celia verträumt hinzu. Doch kaum hatte sie es ausgesprochen, als sie an Warren denken musste, der weder groß noch breitschultrig war, aber ihr Verlobter, und sie errötete heftig.

Doch Letitia war nun hellhörig geworden, denn ihrer Meinung nach machte Geld einen Mann erst richtig interessant. Seine Anziehungskraft wuchs mit seinem Wohlstand; wenn er gut aussah, war es ein zusätzlicher Pluspunkt. »Hat eine von euch ihn denn gesehen?«, erkundigte sie sich, während sie ihr Glas nachfüllte. Sie konnte kaum glauben, dass Jordan Hale wirklich so gut aussehend und vermögend war, wie die Mädchen behaupteten.

»Celia hat ihn von weitem gesehen. Ich leider nicht«, erklärte Lexie. Sie mixte sich ebenfalls einen Rumcocktail und ignorierte den missbilligenden Blick ihrer Mutter, als sie das Glas auf einen Zug leerte.

»In der Stadt haben alle über Jordan gesprochen«, meinte Celia, »besonders Vera Wilkins und Tessa Carmichael. Vera behauptet, er hätte ihr zugelächelt und würde sie bestimmt zum Tee einladen, wenn er das nächste Mal in der Stadt ist …«

»Nicht, wenn ich ihm zuerst begegne«, sagte Lexie kokett.

Wie schon oft lag Letitia die Bemerkung auf der Zunge, dass Männer eine Frau, die leicht zu haben war, viel weniger attraktiv fanden als eine, die unerreichbar für sie schien. Das galt besonders, wenn man die Ehe als Ziel anstrebte. Doch Letitia wusste, dass ihr Rat bei Lexie auf taube Ohren stoßen würde. Sie hatte lange und aus tiefster Seele darum gebetet, dass sich ein Mann fand, der Lexie im Zaum zu halten vermochte; sie und Max hatten es nicht geschafft, ihrer Tochter dahin gehend Grenzen zu setzten.

Plötzlich fiel Letitia wieder ein, was sie vorher hatte sagen wollen. »Ihr seid offenbar so sehr mit Jordan Hales Rückkehr beschäftigt, dass ihr eines völlig übersehen habt.«

Lexie und Celia blickten sie verständnislos an.

»Und was soll das sein, Mutter?«, fragte Lexie schließlich.

Letitia blickte sich um, denn sie wollte sicher sein, nicht belauscht zu werden. »Evangeline.«

Die Mädchen verzogen die Gesichter. »Was ist mit ihr?«, fragte Celia.

»Ihr habt mir vor einiger Zeit erzählt, dass einer der *kanakas* sagt, sie lebe drüben in Eden.« Letitia konnte es kaum fassen, dass ihre jüngste Tochter wie eine Landstreicherin in einem verfallenen Haus auf einem verlassenen Grundstück hauste. Sie hatte es erst geglaubt, als Eve ihr eines Tages in der Stadt über den Weg gelaufen war und Letitia sie danach gefragt hatte. Evangeline hatte es weder zugegeben noch geleugnet, doch sie hatte sehr zufrieden dreingeschaut, als Letitia ihr vorwarf, ihre Familie zum Gespött zu machen.

Die Mädchen wechselten einen entsetzten Blick.

»Stimmt«, meinte Lexie erschrocken. »Elias hat mir erzählt, dass sie in Eden lebt. Er sagte, sie kümmert sich dort um einen alten *kanaka*, der früher für die Hales gearbeitet hat.« Sie seufzte tief. »Oh, verflixt! Das hatte ich ganz vergessen!« Sie verzog das Gesicht. »Warum muss ausgerechnet sie es sein, die jetzt mit Jordan Hale zusammenlebt?«

»Ach, Unsinn. Sie lebt bestimmt nicht mit Jordan zusammen«, meinte Celia und verschränkte die Arme vor der Brust. »Wahrscheinlich hat er sie nach seiner Rückkehr am Kragen gepackt und von seinem Grund und Boden befördert – falls er sie unter all den *kanakas* und Aborigines, die sich in Eden herumtreiben, überhaupt bemerkt. Er hat sie bestimmt verjagt.«

»Vielleicht aber auch nicht«, sagte Letitia. Sie fühlte sich stets verpflichtet, ihre jüngste Tochter zu verteidigen, was ihre beiden Ältesten gar nicht schätzten. Sie hatten Letitia schon oft den Vorwurf gemacht, Evangeline nur aus einem Schuldgefühl heraus zu schützen, weil sie bei einem Onkel und einer Tante aufgewachsen war.

»Ganz bestimmt«, beharrte Celia. »Wenn Jordan Eden wirklich neu aufbauen will, wird er sich nicht mit illegalen Siedlern aufhalten.«

Doch Lexie schäumte noch immer vor Wut, und Letitia

sah, wie sie bei dem Gedanken, dass Jordan Evangeline vielleicht doch nicht von Eden vertrieb, vor Neid erblasste.

Celia hob trotzig den Kopf. »Eigentlich ist es kein Wunder, dass wir dir nichts sagen können. Wir bekommen Evangeline ja kaum zu Gesicht, und wenn wir ihr doch einmal begegnen, behandelt sie uns von oben herab.«

»Ich glaube, es ist eher umgekehrt, Celia«, bemerkte Letitia. »Seid wenigstens so ehrlich und gebt es zu. Ich habe gehört, dass ihr sie nicht einmal grüßt, wenn ihr sie in der Stadt trefft.« Es stimmte Letitia traurig, dass Celia und Lexie sich ihrer jüngsten Schwester gegenüber so schändlich benahmen. Doch auch Letitia konnte die Wahrheit nicht leugnen: Evangeline selbst hatte unmissverständlich klar gemacht, dass sie mit keinem von ihnen etwas zu tun haben wollte. Kein Wunder also, dass Celia und Lexie selten an ihre so fremde jüngste Schwester dachten, ja, sie kaum einmal erwähnten. Und wenn doch, dann nur, um sich über Evangelines Kleidung oder ihr Benehmen lustig zu machen. Wenn die Leute in der Stadt von ihr sprachen, überhörten sie es und schoben sie beiseite wie eine ferne, ungeliebte Cousine. Und nicht nur, dass Eve sich so abgerissen kleidete wie ein Waisenjunge – viel schlimmer noch waren ihre radikale Ansichten darüber, wie eine Zuckerrohrplantage zu führen war, was die Plantagenbesitzer natürlich verärgerte, ihren Vater eingeschlossen. Deshalb waren Celia und Lexie froh darüber, dass Eve den Namen Courtland abgelegt hatte.

»Jetzt, wo Jordan zurück ist, wird Daddy bestimmt von Evangeline erfahren, falls sie Eden nicht sofort verlässt«, meinte Celia.

»Nicht unbedingt«, erwiderte Letitia. »Wir haben es doch bisher auch geschafft, die Sache vor ihm geheim zu halten.«

»Bis jetzt war es ja auch leicht, weil niemand auf der Plantage ein und aus ging«, erwiderte Celia. »Aber das wird sich nun ändern. Jemand wird es Daddy sagen, und er wird es Eve nicht durchgehen lassen. Auch wenn er nach ihren Zeitungsartikeln wie ein Dummkopf dastand und es nicht einmal mehr ertragen konnte, Eves Namen zu hören – er wird es nicht zulassen, dass sie mit Jordan Hale in Eden lebt. Die Leute werden sich die Mäuler zerreißen, und Dad wird wieder zum Gespött.«

Letitia dachte an die schlimme Zeit, als Evangeline in der *Gazette* mehrere Artikel veröffentlicht hatte. Sie hatte ihren Vater den Anführer einer Bewegung genannt, die das geplante Gesetz gegen die Zwangsrekrutierung von Plantagenarbeitern auf den Pazifikinseln zu Fall bringen wollten. In einem anderen Artikel hatte Eve angeregt, die *kanakas* auf ihre Heimatinseln zurückzubringen. Max hatte gedroht, Eve zurück nach Sydney zu schicken, zu ihrer Tante und ihrem Onkel. Allein die Tatsache, dass Eve alt genug war zu tun, was sie wollte, hatte Max daran gehindert.

»Max glaubt immer noch, dass Eve bei der Schwester von Jules Keane wohnt, und wir werden ihm nichts anderes sagen«, erklärte Letitia mit Bestimmtheit. »Wenn er gewusst hätte, dass sie widerrechtlich auf verlassenem Land lebt, noch dazu mit einem *kanaka*, wäre er außer sich gewesen. Es ist für uns alle am besten, wir lassen ihn in dem Glauben, dass Eve bei Mary Foggarty wohnt. Sie ist eine Einzelgängerin und ein bisschen seltsam. Außerdem kann sie euren Vater nicht ausstehen, also wird er es nie erfahren. Corona Byrne sagte mir, sie habe Evangeline für Mary einkaufen sehen. Corona glaubt also, dass eure Schwester bei Mary lebt, und es scheint, als wären auch die anderen Frauen im Ort dieser Meinung.«

Eve hatte nach ihrer Rückkehr aus Sydney tatsächlich ein paar Wochen lang bei Mary Foggarty gewohnt, doch Letitia vermutete, dass Eve das Zusammenleben mit Marys vielen Tieren nicht ertragen hatte: ein temperamentvoller Wombat – eine Art Beutelratte –, drei mutterlose Kängurujunge, die Mary mit der Flasche aufzog, zehn Katzen, mehrere Hunde und ein Lamm. Und ihre anderen, »normalen« Tiere – Hühner,

Gänse und ein Pferd – gingen im Haus offenbar nach Belieben ein und aus.

»Irgendjemand wird Daddy von Evangeline erzählen«, meinte Lexie beinahe mit Genugtuung, doch Letitia hörte ihr kaum noch zu. Sie dachte an die Zeit vor zehn Jahren, an Eden und die Hales. Sie gelangte zu dem Schluss, dass Jordan inzwischen Mitte zwanzig sein musste. Im Unterschied zu den Einheimischen besaß er Welterfahrenheit und wäre eine gute Partie für Lexie, die schon mit ihren knapp zwanzig Jahren einen zweifelhaften Ruf besaß, was es ihr nicht gerade leichter machte, einen Ehemann zu finden, obwohl sie eines der hübschesten Mädchen in der Gegend war.

Celia hingegen hatte eine »Vereinbarung« mit Warren Morrison, einem langweiligen jungen Mann. Fade, aber verlässlich, wie Celia sagte, und leider kein Märchenprinz. Der alte Morrison besaß eine eigene Plantage, die Warren später erben würde; außerdem behauptete er, Celia zu lieben. Doch sogar Letitia sah, dass es schon eines Buschfeuers bedurfte, um in dem langweiligen Warren so etwas wie Leidenschaft zu entzünden, und sie bezweifelte, dass Celia der Typ war, der so etwas konnte. Die Hochzeit war auf einen späteren Zeitpunkt verschoben worden, weil Celia noch ein bisschen warten wollte, bevor sie einen so einschneidenden Schritt tat. Sie besaß viele gute Eigenschaften, doch sie hübsch zu nennen wäre bei Licht besehen eher geschmeichelt gewesen. Deshalb hatte Max geraten, Warren nicht zu lange warten zu lassen, damit er sich nicht anderswo nach einer Frau umschaute.

»Könnten wir Jordan nicht mal zum Tee einladen?«, fragte Lexie ihre Mutter. »Das ist doch unter Nachbarn so üblich. Jemand muss ihn schließlich in der Heimat willkommen heißen.«

Letitia erwiderte nichts. Ihre vom Rum umnebelten Gedanken schweiften unwillkürlich weiter in die Vergangenheit. Sie erinnerte sich an Catheline Hale, Jordans Mutter, die eine schöne Frau gewesen war – und zu sympathisch, um sie zu hassen, obwohl Letitia dies versucht hatte. Sie hatte gewusst, dass Max von Cathelines Reizen gefangen genommen war, und den Verdacht gehegt, zwischen den beiden habe sich mehr als bloß Freundschaft entwickelt. In Letitias Augen war das auch der Grund für Max' Abneigung gegen Patrick Hale gewesen – die sich nun vermutlich gegen dessen Sohn Jordan richtete. Andererseits waren inzwischen zehn Jahre vergangen, und Max schien mit der Zeit ein wenig ruhiger geworden zu sein.

»Wir werden euren Vater fragen, wenn er zurückkommt, Lexie«, erwiderte Letitia.

Celia wirkte erfreut, Lexie eher skeptisch. Sie wusste, dass ihr Vater niemals mit einem Nachbarn verkehrte, wenn es ihm keinen Nutzen brachte; außerdem hatte er über Patrick Hale, Jordans Vater, nie ein freundliches Wort verloren.

Von Eden zur Willoughby-Plantage war es nur ein kurzer Ritt, sodass Max Courtlands Zorn sich noch nicht gelegt hatte, als er nach Hause kam. Als er durch das schmiedeeiserne Tor am Eingang zu seiner Plantage ritt, war das Fell des Pferdes nass von Schweiß, und sein eigener Atem ging schwer.

Während der vergangenen zehn Jahre war Maximillian Courtland immer wieder von Schuldgefühlen geplagt worden, weil er Patrick Hale so zugesetzt hatte, bis dessen Herz versagte, doch seit der Auseinandersetzung mit Jordan war sein schlechtes Gewissen verstummt.

Dort, wo die Auffahrt zu den Ställen seinen Weg kreuzte, blickte Max Courtland auf sein wundervolles Haus – ein Anblick, der ihn stets mit Stolz und Zufriedenheit erfüllte, doch an diesem Tag war es anders. Er sah seine Frau und seine Töchter auf der Veranda, und Jordans Drohung war noch zu frisch in seinem Gedächtnis. Schon bei dem bloßen Gedanken, Jordan Hale könne mit seiner Frau und seinen Töchtern sehr »persönliche« Beziehungen aufnehmen, stieg wieder heißer Zorn in Courtland auf.

»Und wenn es das Letzte ist, was ich tue – ich werde Jordan Hale aus dieser Stadt vertreiben!«, schwor er sich laut.

»Tessa Carmichael sagte, dass Evangeline heute Nachmittag in der Stadt Einkäufe gemacht hat«, erzählte Celia soeben ihrer Mutter, als Max die Verandatreppe heraufkam. Allein die Erwähnung seiner jüngsten Tochter machte ihn noch wütender, als er ohnehin schon war. Eve und er konnten sich keine Minute lang unterhalten, ohne verschiedener Meinung zu sein – besonders, wenn es um die polynesischen Plantagenarbeiter ging, wie meistens.

»Hat sie wieder ihre Reithose getragen?«, fragte Lexie spöttisch.

»Sie hat bestimmt kein einziges Kleid!«, sagte Celia.

»Seid nicht so gemein«, schimpfte Letitia. »Evangeline hat in ihrem Leben schon genug Schlimmes ertragen müssen!«

»Sie *selbst* ist schwer zu ertragen!«, stieß plötzlich eine Männerstimme hervor. Letitia erschrak heftig, denn sie hatte Max nicht die Stufen heraufkommen hören. »Ich hoffe, sie macht keine Schwierigkeiten«, fügte er hinzu. »Wenn ich sie je in der Nähe dieser Zeitungsredaktion erwische ...«

»Sie hat eingekauft, Daddy, und offensichtlich hatte sie reichlich Geld ...« Celia wollte gerade von den Gerüchten erzählen, wie Evangeline an das Geld gekommen war, als sie einen warnenden Blick ihrer Mutter auffing. Doch bevor jemand etwas anderes sagen konnte, verfinstert sich Max' Miene.

»Alexandra!«, stieß er zornig hervor und musterte Lexie von oben bis unten. »Du bist doch wohl nicht in diesem Kleid in der Stadt gewesen? Du siehst aus wie ein Freudenmädchen!«

Lexie hob die Brauen. »An diesem Kleid ist nichts Unanständiges, Vater«, sagte sie ruhig. »Und meinen eigenen Stil werde ich doch wohl pflegen dürfen.«

Max fuhr herum und starrte seine Frau an. »Wie konntest du das Mädchen so in die Stadt lassen? Bin ich denn der Einzige in unserer Familie, dem unser guter Name etwas bedeutet?«

Letitia wandte sich ab, und Max richtete seine Aufmerksamkeit wieder auf Lexie. In ihren dunkelbraunen Augen lag nun ein rebellischer Ausdruck, der ihrem Vater nicht entging. »Ich hätte dich schon vor langer Zeit die Peitsche spüren lassen sollen!«, rief Max.

Lexie verschränkte die Arme vor der Brust und hob trotzig das Kinn. »Nur zu. Behandle dein eigen Fleisch und Blut genauso wie deine *kanakas*!«

Letitia hatte Angst, dass die Auseinandersetzung ausuferte, und griff rasch ein. »Wer hat dich so wütend gemacht, Max?«

»Kein anderer als Jordan Hale!«

Die Mädchen und ihre Mutter tauschten Blicke.

»Ja, ich habe schon gehört, dass er wieder in Eden ist«, meinte Letitia vorsichtig. »Wo bist du ihm denn begegnet?«

Max erschrak sichtlich, als er hörte, dass seine Frau schon von Jordans Erscheinen wusste, und Letitia ahnte, was er dachte. »Die Mädchen erzählten gerade, dass in der Stadt alle von Jordan reden. Hast du mit ihm gesprochen?«

»Ja. Und ich will nicht, dass eine von euch mit ihm redet oder sonstwie Kontakt zu ihm hält.«

»Warum denn nicht?«, wagte Lexie zu fragen.

»Weil ich es so will! Und solltest du gegen meinen Willen handeln, setzt es Hiebe – also nimm die Warnung ernst, ich sage es nur ein Mal. Du wirst nicht einmal in seine Richtung schauen! Hast du verstanden?«

Lexie starrte ihn verstockt an. Sie hatte nicht die Absicht, ihrem Vater zu gehorchen, presste die Lippen jedoch fest aufeinander und schwieg.

»Hast du wieder getrunken?«, wollte Max wissen. Er war sicher, dass Lexie jeden Tag Alkohol trank; auch jetzt wirkte ihr Blick leicht glasig. Ihm war klar, dass er Lexie immer zu viel Freiheit gelassen hatte. Jetzt konnte er nur hoffen, einen Mann für sie zu finden, der ihr Manieren beibrachte. Doch bisher waren seine Anstrengungen vergebens gewesen – kein Mann wollte eine so zänkische Frau heiraten.

»Nein, ich habe nichts getrunken!«, stieß Lexie hervor und verschwand, nach einem letzten zornigen Blick auf Max, im Haus. Beinahe hätte sie die Tür hinter sich zugeschlagen.

Max wandte sich Celia zu, die den Kopf gesenkt hielt, während Letitia das Glas, aus dem Lexie getrunken hatte, unter dem Buch verbarg, in dem sie gerade las.

»Hast du mit Warren schon einen neuen Termin für die Hochzeit vereinbart, Celia?«, fragte Max.

Celia hatte allmählich genug davon, vom eigenen Vater unter Druck gesetzt zu werden, wagte es aber nicht, es Max ins Gesicht zu sagen. »Nein, Vater«, erwiderte sie stattdessen nur.

»Dann schlage ich vor, du tust es. Du bist zweiundzwanzig, da wird es höchste Zeit, dass du mir ein Enkelkind schenkst. Deine Mutter hatte in deinem Alter schon drei Kinder vorzuweisen!«

Vorzuweisen!, dachte Letitia wütend. Als würde er von einer Zuchtstute reden, nicht von einer Frau!

Nachdem Celia einmal dabei gewesen war, als eine der polynesischen Frauen ihr Kind zur Welt brachte, erschreckte sie allein der Gedanke, selbst Mutter zu werden. Zwar hatte es sich um eine besonders schwierige Geburt gehandelt – und Celia war erst zwölf gewesen und besonders empfindsam, wie viele Kinder in diesem Alter –; dennoch war sie jetzt noch fest entschlossen, keine eigenen Kinder zu haben. »Ja, Vater«, sagte sie leise und ging ins Haus.

»Ich weiß nicht, was mit diesem Mädchen los ist«, murmelte Max.

Dann herrschte für eine Weile Stille. Letitia beobachtete ihren Mann, der unruhig auf der Veranda auf und ab ging.

»Warum hast du dich so über Jordan Hale aufgeregt?«, fragte sie schließlich behutsam. Inzwischen glaubte sie, dass Max gar nicht in Eden gewesen war, und falls doch, dass er zumindest Evangeline nicht gesehen hatte.

Max unterbrach seine unruhige Wanderung. »Da kommt dieser Bursche hierher zurück und glaubt, er könnte alles verändern. Der Junge hat kein Rückgrat, genau wie sein Vater. Er lässt sich sogar von den *kanakas* einwickeln! Er zahlt ihnen denselben Lohn wie den anderen Arbeitern!«

Letitia lag die Bemerkung auf der Zunge, dass es höchste Zeit dafür sei, doch die Furcht vor ihrem Mann hielt sie zurück.

»Weißt du, was dieser Verrückte uns damit einhandeln kann?«, stieß Max hervor. »Unsere Arbeiter werden unruhig! Seine Dummheit kann sogar zu einem Aufstand führen, und das können wir gerade jetzt nicht gebrauchen, verdammt noch mal!«

Letitia zuckte zusammen, schwieg aber. Sie konnte es nicht ausstehen, wenn Max fluchte, und sie teilte auch seine Meinung nicht, doch sie hatte schon vor langer Zeit gelernt, dass es besser war, zu schweigen und ihre Gedanken für sich zu behalten. Unwillkürlich dachte sie an Catheline Hale und erinnerte sich, dass Max *ihr* immer zugehört hatte, wenn sie anderer Meinung gewesen war als er.

»Hattest du Streit mit Jordan?«, fragte sie und schluckte ihre Bitterkeit hinunter.

»Ich bin in bester Absicht nach Eden geritten«, stieß Max hervor. »Aber ich habe schnell festgestellt, dass Jordan Hale nur zurückgekommen ist, um Ärger zu machen. Ich will nicht, dass du und die Mädchen euch mit ihm abgebt, verstanden? Wenn er die Frechheit besitzt, hierherzukommen, schlagt ihm die Tür vor der Nase zu!«

Zornig sagte Letitia: »Ich habe nicht die Absicht, einen Nachbarn so unhöflich zu behandeln. Immerhin hast du viel Zeit in Eden verbracht, als seine Eltern noch lebten.«

Max wusste, worauf seine Frau anspielte, denn sie hatten wegen Catheline Hale heftige Auseinandersetzungen gehabt. »Jordan hat mir gedroht, Letitia.«

»Womit denn?«

»Ach, nichts von Bedeutung. Aber tu, was ich sage. Und hör auf zu trinken! Kein Wunder, dass die Mädchen so aufsässig sind, wenn ihre Mutter sich das Hirn ständig mit Rum vernebelt!«

Max polterte die Stufen hinunter, wild entschlossen, Jordan so rasch wie möglich Einhalt zu gebieten. Letitia blieb schäumend vor Wut zurück und goss sich trotzig einen weiteren Drink ein.

»Jede Frau, die mit dir verheiratet wäre, würde sich in den Alkohol flüchten«, murmelte sie.

Plötzlich füllten sich ihre Augen mit Tränen. Ihr Leben war so leer. Hätte sie die Chance, würde sie vieles anders machen. Zwar liebte sie ihre Töchter, doch sie wünschte, deren Vater niemals geheiratet zu haben. Die ersten Jahre ihres Zusammenlebens mit Max waren zugleich die glücklichsten gewesen; es war die Zeit gewesen, als sie kämpfen mussten und Seite an Seite für dasselbe Ziel arbeiteten. Doch der Erfolg ihres Mannes hatte für Letitia nur Einsamkeit und Entfremdung gebracht.

Letitia war Max zum ersten Mal begegnet, als sie mit ihren Eltern Hilary und Ralph Rochester während einer Reise von England nach Neuseeland in Nordqueensland Station gemacht hatte. Sie war lebhaft und charmant gewesen, und Max hatte in ihr die perfekte Gattin gesehen – eine schöne Frau, mit der er sich schmücken konnte. Als die Rochesters nach Auckland weitergezogen waren, um dort Merinoschafe zu züchten, war Letitia nicht mit ihnen gegangen. Sie fragte sich oft, was geschehen wäre, hätte sie damals ihre Zweifel ernst genommen, wie Celia es tat.

Im Lauf der vergangenen Jahre war Letitias Leben trist und langweilig geworden. Ihre Augen hatten allen Glanz verloren, ihre Schritte die Anmut und Leichtigkeit. Sie füllte ihre Zeit mit Klatsch und Tratsch und unbedeutenden Dingen; mittwochs spielte sie Bridge in ihrer Frauenrunde, und freitags arbeitete sie für einen Wohltätigkeitsverein. Ansonsten aber war ihr Leben leer. Max hatte polynesische Frauen eingestellt, die kochten und putzten, und polynesische Gärtner, sodass Letitia ihre Zeit mit Nichtstun verbrachte und sich mit Rumcocktails tröstete. Zwischen ihr und Max gab es keine Zärtlichkeiten, keine Vertrautheiten. Wenn er sie nicht beschimpfte oder anschrie, beachtete er sie kaum noch. Die Willoughby-Plantage war sein Leben. Letitia blieb nur die Einsamkeit.

Plötzlich wurde ihr klar, wann die Dinge sich zum Schlechten entwickelt hatten: ungefähr zu der Zeit, als Max sein Interesse an Catheline Hale entdeckt hatte, etwas mehr als zehn Jahre zuvor. Letitia fragte sich verwundert, weshalb sie nicht schon viel eher darauf gekommen war. Wie seltsam, dass Max sie jetzt vor Cathelines Sohn warnte, der ein hoch gewachsener, sehr gut aussehender und reicher Mann sein musste, wie man allgemein hörte.

Letitia fragte sich, was für eine Drohung Jordan ausgestoßen haben mochte, die Max so sehr in Aufregung versetzte ...

4

Die Sonne weckte Jordan bei Tagesanbruch. Er war auf der Veranda an der Ostseite des Hauses in einem Liegestuhl eingeschlafen. Die ersten Geräusche, die in sein Bewusstsein drangen, waren das Summen der Buschfliegen und der Schrei einer Krähe in dem riesigen Affenbrotbaum unten am Fluss.

»Jetzt weiß ich wenigstens, dass ich wirklich zu Hause bin«, seufzte Jordan und verscheuchte mit einer ärgerlichen Bewegung die Fliegen. Er hatte Kopfschmerzen und fühlte sich steif; umso dankbarer nahm er den Duft von frischem Kaffee wahr, der ihm in die Nase stieg.

»Schönen guten Morgen«, hörte er jemanden rufen. Als Jordan aufblickte, sah er Ryan O'Connor an der Ecke der vorderen Veranda stehen. Er trug bereits den Arbeitsanzug: ausgebeulte lange Hosen über hohen Stiefeln, ein weites Hemd mit aufgerollten Ärmeln und einen Hut mit breiter Krempe. Er hatte die gebräunten Arme vor der Brust verschränkt und lehnte lässig an einem Pfeiler, ein Bein übers andere gelegt.

Ryan schien ein kräftiger Mann zu sein, der auch harte Arbeit nicht scheute. Jordan hoffte, dass ihn dieser Eindruck nicht trog. Stöhnend stemmte er sich aus dem Liegestuhl hoch.

»Haben Sie nicht gut geschlafen?«, fragte Ryan.

Jordan fuhr sich mit der Hand über die Bartstoppeln auf dem Kinn und erwiderte: »Nein. Und Sie?«

»Ich war zehn Jahre bei der Handelsmarine. Seitdem kann

ich überall schlafen, egal, was um mich herum vorgeht. Im Golf habe ich mal drei Wirbelstürme verschlafen. Allerdings hatte ich einem halben Liter Rum intus.«

»Trinken Sie viel?«

Der Ire schüttelte den Kopf. »Nein, nicht mehr. Ich habe damit aufgehört, nachdem ich eines Morgens aufwachte und feststellen musste, dass der Wirbelsturm ›Dulcie‹ meine Kabine davongeweht hatte.« Er grinste. »Ich lag im Bett, und fast alles um mich herum war verschwunden. Ein ziemlich ernüchterndes Erlebnis – jedenfalls ernüchternd genug, um dem Alkohol abzuschwören. Für einen Iren, der seine Drinks liebt, ist das eine stramme Leistung.«

Jordan richtete sich langsam auf und streckte sich. Rücken und Schultern taten ihm weh, und plötzlich war ihm, als höre er seinen Vater sagen: »Ich bin steif wie eine Meeresbrise.« Trotz seiner Müdigkeit musste Jordan lächeln. Patrick hatte diese Worte nach jedem harten Arbeitstag auf den Zuckerrohrfeldern gesagt. Seit zehn Jahren hatte Jordan diesen Spruch nicht mehr gehört.

»Ich fürchte, ich habe schlechte Nachrichten für Sie«, sagte Ryan, während Jordan seine Stiefel anzog.

»Und welche?«, fragte Jordan, noch immer nicht ganz wach.

»Wahrscheinlich bin ich der Einzige, der heute Morgen hier zur Arbeit antritt.«

Die Sonne stand inzwischen rotglühend und rund über dem östlichen Horizont. Die Arbeiter, die Jordan eingestellt hatte, hätten längst da sein müssen, waren aber nirgends zu sehen. »Warum kommen die anderen nicht?«, fragte er stirnrunzelnd.

»Sie wurden bedroht«, erklärte O'Connor.

Mit einem Schlag war Jordan hellwach. »Von Maximillian Courtland?«

»Ja. Wie ich sehe, überrascht Sie das nicht.«

»Stimmt.« Jordan schnürte sich die Stiefel. »Er hat mir gestern Abend einen Besuch abgestattet. Wir haben uns gestritten, und er hat mir gedroht. Deshalb hatte ich schon damit gerechnet, dass es Schwierigkeiten gibt. Allerdings hätte ich nicht erwartet, dass der Kerl so *schnell* zuschlägt!« Jordan war dermaßen wütend, dass er am liebsten nach Willoughby geritten wäre und Max zur Rede gestellt hätte. Aber was hätte das gebracht? Nein, es gab andere Möglichkeiten, sich Courtland vorzunehmen.

»Max hat verbreiten lassen, dass niemand, der für Sie arbeitet, hier in der Gegend je wieder eingestellt wird«, meinte Ryan. »Er erzählt den Leuten, dass Sie ein Unruhestifter sind. Es wird nicht leicht für Sie sein, Ihre Plantage wieder in Schwung zu bringen.«

Jordan schüttelte den Kopf, als er sich aufrichtete und ein frisches Hemd überzog. »Das hofft Max, aber ich sehe die Sache anders. Weshalb sind Sie eigentlich geblieben, Ryan? Hat seine Drohung Sie nicht abgeschreckt?«

Ryan grinste. »Ich hab einen irischen Eisenschädel. Wenn jemand mir etwas verbieten will, tue ich's erst recht. Sie bezahlen gut, und ich schätze, hier gibt es Arbeit genug, um mich für 'ne ganze Weile zu beschäftigen.« Plötzlich starrte er Jordan zweifelnd an. »Sie halten doch an Ihren Plänen fest, oder?«

»O ja! Und wenn ich hier alles ganz allein tun müsste, O'Connor!« Jordan hatte genug Geld, um Arbeiter aus Brisbane nach Eden zu holen, falls nötig, doch er zog es vor, die Plantage so zu bewirtschaften, wie sein Vater es getan hatte.

Jordan wollte nachempfinden, wie sein Vater sich ganz zu Anfang gefühlt hatte; das war ihm sehr wichtig. Er selbst hatte im Leben schon viel erreicht, doch ohne allzu große Mühe. Dieses Unternehmen hier war etwas ganz anderes.

Ryan grinste und zeigte dabei nikotingelbe Zähne und attraktive Grübchen, die ihm zwanzig Jahre zuvor die Gunst so mancher Dame eingebracht hatten. »Sagen Sie Ryan zu mir. Und solange ich atme, werden Sie hier nichts ganz allein tun müssen, Boss.«

»Danke, Ryan. Ich bin froh, dass ich auf Sie zählen kann.«

Die Männer hörten ein Geräusch und wandten sich um. Sie sahen die drei Chinesen die von Unkraut überwucherte Auffahrt entlangkommen. Mühsam schoben sie einen vollgeladenen Karren vor sich her, der offensichtlich all ihre weltlichen Besitztümer enthielt. Sie trugen weite Hemden, Pumphosen und runde Hüte und blickten sich müde um.

»Die sehen aus, als hätten sie Angst«, meinte Jordan. Er war erstaunt und froh zugleich, dass sie überhaupt gekommen waren. »Ob Max die Handwerker wohl auch eingeschüchtert hat?«

»Würde mich nicht wundern, Boss. Er scheint fest entschlossen, Sie von hier zu vertreiben.«

»Das wird ihm nicht gelingen«, gab Jordan zurück. Er hatte kaum zu Ende gesprochen, als ein Reiter die Auffahrt heraufgeritten kam. Als er an den Chinesen vorüberritt, wichen sie ängstlich vor ihm zurück.

»Guten Morgen, Mr Hale«, sagte Frankie Malloy, als er vorm Haus vom Pferd sprang. Er war einer der Zimmerleute, die Jordan eingestellt hatte, ein großer, sehniger Mann in den Vierzigern. Sie waren sich am Abend zuvor an der Sägemühle begegnet, wo Frankie großen Eindruck auf Jordan gemacht hatte. Während sie über die Arbeiten am Haus sprachen, hatte Frankie immer wieder liebevoll über ein Stück Holz gestrichen, das von einem Mammutbaum stammte, beinahe so, als wäre es der Körper einer Frau. Jordan schloss daraus, dass Frankie Malloy es liebte, mit Holz zu arbeiten.

Jordan sah diesen Eindruck bestätigt, als er nun beobachtete, wie der Zimmermann das Haus betrachtete. Statt sich über dessen Zustand entsetzt zu zeigen, schien Frankie sich darauf zu freuen, alles wieder herzurichten.

»Schön, Sie zu sehen, Mr Malloy. Ich war nicht sicher, ob Sie kommen«, sagte Jordan und hielt ihm die Hand entgegen, die Frankie sofort ergriff.

»Ich brauche das Geld«, gab er zurück. »Wie ich Ihnen gestern schon sagte, habe ich eine Familie zu ernähren. Aber ich sage es Ihnen besser gleich – die anderen kommen nicht.«

Mit den ›anderen‹ meinte er zwei Dachdecker, Bill und Wally Sears. Anders als Frankie, der mit seiner Frau und den beiden Söhnen erst kürzlich in diese Gegend gezogen war, hatten die Sears-Brüder ihr ganzes Leben in Geraldton verbracht. Sie waren älter als Frankie, und Jordan hatte sie als ruhige Männer kennen gelernt; sicher wollten sie nicht in den Streit anderer hineingezogen werden. Es überraschte ihn nicht, dass es Max Courtland gelungen war, die Sears-Brüder abzuschrecken, doch er ärgerte sich darüber.

»Ich bin froh, dass wenigstens Sie hier sind, Frankie, aber ein Mann allein kann dieses Haus nicht wieder aufbauen. Ich werde versuchen, Bill und Wally Sears doch noch zu überreden. Wenn ich es nicht schaffe, stelle ich Dachdecker aus Babinda ein. Egal was wird – ich helfe Ihnen, wo ich kann.«

»Wenn Sie es nicht sehr eilig haben, Mr Hale, würde ich lieber allein arbeiten.«

Das überraschte Jordan nicht. Wahrscheinlich gab es keinen anderen Handwerker, der Frankies hohen Ansprüchen genügt hätte. »Ich habe es nicht eilig, Frankie. Wenn erst mal nur ein Zimmer bewohnbar ist, können Sie sich mit den anderen Zeit lassen.«

»Schön und gut, aber ich sollte zuerst das Dach reparieren, bevor der Regen einsetzt. Wie ich hörte, gehen hier dann wahre Sturzbäche nieder.«

»Da haben Sie richtig gehört«, meinte Ryan. »Und es dauert nur noch ein paar Wochen, bis es losgeht.«

Die drei Chinesen waren außer Atem, als sie die Veranda erreichten. Sie wirkten beunruhigt.

»Guten Morgen, Mr Hale«, sagte einer von ihnen mit einer angedeuteten Verbeugung. »Mein Name ist Jinsong Zhang. Das sind mein Bruder Shaozu und meine Schwester Ting yan.«

»Bitte sagen Sie Jordan zu mir, Jinsong. Der einzige Mensch, den ich in Gedanken ›Mister Hale‹ nenne, ist mein verstorbener Vater.«

Jinsong verbeugte sich wieder. »Mr Jordan, wir hier bleiben, bitte?«

Jordan sah die Angst im Blick des Chinesen. »Wie ich gestern schon sagte, ist die Arbeiterbaracke im Moment nicht bewohnbar, aber Sie können sich auf der Plantage niederlassen, wo Sie wollen.«

»Danke, Mr Jordan, Sir!« Jinsong machte eine weitere Verbeugung. Sein Bruder und seine Schwester taten es ihm gleich.

»Ich habe heute Nacht selbst auf der Veranda geschlafen.« Jordan deutete auf den alten Liegestuhl. »Hier in Eden wird niemand belästigt. Sie haben mein Wort.« Wenn Maximillian tatsächlich versuchte, die Arbeiter einzuschüchtern, würde es Krieg geben. Jordan war erstaunt, dass die Familie Zangh überhaupt den Mut aufgebracht hatte, zu ihm zu kommen, denn die Chinesen ließen sich normalerweise leicht einschüchtern. Ihr Verhalten ließ darauf schließen, dass sie dringend Arbeit oder Schutz brauchten – oder beides.

Jinsong nickte und verbeugte sich wieder.

»So, und jetzt gehen wir nachschauen, was meine neue Köchin zum Frühstück gemacht hat«, schlug Jordan vor.

»Wenn Sie nichts dagegen haben«, meinte Frankie, »gehe ich lieber ins Haus und schaue mir die Dachbalken an. Ich habe schon mit meiner Frau und den Kindern gefrühstückt.«

Die anderen folgten Jordan zur Rückseite des Hauses, wo Nebo und Eve über ein Lagerfeuer gebeugt standen.

»Passen Sie auf das Brot auf, Miss Eve«, riet Nebo, während er mehr Holz aufs Feuer legte.

»Oh, verflixt, Nebo. Es fängt an zu brennen! Ich glaube, ich lerne es nie.«

»Guten Morgen«, sagte Jordan.

Eve erschrak so heftig, dass sie die Gabel mit dem langen Griff fallen ließ, an der sie das Fladenbrot geröstet hatte. Sie fiel auf die heißen Kohlen, und Eve versuchte, die Gabel mit dem Fuß herauszuschieben. Helle Funken stoben auf.

Jordan wandte sich zu seinen neuen Arbeiter um. »Darf ich euch meine Köchin Eve und meinen Aufseher Nebo vorstellen?«

Ryan O'Connor und die drei Chinesen starrten ihn an, als hätte er den Verstand verloren. Eve trug ihre Reithose, eine weite Bluse und den Hut; sie sah eher wie ein halbwüchsiger Junge aus denn wie eine junge Frau, und schon gar nicht wie eine erfahrene Köchin.

»Nebo, Eve – das hier sind Ryan O'Connor und Jinsong Zhang, sein Bruder Shaozu und seine Schwester Ting yan.«

»Sehr erfreut«, meinte Nebo.

»Ebenso«, sagte Eve, während sie sich bemühte, die Gabel mit einem Stock aus den Flammen zu ziehen, bevor der Griff verbrannte. Ihre Augen tränten vom Rauch.

»Gibt es kein Fleisch, Eve?«, fragte Jordan.

Eve blickte ihn verwundert an. »Sie möchten *Fleisch* zum Frühstück?«, fragte sie ungläubig zurück.

»Ja, sicher. Vor der Feldarbeit braucht man ein herzhaftes Frühstück. Sie haben doch gestern reichlich Fleisch gekauft, nicht wahr?«

Eve runzelt die Stirn. Ihr eigenes Frühstück hatte immer aus Früchten bestanden, die sie direkt vom Baum gepflückt hatte, und an diesem Morgen war sie versucht gewesen, den Männern Mangos und Bananen vorzusetzen, weil sie verschlafen hatte.

»Ja, ich habe Steaks, Lammkoteletts und Speck gekauft ...«

»Wir nehmen die Steaks.«

Eve starrte ihn verblüfft an. »Aber wenn Sie zum Frühstück Steaks essen, was möchten Sie dann heute Mittag und heute Abend?«

»Sie sind die Köchin. Lassen Sie sich etwas einfallen.« Er bemerkte Eves Verwirrung, was nicht gerade dazu beitrug, sein Vertrauen in ihre Kochkünste zu steigern. »Wir trinken schon mal Kaffee, während wir warten. Aber beeilen Sie sich. Wir haben noch viel zu tun, bevor die Sonne zu heiß wird.«

Eve schaute Nebo an, der ihr einen mitfühlenden Blick zuwarf. Sie biss die Zähne zusammen und schluckte die scharfe Bemerkung hinunter, die ihr auf der Zunge lag.

Während Eve den dampfenden Kaffee in Becher goss, forschte Jordan in den Mienen von Ryan O'Connor und den Chinesen nach irgendeinem Anzeichen dafür, dass sie Einwände hatten, unter Nebos Aufsicht zu arbeiten. Nachdem sie ihre anfängliche Überraschung überwunden hatten, schienen sie völlig unbefangen, doch im Unterschied zu Europäern standen Chinesen auch sozial auf der gleichen Stufe wie die *kanakas*. Die Chinesen schwiegen, doch auf eine Reaktion von Ryan brauchte Jordan nicht lange zu warten.

»Ich will mich ja nicht in Ihre Angelegenheiten mischen, aber meinen Sie nicht, dass es ein wenig ungewöhnlich ist, einen *kanaka* als Aufseher einzustellen?«

Jordan führte die Männer in den Schatten der Veranda, wo sie außer Hörweite waren. »Nebo hat schon für meine Eltern gearbeitet, als sie vor vielen Jahren in diese Gegend kamen ...«

»Das ist ja schön und gut, aber es könnte Ihnen Schwierigkeiten mit ...«, begann Ryan.

Jordan ahnte, was er sagen würde, und unterbrach ihn mit den Worten: »Nebo ist nach dem Tod meiner Eltern hier geblieben, als ich nach Brisbane ging.«

Ryan wirkte noch immer nicht überzeugt.

»Er war ganz allein, zehn Jahre lang, ohne einen Cent Lohn

und ohne zu wissen, wann ich wiederkomme. Eine solche Loyalität kann man sich nicht erkaufen, für kein Geld der Welt.«

»Das stimmt«, gab Ryan zu. »Aber für manche wird das nichts ändern.«

»Ich weiß. Aber ich habe ernst gemeint, was ich gestern über die gleiche Behandlung meiner Arbeiter gesagt habe.«

»Das begreife ich ja, aber …« Ryan verstummte für einen Moment; denn fuhr er leiser fort: »Verstehen Sie mich nicht falsch, aber ist dieser Nebo nicht schon ein bisschen zu alt für die Arbeit auf einer Plantage?«

Jordan blickte lächelnd zu Nebo hinüber. In der neuen Drillichhose, die er bis zu den Knien aufgerollt hatte, sodass nun seine mageren Beine zum Vorschein kamen, sah er schon eher wie ein Aufseher aus, doch er weigerte sich standhaft, Schuhe zu tragen. »Nebo kann immer noch mithalten. Vor allem weiß er genau, wie mein Vater die Plantage geführt hat. Er weiß viel mehr darüber als ich, weil ich in den letzten zehn Jahren in einer anderen Welt gelebt habe. Ich verlasse mich auf ihn und weiß, dass ich ihm vertrauen kann. Sie werden ihn als gerecht und gütig kennen lernen und dankbar sein, unter seiner Aufsicht zu arbeiten.«

Ryan nickte. »Ich verstehe. Von meiner Seite hat er keine Probleme zu erwarten. Allerdings«, fuhr er mit unterdrücktem Grinsen fort, »wäre alles viel einfacher, würde er aus Nordirland stammen. Aber wie ein Ire sieht er nicht gerade aus.«

Auch Jordan musste lächeln. »Ich danke Ihnen für Ihr Verständnis. Übrigens wird jeder von euch am Ende der Woche eine Extrazahlung bekommen. Was immer eure Gründe sind, hier zu bleiben, ich möchte jeden von euch für seinen Mut belohnen.« Jordans Lächeln schwand. »Es war sicher nicht leicht, den Drohungen und Einschüchterungsversuchen eines Mannes wie Max Courtland standzuhalten.«

Obwohl Jordan tatsächlich fand, dass seine Arbeiter für ihren Mut belohnt werden sollten, hatte seine Großzügigkeit noch einen anderen Grund: Wenn die Arbeiter in Willoughby davon erfuhren, würden sie mürrisch reagieren und Max Schwierigkeiten machen.

Die Chinesen und Ryan O'Connor wirkten verblüfft.

»Das ist sehr großzügig von Ihnen«, meinte der Ire.

»Mr Jordan, Sir, wir können keinen Bonus annehmen«, sagte Jinsong. »Sie erlauben uns schon, hier zu übernachten, mehr kann man nicht erwarten ...«

»Schon gut, Jinsong. Auf diese Weise werden Sie wenigstens nie zu spät zur Arbeit kommen.« Jordan lachte, doch Jinsong blickte immer noch unglücklich drein.

»Dann wird Ting yan Ihre Hemden waschen, Mr Jordan«, sagte er.

»Das wird nicht nötig sein.«

Die drei Chinesen wechselten verwirrte Blicke und begannen dann untereinander in ihrer Muttersprache zu diskutieren. Als Jordan aufblickte, sah er, wie Nebo große Steaks in eine heiße Pfanne legte. Eve schnitt das Fladenbrot, das außen schwarz verbrannt war. Er hörte sie murmeln: »Wahrscheinlich will er auch noch Eier.«

»Gute Idee!«, rief Jordan ihr zu. »Aber verbrennen Sie die bitte nicht auch noch!«

Eve richtete sich auf, einen rebellischen Ausdruck auf dem Gesicht. Sie murmelte irgendetwas, das Jordan nicht verstand, doch Nebos Miene ließ kaum Zweifel daran, dass sie über Jordan geflucht hatte.

»Nebo, komm bitte zu uns herüber«, rief Jordan. »Wir müssen die Arbeit für heute Morgen besprechen. Ich bin sicher, Eve kommt auch allein zurecht.«

Mit einem zweifelnden Blick auf Eve gesellte sich Nebo zu Jordan und den anderen auf die Veranda.

Während Jordan den Arbeitern erklärte, dass sie das wilde Zuckerrohr schneiden und die Felder roden sollten, ging Ting yan zum Feuer hinüber. Sie schaute zu, wie Eve ein Ei aufschlug und die Schale zerbrach.

»So besser machen, Missy«, sagte die Chinesin, nahm ein Ei, schlug es sauber auf und ließ Eigelb und Eiweiß heil in die Pfanne laufen.

»Bei dir sieht es so leicht aus«, meinte Eve beinahe ein wenig neidisch.

»Sie schaffen das schon«, erwiderte Ting yan ermutigend.

Eve hielt Ting yan für ein paar Jahre älter als ihre Brüder, doch sie war sehr klein und zierlich. Eve konnte sich kaum vorstellen, wie sie mit den Männern auf den Feldern arbeitete.

»Wie sieht's mit dem Frühstück aus?«, rief Jordan. »Wir möchten uns so schnell wie möglich auf den Weg machen.«

»Ich bin sofort fertig!«, gab Eve ungeduldig zurück. Leiser fügte sie hinzu: »Ich kann doch nicht zaubern!« Dann bat sie Ting yan: »Hilfst du mir?«

»Wenn Mr Hale nichts hat gegen, Missy«, gab die kleine Chinesin zurück.

»Er wird nichts dagegen haben, solange er sein Futter bekommt. Er führt sich auf wie ein Bär, der gerade aus dem Winterschlaf erwacht ist!«

Ting yan lächelte schüchtern.

Kurz darauf trugen die beiden Frauen das Frühstück auf: Steaks, Eier und Fladenbrot. Jordan murrte, dass die Steaks nicht ganz durchgebraten und zäh waren, und das Brot war hart und verbrannt.

»Sie haben mir ja kaum Zeit gegeben, das Steak durchzubraten!«, gab Eve trotzig zurück. »Ich hoffe, es bleibt Ihnen im Hals stecken!«

Jordan grinste in sich hinein, als Eve wutentbrannt davonstürmte.

Als die Männer kurz darauf aufbrachen, sagte Jordan: »Schicken Sie bitte alle, die Arbeit suchen, zu uns auf die Felder,

Eve. Wir sind zur Frühstückspause um halb zehn zurück. Dann hätten wir gerne Tee und Teegebäck.«

Eve starrte Jordan und den anderen offenen Mundes nach, als sie mit Hacken und Macheten bewaffnet auf die Felder marschierten.

»Teegebäck?«, murmelte sie. »Ich habe keine Ahnung, wie man Teegebäck zubereitet.«

Nachdem sie das Geschirr gespült hatte, ging Eve ins Haus, folgte den Geräuschen von Säge und Hammer und entdeckte Frankie Malloy, der im Esszimmer Bretter ausmaß und zurechtsägte, wobei er den Esstisch als Werkbank benutzte.

»Guten Morgen«, sagte Eve. »Sie wissen auch nicht zufällig, wie man Teegebäck macht?«

Frankie starrte sie verblüfft an. »Teegebäck?«, meinte er, wobei er sie von oben bis unten musterte. »Gehört das auch zu meinen Aufgaben?«

»Nein, zu meinen. Aber ich habe noch nie Teegebäck zubereitet, und die Männer wollen welches zur Frühstückspause.«

»Ich glaube, man braucht Mehl, Eier, Zucker, Milch und etwas Backpulver. Aber was die Mengen angeht, bin ich mir nicht sicher.« Er räusperte sich. »Sind Sie Jordans Frau?«

»Himmel, nein! Ich könnte mir kein schlimmeres Schicksal vorstellen. Ich bin Eve, die Köchin.«

Frank fuhr fort, das Holz auszumessen und die Schnittstellen zu markieren. »Tja, da es mit dem Teegebäck wohl nichts wird, würde ich sagen, Sie bereiten zur Frühstückspause einfach etwas anderes zu.«

»Und was?«

»Hartgebackene Plätzchen, zum Beispiel. Die macht meine Frau sehr oft. Sie rührt sie in wenigen Minuten zusammen, also kann es nicht so schwierig sein. Und sie schmecken sehr gut.«

Eve blickte ihn fragend an. »Hartgebackene Plätzchen ...?«

»Äh ... oder Pfannkuchen. Wie wär's mit Pfannkuchen? Sie

haben Ihrer Mutter als Kind sicher beim Pfannkuchenbacken zugeschaut.«

»Meine Mutter kann nicht mal Wasser kochen«, gab Eve verzweifelt zurück. Ihre Tante Cornelia hatte zwar jeden Samstag gebacken, doch Eve war lieber mit ihrem Onkel in den Schuppen gegangen und hatte ihm geholfen, Spielzeug für das Waisenhaus zu bauen.

Frankie richtete sich stirnrunzelnd auf. »Wenn Sie mir die Frage erlauben ... wieso hat Jordan Sie ausgerechnet als Köchin eingestellt, wenn Sie gar nicht ...«

»Kochen können?«, ergänzte Eve mit schiefem Lächeln.

Frankie nickte.

»Um ehrlich zu sein, habe ich einfach behauptet, ich könnte es, als Jordan sagte, dass er eine Köchin braucht.« Sie wollte ihm nicht sagen, dass Jordan ihr nahe gelegt hatte zu gehen und dass ihr nur eine Möglichkeit geblieben war zu bleiben – indem sie für ihn arbeitete.

Frankie schaute sie lächelnd an. »Dann müssen Sie eben durch Versuch und Irrtum kochen lernen«, meinte er freundlich.

»Ich kann nur hoffen, dass alle hier meine ›Irrtümer‹ überleben.« Eve kam durchs Zimmer zu ihm gehumpelt; erst jetzt bemerkte Frankie ihre Behinderung.

»So jedenfalls habe ich *meinen* Beruf gelernt«, sagte er. »Ich bin meinem Vater und meinem Onkel überallhin gefolgt und habe ihnen zugesehen. Sie haben mich schon als kleinen Knirps mit Hammer und Nägeln spielen lassen, und als ich älter war, auch mit der Säge.« Er hielt beide Hände hoch. »Ich hab noch alle meine Finger, nur blaue Nägel hatte ich im Lauf der Jahre eine ganze Menge.« Erst jetzt fiel Frankie auf, dass seine Worte Eve nicht sonderlich zu interessieren schienen. Sie wirkte in Gedanken meilenweit entfernt. »Wie lange wohnen Sie schon in Geraldton?«, fragte er.

»Fast ein Jahr.«

»Und woher kommen Sie?«

»Aus Sydney.«

»Wohnen Sie hier in der Nähe?«

Eve zögerte mit der Antwort. »Sehr nahe. Ich lebe gleich hier, im kleinen Anbau an der hinteren Veranda. Ich war hier die Hausmeisterin, bevor Jordan zurückkam.«

Frankie war erstaunt.

»Eine selbst ernannte Hausmeisterin«, fügte Eve hinzu, und in ihren dunklen Augen blitzte es amüsiert auf. Frankie war kein sehr gut aussehender Mann, doch er hatte ein freundliches und offenes Gesicht, das dazu verleitete, sich ihm anzuvertrauen.

»Sie meinen, sie haben illegal hier gewohnt ...?«

Eve lächelte leicht.

»Auch ich war schon ein-, zweimal ein selbst ernannter Hausmeister«, sagte Frankie und erwiderte ihr Lächeln, während er sich über eine Holzlatte beugte.

»Ich möchte nicht, dass jemand von meinem Hiersein erfährt, Frankie«, meinte Eve. Als er die Stirn runzelte, fügte sie hinzu: »Ich bin eine allein stehende Frau, und Jordan ist nicht verheiratet. Die Leute würden reden ...«

»Ich verstehe.«

»Und Sie? Ich habe Sie noch nie in der Stadt gesehen.«

»Ich bin mit meiner Familie auch gerade erst aus Possum Creek hergezogen. Das ist eine kleine Stadt in den Victorian Highlands. Unser Jüngster hat im Winter oft unter Bronchitis gelitten, und der Arzt meinte, es wäre gut für den Jungen, wenn wir in eine wärmere Gegend zögen. Geraldton ist die vierte Stadt, in der ich Arbeit zu finden versuche, deshalb bin ich sehr froh über diese Stelle.«

»Wo wohnen Sie?«

»In einem kleinen Haus draußen an der Straße nach Norden, direkt hinter der Mühle.«

»Das kenne ich. Gehört es immer noch Bert Finley?«

»Ja«, erwiderte Frankie.

Eve nickte. »Seine Frau ist vor etwa sechs Monaten gestorben, und Bert lebt jetzt bei seiner Tochter und deren Mann. Er hat selbst schon seit Jahren Probleme mit seiner Gesundheit. Ich nehme an, dass er deshalb nicht mehr allein zurechtkam.«

»Dafür, dass Sie noch nicht lange hier sind, wissen Sie viel über die Leute in der Gegend«, stellte Frankie verwundert fest.

»Ach, Sie wissen doch, wie es in Kleinstädten zugeht. Die Leute klatschten und tratschen.« Besonders meine Schwestern, fügte sie in Gedanken hinzu.

»Das ist wohl wahr«, pflichtete Frankie ihr bei.

»Bert Finleys Haus muss in einem schrecklichen Zustand gewesen sein, als Sie es übernommen haben«, sagte Eve.

»Es ist ziemlich heruntergekommen, aber nicht so schlimm wie das hier.« Er blickte zur Decke, die teilweise eingestürzt war. »Ich habe Bert Finley gesagt, dass ich das Haus wieder instand setze, wenn er dafür die Miete niedrig hält. Warum sind Sie hierher gezogen, Eve?«

»Ich möchte gern bei der Lokalzeitung arbeiten. Ich wollte schon immer Journalistin werden, aber Jules Keane, der Herausgeber der *Geraldton Gazette*, sträubt sich wegen meiner politischen Überzeugung, was die Behandlung der *kanakas* betrifft.« Ihre Artikel zu diesem Thema, die in Geraldton beinahe zu Unruhen geführt hätten, erwähnte Eve nicht. »Keane meinte, ich könnte etwas für die Klatschspalten schreiben, aber ich habe abgelehnt. Ich habe immer noch die stille Hoffnung, dass er seine Meinung ändert und mich Leitartikel und Reportagen schreiben lässt.«

»Jetzt verstehe ich wenigstens Ihr mangelndes Interesse am Kochen und Ihr Wissen über die Einheimischen!«

Eve lächelte. »Wo wir gerade vom Kochen sprechen: Ich sollte wohl besser mit den Plätzchen anfangen – wahrscheinlich benötige ich mehrere Versuche. Falls Sie jemanden brauchen, der Ihnen Werkzeug anreicht, sagen Sie Bescheid. Zwischen meinen zahlreichen kulinarischen Fehlschlägen habe ich bestimmt genug Zeit dafür.«

»Danke, ich werde daran denken.«

Als Jordan, Ryan O'Connor und die Chinesen zum Morgentee erschienen, wirkten sie verschwitzt und müde, vor allem Ting yan. Eve hörte, wie Jordan zu Ryan sagte, dass sie dringend weitere Leute brauchten und dass er nach Babinda fahren würde, um neue Arbeiter einzustellen. Sie verstand nicht, warum die Einheimischen nicht kamen und nach Arbeit fragten. Rasch schenkte sie Jordan und den anderen Tee ein und reichte die Teller mit den Plätzchen herum.

Geistesabwesend nahm Jordan eins, biss ein Stück ab, kaute, hielt inne und starrte auf den Rest des Plätzchens zwischen seinen Fingern. Eve wandte sich halb ab.

»Was soll *das* denn sein?«, fragte Jordan stirnrunzelnd.

Eve spürte, wie sie errötete. »Hartgebackene Plätzchen«, erklärte sie. »Haben Sie noch nie welche gegessen?«

Jordan schüttelte den Kopf. »So welche noch nicht. Aber ›hartgebacken‹ passt sehr gut«, murmelte er, während Eve ihm den Rücken zudrehte, damit er ihre Verlegenheit nicht bemerkte. »Frankie mag sie«, sagte sie leise.

Eve hatte mehrere Bleche gebacken, doch alle waren ihr völlig verunglückt. Sie hatte sie Frankie gezeigt, der sich beinahe die Zähne daran ausbiss und schließlich so getan hatte, als wollte er die Plätzchen vor dem Verzehr mit dem Hammer klein schlagen. Eve waren vor Lachen die Tränen übers Gesicht gelaufen; jetzt aber war ihr gar nicht mehr nach Lachen zumute.

»Nebo, könntest du Saul und Noah finden?«, meinte Jordan jetzt. »Es ist niemand gekommen, der Arbeit gesucht hat, deshalb brauchen wir dringend ihre Hilfe.«

»Ich habe gestern den kleinen Elijah Cato, den Sohn vom

alten Winston, auf die Suche nach ihnen geschickt, Boss. Er sagte, sie sind ein Stück den Fluss hinunter gezogen. Er hat bei ein paar Schwarzen an der Flussbiegung bei Willows Bend eine Nachricht für sie hinterlassen – wir brauchen also nichts zu tun, als auf sie zu warten.«

Jordan wirkte enttäuscht. Zwar überraschte es ihn nicht, dass Max Courtland ihm das Leben schwer zu machen versuchte, doch er war überzeugt gewesen, problemlos Arbeiter zu finden, da er gute Löhne zahlte.

»Ich fahre noch heute nach Babinda«, sagte er entschlossen. »Wir brauchen mehr Männer, und zwar sofort.«

5

»Ich muss etwas mit Ihnen besprechen«, sagte Frankie zu Jordan, als er ihm die Treppe hinauf folgte.

»In Ordnung«, erwiderte Jordan, fuhr mit der Hand über das neue Treppengeländer und atmete den Duft des frisch bearbeiteten Zedernholzes ein. Oben ging er in ein Zimmer, das Frankie gerade renoviert hatte. Der Zimmermann war ein großes Stück weitergekommen, während Jordan fort gewesen war.

»Sie leisten hier im Haus sehr gute Arbeit«, lobte Jordan. Besonders gefiel ihm an Frankie dessen Liebe zum Detail. Zufrieden betrachtete er den gemauerten Türbogen, die Einfassungen, die neue Decke mit den verzierten Rändern, die Fensterrahmen und die Schräge. Er bewunderte die sauberen Übergänge in den Ecken und den gleichmäßigen Putz. Dann wandte er seine Aufmerksamkeit den frisch gestrichenen Wänden zu. »Wie haben Sie das alles in nur zwei Tagen geschafft?«, fragte er verwundert.

Frankie zögerte kurz. »Der Anstrich ist nicht mein Werk«, sagte er dann mit gesenktem Kopf. »Das war Eve.« Er sah, wie Jordan erstaunt die Brauen hob. »Ich habe ihr gesagt, sie soll es lassen, aber sie wollte nicht hören. Ich glaube, es hat ihr wirklich Spaß gemacht.« Frankie war aufgefallen, dass sie Schwierigkeiten hatte, auf die Leiter zu steigen, und es hatte ihr offenbar Schmerzen bereitet, doch der Stolz und die Entschlossenheit in ihrem Blick hatten ihn davon abgehalten, ihr Hilfe anzubieten.

Jordan war überrascht und beeindruckt zugleich. »Sie hat ihre Sache sehr gut gemacht, nicht wahr?«, meinte er und betrachtete die Wände noch eingehender. »Wenn sie doch ebenso gut kochen könnte! Die Suppe, die sie uns heute Abend vorgesetzt hat, schmeckte wie Spülwasser mit einer Prise Salz, und was sie einem guten Stück Fleisch antut, grenzt an ein Verbrechen.«

Frankie lächelte leicht. Er selbst war schon nach der ersten Mahlzeit – hartes Fladenbrot und zähes Fleisch – dazu übergegangen, sich etwas von zu Hause mitzubringen. Zu Eve hatte er gesagt, seine Frau bestehe darauf, und er wolle sie nicht verletzen – doch es war eine Notlüge, und er vermutete, dass Eve es wusste. »Sie geht mir gern zur Hand. Hätte sie mir nicht die Werkzeuge angereicht, hätte ich für das Dach doppelt so lange gebraucht. Man findet selten eine Frau, die Interesse am Renovieren und Restaurieren hat, und sie hat ein gutes Auge für Details und kennt sich mit Werkzeugen aus.«

Auf Jordans Gesicht erschien ein verwirrter Ausdruck. »Eve ist wirklich ungewöhnlich. Ich konnte in Babinda nicht allzu wählerisch sein, was die Auswahl der Arbeiter anging, weil ich so dringend welche brauchte – und ich fürchte, ich habe mir eine ziemlich bunt gemischte Mannschaft zusammengesucht. Wenn ich von diesen Leuten verlange, das zu essen, was Eve uns vorsetzt, gibt es wahrscheinlich eine Meuterei. Aber Eve könnte sich ja mit handwerklichen Arbeiten beschäftigen. Dann würde ich Ting yan bitten, das Kochen zu übernehmen. Sie beklagt sich zwar nie, aber ich weiß, dass die Feldarbeit sehr hart für sie ist.«

Frankie nickte. »Eve wäre sicher froh darüber, aber da gibt es ein Problem.« Frankie hatte Jordan vor dessen Fahrt nach Babinda nicht damit belasten wollen, denn Jordan war nach einem Sechzehnstundentag auf den Feldern immer völlig erschöpft, und es gab noch viel zu tun. Es war sehr anstrengend gewesen, höllisch anstrengend, doch Jordan war entschlossen, die Plantage wieder aufzubauen, und dafür bewunderte Frankie ihn.

»Wo liegt das Problem, Frankie? Sie sehen besorgt aus.«

»Ich weiß, dass Sie schon genug Schwierigkeiten haben, aber ich mache mir Sorgen um meine Familie.«

Jordan war mit einem Schlag hellwach. »Worum geht es?«

»Meine Frau und ich ... wir hatten nächtliche Besucher. Sie hatten sich getarnt, trugen Kapuzen. Sie haben mich gewarnt, weiterhin nach Eden zu kommen. Für Gaby war es schrecklich. Die Kerle haben Steine durch die Fensterscheiben geworfen und tote Tiere auf unsere Türschwelle gelegt.«

Jordan ballte vor hilfloser Wut die Fäuste. »Wann hat das angefangen?«, fragte er rau.

»Vor ein paar Tagen. Gaby hat vor allem Angst um die Kinder. Sie möchte, dass wir Geraldton verlassen, aber ich arbeite gern hier. Und um ehrlich zu sein, brauchen wir das Geld.«

Jordan konnte kaum glauben, dass Max so weit ging, eine unschuldige Familie zu bedrohen. »Verdammt! Ich bin sicher, dass Courtland dahinter steckt – aber *ich* bin es, mit dem er ein Problem hat, nicht Sie, Ihre Frau und Ihre Kinder!«

Jordan mochte Frankie und wollte ihn auf keinen Fall verlieren. Er leistete sehr gute Arbeit, war unkompliziert und ehrlich.

»Ich hatte fast schon damit gerechnet, dass irgendetwas geschieht«, meinte Frankie jetzt. »Ich habe Gerüchte gehört, dass *kanakas* zusammengeschlagen wurden, und einige Europäer haben Warnungen erhalten. Anscheinend glaubt dieser Max, Sie würden die Stadt verlassen, wenn Sie keine Arbeiter finden. Dieser Mann muss Sie hassen wie die Pest.«

Jordan hatte Frankie erzählt, dass sein Vater und Max miteinander verfeindet gewesen waren, aber mehr auch nicht. »Es tut mir sehr Leid, dass Sie und Ihre Familie in diese Sache mit hineingezogen wurden, Frankie. Ich würde Sie gern hier behalten, aber Sie müssen tun, was Ihnen richtig erscheint.«

»Ich bedaure es auch«, erwiderte Frankie. »Ich möchte Geraldton nicht verlassen, aber meine Frau sagt, das es nicht unser Streit ist, sondern Ihrer. Sie müssen das verstehen, Jordan ... Gaby macht sich Sorgen um die Jungen.«

»Das verstehe ich, glauben Sie mir. Wenn Sie gehen müssen, machen Sie sich deswegen keine Gedanken. Ich weiß zu schätzen, was Sie für mich getan haben, und Sie werden nur schwer zu ersetzen sein. Aber Ihre Familie geht vor.«

Frankie seufzte und fuhr mit der Hand übers Fensterbrett. »Ich wünschte, es gäbe eine andere Möglichkeit, als fortzugehen ...«

Ein Schatten huschte über Jordans Gesicht. Er konnte immer noch nicht glauben, dass Maximillian Courtland seine Schergen geschickt hatte, um eine unschuldige Familie zu terrorisieren. Es war so feige! Doch es hätte ihn nicht überraschen dürfen. Schließlich hat Max, überlegte Jordan, meinen Vater auf dem Gewissen. Er hatte ihn am Abend von Mutters Beisetzung so lange gequält, bis er gestorben war.

»Ich könnte höchstens Ihre Familie hier nach Eden holen, aber ich darf von Ihrer Frau nicht erwarten, wie die Familie Zangh unter freiem Himmel zu lagern, besonders, wo es Ihrem Jüngsten nicht gut geht, wie Sie sagten.«

»Josefs Zustand hat sich durch das Wetter hier sehr gebessert, aber Gaby legt Wert auf ein wenig Bequemlichkeit. Ting yan übrigens auch – Eve hat im Anbau ein Bett für sie aufgestellt. Wer schläft nicht lieber in einem weichen Bett als auf dem harten Boden?«

»Es gibt noch zwei kleine Cottages auf der Plantage. Eins steht hinter der Arbeiterbaracke, das andere unten am Fluss. Früher waren sie sehr gemütlich, aber ich muss gestehen, dass ich sie mir noch nicht angeschaut habe, seit ich wieder hier bin. Wir können sie uns gern gemeinsam ansehen, wenn Sie möchten. Falls Sie sich eines davon herrichten wollen ... Ich habe Holz genug gekauft, und Sie könnten erst einmal dort weitermachen«, meinte Jordan. »Wenn Ihre Frau einverstanden ist, könnten Sie gern alle in dem Raum schlafen, den Sie gerade fertig renoviert haben, bis ein Cottage bewohnbar ist. Ich fürchte allerdings, sie sind in einem so schrecklichen Zustand wie dieses Haus.«

»Ich würde sie mir trotzdem gern anschauen«, sagte Frankie, dem allerdings wohler gewesen wäre, hätte er seine Familie in der Nähe gewusst.

Beide Männer eilten die Treppe hinunter. Frankie war sprachlos. »Das ist sehr großzügig von Ihnen, Jordan, aber wir möchten Ihnen keine Umstände machen!«

»Es ist das Mindeste, was ich tun kann, Frankie. Ich fühle mich für Sie und Ihre Familie mitverantwortlich. Sprechen Sie mit Ihrer Frau darüber, aber drängen Sie sie nicht um meinetwillen. Wenn sie einverstanden ist, hierher zu kommen, sagen Sie ihr bitte, dass das Cottage Sie nichts kostet und dass die Jungen hier in Sicherheit sind. Die Arbeit am Haus kann warten, solange Sie mit einem von den Cottages beschäftigt sind. Das Wichtigste haben Sie ja schon fertig – das Dach.«

Die beiden Männer schauten sich zuerst das Cottage hinter der Arbeiterbaracke an. Eine der Wände im Innern war fast ganz eingestürzt, im Dach klafften Löcher und die Termiten hatten den Boden zerfressen.

»Ich glaube, diese Hütte sollte man am besten niederreißen«, meinte Frankie enttäuscht.

Jordan musste ihm Recht geben. Offensichtlich hatte die Tierwelt sich hier häuslich eingerichtet, doch für menschliche Bewohner war das Cottage nicht mehr sicher genug.

Die zweite Hütte unten am Fluss schien dem äußeren Anschein nach in besserem Zustand zu sein, was Frankie sogleich Hoffnung schöpfen ließ. Die Fenster waren noch vernagelt, doch die Bretter vor der Eingangstür hatte jemand heruntergerissen. Als Frankie und Jordan die Hütte betraten, stellten sie fest, dass das Innere eng und düster wirkte, doch die Wände waren stabil, trotz der Spuren einer Überschwemmung, die wahrscheinlich aus dem Jahr stammten, als der Wirbelsturm durch diese Gegend gezogen war.

Einige Bodendielen mussten erneuert werden, und der Kamin über dem Kohleherd war in sich zusammengefallen, sodass überall Ruß lag. Es war sehr schmutzig, und Frankie sah schon die enttäuschte Miene seiner Frau bei diesem Anblick. Zum Glück aber hatte Gaby harte Arbeit nie gescheut.

»Es sieht nicht allzu schlecht aus«, meinte Jordan. »Vielleicht kann ich Ting yan und Eve überreden, hier ein wenig sauber zu machen ...«

Frankie schüttelte den Kopf. »Nein, bemühen Sie sie bitte nicht, Jordan. Gaby wäre beschämt, wenn sie erführe, dass Sie es für sie getan haben. Mal sehen, was sie sagt. Und falls sie einverstanden ist, hierher zu ziehen, würde ich meine Arbeit am Haupthaus deswegen nicht aufgeben. Ich kann meine Zeit doch leicht zwischen dem Cottage und dem Haus aufteilen.« Mit gesenktem Kopf fügte er hinzu: »Ich habe Constable Hawkins aufgesucht, weil ich hoffte, diese Sache regeln zu können, ohne Sie damit zu belästigen. Aber er sagte, er könne nichts tun, weil ich die Maskierten nicht kenne, die zu unserem Haus gekommen sind.«

»Selbst wenn Hawkins etwas hätte tun können – ich bezweifle, dass er es getan *hätte*«, meinte Jordan seufzend. »Maximillian Courtland kann in Geraldton praktisch jeden auf irgendeine Weise unter Druck setzen; das habe ich in den letzten beiden Wochen erkannt. Mit meinen neuen Arbeitern müssten die Felder in gut einer Woche fertig sein, sodass wir pflanzen könnten – aber ich kann die Setzlinge weder in Geraldton noch in Babinda bekommen, geschweige denn in Cairns. Max hat seine Verbindungen überall, und wenn jemand ihm einen Gefallen schuldet, wird Max ihn einfordern, falls er mich dadurch behindern kann. Es sieht so aus, als müsste ich meine Setzlinge in Ingham kaufen, und dann kann es Wochen dauern, bis sie hier sind. Ich habe trotzdem nicht die Absicht, klein beizugeben, Frankie. Aber Ihre Frau hat Recht: Das hier ist mein Kampf. Wenn Sie nicht weiter für mich arbeiten wollen, habe ich Verständnis dafür.«

»Ich möchte auf keinen Fall kündigen, aber unser Haus steht sehr abgelegen. Um ehrlich zu sein, habe ich mir den ganzen Tag Sorgen gemacht, weil Gaby mit den Jungen dort allein ist. Mir ist nicht wohl bei dem Gedanken ...«

»Dann gehen Sie ruhig nach Hause, Frankie. Ich komme später vorbei, um zu sehen, wie Sie sich entschieden haben. Ich bringe den Wagen mit für den Fall, dass Gaby einwilligt, herzukommen – aber treffen Sie die Wahl, die für Sie alle am besten ist.«

Als Jordan bei Sonnenuntergang an Max Courtlands Willoughby-Plantage vorüberkam, hielt er kurz an und starrte durch das Tor. Das Haus war beeindruckend; der Park und die Rasenflächen sehr gepflegt. Es schien, als wäre Courtlands Leben rundum perfekt. Aber das würde sich ändern, wenn es nach Jordan ging. Eigentlich hatte er warten wollen, bis die Setzlinge im Boden waren, bevor er mit seinem Rachefeldzug gegen Courtland begann. Dazu gehörte auch sein Plan, sich mit den Frauen der Familie bekannt zu machen. Doch in diesem Moment beschloss er, schon früher damit zu beginnen.

Während er noch auf das Haus starrte, erschien eine Frau auf der Veranda. Jordan hatte nur eine verschwommene Erinnerung an Letitia Courtland, eine zierliche Frau mit dunklem, sorgfältig frisiertem Haar. Sie trat ans Geländer, und der weite Rock ihres weißen Kleides bewegte sich leicht im Wind. In der Hand hielt sie ein Cocktailglas. Sie schien einem *kanaka*, der in den Blumenbeeten vor dem Haus arbeitete, Anweisungen zu erteilen. Jordan beschloss, so zu tun, als würde er Letitia zufällig begegnen, wenn sie unterwegs zu ihrem wöchentlichen Bridgenachmittag war.

Er wollte gerade weiterfahren, als Letitia plötzlich in seine Richtung schaute. Eine ganze Weile blickten sie einander über die ausgedehnte Rasenfläche hinweg an. Letitia war neugierig geworden, als sie den Mann sah, der sie von der Straße aus anblickte. Jetzt nahm er den Hut ab und wischte sich mit einem Taschentuch über die Stirn. Sogar auf diese Entfernung sah Letitia, wie attraktiv dieser Mann mit den schwarzen Haaren und den breiten Schultern war. Sie wusste instinktiv, wer er war, und gespannte Erwartung breitete sich in ihr aus. Sie fühlte sich auf unerklärliche Weise zu ihm hingezogen. Ob es daran lag, dass Max ihr verboten hatte, mit ihm zu reden, oder ob irgendetwas in seinem festen Blick sie ansprach, wusste sie nicht. Sie war versucht, ihm zuzuwinken, doch wenngleich sie Nachbarn waren, erschien es ihr unangemessen und zu vertraulich. Schließlich hatten sie sich zehn Jahre lang nicht gesehen, und damals war Jordan ein Halbwüchsiger gewesen. Verlegen wandte sie sich ab.

Jordan fuhr weiter, vorbei an Feldern, die zur Willoughby-Plantage gehörten. Einige waren bereits abgeerntet; andere wurden von *kanakas* gerodet, die im letzten Licht des Tages wie Sklaven schufteten.

Jordan erkannte Milo Jefferson, Max' Aufseher, der mit einer Gerte in der Hand zwischen den Arbeitern umherging. Ab und zu schrie er einen der Männer an und schwang die Gerte. Hinter ihm ging ein *kanaka* mit einem Joch über der Schulter, an dessen beiden Enden Wasserkübel hingen. Milo war schon seit vielen Jahren Max' rechte Hand. Jordan erinnerte sich, dass sein Vater diesen Mann nie gemocht hatte. Er hatte ihn als einen großmäuligen, brutalen Menschenschinder bezeichnet, der die Arbeiter wie Vieh behandelte. Nach seiner drohenden Miene zu urteilen, hatte sich im Lauf der Jahre nichts daran geändert.

Als Jordan sich nach Norden wandte, sah er Rauch aufsteigen – von einem brennenden Zuckerrohrfeld, wie zuerst vermutete. Dann aber erkannte er, dass der Rauch aus Richtung der Mühle kam. Als er sie erreichte, packte ihn Entsetzen. Nicht die Mühle selbst brannte, sondern das Gebäude dahinter – das Haus von Bert Finley, in dem Frankie Malloy und seine Familie wohnten.

6

Als Jordan den Wagen vor Bert Finleys brennendem Haus ausrollen ließ, glaubte er zuerst, Frankie und dessen Familie wären in der Flammenhölle eingeschlossen. Aus dem Dachstuhl quoll dichter Rauch, und Flammen leckten wie gierige Feuerzungen an den hölzernen Einfassungen der Fenster.

Jordan sprang genau in dem Augenblick vom Wagen, als Frankie mit einem Eimer in der Hand an der Hausecke erschien. Er begann, fieberhaft Wasser aus der Pferdetränke zu schöpfen und es gegen die Hauswände zu schütten, doch seine Anstrengungen waren vergebens: Das Feuer hatte sich schon zu weit ausgebreitet, und die glühende Hitze trieb ihn immer mehr zurück.

»Wo sind Gaby und die Jungen?«, rief Jordan entsetzt und eilte auf Frankie zu.

Frankie erwiderte nichts, starrte ihn nur mit leerem Blick an. Jordan geriet in Panik.

»Sind sie da drin?«, rief er laut, um das Zischen und Krachen des Feuers zu übertönen. Plötzlich hörte er hinter sich einen Ruf. Als er sich umwandte, sah er eine Frau im Schatten der Bäume stehen. Ihre beiden Söhne drängten sich neben sie und hielten sich an ihren Röcken fest. Ihr blasses, tränenüberströmtes Gesicht war mit Ruß verschmiert. Sie stand offensichtlich unter Schock. Frankie hatte an Armen und Händen Verbrennungen davongetragen, und seine Haare waren angesengt. Jordan erkannte, wie knapp die Familie mit dem Leben davongekommen war.

»Lassen Sie es sein, Frankie. Sie können nichts mehr tun«, sagte Jordan und zog den Zimmermann zurück – gerade in dem Moment, als krachend das Dach einstürzte und einen leuchtend roten Funkenregen in den dämmrigen Himmel sandte.

Frankies schmale Gestalt schien in sich zusammenzusinken, als er mit Jordan weiter zurückwich.

»Wie ist das Feuer ausgebrochen?«, fragte Jordan.

»Ich weiß nicht ...«, erwiderte Frankie mit kratziger Stimme. »Gaby sagt, eine Fackel wurde durchs Vorderfenster ins Haus geworfen und hat die Vorhänge in Brand gesetzt. Ich kam gerade noch rechtzeitig, um sie herauszuholen.«

»Haben Sie in der Nähe des Hauses jemanden gesehen?«

»Nein.« Frankie blickte zu seiner Frau und den Kindern hinüber; dann barg er das Gesicht in den Händen. »Wäre ich ein paar Minuten später gekommen ...«

Unbändiger Zorn stieg in Jordan auf. Alle Farbe wich aus seinem Gesicht, und er ballte die Fäuste. Die wenigen Minuten, als sie sich ahnungslos die Cottages angeschaut hatten, hätten Frankie beinahe seine Frau und die Kinder genommen ...

»Ich schwöre Ihnen, Frankie, dass Max dafür bezahlen wird!«, stieß er hervor.

Frankie starrte auf das Haus, das rasch zu einem Haufen verkohlter Balken und Asche zusammenfiel. »Sie können nichts gegen ihn unternehmen, Jordan. Wenn er zu so etwas fähig ist, muss man ihn fürchten!«

»Das sehe ich anders«, gab Jordan leidenschaftlich zurück. »Das war die Tat eines Feiglings!«

Bevor Frankie etwas erwidern konnte, trat seine Frau neben ihn. Gaby war zierlich, mit roten Locken und großen, ausdrucksvollen blauen Augen, in denen sich nun all ihre Gefühle spiegelten: Erleichterung ebenso wie Schrecken und Verzweiflung. Ihre beiden Söhne klammerten sich an ihre Röcke. Sie waren sechs und neun Jahre alt und ähnelten mit ihren schlanken, sehnigen Körpern und den schmalen Gesichtern dem Vater.

»Wir haben alles verloren«, schluchzte Gaby verzweifelt. »Wir besitzen nichts mehr außer den Kleidern, die wir am Leib tragen.«

Jordan litt mit ihr. Es war seine Schuld, dass die Familie, die nichts Böses getan hatte, von kaltblütigen Brandstiftern angegriffen worden war.

Frankie legte beschützend einen Arm um seine Frau und die Kinder. »Es wird schon wieder, Liebes. Wir müssen noch einmal von vorn anfangen, aber wir haben immer noch uns.«

Doch trotz seiner tröstenden Worte sah Frankie wie ein gebrochener Mann aus.

Nach und nach trafen Reiter ein, darunter auch der Schwiegersohn von Bert Finley.

»Was ist passiert?«, fragte Matt Landor Frankie beim Absteigen. »Ich habe von meinem Haus aus den Feuerschein gesehen.«

»Jemand hat eine Fackel durchs Fenster geworfen«, erklärte Frankie. »Meine Frau konnte nicht sehen, wer es war.« Er warf Jordan einen eindringlichen Blick zu, und der verstand, dass Frankie niemanden beschuldigen wollte. Der Schock, beinahe verloren zu haben, was ihm auf der Welt am liebsten war, saß noch zu tief.

Matt Landor streifte Jordan mit einem Seitenblick. »Sie arbeiten in Eden, nicht wahr?«

Frankie schaute ihn an, ohne etwas zu erwidern. Er brauchte nicht zu antworten, denn es hatte sich nicht wirklich um eine Frage gehandelt – eher um eine Erklärung für den Brandanschlag.

Eine Gruppe von Männern machte sich eilig an die Arbeit, um die Zuckerrohrfelder zu retten, in denen das Haus stand und die noch nicht ganz ernteeif waren. Mit Macheten schlugen sie eine Schneise um das Haus herum, sodass das Feuer sich nicht weiter ausbreiten konnte. Um das Haus zu retten, war es zu spät, doch wenn sie Glück hatten, konnten sie zumindest die Flammen eindämmen.

»Was sollen wir jetzt tun, Frankie?«, stieß Gaby verzweifelt hervor. »Wir wissen nicht einmal, wohin wir gehen können.«

Frankie starrte auf das brennende Haus, als hätte er die Worte seiner Frau gar nicht gehört. »Frankie«, sagte Jordan und legte ihm eine Hand auf die Schulter, »es ist schon gut. Ich kümmere mich um Sie und Ihre Familie.«

Frankie schaute Gaby an. »Jordan hat uns ein Cottage auf seiner Plantage angeboten«, sagte er, während sie zum Wagen gingen. »Es muss instand gesetzt werden, aber wir wären dort in Sicherheit, und es steht ganz in der Nähe des Flusses. Du wolltest doch immer in einem Haus am Fluss wohnen ...«

Gaby blickte zu ihrem Mann auf, und in ihren blauen Augen schimmerten Tränen. »Ich weiß nicht, Frankie«, meinte sie, während sie ihre Kinder an sich zog und Jordan einen misstrauischen Blick zuwarf.

»Sie und Ihre Familie wären bei mir in Sicherheit, darauf gebe ich mein Wort«, sagte Jordan. »Ich weiß, dass es für Sie keinen Trost bedeutet, aber es tut mir schrecklich Leid, was hier geschehen ist. Aber auch dafür wird Max Courtland bezahlen!«

»Ich möchte nicht zwischen zwei verfeindeten Männern leben«, erklärte Gaby. »Nicht, wenn meine Söhne dabei in Gefahr sind.«

»Gaby, du weißt doch, wie schwierig es war, Arbeit zu finden ...«, wandte Frankie ein.

»Arbeit?« Mit blitzenden Augen wandte sie sich ihrem Mann zu. »Wie kannst du jetzt von Arbeit sprechen, wo wir beinahe unser Leben verloren hätten, Frankie? Ausgerechnet du ...«

Frankie senkte den Kopf und zog Gaby fester an sich.

Jordan verstand Gabys Dilemma. Tief im Herzen wusste

er, dass es keinen Sinn hatte, Max offen zur Rede zu stellen. Das würde diesem Mistkerl nur die Genugtuung verschaffen, dass seine hinterhältigen Angriffe den gewünschten Erfolg erzielt hatten.

»Wenn ich Ihnen verspreche, dass es keinen Ärger mehr gibt, kommen Sie dann mit nach Eden?«, fragte er Gaby.

Sie blickte ihn noch immer skeptisch an.

Jordan senkte den Kopf. »Ich war sehr wütend, als ich vorhin sagte, ich würde den Mann zur Rechenschaft ziehen, den ich für den Verantwortlichen halte. Ich will keine blutige Rache. Ich will nur Eden wieder aufbauen. Es ist meine Schuld, dass Sie Ihr Heim verloren haben. Geben Sie mir die Chance, es Ihnen wieder gutzumachen.«

Gaby schaute ihren Mann an. Sie wusste, dass er sehr gern für Jordan arbeitete und dass sie jetzt zusammenhalten mussten. »Habe ich Ihr Wort, dass Sie nicht zurückschlagen und wir auf Ihrer Plantage sicher sind?«

Jordan nickte. »Niemand wird es wagen, nach Eden zu kommen, das schwöre ich Ihnen.« Er war sicher, dass Max auch in Zukunft hinterhältige Angriffe unternahm, nicht jedoch auf die Plantage selbst; Max musste wissen, dass Jordan so etwas niemals hinnehmen würde. Jordan war sicher, dass Max genau wusste, wie weit er gehen konnte. Die Willoughby-Plantage und das dazugehörige Anwesen bedeuteten Max mehr als alles andere. Willoughby war ein Symbol seiner Macht und seines Erfolgs, das er nicht verlieren wollte.

»Gut, wir kommen mit Ihnen«, erklärte Gaby schließlich. »Aber sobald es gefährlich wird, ziehen wir weiter.«

Jordan half den Jungen auf den Wagen.

»Ich sollte wohl hier bleiben und den Männern helfen«, meinte Frankie.

»Nein, Frankie. Bitte, komm mit uns!«, bat Gaby verzweifelt, doch ihr Mann ging zu Matt Landor hinüber.

Gaby warf Jordan einen bedeutungsvollen Blick zu und

trat ein paar Schritte vom Wagen weg, damit die Kinder nicht hörten, was sie zu sagen hatte. »Der Brandanschlag ist für Frankie besonders schlimm«, erklärte sie Jordan. »Frankie hat seine erste Frau und eine kleine Tochter verloren, als ihr Haus niederbrannte. Er hat Jahre gebraucht, darüber hinwegzukommen. Er war kaum noch er selbst, als er heute Nachmittag hierher kam und das Haus brennen sah. Ich habe ihn noch nie so verzweifelt und verwirrt gesehen. Nachdem er uns längst aus dem Haus geholt hatte, wollte er immer wieder hinein ...«

Jordan hatte bisher angenommen, Frankie habe bloß spät geheiratet; jetzt wusste er, warum er eine so viel jüngere Frau und noch so kleine Kinder hatte – und völlig verängstigt war.

»Der arme Kerl«, sagte er und hasste Courtland mehr als je zuvor für all das Leid, das er anderen Menschen gebracht hatte.

Es war dunkel, als Jordan mit den Malloys nach Eden zurückkam. Frankie hatte mit Jordan vorn auf dem Bock gesessen, während Josh und Billy trübsinnig auf die rote Glut ihres niedergebrannten Heims starrten und Gaby leise schluchzte. Zwar hatten sie nicht viel von Wert besessen, doch Gaby hatte einige Dinge verloren, die ihr viel bedeutet hatten: Fotos ihrer Familie in Possum Creek, ein paar Bilder von den beiden Jungen, als sie noch Babys gewesen waren, und ihre Hochzeitsfotos. Auch die Ringe ihrer Mutter waren fort, ebenso die Uhr ihres Vaters – kleine Dinge, die für Gaby jedoch großen Wert besessen hatten. Sie war sicher, dass niemand sie in der Asche des Hauses wiederfinden würde.

Als sie in Eden eintrafen, rief Jordan als Erstes Eve zu sich. Sie kam im Morgenmantel aus dem Anbau, gefolgt von Tingyan.

»Haben Sie noch Bettzeug übrig?«, fragte er.

»Ja, ein paar Laken und Decken sind noch da.« Sie sah die Besorgnis auf seinen Zügen und schloss daraus, dass irgendetwas geschehen sein musste.

»Könnten Sie die Sachen bitte nach oben bringen? Ich stelle Gaby, Frankie und den Kindern dort ein Zimmer zur Verfügung, bis das Cottage für sie hergerichtet ist.«

Eve blickte ihn erstaunt an. »Natürlich. Ist etwas passiert? Sie wirken erschüttert.«

»Das Haus der Malloys ist heute Abend niedergebrannt. Sie besitzen nichts mehr. Alles, was Sie an Kleidung entbehren können, ist willkommen, Eve. Ich selbst suche für Frankie und die Jungen etwas heraus, aber für Gaby habe ich leider nichts Passendes.«

»Haben sie sich verletzt? Verbrennungen erlitten?«, fragte Eve besorgt.

»Gaby und die Kinder haben einen Schock. Frankie hat ein paar Brandwunden davongetragen. Können Sie ihm eine Salbe geben?«

Eve nickte. »Ich glaube, Nebo hat irgendein Mittel.« Sie wandte sich an Ting yan. »Würdest du zu ihm gehen und ihn fragen, während ich ein Nachthemd für Gaby heraussuche?«

Ting yan schüttelte den Kopf. »Ich selbst habe gute chinesische Medizin gegen Brandwunden, Missy Eve. Ich gehe holen.«

Eine Stunde später waren die Kinder gebadet, und die Familie hatte Tee und Sandwiches bekommen, doch Frankie und Gaby hatten kaum etwas gegessen.

»Sie sagten, jemand habe Ihr Haus absichtlich angesteckt?«, wandte sich Eve an Frankie, während Ting yan die chinesische Salbe auftrug. »Wissen Sie, wer es war?«

Frankie seufzte. »Ich war nicht dort, als es geschah, und Gaby hat nicht gesehen, wer der Täter gewesen ist«, sagte er. Eve fiel auf, dass er es vermied, ihr ins Gesicht zu sehen, und seine sonst so offene Miene wirkte verschlossen.

»Jordan glaubt zu wissen, wer dafür verantwortlich ist. Es gibt da jemanden, der verhindern will, dass Eden wieder aufgebaut wird«, erklärte er ruhig. »Man hat Arbeiter daran gehindert, hierher nach Eden zu kommen; deshalb musste Jordan bis Babinda fahren, um Männer einzustellen. Ich habe Gerüchte gehört, dass *kanakas*, die hier arbeiten wollten, verprügelt wurden. Selbst Europäer, wie die Sears-Brüder, hat man bedroht.«

Eve hatte nicht gewusst, dass Jordan vor so ernsten Problemen stand. Doch sie hatte sich seit Tagen kaum noch mit ihm unterhalten. »Wo ist Jordan eigentlich?«, fragte sie.

»Ich glaube, er ist hinausgegangen, um mit Ryan O'Connor zu sprechen.«

Als Ting yan fertig war, rollte Eve die Mullbinden auf, die sie nicht benutzt hatte. »Möchten Sie oder Ihre Frau noch Tee?«

»Nein, danke, Eve. Ich werde hinaufgehen und nachsehen, ob Gaby und die Jungen so weit zurechtgekommen sind.«

Frankie war mit den Nerven herunter, wie man es nach einem solchen Schock nicht anders erwarten konnte, doch Eve fand, dass er mehr als erschüttert wirkte. Er schien nicht mehr der Mann zu sein, der er gewesen war.

Eve und Ting yan zogen sich in den Anbau zurück. Durch das offene Fenster konnte Eve Jordan auf der hinteren Veranda mit Ryan O'Connor reden hören.

»Ich habe Gaby mein Wort gegeben, dass ich keine Rache nehmen werde für das, was heute Abend geschehen ist«, sagte Jordan, »aber ich weiß nicht, was passiert, wenn ich Max Courtland über den Weg laufe ...«

Eve erschrak bis ins Innerste, und ihr Herz raste. »Bitte nicht!«, flüsterte sie.

»Soll ich heute Nacht Wache halten?«, fragte Ryan.

»Ich glaube nicht, dass es nötig ist, aber wir sollten wachsamer sein als üblich. Ich schlafe wieder im Liegestuhl.«

»Dann lege ich mich auf der anderen Hausseite hin«, erklärte Ryan.

»Ich glaube nicht, dass er jemanden hierher schickt – aber ich hätte auch niemals geglaubt, dass er so weit geht, Frankies Haus in Brand zu setzen. Um ein Haar hätte er Frankies Familie getötet. Was, zum Teufel, geht in diesem Mann vor?«

Eve fühlte sich plötzlich leer. Wenn Jordan nun erfuhr, dass sie eine gebürtige Courtland war ...?

Als Eve ihn ins Haus zurückgehen hörte, trat sie ins Freie, um mit Ryan O'Connor zu sprechen. Er saß rauchend auf der vorderen Veranda und starrte finster die Auffahrt hinunter.

»Warten Sie auf jemanden?«, fragte Eve so beiläufig sie konnte. Das Herz schlug ihr heftig in der Brust, doch sie wollte nicht, dass Ryan ihre Aufregung bemerkte. Deshalb lehnte sie sich an einen der Pfosten, das Gesicht abgewandt.

»Jordan hält es nicht für nötig, eine Wache aufzustellen, aber nach dem, was Frankie und seiner Familie passiert ist ...«

»Unbegreiflich, wie jemand etwas so Feiges tun kann!« Eve konnte nicht glauben, dass ihr eigener Vater eine so schreckliche, verachtenswerte Tat angezettelt hatte.

»Ja, es war schändlich und feige. Es gibt viel seltsames Volk, Mädchen, und ich hab schon 'ne ganze Menge von diesen Leuten getroffen. Jordan kenne ich noch nicht lange, aber er scheint ein aufrechter Mann zu sein. Was zurzeit hier passiert, hat er nicht verdient!«

Eve musste ihm zustimmen. »Frankie sagte, Jordan hat eine Ahnung, wer hinter all dem stecken könnte. Wissen Sie, ob er zur Polizei gehen will?«

Ryan schüttelte den Kopf. »Jordan hat mir erzählt, dass Frankie hingegangen ist. Er hat Drohungen erhalten, seit er in Eden arbeitet, aber leider trugen die Männer, die seine Familie eingeschüchtert haben, Kapuzen, sodass man nichts unternehmen konnte.«

»Dann weiß also niemand, wer hinter diesen Drohungen steckt und wer das Haus angezündet hat?« Eve hoffte noch immer, dass ihr Vater doch nicht der Schuldige war. Es war eine schwache Hoffnung, doch sie konnte und wollte nicht glauben, dass er zu so etwas fähig war.

»Jordan hat Besuch von einem gewissen Maximillian Courtland gehabt«, meinte Ryan.

»Hier?«

»Ich glaube schon. Anscheinend ist dieser Courtland hier in der Gegend eine große Nummer. Er hat Jordan gesagt, dass er ihn von Eden vertreiben will. Wahrscheinlich trägt Courtland die Schuld an all den Problemen, die Jordan zurzeit hat – dem Mangel an Arbeitern, zum Beispiel, und dass er keine Setzlinge kaufen kann. In Geraldton hilft ihm auch niemand.«

Eve fühlte, wie ihr der Mund trocken wurde. »Aber warum sollte dieser Max Courtland Jordan von Eden vertreiben wollen? Er kann doch gar nichts gegen ihn haben. Jordan hat die Plantage mit sechzehn Jahren verlassen – das hat er mir jedenfalls erzählt.«

»Soviel ich weiß, waren Jordans Vater und Courtland erbitterte Feinde.«

»Aber das hat doch nichts mit Jordan zu tun!«, begehrte Eve auf. »Ich kann nicht glauben, dass dieser Courtland seine Abneigung vom Vater auf den Sohn überträgt. So eiskalt kann doch niemand sein!«

»Es ist schwer zu verstehen, aber es ist nun mal nicht zu leugnen, was hier geschieht. Außerdem hat jemand Frankies Haus anzünden – und Frankie ist erst seit ein paar Wochen in Geraldton und kann sich noch niemanden zum Feind gemacht haben. Oder glauben Sie das? Ich nicht.«

»Nein ...« Wenngleich Eve es sich nicht eingestehen wollte, wusste sie, dass ihr Vater zu so etwas Schrecklichem fähig war – sie verstand nur nicht, weshalb.

Eve beschloss, mit ihrer Mutter zu reden.

7

Jordan stand neben Ryan O'Connor auf der vorderen Veranda und blickte die Auffahrt hinunter. Seine Miene wurde zusehends finsterer.

»Wenn Max die Männer bedroht, die ich eingestellt habe, weiß ich nicht, ob ich mein Versprechen gegenüber Gaby halten kann«, meinte er.

»Vielleicht haben die Arbeiter die Plantage nicht sofort gefunden«, meinte Ryan. »Ich hatte selbst Schwierigkeiten, und anderen geht es sicher genauso. Ich glaube nicht, dass man sich auf die Wegbeschreibungen der Einheimischen verlassen kann.«

»Wahrscheinlich würden sie jemanden, der nach uns sucht, absichtlich in die Irre führen.« Jordan blickte zur aufgehenden Sonne. Es war jetzt schon unerträglich heiß, und die Luftfeuchtigkeit wurde mit jedem Tag schlimmer. Die Zeit vor dem Regen wurde »Selbstmordsaison« genannt, und das aus gutem Grund.

Jordan dachte daran, dass sie für die Feldarbeit schon eine Stunde verloren hatten. »Viel länger zu warten, können wir uns nicht leisten«, sagte er. »Ich werde Frankie bitten, die Arbeiter aufs Feld zu schicken, falls sie noch kommen.«

»Gut. Ich hole die Brüder Zangh. Aber was ist mit Ting yan? Möchten Sie, dass sie mit uns kommt? Ich weiß, dass Sie ihr gesagt haben, sie soll hier bleiben und kochen. Sie hat schon alle ihre Töpfe und Pfannen ausgepackt.«

Jordan wusste, dass Ting yan froh gewesen war, als er sie

gebeten hatte zu kochen, doch ohne die neuen Arbeiter brauchte er sie auf den Feldern. »Heute Morgen muss sie leider mit uns kommen. Aber sobald die Arbeiter da sind, kann sie zum Haus zurück.« Eve hatte ihm versichert, dass sie Frankie so viel wie möglich helfen würde, bis seine Wunden verheilt waren, und er hatte ihr die Begeisterung deutlich angemerkt.

»Was ist mit Nebo?«, wollte Ryan wissen. »Er sah heute Morgen gar nicht gut aus.«

Auch Jordan war aufgefallen, dass Nebo sehr unter den Ereignissen der vergangenen Tage gelitten hatte, und er fühlte sich schuldig. Hätte er die gewünschte Anzahl Männer gehabt, hätte Nebo sicher nicht darauf bestanden, mit ihnen auf den Feldern zu arbeiten. Jordan seufzte. Es war schlimm, dass alles so ganz anders lief als geplant. »Ich werde Nebo sagen, er soll hier bleiben und auf die Arbeiter warten. Auf diese Weise kann er sich ein wenig ausruhen.«

Trotz seiner Besorgnis wegen der Arbeiter bemerkte Jordan beim Frühstück, dass Eve nachdenklicher wirkte als sonst. Vielleicht, sagte er sich, fühlt sie sich seit dem Angriff auf Frankie und dessen Familie ebenfalls unsicher.

»Stimmt etwas nicht, Eve?«, fragte er, als er ihr seine Kaffeetasse zum Spülen reichte.

»Nein, alles in Ordnung. Warum fragen Sie?«

Jordan hatte den Eindruck, dass die Frage sie noch mehr verunsichert hatte. »Sie kamen mir beim Frühstück so still vor. Befürchten Sie, dass man auch Sie bedroht, wenn bekannt wird, dass Sie in Eden arbeiten?«

Eve schüttelte den Kopf. »Mir tun Frankie und seine Familie Leid. Ich glaube nicht, dass auch ich mit Belästigungen rechnen muss. Wissen Sie, seit Jules Keane meine Artikel veröffentlicht hat, werde ich in Geraldton sowieso wie eine Aussätzige behandelt.« Sie senkte den Kopf. »Auch ein Grund, warum ich hier bin. Niemand wollte mir ein Zimmer vermieten.« Besonders hatte sie erzürnt, dass ihr Vater und ihre Schwestern ebenfalls zu den Leuten gehörten, die sie verurteilten. Sie hatte einige Male mit ihrer Mutter gesprochen, doch die Gespräche waren stets enttäuschend verlaufen. Trotzdem hatte Eve den Eindruck gewonnen, dass Letitia Kontakt mit ihr wünschte, und sei es nur, um ihr Gewissen zu besänftigen. Doch in Wirklichkeit waren sie einander fremd geworden. Eve würde nie vergessen können, dass Letitia sie zu Verwandten abgeschoben hatte.

In Eves Augen war ihre Mutter eine schwache Persönlichkeit, beherrscht von einem Mann, der als grausam gegenüber seinen Arbeitern galt. Und Max war imstande, Jordan noch mehr Schwierigkeiten zu bereiten, wenn er herausfand, dass sie, Eve, für ihn arbeitete – und es bedrückte sie zutiefst, dass Jordan dann vielleicht gezwungen war, Eden doch zu verkaufen. Wenn es so weit kam, hatte Nebo kein Zuhause mehr, und sie selbst musste ihren Traum begraben, Journalistin zu werden, und nach Sydney zurückkehren.

Jordan tat es Leid, dass man Eve so behandelte, nur weil sie mutig ein menschenverachtendes System zu ändern versuchte. »In Eden sind Sie sicher«, sagte er. »Aber wenn Sie in die Stadt fahren, kann ich Ihnen das nicht garantieren. Dass Sie hier arbeiten, kann für die Leute dort schon Grund genug sein, Ihnen das Leben schwer zu machen.«

Eves schlechtes Gewissen meldete sich, und sie musste den Blick abwenden. Jordan war ein so anständiger Kerl ... bestimmt hätte er sich ihr gegenüber anders verhalten, hätte er gewusst, dass ihr Vater für seine Schwierigkeiten verantwortlich war – und dafür, dass Frankies Familie beinahe gestorben wäre.

»Nett von Ihnen, sich meinetwegen Gedanken zu machen«, sagte Eve, »aber ich mache mir wirklich keine Sorgen.«

»Trotzdem wäre es besser, wenn Sie erst wieder in die Stadt

fahren, sobald die ganze Geschichte ein Ende hat. Wenn Sie irgendetwas brauchen, können Ryan oder ich es für Sie holen.«
 Widerstrebend nickte Eve.

Ein paar Stunden später stand sie hinter einem der Oleanderbüsche am Tor von Willoughby und wartete auf ihre Mutter. Die Stadt war klein, sodass sich leicht feststellen ließ, wohin Letitia sich jeweils begab; sie machte es Eve ohnehin leicht, da sie ein Gewohnheitstier war.
 Am letzten Mittwoch im Monat spielte Letitia immer bei Corona Byrns Bridge; normalerweise begann das Spiel um Punkt elf Uhr. Corona war ein sehr genauer Mensch und verabscheute nichts so sehr wie Unpünktlichkeit. Sie wohnte mitten in der Stadt in einem außen wie innen vor Sauberkeit und Ordnung strotzenden Haus. Ihr Mann war einer von zwei eigens für die Cassowary-Küste ernannten Friedensrichtern, was sie bei jeder sich bietenden Gelegenheit hervorhob.
 Obwohl Eve es niemals zugegeben hätte, war sie neugierig auf ihre Familie gewesen, als sie nach Geraldton gekommen war. Damals war sie öfter an Willoughby vorübergeradelt, meist früh am Morgen. Dabei hatte sie ihre Mutter jedoch nie zu Gesicht bekommen und daraus geschlossen, dass Letitia nicht zu den Frühaufstehern zählte. Deshalb würde sie wahrscheinlich erst im letzten Moment zum Bridge aufbrechen. Für die Strecke zwischen Willoughby und Geraldton brauchte man in einem leichten Wagen vierzig Minuten, sodass Letitia nach Eves Schätzung um zwanzig nach zehn durch das Tor kommen würde. Das ließ ihr gerade noch Zeit, hartgebackene Plätzchen zum Morgentee zu servieren, bevor sie davoneilte.
 Kurz bevor Eve Jordans Plantage hatte verlassen wollen, war sie auf ein Hindernis gestoßen: Jordan hatte beschlossen, die Zufahrt eigenhändig vom Unkraut zu befreien, und er war mieser Stimmung, weil seine Arbeiter nicht erschienen waren.

Deshalb war Eve gezwungen, einen anderen Weg nach Willoughby zu nehmen, um zu vermeiden, dass Jordan sie beobachtete, denn er durfte keine Verbindung zwischen ihr und den Courtlands herstellen.

Verschwitzt und erschöpft traf Eve gerade noch rechtzeitig in Willoughby ein, stellte ihr Fahrrad ab und hörte gleich darauf das Klappern von Pferdehufen in der Auffahrt. Es war sehr anstrengend gewesen, mit dem Rad den holprigen Weg hinter der Plantage zu nehmen, und sie hatte schneller fahren müssen als je zuvor, um rechtzeitig am Ziel zu sein. Dementsprechend erschöpft und mitgenommen sah sie aus, doch nun war keine Zeit mehr, sich ein wenig herzurichten.

Als Letitia durchs Tor kam und auf die Landstraße einbog, trat Eve mit beiden Armen winkend vor dem Buggy auf die Straße. Letitia erschrak, stieß einen Schrei aus und versuchte, das scheuende Pferd unter Kontrolle zu bringen.

»Brrr ...!«, rief Eve und wich zurück. Sie hatte sich immer schon vor Pferden gefürchtet.

»Um Himmels willen, Evangeline!«, stieß Letitia hervor, als sie das Pferd beruhigt hatte und ihre Tochter erkannte. »Du hättest wie ein zivilisierter Mensch zum Haus kommen sollen, anstatt mir wie ein Eingeborener hinter den Büschen aufzulauern! Du hast mich fast zu Tode erschreckt!«

Zorn loderte in Eve empor wie eine heiße Flamme. Jedes Mal bewirkte der herrische Tonfall ihrer Mutter, dass sie sich klein und unbedeutend vorkam; außerdem war es ihr zuwider, mit dem vollen Vornamen angeredet zu werden.

»Wie oft soll ich dir noch sagen, dass ich es nicht ausstehen kann, wenn jemand mich Evangeline nennt«, sagte sie. »Das klingt schrecklich hochgestochen.« Sie fand, dass das schlichte »Eve« viel besser zu ihr passte.

»Ich habe dich Evangeline genannt, weil es ein außergewöhnlicher Name ist, der eine gewisse Eleganz besitzt«, meinte Letitia.

Eve schäumte vor Wut. »Gewisse Eleganz! So etwas mag für dich wichtig sein, Mutter, aber falls du es noch nicht bemerkt hast – ich besitze die Eleganz eines einbeinigen Hühnchens.«

Letitia fühlte sich bei diesen Worten sichtlich unbehaglich. Eve war von ihrer Tante und ihrem Onkel aufgezogen worden, weil ihre Mutter mit einem behinderten Kind, das spezieller Pflege bedurfte, überfordert gewesen wäre. Letitia strich ein paar nicht vorhandene Fältchen auf ihrem minzfarbenen Sommerkleid glatt, das durch einen weißen Kragen und einen Gürtel von gleicher Farbe ein wenig steif wirkte. Dazu trug sie einen grünen Hut mit weißem Band, weiße Schuhe und Spitzenhandschuhe. Im Vergleich zu ihrer Mutter kam Eve sich wie eine Landstreicherin vor.

»Ich wollte Max nicht über den Weg laufen, deshalb habe ich dir hier hinter den Büschen aufgelauert, wie du es nennst«, erklärte Eve.

Letitia hob tadelnd die Brauen. »Du könntest wirklich versuchen, mit deinem Vater zurechtzukommen, Evangeline. Und ich habe dir schon mehr als einmal gesagt, dass es wenig respektvoll ist, wenn du ihn Max nennst!« Es hatte sie sehr getroffen, dass Eve den Namen Courtland zugunsten des Familiennamens ihrer Tante und ihres Onkels abgelegt hatte. Sie hieß jetzt Kingsly, worauf Max mit einem schrecklichen Zornesausbruch reagiert hatte, ja, er hätte Eve beinahe enterbt.

»Dann passt es doch sehr gut«, gab Eve zurück. »Wie du weißt, *habe* ich kaum Respekt vor meinem Vater, auch wenn er mein Erzeuger ist!«

»Evangeline! Ich bin keine Zuchtstute!«

Trotz ihres Zorns zeigte Eve so viel Nachsicht, eine reuevolle Miene aufzusetzen, und Letitia wirkte ein wenig besänftigt. »Ich freue mich wirklich, dich zu sehen!«, sagte Letitia und meinte es aufrichtig. Sie hatte gehofft, Eve würde sie aufsuchen, und ihre Gebete schienen erhört worden zu sein.

»Das ist kein Höflichkeitsbesuch, Mutter. Ich bin hier, um etwas Wichtiges mit dir zu besprechen.«

»Brauchst du Geld? Kleidung?« Letitia bedachte Eve mit einem missbilligenden Blick.

»Nein, nichts dergleichen.« Es überraschte Eve nicht, dass ihre Mutter etwas so Unwichtiges als Grund für ihren Besuch vermutete.

»Dann möchtest du sicher über Jordan Hale und deine Lebensumstände in Eden mit mir reden, nicht wahr?«

Eve war einen Moment verblüfft, doch dann seufzte sie. »Lexie und Celia haben dir also erzählt, dass Jordan wieder in der Stadt ist. Sie sind wirklich sehr fix, wenn es darum geht, etwas herauszufinden, besonders, wenn es sich dabei um einen Mann handelt.«

Letitia lächelte. »Geraldton ist eine kleine Stadt, und deine Schwestern sind sehr beliebt.«

»Meine Schwestern sind Klatschmäuler. Und Lexie ist schamlos und macht allen Männern schöne Augen.«

Letitias Miene verdüsterte sich. »Hat Jordan dich ... hat er dich gebeten, Eden zu verlassen?«

»Nein, im Gegenteil, er hat mich eingestellt.« Eve sah zufrieden, wie sich Letitias Erstaunen in Missbilligung verwandelte. »Wirklich? Für welche Arbeit?«

»Als Köchin. Wenn Jordan später mehr Personal hat, werde ich auch bei der Renovierung des Hauses helfen.«

»Du *kochst* für Jordan und die anderen?«

»Aber nicht sehr gut. Entweder lasse ich das Essen anbrennen, oder es ist noch halb roh. Immerhin habe ich bis jetzt noch keinen vergiftet. Es hat den Anschein, als würde ich ganz nach dir schlagen, was meine hausfraulichen Fähigkeiten betrifft.« Eves Tante Cornelia hatte oft über die mangelnden Qualitäten Letitias auf diesem Gebiet gesprochen.

»Wenn einem etwas keine Freude macht, beherrscht man es auch nicht besonders«, erwiderte Letitia ein wenig verlegen.

»Ich habe ein Talent dafür, einen Haushalt zu führen, statt im Haushalt zu arbeiten.« Sie hatte einige Male versucht zu kochen, doch die Ergebnisse waren so niederschmetternd gewesen, dass Max für diese Aufgabe schließlich ein polynesisches Mädchen eingestellt hatte. »Wie willst du bei der Renovierung des Hauses helfen? Viel kannst du dabei doch sicher nicht tun.«

Ein Schatten huschte über Eves Züge. »Ich bin kein hilfloser Krüppel, auch wenn du erwartet hast, dass ich einer sein würde, nicht wahr?«

Röte stieg in Letitias blasse Wangen, und sie wirkte verlegen. »Nein, natürlich nicht. Ich meinte nur, dass so etwas harte Arbeit ist, vielleicht *zu* hart für eine Frau.«

Eve schüttelte den Kopf. »Ich habe Onkel Louis immer dabei geholfen, Spielzeug für das Waisenhaus zu basteln; deshalb kann ich gut mit Hammer und Säge umgehen. Vielleicht hätte ich Tante Cornelia öfter zuschauen müssen, sie ist eine großartige Köchin. Aber ich bin nicht hergekommen, um mit dir über meine Arbeit zu sprechen, Mutter.«

»Ich weiß. Du hast mir schon deutlich genug zu verstehen gegeben, dass du nicht hier bist, weil du das Bedürfnis hast, mich zu sehen ...«

Jetzt war es an Eve, verlegen zu sein. Seit ihrer Rückkehr nach Geraldton hatte Letitia ihr die Schuld daran gegeben, dass sie einander nicht sehr nahe standen. »Jordan soll nicht erfahren, dass ich eine Courtland bin. Und ich wollte dich bitten, etwas wegen Vater zu unternehmen. Er schüchtert alle ein, die für Jordan arbeiten wollen.«

Letitia runzelte die Stirn. Es kränkte sie, dass Eve ihren wahren Namen vor Jordan verbergen wollte, und sie verstand nicht, wie ihre Tochter auf den Gedanken kam, dass ihr Vater unschuldige Menschen bedrohte.

»Warum sollte Max das tun?«, fragte sie.

»Genau das wüsste ich gern. Ich habe gehört, dass er und Jordans Vater Feinde waren. Ist das wahr?«

»Sie hatten Meinungsverschiedenheiten, ja, aber ich bin sicher, dass Max nichts gegen Jordan hat. Er war noch ein Junge, als er Geraldton verließ.«

»Ich weiß. Aber gestern Abend wären die Malloys beinahe in ihrem Haus verbrannt, weil jemand es angesteckt hat – und Frankie Malloy arbeitet für Jordan.«

Letitia starrte Eve fassungslos an. »Ich habe gehört, dass Bert Finleys Haus gestern Abend abgebrannt ist – Milo hat es erzählt. Aber ich kenne keine Malloys. Sie müssen neu in der Stadt sein.« Letitia war sicher, dass ihre Bridgepartnerinnen über die ganze Geschichte bestens Bescheid wussten, denn ihre Begabung für das Aufspüren von neuem, interessantem Klatsch hätte einem Privatdetektiv zur Ehre gereicht.

Eve fand es verdächtig, dass Milo Jefferson schon von dem Brand wusste. Neuigkeiten verbreiteten sich zwar schnell in Geraldton, aber es war noch sehr früh am Morgen.

»Die Malloys haben in Bert Finleys Haus gewohnt«, sagte Eve.

Letitia wirkte für einen Moment verwirrt; dann aber sagte sie: »Der Brand war sicher ein Unfall, Evangeline. Du hast eine zu lebhafte Fantasie, wenn du glaubst, dein Vater hätte irgendetwas damit zu tun. Er war gestern Abend zu Hause. Mit so etwas würde er sich niemals die Hände schmutzig machen.«

Eve schnaubte verächtlich. »Seine Hände sind ja auch so schon schmutzig genug.«

»Um Himmels willen, Evangeline!«, stieß Letitia hervor. »Ich weiß, dass er nie etwas gegen Bert Finley hatte, und diesen Frankie Malloy kennt er wahrscheinlich nicht einmal!«

»Aber in der Stadt wird erzählt, dass Vater jeden davon abhält, in Eden zu arbeiten, und dass Männer wie die Sears-Brüder und Frankie Malloy bedroht worden sind. Außerdem wurden mehrere *kanakas* verprügelt – aber ich nehme an, die zählen sowieso nicht für dich.«

Letitia seufzte tief. Irgendwie gelang es Eve jedes Mal, auf die ungerechte Behandlung der *kanakas* zu sprechen zu kommen. Warum konnte sie die Dinge nicht einfach so nehmen, wie sie waren? Doch Letitia wollte dieses Thema jetzt nicht vertiefen. »Ich kann nicht glauben, dass dein Vater Menschen bedroht, damit sie nicht in Eden arbeiten!«

»Hat er dir irgendetwas über Jordan gesagt?«

»Er will nicht, dass deine Schwestern oder ich etwas mit diesem Mann zu tun haben.«

Eve hätte beinahe gelächelt bei dem Gedanken, wie zornig ihr Vater sein würde, falls er erfuhr, dass sie bei Jordan Hale in Eden wohnte und in seinen Diensten stand. Doch er würde es kaum erfahren – und es wäre auch das Letzte gewesen, das Eve gewollt hätte.

»Außerdem hat er gesagt, Jordan hätte ihm gegenüber Drohungen ausgestoßen«, fügte Letitia verlegen hinzu. Obwohl sie seit langer Zeit wusste, wie Max war, empfand sie das hochmütige Verhalten ihres Mannes noch immer als peinlich und neigte dazu, ihn zu verteidigen, um sich selbst Demütigungen zu ersparen.

»Was für Drohungen?«, wollte Eve wissen.

»Das hat er nicht gesagt. Ich nehme an, er wollte Jordan an dessen erstem Tag in Geraldton einen freundschaftlichen Besuch abstatten. Anscheinend hat Jordan sich ihm gegenüber feindselig verhalten und ihm zu verstehen gegeben, er sei nur zurückgekommen, um ihm Schwierigkeiten zu machen.«

Eve erkannte, dass ihr Vater die Sache verdreht hatte, um selbst als Unschuldslamm dazustehen. Dabei konnte sie sich sehr gut vorstellen, wie er Jordan gegenüber aufgetreten war.

»Was für Schwierigkeiten?«, fragte sie misstrauisch.

»Erstens will er den *kanakas* für die Feldarbeit denselben Lohn zahlen wie allen anderen ...«

»Das ist auch richtig so.«

Letitia wirkte verunsichert. »Ich stimme dir ja zu, aber dein

Vater will keine Veränderungen, und viele andere sind derselben Meinung.«

»Ich weiß, dass Vater die anderen Plantagenbesitzer aufwiegelt.« Eve hatte einige ihrer heimlichen Treffen beobachtet und anschließend ihre Zeitungsartikel geschrieben. Jules Keane, der Herausgeber der *Gazette*, war sehr verunsichert gewesen, als er einsehen musste, dass die öffentliche Meinung auf Max' Seite zu sein schien. Doch er würde anders darüber denken, wenn er erkannte, dass Max die anderen Plantagenbesitzer gedrängt, ja gezwungen hatte, seine Partei zu ergreifen.

»Ich verstehe nicht, wie du mit einem Mann zusammenleben kannst, der andere Menschen so grausam behandelt«, fuhr Eve fort. Wenn sie nur daran dachte, wie ihr Vater mit den *kanakas* umsprang, erfasste sie heißer Zorn.

»Ich kann nichts dagegen tun«, verteidigte sich Letitia. Im Grunde pflichtete sie ihrer Tochter bei; auf der anderen Seite wusste sie, dass Max sich niemals ändern würde.

»Vielleicht könntest du herauszufinden, warum Max so entschlossen ist, Jordan Hale von Eden zu vertreiben. Jordan hat nur ein Ziel – die Plantage seiner Familie wieder aufzubauen. Das macht ihn doch für niemanden zu einer Bedrohung!«

»Ich sagte doch schon, dass dein Vater und Patrick Hale sich nie gemocht haben ...«

»Weißt du denn auch, warum? Gab es einen bestimmten Grund dafür?«

Sofort musste Letitia an Catheline denken. »Nicht, dass ich wüsste«, log sie. »Aber Max wollte Eden kaufen, nachdem Patrick gestorben war, und Willoughby auf diese Weise erheblich vergrößern.«

Es hatte Max immer gestört, dass Eden die größte Plantage im Bezirk von Geraldton war.

»Aber das kann doch nicht der Grund für seine Übergriffe auf unschuldige Menschen sein. Wenn er wirklich das Haus der Malloys hat niederbrennen lassen, nur weil Frankie für Jordan arbeitet, ist er ein niederträchtiger Verbrecher. Die Malloys haben zwei kleine Jungen. Du kannst dir sicher vorstellen, was die Familie durchgemacht hat ...«

Gaby hatte sich inzwischen einigermaßen von dem Schrecken erholt, doch Frankie war nicht mehr der Alte.

»Ich bin sicher, dein Vater hatte nichts mit dem Brand zu tun«, sagte Letitia, »aber ich werde sehen, ob mein Wohltätigkeitsverein den Malloys helfen kann. Weißt du, wo sie untergekommen sind?«

»Jordan hat ihnen eine der Hütten auf der Plantage angeboten.«

»Ich war nicht mehr dort, seit ... seit Catheline und Patrick tot sind. Aber nach dem, was man so hört, muss Eden schrecklich verfallen sein.«

Letitia verschwieg wohlweislich, dass sie an einem Spätnachmittag, als sie noch mehr Rumcocktails getrunken hatte als üblich, kurz entschlossen über die Zuckerrohrfelder nach Eden gewandert war, um Eve aufzusuchen. Doch der traurige Anblick des halb verfallenen, verwunschenen Hauses hatte ihr Angst eingeflößt; plötzlich hatte sie sich nicht näher herangewagt. Sie hatte an die Gerüchte denken müssen, die sich um den Tod von Patrick und Catheline rankten und die besagten, dass Catheline brutal ermordet worden war und Patrick so in Schuldgefühle oder Trauer verstrickt gewesen sei, dass er Selbstmord begangen habe. Das alles hatte Letitia Angst gemacht, und sie war rasch umgekehrt.

Inzwischen erschien es ihr dumm und feige, doch sie hatte nie wieder den Mut aufgebracht, sich nach Eden zu begeben.

»Frankie Malloy ist Zimmermann. Er kümmert sich um die Reparaturen am Haus«, sagte Eve.

Letitia ließ den Blick über die Gestalt ihrer Tochter schweifen, und als sie missbilligend den Mund verzog, glaubte Eve, ihre Gedanken lesen zu können.

»Ich dachte, du würdest eines Tages nach Hause kommen, Evangeline. Du weißt, wie sehr ich mir das wünsche.«

Eve musste daran denken, wie ihre Schwestern und ihr Vater sie behandelten, und konnte sich nicht vorstellen, in einer so feindlichen Welt zu leben. Da war Eden ihr tausendmal lieber, so heruntergekommen es auch sein mochte.

»Willoughby ist nie mein Zuhause gewesen«, sagte Eve.

»Natürlich war es dein Zuhause, und das ist es immer noch. Du liebe Güte, Evangeline, du hast keinen Grund, wie eine Landstreicherin zu leben. Schau dir nur deine Sachen an! Sogar die *kanakas* sind besser gekleidet!« Letitia bedachte ihre Tochter mit einem abfälligen Blick, betrachtete die schmutzige Reithose und das Männerhemd, die Trauerränder unter Eves Fingernägeln und die Lehmspuren auf ihrer Wange. »Wo hast du dich nur so zugerichtet, um Himmels willen? Besitzt du denn keine hübschen Kleider?«

»Ich arbeite für meinen Lebensunterhalt, Mutter, und wenn man über einem Lagerfeuer kochen muss, bleibt es nun mal nicht aus, dass man sich schmutzig macht. Außerdem kann ich in einem Kleid nicht Fahrrad fahren.« Sie hatte versucht, auf einem Pferd zu reiten, doch ihre verkrümmte Hüfte hatte zu sehr geschmerzt. »Es ist so schon schwierig genug für mich!« Eve sah ihrer Mutter deren Schuldgefühle an – Letitia hatte nie unbefangen mit der Behinderung ihrer Tochter umgehen können.

»Ein Grund mehr, nach Hause zu kommen, wo du anständig gepflegt wirst.«

»Ich brauche keine Pflege!«, fuhr Eve auf. »Ich habe dir schon oft gesagt, dass ich kein hilfloser Krüppel bin. Außerdem hast du mich nicht gewollt, als ich ein kleines Mädchen war. Warum jetzt dieser plötzliche Sinneswandel?«

Letitia schloss für einen Moment die Augen. Schon seit Eves Rückkehr nach Geraldton spürte sie, dass ihre Tochter eine tiefe Abneigung gegen sie hegte, die wie eine unsichtbare

Wand zwischen ihnen stand. »Das ist doch gar nicht wahr, Evangeline«, meinte sie müde. »Die einzigen halbwegs fähigen Ärzte gibt es in Sydney, und ich wollte, dass du die beste Behandlung bekommst. Außerdem hatten deine Tante Cornelia und dein Onkel Louis sich angeboten, sich während der Behandlung um dich zu kümmern, weil ich zu deinen Schwestern zurückmusste, die damals ja noch kleine Mädchen waren, so wie du. Es war ganz normal, dass Cornelia und Louis dich ins Herz schlossen und nicht mehr hergeben wollten, als du wieder nach Hause solltest. Dein Vater und ich hatten Verständnis dafür, weil sie ihr einziges Kind verloren hatten. Aber das heißt nicht, dass wir dich nicht vermisst hätten!«

Bei ihren seltenen, aus schlechtem Gewissen geborenen Besuchen in Sydney hatte Letitia Eve jedes Mal dasselbe gesagt, doch es war damals genauso unglaubwürdig gewesen wie heute. Hätten ihre Eltern sie *wirklich* wiederhaben wollen, hätten ihre Tante und ihr Onkel keine andere Wahl gehabt, als sie ihnen zurückzugeben.

Letitia hatte oft erzählt, wie sie und Max nach ihrer Hochzeit zuerst bei Max' Eltern auf deren Tabakfarm in der Nähe von Townsville gewohnt hatten. Nach der Geburt von Alexandra und Celia hatte Max dann selbst Land gekauft, um Zuckerrohr anzubauen. Mehr als ein Jahr später hatte Letitia Eve zur Welt gebracht. Als Eve drei Jahre alt gewesen war, hatten ihre Eltern sie in ärztliche Behandlung nach Sydney gebracht. In den Wochen vor und nach der ersten Operation waren sie bei ihr geblieben; dann aber hatte Eve weiterer Behandlung und Pflege bedurft. Max und die Mädchen waren nach Geraldton zurückgefahren; Letitia war ihnen bald darauf gefolgt.

Die Jahre danach bezeichnete Letitia immer als die »schwierige Zeit«, als sie Willoughby aufgebaut hatten, und sie versuchte ihre seltenen Besuche bei Eve mit der großen Entfernung zwischen Sydney und Geraldton zu entschuldigen.

Doch die ärztliche Behandlung war kein vollständiger Erfolg gewesen, da die kleine Eve nach den Operationen noch immer hinkte. Deshalb glaubte sie, für Letitia und Max nicht »gut genug« zu sein, und nichts konnte sie vom Gegenteil überzeugen. So war die Trennung für alle Beteiligten mit der Zeit immer leichter geworden. Außerdem hatten ihre Eltern, soweit Eve wusste, wenig oder gar nichts unternommen, um sie zurückzuholen.

»Ich möchte mich nicht mit dir streiten, Mutter. Ich bin heute hierher gekommen, um dir zu sagen, was über Vater erzählt wird. Ich hatte die Hoffnung, du könntest in der Sache vielleicht etwas unternehmen.«

»Ich bin sicher, dass du Unrecht hast, Evangeline, aber ich werde sehen, was ich herausfinden kann«, meinte Letitia.

»Ich danke dir«, gab Eve steif zurück. Sie bat ihre Mutter nur äußerst ungern. »Und bitte denk daran – Jordan soll nicht erfahren, dass ich eine Courtland bin. Nach all dem, was Vater getan hat, würde er mich davonjagen, aber ich will nicht fort.«

Letitia hatte nie daran gedacht, sich Eve an der Seite eines Mannes vorzustellen, doch plötzlich kam ihr ein Gedanke. »Fühlst du dich zu ihm hingezogen?«

Eve blickte sie verwundert an. »Natürlich nicht. Ich bin nicht wie Celia und Lexie, die in jedem männlichen Wesen einen möglichen Ehemann sehen.«

»Das habe ich auch nicht gemeint. Deine Schwestern sagen, dass Jordan sehr gut aussieht.«

»Das interessiert mich nicht, Mutter. Jordan ist noch immer nicht über den Verlust seiner Eltern hinweg. Für ihn ist erst einmal das Wichtigste, die Plantage wieder aufzubauen.« Sie runzelte die Stirn. »Wollen Lexie und Celia ihn denn näher kennen lernen?«

»Celia ist immer eher schüchtern gewesen, aber ich habe ihr angemerkt, dass sie gern seine Bekanntschaft machen würde, wie alle anderen jungen Frauen in Geraldton.«

»Und Lexie? Sie hat schon alle möglichen Heiratskandidaten in Geraldton durch. Sie würde sicher alles tun, damit sie Jordan vorgestellt wird.«

»Sie ist neugierig auf ihn, das gebe ich zu. Sie wollte, dass ich ihn zum Tee einlade, aber das ist völlig unmöglich.«

»Jordan hat auch ohne ein mannstolles Weib wie Lexie genug Probleme. Also versuch bitte, sie zurückzuhalten.«

In Letitias Augen machte Eve sich verdächtig viele Gedanken um Jordan. Letitia wurde hellhörig. Sie war sicher, dass sich unter der wenig eleganten, jungenhaften Fassade ihrer Tochter eine hübsche junge Frau verbarg, die nur darauf wartete, entdeckt zu werden.

Sei vorsichtig, mein Kind, dass niemand dir das Herz bricht, dachte Letitia, als sie Eve anschaute.

»Ich muss zurück nach Eden«, meinte Eve.

»Willst du nachmittags nicht mal mit Jordan zum Tee kommen, Evangeline? Dann könnten wir uns in Ruhe unterhalten und uns besser kennen lernen.«

Eve glaubte, in der Stimme ihrer Mutter ein Gefühl der Einsamkeit zu hören. »Das ist unmöglich, das weißt du doch«, sagte sie leise und wandte den Blick ab, als sie die Enttäuschung auf Letitias Gesicht sah. »Ich darf nicht riskieren, dass Jordan die Wahrheit über meine Herkunft erfährt. Bitte, Mutter, versuch herauszufinden, warum Vater ihm das Leben so schwer macht. Aber jetzt muss ich wirklich gehen.« Eve wandte sich um und verschwand zwischen den Reihen von Zuckerrohrpflanzen.

Letitia blickte ihr nach, Tränen in den Augen.

»So etwas Schreckliches wie diesen Brandanschlag würde Max niemals tun«, flüsterte sie, wusste jedoch in ihrem Herzen, dass er durchaus dazu fähig war. Letitia schaute auf die Uhr. Nun würde sie zu spät zum Bridge kommen. Zwar war ihr die Lust auf die Bridgerunde gründlich vergangen, doch sie wollte ihre Freundinnen nicht im Stich lassen. Außerdem war sie neugierig und beschloss deshalb, sich doch noch auf den langen Weg in die Stadt zu machen – vorüber an Eden.

Während Letitia die Straße entlangfuhr, stellte sie verwirrt fest, dass sie den Eingang zur Plantage nicht finden konnte. Sie glaubte schon, daran vorbeigefahren zu sein, als sie weiter vorn am Weg jemanden am Straßenrand arbeiten sah. Als sie auf Höhe des Mannes war, der ihr den Rücken zugewandt hielt und mit kraftvollen Bewegungen wildes Zuckerrohr schnitt, sagte sie laut: »Entschuldigen Sie, ich suche die Eden-Plantage. Ist sie nicht hier in der Nähe?«

Der Mann wandte sich um. Zu spät sah Letitia, dass es Jordan Hale selbst war.

Umso besser, ging es Jordan durch den Kopf, als er sie erkannte. Seiner vielen Probleme wegen hatte er ganz vergessen, dass er Letitia »zufällig« auf dem Weg in die Stadt hatte begegnen wollen. Jetzt hatte sie ihm diese Mühe erspart.

»Sie haben Eden schon gefunden.« Er wischte sich mit einem Halstuch den Schweiß von der Stirn, ohne sie aus den Augen zu lassen. »Ich bin Jordan Hale. Kann ich Ihnen helfen?« Er schenkte ihr ein strahlendes Lächeln.

Letitia musterte den jungen Mann und sah, dass ihre Töchter nicht übertrieben hatten, was Jordans gutes Aussehen betraf. Er war sehr groß, und obwohl er noch nicht lange wieder in Eden lebte, hatte seine Haut bereits einen tiefen Bronzeton angenommen. Seine Augen waren von einem warmen Braun und schienen von innen zu leuchten, und sein Lächeln war so geheimnisvoll wie anziehend. Er hatte breite Schultern und trug das Hemd über dem glatten, muskulösen Brustkorb offen. Obwohl er verschwitzt und schmutzig war, ging irgendetwas von ihm aus.

Letitia überkam der Wunsch, seine Haut zu berühren. Bei diesem Gedanken stieg ihr vor Scham die Röte ins Gesicht, ihre Wangen wurden heiß und ihr Herz schlug schneller. Sie konnte sich nicht erklären, was mit ihr geschah; schließlich war Jordan viel jünger als sie. Er war zweifellos der attraktivste Mann, den sie seit langem gesehen hatte, doch sie hatte bisher keinen Augenblick damit gerechnet, dass auch sie seinem guten Aussehen verfallen könnte.

Jordan beobachtete sie genau und bemerkte ihre Verlegenheit. Es überraschte ihn, Letitia so unsicher zu sehen. Er hatte eigentlich erwartet, einer weiblichen Ausgabe ihres Mannes zu begegnen – so unverschämt und anmaßend wie Max.

Letitia blickte die überwucherte Auffahrt entlang, konnte das Haupthaus aber nicht entdecken. »Ich bin schon seit vielen Jahren nicht mehr hier gewesen und war neugierig ...«

»Auf mich oder auf Eden?«

Seine unerwartet direkte Frage überraschte sie, und sie forschte in seinem Gesicht, ob er sich über sie lustig machte.

»Meine Töchter haben mir erzählt, dass Sie zurück sind. Ich habe Ihre Eltern gekannt, wenn auch nicht sehr gut.«

»Ich hatte nicht erwartet, dass meine Rückkehr bei den Einheimischen auf großes Interesse stößt.«

Letitia hätte beinahe gelächelt, als sie daran dachte, welches Interesse Jordans Ankunft allein bei den jungen Frauen in der Stadt ausgelöst hatte. »Geraldton ist ein kleines Nest«, meinte sie. »Sie wären überrascht, was die Leute hier alles interessant finden.« Sie errötete verlegen, als sie merkte, dass man ihre Worte auch anders verstehen konnte, als sie gemeint waren. »Ich meine ... Ihre Rückkehr ist natürlich etwas Besonderes, verglichen mit vielen Dingen, über die sich die Leute hier sonst unterhalten ...« Letitia schlug eine Hand vor den Mund. »Oh, Himmel, ich glaube, ich mache alles nur noch schlimmer.« Sie schalt sich im Stillen, dass sie sich wie ein junges Mädchen aufführte. Sie wusste selbst nicht, was auf einmal mit ihr los war.

Jordan lächelte. »Ich glaube, ich verstehe schon, was Sie sagen wollen.«

»Dann ist es ja gut.« Letitia seufzte erleichtert. »Jedenfalls möchte ich Sie willkommen heißen. Ich bin Letitia Courtland.« Sie glaubte, ganz kurz einen Schatten über sein Gesicht huschen zu sehen, doch sofort kehrte sein Lächeln wieder.

»Danke. Ich habe Sie sofort erkannt, Letitia. Sie haben sich in den vergangenen zehn Jahren kaum verändert.«

Sie fand es ein wenig dreist, sie ohne ihre Aufforderung beim Vornamen zu nennen, doch es passte zu seiner direkten, ein wenig forschen, aber dennoch charmanten Art.

»Ich bin sicher, Sie wollen mir nur schmeicheln, aber trotzdem vielen Dank.«

»Ich versichere Ihnen, es ist mein voller Ernst.« Jordan schaute eindringlich in ihre himmelblauen Augen, bis Letitia verwirrt den Blick abwandte.

»Die Nachricht von Ihrer Rückkehr hat meine Töchter in helle Aufregung versetzt«, sagte sie, um seine Aufmerksamkeit von sich abzulenken.

»Wirklich? Sind sie so hübsch wie ihre Mutter?«

Wieder blickte Letitia ihn an, Verwunderung und Misstrauen in den Augen. Spielte er mit ihr? Doch seine Miene war freundlich und ernst, und sie wusste nicht, wie sie reagieren sollte. Es war lange her, dass ein Mann ihr Komplimente gemacht hatte.

Jordan spürte ihre Verwirrung. »Es tut mir Leid«, sagte er, »ich nehme nun mal kein Blatt vor den Mund. Aber meine Offenheit scheint Ihnen Unbehagen zu bereiten. Bitte, erzählen Sie mir von Ihren Töchtern.« Vielleicht erfuhr er etwas, das er noch nicht wusste und das ihm nützlich sein konnte.

Letitia versuchte, die Fassung wiederzugewinnen. »Was möchten Sie denn wissen?«

»Alles, was ich wissen darf. Ich erinnere mich noch an die Älteste – Celia, nicht wahr?«

»Ja. Sie ist eine nette junge Frau geworden, sanft und verlässlich.«

»Ist sie verheiratet?«

Letitia lächelte. »Sie ist mit Warren Morrison verlobt. Er lebt in besten Verhältnissen und besitzt eine gut gehende Plantage, aber Celia ist so klug, sich mit der Entscheidung Zeit zu lassen.«

Jordan nickte. Es würde sicher nicht schwierig werden, Warren Morrison Konkurrenz zu machen. »Ich erinnere mich auch noch an eine der jüngeren Schwestern. Sie hatte dunkles, lockiges Haar ...«

Letitia lächelte. »Alexandra. Sie ist sehr temperamentvoll und frei heraus. Alle nennen sie nur Lexie.«

»Lexie, ich erinnere mich ... Sie ist nicht so schüchtern wie Celia?« Jordan bezweifelte nicht, dass ihm die Eroberung der attraktiven Lexie keine Mühe machen würde.

»Lexie und schüchtern? O nein!« Letitia lachte. »Gerade ihre Offenheit macht ihren Charme aus.«

»Da war noch eine dritte Schwester, nicht wahr? Über sie weiß ich allerdings gar nichts mehr ...« Jordan wusste nur, dass die jüngste Tochter nicht in Queensland lebte.

Letitia senkte den Kopf, und ihr Lächeln erstarb. »Wahrscheinlich, weil Evangeline von meiner Schwägerin und deren Mann in Sydney aufgezogen wurde. Sie brauchte ärztliche Betreuung und eine spezielle Behandlung, die sie hier nicht bekommen konnte ...« Letitia wusste, dass sie ruhig von »Evangeline« sprechen konnte; Eve würde nie irgendjemandem verraten – auch Jordan nicht –, dass sie so hieß.

»Was können Sie mir noch über Celia und Lexie erzählen?«

Letitia lächelte. »Ich glaube nicht, dass ich noch mehr sagen sollte, sonst denken Sie am Ende noch, ich wollte Sie irgendwie ... beeinflussen.«

»Na, ich werde die Mädchen ja bald kennen lernen, und ich bilde mir ohnehin gern eine eigene Meinung. Wenn die beiden nur halb so hübsch und freundlich sind wie ihre Mutter, wird es mir ein Vergnügen sein.«

Letitia errötete wieder, brachte jedoch ein gespielt vorwurfsvolles Lächeln zustande. »Wenn Sie meinen Töchtern gegenüber so charmant sind, werden Sie ihnen den Kopf verdrehen, vor allem Celia. Lexie können Sie wahrscheinlich eher mit Ihrem Vermögen beeindrucken.«

»Ich bin gespannt.«

Letitia nahm es zufrieden zur Kenntnis, denn genau darauf hatte sie gehofft. »Erzählen Sie mir, warum sie zurückgekommen sind«, sagte sie und stellte verwundert fest, dass es sie tatsächlich interessierte.

»Ich wollte schon seit langem wieder herkommen, habe aber ein paar Jahre gebraucht, um den Tod meiner Eltern zu verwinden, die auf so schreckliche Weise gestorben sind.«

»Ja, es war eine Tragödie. Wir alle hier waren tief betroffen.«

Nicht alle, dachte Jordan.

»Und wie geht es mit dem Wiederaufbau der Plantage voran?«, wechselte Letitia das Thema.

Jordan zuckte die Achseln. »Es könnte besser gehen. Leider gibt es unerwartete Schwierigkeiten.«

Letitia erinnerte sich an ihr Gespräch mit Eve. »Ja, ich habe gehört, dass einer Ihrer Arbeiter gestern Abend durch einen Brand sein Zuhause verloren hat.«

»Das stimmt.« Jordans Miene wurde ernst, und er blickte einen Moment zu Boden. »Frankie Malloy und seine Familie können von Glück sagen, dass sie noch am Leben sind.«

»Ich hatte von dem Brand in Berts Haus gehört, aber ich kenne die Malloys noch nicht. Das muss ein schlimmer Schock für sie gewesen sein! Dem Himmel sei Dank, dass ihnen nichts passiert ist.«

Jordan hatte den Eindruck, dass Letitia es aufrichtig meinte, und schloss daraus, dass sie nicht in die verbrecherischen Pläne ihres Mannes eingeweiht war.

»Wissen Sie«, fuhr Letita fort, »ich bin in meiner Freizeit für eine Wohltätigkeitsorganisation tätig, die ursprünglich für die Opfer von Stürmen und Überschwemmungen gegründet wurde. Wir können den Malloys Haushaltsgegenstände und Kleidung geben.«

»Ihr Angebot ist sehr freundlich, aber ich werde mich selbst darum kümmern, dass die Malloys alles haben, was sie brauchen.«

Letitia hob die Brauen. »Es wäre wirklich keine Mühe.« Zu ihrer eigenen Verwunderung erkannte sie, dass sie enttäuscht war.

Jordan kam plötzlich ein Gedanke. Zwar konnte er es sich leisten, Frankie und dessen Familie zu unterstützen, doch wenn er Letitia daran beteiligte, würde es Max' Zorn erregen.

»Das heißt ... vielleicht wäre es für Gaby Malloy leichter, gewisse Dinge mit Ihnen zu besprechen, von Frau zu Frau«, sagte er. »Außerdem ist sie sehr stolz und würde nicht gern Hilfe von mir annehmen. Natürlich komme ich für alles auf, was die Malloys benötigen, aber wenn Sie mir helfen, Letitia, bräuchte Gaby nicht zu erfahren, dass das Geld von mir ist.«

Letitia lächelte. »Ich helfe Ihnen gern. Außerdem haben Sie Recht. Wenn eine Frau etwas für sich und ihre Kinder benötigt, sagt sie es lieber eine anderen Frau als einem Mann. Wäre es Ihnen recht, wenn ich morgen früh vorbeikomme?« Sie konnte ihre Erregung kaum verbergen.

»Ja, natürlich. Ich werde Gaby sagen, dass Sie kommen.«

Jordan schaute sie eindringlich an, denn er vermeinte, hinter der eleganten Fassade Letitias einen Hauch von Verletzlichkeit zu erkennen. Er spürte die Aura der Einsamkeit, die diese Frau umgab, und sah die Sehnsucht in ihren blauen Augen. Es verursachte ihm ein schlechtes Gewissen, dass Max' Frau ein offenbar leichtes Ziel für ihn war.

Das Schweigen dehnte sich, während Jordan Letitia betrachtete.

»Warum arbeiten Sie hier draußen?«, fragte sie schließlich.

»Ich dachte, Sie wären dabei, Ihre Felder fürs Pflanzen vorzubereiten.«

»Ich habe heute Morgen ein paar neue Arbeiter erwartet, aber sie sind nicht gekommen. Wahrscheinlich haben sie die Zufahrt zur Plantage nicht gefunden, weil sie nicht aus der Gegend sind und hier alles so überwuchert ist. Selbst Sie, Letitia, als meine Nachbarin, haben Eden ja nicht gefunden.«

»Oh, mich dürfen Sie nicht als Maßstab nehmen. Ich fahre ein-, zweimal die Woche von Willoughby in die Stadt, aber ich glaube, mein Pferd kennt den Weg besser als ich.«

Jordan lächelte. »Um ehrlich zu sein – nicht einmal ich selbst habe die Plantage auf Anhieb gefunden, als ich zurückkam. Ich hatte das Glück, jemanden zu treffen, der wusste, wo sie war.«

Letitia vermutete, dass er von Evangeline sprach. »Haben sie denn außer den Malloys noch jemanden für die Feld- oder Hausarbeit eingestellt?« Sie wollte herausfinden, ob er Evangeline erwähnte.

»Ich glaubte, ich könnte mich vor Feldarbeitern kaum retten, weil ich sehr gute Löhne zahle. Aber das war ein naiver Gedanke. Bisher habe ich nur vier Leute und eine miserable Köchin.«

»Ist sie so schlimm?«

Jordan schauderte. »Als Köchin könnte sie schlimmer gar nicht sein. Nur gut, dass man nach einem harten Tag auf dem Feld solchen Hunger hat, dass man fast alles verschlingt, denn meine Köchin hat das Talent, jedes gute Stück Fleisch in eine Schuhsohle zu verwandeln.« Er holte mit der Machete aus und hackte eine wilde Zuckerrohrpflanze ab.

»Du liebe Zeit. Ich glaube, das könnte *ich* ja besser, und ich bin nicht mal imstande, Wasser zu kochen.«

»Einer der alten *kanakas*, die schon für meinen Vater gearbeitet haben, war noch hier, als ich zurückkam«, sagte Jordan. »Das hat mich wirklich überrascht.«

Letitia begriff, dass Eve nach Nebo gesucht haben musste. »Das ist erstaunlich«, sagte sie. »Sind Ihre Feldarbeiter und die Köchin auch Einheimische?«

»Nein. Ich bezweifle, dass sie dann noch bei mir wären.«

Letitia war sicher, dass sein bitterer Tonfall auf die Schwierigkeiten zurückzuführen war, von denen Eve gesprochen hatte. Letitia fürchtete sich beinahe, die nächste Frage zu stellen, wusste jedoch, dass sie nicht daran vorbeikam. »Ist etwas Wahres an den Gerüchten, dass mein Mann Ihnen Schwierigkeiten macht?«

In Jordans Ohren klangen ihre Worte, als hielte sie es für unmöglich oder wollte es nicht glauben. »Ich bin es gewöhnt, mit Herausforderungen fertig zu werden, Letitia.«

»Ich verstehe Max nicht ...«

Zum ersten Mal sah Jordan in Letitia ebenfalls ein Opfer, und wieder überkam ihn ein schlechtes Gewissen, weil er diese Frau für seine Zwecke benutzte. Er fragte sich, ob Letitia wusste, wie sehr Max sich zu seiner Mutter hingezogen gefühlt hatte, und ob es in ihrer Ehe deswegen Probleme gab. Dass Max auch die Schuld am Tod von Patrick Hale trug, wusste Letitia bestimmt nicht.

»Je verbissener Max versucht, mich von Eden zu vertreiben, desto größer ist meine Entschlossenheit, hier zu bleiben. Hat er Ihnen nicht auch befohlen, unfreundlich zu mir zu sein?«

Letitia sah das zornige Aufblitzen in Jordans Augen und wusste, dass sie offen sprechen konnte. »Wie Sie sehen, bin ich eine ungehorsame Ehefrau«, erwiderte sie und lächelte vielsagend. »Ich sollte mich für Max entschuldigen«, fuhr sie dann fort, wieder ernst geworden. »Manchmal verstehe ich ihn wirklich nicht.« Verlegen wandte sie den Blick ab und dachte an die Warnung ihres Mannes. Er würde einen seiner Wutanfälle bekommen, wenn er erfuhr, dass sie mit Jordan gesprochen hatte. Zum ersten Mal im Leben hegte Letitia rebellische Gedanken und fühlte sich dabei erstaunlich unbekümmert.

»Sind Sie sicher, dass Sie keinen Ärger mit Ihrem Mann bekommen, wenn Sie morgen früh einen Besuch auf meiner Plantage machen?« Obwohl es nach aufrichtiger Besorgnis klang, schwang in Jordans Worten eine Herausforderung mit.

Letitia richtete sich kerzengerade auf. »Lassen Sie das nur meine Sorge sein.«

»Darf ich offen mit Ihnen sprechen, Letitia?«

»Natürlich.«

Jordan trat näher an sie heran. Letitia wagte kaum zu atmen, als sein fester Blick auf ihr ruhte. »Für mich ist es unvorstellbar, dass eine Frau wie Sie ihr Leben mit einem Mann wie Max Courtland teilt, der glaubt, die Sonne ginge jeden Morgen nur für ihn auf.«

Jordan rechnete mit einer verärgerten Antwort, doch Letitia lachte bloß. Er quittierte ihre unerwartete Reaktion mit einem Lächeln. Sie tauschten einen Blick, der etwas Verschwörerisches hatte und sie zu Freunden machte; etwas, das keiner von beiden erwartet hatte.

Doch dieser Augenblick der Vertrautheit wurde jäh von Hufgetrappel unterbrochen, das sich von der Straße her näherte. Eine Gruppe von fünf Männern kam in hohem Tempo auf sie zu geritten, wobei sie Staubwolken hinter sich aufwirbelten. Die Männer zügelten ihre Pferde, als sie Jordan erkannten.

Letitia starrte die Gruppe furchtsam an. Diese Männer wirkten ganz und gar nicht wie Feldarbeiter, eher wie Straßenräuber oder Totschläger, und sie fragte sich ängstlich, ob ihr Mann diese Burschen geschickt hatte, um Jordan etwas anzutun.

Doch zu ihrer Verwunderung sagte Jordan: »Ich hatte euch schon vor Stunden erwartet.«

»Wir wurden gestern Abend in Babinda aufgehalten«, erwiderte einer der Männer. Er wirkte überheblich und dachte offenbar nicht daran, sich zu entschuldigen. Jordan ahnte, dass die Burschen die Nacht in einer Kneipe verbracht hatten. Die anderen verschlangen Letitia, der ihr Unbehagen deutlich anzusehen war, mit gierigen Blicken, wobei sie grinsten und lückenhafte Zähne entblößten; andere trugen Tätowierungen oder große Narben auf der Haut, und alle waren schmutzig und unrasiert.

»Reitet zum Haus«, ordnete Jordan an. »Ich komme gleich nach.«

»Schönen guten Morgen!«, stieß ein hässlicher, grobschlächtiger Kerl hervor und zog seinen Hut vor Letitia.

Letitia antwortete nicht.

»Wo findet die Teeparty statt, Madam?«, fragte ein anderer Mann grinsend.

»Ich sagte, ihr sollt zum Haus reiten!«, wiederholte Jordan scharf, und diesmal gehorchten die Männer.

»Jawohl, Sir!«, sagte einer von ihnen ironisch. Die Kerle wechselten finstere Blicke, bevor sie losritten.

Du lieber Himmel, dachte Jordan. Wäre ich nur nicht auf solchen Abschaum angewiesen!

Als die Burschen fort waren, entschuldigte er sich bei Letitia. »Tut mir Leid. Ich habe keine einheimischen Arbeiter gefunden, deshalb musste ich das letzte Aufgebot aus Babinda nehmen.«

Letitia wusste, dass Max auch daran die Schuld trug, und fragte sich ängstlich, ob Eve in Eden sicher war.

»Nur gut, dass Sie nicht verheiratet sind«, sagte sie leise. »Diese Männer würden Ihrer Frau schreckliche Angst einjagen.«

»Sie werden nur so lange hier sein, bis die Felder gerodet sind.«

»Hoffentlich geht alles gut«, murmelte Letitia, die ehrlich beunruhigt war. »Ich würde gern mehr tun, um Ihnen zu helfen, aber ich sehe im Moment keine Möglichkeit.«

»Sie werden Frankies Familie helfen. Das ist erst einmal das

Wichtigste, und dafür danke ich Ihnen«, sagte Jordan, der wusste, dass Letitia wenig oder keinen Einfluss auf Max besaß. Erst jetzt erkannte Jordan, wie mächtig und bestimmend dieser Mann wirklich war. Offenbar hatte er die ganze Stadt unter Kontrolle.

»Ich sollte jetzt lieber weiterfahren«, meinte Letitia. »Ich komme ohnehin zu spät zu meinem Bridgetreffen, und ohne mich können die anderen nicht anfangen!«

»Entschuldigen Sie, dass ich Sie aufgehalten habe, aber ich habe Ihre Gesellschaft sehr genossen«, erwiderte Jordan. Erstaunt stellte er fest, dass er jedes Wort genau so meinte, wie er es sagte, obwohl es eigentlich zu seinem Racheplan gehört hatte, sich zum Schein mit Letitia anzufreunden. »Ich freue mich darauf, Sie morgen wiederzusehen.«

»Mir geht es ebenso«, erwiderte Letitia und schenkte ihm ein leichtes Lächeln, obwohl sie sich Sorgen um Eve machte und inständig hoffte, dass Jordan auf sie Acht gab. Ihr Blick ruhte noch einen Moment auf seinen dunklen Augen, bevor sie den Wagen wendete.

»Bis morgen«, rief sie ihm zu und fuhr davon.

Jordan sah ihr nach, bis sie um eine Kurve verschwunden war. Er erkannte, dass er Letitia Courtland mochte und dass es alles andere als unangenehm sein würde, seine Zeit mit ihr zu verbringen.

8

Als Jordan sich den Männern näherte, die an der Rückseite des Hauses warteten, standen sie im Kreis beieinander und sprachen über die Plantage. Wieder erschrak er beim Anblick dieser bunt gewürfelten Schar von Verlierern und fragte sich, was in aller Welt ihn bewogen hatte, diese Bande einzustellen. Die Verzweiflung? Jedenfalls ging er ein gefährliches Risiko ein, wenn er so weitermachte – sicher kein ideales Rezept für das Gelingen seiner Pläne.

Die meisten der Männer waren ein paar Jahre älter als Jordan. Sie hatte ihre Zeit mit Kneipenschlägereien oder im Gefängnis verbracht, und der ständige Kampf ums Überleben hatte sie vorzeitig altern lassen. Ihre narbigen, faltigen Gesichter wirkten nicht eben vertrauenerweckend. Unter anderen Umständen hätte Jordan sie niemals eingestellt.

Beim Näherkommen hörte er Bruchstücke ihrer Unterhaltung. Es gefiel den Kerlen nicht, dass die Plantage so vernachlässigt war.

»Ich habe in den Minenkaffs schon Absteigen gesehen, die gemütlicher waren als die Bruchbude hier«, hörte er einen der Männer brummen.

»Da hast du Recht. Glaubst du, er hat uns wegen dem Lohn was vorgemacht?«

»Wenn wir den ganzen Weg umsonst gekommen sind, machen wir dem Burschen die Hölle heiß ...«

Die Männer verstummten, als sie Jordan kommen hörten, und ihre Mienen wurden feindselig.

»Wir haben schon den halben Arbeitstag verloren«, sagte Jordan ungeduldig. »Ich will nicht noch mehr Zeit verlieren. Ich werde mir euch Namen aufschreiben, und dann geht's auf die Felder.« Jordan fühlte sich im Nachteil, solange er die Namen der Männer nicht kannte, deren Mienen jetzt verschlagen wirkten. Er fragte sich, ob sie gesucht wurden wie so viele Herumtreiber im Norden Australiens. Bei dem Gedanken, vielleicht sogar Mörder und Totschläger vor sich zu haben, lief es ihm kalt den Rücken herunter.

»Ich bin Ned Fletcher«, sagte der Größte von ihnen mit sichtlichem Widerstreben. »Sie haben das Land und die Bruchbude hier gerade erst gekauft, stimmt's?«

Jordan starrte in das pockennarbige Gesicht des Mannes und fragte sich, ob Fletcher sich diesen Namen nur ausgedacht hatte. »Mein Vater hat Eden aufgebaut«, sagte er und sah, wie die Männer verschlagene Blicke wechselten.

»Das hier ist nicht gerade das, was ich mir unter dem Garten Eden vorstelle«, meinte einer der Männer hämisch.

»Warum ist die Plantage so heruntergekommen?«, wollte Ned Fletcher wissen.

Jordan hätte beinahe erwidert: »Damit du dich mit deinen Freunden gleich zu Hause fühlst, weil ihr genauso heruntergekommen seid.« Stattdessen sagte er: »Mein Vater ist vor zehn Jahren gestorben, und seitdem war ich nicht mehr hier.« Ohne auf eine Antwort zu warten, wandte er sich an den Mann, der ihm am nächsten stand, und fragte nach dessen Namen. Ein Hut bedeckte den fast kahlen Schädel, und der struppige Bart konnte die hässliche Narbe auf der linken Wange nicht verbergen.

»Ich bin Dermot Locke. Wollen Sie damit sagen, Sie haben noch nie im Leben Zuckerrohr angebaut?«

»Ich bin in Eden aufgewachsen und habe mit meinem Vater hier gearbeitet ...«

Dermot starrte ihn voller Verachtung an. »Vor zehn Jahren

waren Sie nicht mal trocken hinter den Ohren. Gibt's hier jemanden, der was von der Sache versteht?«

»Ich will die Felder gerodet haben, damit ich pflanzen kann. Danach kümmere ich mich um alles andere«, sagte Jordan scharf und wandte sich an den nächsten Mann, dessen Augen kalt wie die einer Königsnatter blickten. »Dein Name?«

»Bill Boltoff.«

Jordan schrieb den Namen auf einen Zettel, den er in der Hand hielt, und schaute den Mann neben Bill an.

»Das ist Hubert Ibald«, erklärte Bill und zeigte auf den dünnen, hinterhältig blickenden Mann. »Er kann nicht sprechen. Man hat ihm vor sechs Jahren in einem Hafen an der Elfenbeinküste die Zunge herausgeschnitten.«

Jordan erinnerte sich, Hubert in Babinda gesehen zu haben. Er hatte es seltsam gefunden, dass der Mann kein Wort sagte, hatte jedoch geglaubt, er sei eigenwillig und etwas zurückgeblieben wie die anderen auch. Jetzt sah Jordan zum ersten Mal, dass der Mann eine kleine Tafel in der Hand hielt, auf die er in fast unleserlicher Schrift den Namen *Hubert* geschrieben hatte.

»Tut mir Leid«, sagte Jordan bloß und verbarg seine Bestürzung und die Neugier, warum dem unglücklichen Hubert Ibald eine solch grausame Behandlung zuteil geworden war.

»Und ich bin Charlie Hyde«, brummte der letzte der Männer. Er war klein und schmal, hatte kurze, krumme Beine und trug einen ungepflegten Bart. »Ich bin anstelle von Conlon hier, den Sie in Babinda eingestellt haben.«

Jordan hatte sich schon gefragt, wo Conlon steckte. »Warum ist er nicht selbst hier?«, fragte er in der Erwartung, der Mann sei festgenommen oder bei einem Kampf verwundet worden.

»Wahrscheinlich ist er tot«, meinte Bill Boltoff scheinbar gleichgültig. »Der Arzt glaubt, dass ihn beim Löschen einer Schiffsladung in Cairns eine giftige Spinne gebissen hat.«

Jordan erschrak. »Was für eine Spinne kann einen Mann wie Conlon töten?« Er erinnerte sich, dass Conlon ein sehr kräftiger Bursche gewesen war, der als einziger Feldarbeiter in Babinda gesund ausgesehen hatte.

»Angeblich war's 'ne Trichternetzspinne aus dem Süden, die sich wohl in der Ladung verkrochen hatte. Aber was es auch für ein Biest gewesen ist, es gab keine Rettung mehr für ihn.« Das Bild des sterbenden Conlon erschien vor Bill Boltoffs innerem Auge, und ihn schauderte bei der Erinnerung an die im Krampf verzerrten Muskeln des Sterbenden, dem der Speichel aus dem Mundwinkel gelaufen war. Schließlich hatte Bill den Anblick nicht mehr ertragen und war geflüchtet, als Conlon sich erbrach und der Arzt erklärte, er werde wahrscheinlich an Herzversagen sterben. Die zur Schau getragene Gleichgültigkeit Bill Boltoffs war die einzige Möglichkeit, damit fertig zu werden, einen Mann wie Conlon so hilflos und jämmerlich sterben zu sehen. Conlons Tod hatte Bill Boltoff die eigene Sterblichkeit vor Augen geführt.

Jordan runzelte die Stirn. »Hatte er Familie?«

»Ja, eine Frau und mehrere Kinder.«

Jordan fühlte Mitleid in sich aufsteigen. »Sorgt dafür, dass die Schifffahrtsgesellschaft sich um die Familie kümmert. Es muss eine Versicherung geben. Und jetzt lasst uns an die Arbeit gehen.« Er tat ein paar Schritte in die Richtung, in der die Felder lagen, bemerkte dann aber, dass die Männer ihm nicht folgten.

»Warum haben Sie keine Einheimischen eingestellt?«, wollte Ned Fletcher wissen.

»Das ist meine Sache«, gab Jordan zurück.

Eine bedeutungsschwere Pause trat ein, und die Männer wechselten viel sagende Blicke.

»Kann es sein, dass Sie uns etwas verschweigen?«, beharrte Ned.

Jordan starrte ihn eindringlich an. »Ich habe euch einen guten Lohn versprochen, den ihr am Ende jedes Tages ausbezahlt bekommt«, sagte er. Zum Glück war er so klug gewesen, die Männer nur tageweise einzustellen, für den Fall, dass es Probleme gab. Ganz sicher würde er ihnen kein Geld im Voraus geben, wie er es bei Ryan O'Connor und den Chinesen getan hatte. »Mehr braucht ihr nicht zu wissen. Und jetzt lasst uns gehen.«

»Gibt es hier eine Unterkunft für uns?«, wollte Dermot Locke wissen.

»Ja, aber sie muss erst hergerichtet werden.«

Wieder wechselten die Männer Blicke.

»Verdammt noch mal, ich zahle euch viel Geld! Das dürfte euch doch wohl für solche Unannehmlichkeiten entschädigen, oder nicht?«, rief Jordan, der das Gemaule der Burschen allmählich satt hatte.

»Ich teile meine Unterkunft nicht mit *kanakas* und Chinesen«, sagte Dermot Locke.

Ein cleverer Schachzug, das musste Jordan zugeben. Dermot wusste genau, dass Jordan dringend Arbeiter brauchte, und nutzte die Gelegenheit, Forderungen zu stellen. Doch Jordan war inzwischen zu der Überzeugung gelangt, dass Dermot und die anderen ihm mehr Schwierigkeiten als Hilfe bringen würden.

»Die Leute, die ich bereits eingestellt habe, lagern im Freien auf dem Gelände der Plantage, bis die Arbeiterunterkunft renoviert ist. Und nur zu eurer Information – ich selbst schlafe in einem alten Liegestuhl auf der Veranda des Haupthauses.« Jordan wollte eben hinzufügen, dass er einen *kanaka* als Aufseher eingestellt hatte, als Ryan O'Connor und Nebo um die Hausecke bogen.

Jordan blickte auf die Uhr, weil er annahm, es sei schon Mittag. Als er sah, dass es erst halb zwölf war, wusste er, dass etwas nicht stimmte. Jetzt kam auch Eve nach draußen, um Holz aufs Feuer zu legen, weil sie mit dem Kochen beginnen wollte.

Gaby war bei ihr. Die beiden Frauen blieben wie angewurzelt stehen, als sie die fremden Männer um Jordan bemerkten und sahen, was für heruntergekommene Kerle es waren. Jordan konnte die Furcht der Frauen spüren, vor allem Gabys, doch seine Aufmerksamkeit wurde von Nebo abgelenkt, der beim Gehen seltsam schwankte. Jetzt sah Jordan auch, dass Ryan O'Connor beunruhigt wirkte.

»Was ist los?«, fragte Jordan mit einem forschenden Blick auf Nebo.

Ryan schaut den alten Mann an und erwiderte: »Er ist völlig erschöpft, Boss.«

»Es ... geht schon wieder, Master Jordan«, stieß Nebo kurzatmig hervor, der kaum imstande war, den Kopf gerade zu halten.

»Ich hatte dir doch gesagt, du sollst heute nicht aufs Feld gehen, Nebo!«, sagte Jordan.

Der alte Mann schwitzte stark und zitterte am ganzen Leib. Für Nebo klangen Jordans Worte eher zornig als besorgt, doch das täuschte – die neuen Arbeiter hatten Jordan zu sehr gereizt.

Ryan blickte besorgt, als Nebo mehrmals zu einer Antwort ansetzte und sich verzweifelt bemühte, auf den Beinen zu bleiben. »Tut mir Leid, Boss ...«, brachte er mühsam hervor; dann brach er zusammen. Ryan und Jordan fingen ihn auf, bevor er zu Boden stürzte. Jordan nahm den mageren Körper in die Arme und trug ihn zur Veranda, wo er ihn in den Schatten legte. »Ruh dich aus, Nebo«, sagte er und blickte zu den Frauen hinüber. »Holt bitte Wasser! Sein Körper ist völlig ausgetrocknet.«

»Ich gehe«, sagte Gaby, die es offensichtlich eilig hatte, den gierigen Blicken der fremden Männer zu entgehen.

Während Nebo sich ausruhte, versuchten Ryan O'Connor und Ned Fletcher sich gegenseitig einzuschätzen. Die anderen waren mehr damit beschäftigt, Eve anzustarren, die über

Nebo gebeugt stand und ihm mit einem Taschentuch den Schweiß von der Stirn tupfte. Jordan merkte deutlich, dass die Männer Eve nervös machten. »Er kommt wieder in Ordnung«, sagte Jordan leise. »Gehen Sie ruhig, und sehen Sie nach dem Feuer.«

Eve nickte langsam, doch sie zögerte zu gehen.

»Sie müssen der Aufseher sein«, sagte Ned zu Ryan und maß ihn mit einem langen, verächtlichen Blick. Er war sicher, in Ryans Worten einen irischen Akzent gehört zu haben, und er hatte die Iren noch nie ausstehen können.

»Nein, der bin ich nicht«, gab Ryan zurück und tauschte einen Blick mit Jordan, der sehr ernst wirkte. Er machte sich Sorgen um Nebo und bemerkte verärgert, dass Locke, Boltoff und Ibald noch immer Eve anstarrten und sie mit Blicken verschlangen. Er hörte, wie Boltoff eine ironische Bemerkung über ihre Kleidung machte und dann leise etwas hinzufügte, worüber die anderen hämisch lachten. Eve hatte die Worte offenbar verstanden, denn sie wurde rot vor Verlegenheit. Jordan erkannte, dass es eine anzügliche Bemerkung Boltoffs gewesen war.

»Nebo ist mein Aufseher«, sagte er laut genug, um die Aufmerksamkeit der Männer von Eve abzulenken.

Sie starrten einander an; dann blickten sie ungläubig auf den Polynesier, der reglos dalag und alt und zerbrechlich wirkte.

Schließlich brach Ned Fletcher in höhnisches Gelächter aus. »Der Alte? Ihr Aufseher? Das ist doch nicht Ihr Ernst!«

Jordan verzog keine Miene. Er hatte neben dem alten Mann gekauert; jetzt richtete er sich auf und erwiderte finster Fletchers Blick.

»Ich lasse mir von keinem *kanaka* sagen, was ich zu tun habe!«, stieß dieser hervor, und unter den anderen erhob sich zustimmendes Gemurmel.

Langsam und eindringlich wiederholte Jordan: »Nebo ist

mein Aufseher. Nichts und niemand wird das ändern. Ich behandle alle meine Arbeiter gleich, und ich erwarte, dass dieser Grundsatz respektiert wird. Nebo ist schon auf dieser Plantage, seit die ersten Setzlinge gepflanzt wurden, und das war vor mehr als zwanzig Jahren.«

»Wollen Sie ihn nicht eine Weile auf die Weide schicken?«, fragte Dermot Locke ironisch.

Jordan beachtete ihn nicht. »Nebo weiß besser als wir alle, wie eine Plantage geführt werden muss.«

»Ich werde jedenfalls nicht unter ihm arbeiten«, meinte Dermot Locke.

»Unter ihm? Wie denn auch? Der Alte liegt ja flach auf dem Boden«, warf Bill Boltoff spöttisch ein.

Jetzt hatte Jordan endgültig genug. »Ihr kennt den Weg zurück nach Babinda ...«

Nebo setzte sich mühsam auf. »Ich ... ich trete als Aufseher zurück, Boss«, sagte er atemlos. »Sie brauchen diese Arbeiter ... und ich bin zu nichts mehr nütze ...«

»Ich wette, das ist der erste vernünftige Satz, den du seit Jahren von dir gegeben hast«, sagte Dermot, an den alten Mann gewandt.

Jordan blickte auf Nebos müdes, schweißbedecktes Gesicht. Nebo war immer treu und zuverlässig gewesen; auch jetzt war er noch bereit, zum Wohle der Plantage jedes Opfer zu bringen. Wieder empfand Jordan tiefe Dankbarkeit. »Ich habe dir doch gesagt, Nebo, du bist der beste Mann für diese Arbeit, und nichts wird meine Meinung ändern.«

Nebo versuchte zu protestieren, war aber zu schwach.

»Jetzt bin ich endgültig sicher, dass Sie nicht wissen, was Sie tun«, erklärte Ned Fletcher. »Was für ein Anfängerstück soll denn hier gespielt werden?« Er stemmte die Hände in die Hüften und blickte voller Verachtung auf Nebo herab. »Ihr so genannter Aufseher ist zu krank zum Arbeiten, geschweige denn, uns Anordnungen zu erteilen.«

Jordan hatte genug gehört und gesehen. Er ballte die Fäuste. »Verschwindet von meinem Grund und Boden«, stieß er hervor. »Ihr sind es nicht mal wert, Nebo das Essen zu bringen. Und jetzt macht, dass ihr wegkommt!« Jordan war so aufgebracht, dass er sich beinahe wünschte, Fletcher und die anderen würden ihn herausfordern.

Die Männer starrten ihn finster an. Ryan O'Connor rechnete mit Schwierigkeiten und stellte sich demonstrativ an Jordans Seite.

Ned Fletcher starrte ihn an, als wäre er der schlimmste Abschaum, ein Verräter an der weißen Rasse, doch Ryan ließ sich nicht einschüchtern. Jordan sah aus dem Augenwinkel, dass Eve langsam zum Haus ging.

»Wir gehen nicht eher, als bis Sie uns zehn Pfund für den heutigen Tag gezahlt haben«, sagte Fletcher. »Schließlich haben wir viel Zeit verschwendet, um hierher zu kommen.«

Die anderen pflichteten ihm bei.

»Ihr habt vor allem *meine* Zeit verschwendet«, erwiderte Jordan ärgerlich. »Zehn Pfund zahle ich höchstens einem Rekordarbeiter. Für mich seid ihr keinen müden Penny wert!«

»Sie scheinen eine etwas seltsame Vorstellung von guten Leuten zu haben«, meinte Dermot. »Ihr so genannter Aufseher ist ein Tattergreis und macht's nicht mehr lange, und Ihre Köchin ist ein Krüppel. Kein Wunder, dass hier alles in Trümmern liegt.«

Jordan dachte an Eve und sah rot. Er machte einen Schritt auf Dermot zu, um den Kerl an der Kehle zu packen, doch Ryan O'Connor hielt ihn am Arm zurück.

»Verschwindet!«, stieß Jordan zwischen zusammengebissenen Zähnen hervor.

Die Männer wechselten wieder einen Blick und bildeten dann langsam einen Halbkreis um Jordan, Ryan und den am Boden liegenden Nebo. Jordan sah, dass sie es auf einen Kampf anlegten, und er war bereit. Obwohl die Kerle zahlenmäßig weit überlegen waren, dachte er gar nicht daran, zurückzustecken.

Plötzlich wurde die Hintertür langsam geöffnet, und Frankie erschien. »Alles in Ordnung, Jordan?«, erkundigte er sich, in der Hand einen Splitthammer. Hinter ihm standen Eve und Gaby. Eve umklammerte eine lange, zweizinkige Bratgabel, mit der sie sonst das Fleisch in der Pfanne wendete, und Gaby hielt ein Nudelholz in der Hand.

Lockes und Fletchers Gesichter leuchteten auf; sie rechneten mit einem Kampf, und die Erfahrung sagte ihnen, dass sie diesen Kampf nicht verlieren würden. Ihre Augen blickten starr, und sie hatten die Fäuste geballt.

»Da kommen wir wohl gerade rechtzeitig, Master Jordan«, war plötzlich eine tiefe, grollende Stimme von der dem Fluss zugewandten Hausseite zu vernehmen. »Ich liebe Boxkämpfe!«

Die Männer aus Babinda wandten sich halb um und wurden blass. Zwei hünenhafte Polynesier standen nur ein paar Meter von ihnen entfernt, große Stücke Bauholz in den riesigen Händen. Ihre Arme waren muskelbepackt, ihre Nacken so dick wie der Oberschenkel eines kräftigen Mannes. Jordan war ebenso überrascht wie erleichtert, Saul und Noah zu sehen, doch er bemühte sich, seine Freude nicht zu deutlich zu zeigen.

Erst jetzt bemerkte er die Brüder Zangh und Ting yan, die hinter einer wilden Zuckerrohrpflanze standen und herüberspähten. Sie wirkten verängstigt, doch sie hatten ihre Forken und Spaten in der Hand für den Fall, dass es Ärger gab. Trotz der ernsten Lage boten sie einen komischen Anblick.

»Worauf wartet ihr noch? Ich habe gesagt, ihr sollt verschwinden!«, sagte Jordan.

»Wir gehen nicht ohne einen Tageslohn«, beharrte Ned und blickte wieder zu Saul und Noah hinüber, als versuchte er, seine Chancen einzuschätzen.

Noah war der größere der beiden *kanakas*, und seine Miene verfinsterte sich zusehends. Plötzlich stieß er einen guturalen Schrei aus und zerbrach das dicke Stück Holz in der Hand, als wäre es ein dünner Ast. Es war ein ebenso beeindruckender wie beängstigender Beweis seiner Kraft. Freund und Feind starrten ihn offenen Mundes an. Jordan war vor allem deshalb überrascht, weil er keinen der beiden *kanakas* jemals wütend gesehen hatte. Noah hob ein weiteres Stück Holz auf, das von Frankies Arbeiten übrig geblieben war, und ließ es mit einem zischenden Laut durch die Luft sausen.

Ned Fletcher warf Dermot Locke aus dem Augenwinkel einen Blick zu. Keiner der beiden fand den Gedanken verlockend, zum Ziel solcher Schläge zu werden. Fletcher erkannte, dass die Chancen nun gegen sie standen, und sagte: »Kommt, Leute, machen wir, dass wir wegkommen!«

Dermot Locke starrte Jordan noch einen Moment finster an, bevor er zu seinem Pferd ging, gefolgt von Fletcher und den anderen. Nachdem Locke aufgestiegen war, starrte er noch einmal auf Jordan und schoss dann einen hasserfüllten Blick auf Nebo ab.

»Sieh dich vor!«, drohte er, an Jordan gewandt, bevor er mit den anderen im Gefolge davonritt.

»Und du auch, du verdammter Ire!«, rief Fletcher Ryan zu.

»Ihr macht mir keine schlaflosen Nächte, verdammtes Pack!«, rief Ryan hinter den Männern her.

Jordan stieß erleichtert den Atem aus und schaute Ryan O'Connor an. »Danke für Ihre Hilfe.«

»Wir hatten Glück. Die Kerle hätten uns windelweich geprügelt«, murmelte Ryan.

Jordan blickte zu Saul und Noah hinüber, und ein Lächeln erschien auf seinem gebräunten Gesicht. »Da bin ich mir nicht so sicher.«

Lachend kamen die beiden Männer aus Tonga heran, um Jordan zu begrüßen, der beeindruckt feststellte, wie viel sie an

Gewicht zugelegt hatten. Er tätschelte Sauls beachtlichen Bauch. »Was ist denn das hier?«, fragte er lachend.

»Zu gut gelebt«, gab Saul verlegen zurück. »Schön, Sie zu sehen, Master Jordan.«

»Ich freue mich auch, dass ihr hier seid. Ich bin sehr erleichtert. Ihr seid genau zur rechten Zeit gekommen.«

»Sie jetzt ein Mann!«, meinte Noah und klopfte Jordan so kräftig auf die Schulter, dass er ihn beinahe umwarf. Jordan hustete, denn der hünenhafte Polynesier hatte ihm mit seinem gut gemeinten Schlag den Atem genommen.

»Und was habt ihr getrieben, außer so groß und schwer zu werden wie Büffel?«, fragte er keuchend.

»Fisch an die Pflanzer verkauft und Krokodile gejagt.« Wenn Noah lächelte, glich er wieder dem freundlichen Riesen aus Jordans Erinnerung. Jordan bemerkte die Narben auf Noahs Händen und den kräftigen Unterarmen, die Spuren messerscharfer Krokodilzähne aus unzähligen Kämpfen mit diesen Reptilien.

»Weiße Männer in Cairns geben uns gutes Geld für Krokodilhäute, weil in unseren Häuten keine Einschusslöcher sind«, erklärte Noah.

»Wir wollten gerade am Palmer-Fluss auf Goldsuche gehen, als Elija Catos Junge uns ausrichten ließ, dass Sie zurück sind«, meinte Saul. »Was tun Sie mit der Plantage, Master Jordan?«

»Ich werde wieder Zuckerrohr anbauen und könnte eure Hilfe gut gebrauchen.« Er schaute die beiden Hünen aus Tonga erwartungsvoll an.

»Wir arbeiten immer für Sie«, sagte Saul.

»Immer«, bestätigte Noah. »Wir hatten ein faules Leben, während Sie fort waren, Master Jordan.« Grinsend griff er in die Speckrollen an seinem Bauch. Beide Männer waren älter geworden, doch Jordan war froh, ihre vertrauten, lächelnden Gesichter zu sehen.

Er stellte Saul und Noah allen vor, die bei ihm lebten: Frankie, Gaby, deren Söhnen, Eve, der Familie Zangh. Er lachte, als er die Scheu der anderen vor den beiden riesigen Männern sah. Wahrscheinlich würde es eine Weile dauern, bis die anderen ihm glaubten, dass Saul und Noah freundliche Riesen waren.

Die beiden gingen zur Veranda und beugten sich über den alten Nebo. »Du siehst gar nicht gut aus, mein Freund«, sagte Noah mit einer Stimme, die tief aus seiner mächtigen Brust zu kommen schien.

Nebo lächelte schwach. »Bin froh, dass ihr da seid!«, sagte er. Dann ergriff er Noahs riesige Hand und setzte sich mit einiger Mühe auf. »Wenn ich mich ausgeruht habe, geht es mir wieder gut ... hab zu lange faul herumgesessen, das ist alles.«

»Du wirst ein paar Tage Pause machen, Nebo«, erklärte Jordan mit Nachdruck und schaute dann Saul und Noah an. »Würde einer von euch ihn zur Arbeiterbaracke tragen?«

»Ich bringe dir später dein Essen, Nebo«, sagte Eve mit besorgter Miene.

Saul hob Nebo hoch, als wäre er leicht wie eine Stoffpuppe, und trug ihn hinunter zum Arbeiterquartier. Eve blickte ihnen nach, und in ihren Augen glänzten Tränen.

»Er erholt sich bald wieder«, meinte Jordan. »Ich werde dafür sorgen, dass er sich ausruht.«

Nachdem Nebo gegessen und sich auf seine Pritsche gelegt hatte, aßen auch die anderen die Mahlzeit, die Ting yan über dem Feuer gekocht hatte. Sie hatte in kürzester Zeit ein köstliches kantonesisches Gericht zubereitet, indem sie Fleisch in Scheiben schnitt und es mit Gemüse, Kräutern und Reis kochen ließ.

»Jetzt, wo ihr alle hier seid, sollten wir überlegen, wie wir vorgehen müssen«, meinte Jordan. »Wir haben höchstens noch anderthalb Wochen Zeit, um die Felder zu roden und die Setzlinge zu pflanzen, bevor die Regenzeit anfängt, und wir werden sehr hart arbeiten müssen. Ich habe die Setzlinge in Ingham bestellt, sie müssten jeden Tag geliefert werden.« Er war überzeugt, dass es für Nebo leichter sein würde, die künftige Arbeit zu beaufsichtigen, wenn erst einmal all diese Vorbereitungen getroffen waren.

»Ich werde Frankie helfen, wo ich kann«, meinte Eve.

»Und ich kann gut mit Nadel und Faden umgehen, da gibt es sicher auch viel zu tun«, fügte Gaby hinzu. »Außerdem werde ich anfangen, das Cottage herzurichten.«

Es war offensichtlich, dass alle sich in Sauls und Noahs Gegenwart sicherer fühlten, besonders die Frauen. Jordan war aufgefallen, dass besonders die Jungen die Blicke kaum von den beiden riesigen Männern aus Tonga abwenden konnten.

»Josh und Billy werden aus den Bauholzresten den Hühnerstall neu errichten«, erklärte Frankie. Jordan war erstaunt, dass die Jungen diese Aufgabe allein bewältigen sollten.

»Sie haben die Begabung ihres Vaters für die Arbeit mit Holz geerbt«, sagte Gaby, die Jordans verwunderten Gesichtsausdruck richtig deutete. »Sie haben schon Erfahrung darin, sodass sie ihre Sache bestimmt gut machen.«

»In Ordnung«, erwiderte Jordan. Die Hühner waren bisher frei herumgelaufen, und er befürchtete, dass sie zur Beute von streunenden Hunden und Dingos wurden. Er blickte sich am Lagerfeuer um. Zwar besaß er nicht viele Helfer, doch den wenigen, die er hatte, schien der Neuaufbau der Plantage am Herzen zu liegen, und dafür war er dankbar.

An diesem Abend saßen Jordan, Saul und Noah nach einem harten Arbeitstag auf der Veranda, nachdem sie ein Bad im Fluss genommen hatten. Sie tranken Kaffee und sprachen über die Vergangenheit. Den beiden hünenhaften Männern aus Tonga schmerzten alle Glieder, und sie wussten, dass es am nächsten Morgen noch schlimmer sein würde. Es war lange her, dass sie so schwer geschuftet hatten, und sie hatten eine riesige Fläche gerodet.

»Ich dachte, ihr beiden hättet auf einer anderen Plantage Arbeit gefunden, nachdem ich Eden verlassen hatte«, meinte Jordan.

Noah blickte Saul an, und ein grimmiger Ausdruck erschien auf seinem Gesicht.

»Was hast du?«, wollte Jordan wissen.

»Master Courtlands Aufseher ist hierher gekommen, nachdem Sie fort waren«, sagte Noah.

»Milo Jefferson?«

»Ja. Er wollte, dass wir als Arbeiter nach Willoughby kommen, aber wir haben ihm gesagt, dass wir nur für Master Hale arbeiten.« Das Weiße in seinen weit aufgerissenen Augen leuchtete, und Jordan spürte, dass dem hünenhaften Mann irgendetwas Angst gemacht hatte. Da er wusste, dass Noah nicht leicht zu verängstigen war, stieg ein Verdacht in ihm auf.

»Hat Milo Jefferson euch Schwierigkeiten gemacht?«

Saul senkte den Kopf. »Er hatte ein Gewehr, Master Jordan. Er sagte, wenn wir nicht für ihn arbeiten, würden wir für keinen mehr arbeiten.«

Jordan erschrak, und auch Eve war alarmiert, kaum dass sie den Namen Willoughby gehört hatte. Sie befand sich im Anbau, doch Jordan und die Männer aus Tonga saßen auf der Flussseite des Hauses, sodass Eve nur Bruchstücke des Gesprächs mitbekam. Sie meinte, Milo Jeffersons Namen gehört zu haben, und irgendetwas über ein Gewehr ...

»Wir mussten um unser Leben laufen, Master Jordan«, berichtete Saul. »Er hat auf uns geschossen. Es war fast dunkel, und wir sind ins Wasser gesprungen. Es ist ein großes Glück, dass wir noch am Leben sind. Wir waren lange fort, oben am Fluss, hinter Willows Bend ...«

»Und Nebo?«

»Ich glaube, der alte Nebo hat sich vor ihm versteckt.«

Jordan blickte nachdenklich zu Boden. »Er hat nichts davon gesagt, aber wir haben auch noch nicht über Maximillian Courtland gesprochen.«

»Er wollte das Land, Boss«, meinte Saul. »Er hätte es sich einfach genommen, aber der alte Master Patrick hatte viele Freunde ... er war ein mächtig guter Mann!«

»Ja, das war er.« Jordan verspürte unerträglichen Schmerz, wenn er daran dachte, was Max seinem Vater angetan hatte – an dem Tag, als Patricks Frau, Jordans Mutter, zu Grabe getragen worden war ...

Eve fröstelte trotz der Hitze. Ting yan schlief schon, doch Eve wusste, dass sie selbst noch lange keine Ruhe finden würde. Sie beschloss, nach Nebo zu sehen. Nachdem sie eine Öllampe entzündet hatte, folgte sie dem schmalen Pfad hinunter zur Arbeiterbaracke. Jordan und die beiden Männer aus Tonga schienen zu einem Spaziergang am Fluss aufgebrochen zu sein.

Eve rief leise nach Nebo, als sie sich der Baracke näherte, und hörte seine Antwort.

»Wie geht es dir?«, fragte sie, als sie ihn sah. Er wirkte noch immer sehr müde, und sie hatte nicht erwartet, ihn im Freien anzutreffen. »Ich dachte, du schläfst schon.«

»Ich bin gerade aufgewacht, Miss Eve«, erwiderte er. »Kann ja nie lange schlafen.« Diese Gewohnheit hatte Nebo angenommen, nachdem die Hales gestorben und Jordan fortgegangen war. Jeder noch so leise Laut hatte ihn geweckt, besonders, als damals die Plünderer kamen und die Aborigines quer über das Anwesen zogen.

Eve stellte die Lampe neben den alten Mann auf den Boden. »Nebo, darf ich dich etwas fragen?«

»Sicher, Miss Eve.«

»Ist der Aufseher von Willoughby jemals hierher nach Eden gekommen, nachdem die Hales gestorben waren?«

Nebo runzelte die Stirn, und sein altes Gesicht wurde faltig wie gegerbtes Leder. »Warum fragen Sie, Miss Eve?«

»Ich habe gehört, wie Saul und Noah mit Jordan redeten. Sie sagten, Milo Jefferson hätte auf sie geschossen, und da habe ich mich gefragt, ob er dich auch bedroht hat.«

Nebo starrte auf die Lampe, die von Käfern und Motten umschwirrt wurde, und seine Gedanken schweiften zehn Jahre in die Vergangenheit. »Milo Jefferson ist hergekommen, nachdem Master Patrick gestorben war«, sagte er dann. »Er sagte, Master Courtland wollte, dass Saul und Noah als Arbeiter auf seine Plantage kommen, aber Saul und Noah wollten nur für Master Patrick arbeiten. Er hat wirklich auf sie geschossen, Miss Eve. Saul und Noah mussten zum Fluss rennen, sonst wären sie tot gewesen.«

Eve war entsetzt. »Und du?«

»Ich konnte nicht rennen, damals schon nicht, aber Master Jefferson sagte, ich wäre sowieso kein guter *kanaka* ... zu alt zum Arbeiten. Er sagte, ich soll fortgehen, weil Master Courtland diese Plantage kaufen würde.«

»Aber das hat er nicht getan?«

»Master Jordan wollte Eden nicht verkaufen. Das habe ich Master Jefferson gesagt, und da ist er sehr wütend geworden.« Nebo berührte mit einer Hand wie unabsichtlich eine Narbe auf seiner Wange, und Eve ahnte, was geschehen war.

»Nebo, ich möchte nicht, dass Jordan erfährt, wer ich wirklich bin.«

Nebo starrte wieder auf die Lampe. Eve hatte ihm anvertraut, dass sie eine Courtland war, doch in seinen Augen war sie eine Kingsly.

»Wenn er herausfindet, dass Maximillian Courtland mein Vater ist, schickt er mich von Eden fort.«

»Master Jordan ist ein gerechter Mann, Miss Eve. Außerdem sind Sie nicht bei Master Courtland aufgewachsen, sondern bei den Kingslys.«

»Ich habe nicht gewusst, dass mein Vater für so viele schreckliche Dinge verantwortlich ist, Nebo, aber ich kann nicht erwarten, dass Jordan meine Herkunft einfach ignoriert. Das wäre zu viel verlangt. Bitte, sag ihm nicht die Wahrheit, Nebo. Vielleicht finde ich eines Tages den Mut ...«

Nebo sah die Angst auf Eves Gesicht. Er hätte alles für sie getan, denn er liebte sie wie eine Tochter, doch es gefiel ihm nicht, Jordan zu belügen.

»Gut, ich werde ihm nichts sagen, Miss Eve. Aber irgendwie kommt die Wahrheit immer ans Licht.«

9

Jordan trennte sich vor der Arbeiterbaracke von Saul und Noah, wo sie an Nebos Lagerfeuer schlafen wollten, und schlenderte allein am Flussufer entlang. Es war schon spät, und er war sehr erschöpft, doch er wollte die wundervoll milde Nacht genießen. Selbst der Lärm der quakenden Ochsenfrösche klang in Jordans Ohren wie eine Sinfonie. Sie weckte Kindheitserinnerungen an heiße Nachmittage, als er in den flachen Pfützen am Flussufer Kröten gefangen und an Seilen geschaukelt hatte, die an den Ästen der riesigen Bäume festgebunden waren.

Fast eine Stunde lang blickte Jordan auf den Fluss, der gemächlich an der Plantage vorüberströmte. Das Spiegelbild des Mondes tanzte auf der glatten Wasseroberfläche, und die leichte Brise, die über die dunklen Tiefen strich, war angenehm kühl. Ganz langsam löste sich Jordans seit Wochen angestaute Spannung. Zum ersten Mal seit seiner Rückkehr nach Geraldton fühlte er wirkliche Hoffnung in sich aufkeimen, was die Zukunft Edens betraf – doch den Plan, Maximillian Courtland zu vernichten, vergaß er darüber nicht.

Als Jordan später die Veranda betrat, auf der er schlief, blieb er einen Moment stehen und ließ den Blick über die frisch gerodeten Zuckerrohrfelder schweifen, die von silbrigem Mondlicht übergossen vor ihm lagen. Er erschrak, als er eine Gestalt bemerkte, die sich ihren Weg über die frisch gehackte Erde suchte. Er glaubte, seine Einbildung spiele ihm einen Streich, und zwinkerte mehrere Male, doch die zierliche Gestalt, die

Jordan im Mondlicht wie eine Erscheinung vorkam, verschwand nicht. Es gab keinen Zweifel: Jemand kam direkt auf das Haus zu.

Jordan schob den Gedanken beiseite, dass es sich um einen von Maximillian Courtlands Handlangern handeln könne, denn wer immer es sein mochte, er war in Weiß gekleidet – kaum eine geeignete Tarnung auf freiem Feld in einer mondhellen Nacht. Einen Moment lang dachte Jordan, es wäre eine Aborigine-Frau vom Volk der Jirribal, die in der Gegend lebten, doch dann sah er den fließenden Stoff eines Kleides und bemerkte, dass die Frau alle paar Schritte stehen blieb und seltsame Verbeugungen machte. Als Jordan begriff, dass sie immer wieder Schmutz von ihren Schuhen streifte, ließ er sich in den Liegestuhl sinken und beobachtete, wie die Frau langsam näher kam. Es gab nur einen Menschen, der dreist genug war, um diese späte Stunde einen Besuch zu machen, und dumm genug, im Dunkeln über die Felder zu laufen.

»Oh, verflixt noch mal«, hörte Jordan sie murmeln, als sie nur noch ein paar Meter entfernt war. Wieder blieb sie stehen, um den Schmutz von ihren Schuhen zu streifen, und verlor dabei fast das Gleichgewicht.

»Guten Abend«, sagte Jordan und erhob sich so plötzlich aus dem Liegestuhl, dass die Frau erschreckt zusammenzuckte. »Es ist ein bisschen spät für einen Höflichkeitsbesuch, finden Sie nicht, Miss Courtland?« Er sagte es eher vorwurfsvoll als freundlich.

Lexie starrte angestrengt in den Schatten der Veranda, bis Jordan vortrat.

»Guten Abend, Mr Hale. Herrgott, ich hätte mir keinen ungünstigeren Augenblick aussuchen können, um über Ihre Felder zu laufen ... all die Klumpen feuchte Erde und die abgebrochenen Zuckerrohrstängel ...« Sie sprach völlig unbefangen, wie Jordan feststellte, doch von Alexandra Courtland hatte er nichts anderes erwartet.

»So ein Spaziergang ist wirklich kein Vergnügen«, sagte er. »Zumal wir in den letzten Tagen beim Roden Hunderte von Schlangen, Ratten und Spinnen aufgestört haben.«

Er hörte, wie Lexie entsetzt nach Luft schnappte, und nahm den Duft eines billigen Parfüms wahr, das sie offenbar anziehender und verführerischer machen sollte.

»Aber du bist natürlich herzlich willkommen, Alexandra«, fuhr Jordan fort. »Auch wenn es ... nun ja, konventionellere Zeiten für einen solchen Besuch gibt.«

Lexie hob die Brauen und lachte. »Das weiß ich, aber ich habe noch nie etwas auf Konventionen gegeben.«

Jordan begriff, was sie ihm damit zu verstehen geben wollte. Es schien alles zu stimmen, was er über Alexandra Courtland gehört hatte, und doch war er überrascht, als sie sich auf die Kante der Veranda setzte, ihr Kleid bis über die Knie hochzog, beide Schuhe abstreifte und ohne Hemmungen begann, ihre wunden Füße zu massieren, wobei sie den Kopf hob und Jordan anschaute. In ihren dunklen Augen funkelte es herausfordernd, und mit ihren tiefroten Lippen formte sie einen verführerischen Schmollmund. Sie war sich ihrer Wirkung bewusst und entschlossen, sie zu ihrem Vorteil einzusetzen.

Lexie ahnte nicht, dass Jordan in diesem Moment an einige jener Frauen denken musste, die er in Brisbane kennen gelernt hatte – sehr freizügige und erfahrene Frauen aus der Großstadt. Im Vergleich zu ihnen war Lexie bloß ein unerfahrenes Bauernmädchen. Hätte ihr plumper Versuch, ihn zu verführen, ihn nicht so abgestoßen, und wäre er nicht so voller Hass auf ihren Vater gewesen, hätte er Lexie vielleicht amüsant gefunden.

»Wie kommt es, dass Sie mich gleich erkannt haben?«, wollte Alexandra wissen. »Wir haben uns zum letzten Mal gesehen, als ich ein kleines Mädchen mit dünnen Beinen war, ohne Busen und andere weibliche Rundungen. Außerdem hatte ich mindestens eine Million Sommersprossen.« Sie richtete sich gerade auf und brachte ihre vollen Brüste besser zur Geltung, um dann mit einer raschen Bewegung ihre dichte Haarmähne nach hinten über die nackten Schultern zu werfen.

Jordan dachte an seine sorglose und glückliche Kindheit. Doch an dem schicksalhaften Tag, als Max mit seinen Lügen gekommen war und Jordans Vater an gebrochenem Herzen starb, hatte sein ganzes Leben sich schlagartig geändert.

»Ich könnte dir jetzt sagen, dass ich mich an deine wilden Locken erinnere und daran, dass sie gut zu deinem ungezähmten Temperament und deinem Eigensinn passen, an dem sich offenbar nicht geändert hat. Hast du denn keine Angst um deinen Ruf, wenn du mich um diese Zeit besuchen kommst?«

Lexie starrte ihn aus großen Augen an; dann lachte sie sorglos. »Das muss ich Celia erzählen«, sagte sie.

»Was ich über dein Haar gesagt habe, oder über deinen Ruf?«

»Celia weiß, dass ich schamlos bin. Das weiß hier jeder. So bin ich nun mal.«

Ihre Offenheit überraschte ihn. Er musste gestehen, dass er noch nie jemandem mit so viel Dreistigkeit begegnet war, nicht einmal unter den eigenwilligen Menschen in der Stadt.

»Das gehört genauso zu mir wie meine wilden Locken und mein ungezähmtes Temperament, wie Sie es nennen«, fügte Lexie hinzu.

»Hatte Celia nicht auch Locken? Ich kann mich nicht erinnern ...«, meinte Jordan.

Lexie stieß abschätzig den Atem aus. »Celia hat niemals Locken gehabt, und ihr Haar hat die Farbe von schlammigem Wasser. Wenn meine Haare zu meinem Charakter passen, dann passen Celias ganz sicher auch zu ihrem.«

»Das sind ziemlich harte Worte«, stellte Jordan fest, der

sich beherrschen musste. Er hatte nicht geahnt, wie schwierig es würde, diesem Mädchen Freundlichkeit und Gefühle vorzuspielen. Offenbar war Lexie falsch und gehässig – Eigenschaften, die sie sicher vom Vater geerbt hatte.

»Gibt es denn zwischen dir und Celia keine schwesterliche Zuneigung?«

»Kaum. Celia und ich sind einfach zu verschieden.«

»Vielleicht ist das ganz gut so, Alexandra. Ich bin sicher, Geraldton wäre nicht groß genug für zwei Mädchen wie dich. Celia ist also weder so abenteuerlustig noch so attraktiv wie du?«

»Das ist eine sehr zutreffende Beschreibung meiner Schwester – obwohl ich sicher bin, dass sie sich insgeheim wünscht, sich genauso auszutoben wie ich und ihren Spaß zu haben. Aber sie würde nicht mal einen Priester zum Protest herausfordern. Celia ist so gehemmt, dass sie wahrscheinlich nur im Dunkeln badet und dabei ihre Unterwäsche anbehält. Ich dagegen ...«, ihre Stimme wurde zu einem verführerischen Flüstern, »ich bin gern nackt, besonders bei einer solchen Hitze.«

Jordans Blick wanderte zu ihren Schienbeinen, die entblößt waren, da sie ihr Kleid noch immer bis zu den Knien hochgezogen hatte.

Lexie folgte seinem Blick und lächelte.

»Du bist ziemlich ... offenherzig, Alexandra.«

»Das hat man mir schon öfter gesagt. Es stört Sie doch nicht? Sie werden sich sowieso bald daran gewöhnen.« Lexie schien es für eine ausgemachte Sache zu halten, dass sie sich in nächster Zeit oft sahen.

»Sie wundern sich wahrscheinlich, dass ich Sie erkannt habe«, fuhr sie fort, als Jordan nichts erwiderte, »wo Sie sich eindeutig zum Besseren verändert haben!«

»Es wundert mich allerdings nicht, dass du mich erkannt hast, denn dein Vater war vor kurzem hier. Ich nehme an, er hat dir genug über mich erzählt, dass du dir ein Bild von mir machen konntest.«

»Über Ihr Aussehen hat er kaum etwas gesagt«, erwiderte Lexie und senkte für einen Moment den Kopf, als sie an die Drohung ihres Vaters dachte.

Jordans Augen wurden schmal, und in seiner Stimme schwang plötzlich Härte mit. »Er wäre sicher nicht erfreut, dass du hier bist.«

»Nicht erfreut?« Lexie sprang auf. »Er wäre außer sich vor Wut! Er hat mir verboten, auch nur in Ihre Richtung zu schauen, und gedroht, mich auszupeitschen, wenn ich ihm nicht gehorche.«

Jordan war schockiert, dass Max sogar den eigenen Töchtern mit Prügeln drohte; andererseits war er froh, dass Lexie diese Drohung offensichtlich ernst nahm.

Jetzt trat sie auf ihn zu, streckte den Arm aus und berührte den obersten Knopf seines halb offenen Hemdes mit dem Zeigefinger. »Ich könnte große Schwierigkeiten bekommen, weil ich hier bin«, flüsterte sie und nahm seinen männlichen Geruch in sich auf. Das Leuchten in ihren Augen zeigte ihm, dass sie die Aussicht, etwas Verbotenes zu tun, sehr erregend fand. Sie blickte zu ihm auf, betrachtete sehnsuchtsvoll sein Gesicht, seine Augen, seinen Mund.

Es wäre ein Leichtes gewesen, die Situation auszunutzen, doch Jordan wusste nur zu gut, was für ein gefährlicher Fehler es für Lexie und für ihn selbst gewesen wäre; außerdem fühlte er sich von Lexie nicht sonderlich angezogen.

»Ich möchte nicht, dass du meinetwegen Prügel bekommst«, sagte er.

»Ihre Sorge um mein Wohl rührt mich, aber machen Sie sich keine Gedanken. Daddy wird nicht merken, dass ich nicht da bin, es sei denn, Celia sagt es ihm – was mich nicht überraschen würde. Sie würde alles tun, um Daddys Anerkennung zu bekommen.«

»Es ist ganz normal, dass man sich die Anerkennung seiner Eltern wünscht.«

Lexie senkte den Kopf. »Egal was ich auch tue, Vater wird es niemals gutheißen. Er hat nur das eine Ziel, mich gut zu verheiraten, damit jemand anders sich mit mir herumplagen muss. Das hat er auch mit Celia vor, aber im Unterschied zu mir setzt sie ihm kaum Widerstand entgegen.« Als Lexie wieder aufblickte, schaute Jordan verwirrt in ihre dunklen Augen, in denen sich das Mondlicht spiegelte. Er wusste nicht recht, was er von ihr halten sollte. »Ein hübsches Mädchen wie du hat doch sicher genug glühende Verehrer«, sagte er und fragte sich im Stillen, warum sie sich nicht längst einen der wohlhabenden jungen Männer aus der Gegend eingefangen hatte.

Lexie hatte den Verdacht, dass Jordan herausfinden wollte, ob sie schon einen festen Freund hatte, und wilde Freude stieg in ihr auf. »Ja, schon«, gab sie zurück, »aber einen Mann wie Sie habe ich in Geraldton noch nicht gefunden. Die sind alle so interessant und aufregend wie Fliegen auf einem Haufen Pferdeäpfel. Außerdem habe ich eine andere Vorstellung vom Leben, als das Eigentum eines Mannes zu sein – oder die Mutter einer Horde rotznasiger Kinder.«

Jordan zuckte bei der Vorstellung von Lexie als Paradebeispiel mütterlicher Hingabe innerlich zusammen. Immerhin erklärte es, warum sie noch nicht verheiratet war und noch keine Familie hatte. Er griff nach ihrer Hand, die von einem seiner Hemdknöpfe zum nächsten gewandert war, und hielt sie dicht über seiner Gürtelschnalle fest. Im Dunkeln konnte Lexie die Feindseligkeit in Jordans Blick nicht sehen und missdeutete sein vermeintliches Zögern falsch: Sie glaubte, Jordan verzaubert zu haben.

Jordan hielt ihre Hand und spürte, wie Lexie erschauerte, doch er besaß genügend Erfahrung, um zu wissen, dass ihre Erregung nur gespielt war. Offensichtlich glaubte sie, seine

Leidenschaft so leicht entflammen zu können wie bei den einheimischen jungen Männern. Jordan wusste, dass er für Lexie bloß eine reizvolle Zerstreuung war, die ihr für einige Zeit die Langeweile vertreiben sollte. Er war für sie nur ein Mittel zum Zweck – genauso wie sie für ihn.

»Wie siehst du dich eigentlich selbst, Alexandra?«, fragte er.

Ein Anflug von Unsicherheit erschien auf ihrem hübschen Gesicht, und sie wandte sich einen Moment ab, um den Blick über die Felder schweifen zu lassen. Sie schien zu überlegen, ob sie ihm etwas sehr Persönliches anvertrauen sollte. »Versprechen Sie mir, nicht zu lachen«, bat sie schließlich und schaute ein wenig verlegen zu ihm auf.

»Ich verspreche es.«

Lexie hielt den Blick auf seine warme, große Hand gerichtet, die noch immer die ihre hielt. »Ich habe immer davon geträumt, Schauspielerin zu werden.«

Jordan war nicht sonderlich überrascht. Vermutlich hatte Lexie einen Großteil ihres Lebens damit verbracht zu schauspielern, trotz ihrer gegenteiligen Beteuerungen. Die wahre Lexie hatte sich wahrscheinlich schon vor Jahren in sich selbst zurückgezogen und ihre weiche, weibliche Seite unter einer ebenso harten wie eigenwilligen Fassade vor allen Mitmenschen verborgen.

»Die Schauspielerei ist ein Beruf, in dem man nicht so leicht Erfolg hat«, gab Jordan zu bedenken und zog sich ein Stück von ihr zurück. »Er bedeutet viel und harte Arbeit, die sich oft nicht auszahlt.«

Lexie starrte ihn mit großen Augen an und folgte ihm über die Terrasse. »Woher wissen Sie das?«

»Ich habe Freunde beim Theater.«

»Wirklich?«

»Hast du mit deinem Vater über deine Pläne gesprochen?«

Ihre Miene verfinsterte sich, und zum ersten Mal sah Jordan wieder das kleine Mädchen in ihr, an das er sich aus Jugendtagen erinnerte. »Himmel, nein!«, meinte sie. »Er wäre außer sich vor Zorn.«

Jordan hörte den Kummer aus ihren Worten. Obwohl Lexie so tat, als berührte es sie nicht, fühlte sie sich von der Einstellung ihres Vaters verletzt; das war für Jordan unverkennbar. Es schien ihm typisch für Max, die Pläne für seine Tochter über deren eigene Wünsche zu stellen.

»Lassen Sie uns nicht über Vater sprechen«, sagte Lexie mit sichtlichem Unbehagen. »Ich hörte, dass Sie wieder in der Stadt sind, und hielt es für meine nachbarliche Pflicht, Sie persönlich zu begrüßen!« Sie blickte schwärmerisch zu ihm auf.

»Das war sehr nett von dir, Alexandra. Ich hätte eher erwartet, dass man ein paar Wochen lang überhaupt keine Notiz von mir nimmt.«

Lexie verschluckte sich beinahe, als sie einen erstaunten Ausruf unterdrückte. Sie trat einen Schritt zurück und meinte: »Haben Sie etwa vergessen, wie die Leute in so einer kleinen Stadt reden?«

»Ja, ich glaube, das hatte ich tatsächlich vergessen.«

»Sie werden hier noch für die nächsten sechs Monate *das* Gesprächsthema sein, glauben Sie mir!«

Jordans Neugier war geweckt. »Wo du schon so offen bist ... könntest du mir sagen, was über mich geredet wird?«

»Ich sollte eigentlich nicht klatschen«, meinte Lexie mit aufgeregt funkelnden Augen, und Jordan hatte keinen Zweifel daran, dass sie ihm alles erzählen würde, was er wissen wollte.

»Ich verstehe schon«, gab er achselzuckend zurück, als wäre es ihm nicht so wichtig.

»Aber ich finde«, fuhr Lexie eilig fort, »Sie haben ein Recht darauf, es zu erfahren. Bestimmt ist es für Sie keine Überraschung, dass alle Mädchen im heiratsfähigen Alter Sie *sehr* attraktiv finden ... der bestaussehende Mann weit und breit. Ich finde das auch.«

»Nett von dir.«

»Und man sagt, dass Sie sehr wohlhabend sind. Wenn man bedenkt, wie viel Geld Sie allein für Baumaterial ausgegeben haben!«

Jordan hörte die Neugier in ihrer Stimme, doch er war nicht bereit, irgendetwas preiszugeben. »Allerdings. Ich habe ein kleines Vermögen für das Baumaterial bezahlt.«

»Dann stimmt es also, dass Sie ein sehr reicher Mann sind?«

Jordan hatte beinahe laut aufgelacht angesichts von Lexies Unverfrorenheit, die er offensichtlich unterschätzt hatte. »Wo bleiben Ihre Manieren, Miss Courtland?«, fragte er ironisch.

»Ich dachte, wir hätten uns darauf geeinigt, dass ich praktisch keine Manieren besitze«, gab Lexie so unbefangen zurück, dass Jordan gegen seinen Willen lächeln musste.

Lexie schürzte die Lippen. »Also, sind Sie nun so reich, wie man behauptet, oder sind Sie es nicht?«

Zu seiner eigenen Überraschung fand Jordan es zunehmend schwieriger, ihr böse zu sein, während er in ihre strahlenden braunen Augen schaute.

»Die *Financial Times* hat mich einmal als ›unanständig reich‹ bezeichnet, aber wenn es um Geld geht, weiß ich mit den Begriffen ›unanständig‹ oder ›unverschämt‹ nichts anzufangen.«

Lexie starrte ihn aus großen Augen an und versuchte gar nicht erst, ihre Aufregung zu verbergen.

»Jedenfalls habe ich genug Geld, um Eden wieder aufzubauen, und genau das ist mein Ziel«, fuhr Jordan fort.

»Eden! Du lieber Himmel, ich verstehe nicht, warum Sie überhaupt hierher zurückgekommen sind!« Sie ließ den Blick in die Runde schweifen, offensichtlich entsetzt über den Zustand von Jordans Heim. »Das Leben in der Stadt war bestimmt viel interessanter, nicht wahr?«

»Jeder findet sein Glück auf andere Art«, sagte er und dachte an seinen verschwenderischen Lebensstil in den vergangenen Jahren zurück. Während der letzten Tage hatte er lange darüber nachgedacht, ob er wirklich nur seiner Rachegelüste wegen zurückgekehrt war, hatte aber keine Antwort auf diese Frage gefunden. »Ich hatte ein Ziel und habe meine ganze Energie darauf verwendet, es zu erreichen«, sagte er.

Lexies Miene hellte sich auf. »Was für ein Ziel?«

»Im Unternehmen meines Onkels Erfolg zu haben. Es ging um den An- und Verkauf von Handelsfirmen – ein hartes, gnadenloses Geschäft, bei dem man rücksichtslos sein muss. Obwohl wir sehr erfolgreich waren, fühlte ich mich innerlich unzufrieden.« Das alles stimmte – nur war es nicht die ganze Wahrheit. Jordan wusste, dass er keine Mühe haben würde, Lexies Vertrauen zu gewinnen; schon jetzt hing ihr Blick bei jedem seiner Worte an seinen Lippen.

»Und Sie glauben, nach einem so aufregenden Leben wird es Sie glücklich machen, Zuckerrohr anzubauen?«

Er seufzte. »Ich möchte den Traum meines Vaters verwirklichen und Eden zur blühendsten Plantage an der Cassowary-Küste machen.« An Lexies Vater Rache zu nehmen, war ein weiteres Ziel; aber das konnte Jordan ihr natürlich nicht anvertrauen.

»Aber Sie haben sicher auch Ihre eigenen Träume«, meinte Lexie, offensichtlich neugierig darauf, wie diese Träume aussahen.

»Damals wusste ich es noch nicht, aber der Erfolg der Plantage war ein Traum, den ich mit meinem Vater teilte. Seltsamerweise habe ich erst heute Abend begriffen, wie sehr ich an alldem hier hänge.«

Und das stimmte: Als Jordan am Fluss gesessen hatte, war ihm klar geworden, dass seine Pläne sich ein wenig verändert hatten. Sicher, er wollte seine Eltern noch immer rächen, indem er Max Courtland vernichtete, doch er hatte vorher nicht gewusst, wie sehr er sein altes Zuhause und die einfachen Dinge des Lebens vermisst hatte. Als Junge hatte er die Weite des Landes und den Fluss geliebt, die fruchtbare braune Erde und die warme Luft, in der häufig der Duft von frisch geerntetem Zuckerrohr gelegen hatte. Seit seiner Rückkehr hatten die Probleme, die Felder zu roden und Setzlinge zu kaufen, Jordan so sehr beansprucht, dass er es noch gar nicht hatte genießen können, wieder daheim zu sein.

»Warum sind Sie überhaupt zurückgekommen? Das Leben hier ist schrecklich eintönig und langweilig.«

»Das empfindest du nur so, Alexandra, weil du noch jung bist und dich nach Erlebnissen und Abenteuern sehnst.«

»Sie sind auch nicht gerade ein Methusalem, Mr Hale. Und wenn Sie eines Tages zur Vernunft kommen – wovon ich ausgehe –, werden auch Sie hier keinerlei Zerstreuung finden!«

»Die suche ich auch nicht mehr«, gab Jordan zurück. »In den letzten zehn Jahren habe ich mich oft dabei ertappt, wie ich vom Blick aufs Meer träumte, den man von den Hügeln hinter der Plantage hat. Ich habe sogar das Quaken der Ochsenfrösche und den Gesang der Zikaden an warmen Abenden vermisst.«

Lexie lachte. »Also wirklich!«

Jordan ging zum Ende der Veranda und lehnte sich auf einen der Geländerpfosten. »Bis jetzt habe ich noch keinen der alten Freunde getroffen, mit denen ich früher zusammengesteckt habe. Lebt Alberto Santini noch hier? Als Jungen haben wir viel Zeit miteinander verbracht.«

»Es gibt jetzt eine ganze Horde Santinis. Alberto hat Pia Asta geheiratet.«

»Pia Asta?«

»Kein Wunder, dass Sie sich nicht an Pia erinnern. Sie ist eine von neun Schwestern, und alle sind gleich langweilig.«

»Pia Asta ... doch, ich glaube, ich kann mich an die Asta-Mädchen erinnern. War Pia nicht eine der ältesten?«

»Ja.«

»Und sehr still?«

»Das ist stark untertrieben. Sehr *nichtssagend* trifft es viel besser. Ihr herausragendstes Merkmal ist ihr gewaltiges Hinterteil – ein Grund mehr für mich, nicht ein Kind nach dem anderen kriegen zu wollen.«

Wieder musste Jordan über Lexies direkte Ausdrucksweise lächeln. Sie war gnadenlos offen, doch eher auf amüsante als auf herzlose Weise, wie er anfangs geglaubt hatte.

»Und Alberto? Ich habe mich immer über seinen Wuschelkopf lustig gemacht, und dann hat er vor Wut einen puterroten Kopf bekommen.«

Lexie lachte herzlich. »Er hat seine Haare schon vor Jahren verloren!«

»Oh. Alle?«

»Fast alle.« Lexie kicherte. »Alberto hat immer hart gearbeitet. Daddy hat ihm die Plantage abgekauft, als es ihm schlecht ging, aber er behält ihn als Verwalter.«

Als sie Max erwähnte, wurde Jordans Gesicht hart. »Und was ist aus Jimmy Hammond geworden? Wohnt er noch in der Gegend? Ich glaube, ich habe Ted, seinen Vater, in der Stadt gesehen.«

Ted Hammond war ein guter Freund seines Vaters gewesen, doch Teds hinfälliges Aussehen hatte Jordan so sehr erschüttert, dass er nicht über die Straße gegangen war, um mit ihm zu sprechen.

»Ja, Jimmy hat vor ein paar Jahren die Plantage übernommen, nachdem seine Mutter gestorben und sein Vater krank geworden war.«

»Gehört die Plantage denn noch den Hammonds, oder hat dein Vater sie ebenfalls gekauft?«

Lexie schloss aus Jordans feindseligem Tonfall, dass der Hass zwischen beiden Männern auf Gegenseitigkeit beruhte. »Die Plantage gehört noch Jimmy«, sagte sie. »Er würde auf seinem Land eher Ziegen züchten, als es an Vater zu verkaufen. Er ist übrigens einer der wenigen, die es gewagt haben, sich gegen ihn zu wehren – aber ich weiß nicht, wie lange er sich noch halten kann. Es gibt Gerüchte, dass er kurz vor dem Ruin steht.«

Jordan erinnerte sich, dass Jimmy stets eigenwillig gewesen war, als kleiner Junge schon, und er war froh, dass Jimmy dem Druck Courtlands nicht nachgegeben hatte. Jordan beschloss, alles in seiner Macht Stehende zu tun, damit der Jugendfreund seine Plantage nicht an Courtland verlor.

»Sie sollten einen Empfang geben und alle Ihre alten Freunde einladen«, schlug Lexie mit beinahe kindlicher Begeisterung vor.

»Das Haus ist noch nicht so weit, dass ich Gäste empfangen könnte«, erklärte Jordan kühl und starrte mit vor der Brust verschränkten Armen über die Felder, in Gedanken bei Maximillian Courtland.

Lexie hatte die Bemerkung auf der Zunge gelegen, dass auch sie ein Gast war, wenn auch kein geladener, doch sie erkannte, dass Jordan irgendetwas auf dem Herzen lag. »Sie sind wirklich entschlossen, die Plantage wieder aufzubauen, nicht wahr?«

»Ich dachte, das hätte ich schon deutlich genug gesagt.«

»Und das Haus? Renovieren Sie es selbst?«

»Nein. Ich habe einen Zimmermann eingestellt, Frankie Malloy. Er macht seine Sache großartig.«

Lexie runzelte die Stirn. »Malloy? Kenne ich nicht. Sie müssen schockiert gewesen sein, wie sehr hier alles verfallen ist.«

Jordan seufzte. »Allerdings. Und ich habe noch einen langen Weg vor mir, aber bald sieht es hier wieder wie früher aus, vielleicht sogar noch besser.«

Eve wollte gerade zu Bett gehen, als sie draußen die Stimme einer Frau zu hören glaubte und auf die Veranda trat, um nach dem Rechten zu sehen. Sie wusste, dass Gaby, Frankie und die Kinder früh schlafen gegangen waren und dass Ting yan sehr müde gewesen war, als sie sich ins Bett gelegt hatte; deshalb war Eves Neugier geweckt. Sie streifte ihren langen Morgenmantel über und ging an der Rückseite des Hauses entlang in die Richtung, aus der nun leises Gelächter erklang. Als die Geräusche nicht mehr weit entfernt waren, blieb Eve stehen und drückte sich an die Hauswand.

Vorsichtig spähte sie um die Ecke und sah Jordan ein Stück weiter hinten auf der Veranda, wo es dunkel war. Außerdem erkannte sie schemenhaft ein weibliches Gesicht, das vom Mondlicht beschienen war. Die Frau stand sehr nahe bei Jordan, hatte den Kopf in den Nacken gelegt und blickte zu ihm auf.

Eve erschrak. Was war da los? Wer war diese Fremde? Jordan hatte nicht erwähnt, dass er jemanden erwartete, und das verwunderte Eve. Sie überlegte, wer die Frau sein mochte, bis sie deren Stimme hörte.

»Haben Obdachlose hier gelebt, als Sie zurückkamen?«

Eve erkannte die Stimme sofort: Lexie. Sie konnte kaum glauben, dass ihre Schwester so wenig Zeit verschwendet hatte, Jordans Bekanntschaft zu machen. »Wie konnte ich so dumm sein, ihre Dreistigkeit zu unterschätzen?«, murmelte sie und widersetzte sich dem Wunsch, einfach zu den beiden zu gehen und die Schwester zu fragen, was sie so spät noch in Eden wollte. Doch Eve wagte es nicht – Lexie würde Jordan sofort erzählen, dass sie Schwestern waren.

»Nein«, sagte Jordan soeben. »Hier gab es keine Obdachlosen. Hier hat nur Nebo gewohnt, ein alter *kanaka*, der früher für meinen Vater gearbeitet hat ... und ein Wächter.«

»Wächter? Ich wusste gar nicht, dass es hier auf der Plantage einen Wächter gab.«

»Nebo wohnt hier schon eine halbe Ewigkeit. Jetzt auch Frankie Malloy und seine Frau, dazu ein paar Helfer.«

»Und der Wächter?«, fragte Lexie.

»Der ... äh ... hat erst einmal die Aufgaben eines Kochs übernommen.«

Eve hörte mit wachsendem Erstaunen zu. Sie hatte erwartet, dass Jordan Lexie von ihr erzählen würde; stattdessen versuchte er sie zu schützen.

»Wirklich?« Lexie wirkte enttäuscht. Sie war sicher, dass es sich bei dem »Wächter« um Evangeline handelte, die jetzt die Stelle der Köchin ausfüllte. Ihre Schwester musste gerissener sein, als man ihr zutraute, doch Lexie war zum Schweigen verurteilt. Bestimmt würde Jordan Eve erzählen, dass sie, Lexie, in Eden gewesen war, und Eve konnte es dann ihrem Vater oder der Mutter verraten. Lexie durfte nicht riskieren, dass ihr Vater von diesem Besuch erfuhr – er würde ihr das Leben zur Hölle machen.

»Tja, ich glaube, ich sollte mich jetzt auf den Weg machen. Aber ich würde gern wiederkommen ... natürlich nur, wenn Sie nichts dagegen haben.« Ein kesses Augenzwinkern begleitete Lexies Worte.

Jordan hätte ihr den Wunsch gern abgeschlagen, denn ihre Aufdringlichkeit ärgerte ihn. Auf der anderen Seite war sie Max' Tochter, und wenn ihre Besuche Max in Wut versetzten, war es die Sache wert.

»Habe ich denn eine Wahl?«, fragte er.

»Nein«, gab sie spitzbübisch zurück. »Aber Sie könnten wenigstens sagen, dass Sie sich darauf freuen, mich wiederzusehen.«

»Wärst du zufrieden, Alexandra, wenn ich dir versichere, dass ich deinen nächsten Besuch mit atemloser Spannung erwarte?«

Sie lächelte. »Das fände ich sehr erfreulich, Mr Hale. Gute Nacht!« Sie stellte sich auf die Zehenspitzen und hielt ihm ihre Wange hin, offensichtlich in der Erwartung eines Kusses, doch Jordan gab ihr bloß einen Klaps aufs Hinterteil. »Du gehst jetzt besser, Miss Courtland.«

Lexie konnte ihre Enttäuschung nur schwer verbergen. »Na gut. Wir sehen uns ja bald wieder«, sagte sie, bevor sie sich eilig auf den Weg über die Felder machte.

»Nimm dich vor den Ratten und Spinnen in Acht«, rief Jordan hinter ihr her.

Eve hatte alles mit angehört und schäumte innerlich vor Wut. Jordan hatte auch ohne Lexie schon genug Probleme. Mit gesenktem Kopf ging sie den Weg zurück, den sie gekommen war, als sie unerwartet Ryan O'Connor über den Weg lief.

»Ich wusste doch, dass ich eine Frauenstimme gehört habe. Sie waren das also. Mit wem haben Sie gesprochen, Eve?«

»Mit mir selbst«, sagte sie leise. »Eine alte Angewohnheit. Ich habe zu viel Zeit allein verbracht.«

»Verstehe. Na, ich bin wohl ein bisschen nervös nach dem, was Frankie und seiner Familie passiert ist.«

Eve nickte. »Ja, das geht mir ähnlich. Gute Nacht.«

10

Eve warf sich die ganze Nacht unruhig herum. Sie war zu verärgert, um Schlaf zu finden. Als Jordan bei Tagesanbruch auf der hinteren Veranda erschien, war er überrascht, sie still auf einem Stuhl sitzend vorzufinden; sie hatte den Kopf in die Hände gestützt und betrachtete die ersten Sonnenstrahlen, die sich über die stille Landschaft ergossen. Verwundert stellte er fest, dass Eve schon Feuer gemacht und das Kaffeewasser aufgesetzt hatte.

»Können Sie nicht schlafen, Eve?«, fragte er und streckte seine schmerzenden Glieder.

Sie schaute ihn an, doch er erwiderte ihren Blick nicht. Stattdessen schaute er mit einem Ausdruck der Zufriedenheit über die gerodeten Felder hinweg. Er schien bester Laune zu sein, und Eve schmerzte der Gedanke, dass Lexie der Grund für seine gute Stimmung sein könnte.

»Sie sind heute Morgen ja sehr gut aufgelegt«, stellte sie fest, ohne auf seine Frage einzugehen.

Er schaute sie an. »Warum auch nicht? Endlich geht es voran, und ich habe das Glück, dass viele gute Leute mir helfen.«

Eve blickte noch immer skeptisch drein, und Jordan runzelte die Stirn.

»Ist das wirklich der einzige Grund, dass Sie heute Morgen so fröhlich sind?«, fragte sie und wandte den Blick ab.

»Sollte es einen anderen Grund geben?«

Eve hätte ihn gern vor Lexie gewarnt, doch sie wollte ihm

nicht sagen, dass sie gelauscht hatte. »Ich weiß nicht«, erwiderte sie. »Das müssten Sie mir schon sagen.«

»Stimmt irgendwas nicht, Eve? Sie führen sich heute Morgen ziemlich seltsam auf.«

»Nein, alles in Ordnung.« Sie wagte nicht, ihn noch einmal anzuschauen, aus Angst, er könnte die Wut in ihrem Blick sehen. Jordan gelangte zu dem Schluss, dass Eve sich nach einer schlaflosen Nacht in der unangenehmen Hitze unwohl fühlte. Es war sehr schwül gewesen, typisch für die Zeit, bevor der Regen kam; er selbst hatte auch nur wenig Schlaf gefunden.

»Ich würde heute gern früh mit der Arbeit anfangen, Eve«, sagte er. »Mit Sauls und Noahs Hilfe müssten wir die Felder morgen Abend so weit haben, dass wir pflügen können. Wann ist das Frühstück fertig?«

»In ungefähr zwanzig Minuten«, erwiderte Eve und stand unbeholfen auf. Der Schmerz in ihrer Hüfte trug nicht gerade dazu bei, ihre Stimmung zu heben, und je näher die Regenzeit rückte, desto schlimmer plagte ihr Bein sie.

Ting yan hätte eigentlich das Frühstück machen sollen, doch sie war schon in die Stadt gefahren, um die Vorräte an Reis und Gewürzen aufzufrischen. Seit Sauls und Noahs Rückkehr war Eve besonders froh, der Chinesin das Kochen überlassen zu können; allein der Gedanke an den gewaltigen Appetit der beiden Männer von Tonga war angsteinflößend. Eves Aufgabe bestand zurzeit darin, das Haus zu streichen.

»Haben Sie Nebo heute Morgen schon gesehen?«, fragte Jordan, während Eve zum Feuer hinkte. Sie schien Schmerzen zu haben, doch Jordan wusste, wie stolz sie war; deshalb sprach er sie gar nicht erst auf ihre kranke Hüfte an.

»Nein, noch nicht. Aber ich wollte ihm gleich Kaffee bringen.«

»Ich mach das schon, während Sie das Frühstück vorbereiten.« Ohne einen weiteren Blick in ihre Richtung goss Jordan

Kaffee in einen Becher und eilte in Richtung der Arbeiterbaracke davon.

Eve war gekränkt, weil Jordan offensichtlich nicht auf den Gedanken gekommen war, dass auch sie den alten Mann gern sehen wollte, zumal Nebo jeden Morgen auf sie wartete. Es war eine Art Ritual zwischen Eve und Nebo geworden, und ob es Jordan recht war oder nicht – daran würde sich nichts ändern.

Lustlos legte Eve ein paar Würstchen und etwas Schinkenspeck in eine Pfanne. Sie war gerade dabei, die Würstchen anzustechen, als Gaby aus dem Haus kam, gefolgt von Josh und Bill, die sich um den Hammer ihres Vaters stritten.

»Könnten Sie das hier fertig braten, Gaby?«, bat Eve. »Ich habe etwas Dringendes zu erledigen.«

»Natürlich.« Gaby nahm die Gabel. »Haben Sie denn schon gegessen?«

»Nein. Ich habe keine Zeit, weil ich ... eine Nachbarin treffen muss. Ich bleibe nicht lange fort.«

Gaby hätte Eve gern überredet, noch etwas zu essen, bevor sie ging, denn sie war so zart und zerbrechlich – doch bevor sie etwas sagen konnte, war Eve verschwunden.

Nachdem sie kurz bei Nebo vorbeigeschaut und sich zum Frühstück eine Mangofrucht vom Baum gepflückt hatte, nahm sie den Weg, der hinter der Plantage nach Willoughby führte. Dort angekommen, ging sie bis zu den Ställen, hinter denen sie ihr Fahrrad versteckte. Dann sah sie, hinter einem Bougainvilleastrauch verborgen, ihren Vater mit Milo Jefferson und einer großen Gruppe *kanakas* sprechen, die vor ihrem Quartier standen. Sie war entsetzt über den schrecklichen Zustand der Baracke; das Gebäude sah aus, als könnte es jeden Augenblick einstürzen. Eve konnte kaum glauben, dass es sich in einem noch schlechteren Zustand befand als die Baracke in Eden, um die sich jahrelang niemand gekümmert hatte.

Max erklärte den *kanakas*, dass er für ein paar Stunden in

die Stadt reiten würde und dass die Felder im Norden bis zum Abend gerodet sein müssten. Er ließ keinen Zweifel daran, dass er von der Peitsche Gebrauch machen würde, sollten die Männer es nicht schafften.

Eve kochte innerlich vor Wut. Wie kann dieser Mann mein Vater sein?, fragte sie sich, wie schon so oft. Dann beobachtete sie, wie die Arbeiter sich bedrückt und verängstigt auf den Weg zu den Feldern machten, während sich ihr Vater auf sein Pferd schwang und davonritt. Eve war froh, dass er nun eine ganze Weile fort sein würde.

Im Schutz der Oleanderbüsche, die in der Nähe der Stallungen standen, schlich sie näher an das Haus heran. Sie hätte auch offen dorthin gehen können, doch sie wollte weder ihrer Mutter noch Celia begegnen, sondern mit Lexie ein Gespräch unter vier Augen führen. Die ganze Nacht hatte Eve der Gedanke den Schlaf geraubt, wie sie der Schwester sagen sollte, was sie zu sagen hatte. Nun drängte es sie, ihren Zorn loszuwerden, bevor sie daran erstickte. Ihre Mutter würde sicher noch ein paar Stunden tief und fest schlafen, also musste sie nur Lexies Zimmer finden. Da sämtliche Zimmer eine Tür zur Veranda besaßen, konnte es nicht allzu schwierig sein.

Eve wollte gerade zum Haus hinüberrennen, so schnell ihr behindertes Bein es erlaubte, als der Stallbursche mit dem Pferd und dem Wagen ihrer Mutter erschien, sehr zu Eves Verwunderung. Sie fragte sich, ob eines der Mädchen mit dem Wagen in die Stadt fahren wollte, und betete, dass es nicht Lexie war – als ihre Mutter auf die Veranda trat.

»Ich bin fertig, Elias«, rief sie und stieg schwungvoll die Treppe hinunter. Vielleicht hätte Eve geglaubt, sie habe es sich eingebildet – wäre da nicht der fröhliche Beiklang in Letitias Stimme gewesen.

Wohin fährt sie so früh?, fragte sich Eve. Es war sehr ungewöhnlich, dass ihre Mutter um diese Zeit aufstand, geschweige denn, dass sie schon zum Ausgehen angezogen war. In ihrem zweiteiligen Sommerkostüm mit Blumenmuster und dem breitkrempigen, blütengeschmückten Hut sah Letitia besonders gut aus.

Aus dem Verborgenen beobachtete Eve, wie ihre Mutter die Auffahrt hinunterging und in den Buggy stieg. Am Tor hielt sie den Wagen an, um mit einem Mann, der ihr entgegenkam, ein paar Höflichkeitsfloskeln zu wechseln. Dann fuhr sie wieder los, die Straße hinunter.

Noch bevor der Besucher bei den Ställen angekommen war, erkannte Eve den Verlobten Celias, Warren Morrison, und seufzte innerlich. Zwar kannte sie Warren nicht allzu gut, doch die nichtssagenden Züge und der leere Ausruck auf seinem Gesicht waren alles andere als anziehend. Eve hatte es längst aufgegeben, sich zu fragen, weshalb ihre Schwester so viel Zeit in der Gesellschaft eines so reizlosen Langweilers verbrachte.

»Vielleicht holt er sie zu einem Ausflug ab«, flüsterte Eve und hoffte, dass das Glück auf ihrer Seite war.

Während der Stallbursche Warrens Pferd zur Tränke führte, trat Celia mit einer Tasse Tee in der Hand auf die Veranda hinaus.

»Guten Morgen, Celia!« Warrens Ruf ließ sie zusammenfahren. Der plumpe Eifer in seiner Stimme war nicht zu überhören. Er nahm den Hut vom Kopf. Trotz seiner jungen Jahre hatte er bereits schütteres Haar.

»Hallo, Warren«, erwiderte Celia nicht eben begeistert. »Was treibt dich so früh am Morgen hierher?«

Warren bemerkte ihren völligen Mangel an Begeisterung und wirkte gekränkt. »Wir haben uns wochenlang nicht gesehen, Celia. In der Erntezeit gibt es nun mal schrecklich viel zu tun – aber ich konnte der Versuchung nicht widerstehen, auf dem Weg in die Stadt kurz vorbeizuschauen.«

»Willoughby liegt nicht gerade direkt am Weg, wenn du in die Stadt willst, Warren.«

Falls Eve sich nicht täuschte, klangen Celias Worte mehr als gleichgültig; der Anblick ihres Verlobten schien ihr sogar unangenehm zu sein, was Eve durchaus verstehen konnte: Es musste interessanter sein, Teig beim Gehen zu beobachten, als Warrens Gesellschaft zu ertragen. Doch Celia hatte immer so getan, als hätte sie mit Warren einen guten Fang gemacht. Was also hatte sich geändert?

»Ich würde einen Umweg von hundert Meilen machen, nur um dich zu sehen«, sagte Warren in so gefühlstriefendem Tonfall, dass Eve beinahe laut gelacht hätte.

»Soll ich Zeta bitten, dir Tee oder Kaffee zu bringen?«, fragte Celia, deren Stimme noch immer geschäftsmäßig klang.

»Nein, danke. Gehst du mit mir ein bisschen im Garten spazieren, Liebste? Es ist so ein schöner Morgen.«

Celia stieg langsam die Treppe hinunter und nahm den Arm, den Warren ihr hinstreckte.

»Ich hatte gehofft, dass du mich genauso vermisst wie ich dich, Celia!«, stieß Warren mit dröhnender Stimme hervor, während sie über den Rasen schlenderten. Als Celia nicht antwortete, fügte er hinzu: »Und ich wollte, wir wären längst verheiratet. Hast du dir schon Gedanken über einen neuen Termin gemacht?«

»Nein, Warren, habe ich nicht.«

»Ich will dich ja nicht drängen, aber ich finde es ärgerlich, dass all unsere schönen Pläne ins Wasser gefallen sind.«

Celia vermeinte, einen leisen Vorwurf aus seinen Worten herauszuhören, und Zorn überkam sie. Sie hatte ein für alle Mal genug, dass ihr Vater und Warren sie ständig drängten. »Vielleicht ist es gut so«, sagte sie spitz, um Warren zu verletzten. Doch als sie den Ausdruck von Schmerz auf seinen hässlichen Zügen sah, versuchte sie ihren Worten die Schärfe zu nehmen. »Ich weiß nicht, ob es gut ist, alles so genau zu planen, Warren.«

Eve war überrascht, solche Worte ausgerechnet aus Celias Mund zu hören, und Warren war sichtlich erschrocken. Er blieb abrupt stehen und wandte sich ihr zu. »Ich ... ich habe gern Pläne für eine gemeinsame Zukunft mit dir gemacht, Celia, und ich dachte, dass es dir ebenso ginge.‹

»Ich bin ...« Celia stockte; dann fuhr sie entschlossen fort: »Um ehrlich zu sein, Warren, weiß ich selbst nicht mehr, was ich eigentlich möchte, aber ich bin zu dem Schluss gekommen, dass eine ungewisse Zukunft keinen Schrecken mehr für mich hat. Im Gegenteil, ich finde den Gedanken daran sogar ein wenig aufregend ...« Sie verstummte, war in Gedanken weit fort. »Hast du nicht auch ab und zu einmal Lust, etwas Spontanes zu tun?«, fragte sie und starrte nachdenklich in die Ferne. Dass ihre Vorstellungen in dieser Hinsicht nichts mit Warren zu tun hatte, sagte sie ihm nicht.

»Spontan? Entschuldige, Celia, aber das hört sich eher nach Lexie an!« Aus seinen Worten klang unverhohlene Abscheu.

»Das mag sein«, erwiderte Celia, »aber wir sind nur einmal jung, Warren. Später ist noch Zeit genug, ruhig und vernünftig zu leben, meinst du nicht?«

Celia hatte fast ununterbrochen an Jordan Hale denken müssen, seit sie ihn in der Stadt gesehen hatte. Seitdem träumte sie von einer zufälligen Begegnung, stellte sich vor, wie sie glutvolle Blicke mit ihm tauschte und eine paar Worte wechselte, während die Luft um sie herum vor Spannung knisterte. In ihren Tagträumen lud er sie zum Tee ein, küsste sie ... und dann malte sie sich aus, wie die Leidenschaft sie beide übermannte. Celia wusste, dass dies alles nur in ihrer Fantasie geschehen konnte und niemals Wirklichkeit würde, doch sie war wehrlos gegenüber diesen verlockenden, erregenden Gedanken.

»Aber Celia!«, stieß Warren weinerlich hervor und holte sie damit in die Wirklichkeit zurück, »unsere Väter arbeiten schon so lange auf diese Hochzeit hin! Sie haben bereits Pläne gemacht, und ich weiß, dass dein Vater schon ein wenig ungeduldig wird ...« Max hatte Warren in der Stadt tatsächlich darauf angesprochen und ihm geraten, Celia nachdrücklicher zu drängen. Unglücklicherweise war Warren von der Natur weder mit Schönheit noch mit Entschlossenheit gesegnet, was seinen zukünftigen Schwiegervater immer wieder zur Weißglut brachte.

Celia wandte den Blick ab, damit Warren den Zorn auf ihren Zügen nicht sah. »Sollen doch die beiden Kerle heiraten und mich endlich in Ruhe lassen!«, stieß sie kaum hörbar hervor.

»Was hast du gesagt, Liebste?«, fragte Warren.

Celia fuhr herum. »Du lieber Himmel, Warren, wir reden hier über unser Leben, nicht über das unserer Väter! Wir sollten tun, was *wir* wollen, *wann* wir es wollen und *wie* wir es wollen, findest du nicht auch?«

Als sie weitergingen, konnte Eve der zunehmend gereizten Unterhaltung nicht mehr folgen, doch Warrens Gestik nach zu urteilen, wurde er immer wütender. Eve nutzte die Zeit, als das Pärchen ihr den Rücken zuwandte und der Stallbursche mit dem Ausmisten der Ställe beschäftigt war, und eilte zum Haus hinüber.

Sie lief an der Veranda entlang und stellte fest, dass die Tür zu Lexies Zimmer offen stand. Wie immer war das Zimmer in wüster Unordnung. Die Vorhänge waren mit Spitzen besetzt und das Mückennetz über dem Bett mit Stickereien versehen, doch auf der Frisierkommode herrschte ein schreckliches Durcheinander aus Parfümflaschen und billigem Schmuck, Haarspangen und Puderdosen. Das Bett war breit; ein durchsichtiges Nachthemd lag darüber gebreitet. Auf dem Nachttisch saßen Puppen, was Eve überraschte. Das Zimmer war nicht nach ihrem Geschmack eingerichtet, doch bei dem Anblick musste sie unwillkürlich darüber nachdenken, wie ihr Leben – und sie selbst – sich entwickelt hätten, wäre sie im Haus ihrer Eltern aufgewachsen.

Es überraschte Eve nicht, die Schwester in einem weißen Volantkleid vor einem großen Wandspiegel anzutreffen, in dem sie sich mit zufriedener Miene musterte. Sie war offensichtlich in Tagträumereien versunken und in Gedanken weit fort. Eve nahm an, dass Lexie an jemanden in Eden dachte, und Ärger schoss in ihr hoch.

»Was strahlst du denn so?«, fragte sie in die Stille hinein.

Erschrocken fuhr Lexie herum und starrte sie an. Eve stand im Türrahmen der offenen Verandatür, die Arme vor der Brust verschränkt, und hatte eine unergründliche Miene aufgesetzt.

Lexies Augen wurden schmal, und sie verzog verächtlich den Mund, während sie Eves Hut, das karierte Hemd, das voller Mangosaftflecken war, und die Reithose musterte. In ihren Augen glich ihre Schwester eher einem Stallburschen als einer aus der Art geschlagenen Tochter eines der reichsten Plantagenbesitzer an der Cassowary-Küste.

»Was hast du hier zu suchen?«, fragte sie kalt.

»Es geht wohl eher darum, was du gestern Abend spät noch in Eden zu suchen hattest«, konterte Eve.

Lexie hob fragend eine Augenbraue, und in ihrem Blick blitzte Trotz auf. »Das geht dich nichts an!«

»Mich vielleicht nicht, aber was sagen Vater und Mutter dazu, dass du dort ein und aus gehst?«

Lexie musterte Eve finster, die vollen Lippen zusammengepresst.

»Sie wissen nichts davon, nicht wahr?«, sagte Eve und spürte, dass sie ihrer hochnäsigen Schwester gegenüber zum ersten Mal einen Trumpf in der Hand hatte.

»Und du wirst es ihnen nicht sagen, Evangeline! Falls doch, werde ich Vater erzählen, dass du mit einem alten *kanaka* in Eden gelebt und Jordan Hale genötigt hast, dir Arbeit zu geben und dich dort zu dulden. Wie, glaubst du, würde Vater darüber denken?«

»Ehrlich gesagt wäre es mir egal – aber genötigt habe ich niemanden.«

Lexie schaute sie zweifelnd an. »Dann hat Jordan dir die Stelle wohl aus Mitleid angeboten, weil du kein Zuhause hattest, oder weil du ein ... Krüppel bist?« Sie blickte vielsagend auf Eves Hüfte.

Eve schäumte innerlich vor Zorn. Der Gedanke, dass jemand sie bemitleiden könnte, war ihr unerträglich – genau das, was Lexie beabsichtigt hatte. »Jordan ist mir dankbar, dass ich ein Auge auf das Haus und den alten Nebo gehalten habe«, sagte sie. »Er war froh, dass ich geblieben bin. Natürlich habe ich darauf bestanden, mich nützlich zu machen.« Eve war sich bewusst, dass sie die Wahrheit sehr großzügig auslegte, doch in ihren Augen war das nur ein Ausgleich für die Sichtweise der Schwester.

»Wirklich? Erwartest du im Ernst, dass ich dir glaube, Jordan läge etwas an diesem alten *kanaka*? Und dass du tatsächlich kochen kannst?«

Eve bebte vor Zorn. »Nebo ist für Jordan wie ein Familienangehöriger, und ich *kann* kochen!«

Lexies Blick war voller Bosheit, als sie erwiderte: »Dann isst du offensichtlich nicht, was du den anderen zumutest. Eine alte Krähe hat mehr Fleisch auf den Knochen als du.«

Wie grausam Lexie sein konnte! »Ich verstehe gut, warum du dir nicht vorstellen kannst, dass ich Talent zum Kochen habe. Du selbst hast nämlich nur ein einziges Talent – dich Männern an den Hals zu werfen!«

»Jordan schien es nicht sehr eilig zu haben, mich loszuwerden«, erwiderte Lexie selbstzufrieden. »Wie würde er es finden, wenn Vater nach Eden gestürmt käme, um seine Tochter zurückzuholen?«

Eve schlug das Herz bis zum Hals, doch sie bemühte sich, so gleichgültig wie möglich zu sprechen. »Warum sollte er sich die Mühe machen? An mir liegt ihm ebenso wenig wie an dir.«

»Ich habe ja auch nicht gesagt, dass ihm etwas an dir liegt. Ihm geht es um den Namen Courtland.«

Lexies Worte trafen Eve bis ins Innerste, doch sie verbarg ihre Gefühle noch immer hinter einer gleichgültigen Miene. »Ich benutze den Namen Courtland doch gar nicht«, gab sie kühl zurück.

»Und dafür sollten wir dankbar sein.« Lexie starrte sie feindselig an. »Jordan weiß nicht, dass du eine Courtland bist, nicht wahr?«

Furcht stieg in Eve auf. Sie hatte nicht damit gerechnet, dass Lexie dies gegen sie verwenden könnte. »Nein, er weiß es nicht. Und du wirst es ihm auch nicht sagen, wenn du weißt, was gut für dich ist. Nach all den billigen Tricks, mit denen Vater verhindert hat, dass Jordan Arbeiter einstellen kann, würde ich mich schämen, wenn er erführe, dass ich eine Courtland bin.«

»Aber wenn Jordan herausfindet, dass du ihn getäuscht hast, wird er dich fortschicken, meinst du nicht?« Lexies Augen funkelten; offenbar gefiel ihr der Gedanke, Jordan die Wahrheit zu sagen.

»Er würde mich nicht fortschicken«, entgegnete Eve, doch es klang wenig überzeugt. »Er weiß zum Beispiel auch, dass *du* eine Courtland bist!«

»Das ist etwas anderes«, gab Lexie hochmütig zurück. »Mich findet er attraktiv ...«

Eve zitterte vor Wut. Irgendwie trieb ihre selbstgerechte Schwester sie jedes Mal zur Weißglut, wenn sie einander begegneten. Eve erkannte, dass es höchste Zeit war, Lexie in ihre Schranken zu weisen.

»Wir werden schon sehen, was Vater dazu sagt, dass du dich nachts aus dem Haus geschlichen hast, um Jordan zu besuchen.«

»Er wird dir nicht glauben«, meinte Lexie scheinbar unbeeindruckt.

»Nein? Ich bin sicher, er kennt deinen Ruf als männermordendes Weibsbild!«

Wieder presste Lexie die Lippen zusammen. Ihr Vater durfte niemals erfahren, dass sie ungehorsam gewesen war. Als Eve sich wortlos zum Gehen wandte, sagte sie deshalb rasch: »Wie es scheint, müssen wir wohl einen Burgfrieden schließen. Ich erzähle Vater nichts über dich, wenn du ihm nichts von meinen Besuch in Eden erzählst.«

Eve wandte sich langsam zu ihrer Schwester um. Sie wollte keinen Pakt mit Lexie schließen; doch ebenso wenig wünschte sie, dass ihr Vater nach Eden kam und laut verkündete, dass sie seine Tochter war.

»Also gut«, erklärte sie schließlich, »aber nur, wenn du dich von Eden fern hältst.«

Lexie verschränkte die Arme vor der Brust. »Das werde ich nicht!«

Eve hätte ihre Verzweiflung am liebsten laut herausgeschrien. »Verstehst du denn nicht, dass Jordan auch ohne dich schon Probleme genug hat?«

»Gestern Nacht schien ihm meine Gesellschaft alles andere als unangenehm zu sein. Ich bin sogar sicher, dass er sich über meinen Besuch gefreut hat!«

Eve stand kurz davor, die Beherrschung zu verlieren. »Kein Wunder, dass dein Ruf so gelitten hat! Welcher Mann würde sich sträuben, wenn du dich ihm praktisch auf einem Silbertablett anbietest? Dein Verhalten widert mich an. Du begreifst ja nicht einmal, dass die Männer dich benutzen! Und wenn sie bekommen haben, was sie wollten, werfen sie dich weg. Du machst dich selbst zu einem billigen Flittchen.«

»Wie kannst du es wagen?« Lexie kam ein paar Schritte auf Eve zu, und ihre dunklen Augen blitzten vor Zorn.

»Ich hatte gehofft, wir würden im nächsten Jahr um diese Zeit kleine Füße über den Boden trappeln hören«, sagte Warren zu

Celia, als sie langsam zum Haus zurückgingen. Sein Stimme klang so gekränkt und weinerlich, dass Celia am liebsten davongelaufen wäre – und dass er von Kindern sprach, war ein Grund mehr. Sie war nicht sicher, ob sie irgendeinem Mann zuliebe überhaupt die Schmerzen einer Geburt ertragen wollte. Plötzlich sah sie ihre Zukunft an Warrens Seite vor sich, und sie ähnelte sehr dem inhaltslosen, leeren Leben ihrer Mutter.

»Warum hast du es so eilig, Warren?«, fragte sie. »Wir haben doch alle Zeit der Welt.«

Plötzlich hörten sie aus der Richtung des Hauses wütende Rufe und blieben wie angewurzelt stehen.

»Was kann das sein?«, meinte Celia. »Mutter ist wegen einer Wohltätigkeitssache unterwegs, also sind nur noch Zeta und Lexie zu Hause.« Verwundert sahen sie Evangeline aus Lexies Zimmer rennen, so schnell ihr behindertes Bein es erlaubte, gefolgt von einem durch die Luft fliegenden Schuh, der Eve nur knapp verfehlte. Sie eilte die Verandatreppe hinunter und lief zu den Ställen hinüber. Die Wut war ihr deutlich anzusehen; sie murmelte zornig vor sich hin und bemerkte Celia und Warren nicht einmal.

Augenblicke später erschien Lexie auf der Veranda, das weiße Kleid mit Schminke verschmiert, das Haar wirr. Sie stieß Flüche aus, bei denen Warren vor Verlegenheit die Röte ins Gesicht stieg.

In Eden machte Jordan zur gleichen Zeit Letitia mit Gaby bekannt. Er erzählte Gaby, was Letitia Gutes für die Opfer von Buschfeuern, Überschwemmungen und Wirbelstürmen tat. Gaby hatte Letitia erwartet, seit Jordan ihr Erscheinen angekündigt hatte, und nun versetzte ihr Äußeres Gaby in Erstaunen. Gaby – die sich in dem Kleid, das sie seit Tagen trug, schrecklich unwohl fühlte – konnte den Blick nicht von Letitias elegantem Kostüm wenden. Noch nie hatte sie etwas so Schönes gesehen.

Jordan war Letitia auf der Zufahrt entgegengekommen und hatte ihr versichert, die Männer aus Babinda befänden sich nicht mehr auf der Plantage. Ihm entging nicht, dass Letitia große Mühe auf ihr Äußeres verwendet hatte, und er wusste nur zu gut, dass sie sich für ihn so herausgeputzt hatte.

»Leider wusste ich Ihre Größe nicht, Mrs Malloy, aber ich habe ein paar Sachen mitgebracht«, erklärte Letitia und öffnete die Tasche, die sie bei sich trug.

»Aber das wäre doch nicht nötig gewesen«, erwiderte Gaby verlegen. »Wie ich Jordan gestern Abend schon sagte, kann ich mir selbst etwas nähen, sobald ich in die Stadt komme, um den Stoff und alles andere einzukaufen.« Noch während sie sprach, konnte sie der Versuchung nicht widerstehen, einen Blick in die Tasche zu werfen. Ihre Augen weiteten sich, als sie die wunderschönen Stoffe sah, aus denen die Sachen geschneidert waren, die Letitia mitgebracht hatte. Letitia musste ihren eigenen Kleiderschrank geplündert haben, denn die Stücke waren von derselben Qualität wie das Kostüm, das sie trug.

»Es war sehr freundlich von Ihnen, dass Sie hergekommen sind, aber das kann ich wirklich nicht annehmen«, sagte Gaby mit brennenden Wangen.

Letitia bemerkte den verschreckten Ausdruck im Blick der jungen Frau und erriet, was sie empfand. Aus Erfahrung wusste sie, dass die meisten Menschen in Gabys Lage so reagierten: Sie fühlten sich gedemütigt.

»Ich kann mir kaum vorstellen, wie schrecklich es sein muss, durch einen Brand alles zu verlieren«, sagte sie. »Es tut mir Leid, dass diese Sachen schon getragen sind, aber wir sind von Spenden abhängig. Wenn Sie mir sagen, was Ihr Mann und die Kinder brauchen, finden wir auch etwas für sie.«

Gabys Unsicherheit legte sich ein wenig, als Letitia darauf hinwies, dass die Kleider gespendet worden waren, also nicht von ihr selbst stammten. Gaby fand, dass Letitia sehr nett und ungekünstelt war, nicht im Geringsten eingebildet oder herablassend, trotz ihres offensichtlichen Reichtums. Sie hatte Jordan nicht einmal zurechtgewiesen, als er sie nur mit Vornamen vorstellte. Deshalb schwand das Gefühl der Demütigung rasch, doch Gaby vermochte den Blick noch immer nicht von Letitias Kostüm zu wenden. Es drängte sie, den Stoff zu berühren, der so leicht, so weich, so kostbar aussah wie die besten Stoffe aus dem Modekatalog, den sie einmal gesehen hatte. »Bitte, verzeihen Sie meine schlechten Manieren«, stammelte sie. »Trinken Sie eine Tasse Tee mit mir – natürlich nur, wenn Sie Zeit haben. Ich hatte ganz vergessen zu fragen. Oder sind Sie noch irgendwo zum Tee oder zum Frühstück eingeladen?«

»Nein ...« Letitia blickte an ihrem Kostüm herunter. Gaby glaubte offenbar, dass sie sich aus irgendeinem offiziellen Anlass so elegant gekleidet hatte. »Ich fahre später noch in die Stadt, aber eine Tasse Tee würde ich gern trinken.« Letitia spürte, wie sie errötete, als sie Jordans Blick auf sich gerichtet sah. Er sollte nicht wissen, dass sie sich eigens für ihn so hübsch gemacht hatte.

»Ich werde Eve bitten, Ihnen Tee zu bringen«, sagte Jordan. Er nahm an, dass Gaby sich ungezwungener fühlte, wenn er sie mit Letitia allein ließ.

»Eve ist von einem Besuch in der Nachbarschaft noch nicht zurück«, erklärte Gaby.

Jordan hörte es mit Verwunderung. Eve hatte ihm gar nichts von einem Besuch bei einem der Nachbarn gesagt. Auch Letitia war überrascht: Es gab nur drei Nachbarn, und sie selbst war einer davon. Doch sie versuchte, sich nichts anmerken zu lassen.

»Ich werde den Tee selbst aufbrühen«, erklärte Gaby.

»Das mache ich schon, Gaby«, sagte Jordan. »Sie beide haben sich bestimmt viel zu erzählen.«

»Lassen Sie Mrs Malloy bitte den Tee machen, Jordan«, bat Letitia nervös. »Ich möchte Sie nicht kränken, aber sie kann es sicher besser. Leisten Sie mir ein paar Minuten Gesellschaft, solange Mrs Malloy fort ist.«

»Aber gern«, erwiderte Jordan. Er spürte, dass Letitia von Anfang an darauf gehofft hatte, eine Zeit lang mit ihm allein sein zu können.

»Bitte sagen Sie Gaby zu mir, Mrs Courtland«, murmelte die junge Frau und warf noch einen verstohlenen Blick in die Tasche. »Wir brauchen nicht so förmlich zu sein.« Sie war froh, etwas für Letitia tun zu können, selbst wenn es sich nur darum handelte, ihr einen Tee zu kochen. »Während das Wasser heiß wird, werde ich die Sachen anprobieren. Hoffentlich passen sie.« Sie bemühte sich, ihre Aufregung zu verbergen, doch ihre blauen Augen strahlten.

»Vielleicht müssen Sie die Säume umschlagen, Gaby. Sie sind eine ziemlich kleine und zierliche Frau.«

»Die Änderung wird kein Problem sein, Letitia«, erwiderte Gaby lächelnd und fuhr mit einer Hand liebevoll über die seidenen Stoffe. Es kam ihr vor wie Weihnachten; noch nie hatte sie etwas so Schönes geschenkt bekommen. Ihre Freude wurde nur dadurch getrübt, dass Frankie und die Kinder leer ausgegangen waren.

»Lassen Sie sich ruhig Zeit«, meinte Letitia. »Ich würde gern ein paar Minuten am Fluss entlanggehen – wenn es Ihnen recht ist, Jordan. Ich weiß gar nicht mehr, wann ich zuletzt am Ufer spazieren gegangen bin.«

Der Fluss führte zwar auch an der hinteren Seite von Max Courtlands Willoughby-Plantage vorüber, doch dort waren die Ufer steil und galten als unsicher. Eden lag am reizvollsten und befand sich an dem am leichtesten zugänglichen Teil des Johnstone River.

Jordan wäre zwar am liebsten zu den Männern aufs Feld zurückgekehrt, doch er wusste, dass er ein wenig Zeit mit Letitia verbringen musste, wenn er Max glauben machen wollte, dass er dessen Frau umwarb.

»Wie geht es mit der Renovierung des Hauses voran?«, wollte Letitia wissen, als sie im Schatten der riesigen Eukalyptusbäume spazieren gingen.

»Sehr gut. Frankie hat außerdem damit begonnen, die Hütte am Fluss instand zu setzen, und Gaby kümmert sich um die Einrichtung. Und was das Haus angeht ... es ist erstaunlich, wie schnell es sich wieder in ein Heim verwandelt.«

»Gaby scheint sehr nett zu sein. Eine schreckliche Tragödie, dass sie und ihr Mann bei diesem Brand alles verloren haben.«

»Gaby ist eine sehr stolze Frau, und Frankie ist ein feiner Kerl. Ich kann mich glücklich schätzen, die beiden hier zu haben. Umso schlimmer, dass sie beinahe zu Opfern einer Blutrache wurden, die jemand gegen *mich* angezettelt hat.«

Letitia hörte, wie seine Stimme hart wurde, als er daran dachte, wie knapp die Malloys dem Tod entronnen waren.

»Sind Sie sicher, dass mein ...« Letitia wandte verlegen den Blick ab, »... dass Max damit zu tun hat?«

»Ich würde mein Leben darauf verwetten.«

Jetzt war Letitias Unbehagen nicht mehr zu übersehen. »Unter diesen Umständen wundert es mich, dass Sie so freundlich zu mir sind«, meinte sie leise. »Ich könnte es Ihnen nicht verdenken, würden Sie sich mir gegenüber feindselig verhalten.«

Jordan blieb stehen und wandte sich ihr zu. Zum Glück befanden sie sich hinter einem der riesigen Bäume, konnten also vom Haus aus nicht gesehen werden. »Ich gebe Ihnen keine Schuld, Letitia.«

»Das ist sehr nett von Ihnen, aber ich möchte Ihnen trotzdem versichern, dass ich niemals etwas tun würde, das Ihnen schaden könnte. Ich weiß, wir kennen uns kaum, aber ich hoffe, dass Sie mir glauben.«

Jordan war sicher, dass Letitia es aufrichtig meinte. »Ich glaube Ihnen«, erwiderte er. »Und ich würde mich freuen, wenn wir Freunde werden, Letitia ... enge Freunde.«

Letitia schaute gebannt in seine dunklen Augen, deren Blick den ihren fest erwiderten, und fühlte, wie sich in ihrem Innern längst vergessene Gefühle regten. Sie fragte sich, ob Jordan ebenso empfand. »Das wünsche ich mir auch«, sagte sie.

»Können Sie heimlich von zu Hause fort? Ich möchte nicht, dass Sie meinetwegen Schwierigkeiten bekommen.«

Letitia blickte auf den stillen Fluss. »Max fragt nie, was ich mit meiner Zeit anfange.« Es war Jahre her, seit er zum letzten Mal Interesse daran gezeigt hatte.

Wieder sah Jordan die Einsamkeit in Letitias Blick, und völlig unerwartet rührte diese Frau irgendetwas in seinem Innern. »Ich hoffe, Sie halten mich nicht für unverschämt, Letitia, aber ich würde Sie gern zum Tee einladen, sobald eines der unteren Zimmer fertig renoviert ist.«

Sie blickte zu ihm auf. »Oh!«

»Überrascht es Sie so sehr, dass ich Ihre Gesellschaft genieße und Sie gern näher kennen lernen möchte?«

Letitia wirkte unsicher. »Um ehrlich zu sein, ich bin ... Aber zum Tee käme ich sehr gern ...« Sie senkte den Blick, und Jordan sah, dass irgendetwas sie bedrückte.

»Ich weiß, dass wir äußerst diskret sein müssen«, erklärte er, und Mitgefühl stieg in ihm auf.

Letitia richtete sich auf und nickte. Jordan schenkte ihr sein schönstes Lächeln. Das Sonnenlicht, das durchs Blätterdach fiel, zauberte leuchtende Stellen auf Letitias Hut, ihre Schultern und Arme. Sie war noch immer eine sehr attraktive Frau; in ihrer Jugend musste sie eine Schönheit gewesen sein. Wieder überkamen Jordan Schuldgefühle, dass er Letitia benutzte, doch der Gedanke, was ihr Mann seinen Eltern angetan hatte, ließ jede Reue verfliegen.

Während Jordans Blick auf ihrem Gesicht ruhte, sah er die Unsicherheit und Verletzlichkeit, die er schon bei ihrer ersten Begegnung bemerkt hatte. Er spürte, dass es lange her sein musste, seit jemand ihr so viel Aufmerksamkeit geschenkt hatte.

Letitia wusste nicht, was sie denken sollte. Wäre der Altersunterschied zwischen ihnen nicht so groß gewesen, hätte sie vielleicht geglaubt, dass Jordan auf eine Affäre mit ihr aus war, doch sie machte sich nichts vor. Jordan konnte jede Frau haben, die er begehrte, und dennoch ... sie war sicher, dass sie seinen Blick richtig deutete.

Aus dem Augenwinkel sah Jordan Gaby auf der Veranda stehen und nach ihnen Ausschau halten.

»Ich glaube, Ihr Tee ist fertig«, flüsterte er.

Letitia hätte sich am liebsten gar nicht bewegt. Sie war wie hypnotisiert von Jordans dunklen Augen und kaum fähig, einen klaren Gedanken zu fassen. Er sah so gut aus, dass es ihr den Atem verschlug.

»Dann ... sollte ich Gaby nicht warten lassen«, sagte sie schließlich, drehte sich um und ging zum Haus.

11

»Das nördliche Feld hätte schon vor zwei Tagen gerodet sein sollen, Jefferson. Was ist denn los?«

Es war noch früh. Max war ein Morgenmuffel, und genau das war auch der Grund dafür, dass Milo ihm bisher noch nichts über das aufsässige Verhalten der Feldarbeiter in den letzten Tagen erzählt hatte. An diesem Morgen aber, das wusste Milo, blieb ihm keine andere Wahl, als dem Boss die Wahrheit zu sagen. Er hatte fast zwanzig Minuten gebraucht, um die Arbeiter aufs Feld zu treiben; bei drei der jüngeren Männer hatte er sogar die Peitsche einsetzen müssen. Die anderen waren so langsam gegangen, wie sie es gerade noch wagten. Milo hatte nicht nachgegeben, obwohl die Feldarbeiter ihm und den drei anderen Europäern zahlenmäßig zehnfach überlegen waren – doch zwei von ihnen hatten ihn angestarrt, als wollten sie ihm das Herz aus dem Leib reißen. Deshalb hielt Milo es für besser, sich Max anzuvertrauen.

»Sie sind schon seit Tagen unruhig, Boss, und jetzt beschweren sie sich sogar. Ein Wunder, dass sie überhaupt noch arbeiten. Selbst wenn ich sie schlage, nützt es nichts.«

Max' finstere Züge spiegelten seine düstere Stimmung wider. »Worüber beklagen diese Mistkerle sich denn? Sie haben ein Dach über dem Kopf, genug zu essen und ihren Lohn.« Er hatte dafür gesorgt, dass keiner seiner Freunde oder Bekannten erfuhr, in welch erbärmlichen Verhältnissen seine *kanakas* leben mussten. Einige Jahre zuvor hatte ein Wirbelsturm die Bäume und Sträucher fortgerissen, die das Arbeiterquartier zum Haus hin abgeschirmt hatten. Daraufhin hatte Max die *kanakas* einen hohen Zaun bauen lassen, der ihre jämmerlichen Behausungen vor neugierigen Blicken verbarg. Der Zaun hatte fast ebenso viel Geld verschlungen, wie es gekostet hätte, das Dach der Arbeiterbaracke instand zu setzen und das Gebäude mit einem Fußboden, Fenstern und Türen zu versehen. Doch Max war zu überheblich, als dass er diese Ironie gesehen hätte. Solange das Quartier von der Straße oder vom Haus aus nicht zu sehen war, hielt er sein Geld für gut angelegt.

In all den Jahren hatte Milo ein wenig polynesisches Pidginenglisch gelernt, genug, um die Klagen der Arbeiter zu verstehen, wenn sie miteinander flüsterten. Doch er hatte nicht etwa Mitleid mit ihnen – ganz im Gegenteil. »Sie haben gehört, wie viel Lohn den *kanakas* geboten wird, die in Eden arbeiten wollen«, sagte er. »Wir wussten ja, dass es nur eine Frage der Zeit sein würde.«

Max fuhr ärgerlich auf: »Genau deshalb bietet Jordan ja eine so hohe Summe – um unsere Arbeiter unzufrieden zu machen. Ich habe ihm nicht eine Sekunde lang abgenommen, dass er an Gleichheit glaubt. Er will hier und auf den anderen Plantagen Unruhe stiften.«

»Mit diesem Problem sind wir bisher fertig geworden, aber unsere *kanakas* haben auch gehört, dass Jordan den alten Nebo zu seinem Aufseher ernannt hat, und das hat sie am meisten rebellisch gemacht.«

Max blieb der Mund offen stehen. »Hat er denn völlig den Verstand verloren?« An seinen Schläfen traten dicke Adern hervor. »Man sollte ihn in eine Anstalt einliefern!«

»Da ist noch etwas, Boss.« Milo senkte den Kopf.

»Und was?«, fragte Max, der sich beinahe davor fürchtete, mit welcher Hiobsbotschaft sein Aufseher als Nächstes kam. »Erzähl mir jetzt bloß nicht, dass er Nebo in Zukunft an den Gewinnen beteiligen will!« Es sollte ein Scherz sein, doch der bloße Gedanke an eine solche Gewinnbeteiligung ließ Max erbleichen.

»Ich habe gehört, wie Reuben ein paar anderen erzählt hat, dass die beiden riesigen Kerle aus Tonga nach Eden zurückgekehrt sind.«

Die meisten Männer aus Tonga waren groß; deshalb war Max für einen Augenblick verwirrt.

»Was für Kerle aus Tonga?«, fragte er.

»Saul und Noah. Sie haben vor Jahren für Patrick Hale gearbeitet. Wissen Sie nicht mehr, Boss? Sie wollten, dass die beiden für Sie arbeiten, nachdem Patrick gestorben war.«

Plötzlich erinnerte Max sich an die Männer, die tatsächlich ungewöhnlich groß und kräftig gewesen waren. Man vergaß sie nicht so schnell; diese beiden Riesen ließen alle anderen *kanakas* wie Zwerge erscheinen. Patrick hatte oft damit geprahlt, dass sie zu zweit die Arbeit von fünf Männern taten. Leider waren sie Patrick treu ergeben gewesen – was sie für Max nur umso interessanter gemacht hatte.

Milo schaute seinen Boss nicht an, um nicht die Feindseligkeit und die Wut in Max' Blick sehen zu müssen. Nachdem Patrick Hale gestorben und Jordan mit seinem Onkel nach Brisbane gereist war, hatte Max ihn losgeschickt, um die beiden Riesen zu holen. Milo war nach Eden marschiert und hatte mit ihnen gesprochen, doch sie hatten sich standhaft geweigert, mit ihm nach Willoughby zu gehen. Er hatte ihre Weigerung, für Max Courtland zu arbeiten, als Unverschämtheit empfunden und aus Zorn darüber seine Pistole gezogen. Eigentlich hatte er die beiden Hünen nur einschüchtern wollen, doch als sie unerwartet losgerannt und in den Fluss gesprungen waren, hatte er doch ein paar Schüsse auf sie abgefeuert.

Milo hatte es Max nur deshalb erzählt, weil er fürchtete, am Flussufer könne ein Toter angeschwemmt werden, und weil die Möglichkeit bestand, dass Nebo alles mit angesehen hatte.

Obwohl Milo den alten *kanaka* bedroht und geschlagen hatte, bestand noch immer die Gefahr, dass der Alte redete, wenn ein Toter gefunden und Fragen gestellt wurden. Obwohl Mord an einem *kanaka* nicht so hart bestraft wurde wie der Mord an einem Weißen, hätte es sicher eine Untersuchung gegeben, wäre eine Leiche mit einer Schusswunde im Körper entdeckt worden. Und Max mochte keine unnötigen Konflikte mit dem Gesetz.

Wie erwartet, war Max furchtbar wütend auf Milo gewesen, nicht nur, weil der mit seiner Mission gescheitert war, sondern auch, weil er Nebo am Leben gelassen hatte. Das war in Max' Augen eine unverzeihliche Dummheit. Milo war entlassen und erst eine Woche später »begnadigt« worden, als gottlob kein Toter aufgetaucht war. Max wusste, dass Milo Jefferson der Einzige war, der die Plantage in seinem Sinne führen konnte: mit rücksichtsloser Härte. Dass Saul und Noah durch diesen Vorfall bei den Arbeitern in Willoughby zu Helden geworden waren, bedeutete allerdings eine schlimme Demütigung für Milo, und er tat alles, damit Max nichts davon erfuhr.

»Die beiden sind gute Arbeiter«, sagte Max wütend. »Mit ihrer Hilfe wird Jordan seine Felder bald zum Pflanzen vorbereitet haben!«

»Ich habe gestern Abend in einer Kneipe gehört, dass Jordan in Babinda ein paar ziemlich raue Kerle eingestellt hatte – doch als sie erfuhren, dass Nebo der Aufseher ist, haben sie sofort gekündigt und einen Tageslohn als Entschädigung verlangt.«

Max grinste schadenfroh.

»Anscheinend wäre es fast zu einer Prügelei gekommen, aber dann sind Saul und Noah aufgetaucht, und die Männer aus Babinda haben sich aus dem Staub gemacht. Wally hatte im Pub ziemlichen Ärger mit den Kerlen. Sie waren zwei Tage lang betrunken und haben Rachepläne geschmiedet. Schließlich hat er Constable Hawkins gerufen, um die Burschen rauswerfen zu lassen. Hawkins musste ihnen drohen, sie einzusperren, wenn sie nicht sofort nach Babinda zurückkehrten.«

»Wirklich?« Max' Stimmung hellte sich sehr auf. »Ich reite nach dem Frühstück in die Stadt und versuche herauszufinden, wer die Kerle waren – ein zorniger Mann kann sehr nützlich sein, aber mehrere sind ein wahrer Segen!«

»Was soll ich wegen unserer Arbeiter unternehmen?«, fragte Milo mit unbewegter Miene.

»Biete ihnen Extrarationen an, wenn sie dir weiterhin Ärger machen. Ein halbes Pfund Tee und Zucker die Woche. Das wird sie ruhig halten, bis ich mit Jordan Hale fertig bin. Verdammt will ich sein, wenn ich ihnen mehr Lohn zahle!« Max spürte, dass Milo zögerte, sich wieder auf den Weg zu den Feldern zu machen. »Gibt's sonst noch was, Jefferson? Mein Frühstücksschinken wird kalt.«

»Ja, da wäre noch etwas, Boss.«

»Heraus damit!«

»Als ich gestern den Dünger abholte, habe ich etwas aufgeschnappt, was interessant für Sie sein könnte, Boss!«

Max zündete sich eine Zigarre an. »Und was?«

»Aus Ingham wird eine große Lieferung Setzlinge erwartet.«

Max' graue Augen wurden schmal; dann zog er grinsend einen Mundwinkel hoch.

»Könnte es sein, dass Jordan Hale sie bestellt hat, Boss?«

Milo war nicht allzu schnell im Denken, was Max bisweilen reizte. »Hier in der Gegend gibt es niemanden sonst, der gerade erst als Pflanzer anfängt, und wir haben verhindert, dass Jordan woanders Setzlinge kaufen kann«, sagte Max und runzelte die Stirn. »Weißt du, für wann die Lieferung erwartet wird?«

Milo war erleichtert, Gelegenheit zu haben, bei Max wieder Pluspunkte zu sammeln. »Ich glaube, für Freitag, Boss.«

Max wirkte sehr zufrieden mit sich selbst, als er sagte: »Finde es heraus!«

Willow Glen, die Plantage der Hammonds, lag ein paar Meilen nördlich von Eden, in einem schmalen Tal auf der anderen Seite des Johnstone River. Jordan hatte keine Schwierigkeiten, die Plantage zu finden, denn auf der nördlichen Seite des Flusses hatte sich nicht viel verändert. Als er die Auffahrt entlangritt, sah er ein halbes Dutzend Männer auf den Feldern arbeiten – drei Europäer und drei *kanakas*. Ob Jimmy darunter war, konnte er nicht erkennen, doch er sah, dass die Männer Setzlinge pflanzten, jedoch nur die Hälfte der Ackerfläche nutzten. Die restlichen Felder lagen brach, was Jordan an sein Gespräch mit Lexie erinnerte. Er wusste, dass Max die Mühle kontrollierte; wahrscheinlich zahlte er Jimmy einen schlechten Preis für sein Zuckerrohr und zwang ihn auf diese Weise langsam in die Knie.

Jordan war sicher, dass Max es auf Willow Glen abgesehen hatte. Das Land nördlich des Flusses war besonders fruchtbar; in längst vergangenen Zeiten hatte Ted Hammond das beste Zuckerrohr im ganzen Bezirk angebaut. Wenn das Anwesen tatsächlich in Max' Hände geriet, kam es Jordan einem Verbrechen gleich. Irgendwie musste er dafür sorgen, dass es nicht so weit kam.

Als er sich dem Haus näherte, sah er eine Frau auf der vorderen Veranda sitzen. Sie war ganz in eine Näharbeit vertieft und sang den Kindern, die fröhlich zu ihren Füßen spielten, Lieder vor. Ihre Stimme besaß einen lieblichen Klang, und die ganze Szene strahlte häuslichen Frieden aus. Jordan spürte plötzlich, dass er seine ehrgeizigen Ziele um den Preis eines viel harmonischeren Lebens erkauft hatte.

Das aus Holz erbaute Haus, das dringend eines neuen Anstrichs bedurfte, stand auf Pfeilern hoch über dem Boden, da der Fluss hier oft über die Ufer trat. Wie bei allen anderen

Häusern in den Tropen zog sich auch um dieses Gebäude eine teilweise überdachte Veranda.

Jordan blickte zum Fluss und bewunderte die riesigen Weiden am Ufer, deren herabhängende Zweige in der warmen Mittagsbrise sanft hin und her wogten. Ihm fiel ein, dass Jimmys Mutter Weiden sehr geliebt und die Bäume fünfzehn Jahre zuvor mit eigener Hand gepflanzt hatte. Irene Hammond war ihm als eine starke, hingebungsvolle Frau im Gedächtnis geblieben, die seiner Mutter eine gute Freundin gewesen war.

»Guten Tag!«, rief Jordan.

Die Frau blickte überrascht auf. »Guten Tag!«

Jordan sah, dass sie ungefähr so alt sein musste wie er. Sie hatte blondes Haar und goldbraune Haut. Da alle Frauen in Geraldton von dem gut aussehenden Junggesellen erzählten, der neu in die Stadt gekommen war, erkannte sie ihn sofort. »Sie müssen Jordan Hale sein«, sagte sie mit einem leicht amüsierten Blick aus ihren hellgrauen Augen.

»Stimmt.« Nach dem, was Lexie ihm erklärt hatte, brauchte er nicht zu fragen, woher sie es wusste.

Sie musterte ihn nun eingehender, und das leichte Lächeln auf ihren Lippen sagte ihm, dass ihr gefiel, was sie sah. »Ich bin Dorothy Hammond, Jimmys Frau. Suchen Sie ihn?«

»Ja. Ist er auf dem Feld?«

»Er kommt nie zu spät zum Mittagessen, wird also gleich hier sein. Bitte, kommen Sie doch zu uns herauf und essen Sie mit uns!« Sie deutete auf einen Tisch mit Stühlen, der mit Tellern, Besteck und Servietten hübsch gedeckt war. In diesem Moment wurde die Gittertür geöffnet, und eine junge *kanaka* kam mit einem Tablett mit kalten Bratenscheiben, Salat, Tee und Fruchtkuchen ins Freie. Der Morgen war so rasch vergangen, dass Jordan gar nicht bemerkt hatte, wie spät es schon war. Jetzt stellte er verlegen fest, dass er ausgerechnet zur Essenszeit gekommen war.

»Es tut mir Leid. Mir ist gar nicht aufgefallen, dass wir

schon Mittag haben. Ich kann gern noch einmal wiederkommen, wenn es besser passt ...«

»Unsinn«, erwiderte die Frau. »Jimmy wird sich freuen, Sie zu sehen, und mein Schwiegervater isst auch mit uns. Ich glaube, Sie und Jimmy waren als Jungen befreundet, nicht wahr?«

»Ja«, gab Jordan zurück und stieg langsam die Treppe hinauf. »Sind Sie auch hier in der Gegend aufgewachsen?«

»Nein, meine Familie besitzt eine Tabakfarm nördlich von Babinda.«

Jordan sah einen Mann von den Feldern zu ihnen kommen. Er war nicht sicher, um wen es sich handelte, bis der Mann die Hand hob und Dorothy zurückwinkte.

»Sieh mal, wer hier ist!«, rief sie.

Ein breites Lächeln legte sich auf Jimmy Hammonds Gesicht. »Hol mich der Teufel – Jordan! Ich hatte schon gehört, dass du zurück bist, aber ich hab so wenig Leute, dass ich es nicht geschafft habe, dir einen Besuch abzustatten!« Jimmy kam die Treppe herauf, und die Männer schüttelten sich die Hände. Jordan erschrak, als er aus der Nähe sah, wie Jimmy gealtert war. Seine Stirn war von tiefen Sorgenfalten gefurcht, und seine Schläfen waren grau. Sein Hemd war ungezählte Male geflickt, und in seinen Stiefeln klafften große Löcher an den Fußspitzen. Jordan brauchte nicht zu fragen, wie es mit der Plantage lief – was er sah, sagte ihm genug.

»Ich wäre selbst viel früher gekommen, Jimmy, aber ich will Eden wieder aufbauen, und das ist eine echte Herausforderung.«

Jimmy wurde ernst. »Wie geht es voran?«

»Es ist schwerer, als ich dachte, um ehrlich zu sein. Aber jetzt sind die Felder fast fertig gerodet, und ich habe einen Zimmermann eingestellt, der das Haus renoviert.«

»Aber Sie brauchen doch sicher mehr als einen Mann«, meinte Dorothy und packte ihr Nähzeug in eine Tasche. »Ich hörte, dass das Haupthaus im Lauf der Jahre sehr verfallen ist. Man erzählte sich sogar, es hätten sich Landstreicher darin eingenistet. Also, das wäre eine Schande! Jimmys Mutter hat vor ihrem Tod oft davon gesprochen, wie gepflegt das Haus zu Zeiten Ihrer Mutter gewesen ist.«

In Jordan stiegen Schuldgefühle auf, doch er drängte sie zurück. Er musste an die Zukunft der Plantage denken – an der Vergangenheit ließ sich nichts mehr ändern. »Ich hatte vor, mehrere Zimmerleute einzustellen, aber daraus wurde nichts.«

»Hast du es bei den Sears-Brüdern versucht? Sie arbeiten gut, sind allerdings nicht ganz billig.«

»Ja. Ich hatte sogar eine Vereinbarung mit ihnen getroffen, aber sie haben es sich im letzten Moment anders überlegt.« Jordan entging nicht, dass Jimmy und Dorothy einen Blick wechselten. »Es ist nicht so schlimm, weil ich einen tüchtigen Mann gefunden habe, der neu in der Stadt ist und am liebsten allein arbeitet. Bisher hat er seine Sache sehr gut gemacht.«

»Nimm doch Platz«, meinte Jimmy und wies auf einen der Stühle, bevor er in einem Zimmer verschwand, das durch eine Gittertür abgetrennt war, um sich zu waschen, bevor er sich zu Jordan und seiner Frau an den Tisch setzte. Als das polynesische Hausmädchen wieder erschien, entschuldigte sich Dorothy, und die beiden Frauen brachten die ungefähr achtzehn Monate alten Zwillinge, einen Jungen und ein Mädchen, zum Essen und Schlafen ins Haus. Jordan sah, dass auch Dorothys Kleid fadenscheinig und oft geflickt war.

Die Frauen waren gerade fort, als Jimmys Vater Ted auf der Veranda erschien.

»Wie schön, dich wieder hier zu haben, mein Junge«, sagte er und schüttelte Jordan herzlich die Hand. »Ich vermisse deinen Vater sehr!«

Jordan sah die Trauer in Teds Blick, hörte den aufrichtigen Kummer in der Stimme des älteren Mannes und fühlte, wie auch ihn selbst wieder die schmerzhafte Sehnsucht nach dem Vater überkam. »Danke, Ted«, brachte er mühsam hervor. »Wie geht es Ihnen?«

»Genau so, wie ich aussehe – einfach schrecklich. Meine Irene ist vor sieben Jahren gestorben, aber ich finde immer noch, dass eigentlich ich an der Reihe gewesen wäre!«

»Sag so was nicht, Dad!«, meinte Jimmy ärgerlich.

»Wenn es doch wahr ist, Sohn. Ich bin zu nichts nütze, und ohne einen zusätzlichen Esser würde es euch besser gehen.«

Jordan hörte die Bitterkeit aus Teds Worten und betrachtete dessen eingefallene Züge. Sie ließen ihn älter erscheinen, als er war, und Jordan fragte sich, ob er krank sein mochte. Außerdem hatten Teds Worte ihm einmal mehr bestätigt, dass es den Hammonds nicht gut ging.

»Wie kommst du zurecht, Jordan?«, erkundigte sich Ted, um das Thema zu wechseln. »Wie ich hörte, hattest du Schwierigkeiten, Arbeiter zu bekommen?«

»Ich musste ein paar unerwartete Rückschläge hinnehmen.«

»Kaum zu glauben. Dein Vater und ich hatten immer mehr als genug Arbeiter.«

»Die Zeiten haben sich geändert, Dad«, erklärte Jimmy niedergeschlagen. Dann wandte er sich Jordan zu. »In der Stadt geht das Gerücht, dass Max Courtland dir Steine in den Weg legt. Ist das wahr?«

»Er versucht es, aber es wird ihm nicht gelingen.«

»Dieser Mann macht nichts als Ärger«, meinte Ted zornig. »Er glaubt, ihm gehört die ganze Stadt!«

»Dank seiner Winkelzüge ist es auch fast so weit gekommen, Vater.« Jimmy wandte sich wieder an Jordan. »Er erzählt überall herum, dass du hier Unruhe stiften willst.«

»Dabei spielt es überhaupt keine Rolle, ob das stimmt oder nicht«, warf Ted ein. »Aus Angst vor Max glauben die Leute alles, was er sagt, oder tun zumindest so.«

»Das habe ich sehr schnell zu spüren bekommen«, erwiderte Jordan. »Es ist ihm ein Dorn im Auge, dass ich meinen Arbeitern den gleichen Lohn zahlen will, ob sie Europäer, Polynesier oder Chinesen sind. Courtland hat alle bedroht und eingeschüchtert, die für mich arbeiten wollten, besonders die *kanakas*. Deshalb habe ich nur eine Hand voll tapferer Helfer.« Er grinste. »Aber gestern Morgen sind Saul und Noah wieder aufgetaucht. Sie sind zwar nicht in der besten Verfassung, aber sie schaffen trotzdem jeder noch leicht die Arbeit von zwei bis drei Mann.«

»Wir haben von Anschlägen und Drohungen gehört, wussten aber nicht, ob etwas Wahres daran ist«, sagte Ted.

Jordan seufzte. »Leider ja. Mein Zimmermann hat in Bert Finleys Haus gewohnt. Man hat ihn, seine Frau und seine Kinder tagelang tyrannisiert. Dann wurde das Haus in Brand gesteckt. Sie hatten Glück, dass sie mit dem Leben davongekommen sind.«

Ted schüttelte in ungläubigem Entsetzen den Kopf. »Wo wohnen sie jetzt?«

»In einem Zimmer bei mir im Haus, bis für sie eine der Hütten instand gesetzt ist.«

»Es ist nicht gut, dass Max Courtland in Geraldton so viel Einfluss hat«, meinte Jimmy und senkte den Kopf.

Jordan hatte den Eindruck, dass der Freund selbst ebenfalls von Max bedroht worden war, aber nicht darüber reden wollte.

»Maximillian Courtland ist ein Schwindler«, sagte Ted. »Er schmeichelt sich ein, indem er verspricht, Gutes für die Stadt zu tun, aber er hat noch keins seiner Versprechen gehalten.«

Dorothy kam wieder aus dem Haus, hörte die letzten Worte Teds und schüttelte den Kopf, denn sie wusste sofort, über wen die Männer sprachen.

»Was hat er denn für Versprechungen gemacht?«, wollte Jordan wissen.

»Ach, er hat großspurig alles Mögliche angekündigt«, erwiderte Dorothy, während sie den Tee einschenkte. »Aber nichts ist geschehen!«

»Er wollte beispielsweise dafür sorgen, dass wir in der Stadt einen niedergelassenen Arzt bekommen«, meinte Jimmy.

»Auf den wir immer noch warten«, bemerkte Dorothy. »Wir haben nur eine Hebamme, und wenn einer von uns krank wird – oder eines unserer Kinder –, müssen wir den ganzen weiten Weg nach Babinda fahren.«

»Die Stadt könnte auch eine Feuerwehr gebrauchen«, meinte Jordan, der an den Brandanschlag auf Frankie, Gaby und deren Söhne dachte.

»Das stimmt, aber für ein Feuerwehrhaus oder irgendwelche Ausrüstung ist kein Geld da.«

»Max hat viele Plantagen aufgekauft, die kurz vor dem Ruin standen«, meinte Ted. »Er hat die Mittel, das zu verwirklichen, was er verspricht!«

»Wenn du mir die Frage nicht übel nimmst ... was bekommst du von der Mourilyan-Mühle für eine Tonne Zuckerrohr?«, fragte Jordan.

Jimmy runzelte die Stirn und schaute seinen Vater an. »Zwölf Shilling und sechs Pence.«

Ted schüttelte wütend den Kopf. »Das ist glatter Raub«, murmelte er.

Jordan wusste, dass es fast zwei Shilling weniger waren, als einige seiner Nachbarn bekamen. »Warum verkauft ihr nicht an die Mühle in Babinda? Sie ist gerade in Betrieb genommen worden, nicht wahr? Demnach müsste dort ein guter Preis gezahlt werden.«

Jimmy schüttelte den Kopf. »Ich habe mich schon erkundigt. Sie sind noch nicht hundert Prozent einsatzfähig, aber ich habe gehört, dass sie dreizehn Shilling pro Tonne zahlen. Unter dem Strich lohnt sich das für mich nicht, wenn ich das Zuckerohr bis dorthin transportieren muss.«

Jordan schwieg einen Moment, denn er überlegte, ob er den beiden etwas erzählen sollte, was sie bestimmt noch nicht wussten. Schließlich erklärte er: »Was ich euch jetzt sage, weiß noch niemand, und es wäre mir lieb, wenn es noch eine Weile so bliebe. Max Courtland gehören die Hauptanteile an der Mourilyan-Mühle. Deshalb kann er bestimmen, wer welchen Preis bekommt. Und er zahlt jenen Pflanzern weniger, auf deren Land er es abgesehen hat.«

»Den Verdacht hatte ich schon immer!«, meinte Jimmy wütend. Er wusste, dass sein Freund Alberto dasselbe bekommen hatte, bevor er verkaufen musste – doch einige andere Pflanzer taten sehr geheimnisvoll, wenn es um ihren Preis ging, darunter enge Freunde von Max.

Ted war so zornig, dass Jordan es fast bedauerte, so offen gesprochen zu haben. »Ich habe diese Plantage mit eigenen Händen aufgebaut, und ich will verdammt sein, wenn ich sie Max Courtland überlasse, diesem Hundesohn!«

»Das wird nicht geschehen, Dad!«

»Ich habe genau wie Patrick mein Herz und meine Seele in diese Plantage gesteckt. Für Jimmy. So, wie dein Vater es für dich getan hat, Jordan. Ich bin sicher, dass Patrick an gebrochenem Herzen gestorben ist, und ich kann mir vorstellen, wie er sich gefühlt hat.«

»Max wird Eden nicht bekommen, Ted – und genauso wenig Willow Glen«, erwiderte Jordan. »Ich habe viel Geld verdient, während ich fort war. Jetzt bin ich zurückgekommen, um den Traum meines Vaters zu verwirklichen und aus Eden eine der größten und besten Plantagen der Gegend zu machen. Ich kann es mir leisten, weiterzukämpfen, auch wenn Courtland mich zu ruinieren versucht. Mein Vater hat ihn gehasst, und ich weiß, dass er seine Gründe dafür hatte. Ich werde nicht zulassen, dass Courtland das Leben braver, fleißiger Menschen zerstört. Wenn ihr finanzielle Probleme habt, helfe ich euch gern mit einem Darlehen. Die Hauptsache ist, dass

Max euch nicht mit seinen Betrügereien um die Plantage bringt.«

Jordan bemerkte, wie ein Ausdruck der Erleichterung über Dorothys Züge huschte. Jimmy jedoch schien sich nicht wohl in seiner Haut zu fühlen.

»Vielen Dank, Jordan, aber wir kommen schon zurecht. Max wird dieses Land niemals bekommen. Nicht, solange ich lebe!«

Dorothy hätte gern etwas dazu gesagt, doch sie wusste, dass ihr Mann nicht einverstanden gewesen wäre.

»Dein Stolz allein wird die Plantage nicht retten, mein Sohn«, erklärte Ted resigniert. Er stand auf und ging ins Haus. Offensichtlich war es seiner Gesundheit alles andere als zuträglich, den Niedergang von Willow Glen mit ansehen zu müssen.

»Wir schaffen das schon!«, stieß Jimmy trotzig hervor.

»Natürlich, Jimmy«, meinte Jordan. »Aber ich will auch für die Stadt tun, so viel ich nur kann. Wenn es eine Hilfe wäre, einen Arzt nach Geraldton zu holen und eine Feuerwehr zu gründen, nehme ich die Sache in die Hand.«

»Das wäre wunderbar, Jordan«, meinte Dorothy.

»Es wäre eine große Hilfe«, pflichtete Jimmy ihr bei, der an die Kinder und die schrecklichen nächtlichen Fahrten nach Babinda dachte, wenn eins der Kleinen krank gewesen war. »Außerdem würde es die Leute bestimmt wieder für dich einnehmen.«

»Ich will nicht versuchen, mir Freunde zu kaufen, Jimmy. Ich will vor allem Eden wieder aufbauen – als eine Plantage, auf der die *kanakas* nicht wie Sklaven behandelt werden.«

»Aber Max hat auf den Rücken der *kanakas* ein ganzes Imperium aufgebaut. Er ist gierig, und deshalb wird er gegen jede Art von Wandel kämpfen«, sagte Jimmy. »Hast du eigentlich schon Setzlinge bekommen?«

»Nicht in Geraldton. Aber ich erwarte eine Sendung aus Ingham.«

Jimmy war entsetzt. »Hast du sie nicht irgendwo in der Nähe kaufen können? In Babinda oder Cairns?«

»Nein. Max scheint überall Verbindungen zu haben.«

»Ich wünschte, ich könnte dir helfen, aber ich habe dieses Jahr leider keine Setzlinge übrig, jedenfalls nicht so viele, dass es dir etwas nützen würde.«

Jordan winkte ab. »Ich erwarte die Lieferung jeden Tag, und damit komme ich schon zurecht.«

»Ich habe ein gutes Pferd, das ich dir zum Pflügen leihen könnte.«

»Vielen Dank, Jimmy, aber ich hab mir selbst ein Pferd und einen Pflug gekauft.«

»Wenn es stimmt, dass Max in der Mühle das Sagen hat, wird er verhindern, dass du deine Ernte dort verkaufen kannst. Außerdem munkelt man, dass er mit den Besitzern der Mühle in Babinda eng befreundet ist. Wenn du Recht hast, wird Max auch sie gegen dich einnehmen.«

»Mach dir deswegen keine Gedanken, Jimmy. Es wird schon alles gut. Behaltet für euch, was wir heute hier besprochen haben.«

»Natürlich, Jordan.« Jimmy runzelte die Stirn. Er wusste zwar nicht, was weiter geschehen würde, doch er fühlte, dass Jordan Pläne hatte – große Pläne.

12

Obwohl sie auf dem Rückweg so schnell geradelt war, wie sie nur konnte, war Eves Zorn noch immer nicht verraucht, als sie in Eden eintraf. Sie ließ das Fahrrad achtlos neben der Arbeiterhütte fallen und kämpfte sich durch das hohe Gras bis zu der Stelle, wo Nebo im Schatten eines Mangobaums hockte und irgendeinen Gegenstand polierte.

Eve wollte gerade etwas Abfälliges über Lexie sagen, als sie sah, womit Nebo beschäftigt war.

»Woher hast du diese Vase?«, fragte sie schärfer als beabsichtigt, während sie sich bemühte, wieder zu Atem zu kommen.

Nebo spürte Eves Erregung und nahm ihre Frage nicht persönlich. Er wusste, wo sie gewesen war. »Sie hat Mistress Catheline gehört. War bei den Sachen, die ich vor langer Zeit wegen der Plünderer versteckt habe.« Er deutete hinter sich ins Halbdunkel der Hütte. Eve hatte aus Respekt vor Nebos Privatsphäre niemals einen Fuß über die Schwelle gesetzt und schlichtweg vergessen, was er ihr über die versteckten persönlichen Besitztümer der Hales erzählt hatte.

»Ich muss etwas Sinnvolles für Master Jordan tun, Miss Eve, also hab ich Mistress Cathelines feine Sachen für den Tag poliert, an dem das Haus fertig ist.«

Gerührt über die Treue des alten Mannes vergaß Eve für einen Moment ihren Zorn. Sie verstand Nebos Verzweiflung: Da er die schwere Feldarbeit nicht mehr schaffte, musste er etwas anderes tun, um sich nützlich zu fühlen.

»Weiß Jordan, dass du persönliche Dinge seiner Mutter hier draußen hast?«

»Ja, Miss Eve. Hab es ihm an dem Tag gesagt, als er nach Eden zurückkam. Er war sehr überrascht, o ja, sehr!« Er lächelte und ließ dabei die Lücken zwischen den wenigen Zähnen sehen, die ihm noch geblieben waren.

»Bestimmt wird er froh sein, dass nicht alles verloren ist«, erwiderte Eve geistesabwesend und starrte auf die Vase, ohne deren Schönheit in sich aufzunehmen.

Nebo sah, wie aufgewühlt sie war. Es stimmte ihn traurig, dass Eve sich nicht mit ihren Schwestern verstand. Wie die meisten polynesischen Arbeiter auf den Zuckerrohrfeldern hatte man auch Nebo gewaltsam aus dem Schoß seiner Familie gerissen und nach Australien gebracht; seitdem wusste er, wie kostbar Familienbande waren.

»Ich habe Sie noch nie so aufgebracht gesehen, Miss Eve«, sagte er.

»Lexie macht mich furchtbar wütend, Nebo«, gab Eve zurück und ging unruhig auf und ab. »Ich habe dir noch nichts davon gesagt, aber sie hatte die Unverfrorenheit, gestern Abend ohne Einladung hierher zu kommen. Ich war heute in Willoughby, um ihr zu sagen, dass sie sich von Eden fern halten soll, aber sie hat mir nicht mal zugehört!«

Nebo starrte Eve verwundert an, doch sie war zu aufgebracht, um es zu bemerken.

»Jordan hat schon Probleme genug, auch ohne dass Lexie ihm schöne Augen macht, aber sie glaubt wirklich, er hätte sich über ihren Besuch gefreut. Sie hat ein dickeres Fell als jeder Bär!«

Zu Eves Verärgerung grinste Nebo übers ganze Gesicht.

»Das ist wirklich nicht lustig, Nebo. Jordan hat seit seiner Rückkehr nichts als Probleme gehabt – da kann er es nicht gebrauchen, wenn ihm auch noch Lexie auf die Nerven geht.«

»Vielleicht hat Master Jordan ihre Gesellschaft genossen, Miss Eve. Die Männer scheinen Miss Lexie zu mögen.«

Eve war für einen Moment völlig verblüfft. »Wir beide wissen genau, warum das so ist«, stieß sie dann hervor.

Nebo wiegte den Kopf. »Mädchen wie Miss Lexie sind bei den Männern immer beliebt, Miss Eve. So ist es nun mal.« Er sah Eve an, dass sie seine Ansicht nicht teilte. »Mit solchen Mädchen haben Männer ihren Spaß, aber sie heiraten sie nicht.«

»Möge der Himmel es verhindern«, stieß Eve hervor und ließ sich auf ein umgestülptes Fass sinken. Nebo entging nicht, dass ihr noch immer etwas auf der Seele lag. »Was macht Ihnen Sorgen, Miss Eve? Dass Miss Lexie Master Jordan sagen könnte, dass Sie eine Courtland sind?«

»Das wird sie nicht tun. Sie weiß, dass ich Vater dann von ihrem heimlichen Besuch hier in Eden erzähle, und davor hat sie Angst. Ich würde es ja tun, aber Vater darf nicht wissen, dass ich hier bin – er würde eine schreckliche Szene machen. Nicht weil ihm etwas an mir liegt; ich bin ihm egal. Aber er will nicht das Gesicht verlieren.« Eve seufzte verzweifelt und rieb sich die schmerzende Hüfte, als sie an die Beleidigungen dachte, die zusammen mit Lexies Schminkzeug und dem falschen Schmuck von ihrer Frisierkommode durchs Zimmer geflogen waren. »Ich weiß, dass Jordan tun und lassen kann, was er will, Nebo, aber ich habe das Gefühl, Lexie dringt in mein Leben ein. Als ich ihr sagte, sie soll sich von Eden fern halten, bekam sie einen Tobsuchtsanfall. Ich habe Eden immer als sicheren Hafen empfunden. Hier war niemand außer dir und mir. Und jetzt wird plötzlich alles anders ...«

»Weshalb fürchten Sie eigentlich so sehr, Master Jordan könnte herausfinden, dass Sie eine Courtland sind, Miss Eve? Wenn Lexie gestern Abend hier war, scheint es ihn nicht sehr zu stören, wenn jemand mit Master Courtland verwandt ist.«

»Ich weiß, Nebo, das ist ja das Seltsame. Ich habe ihr Gespräch nicht von Anfang an gehört, deshalb weiß ich nicht, ob Jordan mit Lexie über Vaters Versuche gesprochen hat, ihm Steine in den Weg zu legen. Aber ich bin trotzdem überrascht, dass er Lexie nicht gleich fortgeschickt hat. Andererseits hing ihr Busen fast aus dem Kleid, und sie hat sich Jordan mehr als deutlich angeboten.« Eve schüttelte verächtlich den Kopf. »Sie hatte sogar die Frechheit, ihn zu fragen, ob sich hier Landstreicher herumtreiben. Du wirst es nicht glauben, Nebo – Jordan hat mich als ›Wächter‹ bezeichnet. Er hätte mich auch eine Landstreicherin nennen können, aber wie es aussieht, wollte er meinen Ruf schützen. Ich kann dir gar nicht sagen, wie erleichtert ich war, denn Lexie hätte nichts lieber gesehen, als dass Jordan schlecht über mich redet.«

Nebo lächelte. »Master Jordan ist ein guter Mann, Miss Eve. Es wird wie in alten Zeiten, wenn in Eden wieder Zuckerrohr wächst ... so, wie es war, als Master Patrick noch lebte.«

Eve senkte den Kopf. »Und was soll ich anfangen, wenn das Haus renoviert ist, Nebo? Falls ich mich nicht nützlich machen kann, wird Jordan mich fortschicken.«

Der alte *kanaka* runzelte die Stirn. »Hier gibt es sicher immer etwas für Sie zu tun, Miss Eve.«

Eve seufzte tief und wandte sich ab, um schweigend auf den träge dahinströmenden Fluss zu blicken. Nebo glaubte, ihr Zorn sei abgeklungen, und polierte die Vase weiter. Er blickte nicht auf, bis Eve leise fragte: »Nebo, sehe ich aus wie eine ... eine ...«

Ihre gequälte Miene brach Nebo fast sein müdes, altes Herz. »Was meinen Sie, Miss Eve?«

Sie hob das Kinn und bemühte sich um Fassung. »Sehe ich aus wie eine Frau?«

Nebo bemerkte die Röte auf ihren Wangen. Er ahnte, dass sie nichts mit Eves rascher Fahrt von Willoughby herüber zu tun hatte. »Warum fragen Sie so etwas, Miss Eve?«

Sie wandte sich ab, um ihre Verlegenheit zu verbergen. »Schon gut«, flüsterte sie.

Nebo hatte den Verdacht, dass Lexie irgendetwas Gemeines zu Eve gesagt haben musste, doch bevor er sie trösten konnte, wandte sie sich um. »Ich sehe zu, dass ich zum Haus zurückkomme und Frankie helfe.«

»Ich würde jetzt noch nicht gehen, Miss Eve.«

»Warum nicht?«

»Es könnte sein, dass Mistress Letitia noch in Eden ist.«

»Mutter? Was hat sie hier zu suchen?«

»Ich habe gehört, wie Master Jordan zu Missus Malloy sagte, dass Ihre Mutter sie heute besuchen kommt.«

Plötzlich begriff Eve, warum Letitia an diesem Tag so früh schon munter gewesen war. Sie hatte davon gesprochen, den Malloys durch ihren Wohltätigkeitsverein zu helfen.

»Soll ich nachsehen, ob sie schon fort ist, Miss Eve?«

»Nein, Nebo. Bleib du hier und ruh dich aus. Ich finde es schon allein heraus.«

»Aber wenn sie Master Jordan erzählt, dass Sie ihre Tochter sind ...?«

»Ich habe Mutter gesagt, dass Jordan es nicht erfahren soll, und sie ist klug genug, sich nicht zu verraten. Keine Angst, Nebo, ich werde vorsichtig sein.«

Eve näherte sich langsam dem Anwesen, konnte aber weder ihre Mutter noch Jordan entdecken. Als sie ins Haus ging, sah sie Gaby, die sich in einem ihrer neuen Kleider vor dem Spiegel betrachtete, wobei sie vor Freude strahlte.

»Sie sehen sehr hübsch aus, Gaby«, sagte Eve und glaubte, in dem Kleid eines ihrer Mutter zu erkennen.

»Ist es nicht wunderschön?«, rief Gaby atemlos. »Und sehen Sie sich diesen Rock an!« Sie hielt einen grauen Rock aus Kattunstoff hoch, der offenbar von Celia stammte. »Und dieses Kostüm!« Eve hatte es zwar noch nie gesehen, doch es war genau in dem Stil gehalten, den ihre Mutter bevorzugte: farbenfroh, modisch, elegant. Und teuer.

»Ich kann kaum glauben, dass jemand solche Dinge einfach verschenkt«, meinte Gaby. Eve lag eine bissige Bemerkung darüber auf der Zunge, dass die Damen der Courtlands mehr Kleidung besäßen als die Schneidereien in der Stadt, doch sie hielt sich zurück, um Gabys Freude nicht zu trüben.

»Das Kleid ist wie für sie gemacht, Gaby«, sagte sie und meinte es ehrlich. »Die Farbe steht Ihnen sehr gut.« Eve selbst bevorzugte eher schlichte Kleidung in gedeckteren Farben, ohne Rüschen und andere Verzierungen.

Gaby strahlte. »Sie wohnen hier ja schon längere Zeit, da kennen Sie Letitia Courtland sicher auch?«

»Flüchtig«, sagte Eve.

»Sie kommt heute am späten Nachmittag noch einmal her und bringt mir Sachen für Frankie und die Jungen. Sie ist sehr nett, finden Sie nicht auch?«

Eve antwortete nicht. Anscheinend wusste Gaby noch nicht, dass Letitia die Ehefrau Max Courtlands war, dem Verantwortlichen für den Brandanschlag und dem Mann, der hinter Jordans Schwierigkeiten steckte. Wie würde Gaby über Letitia denken, wenn sie es erfuhr?

»Ich hoffe, sie bringt etwas mit, das ich zum Arbeiten anziehen kann«, meinte Frankie, der gerade die Treppe herunterkam. »Ich kann mir nicht vorstellen, wie du in diesen feinen Sachen hier herumwerkelst, Gaby. Du kannst sie allenfalls zur Kirche anziehen.«

»Du hast Recht«, erwiderte Gaby leise, und ihre Freude verflog. »Diese Sachen sind wunderschön, aber leider unpraktisch für mich.«

»Wer immer diese Kleider in die Sammlung gab, hat nicht an die Leute gedacht, die sie tragen werden«, meinte Frankie, dem Gabys plötzlicher Stimmungsumschwung nicht entgangen war. Er verfluchte sich im Stillen, dass er ihr die Freude verdorben hatte. »Aber es ist trotzdem schön, dass du jetzt etwas für sonntags hast, nicht wahr?«

»O ja. Ein Hauskleid kann ich mir jederzeit selbst nähen«, meinte Gaby, deren Miene sich wieder aufhellte.

Eve beschloss, das Thema zu wechseln. Sie fand es typisch für ihre Mutter, davon auszugehen, dass jeder über Hausmädchen und Gärtner verfügte. »Ist Jordan aufs Feld gegangen?«

»Nein. Er und Ryan O'Connor sind losgefahren, um die Setzlinge abzuholen.«

»Was wollen Sie damit sagen – die Setzlinge für Eden sind nicht mehr da?«, fragte Jordan den Angestellten der Bahngesellschaft. »Wer hat sie denn abgeholt?«

Der Mann warf einen Blick auf seine Warenliste. »Der Gentleman sagte, er arbeite für Mr Jordan Hale, den Auftraggeber.«

»Ich bin Jordan Hale. Ich würde Sie wohl kaum fragen, wo meine Setzlinge sind, wenn ich jemanden geschickt hätte, um sie abzuholen, nicht wahr?«

Der Angestellte war sichtlich verwirrt. »Ich habe hier eine Unterschrift, Sir«, meinte er und zeigte Jordan die Warenliste. »Die Setzlinge wurden vor mehr als einer Stunde abgeholt, und man hat mir gesagt, ich solle die Rechnung zur Eden-Plantage schicken.«

Jordan starrte auf die Unterschrift, die nicht zu entziffern war. »Ich kann den Namen nicht lesen.«

Dem Angestellten stand mittlerweile der Schweiß auf der Stirn. Offenbar fürchtete er, die Setzlinge und deren Transport von seinem eigenen kärglichen Lohn bezahlen zu müssen, falls ihm ein Fehler nachgewiesen wurde. »Sind Sie ganz sicher, dass niemand von der Plantage gekommen ist, um sie abzuholen, Sir?«

Jordan starrte den Angestellten wütend an.

»Aber wer ... bezahlt mir jetzt ... die Rechnung?«, stammelte der Mann.

»Schicken Sie die Rechnung zur Willoughby-Plantage«, sagte Jordan. »Ich bin sicher, man wird sich dort um die Bezahlung kümmern.«

Der Mann schaute ihn verwirrt an. »Ganz bestimmt, Sir? Ich kann es mir nicht leisten, einen Fehler zu machen.«

»Den haben Sie schon gemacht«, gab Jordan zurück und ging davon.

Der Angestellte geriet in Panik. »Ich habe die Setzlinge dem Mann ausgehändigt, der sie bestellt hatte«, rief er Jordan hinterher.

Der wandte sich um. »Das haben Sie nicht. Sie können nur hoffen, dass derjenige für die Setzlinge bezahlt, der sie abgeholt hat. Von mir jedenfalls sehen Sie keinen Cent.«

»Was, zur Hölle, ist das für ein Spiel?«, meinte Ryan O'Connor, als sie zurück zum Wagen gingen.

»Die Hölle hat damit nichts zu tun, sondern Max Courtland«, stieß Jordan wütend hervor. »Er muss irgendwie von unseren Plänen erfahren und die Setzlinge abgeholt haben!«

»Wir könnten zu ihm und sie uns wiederholen.«

»Eine größere Freude könnten wir ihm gar nicht machen. Max ist gerissen. Wahrscheinlich müssten wir mit leeren Händen wieder abziehen.« Jordan blieb kurz stehen. »Ich gehe zum Postamt, telefonieren«, sagte er. »Nehmen Sie den Wagen, Ryan, und fahren Sie nach Eden zurück.«

Geraldton war eine ruhige Stadt mit breiten Alleen, die von Schatten spendenden Eukalyptus- und Jakarandabäumen gesäumt wurden. Das Postamt stand zwischen den Geschäften an der Hauptstraße, dem Büro der Tageszeitung, der Schmiede, den beiden Banken und dem Hotel. Die Stadt lag eingebettet zwischen dem Fluss und ausgedehnten Zuckerrohrfeldern vor dem Hintergrund der Hügel, die den Rand der »Tablelands«-Hochebene bildeten.

Von der Hauptstraße zweigten einige kleinere Straßen ab,

an denen zwei Kirchen, der Gemeindesaal, eine kleine Polizeiwache sowie ein Gerichtsgebäude, eine Schule und ungefähr fünfzehn auf Pfosten errichtete Holzhäuser standen.

Die europäische Bevölkerung von Geraldton und Umgebung zählte zweihundertzweiundsechzig Seelen, doch es gab doppelt so viele *kanakas*, die auf den Plantagen arbeiteten.

Auf dem Weg zum Postamt traf Jordan vor der Futtermittelhandlung auf Jimmy Hammond, der offensichtlich überrascht schien, ihn zu sehen. »Ich dachte, du bist fleißig damit beschäftigt, deine Setzlinge zu pflanzen«, meinte Jimmy, während er seinen Wagen mit Ballen von Luzernen und Säcken voller gehäckselter Spreu belud. Jordan hörte, dass er anschreiben ließ.

»Genau das würde ich tun, wenn ich Setzlinge *hätte*«, erwiderte Jordan.

Jimmy runzelte verwirrt die Stirn. »Sind sie denn nicht geliefert worden?«

»Doch, aber jemand anders hat sie abgeholt.«

Die Falten auf Jimmys Stirn wurden noch tiefer. »Willst du damit sagen, man hat dir die Setzlinge gestohlen?«

»Das nicht, aber ich bezweifle stark, dass es bloß ein Versehen war. Der Angestellte am Bahnhof behauptet, vor einer Stunde sei jemand gekommen, der für mich arbeitet, und habe meine Lieferung abgeholt. Er hat mir die ungefähre Beschreibung eines typischen Zuckerrohrarbeiters gegeben, ein Mann zwischen zwanzig und vierzig mit einem breitkrempigen Hut. Das hilft mir allerdings nicht weiter. So sieht hier in der Gegend fast jeder aus!«

Jimmy nahm seinen alten Hut ab und wischte sich den Schweiß von der Stirn. »Ich brauche wohl nicht zu raten, wer dahinter steckt«, meinte er. »Und das, wo jetzt jeden Tag mit Regen zu rechnen ist. Deshalb bleibt dir auch keine Zeit mehr, in Ingham neue Setzlinge zu bestellen.«

Wie um Jimmys Worte zu bekräftigen, war über den Hügeln in der Ferne dumpfes Donnergrollen zu vernehmen.

»Ich weiß«, erwiderte Jordan niedergeschlagen.

Jimmy spürte, wie bedrückt er war. »Ich kann nichts versprechen, aber ich werde sehen, was sich machen lässt, Jordan«, sagte er.

»Du hast genug eigene Sorgen, Jimmy.«

»Bei mir wird sich auch in näherer Zukunft nichts daran ändern. Aber ich habe immer noch den einen oder anderen Freund in der Stadt, auf den ich zählen kann.«

»Deine Freunde werden mir auch nicht helfen können. Was das Pflanzen angeht, muss ich mich vorerst geschlagen geben. Wenn die Regenzeit vorüber ist, kann ich säen. Bis dahin habe ich mit dem Haus und dem Arbeiterquartier genug zu tun. So wird die Zeit gut genutzt.«

Nachdem er mit seinem Onkel telefoniert hatte, schlenderte Jordan durch die Stadt. Trotz allem war er zufrieden, denn er hatte bestimmte Dinge in Gang gebracht, um Maximillian Courtland zu überlisten und gleichzeitig einigen Leuten zu helfen. Vor dem Anschlagbrett an der Wand des Postamts blieb er stehen. Seine gute Stimmung schwand, als er sah, dass noch immer viele Feldarbeiter eine Beschäftigung suchten. Außerdem hatte jemand über das Blatt, mit dem Jordan Arbeiter hatte anwerben wollen, ein dickes Kreuz gemalt. Jordan riss es ab und fühlte, wie Wut und Enttäuschung ihn zu übermannen drohten. Wieder einmal dachte er an seinen Vater und dessen zerstörte Träume. Plötzlich war er entschlossener denn je, Max Courtland für all den Kummer und den Schmerz bezahlen zu lassen, für die er verantwortlich war.

»Na, hast du aufgegeben?«

Jordan erkannte die Stimme sofort, und alles in ihm verkrampfte sich. Langsam wandte er sich um und sah Max nur fünf Meter hinter sich stehen, ein selbstzufriedenes Grinsen auf dem Gesicht. Milo Jefferson war bei ihm.

»Es ist nicht meine Art, einfach aufzugeben«, erwiderte Jordan kühl.

»Warum hast du dann deinen Zettel abgerissen?«

Jordan bemerkte, dass einige Passanten auf sie aufmerksam geworden waren. »Weil ich die Hilfe habe, die ich brauche«, sagte er und wandte sich halb ab, da er seinen Zorn kaum noch im Zaum halten konnte.

»Hast du deine Felder schon bepflanzt?«, fuhr Max fort. »Sieht aus, als würde jeden Tag die Regenzeit beginnen.«

»Was gehen Sie meine Felder an?«

»Als dein direkter Nachbar ist mir nicht entgangen, dass du wie ein *kanaka* geschuftet hast. Es würde mir Leid tun, wenn du nach all diesen Strapazen jetzt deine Setzlinge nicht pflanzen könntest.«

»Ach, wirklich? Dann habe ich mich wohl in Ihnen getäuscht, Courtland. Ich dachte, Sie wären darauf aus, mir Steine in den Weg zu legen. Dabei waren Sie die ganze Zeit nur um das Wohl meiner Plantage besorgt!« Jordan sah den Ausdruck der Zufriedenheit in den kalten, grauen Augen des anderen. »Da Sie so viel Anteil nehmen, kann ich Sie beruhigen. Ich habe meine Pläne geändert.«

Max blickte ihn hoffnungsvoll an. »Bist du endlich zur Vernunft gekommen? Hast du endlich beschlossen, Eden zu verkaufen?« Er war offensichtlich der Meinung, einen leichten Sieg errungen zu haben.

»Nein. Ich habe beschlossen, mich auf die Renovierung des Hauses und der Außengebäude zu konzentrieren, bevor ich die Felder bepflanze. Ich bin nicht auf das Geld angewiesen, das die Ernte eingebracht hätte. Deshalb eilt es nicht so sehr.« Zufrieden sah er, wie sich ein Ausdruck von Zorn und Enttäuschung auf Max' Gesicht legte. Jordan hatte ihm zu verstehen gegeben, dass der Diebstahl der Setzlinge umsonst gewesen war.

»Außerdem möchte ich die Zeit nutzen, mich mit den Einheimischen vertraut zu machen und den Kontakt zu alten Freunden und Freundinnen wieder aufzufrischen.«

Max starrte ihn an. Er schien sich zu fragen, ob Jordan auf die Drohung anspielte, seine Frau und seine Töchter zu verführen. Max war sicher, dass Letitia ihn niemals betrügen würde, und zuversichtlich, dass Celias Verlobung sie davon abhielt, sich mit einem anderen einzulassen, aber Lexie würde er am kurzen Zügel führen müssen – und genau das hatte er vor.

»Du verschwendest nur deine Zeit, wenn du Zuckerrohr anbaust, weil die Mühle es nicht kaufen wird. Man sagt, dass du hergekommen bist, um Unfrieden zu stiften, aber die Leute mögen keine Unruhestifter!« Max war offensichtlich darauf bedacht, Eindruck auf die wenigen Umstehenden zu machen.

»Sie meinen, die Besitzer der Mühle und die Leute in der Stadt tun, was *Sie* wollen?«

Mit aufreizender Selbstzufriedenheit erwiderte Max: »Ich bestreite nicht, dass ich hier über einen gewissen Einfluss verfüge. Ich habe viel für diese Stadt getan, und die Bevölkerung ist dankbar für meine Hilfe.«

Jordan warf einen forschenden Blick auf die Umstehenden, doch ihre Mienen verrieten wenig. »Ich habe gehört, Sie hätten viel versprochen, doch Ihre Versprechen seien nur Schall und Rauch gewesen.«

Max blickte ihn verunsichert an. »Ich weiß nicht, woher du diesen Unsinn hast, Junge, aber ich kann dir versichern, dass ich vielen meiner Freunde geholfen habe.«

Jordan hätte gern gesagt, dass Max seinen Freunden vor allem zu guten Preisen bei der Mühle verholfen hatte – auf Kosten anderer. Doch er wollte seine Trümpfe nicht zu früh aus der Hand geben. »Was haben Sie denn für die Stadt getan? Wollten Sie nicht schon vor längerer Zeit einen Arzt hierher holen?«

Max wirkte überrascht, dass Jordan an diese Information

gelangt war. »So einfach ist das nicht. In weitem Umkreis gibt es nur sehr wenige Ärzte. Aber ich werde mich jetzt nicht vor dir rechtfertigen!«

»Das glaube ich gern! Denn ich glaube, Sie haben sich vor allem Ihre eigenen Taschen gefüllt, ohne Rücksicht auf das Leiden anderer, zum Beispiel der *kanakas*!«

Eine kleine Gruppe der polynesischen Inselbewohner hatte sich im Schatten eines Feigenbaums im Hintergrund versammelt. Als Jordan zu ihnen blickte, senkten sie die Köpfe. Außerdem wurden Jordan und Max von einigen Europäern beobachtet, doch als Milo sie scharf anblickte, gingen sie weiter.

»Die Arbeitsbedingungen der *kanakas* sind gut. Sie haben ein Dach über dem Kopf, bekommen genug zu essen und haben ihren Lohn. Da kann man schwerlich von ›Leid‹ sprechen«, sagte Max höhnisch.

»Sie und Ihr so genannter Aufseher haben die Polynesier immer schon brutal behandelt. Und ich weiß, dass sie bei Ihnen praktisch keinen Lohn bekommen und dass die Lebensumstände dieser armen Menschen auf Ihrer Plantage unvorstellbar sind.«

Max' graue Augen wurden schmal. »Du bist genauso weich wie dein Vater, Jordan. Du wirst die Plantage niemals halten können.«

»Ich bin hier, um zu bleiben, Max. Und nichts und niemand wird mich vertreiben, auch Sie nicht.«

Max zog an seiner teuren Zigarre. »Da wäre ich mir nicht so sicher«, meinte er und blies Jordan den Rauch ins Gesicht.

Jordan lächelte leicht, denn hätte Max von seinen Plänen gewusst, wäre er nicht so überheblich. »Denken Sie immer daran, Courtland«, sagte er. »Man sollte sich einer Sache nie zu sicher sein.«

Als Jordan sich dem General Store näherte, sah er mehrere junge Frauen an der Eingangstür des Ladens stehen. Trotz seiner düsteren Stimmung zwang er sich zu einem freundlichen Lächeln. Er wollte gerade an der Gruppe vorbei, als er Celia Courtland unter den Frauen entdeckte. Er spürte Max' Blick im Rücken und blieb stehen.

»Guten Morgen, Ladys«, sagte er mit einer angedeuteten Verbeugung. »Ich bin Jordan Hale.«

Drei der Mädchen brachen in verlegenes Kichern aus, doch Celia wirkte so erschrocken, dass Jordan befürchtete, sie könnte in Ohnmacht fallen.

Die anderen jungen Damen belegten ihn gleich mit Beschlag. »Ich bin Vera Wilkins«, sagte die größte von ihnen und trat mit ausgestreckter Hand auf Jordan zu, während sie mit der Linken verlegen an einem ihrer blonden Zöpfe spielte.

»Sehr erfreut«, sagte Jordan höflich.

Eines der anderen Mädchen trat vor und versetzte Vera einen leichten Rippenstoß. Diese reagierte mit einem ärgerlichen Blick, fuhr jedoch fort: »Und das ist Tessa Carmichael.«

Tessa war klein und zart. Jordan vermutete, dass die Jungs aus Geraldton sie recht ansehnlich fanden. Sie hatte eine gute Figur und honigblondes, lockiges Haar. Von allen jungen Frauen schien sie am meisten Selbstbewusstsein zu besitzen. Noch während Jordan sie anlächelt, hatte Tessa ihn von oben bis unten gemustert und dabei jede Einzelheit seines Äußeren in sich aufgenommen. Jordan nahm an, dass sie gern im Mittelpunkt stand und genauso gern tratschte. Eben war er zu der voreiligen Ansicht gelangt, dass es sich bei Tessa um die selbst ernannte Anführerin der Gruppe handelte, als ein fülliges Mädchen vortrat und Vera und Tessa beiseite stieß.

»Ich bin Clara Hodge«, sagte sie und streckte Jordan ihre Hand mit den kurzen, dicken Fingern entgegen. Sie hatte ein rundes Gesicht mit einer Knollennase und blaue Augen, deren durchdringender Blick über Jordan glitt, als wäre er eine lohnende Beute.

Jordan schenkte Clara ein charmantes Lächeln und wandte dann seine Aufmerksamkeit Celia zu, die nervös im Hintergrund geblieben war, ihn jedoch mit unverhohlener Neugier musterte.

»Und wer sind Sie, wenn ich fragen darf?«, sagte Jordan und sah, dass Celia über die Straße schaute, dorthin, wo ihr Vater stand.

»Celia …«, stieß sie leise und atemlos hervor.

»Celia Courtland«, ergänzte Tessa, die sich offensichtlich wunderte, das dieser blendend aussehende Mann der unscheinbaren Celia überhaupt Aufmerksamkeit schenkte.

Jordan ignorierte Tessa und ließ den Blick über Celias glattes, mausbraunes Haar gleiten, das streng zu einem matronenhaften Knoten nach hinten gebunden war. Er betrachtete ihr unscheinbares Gesicht und ihre unmoderne Kleidung und musste zugeben, dass Lexie ihre Schwester sehr treffend beschrieben hatte.

Celia warf wieder einen Blick zu ihrem Vater hinüber. »Entschuldigen Sie mich«, sagte sie dann und eilte in das Geschäft hinter ihr.

Die anderen drei Mädchen umringten Jordan, der aus Celias Verhalten schloss, dass sie in ständiger Angst vor ihrem alles beherrschenden Vater lebte.

»Sie sind neu in der Stadt, nicht wahr?«, meinte Vera und blickte schwärmerisch zu Jordan auf.

Clara und Vera wohnten noch nicht lange genug in Geraldton, um sich an Jordan als Jungen zu erinnern.

»Eigentlich nicht«, erwiderte er.

»Jordan hat bis vor zehn Jahren hier gewohnt«, sagte Tessa stolz.

Clara und Vera schauten sie verwundert an.

»Das stimmt«, bestätigte Jordan. »Ich habe einen großen Teil meiner Kindheit hier verbracht.«

»Na, jetzt machen Sie aber einen sehr erwachsenen Eindruck«, sagte Clara und musterte ihn mit kaum verhohlenem Verlangen von oben bis unten. »Sind Sie schon verheiratet?«

Jordan lächelte ein wenig gezwungen angesichts ihrer Direktheit. »Nein. Und Sie?«

»Auch nicht. Aber ich bin auf der Suche. Wie ist es mit Ihnen?«

»Wenn mir die Richtige begegnet, werde ich es schon merken.«

»Ich habe meinen Dad zu Mutter sagen hören, dass Patrick Hales Sohn nach Eden zurückgekommen ist«, meinte Tessa. »Aber meine Mutter sagte, dass Eden völlig verfallen ist.«

Jordan hob eine seiner dunklen Brauen. »Da hatte Ihre Mutter nicht ganz Unrecht. Die Plantage war in einem erbärmlichen Zustand. Aber ich bin dabei, sie wieder aufzubauen. Wenn das Haus fertig ist, gebe ich eine große Einweihungsparty, und ich hoffe, Ladys, Sie dann alle als meine Gäste begrüßen zu können.«

Die Mädchen tauschten begeisterte Blicke. »Sehr gern«, sagten sie beinahe im Chor.

»Gehen wir«, sagte Max zu Milo.

»Soll ich nicht besser bleiben und Celia im Auge behalten?«

»Nein. Celia würde es nicht wagen, gegen meine Wünsche zu handeln, und was Jordan Hale betrifft, habe ich mich sehr deutlich ausgedrückt.«

Jordan warf einen Blick über die Schulter und sah Max und Milo in die entgegengesetzte Richtung davongehen. »Würden Sie mich jetzt entschuldigen, meine Damen?«, sagte er. »Ich habe noch ein paar Einkäufe zu erledigen. Ich hoffe, ich sehe Sie bald wieder.«

Er hatte kaum das Geschäft betreten, als die Mädchen auch schon in ein lebhaftes Gespräch über ihn vertieft waren.

Jordan erinnerte sich noch gut an Bartons General Store, doch als er jetzt in dem Laden stand, kam er ihm kleiner vor als früher. Er blickte zum Ladentisch, doch die Frau dahinter kannte er nicht. Was mochte aus Henry und Thelma Barton geworden sein? Ob sie noch in Geraldton wohnten? Sie waren ein nettes, aber schon recht betagtes Paar gewesen.

Jordan entdeckte Celia in einer Ecke des Ladens, wo sie so tat, als würde sie sich Stoffbahnen anschauen, doch sie blickte immer wieder durchs Schaufenster und hielt nach ihrem Vater Ausschau. Jordan lächelte in sich hinein, denn der Stoff, an dem Celia nervös herumfingerte, war für Babykleidung gedacht.

»Komme ich zu spät?«, fragte er und schaute ihr über die Schulter.

Celia blickte errötend zu ihm auf. »Wie bitte?«

Jordan deutete auf den rosafarbenen Stoff, der mit Abbildungen von Babypuppen bedruckt war.

Celia riss die Augen auf. »O nein!« Sie zog die Hand zurück, als hätte sie sich verbrannt.

»Er ist fort«, sagte Jordan lächelnd.

Wieder schaute Celia ihn mit einem fragenden Blick aus ihren haselnussbraunen Augen an. »Wer?«

»Ihr Vater. Er ist vor ein paar Minuten die Straße hinunter gegangen.«

»Oh.« Celias blasse Züge bekamen ein wenig Farbe, und sie atmete erleichtert auf. Kein Wunder, dass eine so ängstliche und nervöse junge Frau ihrem Vater nichts entgegenzusetzen hatte, ging es Jordan durch den Kopf.

»Vielleicht sollte ich jetzt lieber gehen«, meinte er. »Ich möchte Sie nicht in Schwierigkeiten bringen.« Er wandte sich zum Ausgang.

Die Tagträume einer ganzen Woche drohten sich vor Celias innerem Auge in nichts aufzulösen. Sie musste die Chance ergreifen, die sich ihr bot, sonst würde sie es ihr Leben lang bereuen. »Warten Sie«, sagte sie flehentlich. Jordan wandte sich um. Celia trat unbehaglich von einem Bein aufs andere. »Mein Vater ist fort, sagten Sie?«

»Ja.«

»Nun, dann ... dann gibt es eigentlich keinen Grund, warum wir uns nicht ein wenig unterhalten sollten. Schließlich sind wir Nachbarn.«

Jordan spürte, dass Celias Handlungsweise untypisch für sie war. Er lächelte leicht. »Es ist mir eine Freude, Sie endlich kennen zu lernen, Frau Nachbarin«, sagte er.

Celia wurde es plötzlich heiß. »Wie haben Sie sich eingelebt?«

»Es gibt viel zu tun, aber ich genieße es, wieder zu Hause zu sein«, gab Jordan zurück.

Celia nickte und starrte zu Boden. Ihre Handflächen waren feucht, und ihr fiel nichts ein, was sie hätte sagen können. Sie war wütend auf sich selbst, denn sie hatte in der vergangenen Woche oft von diesem Augenblick geträumt, und nun benahm sie sich so unbeholfen.

»Was tun die Leute hier, wenn sie sich vergnügen wollen?«, fragte Jordan.

Der Klang seiner tiefen Stimme besaß etwas Sinnliches und ließ Celia wohlige Schauer über den Rücken laufen. »Hier in der Gegend gibt es nicht allzu viele Zerstreuungen«, gab sie leise zurück.

Ihre Verlegenheit rührte Jordan. »Gibt es denn nicht ab und zu ein Volksfest oder einen Ball?«

»O ja. Sogar sehr bald schon. Nächsten Samstag findet im Gemeindesaal der Erntedankball statt.«

»Hatten Sie vor, hinzugehen?«

Celia starrte Jordan verwundert an. Dann dachte sie voller Bedauern daran, dass Warren sie erst gestern gefragt hatte, ob sie mit ihm zum Ball gehen würde.

»Würden Sie mir vielleicht die Ehre erweisen, mich zu begleiten?«, fragte Jordan.

Celias Augen wurden groß. Sie hätte gern aus tiefstem Herzen bejaht, doch sie konnte nicht. »Ich ... ich bin schon mit jemand anderem verabredet«, sagte sie leise, und die Enttäuschung war ihr deutlich anzumerken.

»Ich hätte es mir denken können. Wenn ich im letzten Augenblick frage, kann ich nicht erwarten, dass Sie noch frei sind.«

»Nett, dass Sie das sagen, aber ich bin mit einem Mann aus Geraldton verlobt.«

Jordan tat, als wäre er untröstlich. »Oh. Und wann ist die Hochzeit?«

»Ich ... ich habe den Termin verschoben, und bisher gibt es noch keinen neuen. Wir haben viel Zeit, und ich möchte nichts überstürzen.« Celia merkte, dass sie zu viel redete. Sie wusste selbst nicht, warum sie solch persönliche Dinge einem Mann erzählte, den sie gerade erst kennen gelernt hatte.

»Wenn es Ihnen nicht eilig mit der Hochzeit ist, dann ist dieser Mann vielleicht nicht der Richtige für Sie.«

Celia blickte zu Jordan auf. Sie konnte kaum glauben, dass er in so kurzer Zeit zu einer solchen Schlussfolgerung gelangt war. Da ihr keine passende Antwort einfiel, starrte sie ihn bloß offenen Mundes an.

»Ich werde Sie jedenfalls nicht als vergeben betrachten«, meinte Jordan und umschloss ihre zierliche Hand mit der seinen. »Heben Sie am Samstagabend einen Tanz für mich auf?«

Celia versuchte zu schlucken, doch ihr Mund war zu trocken. Sie konnte nicht fassen, was geschah; es erschien ihr wie ein Traum, der Wirklichkeit geworden war. »Ja, natürlich ...«

»Celia!«

Jordan und Celia fuhren herum. Letitia stand nur ein paar Schritte von ihnen entfernt und musterte sie verwundert.

Hastig entzog Celia Jordan ihre Hand. »Mutter! Was tust denn du hier?«

Letitia starrte ihre Tochter an. »Ich kaufe für eine Familie ein, die vor kurzem ihre gesamte Habe bei einem Brand verloren hat. Aber was machst *du* hier?«

Celia blickte hilflos zu Jordan auf.

»Celia hat mich gerade über die gesellschaftlichen Besonderheiten in Geraldton aufgeklärt«, sagte dieser.

Letitia warf ihrer Tochter einen eindringlichen Blick zu, und Celia begriff, dass sie sich verabschieden sollte.

»Auf Wiedersehen, Mr Hale«, sagte sie.

»Jordan, bitte. Schließlich sind wir Nachbarn.«

»... Jordan. Ich freue mich, Sie am Samstag zu sehen.«

»Ich freue mich auch«, gab Jordan zurück. »Und danke für Ihre Hilfe!«

Celia warf ihrer Mutter noch einen raschen Blick zu; dann verließ sie mit gesenktem Kopf das Geschäft.

»Was für ein Zufall, dass ich ausgerechnet eine Ihrer Töchter getroffen habe«, sagte Jordan zu Letitia, die ein wenig schockiert über ihre eigene Reaktion war, was Jordan nicht entging.

»Was hat Celia gemeint, als sie sagte, sie sieht Sie am Samstag?«, fragte Letitia.

»Sie hat mir erzählt, dass sie zum Ball geht – mit ihrem Zukünftigen.« Jordan konnte sich ein Lächeln nicht verkneifen. »Ich habe ihr gesagt, dass ich vielleicht auch komme. Es wäre eine Gelegenheit, alte Freunde wiederzusehen. Werden Sie und Max auch dort sein?«

Letitia starrte zu Boden. »Er hat noch nichts davon gesagt, aber normalerweise nehmen wir an solchen Veranstaltungen teil.«

»Schön, dann sehen wir uns dort.«

Letitia wandte den Blick ab. Sie war völlig aufgewühlt. Ihr Inneres wurde von einem Sturm der Gefühle durchtost.

»Ich bin froh, dass wir uns treffen«, fuhr Jordan fort. »Besonders, weil Sie gerade für die Malloys einkaufen. Besorgen Sie bitte alles, was die Familie braucht, und lassen Sie es auf das Rechnungskonto setzen, das ich gleich hier eröffnen werde.«

»Das ist sehr großzügig von Ihnen.«

»Wie ich schon sagte, fühle ich mich für die Malloys verantwortlich, und sie sind nette Leute. Tja, dann werde ich mich jetzt auf den Heimweg machen, es sei denn, Sie brauchen Hilfe beim Tragen.«

Letitia hätte ihn gern gebeten, ihr zu helfen, nur um noch ein wenig Zeit in seiner Gesellschaft verbringen zu können, doch sie hatte Max in der Stadt gesehen und wagte es nicht.

»Ich komme schon zurecht. Wir sehen uns wahrscheinlich in ein paar Stunden in Eden.«

13

In Eden hatten die Männer damit begonnen, das Unkraut zu jäten, das um die Arbeiterbaracke wuchs. Der wilde Wein und die Schlinggewächse, die fast das ganze Gebäude überwuchert hatten, wurden abgeschnitten; zum Vorschein kamen Wände, die von Spinnennetzen bedeckt waren, sowie ein schmutziges Wellblechdach. Das hüfthohe Gras um die Baracke herum wurde gemäht. Als Jordan aus der Stadt zurückkam, nahmen die Männer sich gerade die halb umgestürzte Bananenstaude vor, die völlig vom wilden Wein überwuchert gewesen war.

Saul war aufs Dach der Baracke gestiegen und stieß den dicken Stamm mit aller Kraft von der Hütte weg. Als er fiel, stockte Ryan und den Chinesen vor Schreck der Atem, doch Noah fing ihn mit seinen starken Armen auf und schleuderte ihn in Richtung des Flusses, fort von den anderen und dem Mangobaum.

Kaum war der Stamm mit lautem Krachen zu Boden geschlagen, machten Shaozu und Jinsong sich daran, ihn mit ihren Macheten zu bearbeiten. Ryan und der junge Josh luden die Holzklötze auf den Wagen, und Jordan half ihnen dabei, während er sämtliche Bananen aufsammelte, die er finden konnte. Nebo ging mit einem Rechen in der Hand auf und ab und verscheuchte die Schlangen, Ratten, Eidechsen und Spinnen, die aus ihren Verstecken vertrieben worden waren und um ihr Leben liefen.

Mittags gingen die Männer zum Haus und setzten sich zum

Essen in den Schatten der Veranda. Ting yan hatte ihnen ein köstliches Reisgericht mit Lamm und Gewürzen zubereitet, und Gaby brach ihr selbst gebackenes Fladenbrot in großzügige Stücke. Während sie aßen, erzählten die Männer zufrieden, was sie am Morgen geschafft hatten. Saul meinte, das Dach der Baracke sei mit einem einzigen Stück Wellblech und ein paar Nägeln leicht zu reparieren, denn die dicke Schicht aus Schlinggewächsen und Wein hatte es während des Wirbelsturms offensichtlich vor Schäden bewahrt. Die Bananenstaude hatte die Dachrinne ziemlich verbeult, doch Frankie war sicher, dass er sie geradebiegen konnte. Er erklärte den anderen, was seiner Meinung nach getan werden musste, um das Innere der Baracke wieder herzurichten, doch Jordan hörte ihm nur mit halbem Ohr zu.

Eve beobachtete Jordan, als dieser schließlich zum anderen Ende der Veranda ging und von dort über die brachliegenden Felder blickte. Er hatte sein Essen kaum angerührt.

Eve trat hinter ihn. »Ryan hat mir erzählt«, sagte sie, »dass Ihre Setzlinge verschwunden waren, als Sie sie abholen wollten.«

Jordan nickte kaum merklich. »Wir hätten die Felder morgen Abend bei Sonnenuntergang bepflanzt. Dann hätte nur noch der Regen kommen müssen, und das Zuckerrohr wäre von selbst gewachsen. Jetzt wird der Regen nur dazu führen, dass wieder wildes Rohr und Unkraut schießen, und wir müssen uns ein zweites Mal die Rücken krumm schuften und alles roden, bevor wir nach Ende der Regenzeit dann hoffentlich pflanzen können.«

Eve spürte, wie enttäuscht und verzweifelt er war, und fühlte sich schrecklich. »Es tut mir sehr Leid«, sagte sie mit einer Mischung aus Zorn und Schuldgefühl. »Dabei haben Sie so hart gearbeitet und so viele Probleme gemeistert. Aber alle Pflanzer erleiden Rückschläge, nicht wahr? Das war bei Ihrem Vater sicher nicht anders. Es liegt an diesem Land, stimmt's?« Eve wusste, dass ihre Argumente nicht besonders schlagend waren, doch ihr fiel nichts Besseres ein, um Jordan zu trösten.

Jordan zuckte mit den Schultern. »Ich weiß, Eve. Ich habe mit Problemen gerechnet – aber nicht damit, bei *jedem* Schritt behindert zu werden.« Er wandte sich um und schaute ihr fest in die Augen, und für einen Moment stieg Entsetzen in ihr auf. Hatte ihm jemand erzählt, dass sie Max Courtlands Tochter war?

»Darf ich Sie etwas fragen, Eve?«

Ihr stockte der Atem. »Ja, natürlich.«

»Glauben Sie, dass ich zu naiv gewesen bin, als ich beschlossen habe, Eden wieder aufzubauen?«

Mit dieser Frage hatte Eve nun gar nicht gerechnet, und sie starrte ihn nur stumm an.

»Nebo meint, die Einstellung der Europäer gegenüber den *kanakas* würde sich binnen eines Menschenlebens nicht ändern – aber ich habe ehrlich daran geglaubt, dass ich es schaffe.«

»Geben Sie nicht auf, Jordan«, erwiderte Eve. »Jemand muss den Mut haben, sich gegen die Ungerechtigkeiten zu erheben. Es ist nicht Ihr Fehler, dass nichts nach Plan verlaufen ist, nur weil ein gieriger, machthungriger, selbstsüchtiger Tyrann wie Max Courtland die Stadt beherrschen will!«

Die Heftigkeit ihres Ausbruchs überraschte Jordan. In diesem Augenblick erkannte er, dass sie tatsächlich eine leidenschaftliche Gegnerin von Ausbeutung und Unterdrückung der *kanakas* war, und dafür bewunderte er sie.

»Um ehrlich zu sein«, fuhr sie fort, »wundert es mich, dass Sie zu Courtlands Frau so freundlich sind ... nach allem, was Max Ihnen angetan hat.«

Jordan wandte sich für einen Moment ab. Es drängte ihn, ihr zu erklären, dass er seine Gründe hatte. Stattdessen sagte er: »Sind Sie denn der Meinung, man könne Letitia die Schuld daran geben, was ihr Mann tut? Sie sagten doch vorhin selbst, dass er alles und jeden beherrschen will. Letitia hat sicher keinen Einfluss auf ihn.«

»Nein, nicht direkt ...« Mutter ist zu feige, um irgendeinen Einfluss auf Vater auszuüben, fügte sie im Stillen hinzu. »Aber als seine Frau müsste sie zumindest ein bisschen Verantwortung übernehmen, finden Sie nicht auch? Und ist es nicht eine Ironie des Schicksals, dass Max Courtland die Schuld an dem Brand trägt, bei dem die Malloys beinahe umgekommen wären, und dass ausgerechnet seine Frau Kleider an Gaby Malloy verschenkt?«

»Wie bitte?«, erklang ein Stimme hinter ihnen.

Eve und Jordan wandten sich überrascht um. Gaby stand da, eine Teekanne in der einen, zwei Becher in der anderen Hand. Weder Eve noch Jordan hatte sie kommen hören.

»Letitia ist die Frau des Mannes, der für den Brand verantwortlich ist?«, stieß Gaby ungläubig hervor. »Warum haben Sie mir das nicht gesagt?«

»Gaby!«, sagte Jordan beschwörend und mit einem Seitenblick auf Eve, die offenen Mundes dastand, »geben Sie nicht Letitia die Schuld ...«

»Wie kann sie es wagen, mich so zu hintergehen?«, stieß Gaby mit erhobener Stimme hervor. »Ich war ihr so dankbar ... und dabei hat ihr Mann versucht, uns bei lebendigem Leib zu verbrennen!«

»Letitia wusste nichts von dem Brand, bis ich es ihr erzählt habe«, sagte Jordan.

»Woher wissen Sie das?«

»Ach, hier sind Sie«, rief in diesem Augenblick jemand. »Ich habe an der Vordertür geklopft, aber es hat keiner geöffnet.«

Jordan, Eve und Gaby drehten sich um und erblickten Letitia, die von der vorderen Veranda zu ihnen kam, beladen mit Schachteln und Päckchen. Ihr Lächeln erstarb, als sie den

Ausdruck auf Gabys Gesicht sah, und sie blieb stehen. »Stimmt etwas nicht?«

Eve brach der Schweiß aus. Hoffentlich verriet Letitia jetzt nicht durch irgendeine unbedachte Bemerkung, dass sie Mutter und Tochter waren ...

»Wenn die für uns sein sollten«, sagte Gaby und deutete auf die Päckchen, »wissen Sie hoffentlich, was Sie damit zu tun haben. Und die Sachen, die Sie heute Morgen gebracht haben, können Sie auch wieder mitnehmen. Was für ein Spiel wird hier eigentlich gespielt?«

»Was meinen Sie damit?«, fragte Letitia, die blass geworden war.

»Ihr Mann – oder jemand, der für ihn arbeitet – hätte beinahe mich und meine Jungen umgebracht und meinen Mann zum zweiten Mal einen Albtraum durchleben lassen! Glauben Sie, ein paar Kleidungsstücke könnten das wieder gutmachen?«

»Nein, Gaby, natürlich nicht. Aber niemand weiß genau, wer Ihr Haus angezündet hat und warum.«

»Gaby«, meldete Jordan sich zu Wort, »wir dürfen Letitia nicht dafür verantwortlich machen. Außerdem gibt es keinen Beweis, dass Max hinter dem Brandanschlag steckt.«

»Aber ich habe Eve sagen hören, dass es Max Courtland war! Sie muss sich also sicher sein!« Gaby schaute Eve an, die zu Boden starrte, und wandte sich dann wieder Letitia zu. »Wie konnten Sie herkommen und so freundlich und besorgt tun?«

Letitia wirkte völlig verstört. Angesichts dieser Feindseligkeit gab es nichts zu sagen, zumal sie in ihrem Innern wusste, dass Max den Brandanschlag sehr wohl in Auftrag gegeben haben konnte.

»Lassen Sie mich und meine Familie in Ruhe!«, rief Gaby zornig. »Haben Sie verstanden?«

In Letitias Augen schimmerten Tränen, als sie sich umwandte und mit unsicheren Schritten zu Pferd und Wagen ging.

Als Jordan sie einholte, saß Letitia bereits auf den Sitz des Buggys und versuchte, trotz der Tränen, die ihr die Sicht erschwerten, die Zügel zu ergreifen.

»Es tut mir Leid, Letitia«, sagte er.

»Es war nicht Ihre Schuld.« Sie wischte sich die Tränen aus den Augen.

»Ich werde mit Gaby sprechen ...«

»Nein, tun Sie es nicht, Jordan. Ich bin Max' Frau, und wenn sogar *ich* ihm etwas so Niederträchtiges zutraue, wie kann ich da erwarten, dass Gaby Zweifel hat?«

Sie hob den Blick und sah Gaby zum Buggy kommen. Gaby warf die Tüte mit den Kleidungsstücken, die Letitia ihr am Morgen gegeben hatte, in den Wagen. »Das hier ist Jordans Zuhause«, sagte sie, »deshalb kann ich Ihnen nicht verbieten, herzukommen. Aber ich möchte Sie nie wiedersehen!« In Gabys blauen Augen schimmerten Tränen, und ihre Miene zeigte deutlich, dass sie sich verraten fühlte. Hastig wandte sie sich um und eilte zurück ins Haus, wobei sie die Tür mit lautem Knall hinter sich ins Schloss warf.

Letitia senkte den Kopf. »Ich glaube, jetzt wäre ein günstiger Augenblick, den Malloys zu sagen, dass *Sie* das alles bezahlt haben«, sagte sie und reichte Jordan die Päckchen. »Egal was die Malloys von mir halten – sie brauchen dringend die Sachen, die ich in Ihrem Auftrag für sie gekauft habe.«

Jordan war nicht sicher, ob solche Offenheit jetzt angebracht war. »Unter diesen Umständen bezweifle ich, dass Gaby diese Sachen von mir annehmen würde, und ich will auf keinen Fall zugeben, dass wir sie getäuscht haben, solange sie noch so wütend ist.«

Letitia nickte. »Wahrscheinlich haben Sie Recht. Aber machen Sie sich keine Vorwürfe. Gaby hätte ohnehin früher oder später herausgefunden, dass ich Max' Frau bin. Geraldton ist eine kleine Stadt. Ich hätte es ihr selbst sagen müssen, das war mein Fehler. Ich wusste nur nicht, wie ich es anfangen sollte.«

Als Letitia fort war, brachte Jordan die Päckchen ins Haus und legte sie in das Zimmer, in dem sein Vater einst die Buchführung gemacht hatte. Dieser Raum würde wahrscheinlich zuletzt renoviert. Anschließend suchte Jordan in den anderen Zimmern im Erdgeschoss nach Gaby, konnte sie aber nicht finden. Er wollte gerade zur Arbeiterbaracke zurück und sich dort zu den anderen Männern gesellen, als Eve aus dem Anbau kam.

»Es tut mir Leid, dass ich Max Courtland erwähnt habe«, sagte sie. »Ich wusste wirklich nicht, dass Gaby unsere Unterhaltung mithört.«

»Wie Letitia mir gerade sagte, hätte Gaby es ohnehin irgendwann herausgefunden, Eve. In einer kleinen Stadt lässt sich so etwas kaum geheim halten.«

Eve dachte an ihr eigenes Geheimnis und senkte den Kopf. »Gaby geht unten am Fluss spazieren. Sie war völlig mit den Nerven herunter.«

»Letitia erging es nicht anders.«

Eve hob den Kopf und blickte Jordan an. »Das hört sich an, als würde sie Ihnen Leid tun.«

»In gewisser Weise ja. Ich kann nur vermuten, wie ihr Leben mit einem Mann wie Max Courtland gewesen sein mag, und ich finde es nicht richtig, Letitia für seine Verbrechen zu bestrafen.« Jordan erkannte die Ironie in seinen Worten, denn auch Letitia würde darunter leiden, wenn er Max bekämpfte. Doch er fühlte sich gerechtfertigt durch das Leid, das Max seinen Eltern angetan hatte. Zwar wollte er Letitia nicht wehtun, aber es konnte geschehen.

»Letitia muss einen schwachen Charakter haben, wenn sie bei Max Courtland bleibt!«, stieß Eve zornig hervor.

Ihre Worte überraschten Jordan. Eve hatte sich rührend um

Nebo gekümmert und für Gaby getan, was sie konnte. Sie hatte auf Jordan bisher den Eindruck eines mitfühlenden, hilfsbereiten Menschen gemacht. »Da bin ich anderer Meinung, Eve. Ich glaube vielmehr, dass Letitia sehr stark sein muss, um dieses Leben durchzustehen.«

Eve starrte ihn offenen Mundes an. »Wie kommen Sie auf eine so lächerliche Schlussfolgerung? Letitia hat für alles ihre Diener. Sie braucht keinen Finger zu rühren!«

Jordan fragte sich insgeheim, ob Eve Letitia um deren Lebensstil beneidete. »Das ist ein gutes Beispiel für das, was ich sagen will. Stellen Sie sich einmal vor, wie leer Ihr Leben wäre, wenn Sie keine Aufgabe hätten, die Ihnen Anerkennung einbringt, oder wenigstens ein bisschen Zufriedenheit. Jeder Mensch braucht einen Lebensinhalt.« Jordan dachte an seine Mutter und daran, dass Max behauptete, sie habe Selbstmord begangen, und ein stählerner Ring schien sich um seine Brust zu legen.

»Letitias Lebensinhalt sind Teepartys und Versammlungen!«, sagte Eve verächtlich.

»Vielleicht hilft es ihr, die Leere in ihrem Leben auszufüllen.« Jordan dachte an die Partys, die er in seiner wilden Zeit besucht hatte, an die Frauen, die er gehabt hatte. Doch er war dieses Leben rasch müde geworden. Die flüchtigen sexuellen Abenteuer hatte er als sinnlos empfunden, und die rücksichtslosen Geschäftspraktiken bei der Übernahme anderer Unternehmen hatten ihn abgestoßen. »Denken Sie einmal darüber nach, Eve. Letitia hätte auch zu ihren Eltern und in das privilegierte Leben flüchten können, das sie früher geführt hat. Stattdessen ist sie bei Max geblieben, und dafür bewundere ich sie. Denn ich glaube, sie hat es nur für ihre Töchter getan.«

Eve starrte ihn ungläubig an. Sie hätte ihn am liebsten angeschrien, um ihm klar zu machen, dass er im Irrtum war und dass Letitia sie, Eve, im Stich gelassen hatte. Aber das konnte sie nicht, ohne sich zu verraten.

Zum ersten Mal wurde Eve bewusst, dass sie über ihre Großeltern mütterlicherseits so gut wie nichts wusste, außer dass sie in Neuseeland lebten. Eves Onkel und ihre Tante Cornelia hatten selten von Letitia gesprochen, und auch Max hatten sie aus unerfindlichen Gründen kaum einmal erwähnt, obwohl er der einzige Bruder Cornelias war. Eve war in einer behüteten Welt aufgewachsen, in der es nur sie, ihre Tante und ihren Onkel gegeben hatte. Es war ihr immer so erschienen, als wolle man sie vor irgendetwas schützen, doch sie hatte nie herausgefunden, was es war.

»Hat Letitia Ihnen von ihrem Familienleben erzählt?«, fragte sie Jordan.

»Nein. Aber ich habe viele Frauen kennen gelernt, und Letitia ist eine elegante und gebildete Frau aus besten Verhältnissen. Ich glaube, Max hat sie geheiratet, weil sie eine perfekte und sehr dekorative Ehefrau abgab. Ich kann mir nicht vorstellen, dass er ihr ein guter Mann ist, aber ich schätze Letitia als treue und aufopferungsvolle Frau ein, die versucht hat, das Beste aus ihrem Leben zu machen. Aber man sieht ihr an, dass sie nicht glücklich ist. Sie wirkt einsam. Und ich bezweifle, dass sie ihren Töchtern sehr nahe steht, obwohl sie sich aufgeopfert hat, um die Mädchen großzuziehen.«

Eve staunte über Jordans Schlussfolgerungen, vor allem, weil er Letitia kaum kannte. Sie selbst hatte immer gedacht, ihre Mutter sei eigensüchtig und habe sie abgeschoben, weil sie nicht in die »perfekte Familie« passte. »Wie kommen Sie darauf, dass sie ihren Töchtern nicht nahe steht?«, fragte sie vorsichtig.

»Ich hatte kürzlich Gelegenheit zu einem Gespräch mit Alexandra und habe dabei Frankie erwähnt. Sie wusste gar nichts über ihn – dabei hatte ich Letitia am Tag zuvor erzählt, was den Malloys zugestoßen war. Ist das nicht seltsam? In einer so kleinen Stadt war der Brandanschlag auf Frankies Haus doch sicher Anlass zu Mutmaßungen und Gerede. Ich bin überzeugt, dass jeder darüber gesprochen hat.«

»Das denke ich auch. Aber Max hatte seiner Familie sicherlich eingeschärft, sich von Ihnen fern zu halten«, gab Eve zu bedenken. »Deshalb hat Letitia wahrscheinlich gezögert, ihren Töchtern zu erzählen, dass sie mit Ihnen gesprochen hat – damit Max es nicht erfährt.«

»Ich zweifle nicht daran, dass Letitia Alexandra und Celia zum Schweigen verpflichtet hätte, aber wenn sie einander nahe stünden, hätte sie mit ihnen bestimmt über den Brandanschlag und die Malloys gesprochen.«

Eve hatte nie die Möglichkeit in Betracht gezogen, ihre Mutter und die Schwestern könnten einander nicht nahe stehen.

»Glauben Sie, die Mädchen würden Letitia erzählen, wenn sie mit Ihnen gesprochen hätten?«, fragte Eve, um festzustellen, ob Jordan Lexies nächtliches Auftauchen in Eden erwähnte.

»Alexandra war kürzlich spätabends hier, und sie hat kein Geheimnis daraus gemacht, dass sie sich aus dem Haus geschlichen hatte, ohne dass jemand davon wusste. Ich glaube nicht, dass sie ihrer Mutter oder ihrer Schwester später etwas davon gesagt hat. Es scheint Alexandra Spaß zu machen, sich so geheimnisvoll und rebellisch zu geben.«

Eve fand das stark untertrieben. »Ich kann mir nicht vorstellen, was sie hier wollte, aber Sie haben ihr hoffentlich geraten, sich nie mehr blicken zu lassen.« Zwar war Eve fast sicher, dass Jordan genau das *nicht* getan hatte, doch sie hatte noch einen Funken Hoffnung.

Jordan hob eine seiner dunklen Brauen. »Sie kommt wieder, da bin ich mir sicher.«

Für Eve wurde es immer schwieriger, ihre Gefühle gegenüber Lexie zu verbergen. »In der Stadt hat sie einen gewissen Ruf ...«

»Das überrascht mich nicht.«

»Warum gestatten Sie ihr dann, ohne Einladung hierher zu kommen? Sie haben doch nicht etwa Mitleid mit ihr?« Obwohl Nebo es für möglich hielt – Eve konnte nicht glauben, dass Jordan Lexie attraktiv fand. Der Gedanke war zu schrecklich.

»Sie hat auch eine verletzliche Seite, Eve«, sagte Jordan, verzichtete aber auf weitere Erklärungen, denn er wollte seinen Plan erst einmal für sich behalten. »Und jetzt entschuldigen Sie mich bitte, ich muss den Männern helfen.« Jordan verließ die Veranda und ging zur Arbeiterbaracke. Eve blickte ihm nach.

»Empfindsame Seite, ja? Lexie ist ungefähr so empfindsam wie eine Giftspinne«, stieß sie zornig hervor.

Sie setzte sich für ein paar Minuten ins Esszimmer und rieb sich die schmerzende Hüfte. Sie freute sich schon auf den Beginn der Regenzeit, weil die Schmerzen dann wahrscheinlich ein wenig nachließen. Frankies Hammerschläge hallten aus einem der oberen Räume durchs stille Haus. Eigentlich hätte Eve jetzt ein Zimmer streichen sollen, mit dessen Renovierung Frankie gerade fertig geworden war, doch der Ausdruck auf dem Gesicht ihrer Mutter, als Gaby sie angeschrien hatte, ließ Eve nicht mehr los. Sie dachte darüber nach, was Jordan über Letitia und deren Leben als Max' Frau gesagt hatte.

Später schlenderte Eve zum Fluss hinunter und entdeckte Gaby, die ins Wasser starrte, an den Stamm eines Baumes gelehnt. Eve sah, dass sie geweint hatte.

»Ich würde gern mit Ihnen reden«, meinte Eve leise.

»Wenn es um Letitia geht – dazu möchte ich nichts mehr sagen«, erwiderte Gaby und presste die Lippen fest zusammen, um weitere Tränen zurückzuhalten.

»Bitte hören Sie mir zu, Gaby. Danach rede ich nie wieder darüber, das verspreche ich Ihnen.«

»Gut. Aber meine Meinung über diese Frau werde Sie nicht ändern, egal was Sie sagen.«

Eve setzte sich auf eine grasbewachsene Stelle und beobachtete einige Gallahs – kleine Papageien, die am anderen Ufer aus einer der flachen Mulden tranken.

»Ich kenne die Courtlands schon eine ganze Weile«, begann sie zögernd.

»Warum haben Sie vorhin dann nichts gesagt?«

»Ich weiß es nicht, Gaby. Ich hätte es gern getan – aber ich habe gesehen, wie glücklich Sie waren, als Sie die wunderschönen Sachen anprobierten.« Eve schaute zu Gaby auf und sah die Verwirrung in deren Augen. Was Gaby wohl dazu sagen würde, wenn sie wüsste, dass Max und Letitia meine Eltern sind?, fragte sie sich im Stillen. »Ich glaube«, fuhr Eve dann fort, »wir haben etwas gemeinsam.«

»Und was?«

»Wenn wir uns erst einmal eine Meinung über einen Menschen gebildet haben, ist meistens nichts mehr daran zu ändern.«

»Ich habe immer geglaubt, eine gute Menschenkennerin zu sein«, erwiderte Gaby. »Aber bei Letitia scheint mich meine Urteilskraft im Stich gelassen zu haben.«

»Vielleicht auch nicht«, meinte Eve.

Gaby schaute sie verwundert an.

Eve fuhr fort: »Ich habe die Dinge immer nur in Schwarz und Weiß eingeteilt, aber jetzt bin ich mir zum ersten Mal nicht mehr sicher, ob es so einfach ist.«

»Was hat Sie dazu gebracht, Ihre Meinung zu ändern?«

»Ich habe gerade mit Jordan gesprochen. Er kennt Letitia erst kurze Zeit, aber er hat eine völlig andere Meinung über sie und ihr Leben als ich.«

»Beim Anblick eines hübschen Gesichts und einer schönen Figur setzt bei Männern oft der Verstand aus!«

»Ich glaube nicht, dass es daran liegt, Gaby«, beharrte Eve.

»Jordan kennt sicher viele schöne Frauen. Schließlich ist er ein gut aussehender und vermögender Mann. Um ehrlich zu sein ... vielleicht habe ich Letitia Unrecht getan. Ich dachte immer, sie hätte kein Rückgrat und ließe Max sein egoistisches und brutales Verhalten einfach so durchgehen. Ich habe Letitia immer für oberflächlich gehalten, aber wenn man bedenkt, wie viel Zeit sie ihrer wohltätigen Arbeit widmet ... Ich bin sicher, sie wollte Ihnen und Ihrer Familie wirklich helfen.«

»Bestimmt nur, weil sie Schuldgefühle hatte!«

»Das glaube ich nicht, Gaby. Maximillian Courtland ist ein schlechter Mensch, das wissen fast alle hier in der Gegend. Besonders den *kanakas* gegenüber ist er grausam und brutal, und Jordan meint, dass er seine Familie kaum besser behandelt. Vielleicht stimmt es sogar. Das können wir nicht wissen, nicht wahr?«

»Das ist keine Entschuldigung dafür, dass Letitia mich getäuscht hat.«

»Sie hat Sie nicht wirklich getäuscht«, erwiderte Eve und stellte überrascht fest, dass sie ihre Mutter verteidigte. »Wenn Max Ihr Haus hat niederbrennen lassen – und das halte ich zumindest für wahrscheinlich –, wusste Letitia nichts davon. Ich glaube, sie hat es erst erfahren, als Jordan ihr sagte, er habe Max in Verdacht, und sie hat sich sicher sehr geschämt. Sie wollte auf ihre Art wieder gutmachen, was ihr Mann getan hat.«

Gaby starrte noch immer düster vor sich hin.

»Ich weiß, so einfach geht das nicht, Gaby, aber versetzen Sie sich einmal in Letitias Lage. Wie wäre Ihnen zumute, würde Ihr Mann einer unschuldigen Familie so etwas antun?«

»So etwas würde Frankie niemals tun! Wenn doch, würde ich ihn auf der Stelle verlassen – und Letitia sollte es bei Max genauso halten.«

»So habe ich früher auch gedacht, aber vielleicht ist es nicht so einfach. Max Courtland ist sehr mächtig und sehr einschüchternd. Selbst gestandene Männer haben nicht den Mut, gegen ihn anzukämpfen. Letitia ist freundlich und hilfsbereit, aber sie ist ein schwacher Mensch. Doch das sagt sich leicht, denn *ich* muss ja nicht mit Max Courtland leben.« Sie hielt kurz inne und fuhr fort: »Jordan meint, Letitia sei nur deshalb bei Max geblieben, um ihre Töchter zu beschützen.« Zum ersten Mal kam Eve der Gedanke, ihr Vater könne Letitia gedrängt haben, sie in die Obhut ihrer Tante und ihres Onkels zu geben.

Gaby blickte Eve eindringlich an. »Ich will nicht, dass er ungestraft davonkommt, aber ich kann auf der anderen Seite verstehen, wenn jemand seine Kinder schützen will. Ich selbst habe Jordan gebeten, keine Vergeltung zu üben, weil ich Angst um meine Söhne habe.«

Eves Gedanken schweiften in die Vergangenheit. Hätte ihre Mutter sie wirklich zurückhaben wollen, hätte sie sich Max' Entscheidung widersetzen können. Eve verstand nicht, warum Letitia es nicht getan hatte – und wahrscheinlich würde sie es niemals verstehen.

Später am Nachmittag saß Eve am Flussufer und schrieb einen Brief an ihre Tante Cornelia und ihren Onkel Louis. Sie war voller Fragen über Letitia und hoffte, dass die beiden ihr die Antworten geben konnten. Cornelia und Louis schrieben ihr mindestens einmal im Monat und schickten die Briefe an die Adresse von Mary Foggarty. Eve hatte ihnen nie mitgeteilt, das sie jetzt in Eden lebte, und sie wollte auch nicht, dass die Leute in Geraldton davon erfuhren.

Und wenn Cornelia und Louis ihr nicht die Antworten geben konnten, auf die sie hoffte?

Eve wusste nicht, was sie dann tun sollte und ob sie sich überwinden konnte, ihrer Mutter jene Fragen zu stellen, die ihr Herz bewegten.

14

Es war gerade erst hell geworden, als Jordan von Geräuschen vor dem Haus geweckt wurde. Er sprang aus dem Liegestuhl, zog Hose und Stiefel an und ging zur vorderen Veranda. Dort traf er auf Ryan O'Connor, der fremden Besuchern gegenüberstand, zwei Männern und drei Jungen in einem Pferdewagen sowie zwei Reitern.

»Was haben Sie hier zu suchen, Gentlemen?«, fragte Ryan mit seinem breitesten irischen Akzent, während er drohend einen dicken Holzknüppel schwang. Jordan blieb einen Augenblick stehen und nahm das beinahe komisch anmutende Bild in sich auf: Falls Ryan versuchte, die ruppige Art Sauls und Noahs nachzuahmen, mit der sie die raubeinigen Feldarbeiter aus Babinda in die Flucht geschlagen hatten, so hatte er wenig Erfolg damit.

Als Jordan sich den Männern zuwandte, sah er zu seiner Überraschung, dass Jimmy Hammond den Wagen lenkte. Noch mehr verwunderte es ihn, Alberto Santini neben Jimmy zu sehen. Die beiden Reiter neben dem Wagen kannte er nicht, ebenso wenig die drei Jungen auf dem hoch beladenen Gefährt.

»Schon gut, Ryan«, sagte er. »Ich kenne zwei von den Gentlemen.«

»Ich hoffe, du bist auf Arbeit vorbereitet, Jordan«, rief Jimmy ihm aufgeregt zu. »Wir haben deine Setzlinge.«

»Meine Setzlinge ...?«, fragte Jordon verdutzt.

»Das ist eine Geschichte, die man am besten bei einer Tasse Tee erzählt«, gab Jimmy zurück und sprang vom Wagen.

Als Alberto ebenfalls vom Bock stieg, erschrak Jordan, dass der Freund seit ihrer letzten Begegnung kaum gewachsen war. Er reichte Jordan nicht einmal bis zur Brust.

»Willkommen daheim in Eden«, sagte Alberto, drückte Jordan fest die Hand und legte den Kopf in den Nacken, um zu ihm aufzuschauen. »Himmel! Hat dein Onkel in Brisbane dich mit Dünger gefüttert? Du musst zwei Meter gewachsen sein, seit wir uns das letzte Mal gesehen haben!«

Jordan lächelte in Albertos vertrautes, freundliches Gesicht, und die Jahre schienen sich in nichts aufzulösen. »Und *du* bist überhaupt nicht gewachsen, seit ich dich das letzte Mal gesehen habe«, meinte er lachend. Dann fiel sein Blick auf den Hut Albertos, und dieser las Jordans Gedanken. »Mit meinen Haaren kannst du mich nicht mehr aufziehen«, meinte er, während er den Hut abnahm und über seinen fast kahlen Schädel strich. »Sind kaum noch welche da.«

Das hätte Jordan niemals für möglich gehalten, doch es war so.

Jimmy stellte ihn den anderen Männern vor. Der Älteste war John Kingston, ein Engländer.

»Ich bin ein entlassener Sträfling aus Port Arthur. Falls Sie irgendetwas dagegen haben, dass ich auf Ihrem Land arbeite, sagen Sie es ab besten gleich«, erklärte er.

Jordan war einen Moment verwirrt über Kingstons direkte Art; dann aber schüttelte er dem Engländer die Hand und erwiderte: »Wenn Sie bereit sind, für einen Mann zu arbeiten, den Sie nicht kennen, bin ich mehr als dankbar für Ihre Hilfe.« Er sah die Erleichterung im Blick des anderen und ahnte, dass John Kingston nicht oft so problemlos akzeptiert wurde.

Der jüngere und kräftigere der beiden Männer hieß Hannes Schmidt. Er war ein deutscher Einwanderer, der eine Zuckerrohrplantage gepachtet hatte.

»Wenn ich einen guten Preis für meine Ernte bekäme,

könnte ich mir eine eigene Plantage kaufen«, sagte er zu Jordan.

Von Jimmy erfuhr Jordan, dass beide Männer Gegner Max Courtlands waren. Er deutete an, dass beide schon ihren Preis dafür bezahlt hatten, jedoch aus Prinzip gegen Max standen. Die drei Jungen auf dem Wagen entpuppten sich als ein Teil von Albertos großer Nachkommenschaft: Pasquale war sieben, die Zwillinge Luigi und Pedro neun Jahre alt.

Ein Blick in den Wagen zeigte Jordan, dass dieser mit Setzlingen beladen war. Er war Alberto und Jimmy von Herzen dankbar, brauchte aber doppelt so viele Leute, um all seine Felder zu bepflanzen.

»Ich danke euch sehr, dass ihr mir die Setzlinge besorgt habt, aber ...«

»Ich weiß, du hast zu wenig Leute«, unterbrach ihn Jimmy. »Aber bis heute Abend werden wir deine Felder bepflanzen, selbst auf die Gefahr hin, dass es uns umbringt!« Jimmy warf Alberto, der ein wenig besorgt dreinschaute, einen Blick zu.

»Ich sehe mal nach, ob Ting yan den Teekessel schon aufgesetzt hat«, meinte Ryan, denn er spürte, dass irgendetwas nicht stimmte und dass die alten Freude etwas zu besprechen hatten. »Wir haben hier ein paar Jungen in eurem Alter«, fügte Ryan hinzu, an Albertos Söhne gewandt. »Vielleicht würdet ihr sie gern kennen lernen ...?«

Nach einem zustimmenden Nicken ihres Vaters sprangen die Jungen vom Wagen und gingen mit Ryan zur Rückseite des Hauses.

Jordan blickte stirnrunzelnd von Alberto zu Jimmy. »Versteht mich bitte nicht falsch ... ich bin euch sehr dankbar, dass ihr mir helfen wollt. Aber ich wüsste gern, woher ihr die Setzlinge habt.«

Jimmy brach als Erster das Schweigen. »Die erste Fuhre ist aus unseren Beständen.«

»Was meint ihr damit – erste Fuhre? Kommen noch mehr, von jemand anderem?«

»Sie müssten schon hier sein«, sagte Alberto schlicht.

»Was sagst du da?« Jordan war völlig durcheinander. »Es sind aber keine Setzlinge hierher geliefert worden!«

»Sei dir nicht zu sicher«, meinte Jimmy. »Komm mit!« Er ging zum Flussufer, und die anderen folgten ihm.

Am Fluss angelangt, stieß Jimmy einen Pfiff aus und starrte angestrengt zum gegenüberliegenden Ufer, als warte er auf etwas. Jordan folgte seinem Blick, konnte aber nichts erkennen, da die Sonne soeben über dem Horizont erschien und der Schatten der überhängenden Bäume das Flussufer verdeckte.

»Was geht hier vor, Jimmy? Auf was wartest du?«

»Das wirst du gleich sehen.«

Doch Jordan war nicht in der Stimmung zu rätseln. »Um Himmels willen, Jimmy …«

Plötzlich erschienen zwischen den riesigen Rohrkolben auf der gegenüberliegenden Flussseite drei große Ruderboote, von *kanakas* gesteuert. Jordan glaubte seinen Augen nicht trauen zu können, denn die Ladung der drei Boote bestand aus Setzlingen. Jimmy wandte sich mit strahlender Miene zu Jordan und Alberto um; auf seinen Zügen malten sich Freude und Erleichterung.

»Ich frag lieber nicht, woher ihr die Setzlinge habt …«, murmelte Jordan.

Jimmy grinste, und Jordan fühlte sich an frühere Zeiten erinnert, als sie noch Jungen gewesen waren und unbeschwert über ihre Streiche gelacht hatten.

»Es ist doch nur recht und billig, dass Max Courtland seinen Beitrag leistet, auch wenn er nichts davon weiß. Schließlich waren es ja nicht *seine* Setzlinge!«

Jordan grinste ebenfalls. »Ich bin ganz deiner Meinung, aber ich bezweifle, dass Max es auch so sieht«, sagte er.

»Bestimmt nicht«, sagte Jimmy. »Aber das ist uns egal, oder?«

»Wie dein Vater immer sagte – du bist ein Teufelskerl, Jimmy!«

Jimmy lachte, wirkte zugleich aber ein bisschen wehmütig. Es war lange her, dass sein Vater etwas zu lachen gehabt hatte.

Bei Tee und Fladenbrot mit Marmelade erfuhr Jordan später, dass Jimmy und Alberto zuerst sämtliche Setzlinge eingesammelt hatten, die sie entbehren konnten, doch ihnen war klar geworden, dass sie bei weitem nicht ausreichten. Dann hatte Jethro, einer von Jimmys *kanakas*, seinem Boss berichtet, dass Elias, ein *kanaka* von Courtlands Willoughby-Plantage, von einer Ladung Setzlinge gesprochen hatte, die Milo Jefferson angeblich an der Rückseite der Plantage abgestellt hatte. Darauf hatte Jimmy sich mit Alberto zusammengesetzt und diesem seinen Plan unterbreitet, vom Fluss aus an die Plantage heranzufahren und die Setzlinge mitzunehmen.

»Wir sind um Mitternacht den Fluss hinaufgerudert, als der Mond ganz von Wolken verdeckt war«, berichtete Jimmy aufgeregt wie ein Schuljunge. »Wir haben drei Boote und ein paar von unseren kräftigsten *kanakas* mitgenommen.«

»Aber wie habt ihr die Setzlinge das Flussufer hinunterbekommen? Wenn ich mich recht erinnere, ist das Ufer an der Rückseite von Willoughby sehr steil.«

»Stimmt«, sagte Alberto. »Wir mussten die Boote mit Seilen die Böschung hochziehen, sie mit Setzlingen beladen und dann wieder zum Wasser hinunterlassen.«

Jordan schüttelte ungläubig den Kopf.

»Das war ein riskantes Unternehmen«, sagte Jimmy mit blitzenden Augen. Die ganze Sache hatte ihm offensichtlich Spaß gemacht. »Wenn Max oder Milo uns erwischt hätten ...«

Jordan wollte gar nicht daran denken. Er war froh, dass die Freunde nicht ertappt worden waren.

»Findest du nicht, dass es ein perfekter Plan war, Jordan?«

»Ob er perfekt war, weiß ich nicht, aber ich kann nicht leugnen, dass er funktioniert hat.«

»Max hätte nie damit gerechnet, dass wir uns die Setzlinge dort schnappen würden, wo er sie hatte abstellen lassen.«

»Ihr hättet mich in euren Plan einweihen sollen«, meinte Jordan ernst, doch als er Jimmys und Albertos betroffene Mienen sah, konnte er ein Lächeln nicht zurückhalten. »Dann wäre ich mitgekommen«, fügte er hinzu.

»Wir hatten schon befürchtet, dass du es nicht richtig findest«, meinte Jimmy, »wo du doch jetzt ein angesehener Geschäftsmann bist, und überhaupt …«

Jordan schaute sie mit großen Augen an. »Ihr hättet es eigentlich besser wissen müssen«, sagte er und richtete den Blick auf Alberto. »War ich es nicht, der die blendende Idee hatte, mit dem Rasiermesser deines Vaters einen Fisch abzuschuppen?«

»Erinnere mich nicht daran«, erwiderte Alberto. »Ich musste mich drei Tag beim alten Nebo im Freien verstecken, bevor ich mich wieder nach Hause wagen konnte.«

»Und habe ich damals nicht Dan Carmichaels prämierten Hahn als Weihnachtsessen für unsere *kanakas* gestohlen?«

»Stimmt«, sagte Jimmy, als ihm die Sache wieder einfiel. »Du hast ihn gegen ein mageres junges Hähnchen ausgetauscht, das deine Mutter zum Mästen gekauft hatte, und geglaubt, Dan Carmichael würde es nicht merken, weil das magere Vieh die gleiche Farbe hatte wie das fette.«

Die drei Männer lachten herzlich, als sie an diese alte Geschichte dachten, zumal der wütende Dan Carmichael nie herausgefunden hatte, was seinem besten Hahn zugestoßen war.

Sie hatten gerade den Tee getrunken, als Jethro mit Jimmys Pferd, dem Pflug und einigen *kanakas* eintraf.

»Wenn wir heute fertig werden wollen, brauchen wir jeden Mann, den wir bekommen können«, meinte Jimmy.

»Ich kann euch allen gar nicht genug danken«, erwiderte Jordan.

»Schon gut«, gab Jimmy zurück. »Wir sind Freunde, und Freunde helfen einander.«

Jordan dachte an seinen Plan. »Du hast Recht«, sagte er.

Der Himmel war düster und verhangen, die Luft unbewegt und drückend heiß, als die Männer auf die Felder gingen, gefolgt von den Jungen. Es war einer von den Tagen, da einem schon nach fünf Schritten der Schweiß aus den Poren trat. Trotzdem gingen die Männer mit viel Optimismus – vielleicht auch einer Portion Unvernunft – an die Arbeit, während die Frauen ihnen nachblickten. Die Chance war gering, alle Felder in der kurzen Zeit zu bepflanzen, die ihnen blieb, bevor der Regen kam, aber daran dachten sie nicht.

Saul ging voraus und riss den Boden mit Jordans Pferdepflug auf, wobei er das riesige Joch geschickt auf seinen kräftigen Schultern balancierte. In der Nacht hatte es einen kurzen Schauer gegeben, sodass der Boden feucht war und es kaum staubte. Jordan, Alberto und Jimmy pflanzten die Setzlinge in die Furchen; Frankie, Shaozu und Jinsong gaben Dünger dazu, und Nebo und die Jungen bedeckten die Wurzeln der Setzlinge mit Erde.

Jimmys Männer verrichteten die gleichen Arbeiten auf dem angrenzenden Feld, unterstützt von John und Hannes. Noah schob den Dünger in Schubkarren zu den Feldern und lud die Setzlinge von den Booten in einen Pferdewagen um, den Billy zu den Männern hinausfuhr.

Der Tag schritt voran. Sie bepflanzten Feld um Feld, und schließlich übernahm Noah den Pflug, sodass Saul sich eine Pause gönnen konnte. Die riesigen Männer aus Tonga schwitzten so stark, dass ihre dunkle Haut wie eingeölt glänzte.

Gegen Mittag kochte Ting yan ein Festmahl, doch die Männer weigerten sich, die Arbeit wegen des Essens zu unterbrechen. Sie kämpften verzweifelt gegen die Zeit und den aufkommenden Sturm. Am späten Nachmittag begann es zu regnen. Eve hatte immer wieder zum Himmel geschaut und gebetet, der Regen möge noch auf sich warten lassen.

»Jetzt hören die Männer bestimmt gleich auf«, sagte sie zu Gaby.

»Das bezweifle ich«, erwiderte Gaby. »Ich glaube nicht, dass irgendetwas sie aufhalten kann, bis die Arbeit getan ist.«

»Ich gehe hinaus und helfe ihnen«, meinte Eve entschlossen und rechnete mit einem Protest, erlebte jedoch eine Überraschung, denn Gaby sagte:

»Dann komme ich mit. Hier kann ich im Moment ohnehin nichts Nützliches tun.« Sie schaute an ihrem abgetragenen Kleid hinunter. »Sie haben nicht zufällig noch eine von diesen Hosen?«

»Doch«, antwortete Eve. »Und auch noch ein Hemd.«

»Gut. Dann leihe ich mir dazu einen der Hüte aus, die an der Hintertür hängen.«

Jordan und Frankie blickten auf und sahen die Frauen mit hochgekrempelten Ärmeln auf sich zukommen. Sie wechselten einen Blick und tauschten ein erschöpftes Lächeln, bevor sie die schmerzenden Rücken wieder beugten.

Die Jungen gingen nacheinander zum Haus, um sich ein Stück Fladenbrot zu holen. Ting yan begleitete sie aufs Feld zurück und brachte frisches Trinkwasser, konnte trotz ihrer energischen Versuche aber niemanden überreden, zum Haus zu kommen und eine warme Mahlzeit zu sich zu nehmen.

Der Regen wurde stärker und stärker, die Erde klebte an ihren Schuhen, und der Boden verwandelte sich in klebrigen Morast, der das Gehen erschwerte. Zudem brachte der Regen kaum Erleichterung, denn es blieb heiß, doch die Tropfen wuschen ihnen wenigstens den Schweiß vom Körper.

Am späten Nachmittag waren alle am Rande der völligen

Erschöpfung, doch weil nur noch gut ein Morgen zu bepflanzen war, arbeiteten sie fieberhaft weiter. Donner grollte, Blitze zuckten vom Himmel und wahre Sturzregen prasselten auf sie nieder, doch sie ließen nicht nach. Entschlossen wollten sie die Arbeit zu Ende führen. Als es dunkel wurde, war der Himmel schwarz vom Regen. Endlich waren die letzten Setzlinge gepflanzt; alle streckten ihre schmerzenden Rücken und blickten sich um.

Jordan nahm den Hut ab und schaute über die Felder. Der Regen lief ihm in Strömen übers Gesicht. Er erinnerte sich, wie sein Vater versucht hatte, ihm die Freude und den Stolz zu vermitteln, als er seine erste Saat in den Boden gebracht hatte. Zum ersten Mal konnte Jordan nachempfinden, was sein Vater damals gefühlt hatte. Jordan verspürte eine so tiefe Befriedigung, wie er sie nie zuvor empfunden hatte. Doch er wusste, dass er es allein niemals geschafft hätte. Er war todmüde und innerlich aufgewühlt, sodass es ihm schwer fiel, die passenden Worte zu finden, um jenen Menschen zu danken, die ihm geholfen hatten, doch er versuchte es.

»Hört mir bitte mal zu. Ich möchte euch allen ...«

»Los, gehen wir im Fluss schwimmen!«, rief Josh in diesem Augenblick den anderen Jungen zu, und sie rannten davon.

Die Erwachsenen sahen ihnen nach. Jordan blickte zu Eve hinüber, wie er es in den vergangenen Stunden viele Male getan hatte. Er sah ihr an, dass sie Schmerzen litt. Er hätte ihr schon vor Stunden gern gesagt, sich solle sich ausruhen, doch er wusste, dass es sinnlos gewesen wäre. Jetzt aber schien Eve jeden Moment vor Erschöpfung zusammenzubrechen.

»Lasst uns zum Haus gehen und uns waschen«, sagte Jordan statt einer Dankesrede.

Die Männer trotteten über die Felder, zu erschöpft, um Gespräche zu führen. Als sie die hintere Veranda erreichten, hörten sie die Jungen lachend im Fluss herumtollen. Wieder schauten sie einander an, und plötzlich lächelte Jordan.

»Kommt, gehen wir zu ihnen.«

»Was?«, fragte Jimmy ungläubig.

»Na los, gehen wir!« Jordans plötzlicher Enthusiasmus und sein Übermut wirkten ansteckend. Als wären sie wieder die halbwüchsigen Jungen von einst, rannten Alberto, Jimmy und Jordan zum Fluss und sprangen ins Wasser. Als Jordan prustend auftauchte, um Atem zu holen, rief er zu den anderen hinüber, die ihn verwundert beobachteten: »Na los!«

John Kingston sah Hannes an und zuckte mit den Schultern. »Wir könnten uns wirklich den Schlamm von der Haut spülen.«

Saul, Noah und die anderen *kanakas* taten es ihnen nach; sogar Nebo watete ins flache Wasser.

Nur Gaby und Eve standen noch allein am Ufer und wechselten einen ratlosen Blick.

»Sollen wir?«, fragte Gaby. »Ich weiß nicht, wie es dir geht, aber ich fühle mich schrecklich verschwitzt.« Die Frauen waren zur vertrauten Anrede übergegangen, was ganz in Eves Sinn war.

»Warum nicht?«

Kurz darauf tollten alle wie die Kinder im Fluss herum. Es war herrlich, sich Schweiß und Schlamm von der Haut zu spülen, und das wundervoll kühle Wasser tat ihren müden Gliedern wohl. Jordan, Alberto und Jimmy fühlten sich in ihre Kindheit zurückversetzt. Die vergangenen zehn Jahre mit all ihren Beschwernissen, allem Kummer, allem Leid waren für kurze Zeit vergessen.

Eine Stunde später rief Ting yan sie mit resoluter Stimme, die keinen Widerspruch duldete. Als der Duft des Essens ihnen in die Nase stieg und sie aus dem Wasser lockte, erkannten alle, wie hungrig sie waren. Während Eve und Gaby ihre nassen Sachen gegen trockene tauschten, zündeten die Männer auf der hinteren Veranda mehrere Laternen an, wo Ting yan für ein chinesisches Festmahl gedeckt hatte. Bald ließen sich alle mit Genuss das Essen schmecken.

Jordan hatte darauf bestanden, dass alle *kanakas* mit ihnen aßen. Ting yan hatte den größten Teil des Tages gekocht und war ganz enttäuscht gewesen, als niemand zum Essen erschienen war. Doch als jetzt alle kräftig zulangten, lief sie herum wie ein aufgescheuchtes Huhn, strahlte vor Freude und murmelte ständig in ihrem heimischen kantonesischen Dialekt vor sich hin.

Nach dem Essen zeigte Jordan den anderen Männern das Haus und sprach mit ihnen über seine Pläne für die Zukunft der Plantage. Obwohl Frankie in seiner bescheidenen Art nicht gern über seine Arbeit sprach, ließ Jordan ihn genau erklären, wie er jeden Raum instand setzen wollte. Als sie zum Kaffee auf die Veranda zurückkehrten, lehnten sie sich zurück und lauschten zufrieden dem Prasseln des Regens auf dem Dach und dem Konzert der Frösche am Fluss.

»Ich kann euch gar nicht sagen, wie dankbar ich für eure Hilfe bin«, sagte Jordan. »Gestern hätte ich mir keine Chancen mehr ausgerechnet, vor Beginn der Regenzeit eine ganze Ernte zu pflanzen.«

»Schon erstaunlich, was man erreichen kann, wenn sich ein paar Leute zusammentun«, meinte Jimmy und stand auf. »Ich sollte jetzt lieber zurückfahren, bevor Dorothy eine Suchmannschaft losschickt.«

»Ich auch«, sagte Alberto. »Normalerweise helfe ich Pia, die Kinder zu Bett zu bringen. Wenn die Jungen zu spät nach Hause kommen, krieg ich's mit dem Nudelholz.«

Luigi, Pedro und Pasquale, die gerade mit Josh und Billy in den Pfützen nach Fröschen jagten, murrten enttäuscht.

»Ich mache mich auch auf den Weg«, meinte John Kingston.

»Ihnen und Hannes möchte ich besonders danken«, erklärte Jordan. »Wir haben uns überhaupt nicht gekannt, bevor Sie heute kamen, und doch haben Sie mir nach besten Kräften geholfen. Fall ich mich revanchieren kann, lassen Sie's mich wissen!« Jordan wusste, dass er die Männer beleidigen würde, wenn er ihnen Geld anbot.

»Jimmys Freunde sind auch meine Freunde«, sagte Hannes mit seinem ausgeprägten deutschen Akzent. »Hoffen wir, dass es sich gelohnt hat, denn an der Mühle zahlt man uns einen jämmerlichen Preis. Wenn es nicht besser wird, muss ich mein gepachtetes Land aufgeben und den Traum begraben, eines Tages meine eigene Plantage zu besitzen.«

»Ich habe das Gefühl, dass die Dinge sich bald zum Besseren wenden«, sagte Jordan, entschlossener denn je, seinen Plan in die Tat umzusetzen.

Maximillian hatte diesen Tag in Babinda verbracht. Er hatte die Namen der Männer herausgefunden, die von Jordan eingestellt worden waren, und diese Männer aufgesucht. Als er in der Abenddämmerung nach Willoughby zurückkam, war er mit sich und der Welt zufrieden.

»Gibt's was Neues?«, fragte er Milo Jefferson, bevor er zum Haus hinaufging.

»Ja, Boss. Ich habe auf den Feldern von Eden eine große Gruppe Männer arbeiten sehen.«

»Und was haben sie dort gemacht? Jordan hatte keine Setzlinge.«

»Es … es sah aber ganz so, als hätten sie Setzlinge gepflanzt«, erwiderte Milo stockend.

»Was sagst du da? Wie ist das möglich?«

»Das weiß ich nicht, Boss, aber ich wollte gerade nachsehen, ob eine bestimmte Ladung Setzlinge noch da ist.«

Max' Miene wurde steinern. »Natürlich ist sie noch da. Niemand würde es wagen, nach Willoughby zu kommen. Außerdem kämen sie nicht an dir vorbei.«

»Ich weiß, Boss. Aber ich kann mir nicht vorstellen, woher Jordan die Setzlinge sonst haben soll.«

Ein paar Minuten später starrte Max ungläubig auf den kläglichen Rest der Setzlinge, die er Milo an der Rückseite von Willoughby hatte lagern lassen. Er folgte einer Spur zur Kante des Steilufers und blickte auf den Fluss hinunter. Dann bückte er sich, um Schleifspuren an der Kante des Steilabfalls in Augenschein zu nehmen.

»Dieser gerissene Hundesohn«, murmelte er. »Er muss Saul und Noah befohlen haben, hier Boote hochzuziehen. Dann haben sie die Boote mit Setzlingen beladen und wieder ins Wasser hinuntergelassen. Aber woher wusste er, dass die Setzlinge hier sind?« Er blickte Milo scharf an.

»Ich habe es keinem verraten«, stieß dieser hastig hervor.

»Aber jemand muss es getan haben, und ich werde herausfinden, wer es war!«

Milo war sichtlich eingeschüchtert. Der Mann, der die Information weitergegeben hatte, tat ihm jetzt schon Leid. »Was sollen wir tun, Boss?«

»Wegen der Setzlinge können wir gar nichts unternehmen, ohne zuzugeben, dass wir sie gestohlen haben«, rief Max wutentbrannt. »Aber eins sage ich dir – Jordan Hale wird den Tag noch verfluchen, an dem er mich herausgefordert hat!«

15

Trotz ihrer Erschöpfung schlief Eve nur ein paar Stunden. Seit sie mit den anderen auf den Feldern gearbeitet hatte, musste sie ständig an ihren Vater denken und daran, dass er Jordan beim Wiederaufbau von Eden zu behindern versuchte, wo er nur konnte. Was war ihr Vater für ein Mensch! Eve schämte sich für ihn.

Auch die Arbeiterbaracke in Willoughby ging ihr nicht mehr aus dem Kopf; der Anblick des schmutzigen, halb verfallenen Gebäudes verfolgte sie. Es war das Zuhause von mindestens dreißig *kanakas*, doch die Verhältnisse waren grauenhaft. Kaum vorstellbar, dass das große, luxuriöse, gepflegte Herrenhaus der Courtlands nur einen Steinwurf weit entfernt stand. Und wem hatte Max diesen Prunk letztendlich zu verdanken? Den polynesischen Arbeitern! Diese Ungerechtigkeit widert Eve an.

Seit den frühen Morgenstunden dachte sie daran, was Jordan am gestrigen Abend zu seinen Arbeitern gesagt hatte, bevor er schlafen gegangen war. Er hatte Frankie gesagt, dass nun, wo die Felder bestellt waren, die Renovierung der Arbeiterbaracke absoluten Vorrang habe; er wollte sie so schnell wie möglich fertig sehen. Den Zhang-Brüdern, Saul und Noah hatte er gesagt, er wünsche nicht, dass sie während der Regenzeit auch unter freien Himmel lagerten und dass sie nun lange genug gewartet hätten. Eve fand, dass die halb verfallene Baracke im Vergleich mit der in Willoughby ein Palast war.

Sie war froh, dass Ting yan mit ihr im Anbau wohnte, denn die Chinesin war eine angenehme Zimmergenossin, auch wenn sie sich wegen ihres miserablen Englisch kaum verständlich machen konnte. Frankie wohnte mit seiner Familie im Haupthaus, bis das Cottage fertig war.

Für seine Leute tat Jordan wirklich alles.

Eve konnte nicht umhin, ihn mit ihrem Vater zu vergleichen. Einen größeren Unterschied als zwischen den beiden Männern konnte es kaum geben. Jordan war großzügig und rücksichtsvoll, und für ihn gab es keine Unterschiede, was Herkunft und Hautfarbe betraf. Ihr Vater dagegen war selbstsüchtig und arrogant, und er behandelte die *kanakas* sehr viel schlechter als die Europäer. Und wie er Jordan behandelte, war ein Schande. Eve beschloss, sich Jordans Kampf gegen den eigenen Vater anzuschließen – auf die Art, die sie am besten beherrschte.

Um drei Uhr morgens verließ sie den Anbau und die friedlich schlafende Ting yan und ging ins Esszimmer. Dort entzündete sie eine Lampe und begann, einen leidenschaftlichen Artikel über die Behandlung der *kanakas* zu schreiben. Ihr Hauptanliegen waren die Arbeits- und Wohnbedingungen der Menschen von den Südseeinseln. Eve war entschlossen, ihren Artikel diesmal in der *Gazette* zu veröffentlichen.

Es hatte fast die ganze Nacht geregnet, doch der Morgen zog strahlend und heiter herauf, was zur allgemeinen Stimmung passte. Auch Jordan war gut aufgelegt und ging nach dem Frühstück mit den anderen Männern zur Arbeiterbaracke hinunter. Auf dem Weg dorthin hielt er an, um das neue Hühnerhaus zu bewundern, das Josh und Billy gebaut hatten; es war ein bisschen windschief, reichte aber trotzdem völlig aus. Jordan bedankte sich bei den Jungen, beglückwünschte sie zu der guten Arbeit und versprach ihnen eine Belohnung.

Während die Männer sich daranmachten, die Wände und

Dachrinnen der Arbeiterbaracke zu reinigen, ging Jordan mit Nebo ins Innere. Der alte Mann hatte Jordan gebeten, sich die Kisten mit den Besitztümern seiner Eltern anzuschauen, die er in Sicherheit gebracht und versteckt hatte.

Zögernd öffnete Jordan eine der Kisten, blickte hinein und spürte augenblicklich einen Kloß im Hals. Er hatte gewusst, dass es schmerzhaft sein würde, sich mit der Vergangenheit zu befassen, doch die persönlichen Sachen seiner Eltern zu sehen bedeutete, sich mit einem Sprung in sein früheres Leben zurückzuversetzen und auch dem alten Schmerz ungeschützt zu begegnen. Diese Begegnung war nicht zu vermeiden, doch Jordan hatte vorgehabt, sich der Vergangenheit in kleinen Schritten zu nähern.

Behutsam nahm er eine Silbervase in die Hand. Die Vase glänzte im Sonnenlicht, das durchs Fenster fiel. Im Geiste sah Jordan seine Mutter vor sich, wie sie in der Vase Blumen arrangierte.

»Sie ist in sehr gutem Zustand, Nebo«, sagte Jordan mit leiser Stimme.

»Ich habe Mistress Cathelines Silber poliert, Master Jordan. Ich konnte doch nicht faul herumsitzen, während die anderen arbeiteten. Schließlich muss ich mir mein Essen verdienen«, gab der alte Mann zurück.

Jordan blickte in Nebos gütiges Gesicht. »Was du für meine Eltern und mich getan hast, kann ich niemals wieder gutmachen, Nebo. All diese wertvollen Dinge wären ohne dich gar nicht mehr hier.« Sein Blick fiel auf ein gerahmtes Foto, das seinen Vater und ihn zeigte, und tiefe Trauer erfasste ihn. Das Bild war unter dem großen Eukalyptusbaum am Fluss aufgenommen worden, als Jordan etwa sechs Jahre alt gewesen war. Er hielt einen Fisch in der Hand, den er gerade geangelt hatte, den ersten Fang, der ihm ohne Hilfe des Vaters gelungen war, und er strahlte vor Stolz. Sogar auf der alten Fotografie erkannte man den liebenden Ausdruck im Blick seines Vaters.

Jordan konnte kaum glauben, wie klein der Fisch war, denn in seiner Erinnerung war es der größte Fisch gewesen, den er je gesehen hatte. Ob auch seine anderen Erinnerungen so verzerrt waren?

Als Nächstes griff er nach einer kleinen Uhr, die stets am Bett seiner Mutter gestanden hatte. Die Uhr war schon vor langer Zeit stehen geblieben; die Zeiger standen bewegungslos über den Zahlen. Doch die Uhr brachte lang vergessene Erinnerungen zurück, als wäre plötzlich ein Damm gebrochen, und sie trafen Jordan völlig unvorbereitet. Tränen traten ihm in die Augen, und seine Hände zitterten leicht.

»Warum mussten sie sterben, Nebo?«, flüsterte er.

Die Züge des alten Mannes wurden noch faltiger, und tiefer Schmerz lag in seinem Blick. Er legte Jordan eine Hand auf die Schulter und sagte: »Ihre Zeit war gekommen, Master Jordan.«

»Wirklich, Nebo? Mein Vater ist an gebrochenem Herzen gestorben. *Seine* Zeit war noch längst nicht gekommen ...« Er versuchte, seine Gefühle nicht durchscheinen zu lassen, doch in seiner Stimme schwang dennoch Bitterkeit mit. »Er hat meine Mutter sehr geliebt ...« Jordan schaute Nebo an, dessen weißes Haar im Sonnenlicht leuchtete. »Ich glaube nicht, dass Mutter an einem Schlangenbiss gestorben ist – und ich werde die Wahrheit herausfinden!«

Seine steinerne Miene und seine Entschlossenheit erschreckten Nebo, der Jordan so seltsam anblickte, dass eine eisige Faust sich um dessen Herz schloss.

»Master Jordan«, begann Nebo. »Ich weiß nicht, was Sie gehört haben, aber ...«

Jordan unterbrach ihn. »Wir bringen die Kisten zum Haus hinauf, bevor Frankie hier mit der Arbeit beginnt«, sagte er knapp.

»Sie wissen, dass ich alles für Sie tun würde, Master Jordan«, murmelte Nebo. »Was ich nur kann ...«

Jordan gewann den Eindruck, dass auch Nebo vor irgendetwas Angst hatte.

Während die Männer arbeiteten, lieh Gaby sich den Einspänner und fuhr in die Stadt. Frankie hatte ihr eine großzügige Summe Geld gegeben, um die Familie mit allem Nötigen zu versorgen. Obwohl Frankie es nicht zugab, nahm Gaby an, dass Jordan ihm mehrere Wochenlöhne vorgestreckt hatte – so viel Großzügigkeit war typisch für ihn. Sie musste lächeln, als sie daran dachte, wie glücklich Frankie war. Er behauptete, Jordan sei der beste Boss, den er je gehabt habe; außerdem sei es ein unschätzbar wertvolles Geschenk, die Familie bei sich zu haben. Auch Gaby fühlte sie ruhiger, seit sie ein wachsames Auge auf ihre Lieben halten konnte. Und wenngleich es in Eden sehr viel harte Arbeit gab, war die Plantage ihr ans Herz gewachsen. Auch die Jungen wohnten gern am Fluss, in dem sie schwimmen und angeln konnten.

Als Gaby den General Store betrat, sah sie Letitia Courtland im hinteren Teil des Geschäfts stehen; mit abwesender Miene schaute sie Stapel von Tischwäsche und Deckchen durch und war in Gedanken offenbar meilenweit weg. Gaby dachte an das Gespräch, das sie mit Eve am Fluss geführt hatte, und überlegte, ob Letitias Nachdenklichkeit tatsächlich auf Einsamkeit zurückzuführen war. Gaby war von widerstreitenden Gefühlen erfüllt, doch schließlich gewann eines die Oberhand: Mitleid.

Während Gaby Letitia beobachtete, blickte diese zufällig auf, und alle Farbe wich aus ihrem Gesicht. Ohne zu zögern ging sie zur Tür. Gaby holte sie erst draußen ein.

»Warten Sie, Letitia!«

Letitia blieb stehen und wandte sich langsam um. Sie trug ein cremefarbenes, mit Spitzen besetztes Kleid – schlicht, aber elegant. Gaby konnte sich nicht einmal vorstellen, etwas so Schönes zu tragen, doch anders als bei ihrer ersten Begegnung fühlte sie keinen Neid. Sie sah, dass Letitia sich gegen einen neuerlichen Angriff wappnete, und schämte sich dafür.

»Ich glaube, ich muss mich bei Ihnen entschuldigen«, sagte Gaby.

Letitia hob überrascht den Blick. »Nein, das müssen Sie nicht. Sie hatten jedes Recht, sich hintergangen zu fühlen und wütend zu sein.«

»Ja, aber meine Wut hätte den wirklichen Verantwortlichen treffen müssen, und das sind Sie nicht.«

»Ich bereue sehr, dass ich nicht den Mut zur Ehrlichkeit aufgebracht habe ...« Letitia wandte den Blick ab, für einen Augenblick sprachlos. Gaby empfand tiefes Mitleid mit dieser Frau.

»Als ich den ersten Schock überwunden hatte«, sagte sie, »habe ich alles besser verstanden. Ich weiß, dass Sie Angst hatten. Ich möchte sie um Verzeihung bitten, Letitia, denn Sie trifft keine Schuld. Wenn wir vor unseren Schöpfer treten, müssen wir uns ganz allein verantworten, jeder von uns, auch Ihr Mann.«

Unbehagliches Schweigen breitete sich aus. Letitia senkte den Kopf und starrte auf den Gehsteig. Gaby beobachtete sie und erkannte, dass Letitia unter ihrer zur Schau getragenen Würde ein trauriges, leeres Leben verbarg.

Und ich habe diese Frau beneidet, ging es Gaby durch den Kopf. Dabei geht es mir viel besser als ihr, denn ich besitze die Liebe eines großherzigen Mannes.

»Hätten Sie Lust, mir zu helfen, ein paar Sachen für die Jungen auszusuchen?«, fragte sie.

Letitia blickte auf. »Sehr gern, aber ...«

»Ich verstehe schon. Sie haben Wichtigeres zu tun.«

»Nein, Gaby. Da ist etwas anderes, das Sie wissen sollten. Damit es keine weiteren Missverständnisse gibt, möchte ich, dass von nun an alles offen ausgesprochen wird.«

»Worum geht es?« Gaby versuchte, ruhig zu bleiben, doch

ihr Herz schlug unwillkürlich schneller. Plötzlich sah sie ihre sichere Welt von neuem bedroht.

»Wie Sie wissen, habe ich ziemlich viele Dinge für Ihre Familie gekauft ...«

»Das war sehr freundlich von Ihnen. Aber was wir jetzt brauchen, kann ich selbst bezahlen. Geben Sie die anderen Sachen lieber jemandem, der sie dringender benötigt.«

Letitia gab sich einen Ruck. »Ich will keine Geheimnisse mehr zwischen uns Gaby. Deshalb sollen Sie wissen, dass es nicht mein Wohltätigkeitsverein war, der die Sachen für Ihre Familie bezahlt hat.«

Gaby blickte Letita fragend an. »Das verstehe ich nicht.« Plötzlich kam ihr ein beängstigender Gedanke: Hatte Max Courtland alles bezahlt?

»Jordan hat mir das Geld für die Sachen gegeben«, sagte Letitia.

»Jordan ...?« Gaby schüttelte fassungslos den Kopf.

»Bevor Sie wieder zornig werden, Gaby, versuchen Sie zu verstehen, dass Jordan sich verantwortlich fühlt für das, was Ihrer Familie zugestoßen ist. Sein Vater und mein Mann haben sich lange Zeit bekämpft, und deshalb ...«

»Ich weiß. Jordan glaubt, es wäre seine Schuld, dass der Brandanschlag auf uns verübt wurde ...«

»Ja, er macht sich Vorwürfe, und ich bezweifle, dass sich daran je etwas ändern wird. Hätte einer von Ihnen bei dem Brand sein Leben verloren ... ich weiß ich nicht, ob Jordan damit fertig geworden wäre. Er hat schreckliche Schuldgefühle, weil Sie Ihr Hab und Gut verloren haben. Jetzt tut er, was er kann, um es wieder gutzumachen ...« Letitia verstummte und schien sich zu fragen, ob sie zu viel gesagt hatte. »Er weiß, dass Sie eine stolze Frau sind und seine Hilfe nicht annehmen würden. Als ich sagte, mein Wohltätigkeitsverein könne Ihnen helfen, schlug er vor, für alles zu bezahlen, was Sie brauchten, sodass Sie neue Sachen bekämen, keine Spenden ...«

Gaby hatte ihr still zugehört. Jetzt erwiderte sie: »Ich verstehe Jordan, und ich mache ihm keine Vorwürfe, Letitia. Er ist sehr gut zu uns, und Frankie arbeitet gern für ihn. Ich habe meinen Stolz, vielleicht zu viel, aber da ich in Eden hart arbeite, habe ich nicht das Gefühl, ausgehalten zu werden. Wir alle leisten unseren Beitrag, auch die Jungen. Frankie lässt sie das Pferd pflegen, das den Pflug zieht, und die Hühner füttern. Ting yan und ich haben Gemüse gepflanzt, und die Jungen helfen uns beim Gießen und Unkraut jäten. Außerdem habe ich Vorhänge für das Haus genäht. Jordan wollte mich dafür bezahlen, aber jetzt, wo ich weiß, dass er all die Sachen für uns gekauft hat, werde ich kein Geld von ihm nehmen.«

Letitia stellte erleichtert fest, dass Gaby nicht verärgert war. »Ich habe ihm die Sachen gegeben, die ich in seinem Auftrag gekauft habe.«

»Oh!« Gaby war überrascht. »Er muss sie irgendwo versteckt haben. Vielleicht sollten Sie doch lieber mit mir einkaufen kommen, damit ich nicht dieselben Dinge kaufe wie Sie, sodass wir alles doppelt haben.«

Letitia lächelte zustimmend, und die beiden Frauen gingen zurück ins Geschäft.

Weder Gaby noch Letitia hatten bemerkt, dass Milo Jefferson vor der Futtermittelhandlung gestanden und ihr Gespräch mitgehört hatte.

Nachdem sie Mary Foggarty besucht und ihr Tee, Zucker und Mehl gebracht hatte, gab Eve im Postamt den Brief auf, den sie an ihre Tante und den Onkel geschrieben hatte. Mary Foggarty zog ihr eigenes Gemüse und war Vegetarierin, sodass sie nur wenige Vorräte brauchte. Sie freute sich jedes Mal, Eve zu sehen, doch ihr geistiger Verfall und ihre Schwerhörigkeit machten die Besuche für Eve sehr anstrengend.

Als Eve das Postamt erreichte, sah sie Milo Jefferson vor

der Futtermittelhandlung stehen und erschrak. Jefferson durfte auf keinen Fall sehen, dass sie ins Zeitungsbüro ging. Er würde es ihrem Vater brühwarm erzählen – und wenn jemand nichts davon wissen durfte, dann Max, sonst ahnte er womöglich, was Eve vorhatte, und würde verhindern, dass ihr Artikel in Druck ging.

Während sie Milo beobachtete, stellte Eve fest, das irgendetwas seine Aufmerksamkeit fesselte. Als sie die Straße entlangblickte, wusste sie, was es war: Er belauschte ein Gespräch zwischen Gaby und Letitia draußen vor Bartons General Store. Eve sah erfreut, dass die beiden ihre Differenzen offenbar beigelegt hatten, doch sie wusste, dass Milo ihrem Vater von Letitias Unterhaltung mit Gaby berichten würde – und das bedeutete Schwierigkeiten für Letitia. Eve hätte ihre Mutter gern gewarnt, doch solange sie mit Gaby zusammen war, konnte sie es nicht wagen. Wenn Gaby herausfand, dass Letitia und Max ihre Eltern waren, war es nur eine Frage der Zeit, bis Jordan es erfuhr – und das durfte Eve nicht riskieren.

Sie achtete darauf, dass Milo sie nicht sah, und überdachte noch einmal ihren Plan. Der Zeitungsherausgeber Jules Keane war ein willensstarker Mann, nahm die öffentliche Meinung jedoch sehr ernst, wenn es darum ging, ob er einen Artikel drucken sollte oder nicht. Eve hatte sich auf dem Weg in die Stadt selbst Mut gemacht, und nun glaubte sie, allen Einwänden begegnen zu können, die Keane ihr vorbringen mochte.

Vor dem Redaktionsbüro holte sie tief Atem, wappnete sich und trat entschlossen ein. Sie rechnete damit, in Gestalt Jules Keanes auf hartnäckige Ablehnung zu stoßen, stattdessen stand sie dem Praktikanten Irwin Read gegenüber.

Irwin war ein, zwei Jahre älter als Eve und galt in der Stadt wegen seiner Schüchternheit und Kontaktscheue als Außenseiter. In Eve glaubte er eine verwandte Seele gefunden zu haben, einen Menschen, der ebenso außerhalb der Gemeinschaft stand wie er selbst. Außerdem bewunderte er ihren Mut und ihre Unabhängigkeit. Eve jedoch ahnte nichts davon.

»Hallo, Irwin. Wo ist Jules?«, fragte sie knapp und war viel zu sehr mit ihrem Problem beschäftigt, als dass sie Irwins Enttäuschung bemerkt hätte.

»Ist zur Bank. Muss aber bald wiederkommen. Kann ich dir vielleicht helfen?«

»Nur, wenn du in der Zwischenzeit die Zeitung übernommen hast«, murmelte Eve.

»Hast du etwas für die Gesellschaftskolumne geschrieben?«, wollte Irwin wissen.

»Das nicht gerade.«

Irwins Miene wurde verschlossen. »Wenn es etwas anderes ist, Eve – du weißt ja, dass Jules es nicht drucken wird.«

»Es geht um einen politischen Artikel, der veröffentlicht werden *muss*, Irwin. Wenn Jules es nicht tut, gehe ich zur Zeitung in Babinda. Außerdem werde ich mich an Sam Griffith persönlich wenden.« Sie sprach den Namen des Premierministers aus, als wäre sie eine gute alte Bekannte von ihm.

»Wirklich?«, fragte eine Männerstimme.

Eve fuhr herum und sah, dass Jules Keane hinter ihr das Büro betreten hatte. Er wirkte ganz und gar nicht erfreut, sie zu sehen. Eve holte noch einmal tief Atem und bemühte sich, ihre Entschlossenheit zurückzugewinnen, die durch Jules' plötzliches Erscheinen einen leichten Dämpfer erhalten hatte.

»Ich habe Recherchen angestellt ...«, sagte sie.

»Der Himmel stehe uns bei!«, stieß Jules trocken hervor und ging zu seinem Schreibtisch.

Eve ließ sich nicht beirren. »Wie Sie wissen, Jules, betrachtet man in Queensland den Bau staatlicher Zuckerrohrmühlen als mögliche Lösung des Problems der Ausbeutung polynesischer Arbeiter ...«

Jules machte eine abwehrende Geste. »Bevor du weiterredest, Eve – ich bin nicht bereit, noch einen deiner politischen

Artikel zu veröffentlichen. Sie sind mir zu radikal. Ich kann von Glück sagen, dass mein Büro nicht niedergebrannt wurde, nachdem dein letzter Artikel erschienen war.«

»Sie wollen die Menschen doch informieren. Sie wollen ihnen die Wahrheit vermitteln, nicht wahr, Jules?«

»Ja. Aber es zählt nicht zu meinen Aufgaben, Unruhen anzuzetteln!«

Eve ignorierte seinen Sarkasmus. »Wussten Sie, dass die Plantagenbesitzer im Gebiet von Mackay dem Premierminister eine Petition vorgelegt haben, die Errichtung staatlich betriebener Mühlen zu ermöglichen, um der Ausbeutung der Südseeinsulaner ein Ende zu machen?«

»Ja, Eve«, gab er ungeduldig zurück. »Ich bin über die neuesten Entwicklungen durchaus im Bilde!«

»Dann wissen Sie sicher auch, dass Premierminister Griffith die Absicht hat, die großen Plantagen in kleinere Einheiten aufzuteilen, um die Ausbeutung der *kanakas* zu beenden. Er möchte die Plantagen in Parzellen von fünfzig Hektar umwandeln, die an farbige oder weiße Pflanzer verkauft werden, statt sie nur zu verpachten. Das Land würde nicht mehr von unterdrückten Arbeitern, sondern von selbstbewussten Pflanzern beackert, die ihr eigenes Zuckerrohr anbauen und neuen Einwanderern Lohn und Brot geben. Worauf das alles abzielt, wissen Sie doch auch, nicht wahr?«

»Ich kann es mir vorstellen«, gab Jules scheinbar gelangweilt zurück.

»Griffith will verhindern, dass nur einige wenige Plantagenbesitzer auf anderer Menschen Kosten steinreich werden. Er möchte vielen einen fairen Gewinn ermöglichen und allen die Möglichkeit geben, ihre Produkte an die Mühlen zu verkaufen. Ich brauche Ihnen wohl nicht zu sagen, dass hier in Geraldton die Dinge anders laufen. Einige Plantagenbesitzer benutzen und missbrauchen noch immer ihre Arbeiter, um riesige Gewinne zu scheffeln.«

Obwohl Jules offensichtlich über Eves Worte nachdachte, schwieg er.

»Ich habe kürzlich hier in der Nähe von Geraldton eine Plantage besucht«, fuhr Eve fort, »wo ich auf einen Missbrauch der schlimmsten Sorte gestoßen bin, von dem ich Premier Griffith am liebsten berichten möchte. Vielleicht tue ich's auch.«

»Und wie kommst du darauf, dass er dir zuhört, Eve?«

Unbeirrt fuhr sie fort: »Wenn ich mich gezwungen sehe, mit dem Premierminister persönlich zu sprechen, werde ich den Namen dieser Stadt so sehr in den Schmutz ziehen, dass es Jahre dauern wird, ihn wieder reinzuwaschen. Ich werde Briefe an die Zeitungen in Mackay und Townsville schreiben und ihnen berichten, dass Geraldton stolz darauf ist, polynesische Arbeiter auszubeuten ...«

Jules konnte nicht glauben, was er hörte. »Das ist doch nicht dein Ernst.«

»O doch!« Eve setzte ihre entschlossenste Miene auf. »Und die Zeitungen in Mackay und Townsville werden die Geschichte nur zu gerne bringen, weil sie dann Tausende von Exemplaren mehr verkaufen können.«

»Ich brauche wohl nicht zu raten, welche Plantage du kürzlich besucht hast und wo du auf den ›Missbrauch der schlimmsten Sorte‹ gestoßen bist?«

»Ich nenne keine Namen, Jules. Ich will keinen Rufmordprozess riskieren.«

»Wie überaus rücksichtsvoll. Also gut, lass mich einen Blick auf deinen Text werfen.«

Eve hätte vor Freude jubeln können, hielt sich jedoch zurück und reichte Jules ihren Artikel.

Er riss ihn ihr förmlich aus der Hand, doch seine Miene blieb gleichgültig. Sein Gesicht gab auch dann noch nichts preis, als er die Brille aufsetzte und zu lesen begann, von Eve in atemloser Spannung beobachtet. Sie wusste aus Erfahrung, dass Jules seine Gefühle selten zeigte. Meist wirkte er mürrisch, ja unfreundlich, und ging mit Lob sehr sparsam um. Bei ihrer ersten Begegnung hatte er Eve mit seiner Art regelrecht verschreckt, doch sie hatte inzwischen gelernt, ihm gegenüber selbstbewusst aufzutreten.

Während sie ihn beobachtete, runzelte er die Stirn. Wahrscheinlich las er gerade den Abschnitt über die Arbeiterquartiere auf Max Courtlands Willoughby-Plantage. Für einen Augenblick fragte sich Eve, ob sie zu weit gegangen war.

Jules bewunderte Eve für ihre Art zu schreiben, hatte es ihr aber nie gesagt. Außerdem hatte er erst kurz zuvor die Ergebnisse einer Meinungsumfrage gelesen, aus denen hervorging, dass die Mehrheit der Bevölkerung der Ausbeutung polynesischer Arbeiter ein Ende bereiten wollte und lieber mehr Arbeit für die steigende Zahl europäischer Einwanderer wünschte. Die *kanakas*, hatte Jules gelesen, sollten in naher Zukunft in ihre Heimat zurückgebracht werden. Also kam Eves Artikel gerade recht, doch Jules hatte nicht die Absicht, ihr das zu sagen. Wenn die *kanakas* tatsächlich in ihre alte Heimat zurückkehrten, würde dies der Herrschaft Max Courtlands über Geraldton ein Ende bereiten. Dann wäre er nur noch einer von vielen Plantagenbesitzern, die hart schuften mussten, um ihre Familie und ihre Leute zu ernähren.

»Der Artikel müsste ein wenig umgeschrieben werden«, sagte Jules.

In Eve stieg Freude auf. »Heißt das, Sie werden ihn veröffentlichen?«

»Aber wenn es Probleme gibt, Eve, möchte ich dich nie wieder hier sehen!«

»Oh, vielen Dank, Jules!«

»Wenn ich diese Entscheidung bedauern muss, wirst du mir nicht mehr danken. Hast du etwas für die Gesellschaftskolumne geschrieben?«

»Nein.«

Jules hörte den Widerwillen in ihrer Stimme. »Am Samstag findet ein Ball statt. Könntest du hingehen und mir gleich am Montagmorgen einen Artikel darüber bringen?«

Eve blickte ihn ungläubig an. »Wollen Sie wirklich, dass ausgerechnet ich zum Erntedankball gehe und einen Artikel darüber schreibe?«

»Ganz recht.« Eigentlich hatte Jules den Auftrag Irwin geben wollen, doch er konnte sich vorstellen, wie Irwin durch den Türspalt geschielt hätte, voller Furcht, jemand könnte ihn bemerken. »Ich würde ja selbst gehen, aber ich bin zu einer Hochzeitsfeier in Babinda eingeladen.«

Eve dachte nach. Jules wollte ihren Artikel veröffentlichen, also war sie ihm etwas schuldig. Doch sie hatte nichts Passendes zum Anziehen; außerdem gefiel ihr die Vorstellung nicht, allein zum Ball zu gehen.

Jules schien ihre Gedanken zu lesen. »Ich bin sicher, du wirst irgendein hübsches Kleid auftreiben, Eve. Außerdem brauchst du einen Begleiter. Irwin wird mit dir gehen.« Jules hätte beinahe gelächelt bei dem Gedanken, was für ein seltsames Paar die beiden abgeben würden: Irwin, der Schüchterne, und Eve, die Eigenbrötlerin.

Eve schaute Irwin an, der seinerseits ziemlich verwundert dreinblickte. Er sah nicht schlecht aus, doch sie brauchte nur in seine Richtung zu blicken, und sein Gesicht nahm die Farbe Roter Bete an.

»Also gut. Ich hoffe, Sie bezahlen mir etwas dafür, Jules.«

Jules bedachte sie mit einem gereizten Blick. »Eigentlich müsstest du mich für all die Probleme entschädigen, die durch deine Artikel entstanden sind.«

Eve schaute ihn gelassen an. »Das werden Sie nicht mehr sagen, wenn Ihre Auflage sich verdoppelt hat.« Nach einem letzten Blick auf Irwin, der sich in einem regelrechten Schockzustand zu befinden schien, wandte sie sich um. »Wir sehen uns am Samstag.«

16

Während Milo in der heißen Nachmittagssonne heimwärts ritt, schweiften seine Gedanken zurück zu den Anfängen der Plantage. Milo hatte so eingehend über Letitia nachgedacht wie schon lange nicht mehr, seit er sie vorhin in der Stadt gesehen hatte. Unwillkürlich erinnerte er sich an ihre erste Begegnung, und längst vergessene Gefühle stiegen in ihm auf ...

Zwei Tage, nachdem Milo vor Jahren seine Arbeit in Willoughby aufgenommen hatte, hatte Max ihn zum Haupthaus geschickt, um dort irgendetwas zu holen. Letitia war auf die Veranda gekommen, um ihn zu begrüßen. Damals waren Alexandra und Celia noch sehr klein gewesen, und Evangeline war noch gar nicht geboren. Letitia hatte Milo so strahlend angelächelt, dass es ihm buchstäblich den Atem verschlug. Von diesem Moment an war ihm jede Ausrede recht gewesen, um zum Haupthaus zu gehen. Bevor er nach Willoughby gekommen war, hatte er Australien kreuz und quer bereist, doch nie war ihm eine so schöne, elegante, freundliche Frau begegnet wie Letitia Courtland.

Letitia war nicht nur schön und stets geschmackvoll gekleidet, sie war überdies eine sehr kluge Frau. Und sie gab jedem das Gefühl, der wichtigste Mensch auf Erden zu sein. In Milos Augen besaß sie etwas Königliches. Damals hatte er sie selten einen Drink nehmen sehen, nur gelegentlich einen Cocktail mit Freundinnen. Und stets hatte sie einen fröhlichen Eindruck gemacht. Bei dieser Erinnerung fühlte Milo Wehmut in sich aufsteigen. Dann aber dachte er daran, was Letitia so sehr verändert hatte. Und als er an Luther dachte, kehrte die alte Bitterkeit wieder.

Luther Amos war einer der ersten Feldarbeiter gewesen, den Max Courtland in Willoughby eingestellt hatte. Sein Vater war Samoaner, seine Mutter eine katholische irische Missionarin. Luther hatte den hohen Wuchs, den kräftigen Körperbau und die angenehme Baritonstimme seines Vaters geerbt, und von der Mutter hatte er das glatte dunkle Haar und die grünen Augen. Die polynesischen Frauen hatten ihn unwiderstehlich gefunden, doch niemand hätte geglaubt, dass ein Feldarbeiter auch Letitia gefallen könnte ...

Milo hatte sie genau beobachtet und rasch erkannt, dass Letitia und Luther sich zueinander hingezogen fühlten. Von brennender Eifersucht erfüllt hatte Milo beobachtet, wie sehr Letitia der Charme und der Humor Luthers gefielen. Milo gegenüber war sie freundlich und respektvoll, doch in ihren Augen lag nicht dasselbe Leuchten, wie wenn sie Luther anschaute. Als Milo von Max zum Aufseher ernannt worden war, hatte er dafür gesorgt, dass Luther eine »Spezialbehandlung« bekam. Danach hatte man ihn nie wieder in Willoughby gesehen ...

Letitia hatte damals den Verdacht gehegt, dass Milo etwas mit Luthers Verschwinden zu tun haben könnte, und sich tief in ihren Schmerz zurückgezogen. Enttäuscht und verwirrt hatte Milo seinem Boss damals nichts über die Affäre Letitias mit einem seiner Feldarbeiter erzählt; Max selbst hatte ironischerweise deshalb nichts davon bemerkt, weil er in Gedanken viel zu sehr mit Catheline Hale beschäftigt war.

Zuerst hatte Milo geglaubt, sein geheimes Wissen über Letitia könne von Vorteil für ihn sein. Es hatte ihm ein Gefühl der Macht verliehen, doch er hatte rasch feststellen müssen, dass er niemals Luthers Platz in Letitias Herzen würde erobern können. Im Gegenteil: Sie hatte keinen Zweifel daran gelassen, dass sie nichts mit ihm zu tun haben wollte, selbst als er damit drohte, Max von ihrem Geheimnis zu erzählen. Zu der Zeit fing Letitia an, schon am Nachmittag Alkohol zu trinken und morgens lange im Bett zu liegen. Wann immer sie mit Milo sprach, lag Bitterkeit in ihrer Stimme, und seit damals hatte er ihr strahlendes Lächeln nicht mehr gesehen.

Milo war gerade erst durchs Tor geritten, als er wütendes Gebrüll hörte, in das sich Schmerzensschreie und Bitten um Erbarmen mischten. Bei den Ställen angelangt, wusste er, was es zu bedeuten hatte: Max verprügelte Elias.

»Gib zu, dass du Saul und Noah von den Setzlingen erzählt hast! Gib es zu!« Wieder schlug Max mit einer Bambusgerte auf Elias' blutigen Rücken. Elias' Hemd hing in Fetzen, und Schweiß bedeckte seinen geschundenen Körper.

»Ich hab sie nicht gesehen, Boss! Ich schwör's!«

»Du verdammter Lügner!« Wieder schlug Max zu, und diesmal traf er Elias' linke Wange. Mit einem gellenden Schrei fiel Elias auf den Rücken, doch Max war dermaßen außer sich vor Wut, dass er nicht von seinem Opfer abließ. In all dem Durcheinander bemerkte niemand, dass Letitia zurückgekommen war.

»Max! Was tust du da, um Himmels willen?«, fragte sie, als sie hastig vom Einspänner sprang.

Max war so sehr darauf konzentriert, die Wahrheit aus Elias herauszuprügeln, dass er nicht einmal in ihre Richtung blickte. »Sag es mir, oder ich schlag dich tot!«

»Ich weiß nicht, wer die Setzlinge genommen hat, Boss! Ich hab niemand von Eden getroffen ... ich schwör's, Boss ... bitte, hören Sie auf, bitte ...«

Elias schluchzte verzweifelt, zog die Beine an und bedeckte den Kopf schützend mit beiden Händen.

»Keiner wusste, dass die verdammten Setzlinge hier waren!«, brüllte Max und beugte sich über den zusammengekrümmten Körper. Wieder hob er die Gerte, doch Letitia eilte zu ihm und packte ihn am Arm.

»Hast du den Verstand verloren?«, rief sie. »Hör sofort auf, du Schinder!«

Max fuhr zu ihr herum. Er schäumte buchstäblich, und auf seinem vor Zorn hochroten Gesicht glänzten Schweißperlen. »Halt dich da raus, Letitia, oder ich ...«

»Ich werde nicht zulassen, dass du unsere Arbeiter schlägst. Kein Wunder, dass die halbe Stadt dich für einen Tyrannen hält!«

Max hatte den Punkt erreicht, an dem sein vernünftiges Denken praktisch ausgeschaltet war. Und dass ausgerechnet seine Frau sagte, die Leute hielten ihn für einen Tyrannen, ließ ihn auch den letzten Rest Zurückhaltung verlieren. Er hob die Bambusgerte, um Letitia zu schlagen – etwas, das er nie zuvor getan hatte. Sie erstarrte vor Schreck und schloss in Erwartung des Hiebs die Augen, doch Milo trat dazwischen.

»Gehen Sie zum Haus hinauf, Mistress Letitia«, sagte er ruhig.

Letitia schlug die Augen auf und schaute ihn verwundert an. Dann nahm sie alle Kraft zusammen, rang um Fassung und wandte sich zum Gehen.

Max bedachte Milo mit einem langen, finsteren Blick; dann starrte er Elias voller Verachtung an, bevor er die Gerte zu Boden warf, einen Fluch ausstieß und seiner Frau folgte.

Als sie die Veranda erreicht hatten, drehte Letitia sich zu ihrem Mann um. »Was soll dieses Gerede von den verschwundenen Setzlingen?«

»Vergiss es«, sagte Max. Er wirkte ein wenig ruhiger; sein Atem ging wieder langsamer, und sein Gesicht war nicht mehr so rot, als könnte ihn im nächsten Moment der Schlag treffen. Er ging ins Haus, nur um gleich darauf mit einem Krug Rum und einem Glas wieder zu erscheinen. Er schenkte sich ein und kippte den Rum auf einen Zug herunter. Dann füllte er das Glas erneut und ging zum anderen Ende der Veranda.

Letitia dachte über das Gehörte nach. »Du hast Elias beschuldigt, Saul und Noah von irgendwelchen Setzlingen erzählt zu haben. Die beiden sind *kanakas* und arbeiten in Eden, nicht wahr?«

Max nickte, kam vom Ende der Veranda zurück und schenkte sich sein Glas ein drittes Mal voll, bevor er sich in einen Sessel fallen ließ. Letitia konnte beinahe sehen, wie fieberhaft sein umnebelter Verstand arbeitete. Sie ging zur Hintertür, rief Zeta, das Hausmädchen, und trug ihr auf, Verbände und Jod zu holen und damit Elias' Wunden zu behandeln. Dann stellte sie ihren Mann zur Rede.

»Was geht hier eigentlich vor, Max? Ich kann nicht glauben, dass du Elias so etwas angetan hast. Du glaubst doch nicht im Ernst, er würde uns hintergehen? Er arbeitet seit Jahren für uns!«

»Ich weiß, dass er jemandem von den Setzlingen erzählt hat«, gab Max zurück, und seine Stimme wurde wieder lauter. »Keiner wusste, wo sie waren, und doch hat jemand sie gestohlen.«

Obwohl Letitia mit der alltäglichen Arbeit auf der Plantage nichts zu tun hatte, wusste sie über viele Dinge Bescheid. Nur jemand, der als Pflanzer neu anfing, brauchte Setzlinge …

Plötzlich fielen ihr Gabys Worte über die Setzlinge wieder ein, die Jordan in Ingham bestellt hatte. Sie waren verloren gegangen, doch es brauchte nicht viel Kombinationsgabe, um darauf zu kommen, wo die Setzlinge abgeblieben waren.

»Du hast Jordan Hales Setzlinge gestohlen, nicht wahr? Und er hat es irgendwie herausgefunden und sie sich zurückgeholt. War es so?«

Max starrte seine Frau an, erwiderte aber nichts. Das war auch nicht nötig.

Es erschütterte Letitia, dass Max offenbar vor gar nichts zurückschreckte, weder vor Brutalität noch vor gemeinem Diebstahl. »Also hast du den armen Elias fast zu Tode geprügelt, weil die Pflanzen, die du gestohlen hast, von ihrem rechtmäßigen Besitzer zurückgeholt wurden?« Fassungslos schüttelte sie den Kopf. »Du bist abscheulich!«

»Halte dich aus meinen Angelegenheiten heraus, Letitia!«, brüllte Max. »*Ich* bin der Boss dieser Plantage!«

»Die Fehde mit Jordan Hale muss aufhören, Max!«

»Aufhören? Sie wird nicht eher aufhören, als bis dieser Hund mit eingezogenem Schwanz die Cassowary-Küste verlässt!«, rief ihr Mann.

Letitia starrte ihn an, als sähe sie ihn zum ersten Mal seit Jahren. »Ich erkenne dich nicht wieder«, flüsterte sie. »Du bist nicht der Mann, den ich geheiratet habe, Max. Ich kann mich nicht einmal erinnern, wann ich das letzte Mal geglaubt habe, dich wirklich zu lieben.« Sie wandte den Kopf ab, um die Tränen zu verbergen, die ihr in die Augen traten.

Max nahm einen weiteren Schluck Rum und starrte seine Frau verächtlich an. Auch er konnte sich nicht erinnern, wann er zum letzten Mal so etwas wie Liebe für sie empfunden hatte. Sie waren Fremde – zwei Menschen, die am selben Ort lebten, sonst aber nichts mehr gemeinsam hatten.

Als Max den Rumkrug geleert hatte, ging er ins Haus, um sich schlafen zu legen. Letitia wusste aus Erfahrung, dass er nicht vor Sonnenuntergang erwachen würde, um dann weiterzutrinken. Zum Glück waren die Mädchen in der Stadt. Letitia beschloss, nach Elias zu sehen.

Gerade ging ein heftiges Unwetter nieder. Letitia zog sich eine Öljacke mit Kapuze an und eilte zur Arbeiterbaracke. Max hatte seiner Frau schon vor langer Zeit verboten, weiter als bis zu dem Zaun zu gehen, der die Baracke der *kanakas* vom Haus abschirmte. Es schicke sich nicht für die Herrin von Willoughby, Kontakt mit den »untersten Klassen« zu pflegen, hatte er gesagt, doch Letitia selbst hatte nie so gedacht. Sie hatte sich nur deshalb von der Baracke fern gehalten, um im Interesse der Mädchen den häuslichen Frieden zu wahren, und hatte sich aus zwei Gründen auch nicht in die Leitung der Plantage eingemischt: Erstens hätte Max es ohne heftige Auseinandersetzung gar nicht zugelassen, und zweitens verstand Letitia zu wenig vom Zuckerrohranbau. Ihre Domäne war immer das Haus gewesen.

Inzwischen aber hatte ihre Meinung sich geändert. Es war ein langer, schmerzhafter Prozess gewesen, doch nun war Letitia nicht mehr davon überzeugt, dass Max alles besser wusste. Sie sah keine Veranlassung mehr, die unterwürfige Ehefrau zu spielen. Plötzlich spürte sie das unbändige Verlangen, das zu tun, was sie für richtig hielt, anstatt noch länger den bequemen Weg zu gehen und sich um ihre eigenen Angelegenheiten zu kümmern.

Letitia war kaum um den Zaun herum, als sie auch schon entsetzt stehen blieb. Sie konnte nicht glauben, was sie sah. Das Gelände war öde und schlammig, und ein entsetzlicher Gestank schlug ihr entgegen. Max hatte es ganz offensichtlich nicht für nötig befunden, seinen Arbeitern sanitäre Einrichtungen zur Verfügung zu stellen. Schlagartig begriff Letitia, warum die *kanakas* so oft unter Darmkrankheiten litten und weshalb die Sterblichkeitsrate so erschreckend hoch lag. Am liebsten wäre sie geflüchtet, ging aber entschlossen weiter bis zur Tür der baufälligen Baracke, wo sie auf dem Boden Blutstropfen bemerkte. Schreckliche Sorge um Elias überkam sie.

Trotz des Regens und des undichten Daches war die Luft in dem Gebäude stickig. Von einer Wand zur anderen standen Pritschen nebeneinander; andere Möbel gab es nicht, auch keine Bettwäsche. Letitia entdeckte Elias auf der zweiten Pritsche von hinten. Er lag auf dem Bauch, und sein Rücken war nackt. Als Letitia näher kam, hielt sie sich mit einer

Hand den Mund zu, um einen entsetzten Aufschrei zu unterdrücken.

Elias' Rücken war blutig, die Haut zerfetzt von den brutalen Hieben, sodass an vielen Stellen das rohe Fleisch zu sehen war. Letitia empfand Hass auf ihren Mann – und zugleich tiefes Mitleid. Ihr war so übel, dass sie fürchtete, sich übergeben zu müssen.

Elias begann vor Schmerzen zu stöhnen. Als Letitia schließlich den Mut fand, ihn genauer anzuschauen, erkannte sie, dass Zeta seine Wunden gewaschen und Jod aufgetragen hatte.

»Elias ... ich bin es, Letitia«, flüsterte sie.

»Ich habe Saul nicht getroffen ...« Er schüttelte schluchzend den Kopf. »Und Noah auch nicht. Helfen Sie mir, Mistress ...«

»Was kann ich tun, Elias?«

»Jethro ... beschützen Sie Jethro ...«

»Wer ist Jethro?«, fragte Letitia leise und schaute sich verstohlen um.

»Willow Glen, Mistress. Halten Sie den Boss von dort fern!«

»Pssst, Elias. Sie müssen sich jetzt ausruhen!« Letitia überlegte fieberhaft, was Elias meinen konnte. »Jethro muss für Jimmy Hammond arbeiten«, sagte sie sich schließlich, denn ihr war eingefallen, dass Jimmy und Jordan früher enge Freunde gewesen waren.

»Hören Sie nicht auf sein Geschwätz«, sagte Milo plötzlich von der Tür her, und Letitia fuhr erschrocken zusammen. »Ich habe ihm ein opiumhaltiges Schmerzmittel gegeben, deshalb ist er durcheinander und redet wirres Zeug.«

Letitia richtete sich in dem schwachen Licht der Baracke auf. »Nein, er fantasiert nicht«, sagte sie. »Mein Mann ist ein Scheusal! Und sehen Sie sich nur diese Baracke an. Man müsste sie auf der Stelle abreißen!«

Milo schaute sich so unbeeindruckt um, als wollte er Letitia damit zu verstehen geben, dass sie maßlos übertrieb. »Ist doch gar nicht so schlecht hier. Auf den Inseln hausen die *kanakas* in Grashütten.«

»Ja, aber in sauberen Grashütten! Sicher sterben sie *dort* nicht an der Ruhr!«

Milo zuckte mit den Schultern, als interessiere ihn das alles nicht.

Letitia beachtete ihn nicht weiter und ging zur Tür. Sie hatte sich in Milo Jeffersons Gesellschaft immer unwohl gefühlt, hatte ihm nie getraut und sah auch jetzt keinen Grund, ihre Meinung über diesen Mann zu ändern.

»Ich habe Sie heute in der Stadt gesehen«, sagte Milo, als sie an ihm vorbeiging.

Letitia antwortete nicht, während sie sich ihren Weg durch den Schlamm suchte.

»Sie haben mit dieser Gaby Malloy gesprochen«, fügte er hinzu und folgte ihr.

Letitia wandte sich um. »Sie haben doch sicher Besseres zu tun, als meine Gespräche zu belauschen!«

»Ich stand vor der Futtermittelhandlung, und Sie vor Bartons General Store.«

Letitia wandte sich ab.

»Ihr Mann hätte bestimmt etwas dagegen, dass Sie mit Gaby Malloy sprechen«, sagte Milo.

Letitia blieb stehen und warf ihm über die Schulter einen Blick zu. »Warum, Milo? Vielleicht, weil er das Haus der Malloys niederbrennen ließ?«

Milos Augen wurden schmal, sein Blick kalt und boshaft, wie Letitia es oft bei ihm gesehen hatte. »Die Malloys arbeiten für Jordan Hale – und Sie wissen ja, wie Max über ihn denkt.«

»Ehrlich gesagt interessiert es mich nicht mehr, was mein Mann über Jordan Hale denkt oder über Gaby Malloy oder über sonst jemanden. Ich werde von nun an sprechen, mit wem ich will und wann ich will, also verschwenden Sie Ihre Zeit nicht damit, mich auszuspionieren!«

Zitternd vor Zorn wandte Letitia sich um und ging davon. Nie im Leben hatte es sie heftiger nach einem Rumcocktail verlangt als in diesem Augenblick.

17

Letitia stand vor Jordans Haustür und blickte in das gerötete Gesicht von Gaby Malloy. »Ich hoffe, Sie sind mir nicht böse, weil ich unangemeldet erscheine«, sagte Letitia und fühlte sich mit einem Mal sehr unwohl. Fast hätte sie ihren Plan aufgegeben, Gaby ihre schlimmsten Befürchtungen anzuvertrauen. Dann aber schenkte Gaby ihr ein warmes Lächeln, und Letitias Unbehagen schwand.

»Ich habe Ihnen doch gestern gesagt, dass Sie jederzeit willkommen sind, Letitia. Bitte, treten Sie ein.« Gaby führte Letitia zum Esszimmer, und das Geräusch ihrer Schritte hallte laut durch das leere Haus. Frankie hatte mit der Renovierung der Arbeiterbaracke begonnen, sodass der Tisch im Esszimmer von Holzresten und Werkzeugen freigeräumt war.

»Ich bin eben erst aus der Stadt zurückgekommen«, erklärte Gaby und tupfte sich den Schweiß vom Gesicht. Sie blickte Letitia an, die sich auf einen der von Frankie für die wachsende Anzahl von Hausbewohnern eilig gezimmerten Stühle fallen ließ. Letitia war zu sehr Dame, als dass sie zuzugeben hätte, wie schlecht sie sich fühlte, doch Gaby sah ihr auch so an, dass sie völlig durcheinander war.

»Ich werde Ting yan bitten, uns Tee zu kochen«, sagte sie. »Um ehrlich zu sein, Letitia, Sie sehen aus, als könnten Sie eine Tasse sehr gut gebrauchen.«

»Ich habe kaum geschlafen«, erwiderte Letitia. Ihre Wangen waren erschreckend blass, und unter ihren Augen lagen dunkle Ringe.

»Wenn es etwas gibt, das Sie gern mit mir besprechen möchten ... man hat mir schon öfter gesagt, dass ich eine gute Zuhörerin bin«, sagte Gaby. Sie wollte Letitia nicht drängen, doch sie sollte wissen, dass sie in ihr eine Freundin besaß, der sie sich unbesorgt anvertrauen konnte.

»Ich hatte gehofft, dass Sie so denken«, gab Letitia zurück. Gaby setzte sich neben sie. »Was macht Ihnen Sorgen?«

Einen Augenblick zögerte Letitia, denn ihre Freundschaft war noch sehr jung und zerbrechlich, und selbst wenn Gaby sich vorgenommen hatte, sie anders zu beurteilen als Max, fürchtete Letitia dennoch, Gabys Meinung über sie könne sich ändern. Sie hatte dieses Risiko eingehen wollen, weil sie es als wichtig erachtete, sämtliche Bewohner Edens über Max aufzuklären. Nun war sie plötzlich unsicher geworden. Schließlich aber dachte sie an Gabys Söhne, an Jordan und dessen Arbeiter und daran, was Max diesen Menschen antun konnte, und in diesem Augenblick wusste sie, dass deren Wohl sehr viel wichtiger war als ihr guter Ruf.

»Als ich gestern aus der Stadt zurückkam, war Max gerade dabei, einen unserer polynesischen Arbeiter auszupeitschen. Mein Mann war immer schon brutal, aber so weit hat er es bisher noch nie getrieben. Ich weiß nicht, was in ihn gefahren war, aber er führte sich auf wie ein Verrückter. Als ich eingreifen wollte, hob er den Arm, um auch mich zu schlagen. Zum Glück ist unser Aufseher eingeschritten.«

Gaby entfuhr ein erschrockener Ausruf, doch Letitia hörte es kaum. Wie jedes Mal, wenn sie an den Vorfall dachte, war sie fassungslos. »Er hat Elias vorgeworfen, einem der Arbeiter von Eden etwas über irgendwelche Setzlinge erzählt zu haben, die auf unserer Plantage lagerten.«

»Setzlinge?« Gabys Miene nahm einen nachdenklichen Ausdruck an. Jetzt ahnte sie, worauf Letitia hinauswollte.

»Ich glaube, die Setzlinge, um die es geht, sind von Jordan bestellt worden. Doch Max hatte Milo Jefferson zum Bahnhof geschickt, und der hat sie zu uns auf die Plantage geholt. Dann aber sind sie anscheinend verschwunden – und Max hat seine Wut an dem armen Elias ausgelassen.« Letitia kämpfte mit den Tränen.

Gaby hatte die Männer lachend erzählen hören, wie sie an die Setzlinge herangekommen waren. »Es tut mir Leid, dass einer Ihrer Leute dafür ausgepeitscht wurde, aber Sie sind deshalb doch nicht wütend auf Jordan, oder?«

»Nein, Gaby. Ich wollte Jordan warnen, denn mein Mann ist rachsüchtig. Ich weiß nicht, was er tun wird, aber ich möchte nicht, dass noch mehr unschuldige Menschen darunter leiden müssen. Ich habe Max gebeten, diese unselige Fehde mit Jordan endlich zu beenden, aber er gab mir sehr deutlich zu verstehen, dass er nicht im Traum daran denkt.«

Gaby seufzte. »Jordan wird Ihnen für diese Warnung sicher dankbar sein. Wie wär's, wenn wir nach dem Tee zusammen zur Arbeiterbaracke gehen und ihn suchen?«

Letitia nickte, doch Gaby fand nicht, dass sie beruhigt wirkte.

»Haben Sie in der Stadt Einkäufe gemacht?«, erkundigte Letitia sich abwesend und blickte zu den Päckchen auf der anderen Seite des Tisches.

»Ja. Jordan hat mich gebeten, Bettwäsche für die Arbeiterbaracke zu besorgen.«

Letitia dachte an den Anblick der Baracke in Willoughby und fühlte Scham und Betroffenheit. »Ich glaube, ich sollte jetzt gleich mit Jordan sprechen, Gaby, solange ich noch den Mut dazu habe. Ich schäme mich entsetzlich für das, was Max getan hat.« Sie senkte den Blick, schaute auf ihre Hände, die sie vor Nervosität nicht still halten konnte.

»Jordan gibt Ihnen keine Schuld, Letitia«, versicherte Gaby und legte ihr die Hand auf die Schulter. »Ich werde Ting yan bitten, uns den Tee hinauszubringen. Die Männer trinken sicher auch gern eine Tasse.«

Als die Frauen sich erhoben, hörten sie einen lauten Knall im oberen Stockwerk, gefolgt von gemurmelten Flüchen.

»Alles in Ordnung, Eve?«, rief Gaby.

Keine Antwort.

Während Letitia sich bemühte, ihr Erschrecken zu verbergen, eilte Gaby zum Fuß der Treppe.

»Was ist passiert, Eve?«

»Ich habe die verdammte Blechdose umgeworfen. Ich glaube nicht, dass Jordan einen türkisfarbenen Boden wollte, aber jetzt hat er einen.«

Gaby schlug eine Hand vor den Mund. »Ach du lieber Himmel!«

Eve streckte den Kopf aus einer der Türen auf der Galerie und blickte zu Gaby hinunter. Über ihren eigenen Sachen trug sie ein weites Hemd, das mit Farbklecksen übersät war. Ihre Haare und die Stupsnase waren gesprenkelt wie die Schale eines Vogeleis.

»Ich habe es doch nicht ernst gemeint, Gaby«, sagte sie und verdrehte die Augen. »Es wird zwar endlos dauern, aber ich wische es weg.«

Gaby lächelte erleichtert. »Ich helfe dir gern, wenn du willst.«

»Nein. Das schaffe ich schon allein.«

»Kommst du noch kurz herunter und begrüßt Mrs Courtland, bevor du anfängst?«

Eve riss überrascht die Augen auf und starrte zur Esszimmertür, an der ihre Mutter stehen geblieben war. Das Herz schlug ihr bis zum Hals, während sie voller Scham daran dachte, wie sie gutgläubige Menschen täuschte. Wie lange konnte sie ihr Geheimnis noch bewahren?

»Nein, ich bleibe lieber oben, Gaby. Ich bin vollkommen verdreckt.«

Letitia spürte die Zurückhaltung ihrer Tochter. »Wir holen es ein andermal nach«, sagte sie rasch und versuchte das Gefühl der Kränkung zu unterdrücken, das sie jedes Mal überkam, wenn Eve sie verleugnete.

Gaby wandte sich um und ging zu Letitia zurück. »Ich habe noch nie jemanden getroffen, der so unabhängig ist wie Eve«, sagte sie. »Nie lässt sie sich helfen.«

Beinahe hätte Letitia gesagt, dass Evangeline schon immer sehr selbstständig gewesen war, schon als kleines Mädchen. Egal wie sehr sie ihrer Behinderung wegen unter Schmerzen gelitten hatte oder wie schwer ihr das Krabbeln und Laufen gefallen war, sie hatte immer schon darauf bestanden, alles ohne fremde Hilfe zu tun. Letitia war es deshalb aber nicht leichter gefallen, sie abzugeben, im Gegenteil – sie hätte ihren rechten Arm geopfert, hätte Eve sie gebraucht.

Irgendwo draußen rief einer von Gabys Söhnen nach seiner Mutter.

»Entschuldigen Sie mich, Letitia«, sagte Gaby und eilte zur Hintertür.

»Lassen Sie sich nur Zeit! Ich komme schon zurecht!«

Von der Hintertür aus hörte Letitia zu, wie Gaby einen Streit zwischen den beiden Jungen schlichtete und erklärte, mit ihnen zum Fluss zu gehen, damit sie sich dort waschen konnten. Da Gaby nun für eine Weile fort war, konnte Letitia der Versuchung nicht widerstehen, die Treppe hinaufzusteigen, um Eve zu sehen, die wieder in dem Zimmer verschwunden war, in dem sie arbeitete.

Als Letitia das Zimmer betrat, sah sie ihre Tochter auf allen vieren am Boden. Mühsam wischte Eve die verschüttete Farbe auf. Mitleid überkam Letitia.

»Oje, was für ein Schmutz«, sagte sie.

Eve blickte auf, überrascht, Letita zu sehen. »Was tust du denn hier?«, fragte sie kühl. »Wo ist Gaby?«

Der unfreundliche Empfang kränkte Letitia, doch sie konnte verstehen, dass ihre Anwesenheit im Haus Eve nervös machte. »Gaby ist draußen und kümmert sich um einen der

Jungen. Keine Sorge, Evangeline, ich werde nichts sagen, was dich verraten könnte.«

»Das könnte dir aus Versehen passieren«, erwiderte Eve.

»Bestimmt nicht. Ich gebe dir mein Wort, Evangeline, dass ich aufpasse.«

»Ehrlich gesagt, Mutter, habe ich wenig Vertrauen in dein Wort. Du kannst dir ja nicht einmal merken, dass ich es nicht ausstehen kann, Evangeline genannt zu werden!« Eve rappelte sich mühsam auf und warf die mit Farbe vollgesogenen Lappen in einen Eimer.

Letitia bemerkte, dass Eve stark hinkte und offenbar Schmerzen hatte. »Deine Hüfte macht dir zu schaffen, nicht wahr?«

Eve schaute sie an, eine bissige Bemerkung auf der Zunge. Dann aber murmelte sie nur: »Es ist das Wetter ...«, erstaunt darüber, dass Letitia so rasch erkannt hatte, was ihr fehlte.

»Lass mich dir helfen, die Farbe wegzuwischen.« Letitia trat ins Zimmer und blieb vor der Farbpfütze stehen.

Eve bemerkte ihr Zögern. »Du machst dir dein teures Kostüm schmutzig«, sagte sie spöttisch. »Das ist die Sache doch nicht wert.«

Letitia zuckte zusammen, als hätte Eve sie geschlagen. Sie wusste, dass die Feindseligkeit ihrer Tochter mehr mit der Vergangenheit zu tun hatte als mit Eves Angst, Jordan könne herausfinden, dass sie eine Courtland war. »Du wirst mir nie verzeihen, Eve, nicht wahr?«

Eve wusste sofort, was ihre Mutter meinte. »Nein. Jedenfalls so lange nicht, bis ich eine zufrieden stellende Erklärung dafür bekomme, warum ihr mich nicht selbst erzogen habt. Und ich bezweifle, dass das jemals geschehen wird.«

Letitia öffnete den Mund, um etwas zu sagen, doch in diesem Moment hörte sie unten Gaby nach ihr rufen.

»Ich komme, Gaby«, rief sie zurück. Dann blickte sie in Eves vor Trotz versteinertes Gesicht und fragte sich, ob sie jemals den Mut aufbringen würde, ihr die Wahrheit zu sagen.

Als Gaby und Letitia sich einige Zeit später der Arbeiterbaracke näherten, hörten sie Hämmern und Sägen. Letitia fiel auf, dass das Gras vor dem Gebäude erst vor kurzem gemäht worden war, und sie sah, dass die Schatten spendenden Mango- und Papayabäume und die Bananenstauden ordentlich beschnitten waren. In der Nähe gab es einen gepflegten Gemüsegarten und einen neuen Hühnerstall. Die alte Arbeiterbaracke bildete einen tristen Kontrast zur Umgebung.

An der Tür der Baracke blieben die Frauen stehen und blickten hinein. Der Raum war sauber und roch nach frisch geschlagenem Holz: Frankie war gerade dabei, neue Betten zu bauen. Gaby erklärte Letitia, sie hätten die ursprünglichen Wände und den Boden geschrubbt, dabei jedoch Termitenschäden entdeckt, worauf Frankie das Zimmer mit vorbehandeltem Holz neu getäfelt hatte. Die Wände der Baracke waren aus Stein.

Gaby sah ihren Mann im hinteren Teil des Raums arbeiten, wo er Leisten an den neuen Bettrahmen nagelte, den er gebaut hatte.

»Frankie?«, rief sie, und er blickte überrascht auf. »Ist Jordan in der Nähe?« Bevor Frankie antworten konnte, kam Jordan aus einem kleinen Raum, in dem ein Badezimmer eingerichtet wurde. Er hielt eine Säge in der Hand. »Ich bin hier, Gaby.« Ein Lächeln legte sich auf sein Gesicht. »Guten Tag, Letitia. Schön, Sie wiederzusehen.«

Gaby hatte Jordan schon erzählt, dass sie und Letitia Frieden geschlossen hatten, und er war froh darüber – allerdings mehr für Letitia, denn er war sicher, dass Gaby eine gute Freundin abgab. Sie war bescheiden, aufrichtig und mitfühlend, und Jordan bezweifelte, dass Letitia viele Freundinnen hatte, auf die das zutraf.

»Guten Tag, Jordan«, sagte sie zurückhaltend und warf Gaby einen nervösen Blick zu, weil sie nicht wusste, wie sie beginnen sollte. Gaby schenkte ihr ein aufmunterndes Lächeln.

»Ich bin gekommen, um Sie zu warnen. Max ist sehr wütend wegen der Setzlinge – ob zu Recht oder nicht, interessiert ihn nicht. Ich habe Angst, was er als Nächstes anrichten könnte. Es tut mir sehr Leid, Jordan ...«

Jordan spürte, wie viel Überwindung diese Worte sie gekostet haben mussten, und empfand Mitleid mit ihr. »Machen Sie sich keine Sorgen, Letitia«, sagte er scheinbar gelassen. »Ich werde schon mit ihm fertig.«

»Er glaubt, dass zwei von Ihren polynesischen Arbeitern in die Sache verwickelt sind. Deshalb sagen Sie Ihren Leuten bitte, sie sollen vorsichtig sein.«

In diesem Moment hörten die Frauen ein Geräusch hinter sich. Als sie sich umwandten, sahen sie Saul und Noah herankommen. Die beiden trugen eine schwere Ladung Holzscheite. Die Frauen traten beiseite, um sie mit ihrer Last vorbeizulassen, und die Männer machten sich daran, die Scheite an der Wand neben dem Eingang zu stapeln.

»Hat Max Namen genannt?«, wollte Jordan von Letitia wissen.

»Ja. Saul und Noah«, sagte sie mit einem unsicheren Blick auf die beiden riesenhaften Südseeinsulaner. »Er glaubt, dass Elias einem der beiden von den Setzlingen erzählt hat, die auf der Willoughby-Plantage gelagert waren, und dass sie die Setzlinge gestohlen haben.«

Die beiden Männer aus Tonga schauten Jordan an, der rasch antwortete: »So war es nicht.«

»Max hat den armen Elias gnadenlos ausgepeitscht«, stieß Letitia mit Tränen in den Augen hervor.

Jordan sah Sauls und Noahs angespannte Züge und ihre geballten Fäuste. Er konnte ihnen den ohnmächtigen Zorn gut nachfühlen. Sie wussten, dass sie nichts tun konnten, um dieser unmenschlichen Brutalität ein Ende zu bereiten.

»Wird Elias wieder gesund, Missus?«, fragte Saul mit seiner tiefen Baritonstimme.

»Ich glaube schon. Ich habe gestern Nachmittag nach ihm gesehen und Zeta heute Morgen noch einmal zu ihm geschickt.« Letitia wandte sich wieder an Jordan. »Elias machte sich große Sorgen um jemanden namens Jethro. Ich glaube, dieser Jethro arbeitete für Jimmy Hammond.«

»Sagen Sie Elias, dass er hier immer Arbeit findet«, erklärte Jordan, der seinen Zorn nur mit Mühe im Zaum halten konnte. »Und er braucht sich keine Sorgen um Jethro zu machen – ich werde mit Jimmy sprechen und dafür sorgen, dass er gewarnt wird.«

Letitia blickte ihn erstaunt an, doch Saul und Noah waren offensichtlich froh, dass Jordan Elias Arbeit anbot.

»Aber ... Elias ist bei uns, seit wir Willoughby aufgebaut haben«, sagte Letitia. »Max wäre außer sich, wenn Elias zu Ihnen käme, um für Sie zu arbeiten. Ich glaube, es würde ihn völlig um den Verstand bringen, und er ist jetzt schon keinem vernünftigen Wort mehr zugänglich!«

»Wenn er seine Arbeiter nicht anständig behandelt, hat er ihre Treue nicht verdient«, gab Jordan kalt zurück. »Ich werde Elias vor Max beschützen, und ich werde ihn gut bezahlen.«

Letitia nickte, glaubte aber nicht, dass Elias Willoughby verlassen würde – trotz allem, was geschehen war.

»Sie sind ein freundlicher und großzügiger Mensch, Jordan«, sagte sie, und der Blick, mit dem sie ihn musterte, war voller Wärme. Nicht zum ersten Mal hatte Jordan den Eindruck, dass sie sich zu ihm hingezogen fühlte – wahrscheinlich, weil sie einsam und bitter enttäuscht von ihrem Mann war.

Letitia blickte sich in dem großen Raum um. »Ich schäme

mich, es zu sagen, aber ich habe unsere Arbeiterbaracke gestern zum ersten Mal gesehen, seit sie gebaut wurde. Ich konnte kaum glauben, wie verfallen und schmutzig sie ist. Es gibt keine sanitären Anlagen, kein Bettzeug, keine richtigen Fenster, nicht einmal einen Fußboden oder eine Tür. Kein Wunder, dass Max mich nie dorthin gehen ließ. Ich möchte gern etwas tun, aber ich weiß nicht was.«

»Sie können so lange nichts unternehmen, bis man die Gesetze ändert und Max gezwungen wird, sein Vorgehen zu ändern. Aber ich fürchte, das wird noch eine ganze Weile dauern.«

Es war fast Mitternacht, als Max endlich schlafen ging. Alexandra wartete, bis sie ihn schnarchen hörte, bevor sie zu den Ställen ging und ein Pferd sattelte. Ursprünglich hatte sie zu Fuß über die Felder nach Eden gehen wollen, wie sie es schon einmal getan hatte, aber da es in den Tagen zuvor an den Nachmittagen heftig geregnet hatte, überlegte sie es sich anders. Sie konnte nicht die Auffahrt entlang, ohne dass ihre Familie oder Milo Jefferson sie bemerkten, also führte sie das Pferd an der Rückseite von Willoughby entlang, bevor sie aufstieg und der alten Eisenbahnlinie folgte, auf der die Züge das Zuckerrohr transportierten.

Als Lexie Eden erreichte, führte sie ihr Pferd an der Arbeiterbaracke vorüber zum Haus.

Sämtliche Bewohner der Baracke lagen in tiefem Schlaf, bis auf Nebo, der verborgen im Dunkel unter dem Mangobaum saß. Er hatte nur für eine Stunde Ruhe gefunden und war dann von den Schmerzen in seinen entzündeten Kniegelenken erwacht. Lexie sah ihn nicht, doch Nebo erkannte sie.

Als das Schnauben ihres Pferdes die Männer weckte, versicherte er ihnen, dass es sich nicht um einen Überfall Max Courtlands und seiner Leute handelte, und sie legten sich beruhigt wieder hin.

Jordan wollte gerade schlafen gehen, als er hinter dem Haus Pferdegetrappel hörte und nach dem Gewehr griff.

»Guten Abend«, rief Lexie, die seine Gestalt im Dunkel der Veranda entdeckt hatte.

»Himmel, Lexie! Hast du nie daran gedacht, dass man dich erschießen könnte, wenn du hier wie ein Dieb im Dunkeln herumschleichst?«

»Sie würden mich bestimmt nicht erschießen!« Sie lachte unbefangen, und Jordans Ärger schwand, als sie vom Pferd stieg und zu ihm kam. Ihre wohl gerundeten Hüften wurden von den Reithosen hervorgehoben, und sie hielt sich sehr aufrecht, was ihre weiblichen Formen vorteilhaft zur Geltung brachte.

Jordan überlegte kurz, ob er ihr raten sollte, sich weniger aufreizend zu geben; dann aber sagte er sich, dass dies nicht seine Aufgabe war.

Als sie vor ihm stand, sah er, dass ihre weiße Bluse sich über ihren vollen Brüsten spannte; der oberste Knopf stand offen, und die Haut im tiefen Ausschnitt war goldbraun.

»Gut, dass du diesmal nicht den Weg über die Felder genommen hast«, sagte Jordan kühl. »Ich habe sie gerade erst bepflanzt.«

Sein gleichgültiger Tonfall schreckte Lexie nicht ab. Sie war entschlossen, ihn zu verführen, und davon überzeugt, dass es ihr irgendwie gelingen würde. »Nach all dem Regen in den letzten Wochen hätte ich sicher ein Bad gebraucht, wäre ich über den schlammigen Boden gelaufen, nicht wahr?«, sagte sie, und in ihren Augen spiegelte sich das Mondlicht. »Eine sehr angenehme Vorstellung«, fuhr sie flüsternd fort. »Dann könnten sie mir den Rücken waschen ... oder anderes ...«

»Meine Leute und ich baden im Fluss, Alexandra. Ich bin sicher, das wäre nicht nach deinem Geschmack.«

»Igitt!« Sie rümpfte die Nase. »Dann bin ich froh, dass ich geritten bin!«

»Bist du aus einem bestimmten Grund gekommen?« Jordan gähnte herzhaft und machte kein Geheimnis daraus, dass er todmüde war.

»Ich wollte fragen, ob Sie zum Erntedankball gehen.«

»Ja, das hatte ich vor. Es ist eine gute Gelegenheit, Leute kennen zu lernen und alte Freunde wiederzusehen.«

Lexie schaute ihn erwartungsvoll an.

»Gehst du auch hin?«, fragte er knapp. Jordan hätte Max gern provoziert, indem er Lexie bat, ihn zu begleiten, aber er hatte ja schon Celia gefragt – was Max Courtland nicht minder ärgern würde. Jordan musste allerdings aufpassen, die Frauen der Courtlands nicht vor den Kopf zu stoßen; dies konnte das Ende seiner Pläne bedeuten.

»Natürlich. Auch meine Eltern gehen jedes Jahr zu dem Ball. Celia und Warren kommen ebenfalls«, meinte Lexie. In ihrer Stimme schwang Gereiztheit mit.

»Dann reserviere bitte einen Tanz für mich«, sagte Jordan leichthin.

»Das wird nicht einfach sein«, gab Lexie zurück, merklich verärgert, dass ihre Reize ihn gleichgültig ließen. »Mein Vater hat in letzter Zeit ständig ein Auge auf mich gehabt. Er würde mich am liebsten an die Kette legen.«

Kein Wunder, dachte Jordan. »Wie bist du ihm denn heute Abend entkommen?«

»Er hat ein paar Gläser getrunken und ist eingeschlafen. Um ehrlich zu sein, macht er mir das Leben zur Hölle – und ich weiß nicht warum.« Lexie dachte an all die Abende, da sie nach Eden hinüberwollte, doch Max war erst ins Bett gegangen, als er sicher war, dass Lexie schlief – und da war es jedes Mal zu spät gewesen, noch nach Eden zu reiten.

»Das kann ich dir erklären«, meinte Jordan. »Dein Vater will nicht, dass du auch nur auf Sichtweite an mich herankommst.«

»Warum hasst er Sie so sehr?«

»Er und mein Vater waren Feinde.« Jordan wollte Lexie nicht mehr darüber erzählen.

»Und was hat das mit Ihnen zu tun? Ich weiß nicht, was auf einmal in ihn gefahren ist. Ich hasse es, ständig beobachtet zu werden! Celia kann kommen und gehen, wann sie will, aber von mir will Vater ständig wissen, was ich zu jeder Minute des Tages tue. Das ist nicht gerecht! Er erlaubt mir nur deshalb, zum Ball zu gehen, weil er mich nicht aus den Augen lassen will. Es würde mich nicht wundern, wenn er mich von Milo Jefferson bewachen ließe.«

Jordan lächelte in die Dunkelheit. Er wusste, dass Lexie von ihrem Vater als die größte Gefahr betrachtet wurde, was seine Familie und Jordans Drohung betraf.

»Ich gebe dir ein Versprechen, Alexandra.«

»Und welches?«, fragte sie aufgeregt.

»Du und ich werden auf dem Ball miteinander tanzen, ob es deinem Vater gefällt oder nicht.« Er schenkte ihr sein charmantestes Lächeln, und Lexie durchlief ein wohliger Schauder.

Dass Jordan außerdem die Absicht hatte, mit Celia und Letitia zu tanzen – unter den Augen von Max –, verschwieg er Lexie.

18

Letitia war nicht in der Stimmung, unter Menschen zu gehen – und das sagte sie Max auch, als er den Erntedankball zur Sprache brachte. Sie hätte ihm gern noch viel mehr gesagt: dass sie es satt hatte, so zu tun, als führten sie eine vorbildliche Ehe, und dass sie seine Brutalität nicht mehr ertrug. Doch Max starrte Letitia mit einem so brennenden Blick an, dass sie der Mut verließ, und sagte ihr, dass sie beide zu dem Ball gehen würden, ob sie in der Stimmung sei oder nicht.

»Ich habe eine führende Stellung in der Gemeinschaft. Da erwartet man von mir, dass ich solche Veranstaltungen besuche!«, erklärte er streng.

»Zum Glück bin ich nicht du«, gab Letitia zurück.

Ihr trotziges Aufbegehren kam völlig überraschend für Max. »Was ist in dich gefahren, zum Teufel!«, brüllte er sie an. »Ich lasse nicht zu, dass du mich blamierst. Wir gehen beide zu diesem Ball, das ist mein letztes Wort!«

Wütend verließ er das Zimmer, ohne auf eine Erwiderung zu warten. Letitia blieb mit der Gewissheit zurück, dass sie ihrem Mann nichts bedeutete und dass die Meinung der Öffentlichkeit ihm wichtiger war als ihre Gefühle. Aber was hatte sie anderes von ihm erwartet?

Am meisten überraschte sie der Hass auf sich selbst, der sich wie ein Nebel über sie legte und ihre tiefe Enttäuschung über Max verdrängte.

Letitia trank ihren Morgenkaffee auf der Veranda und verzog voller Bitterkeit das Gesicht, als sie sich ihr Gespräch noch einmal ins Gedächtnis rief. Widerwillig überlegte sie, was sie zu dem Ball anziehen sollte, als plötzlich Zeta und der Hausboy Jabari mit dem Einspänner die Auffahrt heraufkamen und Letitia von ihren trüben Gedanken ablenkten. Sie waren in der Stadt gewesen, um Vorräte zu kaufen.

»Habt ihr eine Zeitung bekommen?«, fragte Letitia, als die Bediensteten vor dem Haus vorfuhren.

»Ja, Mistress.« Zeta stieg schwerfällig die Treppe zur Veranda hinauf, während Jabari den Wagen zur Rückseite des Hauses lenkte, um die Vorräte abzuladen.

Letitia überflog die Nachrichten auf der Titelseite mit mäßigem Interesse: *Der Bürgermeister drängte darauf, einen Termin festzulegen, an dem die Stadt offiziell umbenannt wird, doch die Ratsherren verschleppen die Entscheidung ...*

»Typisch für diese überheblichen Dummköpfe«, murmelte Letitia missgelaunt, bevor sie die nächste Seite aufschlug. Sofort fiel ihr ein Artikel über ein Verbot der »Sklavenarbeit der *kanakas*« ins Auge. Sie hatte kaum den ersten Abschnitt gelesen, als ihr Herz heftig zu pochen begann und ihre Hände zitterten.

Arbeiterbewegung von Queensland rebelliert gegen herrschendes System.

Unmenschliche Schufterei, Krankheiten und Mangelernährung haben dazu geführt, dass die Sterblichkeitsrate unter den kanakas *um vierhundert Prozent höher liegt als bei den weißen Arbeitern. Das Parlament von Queensland sieht sich gezwungen, über grundlegende Veränderungen bei der Plantagenarbeit zu beraten.*

Rasch las Letitia den ganzen Artikel. Ihr blieb beinahe das Herz stehen, als sie zum letzten Abschnitt gelangte.

Die Lebensverhältnisse der kanakas *haben sich seit dreißig Jahren nicht verbessert. Auf einer Plantage in der Gegend um Geraldton sind polynesische Arbeiter in einem so abstoßenden, baufälligen, von Schmutz starrenden Quartier zusammengepfercht, dass selbst die Ratten einen Bogen um das Gebäude machen. Durch einen aufwändigen Zaun vor unbefugten Blicken geschützt, ist die Baracke selbst in beklagenswertem Zustand. Die Arbeiter erhalten weder Bettzeug noch ausreichende Essensrationen, und sanitäre Anlagen gibt es nicht. Prügel sind an der Tagesordnung, und diejenigen, die an Entkräftung und Hunger sterben, können sich glücklich schätzen, wenn sie in einem namenlosen Grab abseits der Friedhöfe der weißen Christen beerdigt werden. Die meisten Toten werden auf den Feldern verscharrt – an der Stelle, an der sie vor Krankheit oder Erschöpfung niedersinken.*

Auf Proteste hin hat die Menschenrechtskommission eine Kontrolle der Lebensbedingungen polynesischer Zuckerrohrarbeiter in der Gegend um Geraldton angekündigt.

»O Gott!«, stieß Letitia hervor. »Nicht schon wieder – und ausgerechnet jetzt!« Bestimmt würde Eve dieses Mal von Max zur Rede gestellt. Dann würde Jordan herausfinden, dass sie Max' Tochter war, und Eves schlimmste Befürchtungen würden Wirklichkeit. Sie würde ihre Arbeit und ihr Heim verlieren ...

Was hat sie sich nur dabei gedacht?, fragte sich Letitia. Warum kann sie sich nicht ruhig verhalten, ohne ständig neue Probleme zu schaffen? Letitia fürchtete, dass ihre Tochter diesmal in ein Wespennest gestochen hatte und dass sie selbst in diesen Streit hineingezogen würde.

»Mit wem redest du, Mutter?«, wollte Alexandra wissen, als sie auf die Veranda kam.

»Mit niemandem«, gab Letitia kurz angebunden zurück.

»Was ist denn los?« Jetzt erst fiel Lexie auf, wie blass ihre Mutter war. »Ist der Ball abgesagt worden?«

Letitia verdrehte die Augen. »Wenn es nur das wäre!«, murmelte sie, gab einen Schuss Rum in den Kaffee und leerte die Tasse in einem Zug. »Wenn dein Vater nach der Zeitung fragt, sag ihm, wir hätten keine bekommen.« Letitia stand auf und klemmte sich das Blatt unter den Arm.

Lexie runzelte die Stirn. »Aber, Mutter…«

»Tu, was ich sage!«, rief Letitia zornig und eilte ins Haus.

»Du siehst großartig aus, Eve!«, schwärmte Gaby.

Eve spürte Gabys Erstaunen, war aber selbst viel zu verwundert, um gekränkt zu sein.

»Ganz so weit würde ich nicht gehen, Gaby«, sagte sie. »Aber ich muss gestehen, ich hätte nie geglaubt, dass ich wie eine richtige Frau aussehen kann.«

Gaby lachte über diese seltsame Bemerkung. Sie befanden sich im Cottage der Malloys, denn Eve hatte darauf bestanden, sich dort umzuziehen. Gaby hatte ihr versichert, dass außer Frankie alle Männer fort waren, um das Dach von Alberto Santinis Haus zu reparieren, doch Eve war noch immer nervös. Die vier Zimmer im Cottage waren sauber, die Küche und das Wohnzimmer zum Teil schon renoviert, doch jetzt ruhte die Arbeit, weil Jordan darum gebeten hatte, dass Frankie sich zuerst um die Arbeiterbaracke kümmerte.

»Ich kann nicht glauben, dass du dieses Kleid an einem einzigen Nachmittag geschneidert hast, Gaby. Du bist ein Genie!« Eve kam sich in dem Abendkleid seltsam fremd vor, wollte aber nicht zugeben, dass sie nie zuvor eins besessen hatte. Die Robe aus blassrosa Damast war schlicht geschnitten, wie es ihrem Geschmack entsprach.

»Du wolltest ja nichts Modernes, Eve, deshalb war es nicht viel Arbeit.«

»Eigentlich solltest du selbst dieses Kleid zum Ball tragen«, meinte Eve. Als Zimmermann hatte Frankie eine ausreichend hohe gesellschaftliche Stellung, um mit den Plantagenbesitzern und deren Familien auf gleicher Ebene zu verkehren.

Gabys Miene wurde traurig. »Ich kann die Kinder nicht allein lassen«, sagte sie leise. »Ting yan hat gesagt, sie würde gern auf Josh und Billy aufpassen, wenn Frankie und ich zum Ball gehen wollten. Aber ich würde keine Freude haben, denn ich hätte immer Angst, Max Courtlands Leute könnten es ausnutzen, dass die meisten Männer auf dem Ball sind.«

»Keine Sorge, Gaby. Saul und Noah sind hier.«

»Ich weiß. Und ich muss gestehen, dass ich mich in ihrer Gegenwart viel sicherer fühle ...«

Ting yan kam mit einer Hand voll Haarspangen ins Zimmer. Eve hatte ihre Haare ein paar Mal gewaschen, um die Farbe herauszubekommen, und sie gebürstet, bis sie wie Seide glänzten. Ihr Haar war zwar kurz, aber dicht und samtig und leicht gelockt.

Gaby und Ting yan sahen die Haarspangen durch, während Eve ihnen nervös dabei zuschaute. Sie mochte keinen verspielten Schmuck, doch die beiden Frauen hatten sich ihretwegen viel Mühe gegeben; deshalb wollte Eve sie nicht kränken.

Schließlich wählten sie eine perlmuttene Spange, die sehr gut zum Farbton des Kleides passte, und Ting yan steckte sie Eve ins Haar. Dann traten die beiden einen Schritt zurück, um das Ergebnis in Augenschein zu nehmen.

»Ist es nicht ein wenig aufdringlich?«, fragte Eve unsicher und berührte mit der Hand vorsichtig die Spange.

»Nein, nein, Missy«, rief Ting yan und eilte herbei, um sie daran zu hindern, den Schmuck wieder aus dem Haar zu nehmen. »Sie sehen sehr hübsch aus. Nicht zu elegant, aber auch nicht zu schlicht.«

»Ja, so ist es genau richtig«, sagte auch Gaby. »Eve, du bist ein sehr hübsches Mädchen!«

»Für mich ist es schon ein Fortschritt, überhaupt wie ein Mädchen auszusehen«, sagte Eve.

Gaby lachte herzlich. »Seit Ting yan uns mit ihrem köstlichen Essen verwöhnt, hast du ein paar Pfund zugenommen und weibliche Kurven entwickelt.«

Eve errötete tief. »Hör sofort auf, Gaby!«

»Nein, wirklich, Eve, du siehst wundervoll aus!«

Zufrieden blickte Eve an sich und dem Kleid herunter, doch als sie den Saum anhob, seufzte sie tief. »Ich habe keine passenden Schuhe«, sagte sie traurig und zeigte auf ihre abgetragenen, staubigen Stiefel.

»O Gott. Diese Dinger kannst du unmöglich zu dem Kleid anziehen, Eve«, meinte Gaby entsetzt.

»Ich habe aber keine anderen Schuhe.« Eves neu gewonnenes Selbstvertrauen löste sich in Wohlgefallen auf. »Das war's dann wohl. Ich kann nicht auf den Ball gehen ...«

»Sie haben kleine Füße, genau wie ich, Missy«, stellte Ting yan fest. »Ich habe richtige Schuhe für Sie!« Damit eilte sie davon. Eve und Gaby wechselten einen neugierigen Blick, denn beide fragten sich, mit was Ting yan wohl zurückkommen mochte, denn normalerweise trug sie Holzsandalen.

Als die Chinesin wieder erschien, hielt sie ein Paar wunderschöne schwarze Satinslipper hoch, kunstvoll bestickt in rosafarbenem und weißem Garn. Eves Augen wurden groß vor Erstaunen. »Sie sind wunderschön, Ting yan.«

Die Chinesin lächelte. »Meine Schwester aus Kanton hat sie mir geschickt. Ich habe sie noch nicht getragen.«

»Dann darf ich sie nicht anziehen«, erwiderte Eve. »Es bringt Unglück, wenn man die Schuhe anderer Leute trägt, bevor sie selbst es tun.«

»In Kanton ist es umgekehrt, Missy. Bitte, nehmen Sie die Schuhe, damit es mir Glück bringt. Sie passen genau zum Kleid.«

»Das finde ich auch, Eve«, meinte Gaby. »Sie sind sehr elegant.«

Eve zog ihre Stiefel aus und schlüpfte in Ting yans Schuhe. Sie passten perfekt und fühlten sich wunderbar leicht an.

»Wann kommt dein Begleiter, um dich abzuholen?«, fragte Gaby, die Eve mit zufriedenem Lächeln musterte.

»Ich treffe mich in der Stadt mir Irwin ... falls er den Mut hat, zu erscheinen.« Sie sah das amüsierte Funkeln in Gabys Augen und fügte hinzu: »Ich hab dir doch gesagt, dass es keine richtige Verabredung ist! Irwin ist ... ach, schon gut. Wir gehen im Auftrag der Zeitung zum Ball. Ich bin sicher, dass Jules normalerweise Irwin allein geschickt hätte, aber er ist schrecklich schüchtern. Ich kann ihn mir schlecht als Reporter vorstellen.«

Letitia, Alexandra und Max legten den Weg in eisigem Schweigen zurück. Als sie vor dem Gemeindesaal angekommen waren, wandte Max sich an seine Frau.

»Ich gehe ins Hotel und trinke dort ein Bier mit Frank Morrison«, sagte er mit finsterer Miene.

Letitia fühlte sich gekränkt, doch es war ein Ritual, das die Männer jedes Jahr einhielten. Sie trafen sich in der Hotelbar, um bei ein paar Bier über den Zuckerrohranbau zu diskutieren, während die Frauen im Gemeindesaal das Buffett aufbauten.

Normalerweise hätte Letitia sich nicht daran gestört, denn für gewöhnlich genoss sie es, mit den Frauen zu schwatzen, ohne dass die Männer dabei waren. Doch an diesem Abend waren ihre Nerven zum Zerreißen gespannt.

»Trink nicht zu viel«, sagte sie impulsiv. Sie wollte nicht, dass Max schon betrunken war, wenn er Eves Artikel las – und *dass* er ihn lesen würde, schien unvermeidlich. Zwar war es Letitia gelungen, die Zeitung den ganzen Tag vor Max zu verbergen, doch die Männer in der Hotelbar würden ihn bestimmt darauf ansprechen. Es war wie eine tickende Zeitbombe.

Max hob die Brauen und bedachte Letitia mit einem vielsagenden Blick. »Halt *du* dich lieber mit dem Trinken zurück«, sagte er herablassend, und Letitia zuckte innerlich zusammen.

Sie und Alexandra folgten Corona Byrne in den Saal. Letitia rechnete damit, eine große Gruppe schnatternder Frauen um den Buffetttisch herum versammelt zu sehen. Stattdessen standen die Frauen in einer Ecke des Saals. Letitia und Lexie sahen sehr bald den Grund dafür: Jordan Hale hielt dort vor einer Schar faszinierter Bewunderinnen Hof. Auch Celia befand sich unter seinen aufmerksamen Zuhörerinnen, während Warren, der nicht gern mit den Männern trank, missmutig am Rand der Gruppe stand.

Celia hatte sich besondere Mühe mit ihrem Äußeren gegeben, was ihr Verlobter wohlwollend zur Kenntnis nahm, doch selbst in ihrem malvenfarbenen Kleid und mit dem sorgfältig frisierten Haar wirkte sie neben Lexie blass und nichtssagend. Ihre Schwester trug ein langes, dunkelrotes Abendkleid, das die Farbe von Portwein besaß. Ihr Lippenstift war von dem gleichen dunklen Rot, was einen faszinierenden Kontrast zu ihrem bronzenen Teint und den ebenholzfarbenen Locken bildete, die sie zu einer Hochfrisur gekämmt hatte. Als Jordan Letitia anblickte, die wie immer elegant in Creme und Gold gekleidet war, fiel ihm auf, wie angespannt sie wirkte, und er fragte sich, ob sie und Max gestritten hatten.

Kaum hatte er die Bar des *Cane Cutters Hotel* betreten, spürte Max, dass irgendetwas nicht stimmte. Die Atmosphäre war spürbar feindselig, und Schweigen senkte sich über den Raum. Einige Männer starrten ihn an, andere mieden seinen Blick.

»Gib mir einen Halben, Wally«, sagte Max zum Barmann.

Während Wally das Bier einschenkte, ließ Max den Blick in

die Runde schweifen, verwundert über die verstohlenen Blicke einiger Freunde.

Schließlich kam Frank Morrison auf ihn zu. »Wir hatten heute Abend nicht mit dir gerechnet«, sagte er.

»Warum nicht? Ich bin doch immer da, wenn es um eine Sache geht, die unsere Stadt betrifft!«

Frank schien sich nicht wohl in seiner Haut zu fühlen. »Also ... nun ja, weil ...«

»Weil was?«, stieß Max gereizt hervor. Er verlor allmählich die Geduld angesichts der verstohlenen Blicke und des seltsamen Geredes. »Nun sag schon, Frank!«

»Er spricht von dem Artikel, der heute in der Zeitung erschienen ist«, meldete Wally sich zu Wort.

»Wir haben heute keine Zeitung bekommen«, erwiderte Max, dem plötzlich der Verdacht kam, dass Letitia sie vor ihm verborgen haben könnte. Jetzt, wo er darüber nachdachte ... ja, sie war den ganzen Tag auffallend angespannt gewesen.

Plötzlich lag Max der Magen wie ein Stein im Leib; zugleich durchzuckte ihn unbändiger Zorn. Wally zog ein Exemplar der Zeitung hinter der Bar hervor.

»Wir brauchen keine Menschenrechtskommission, die uns im Nacken sitzt«, sagte Bill Boyd von der anderen Seite der Bar.

»Und wir können es uns nicht leisten, die Hütten der *kanakas* zu renovieren, während die Zuckerpreise sinken«, erklärte Herman Kirkbright.

»Wovon sprecht ihr überhaupt?«, murmelte Max und überflog den Artikel.

»Kannst du deinen Streit mit dem Mädchen nicht endlich beilegen und sie uns vom Hals halten?«, fragte Bill.

»Verdammt!«, fluchte Max, als er Eves Name über dem Artikel entdeckte. »Ich werde tun, was ich schon vor einem halben Jahr hätte tun sollen – ich schaffe sie fort!«

»Danke, dass du mich in die Stadt gefahren hast, Nebo«, sagte Eve nun schon zum dritten Mal.

Der Alte lächelte über ihre Nervosität, während er den Einspänner in die Hauptstraße von Geraldton lenkte. »Bringt Ihr junger Mann Sie später nach Hause, Miss Eve?«

»Irwin ist ganz bestimmt nicht ›mein‹ junger Mann, Nebo, und ich kann nicht von ihm verlangen, dass er mich bis nach Eden begleitet. Er glaubt, ich wohne bei Mary Foggarty. Könntest du mich abholen?«

»Ich warte auf Sie, Miss Eve. Ich kann solange Jackson Elroy besuchen.« Jackson wohnte in einer Hütte am Fluss, nur eine Straße hinter dem Gemeindesaal. Wie Nebo hatte er in der Anfangszeit Edens für Patrick Hale gearbeitet. Er war Schmied von Beruf, inzwischen aber zu alt für diese schwere Arbeit. Jackson angelte im Fluss, baute Gemüse an und verkaufte seine Waren in der Stadt.

»Ich weiß, wo Jackson wohnt, Nebo«, sagte Eve. »Ich komme dorthin, sobald ich genug Material für meinen Artikel habe.«

Dann entdeckte sie Irwin Read am Eingang des Gemeindesaals. Er schien sich gar nicht wohl in seiner Haut zu fühlen.

Während er nach Max Courtland Ausschau hielt, tanzte Jordan der Reihe nach mit allen jungen Frauen. Lexie hielt sich zurück und wartete auf ihre Gelegenheit. Sie hatte mit einigen jungen Männern aus Geraldton getanzt, doch ihre Gedanken kreisten einzig darum, wie es sein mochte, in Jordans Armen zu liegen. Groß und breitschultrig, in einem dunklen Frack und makellos weißem Hemd, sah er für sie wie ein Märchenprinz aus. In ihren Augen war er der faszinierendste und bestaussehende Mann in tausend Meilen Umkreis.

Celia drehte sich mit ihrem zukünftigen Ehemann im Takt der Musik, als Jordan zu den beiden trat und Celia um einen

Tanz bat. Warren war verärgert, doch in Jordans Blick lag so viel Entschlossenheit, dass ihn der Mut verließ.

Celia strahlte, als sie in Jordans Armen lag.

»Sie sehen blendend aus«, flüsterte er ihr ins Ohr, während er sie an sich zog.

»Sie ebenfalls«, murmelte Celia, und Jordan lächelte, als sie übers ganze Gesicht errötete.

Nie zuvor hatte Celia sich so wundervoll lebendig gefühlt wie in Jordans Armen. All ihre Träume erfüllten sich. Sie ließ den Kopf an seine Schulter sinken. Der weiche Stoff seines Jacketts schmeichelte ihrer Wange, und seine kräftige Hand auf ihrem Rücken sandte wohlige Schauder durch ihren Körper.

Jordan spürte den verlangenden Blick aus Lexies dunklen Augen, der sich vom anderen Ende des Saales auf ihn richtete. Nachdem die Kapelle zwei langsame Stücke gespielt hatte, geleitete er Celia zu dem noch immer wütenden Warren zurück. Celia versuchte, ihre Enttäuschung zu verbergen, doch Warren spürte sie, was seine Eifersucht erregte, die sich deutlich in seiner Miene spiegelte.

Jordan ging über die Tanzfläche und streckte eine Hand nach Lexie aus. In seinem Blick lag ein stummes Versprechen, als er sie in seine Arme zog. Lexie konnte seinem Charme nicht widerstehen, schon gar nicht vor aller Augen, obwohl sie ihm noch immer übel nahm, dass er mit Celia getanzt hatte.

Jordan wirbelte sie temperamentvoll über die Tanzfläche. Lexie hatte eine viel schönere Figur als ihre unscheinbare, ein wenig plumpe Schwester. Jordan und sie gaben ein wunderschönes Paar ab. Als die Band einen Walzer spielte, schienen sie schwerelos über die Tanzfläche zu schweben, während sie einander tief in die Augen schauten.

»Sie tanzen wundervoll«, flüsterte Lexie, als sie an die ungelenken jungen Burschen aus der Stadt dachte.

»Du ebenfalls«, sagte Jordan und zog sie so eng an sich, dass sie kaum zu atmen vermochte. Ab und zu warf er einen Blick zur Tür, um nach Max Ausschau zu halten. Als er wieder einmal dorthin blickte, sah er einen jungen Mann und eine Frau in den Saal kommen. Die junge Frau kam ihm irgendwie bekannt vor, doch er wusste nicht, wer sie war. Als sie sich schließlich zu ihrem Begleiter umwandte und ein paar Worte zu ihm sprach, konnte Jordan ihr Gesicht besser sehen. Abrupt blieb er stehen und starrte sie an. Er traute seinen Augen nicht.

Es war Eve.

Eve machte ein paar Schritte in den Saal hinein, wobei sie Irwin bedeutete, ihr zu folgen. Er schlich förmlich hinter ihr her, wobei er verschüchtert in die Runde schaute. Ihm war deutlich anzusehen, dass er sich nie zuvor unbehaglicher gefühlt hatte. Offenbar fühlte er alle Blicke im Saal auf sich ruhen und wäre vor Verlegenheit beinahe in Ohnmacht gefallen. Er trug ein schlecht sitzendes Jackett, zu weite Hosen und geborgte Schuhe, die ihm ebenfalls zu groß waren – mit dem Ergebnis, dass ihn tatsächlich nicht wenige Gäste anstarrten. Eve führte ihn zu einer nicht allzu hell beleuchteten Ecke, wo sie noch zwei freie Stühle fanden.

»Du lieber Himmel, Irwin! Es wird dich schon niemand beißen«, sagte sie ungeduldig. »Entspann dich.«

»Ich versuch's ja!« Irwin wandte der Menge den Rücken zu.

»Wie willst du erfahren, was hier vor sich geht, wenn du nicht hinschaust?« Eve schüttelte den Kopf. »Ich brauche dich als Beobachter.«

»Eve!«

Sie blickte sich um und konnte ihr Erstaunen nicht verbergen, als Jordan vor ihr stand.

»Also habe ich doch richtig gesehen«, sagte er. »Du siehst ...« Jordan stockte. Er hatte sagen wollen: »Du siehst anders aus«, doch dann sprach er aus, was er wirklich dachte: »Du siehst wundervoll aus.« Sein Blick wanderte von ihren seidig glänzenden Haaren bis hinunter zu ihren zierlichen Füßen. Er hatte sie kaum jemals ohne Hut gesehen, und noch nie in einem Kleid. Ihres war schlicht, aber elegant und ausgesprochen hübsch.

»Danke«, gab Eve verlegen zurück. Sie hatte damit gerechnet, dass Jordan – der den ganzen Tag bei Alberto Santini gewesen war – sich mit den hübschen jungen Frauen aus der Stadt unterhielt, ohne Notiz von ihr zu nehmen oder gar zu ihr zu kommen.

»Darf ich um diesen Tanz bitten?«

Ihre Augen wurden groß. »Sie ... möchten mit mir tanzen?«

»O ja. Und lass die Förmlichkeiten. Wir kennen uns jetzt lange genug, dass wir du sagen können, einverstanden?« Jordan griff nach ihrer Hand und zog sie hoch, ohne ihre Proteste zu beachten.

»Aber ich bin hier, um zu arbeiten«, sagte Eve, um nicht zugeben zu müssen, dass sie noch nie gern getanzt hatte. »Ich schreibe einen Artikel für die *Gazette*.«

»Einen Tanz wirst du mir doch wohl schenken, Eve. Betrachte ihn als Recherche.«

»Jordan, es ist mein Ernst! Sie ... du ...«

»Wenn du unbedingt arbeiten willst, kannst du mich ja interviewen, während wir tanzen.«

Bevor Eve wusste, wie ihr geschah, waren sie schon auf der Mitte der Tanzfläche, und sie fühlte sich von Jordans starken Armen gehalten. Im Unterschied zu ihren Schwestern war Eve klein und zierlich, und sie hielt den Blick hartnäckig auf ihre Füße gesenkt. Jordan führte sie behutsam, und bald wurden ihre Schritte leichter.

»Ich tanze wirklich nie«, sagte Eve, als er sie scheinbar mühelos über die Tanzfläche manövrierte.

»Dann hast du eine gute Doppelgängerin«, gab Jordan zurück. Er konnte ihre weiblichen Formen spüren, die sonst immer unter weiten Männerhemden versteckt waren. Leicht wie eine Feder lag sie in seinem Arm, während sie sich im Walzertakt wiegten. Eve konnte selbst kaum glauben, dass sie so anmutig tanzte, wo sie beim Gehen solche Schwierigkeiten hatte. Jordan beobachtete, wie ihr Selbstvertrauen wuchs, und war ein wenig stolz darauf. Eve schien in seinen Armen förmlich aufzublühen.

Lexie und Celia starrten das Paar ungläubig an.

»Nicht zu fassen, dass es Evangeline ist, die sonst kaum gehen kann!«, meinte Celia boshaft.

»Sie sieht tatsächlich wie eine Frau aus«, fügte Lexie nicht minder gehässig hinzu. »Was meinst du, Mutter?«

Letitia schaute zu, wie Jordan und Evangeline über die Tanzfläche glitten. Ihr entging nicht, dass Jordan ihre Tochter anblickte, als sähe er sie zum ersten Mal.

»Sie sieht wundervoll aus«, sagte Letitia leise. »Ich habe immer gewusst, dass unter der jungenhaften Fassade Evangelines eine wunderschöne Frau verborgen ist ...«

Celia und Lexie schauten sich an, als hätte ihre Mutter den Verstand verloren.

Max betrat den Gemeindesaal in Begleitung von Frank Morrison. Sie hatten beide schon einiges an Bier getrunken. Eigentlich wollte Max nur Letitia holen und mit ihr nach Hause fahren, denn nachdem er Eves Artikel gelesen hatte, war ihm nicht mehr nach feiern zumute. Er schaute sich im Saal um, bis sein Blick sich auf die Tanzfläche richtete. Er starrte auf Jordan Hale. Und dann erkannte er die junge Frau in dessen Armen.

Evangeline.

Max' Gesicht lief vor Wut dunkelrot an. Letitia blickte gerade rechtzeitig zur Tür, um zu sehen, wie ihr Mann zur Tanzfläche stapfte. Ein Blick in sein wutverzerrtes Gesicht genügte ihr, um zu wissen, was er vorhatte.

»O Gott ...«, flüsterte sie, ließ sich auf einen Stuhl sinken und kippte ihren zweiten Drink hinunter.

»Willst du mich ruinieren?«, brüllte Max Eve an.

Die Band hörte zu spielen auf, die Tänzer verharrten. In der Halle wurde es still, und alle Blicke richteten sich auf Max, der schwer atmend dastand.

Eve fühlte, wie ihr die Knie weich wurden, und alle Farbe schwand aus ihrem Gesicht. Doch sie blieb ruhig stehen und hob entschlossen den Kopf. Zwar hatte sie die Zeitung noch nicht gesehen, doch offensichtlich war ihr Artikel veröffentlicht worden. Sie hatte mit einem Wutausbruch ihres Vaters gerecht und geglaubt, darauf vorbereitet zu sein, doch nun, da sie in Jordans Armen lag, hätte sie sich eine Auseinandersetzung mit Max am allerwenigsten gewünscht.

Eve starrte ihren Vater stumm an. Ihr Herz pochte so laut, dass sie glaubte, jeder im Saal könne es hören. Dann suchte ihr Blick Jordan, den Max' Ausbruch offensichtlich überraschte. Gleich würde Jordan erfahren, dass sie die Tochter seines ärgsten Feindes war! Lieber hätte Eve erklärt, eine Aussätzige zu sein – doch nun konnte ihr nur noch ein Wunder helfen.

19

»Wer hat dir erlaubt, nach Willoughby zu kommen und in der Hütte der *kanakas* herumzuspionieren?«, rief Max mit überkippender Stimme. »Raus mit der Sprache!«

Eve zuckte vor Angst zusammen. Sie warf Jordan einen hilflosen Blick zu, doch der achtete nur auf Max. Sein Blick war so durchdringend und voller Hass, dass Eves Furcht vor der unvermeidlichen Entdeckung noch hundertmal größer wurde als zuvor. Wie würde Jordan reagieren, wenn er erfuhr, dass sie Max Courtlands Tochter war?

Die Angst lähmte Eve so sehr, dass sie nicht mehr imstande war, sich zu verteidigen.

»Ich habe keine Ahnung, wie du es schaffst, dass solch ein Unsinn auch noch veröffentlicht wird«, fuhr Max fort. »Man sollte Jules Keane, diesen Einfaltspinsel, aus der Stadt jagen! Wie kann dieser Dummkopf dich auch noch unterstützen?«

»Hört, hört!«, rief Frank Morrison vom Rand der Tanzfläche.

Jordan begriff, dass Eve wieder einen Artikel geschrieben hatte, der in der *Gazette* erschienen war und die Behandlung der polynesischen Plantagenarbeiter durch Max zum Thema hatte. Ob Eve damit mutig oder einfältig gehandelt hatte, vermochte Jordan nicht zu sagen, doch er war stolz darauf, dass sie für ihre Überzeugungen einstand. Er beschloss, sie zu unterstützen, wo er konnte.

Max Courtland brüllte Eve noch immer an. Zorn loderte in seinen grauen Augen. Obwohl er nicht so groß war wie Jordan, war er doch ein kräftiger Mann, der andere einschüchtern konnte. In seiner wilden Wut wirkte er furchteinflößend, und Eve musste alle Willenskraft zusammennehmen, um sich nicht vor ihm zu ducken. Obwohl sie am ganzen Körper zitterte, schaffte sie es irgendwie, Haltung zu bewahren, auch wenn sie sich im Innern klein und kraftlos fühlte.

»Hast du eine Vorstellung davon, was für Probleme du den Pflanzern in Geraldton verursachst? Deine Dummheit, deine Einfalt und deine verrückten Ideen zerstören mein Lebenswerk! *Willst* du das?« Seine Züge waren vor Wut zu einer Grimasse verzerrt, als wäre alles Hässliche in seinem Innern plötzlich an die Oberfläche getreten.

»Dafür können Sie Eve nicht verantwortlich machen«, kam Jordan ihr zu Hilfe. »Das haben Sie sich selbst zuzuschreiben! Und nun verschwinden Sie und lassen Sie Eve in Ruhe!«

»Misch dich nicht ein!«, fiel Max nun über Jordan her. »Was weiß sie denn schon vom Zuckerrohranbau? Oder du, wo wir gerade dabei sind! Du bist bloß ein blutiger Anfänger!«

Eve hatte mit Schrecken zugehört, wie ihr Vater nun Jordan angriff, und seine Worte forderten sie zu einer Entgegnung heraus.

»Ich gebe zu, dass ich nichts vom Zuckerrohranbau verstehe ...«, sagte sie.

Max starrte sie an, während sie sich räusperte und sich bemühte, Haltung zu wahren. Jordan rückte näher an sie heran, wie um ihr Schutz zu geben.

»Aber ich weiß«, fuhr Eve fort, »dass es falsch ist, seine Mitmenschen wie Vieh zu behandeln, sie zu schlagen und hungern zu lassen. Es ist eines Mannes unwürdig, der ein Gentleman sein will. Du bist kein Gentleman. Du bist ein Tyrann!«

Max starrte sie an, als wäre sie die niederste Kreatur auf Erden. Er verstand nicht, wie es möglich war, dass in ihren Adern dasselbe Blut fließen sollte wie in seinen – und ironischerweise stellte Eve sich dieselbe Frage über Max. Wie konnte dieser Mann ihr Vater sein?

»Unfassbar, dass eine wie du meine Tochter ist«, sagte er, und seine Stimme troff vor Verachtung. »Du bist von Grund auf schlecht!«

Eve zuckte zusammen. *Meine Tochter*, hatte Max gesagt. Nun waren ihre schlimmsten Befürchtungen Wirklichkeit geworden. Es traf sie mitten ins Herz. Sie wagte einen Blick zu Jordan. Der starrte Max an, als müsse er sich verhört oder das Gehörte missverstanden haben.

Max sah die Angst und die Demütigung in Eves Blick und erkannte, dass etwas nicht stimmte. Dann fiel ihm auf, wie verwirrt Jordan war und wie er Eve anschaute, als wäre sie eine Fremde, während sich auf seiner Miene Ungläubigkeit und Erschrecken spiegelten.

»Das hast du nicht gewusst, nicht wahr, Jordan Hale?«, sagte Max, der sich an Jordans Schrecken weidete. »Ich bin nicht stolz darauf. Du kannst sie gern haben!«, stieß er boshaft hervor. »Ich finde, ihr passt gut zusammen.«

Eve taumelte zurück, als hätte Max sie geschlagen. Jordan glaubte, sie hätte das Gleichgewicht verloren, und streckte den Arm aus, um sie aufzufangen, doch in ihrer Verzweiflung stieß Eve seine Hand zurück, wandte sich um und eilte zum Ausgang, während ihr Tränen über die bleichen Wangen liefen. Alle Anwesenden im Saal blickten ihr nach.

Letitia stand am anderen Ende des Saales. Sie hatte erschrocken eine Hand vor den Mund geschlagen, voller Mitgefühl und blind vor Tränen. Sie hatte das Verlangen, ihrer Tochter zu folgen, um sie zu trösten, doch die Angst, erneut versagt zu haben, und ein tiefes Schuldgefühl hinderten sie daran. Von ihr wollte Eve wahrscheinlich zu allerletzt getröstet werden. Und doch wusste Letitia, dass ihre jüngste Tochter sonst niemanden auf der Welt hatte.

Nach einem inneren Kampf gegen die Angst, zurückgewiesen zu werden, beschloss Letitia, Eve zu folgen, doch Lexie hielt sie am Arm zurück. »Nicht, Mutter, lass sie gehen. Du weißt doch, dass sie sich das alles selbst zuzuschreiben hat.«

Letitia achtete nicht auf das Geflüster und Geraune. »Ich kann sie mit ihrem Kummer nicht allein lassen!«, sagte sie und befreite sich aus Lexies Griff. Dann eilte sie durch den stillen Saal, verfolgt von neugierigen Blicken.

Als sie ins Freie trat, war Eve nirgends zu sehen. Sie schien buchstäblich von der Dunkelheit verschluckt worden zu sein. Immer wieder rief Letitia ihren Namen, während sie zwischen den Reihen der geparkten Kutschen, Einspänner und Karren auf und ab lief, doch sie sah und hörte niemanden. Sogar die Stallburschen, die man dafür bezahlte, dass sie die Pferde bewachten, hatten sich im Vestibül des Saales versammelt, um sich das Schauspiel nicht entgehen zu lassen, das dort geboten wurde.

Jordan eilte zum nächsten Ausgang, durch die Küche zur Hintertür. Die Nachtluft kühlte sein erhitztes Gesicht, und er atmete tief ein, während er in die Dunkelheit starrte. Verzweifelt versuchte er zu begreifen, was er soeben erfahren hatte, doch vergeblich: Zu sehr hatte ihn das Geschehen aus der Fassung gebracht.

»Wie kann Eve die Tochter von Max Courtland sein?«, fragte er sich wieder und wieder. »Wie ist das möglich?« Er versuchte, seinen Hass auf Max gegen den Respekt aufzuwiegen, den er inzwischen für Eve empfand, doch es war unendlich schwierig. Und sich Eve als Lexies oder Celias Schwester vorzustellen, war für ihn ebenso unmöglich.

»Jordan!«

Beim ersten Mal hörte er nicht, wie jemand seinen Namen rief.

»Jordan!«

Er wandte sich um und sah, dass Letitia zu ihm kam. Sie

war auf der Suche nach Eve um das Gebäude herumgegangen und hatte Jordan allein im Dunkeln stehen sehen – eine hoch gewachsene, einsame, verlorene Gestalt.

»Ich kann es nicht glauben! Ist Eve wirklich Evangeline, Ihre jüngste Tochter?«, stieß er verwirrt hervor.

Letitia nickte. »Sie dürfen ihr nicht böse sein, Jordan. Sie betrachtet sich nicht als eine Courtland, weil sie nicht bei uns aufgewachsen ist und weil sie ihren Vater immer schon gehasst hat ... vielleicht genauso sehr wie Sie.«

Jordan konnte keinen klaren Gedanken fassen, und Letitias knappe Erklärung verärgerte ihn nur noch mehr. »Ob sie bei Ihnen aufgewachsen ist oder nicht, ist doch völlig unwichtig. Wie konnte sie mir das verschweigen, Letitia?« Ohne ein weiteres Wort wandte er sich um und stapfte davon.

Überwältigt von Kummer schloss Letitia die Augen. Sie fühlte den gleichen Schmerz, den Eve fühlen musste, und er bohrte sich wie ein Messer in ihr Herz. Insgeheim gab sie nur einem Menschen die Schuld an all dem Schmerz, der Verzweiflung und dem Kummer, den sie und Eve durchlitten hatten: ihrem Mann. Hätte Max sie so geliebt, wie er es vor dem Altar versprochen hatte, hätte ihr Leben ganz anders verlaufen können.

»Warum musste Max sich so sehr in Catheline Hale verlieben?«, fragte sie sich wohl zum tausendsten Mal.

»Letitia!«, rief Max. »Wir fahren nach Hause!«

Letitia war zum Eingang zurückgekehrt und sah ihren Mann zum Einspänner stapfen. Im Lichtschein, der aus dem Saal ins Freie fiel, erkannte sie auch Lexie, Celia und Warren, die Max vom Eingang aus nachblickten. Hinter ihnen hatte sich eine kleinere Gruppe Neugieriger versammelt, darunter ihre Bridgepartnerinnen.

»Letitia!«, rief Max noch einmal, ohne sich nach ihr umzudrehen.

Er erwartet, dass ich ihm nachlaufe wie ein Hund!, dachte sie wütend. »Mit dir gehe ich nirgendwohin!«, rief sie hinter ihm her, ohne sich darum zu kümmern, wer ihre Worte mitbekam.

Ihr Widerstand ließ Max aufhorchen, und er blieb stehen. »Du bist ja schon wieder betrunken!«, stieß er hervor.

Sie wusste, dass er sie demütigen wollte, und das entfachte ihren Zorn noch mehr. »Nein, bin ich nicht«, gab sie kalt zurück. »Ich wünschte, ich wäre es!«

»Dann sieh zu, wie du nach Hause kommst! Trink dir den letzten Rest Vernunft aus dem Hirn, mir ist es egal!« Max stieg auf den Wagenbock und begann, mit der Peitsche wütend auf das Pferd einzuschlagen. Gleich darauf war er in der Dunkelheit verschwunden.

Als Letitia später ans Tor von Willoughby kam, waren die beiden Flügel geschlossen. Sie betrachtete es als weiteren Schlag ins Gesicht, als weitere in einer langen Reihe von Demütigungen. Sie war mit Celia, Warren und Lexie gekommen und so wütend wie nie zuvor im Leben.

»Warren, ich wäre dir sehr dankbar, wenn Celia und Lexie heute auf deiner Plantage übernachten könnten«, sagte sie.

Die Schwestern wechselten einen erstaunten Blick.

»Selbstverständlich, Mrs Courtland«, erwiderte Warren, den es offensichtlich ebenfalls überraschte, dass eine Dame wie Letitia eine so unschickliche Bitte äußerte.

Celia geriet regelrecht in Panik. »Du solltest heute nicht mit Vater allein bleiben«, meinte sie. »Komm doch mit uns, Mutter!«

»Euer Vater und ich haben einige Dinge zu besprechen – und zwar allein!«, erwiderte Letitia und blickte zum Haus hinüber.

Die Mädchen hörten die eisige Beherrschtheit in ihrer Stimme, die ihnen Angst einflößte. Nie zuvor hatten sie ihre Mutter so gesehen. Sie schien zu allem entschlossen.

»Ich öffne das Tor, damit wir durchfahren können«, sagte Warren und sprang vom Wagen.

»Lass nur, Warren«, antwortete Letitia. »Ich gehe zu Fuß die Auffahrt entlang.« Sie erlaubte ihm lediglich, ihr beim Aussteigen aus seinem offenen Landauer die Hand zu reichen.

»Sei bitte vorsichtig, Mutter!«, bat Lexie eindringlich.

»Ich komme schon zurecht. Ich muss nur ein paar Dinge klären.«

Als Letitia sich dem Haus näherte, sah sie Licht im Wohnzimmer. Sie war erleichtert, dass Max noch nicht zu schlafen schien, denn was sie ihm sagen wollte, konnte nicht bis zum Morgen warten. Gerade wollte sie die Stufen der Verandatreppe hinaufsteigen, als sie in der Nähe der Ställe eine Bewegung in der Dunkelheit wahrnahm. Es war Elias, der das Pferd abgeschirrt und den Wagen abgestellt hatte.

»Elias! Wie geht es dir?«, fragte Letitia freundlich und ging auf ihn zu.

Elias senkte den Kopf. »Schon besser, Missus, danke«, erwiderte er leise. Letitia sah, dass er sich sehr vorsichtig bewegte, und schloss daraus, dass er noch immer große Schmerzen haben musste.

»Hat sich eine deiner Wunden entzündet?«, fragte sie besorgt.

»Nein, Missus. Zeta wäscht sie jeden Morgen mit Salzwasser aus.«

Letitia dachte an das rohe Fleisch auf seinem Rücken und schauderte. »Es tut mir Leid, dass man dir so etwas angetan hat, Elias. Das hast du nicht verdient – niemand verdient es, so grausam behandelt zu werden!«

Elias blickte nicht auf. Letitia sah ein paar graue Haare in seinem gekräuselten Schopf, und ihr wurde plötzlich klar, dass er kein junger Mann mehr war.

»Ich habe eine Botschaft für dich«, flüsterte sie ihm zu. Obwohl niemand in der Nähe war, hatte sie beschlossen, vorsichtig zu sein. »Von Jordan Hale. Er möchte, dass du bei ihm arbeitest. Er würde dich gut bezahlen und dich vor Max beschützen.«

Elias blickte sie ungläubig an. »Wollen Sie mich nicht mehr hier haben, Missus?«

Letitia sah die Unsicherheit in seinem Blick. Offenbar glaubte Elias, dass er bestraft werden sollte.

»Natürlich wollen wir dich hier haben – aber ich denke dabei an dich. Es ist besser für dich, wenn du in Eden arbeitest. Jordan Hale ist ein guter Mensch. Man würde sich dort um dich kümmern, und das wünsche ich mir für dich.« Letitia war den Tränen nahe. Sie wusste, dass sie Elias vermissen würde. Er hatte sehr lange zu ihrem Leben gehört.

Doch Elias schüttelte den Kopf. »Es wäre nicht richtig, wenn ich Sie verlasse, Missus.«

Letitia konnte es kaum glauben. Elias' Treue war unerschütterlich und ließ alles, was ihm angetan worden war, umso ungerechter erscheinen. Letitia war sich darüber im Klaren, dass Max ihn vielleicht umgebracht hätte, wäre sie nicht eingeschritten.

»Gott segne dich, Elias, aber denk bitte darüber nach. In Eden wird dich niemand misshandeln, und wenn ich Gaby Malloy besuche, könnten wir uns trotzdem sehen.« Aus einem plötzlichen Impuls heraus streckte sie ihm ihre Hand entgegen. Elias schaute darauf; dann trafen sich ihre Blicke, und Letitia lächelte traurig. Elias sollte wissen, dass er für sie viel mehr war als ein Arbeiter – er war ein Freund, um den sie sich sorgte.

Wieder blickte Elias auf ihre Hand und umschloss sie dann vorsichtig mit seinen schwieligen Fingern. Im Mondlicht wirkten die Farben ihrer Haut so verschieden wie Kohle und Alabaster, und Letitia sah in dieser Berührung ein Symbol für das harmonische Zusammenleben zweier Kulturen – so, wie es sein sollte.

Zum ersten Mal, seit er von den heimatlichen Solomon-Inseln entführt worden war, glomm in Elias' Innerem ein Funke der Hoffnung auf.

Letitia legte ihre Hand über seine. »Bitte, denk darüber nach, Elias. Jordan sagte, sein Angebot gilt für unbegrenzte Zeit, aber ich mache mir Sorgen um dich, wenn du hier bleibst.«

Elias hob den Kopf und schaute sie an. Er vermochte kaum zu glauben, dass jemand so gütig zu ihm war. »Ich werde darüber nachdenken, Missus.«

Er schaute ihr nach, als sie zum Haus ging, ohne zu ahnen, dass Milo Jefferson ihn aus einem Versteck hinter einem Bougainvilleastrauch beobachtete, die Zähne vor Zorn zusammengepresst.

In der Küche traf Letitia auf Zeta und Jabari. Beide wirkten völlig verstört, und Letitia schloss daraus, dass Max sie angeschrien hatte.

»Bitte, geht schlafen«, sagte sie.

»Aber Missus ... Master Courtland hat uns befohlen ...«

»Ich kümmere mich schon um ihn, Jabari«, unterbrach Letitia den Jungen. »Geht jetzt.«

Max saß entspannt in einem Ohrensessel, die Beine von sich gestreckt. Er hielt ein Glas in der Hand, und auf einem Beistelltisch in der Nähe stand ein Krug Rum. Als er hinter sich Schritte hörte, glaubte er, es wäre das Hausmädchen. »Zeta, bring mir noch einen Krug, und beeil dich gefälligst!«, rief er ungeduldig.

»Ich glaube, du hast genug«, sagte Letitia kühl.

Max richtete sich auf, wandte sich um und starrte sie an. Dann verzog er den Mund zu einem grausamen Lächeln. Es überraschte ihn, sie nüchtern zu sehen, doch irgendwie ließ ihm diese Tatsache ihr Verhalten umso unverzeihlicher erscheinen. »Na, wenn das nicht mein rebellisches Weib ist! Hat es dir Spaß gemacht, mich heute Abend zum Narren zu machen?«

»Das war wohl eher umgekehrt. Ich wäre am liebsten im Boden versunken, als du in den Saal gestürmt kamst und Evangeline angebrüllt hast!«

Max sprang wütend auf. »Was hätte ich denn tun sollen, nachdem sie diesen Artikel geschrieben hatte, der mich als grausamen Menschenschinder abstempelt?«

Letitia verschränkt die Arme vor der Brust, um ihr Zittern zu unterdrücken. »Das ist das Bild, das du selber von dir zeichnest. Du behandelst deine Arbeiter wie Sklaven, das kannst du nicht leugnen. Denk nur daran, was du dem armen Elias angetan hast – und mich schreist du an, als wäre ich ein Hund!« Letitia wandte sich ab. Sie versuchte, den Mut und die Kraft zu sammeln, um ihm endlich zu sagen, was ihr schon lange auf dem Herzen lag. Sehr viele Jahre lang hatte sie sich zurückgehalten, um den Frieden zu wahren, und es kostete sie unendliche Überwindung, jetzt mit dieser Gewohnheit zu brechen.

»Ich weiß, dass du heute die Zeitung vor mir versteckt hast. Glaubst du im Ernst, das ich dir deine Frechheiten einfach so durchgehen lasse, Letitia?«

»Die Zeitung sollte deine kleinste Sorge sein, Max. Ich werde dich verlassen«, sagte sie leise.

Einen Augenblick lang war Max vollkommen verblüfft. »Du bleibst bei mir, oder du sollst verdammt sein!«, rief er dann und ließ seine Faust mit solcher Wucht auf den Tisch krachen, dass Letitia zusammenzuckte.

»Und was Evangeline betrifft – sie wird nach Sydney zurückgehen, und wenn ich sie jeden Meter des Weges ziehen muss. Ich werde ihre Streiche nicht mehr dulden, und ich weigere mich, sie noch länger als meine Tochter zu betrachten! Sie hat keinen Anspruch mehr auf irgendein Erbe, vor allem nicht auf Willoughby – dafür werde ich sorgen! Gott ist mein Zeuge! Von heute an ist sie enterbt!«

Max' Ausbruch erweckte in Letitia den Wunsch, sich schützend vor ihre Tochter zu stellen. Sie hatte ihre Gefühle und die Wahrheit jahrelang tief in ihrem Innern vergraben, doch plötzlich konnte sie beides keinen Augenblick länger verleugnen.

Jetzt, wo sie die Entscheidung gefällt hatte, endlich die Wahrheit zu sagen, fühlte sie sich zu ihrer eigenen Verwunderung stark und ruhig. Sie hob den Kopf und sagte laut und deutlich und ohne jede Furcht vor den Folgen, die ihre Worte haben konnten: »Eve ist ohnehin nicht deine Erbin, und dafür danke ich Gott an jedem Tag meines Lebens.«

Kaum hatte sie die Worte ausgesprochen, fühlte Letitia sich zum ersten Mal seit fast zwei Jahrzehnten leicht und frei und unbeschwert.

Max starrte sie fassungslos an. »Was soll das heißen?«, fragte er dann mit vor Anspannung heiserer Stimme.

»Du bist doch ein kluger Mann. Denk darüber nach!« Letitia wandte sich um und ging hinaus.

Max hatte sich Eve nie besonders verbunden gefühlt, hatte dies jedoch immer darauf geschoben, dass sie bei seiner Schwester aufgewachsen war. Niemals hatte er den Verdacht gehegt, Letitia könnte ihn mit einem anderen Mann betrügen. Er musste wissen, wer es gewesen war!

Letitia ging durch die offene Verandatür, war aber noch keine zehn Schritt weit gekommen, als Max sie einholte. Er griff nach ihrem Arm und riss sie brutal zu sich herum.

Ein Blick in sein Gesicht genügte Letitia, um genau zu wissen, was er dachte. »Wenn du befürchtest, einer deiner sogenannten Freunde könnte ihr Vater sein – keine Bange!«

Max starrte sie an. »War er ein Fremder auf der Durchreise?«

Sie hörte die Verachtung in seiner Stimme. Er unterstellte ihr, eine Hure zu sein.

»Nein«, sagte sie ruhig. »Ich habe Eves Vater von ganzem

Herzen geliebt.« Ihm das zu sagen, erfüllte sie mit tiefer Befriedigung.

Max trat einen Schritt zurück und blickte seine Frau an, als hätte er eine Fremde vor sich.

»Bist du so selbstgefällig, dass du dir nicht vorstellen kannst, ich könnte keinen anderen Mann lieben als dich?«, fragte sie.

»Du *darfst* keinen anderen Mann lieben als mich! Du bist meine Frau!«, fuhr Max sie an.

»Du warst mir schon viele Jahre lang kein Ehemann mehr, das kannst du nicht leugnen. Deshalb trinke ich zu viel, und deshalb bin ich einsam wie ein Eremit. Wir bedeuten einander längst nichts mehr, und ich sehe keinen Sinn darin, diese Farce einer Ehe noch weiter zu spielen.«

»Wer ist Evangelines Vater?«, stieß Max hervor, der nun so wütend war, dass er Eves vollen Namen kaum auszusprechen vermochte.

»Das werde ich dir nie erzählen«, gab Letitia zurück, und ihr Tonfall verriet ihm, dass sie es ernst meinte.

Max hob die freie Hand, doch Letitia blickte ihn furchtlos an. »Solltest du mich jemals schlagen, werde ich mich mit meiner Tochter zusammentun und alles unternehmen, um dich zu ruinieren«, sagte sie ruhig.

Max starrte sie hasserfüllt an. Er konnte den Sinn ihrer Worte kaum erfassen. *Seine* Letitia hatte niemals aufbegehrt oder Drohungen ausgestoßen. Sie war eine artige, gehorsame, treue Frau gewesen, die tat, was er wollte. Die Frau jedoch, die ihm jetzt gegenüberstand, war eine Fremde.

»Ich werde mich mit meinen Eltern in Verbindung setzen und zu ihnen nach Neuseeland reisen, sobald ich kann. Dieses Schmierentheater hier ist zu Ende.«

»So einfach ist das nicht, Letitia! Ich werde dich nicht gehen lassen. Und werde dir auch nicht erlauben, dass du Alexandra und Celia mitnimmst!«

Letitia erwiderte kühl seinen Blick. Wie berechenbar er war – und wie entschlossen, sich bis zuletzt kalt und gefühllos zu zeigen. »Die Mädchen sind alt genug, ihr eigenes Leben zu führen, und es wird Zeit, dass ich es ebenfalls tue. Du kannst mich nicht aufhalten. Und keine Angst, ich stelle keine Forderungen an dich. Ich möchte nur eins: Evangeline die Wahrheit sagen.«

Letitia wandte sich wieder um und vergaß für einen Moment, dass sie sehr nahe an der Treppe stand. Sie zögerte kurz, um im Dunkeln sicheren Tritt zu finden. Im selben Moment streckte Max impulsiv den Arm nach ihr aus, um sie festzuhalten, und brachte sie dabei unabsichtlich aus dem Gleichgewicht. Letitia schrie leise auf und wollte nach dem Treppengeländer greifen, doch ihre Hand packte ins Leere. Beim Versuch, sich zu fangen, blieb ihr Schuh im Saum ihres Kleides hängen, der daraufhin zerriss und ihr das Gelenk verdrehte.

Hilflos und in stummem Entsetzen beobachtete Max, wie sie stürzte.

»Letitia!«, rief er mit gellender Stimme. Er hörte einen dumpfen Aufprall am Fuß der Treppe, der ihn schaudern ließ. Dann herrschte gespenstische Stille.

Als Max die Stufen hinuntereilte, fand er seine Frau regungslos am Boden liegen. Im Mondlicht sah er eine blutende Kopfwunde. Obwohl er reichlich Rum getrunken hatte, war er schlagartig stocknüchtern.

Doch vor Entsetzen konnte er sich nicht rühren.

20

Aus seinem Liegestuhl blickte Jordan in den Regen, der in Strömen vom neuen Dach floss. In gut einer Stunde war die Nacht zu Ende, doch Jordan hatte kein Auge zugetan. Er dachte unentwegt über Eve und ihr Leben nach, in der Hoffnung, dadurch besser zu verstehen, warum sie ihn belogen hatte. Die einfachste Erklärung war die Feindschaft zwischen ihm und Max Courtland – doch auch Eves Beziehung zu ihrer Familie schien sehr vielschichtig zu sein.

Soweit Jordan wusste, hatte Eve kaum Kontakt mit Letitia und ihren Schwestern, und das Verhältnis zu ihrem Vater war geradezu feindselig. Jordan verstand trotzdem nicht, warum Eve sich entschlossen hatte, Max öffentlich zu brandmarken – und warum auf der anderen Seite Max seine Tochter in aller Öffentlichkeit so behandelte.

Er stimmte von ganzem Herzen mit dem überein, was Eve in ihrem Artikel schrieb, doch er wollte wissen, was sie so weit gebracht hatte. Sie glaubte an das, was sie schrieb, das wusste er, und sie lehnte aus tiefster Seele ab, wie ihr Vater die *kanakas* behandelte. Aber dass eine Tochter sich so offen gegen den eigenen Vater stellte, begriff Jordan nicht. Außerdem wunderte ihn, dass niemand aus ihrer Familie Eve je erwähnt hatte und dass sie von ihrer Tante und ihrem Onkel erzogen worden war – nach denen sie sich ja auch Kingsly nannte.

Es nieselte nur noch, als Jordan sich schließlich aus dem Liegestuhl erhob und hinaus auf die Felder blickte. In ein, zwei Wochen würden die Setzlinge schon einen halben Meter hoch stehen, um dann bei ausreichend Regen und Wärme bis auf fünf Meter Höhe emporzuschießen. In einem Jahr würde er seine erste Ernte einbringen.

Jordan wollte eben zum Liegestuhl zurück, als eine Bewegung im nahen Feld seine Aufmerksamkeit erregte. Irgendetwas kroch dort mühsam durch den Schlamm.

»Das muss ein Tier sein«, murmelte er. Als er genauer hinschaute, bewegte es sich wieder, langsam und qualvoll, als wäre es verletzt. Jordan zog die Stiefel an, nahm seine Öljacke und sein Gewehr und eilte hinaus in den Regen.

Den Blick fest auf die seltsame Erhebung gerichtet, stapfte Jordan über den schlammigen Boden darauf zu. Als er das Wesen fast erreicht hatte, stellte er fest, dass es größer war, als er gedacht hatte, doch noch immer konnte er nicht ausmachen, was es war, denn es war über und über mit Schlamm bedeckt.

Plötzlich stöhnte das eigentümliche Wesen laut, und Jordan zuckte vor Schreck zusammen. »Gütiger Gott!«, stieß er entsetzt hervor.

»Helfen Sie mir …«

Die Stimme klang sehr schwach. Jordan konnte kaum glauben, dass es sich um einen Mann handelte. Er tastete auf dem Boden herum und bekam einen Arm zu fassen. Dann fuhr er mit der Hand über den Rücken des Mannes. Der stöhnte wieder auf, als würde er entsetzliche Schmerzen erleiden.

»Können Sie aufstehen, wenn ich Ihnen helfe?«, fragte Jordan.

»Ich werd's versuchen.«

»Wer sind Sie?«

»Elias …«

»Von der Willoughby-Plantage?«

»Ja, Master.«

Als Jordan versuchte, ihm hochzuhelfen, schrie Elias wieder vor Schmerz auf. Jordan dachte an die Peitschenhiebe, die Max dem armen Kerl verabreicht hatte.

»Ich hole Hilfe!«, sagte er und überlegte, wo sie eine Trage herbekommen sollten.

Schließlich kam Jordan mit Saul, Noah und einer Leiter zurück, auf der ein Brett lag und die als behelfsmäßige Trage dienen würde. Sie trugen Elias zur Arbeiterbaracke, um dort seine Verletzungen zu untersuchen. Im Licht der Laterne entdeckten sie frische Schnitte und Schürfwunden in seinem Gesicht, und beide Unterarme waren stark geschwollen, vielleicht sogar gebrochen. Jordan nahm an, dass Elias beide Hände über den Kopf gehalten hatte, um sich vor Schlägen zu schützen. Zorn stieg in ihm auf.

»Wir werden dir im flachen Wasser am Flussufer erst einmal den Schlamm vom Körper waschen«, sagte er, als sie ihn behutsam hochhoben.

Eine halbe Stunde später trug Elias ein geborgtes Hemd, das ihm zu weit war, und eine Pluderhose der Zhang-Brüder. Jordan hatte Elias' Unterarme verbunden. Zum Glück schienen sie doch nicht gebrochen zu sein. In der erleuchteten Arbeiterbaracke hatten die Männer entsetzt die tiefen Wunden auf Elias' Rücken und die frischen Kratzer und Schürfwunden betrachtet.

Elias hatte Schwierigkeiten beim Atmen, was auf gebrochene Rippen hindeutete.

Wieder war er auf brutalste Weise zusammengeschlagen worden.

Die Männer legten ihn so bequem wie möglich auf eine der Pritschen. »Hat Max dich wieder geschlagen?«, fragte Jordan, der an sich halten musste, um seinen Zorn zu zügeln.

Elias schüttelte den Kopf, die Augen weit aufgerissen.

»Du musst jetzt nicht darüber reden. Hier bist du in Sicherheit. Bei Tagesanbruch lasse ich den Doktor aus Babinda holen. Es tut mir Leid, dass ich dir gegen die Schmerzen nichts Stärkeres als Rum geben kann.«

»Mr Jordan, Sir ... Ich kann nicht hier bleiben. Ich muss zurück ... wegen Mistress Letitia!« Elias versuchte sich aufzurichten, fiel jedoch gleich wieder zurück und stöhnte dumpf.

»Du kannst nicht zurück, Elias. Wenn Max herausfindet, dass du hier warst, bringt er dich um. Letitia kommt schon alleine zurecht.«

»Sie ist verletzt, Sir. Sehr schlimm!«

»Verletzt? Was ist geschehen?«

»Sie ist die Verandatreppe heruntergefallen. Der Master benimmt sich sehr seltsam. Er hat ihr nicht geholfen. Milo Jefferson und ich, wir haben sie ins Haus getragen. Sie hat eine schlimme Wunde am Kopf, aber der Master will niemanden nach Babinda lassen, um den Doktor zu holen. Ich weiß nicht, ob Mistress Letitia überlebt.«

»Und was ist mit dir passiert?«, fragte Saul, der ahnte, dass die Geschichte noch nicht zu Ende war.

»Milo Jefferson hat mich geschlagen, weil ...« Verlegen hielt er inne. »Weil ich die Missus berührt habe ...«

Jordan verstand nicht, was er meinte. »Als du sie ins Haus getragen hast?«

»Nein, Sir. Bevor Mistress Letitia hineinging, haben wir miteinander geredet, und sie hat mir die Hand geschüttelt. Milo Jefferson hat uns beobachtet und gesagt, ich hätte kein Recht, eine weiße Frau zu berühren.«

Jordan schüttelte den Kopf. »Ich reite nach Willoughby, sobald der Tag anbricht, und sehe, was ich tun kann. Du bleibst hier, Elias. Du kannst nichts für deine Mistress tun.«

Jordan ging zum Haupthaus zurück und begann eine unruhige Wanderung auf der Veranda. Es dauerte nicht mehr lange, bis der neue Tag anbrach, doch Jordan konnte es nicht schnell genug gehen. Er war sicher, dass Lexie oder Celia nach einem Doktor schickten, wenn Letitia ärztliche Hilfe brauchte, doch er wusste auch, dass Max das letzte Wort hatte. Und nach dem, was Elias gesagt hatte ...

Als Warren Lexie und Celia nach Willoughby zurückbrachte, waren die Tore abgeschlossen und wurden von Milo Jefferson bewacht. Die Mädchen stiegen verwundert von Warrens Kutsche und gingen zu Milo.

»Was ist los? Warum stehen Sie hier wie ein Wächter?«, erkundigte sich Lexie.

Milo starrte die beiden Mädchen schweigend an, bevor er einen der Torflügel öffnete, um sie einzulassen.

»Sie können nicht bleiben, Mr Morrison«, sagte er zu Warren und trat ihm in den Weg.

»Was soll das heißen?«, rief Celia. »Warren ist mein Verlobter!«

»Ihr Vater hat es so angeordnet, Miss Celia.«

»Was geht hier eigentlich vor?«, wollte Lexie wissen, doch Milo drehte den Schlüssel im Schloss, ohne sie zu beachten.

Entsetzt blickten die Mädchen auf die Pistole in seinem Gürtel, als Milo Jefferson sie zum Haus führte.

»Irgendetwas stimmt nicht«, raunte Lexie ihrer Schwester zu. »Ich kann es spüren ...«

»Sag doch nicht so was!«, bat Celia. »Was soll denn schon passiert sein?«

Lexie schüttelte den Kopf ob Celias Unfähigkeit, der rauen Wirklichkeit ins Gesicht zu schauen. »Vater lässt Milo Jefferson normalerweise nicht am Tor Wache stehen, Celia, also *muss* irgendetwas vorgefallen sein! Ich hoffe nur, dass mit Mutter alles in Ordnung ist ... sie hat sich gestern Abend sehr seltsam benommen.«

Im Haus fanden die Mädchen ihren Vater im Wohnzimmer. Er sah aus wie ein Fremder. Zuerst dachte Lexie, er habe getrunken, doch kurz darauf erfuhr sie, dass er die ganze Nacht nicht geschlafen hatte.

»Hallo, Vater«, sagte sie. »Wo ist Mutter?«
Max blickte auf. »Wo seid ihr gewesen?«

»Hat Mutter es dir nicht gesagt?« Lexie warf Celia einen warnenden Blick zu. »Sie hatte vorgeschlagen, dass wir die Nacht bei den Morrisons verbringen.« Sie wusste, dass Celia ihrem Vater die Wahrheit gesagt hätte – dass sie ohne Anstandsdame auf Warrens Plantage übernachtet hatten –, was zweifellos einen Wutausbruch ihres Vaters ausgelöst hätte, auf den Lexie nun wirklich keinen Wert legte.

Celia war wegen dieser Lüge sichtlich unbehaglich, doch Max schien es nicht zu bemerken.

»Wo ist Mutter?«, wiederholte Lexie ihre Frage, während Celia sich auf den Weg zu Letitias Zimmer machte. Max gab Lexie keine Antwort, schaute sie nicht einmal an.

»Ist gestern Abend irgendetwas geschehen, Daddy?«, beharrte Lexie. »Normalerweise lässt du Milo Jefferson nicht am Tor Wache stehen.«

»Ich will nicht, dass Fremde zum Haus kommen«, sagte Max.

»Warum nicht?«

»Weil ich keine Besucher haben will! Muss ich mich etwa dafür rechtfertigen?«

»Nein, Daddy ...«

Jemand klopfte an die Tür, und Max sprang erschrocken auf. »Wer ist da?«, rief er.

Lexie sah ihm an, dass er zutiefst verunsichert war, und ihre Besorgnis wuchs.

»Ich bin es, Boss. Milo.«

Max ging zur Tür. »Ich will jetzt nicht gestört werden, Milo. Egal um was es geht, du wirst schon damit fertig!«

»Ich wollte Ihnen nur sagen, dass Elias verschwunden ist, Boss.«

»Verschwunden? Wohin?«

»Ich weiß es nicht, Boss. Er ist gestern Abend weggelaufen.

Ich dachte, er käme zurück, aber er ist nicht wiedergekommen.«

»Verdammt, Milo! Stell jemand anderen ans Tor und such diesen verfluchten Kerl!« Max befürchtete, Elias könne jemand von Letitia erzählen – zum Beispiel Constable Hawkins.

Milo seinerseits fürchtete, Elias habe sich davongeschleppt, um zu sterben, nachdem er ihn zusammengeschlagen hatte. Doch falls er noch lebte und hilflos irgendwo lag, wollte Milo dafür sorgen, dass er niemals erzählen konnte, was geschehen war.

»Ja, Boss«, gab er zurück. Er hätte sich gern nach Letitias Befinden erkundigt, doch er sah Lexie verängstigt und verwirrt im Wohnzimmer stehen und schloss daraus, dass Max ihr noch nicht erzählt hatte, was geschehen war.

In Letitias Zimmer blieb Celia an der Tür stehen. Sie erschrak bis ins Innerste, und Tränen traten ihr in die Augen.

»Mutter!«, rief sie und eilte zum Bett. Letitia lag ganz still da, die Hände auf der Brust gefaltet. Ihre Haut schien alle Farbe verloren zu haben; sie war blass wie der Tod.

Celia war nicht sicher, ob ihre Mutter noch lebte. Am Haaransatz an einer Schläfe bemerkte sie eine Platzwunde und eine starke Schwellung.

»Mutter! Mutter, sag doch was!«

In diesem Moment kam Zeta ins Zimmer. Celia sah ihr an, dass sie geweint hatte.

»Was ist mit meiner Mutter, Zeta?«

»Sie ist gestürzt, Miss Celia, und sie wacht einfach nicht wieder auf!« Zeta brach in Tränen aus.

Lexie kam herein. Sie hatte die Worte des Hausmädchens gehört. »Wie ist es zu dem Sturz gekommen, Zeta?«

Das Mädchen senkte den Kopf. »Ich weiß es nicht.«

»Dann hast du also nicht gesehen, wie es passiert ist?«

»Nein, Miss. Master Courtland sagt, sie ist die Verandatreppe hinuntergefallen.«

»Wahrscheinlich hat er sie gestoßen«, murmelte Lexie. Sie ging zum Bett und nahm sanft eine Hand ihrer Mutter, die schlaff in der ihren lag. An einigen Fingern Letitias sah Lexie Schürfwunden. »Wir hätten gestern Abend nicht mit zu Warren fahren dürfen, Celia. Ich glaube, hier haben sich schreckliche Dinge abgespielt. Daddy benimmt sich so seltsam, und Elias ist fortgelaufen.«

Celia setzte sich auf den Stuhl neben dem Bett. »Sie wird doch nicht sterben, Lexie?«

»Sag nicht so etwas, Celia! Wir müssen jetzt stark sein, Mutter zuliebe!«

»Sollten wir nicht einen Arzt holen?«

»Ja. Ich habe schon Milo gebeten. Ich verstehe nicht, warum Daddy nicht längst nach einem Arzt geschickt hat.«

»Vielleicht hat er ja jemand geschickt – Jabari, zum Beispiel.«

»Jabari ist hier, Miss«, sagte Zeta. »Ich habe gestern Abend gehört, wie der Master mit Milo Jefferson gestritten hat.«

»Und worüber?«, fragte Lexie.

Zeta ließ den Kopf sinken. Sie wusste nicht, ob es ratsam war, darüber zu reden. Sie hatte schreckliche Angst vor Max, und jetzt war die Missus zu krank, um sie zu beschützen.

»Zeta, worüber haben sie sich gestritten?«

Das Hausmädchen blickte gehetzt zur Tür. »Der Master hat gesagt, niemand soll hierher ins Haus kommen. Ich glaube, er will nicht, dass ein Arzt die Missus sieht, aber sie hat eine Schwellung am Kopf. Milo wollte, dass der Arzt kommt – er hat gesagt, es war ein Unfall, und die Mistress muss behandelt werden!« In Tränen aufgelöst verließ Zeta den Raum.

Celia und Lexie sahen sich an und erfassten instinktiv, dass sie beide dasselbe dachten: Ihr Vater hatte versucht, ihre Mutter umzubringen!

Jordan ging mit Ryan O'Connor zum Haupttor.

»Reiten Sie, so schnell Sie können!«, sagte er. »Aber seien Sie vorsichtig, Ryan!«

Ryan galoppierte die Straße hinunter. Während Jordan ihm hinterherschaute, kam ein Wagen auf ihn zu, der von einem *kanaka* gelenkt wurde. Der Wagen wurde langsamer und wendete halb in der Auffahrt, ein paar Meter vor dem Tor. Eine zierliche Gestalt stieg aus, bevor der Wagen zurückfuhr: Es war Eve.

»Wo warst du?«, fragte Jordan, als sie ihn erreicht hatte. Sie glaubte, Zorn in seiner Stimme zu hören, und der Gedanke machte sie trotzig und wütend. Sie hatte sich vorgenommen, nur zurückzukehren, um Gaby alles zu erklären, denn sie wollte die Freundin um keinen Preis belügen. Der Gedanke an Gaby hatte sie die ganze Nacht beschäftigt. Doch was Jordan betraf ...

»Ich werde mich nicht dafür entschuldigen, dass ich dir nichts von meiner Beziehung zu Max und Letitia Courtland erzählt habe. Für mich sind sie nicht meine Eltern ...«

»Eve ...«

»Ich muss mich vor niemandem rechtfertigen. Max Courtland ist ein abscheulicher Mensch, und ich habe keine Beziehung zu meiner Mutter und meinen Schwestern. Meine Schwestern sagen jedem, ich sei nur eine entfernte Cousine, was mir sehr recht ist, denn in meinen Augen sind sowohl Celia wie auch Lexie oberflächlich und eingebildet. Für mich sind meine Tante und mein Onkel meine richtigen Eltern, weil sie mich erzogen und geliebt haben.«

»Eve ...«

»Wenn du mir etwas sagen willst, dann sag es, in Gottes Namen.«

»Bitte, Eve, vergiss diese ganze Geschichte erst einmal. Letitia ist etwas zugestoßen.«

Eve starrte ihn an.

»Elias ist hier. Er wurde schon wieder schlimm zusammengeschlagen.«

»Was meinst du damit – *schon wieder*? Und was ist mit meiner Mutter?« Plötzlich hatte Eve die Ahnung, dass ihre Mutter versucht haben könnte, sie zu verteidigen, und dass Max ihr im Zorn etwas Schreckliches angetan hatte.

Jordan seufzte. »Vor ein paar Tagen erzählte mir Letitia, Max habe Elias so furchtbar geschlagen, dass sie um sein Leben fürchtete. Ich sagte ihr, dass es hier bei uns immer Arbeit für Elias gibt, und zum Glück war er vernünftig genug herzukommen – allerdings erst, nachdem Milo Jefferson ihn fast bewusstlos geprügelt hatte. Er ist nachts über die Felder gekrochen und hat mir gesagt, deine Mutter sei die Verandatreppe hinuntergefallen und habe eine schlimme Kopfwunde. Anscheinend will Max keinen Arzt rufen, aber ich habe gerade Ryan losgeschickt, um den Doktor aus Babinda zu holen. Er kann dann auch gleich nach Elias sehen.«

»Woher weißt du, dass Max für Mutter keinen Arzt rufen will?«

»Nachdem sie gestürzt war, haben Elias und Milo sie ins Haus getragen. Elias sagte, Max habe zuerst unter Schock gestanden. Aber etwas später haben er und Milo offenbar über Letitias Verletzung gestritten. Elias meinte, Max habe darauf bestanden, dass sie keinen Arzt braucht, und obwohl Milo anderer Meinung war, konnte er nichts tun. Ich hoffe, Celia oder Lexie konnten Max zur Vernunft bringen, aber ich wollte mich nicht darauf verlassen.«

Eve war völlig verstört. »Wenn Max so dickköpfig ist, können weder Lexie noch Celia ihn umstimmen. Und dir wird er schon gar nicht erlauben, einen Arzt für meine Mutter zu holen.«

»Vielleicht nicht«, meinte Jordan. »Aber *du* hättest das Recht dazu.«

Eve seufzte. »Nach meinem Zeitungsartikel wird Max mich

nicht einmal in die Nähe des Hauses lassen, egal ob mit einem Arzt oder ohne. Ich kann nichts tun, Jordan – und Letitia ist nicht mein Problem, oder?« Sie hob trotzig das Kinn, wandte sich halb ab und kämpfte gegen die Tränen.

Jordan durchschaute sie sofort: Sie glaubte, ihrer Mutter nicht helfen zu können; deshalb war es leichter für sie, Gleichgültigkeit vorzutäuschen, als ihre Hilflosigkeit und Verzweiflung zu gestehen.

21

»Eve! Wo hast du gesteckt?«, fragte Gaby, als sie durch die Hintertür hereinkam. Eve blickte über die Schulter Jordan an, und ihr Trotz schwand angesichts seiner rührenden Sorge um ihre Mutter.

»Ich habe heute Nacht bei Mary Foggarty geschlafen. Sie wohnt in Geraldton, nicht weit vom Gemeindesaal, in dem ... der Erntedankball stattfand.«

»Ach so.« Gaby runzelte die Stirn. »Ich wünschte, du hättest uns gesagt, dass du nicht nach Hause kommst – wir haben uns Sorgen um dich gemacht.« Dann bedachte Gaby Jordan mit einem forschenden Blick. Sie fand, dass auch er einen sorgenvollen Eindruck machte. Nachdenklich wandte sie sich wieder Eve zu. »Hattest du denn einen schönen Abend, und hast du genug Material für deinen Artikel gesammelt?«

Eve konnte dem vertrauensvollen Blick von Gabys blauen Augen nicht mehr standhalten. Sie kam sich wie eine Verräterin vor. »Nein, Gaby. Ich hatte keinen schönen Abend – und ich habe auch keinen Artikel zusammenbekommen.«

»Das tut mir Leid.«

Und nachdem ich Jules Keane versprochen habe, ihn nicht im Stich zu lassen, werde ich ihm einiges erklären müssen, fügte Eve in Gedanken hinzu.

»Ich sehe rasch noch einmal nach Elias«, sagte Jordan und ging wieder hinaus, doch Gaby beachtete ihn kaum. Sie war sicher, dass irgendetwas Eve verstört haben musste.

»Sag mir nicht, dass dein junger Mann dir den Abend verdorben hat!«, meinte sie, als Jordan außer Hörweite war.

»Nein, Gaby. Und wie ich dir schon sagte, ist Irwin nur ein Bekannter ...« Eve fiel erst jetzt auf, dass sie seit ihrer überstürzten Flucht aus dem Saal keinen weiteren Gedanken an Irwin verschwendet hatte, und ihr Gewissen meldete sich. Sie hatte es sehr eilig gehabt, zu Nebo zu kommen, der sie unter Protest zu Mary Foggarty gebracht hatte ... »Ich weiß nicht, was aus Irwin geworden ist. Ich bin früh gegangen.«

»Jordan war auch früh zu Hause«, meinte Gaby stirnrunzelnd. »Er war sehr still. Ich hatte den Eindruck, dass er ebenfalls keinen schönen Abend hatte.«

Eve mochte gar nicht daran denken, wie wütend er gewesen sein musste. »Gaby, ich muss dir etwas sagen«, begann sie. Genau in diesem Moment kamen Josh und Billy ins Haus gerannt. Beide schrien aufgeregt durcheinander. Gaby tadelte sie wegen ihres Betragens, doch die Jungen lärmten weiter. »Tut mir Leid, Eve, aber ich habe den beiden versprochen, mit ihnen in die Stadt zu fahren und neue Schuhe zu kaufen. Wie du siehst, können sie es gar nicht erwarten.« Gaby war zu stolz, um zuzugeben, dass es für beide Jungen das erste neue Paar Schuhe war. Alle anderen hatten sie von Verwandten und Freunden bekommen.

»Was du mir sagen willst, Eve ... kann es warten, bis wir zurück sind? Es dürfte nicht allzu lange dauern.«

»Natürlich. Es ist nichts ...« Eve verstummte. Sie hatte sagen wollen, dass es nichts Wichtiges sei, doch sie wollte Gaby nicht schon wieder anlügen – nicht, nachdem sie sich geschworen hatte, es nie wieder zu tun. »Ja, es kann warten«, sagte sie.

Es war später Nachmittag, als Ryan O'Connor mit einem müden Dr. Bennett zur Plantage zurückkam. Seit zehn Jahren versorgte Dr. Bennett als einziger Arzt weit und breit die Menschen in Geraldton, Ingham und Babinda.

Nachdem er Elias gründlich untersucht hatte, wandte er sich an Jordan, der in der Nähe der Tür stehen geblieben war und ihm zugeschaut hatte. »Er hat mindestens drei gebrochene Rippen und schwere Nierenprellungen«, sagte der Arzt. »Ich fürchte, er wird längere Zeit nicht arbeiten können, vielleicht mehrere Wochen nicht.« Er schaute Jordan in der Erwartung an, dass dieser verärgert reagierte.

»Er kann sich ausruhen, so lange es nötig ist«, erwiderte Jordan mit einem besorgten Blick auf Elias.

Dr. Bennett missdeutete seine Besorgnis als schlechtes Gewissen; so etwas hatte er schon oft erlebt. Als Jordan ihm nach draußen folgte, meinte er: »Ich habe wirklich schon schlimme Verletzungen gesehen, aber dieser Mann hat furchtbare Prügel bezogen.« Seine Stimme klang vorwurfsvoll. »Wenn Sie das Beste aus einem Mann herausholen wollen, sollten Sie ihn nicht so fürchterlich schlagen. Das ist unmenschlich!«

Jordan starrte ihn erschrocken an. »Ich schlage meine Arbeiter nicht!«, erwiderte er.

Dr. Bennett presste die Lippen zusammen, und Jordan spürte, dass er ihm nicht glaubte. Unter anderen Umständen hätte Jordan sich gegen die Unterstellung zur Wehr gesetzt und weiter über die Angelegenheit gesprochen, aber jetzt hatte er weder den Willen noch die Kraft dazu. Er war in Gedanken viel zu sehr mit seiner Sorge um Letitia beschäftigt.

Als George Bennett seine Instrumente in seinen Arztkoffer packte, dachte er an die letzten zehn Jahre und die Hunderte polynesischer Arbeiter, deren Wunden er behandelt hatte – Wunden, die ihnen von brutalen Plantagenbesitzern oder deren Aufsehern zugefügt worden waren. Die Wahrheit wurde immer geleugnet, die Verletzungen mit Unfällen oder Kämpfen unter den Arbeitern erklärt. Es machte ihn krank, und nicht zum ersten Mal dachte Dr. Bennett daran, sich zur Ruhe zu setzen. Eine Hütte irgendwo am Fluss, fern der Zivilisation, schwebte ihm vor ...

Am frühen Abend trafen Jordan, Eve und Dr. Bennett in Willoughby ein. Weder Jordan noch Eve überraschte es allzu sehr, dass das Tor geschlossen war und von einem *kanaka* bewacht wurde. Nur George Bennett war ein wenig erstaunt.

»Wir würden gern Mistress Courtland besuchen«, sagte Jordan zu dem jungen Mann, der auf der anderen Seite des Tores unruhig von einem Fuß auf den anderen trat.

»Tut mir Leid, Sir«, stieß dieser verlegen hervor, »aber ich darf niemanden hereinlassen.«

»Wir haben einen Arzt für die Mistress mitgebracht«, erklärte Eve.

»Einen Arzt?« Der verwirrte Arbeiter, ein magerer Mann um die zwanzig, warf einen Blick zum Haus, bevor er näher ans Tor trat. »Tut mir Leid, aber der Master hat mir Prügel angedroht, wenn ich jemand hereinlasse«, meinte er leise. Er senkte den Kopf und dachte wahrscheinlich an Elias. Eve und Jordan wechselten einen Blick, denn beide hatten die Angst in seinen Augen gesehen.

»Elias ist in Sicherheit, und der Doktor hat mir versichert, dass er sich von seinen Verletzungen erholen wird«, sagte Jordan ruhig.

Der junge *kanaka* wirkte überrascht, dass Jordan von Elias wusste, und gleichzeitig erleichtert, dass er in guten Händen war.

»Wie heißt du?«, fragte Jordan.

»Hen ... Henry, Sir«, stotterte der junge Mann nervös.

»Henry, ich weiß, dass du das Tor nicht ohne Erlaubnis aufmachen darfst. Aber vielleicht könntest du zum Haus gehen und fragen, ob Miss Celia oder Miss Alexandra dem Arzt erlauben, nach ihrer Mutter zu sehen?«

Henrys Miene nahm einen nachdenklichen Ausdruck an. Offensichtlich war er kein allzu heller Kopf, und vor allem war er gar nicht glücklich über die Verantwortung, die ihm übertragen worden war. »Ich glaube, das wird mich nicht in Schwierigkeiten bringen«, sagte er schließlich und kratzte sich am Kopf. Jordan war da nicht so sicher, doch Henry wandte sich um und ging voller Zuversicht zum Haus.

Max saß auf der seitlichen Veranda und trank Rum. Er selbst war zwar vom Tor aus nicht zu sehen, konnte aber alles beobachten, was dort geschah. Er war außer sich vor Zorn, weil Jordan und Eve es wagten, zu seiner Plantage zu kommen – und entschlossen, den Arzt nicht zu Letitia zu lassen. Als er sah, dass Henry seinen Posten verließ, rappelte er sich mühsam auf und kam dem sichtlich erschrockenen *kanaka* auf halbem Weg die Auffahrt hinunter entgegen.

»Wer hat dir erlaubt, das Tor zu verlassen?«, knurrte er.

Henry begann vor Angst zu zittern, als er den Rum in Max' Atem roch und seinen wirren Blick sah. »Ich ... ich wollte nur ...«

»Ich hatte dir gesagt, du sollst deinen Posten unter keinen Umständen verlassen!«, stieß Max hervor und schwang den Arm nach vorn. Seine geballte Faust verfehlte Henrys Kopf nur um Haaresbreite. Max versuchte, ihn zu treten, doch Henry stolperte und fiel nach hinten in eines der Beete, von denen die Rasenfläche eingefasst wurde. Max stieß einen unterdrückten Fluch aus und eilte zum Tor.

»Was wollt ihr hier?«, fuhr er Jordan an und gönnte Eve und dem Arzt nur einen Seitenblick.

»Wir haben den Doktor mitgebracht, damit er Mutter untersucht«, sagte Eve, selbst ärgerlich darüber, dass ihre Stimme leise und ängstlich klang.

»Wozu, verdammt noch mal?«

»Wir haben gehört, dass sie gestürzt ist.«

»Wer hat euch das erzählt?«

Jordan sah, dass Max getrunken hatte, was seine Sorge noch größer machte, weil er nun wusste, dass Max mit Letitias »Unfall« und ihren Verletzungen nicht vernünftig umging.
»Ist das so wichtig?«

»Ja, es ist wichtig!«, stieß Max ungeduldig hervor. »Wenn meine Frau einen Arzt brauchte, hätte ich selbst nach einem geschickt!«

»Bitte, lass Mutter von Dr. Bennett untersuchen!«, stieß Eve hervor. Betroffen sah sie Genugtuung in Max' Augen aufblitzen. Offensichtlich genoss er es, dass sie ihn um etwas bat.

»Ich bin hier, Max. Was könnte es schaden?«, meinte Dr. Bennett.

Ohne ihn zu beachten, starrte Max feindselig in Jordans Gesicht. »Schick mir Elias zurück, dann können wir darüber reden!«, sagte er höhnisch.

Max hatte bloß geraten, dass Elias sich in Eden aufhielt. Milo Jefferson hatte ihn bisher nicht gefunden, und außer Jordan hätte niemand gewagt, Elias Schutz zu gewähren.

»Himmel, wie können Sie mit dem Leben Ihrer Frau solche Spielchen treiben?«

Max schaute Jordan trotzig an. »Gibst du zu, dass du Elias hast?«

»Er wird nie hierher zurückkehren«, erklärte Jordan. »Nicht nach dem, was Milo Jefferson ihm angetan hat. Seine Verletzungen waren so schlimm, dass Doktor Bennett es gar nicht fassen konnte.«

Max war einen Moment verwirrt. Milo hatte ihm nichts davon erzählt, dass er Elias geschlagen hatte. »Meine *kanakas* gehen dich nichts an! Und du hast kein Recht, einen Flüchtigen bei dir zu verstecken!«

Jordan verlor die Geduld. »Und Sie haben kein Recht, Ihre Leute zu misshandeln, aber das scheint Sie nicht davon abzuhalten. Lassen Sie Dr. Bennett jetzt zu Letitia oder nicht?«

»Ich dachte wirklich, das hätte ich bereits deutlich genug gesagt!«

»Wir kommen zurück«, sagte Jordan entschlossen. »Und dann bringen wir Constable Hawkins mit!«

Max war sicher, dass der Constable es nicht wagen würde, gegen seine Wünsche zu handeln, doch der Blick, mit dem er Jordan bedachte, war voller eiskaltem Hass. »Tu, was du willst – aber weder ihr noch irgendjemand sonst wird ohne meine Einwilligung einen Fuß auf den Boden von Willoughby setzen!«

Jordan begriff nicht, wie Max Letitia gegenüber so rücksichtslos sein konnte. »Bedeutet Ihre Frau Ihnen denn so wenig?«, fragte er ungläubig und sah erstaunt etwas wie Betroffenheit im Blick des anderen aufblitzen – doch nur für einen Augenblick; dann legte sich wieder eiskalte Ablehnung auf Max' Züge. Es überraschte sie alle, als er sich plötzlich Eve zuwandte. Eve fürchtete, er könne wieder irgendetwas sagen, das sie verletzte, und trat unwillkürlich einen Schritt zurück.

Durch die Gitterstäbe des Tores hindurch studierte Max ihr Gesicht auf der Suche nach etwas Vertrautem, irgendetwas, was ihm Aufschluss über ihren Vater geben konnte.

Er hatte sich nie etwas dabei gedacht, dass sie glänzendes dunkles Haar hatte und ebenso dunkle, mandelförmige Augen. Auch war es ihm nie seltsam erschienen, dass sie ganz anders war als Celia, Lexie und sogar Letitia. Die Mädchen waren ohnehin sehr verschieden, äußerlich und im Wesen; deshalb hatte es Max nie sonderlich gewundert, dass Eve ein wenig exotisch aussah. Was er dagegen niemals verstanden hatte, war die Tatsache, dass eines seiner Kinder mit einer ernsten Behinderung auf die Welt gekommen war. Jetzt aber verstand er es. Die Zeichen waren immer da gewesen, genau vor ihm, und er fühlte sich plötzlich wie ein Narr – von einer Frau betrogen, der er blind vertraut hatte.

Max schluckte schwer. Eve zu enterben, war eine Sache, doch zu erfahren, dass sie gar nicht sein Kind war, war etwas vollkommen anderes. Sein männlicher Stolz war verwundet, und zum ersten Mal gestand er sich ein, dass der Schmerz, der ihn erfüllte, von seinem gebrochenen Herzen stammte.

Er sah Eve als kleines Mädchen vor sich, wie sie tapfer versucht hatte, ihren stärkeren, geschickteren Schwestern bei jedem abenteuerlichen Spiel ebenbürtig zu sein. Jetzt endlich konnte Max Courtland vor sich selbst zugeben, dass er Eve stets für ihre Entschlossenheit und Unabhängigkeit bewundert hatte. Er war immer davon ausgegangen, dass sie ihre Zähigkeit von ihm geerbt hatte. Zum ersten Mal verstand er jetzt, warum Letitia es immer wieder aufgeschoben hatte, Eve nach ihren Operationen nach Hause zu holen. All die Jahre über hatte Letitia Angst gehabt, er könne die Wahrheit erahnen.

Verärgert merkte er, wie ihm die Augen feucht wurden. »Verschwinde ...«, murmelte er verlegen; dann wandte er sich ab und ging mit schwankenden Schritten davon.

»Ich bin noch ein paar Tage in der Stadt«, rief Dr. Bennett ihm nach. »Schicken Sie nach mir, wenn ich gebraucht werde.«

Max antwortete nicht.

Seit ihrem Sturz hatte Letitia im tiefer Bewusstlosigkeit gelegen, aus der sie nur hin und wieder für wenige Augenblicke erwachte. Celia und Lexie saßen die ganze Zeit bei ihr und hofften auf Besserung, doch Letitia schien eher schwächer zu werden. Beide Mädchen hatte es sehr getroffen, dass Letitia immer nur nach Eve fragte, wenn sie das Bewusstsein erlangte.

»Warum will Mutter unbedingt Evangeline sehen?«, fragte Lexie wieder und wieder.

»Ich weiß es nicht«, stieß Celia betroffen hervor. »Nach uns hat sie nicht ein einziges Mal verlangt. Ich verstehe das nicht!«

Die Mädchen blickten sich über das Bett hinweg an, und beide dachten dasselbe: Keine von ihnen wollte tun, was jetzt nötig schien, doch sie hatten kaum eine Wahl, wollten sie ihre Mutter retten.

Milo sah, dass Max schon seinen dritten Krug Rum leerte. »Sie können nicht so weitermachen, Boss!«, sagte er.

»Ich muss die Wahrheit wissen«, gab Max lallend zurück. »Wie würdest du dich fühlen, wenn jemand dir sagt, dass eins von deinen Kindern gar nicht von dir ist?« Dass Milo weder Frau noch Kinder hatte, war dabei unwichtig – als Mann, meinte Max, müsse er ihn verstehen.

Max saß vornübergebeugt im Stall auf einem Heuballen, die Ellbogen auf den Knien, den Krug zwischen den Füßen. Kinn und Wangen waren voller grauer Bartstoppeln, denn er hatte sich lange nicht rasiert, und schon seit drei Tagen trug er dasselbe Hemd, sodass er nach Schweiß roch. Milo hatte ihn nie so ungepflegt gesehen. Max' Anblick stellte sein Gewissen auf eine harte Probe.

»Es ist schon sehr lange her, Boss. Ich glaube nicht, dass es gut ist, in der Vergangenheit zu rühren.«

»Wie könnte es denn *noch* schlimmer werden?«, stieß Max verärgert hervor.

Milo zuckte innerlich zusammen. Wenn ich dir sage, dass Eves Vater ein *kanaka* ist, dachte er. »Vielleicht sagt die Mistress Ihnen, was Sie wissen wollen, wenn sie wieder bei Bewusstsein ist.«

»Sie hat geschworen, es nicht zu tun. Warum also sollte ich Hilfe für sie holen? Meinetwegen kann sie ihr Geheimnis mit ins Grab nehmen!«

Milo starrte Max ungläubig an. Er würde Letitia also wirklich sterben lassen, obwohl es in seiner Macht stand, ihr zu helfen! »Das können Sie nicht ernst meinen, Boss!«

Max zuckte mit keiner Wimper. Es war offensichtlich, dass er es sehr wohl ernst meinte.

Milo war entsetzt, sah aber auch, dass Max nicht er selbst war. Sein Atem ging schwer, und er schwitzte stark. Er war betrunken, und seine Haut zeigte eine unnatürliche Blässe. Er bot einen schrecklichen Anblick. Es hatte ihn schon aus der Bahn geworfen, dass Eve nicht seine Tochter war, doch die Ungewissheit, wer ihr wirklicher Vater war, brachte ihn fast um. Milo fürchtete, Max könnte einen Herzanfall erleiden. Und wenn er Max und Letitia auf einmal verlor – was sollte dann aus ihm werden?

»Wenn Sie die Wahrheit wüssten, Boss, würden Sie der Mistress dann helfen?«

»Das hängt davon ab, wie die Wahrheit aussieht«, sagte Max mit eisiger Stimme. »Wenn einer meiner Freunde sich mit ihr vergnügt hätte, würde ich ihn umbringen!«

»Es war keiner von Ihren Freunden, Boss.«

Max, vom vielen Rum benebelt, hob den Kopf und blickte seinen Aufseher aus blutunterlaufenen Augen an.

Milo verfluchte sich selbst dafür, Max' Aufmerksamkeit auf sich gezogen zu haben.

»Weißt du etwas, Jefferson?«

Milo starrte ihn an. Er wollte etwas sagen, hatte aber Angst, Max' Zorn könnte ihn treffen. »Nein ... eigentlich nicht, Boss.«

Max sprang auf. »Was soll das heißen? Entweder weißt du etwas oder du weißt nichts! Red schon, Jefferson, oder ...« Mit zwei großen Schritten überwand Max die Entfernung zwischen ihnen. Milos Augen weiteten sich vor Schreck.

»Ich weiß nichts, Boss, ehrlich!«

»Ich glaube dir nicht. Hast du damals jemanden hier herumlungern sehen?« Max erkannte die Ironie in seinen Worten. Zu der Zeit, als Eve gezeugt worden sein musste, hatte er nur Augen für Catheline Hale gehabt und gar nicht bemerkt, was praktisch vor seinen Augen geschah. Jetzt war er wütend auf sich selbst, richtete seinen Zorn jedoch gegen den unglücklichen Milo Jefferson. Er schwor sich, die Wahrheit aus Milo herauszuprügeln, falls nötig.

Milo Jefferson war seit vielen Jahren tagtäglich mit Max zusammen und deutete den Blick aus dessen halb geschlossenen Augen richtig. Er wusste, er hatte er keine Wahl – er musste Max die Geschichte erzählen.

»Es ist schon lange her, Boss, aber der einzige andere Mann, von dem ich weiß, dass die Missus ihn sehr mochte, war Luther Amos. Deshalb habe ich ihn damals fortgejagt. Ich fand, dass er zu freundlich mit der Missus tat und seine Arbeit vernachlässigte. Von einem anderen weiß ich nichts, ich schwör's.«

Max stand regungslos da, wie vom Blitz getroffen, und versuchte das Gehörte zu verarbeiten. »Luther ... Luther Amos, der Mann, der halb *kanaka* und halb Ire war?« Max hätte die Vorstellung am liebsten als lächerlich aus seinen Gedanken verbannt, doch wenn er genauer darüber nachdachte ... Eves dunkle Haare und ihre Augen ... konnte es möglich sein?

»Ja, Boss.« Milo sah, wie Max erschrak. »Die Mistress und Luther waren sehr vertraut miteinander«, fuhr er fort. »Ich glaubte damals nicht, dass zwischen den beiden etwas war – schließlich war Luther nur ein einfacher Feldarbeiter. Aber ich hatte schon das Gefühl, dass Mistress Letitia ihn sehr mochte.«

Milo ließ Max nicht aus den Augen, der noch immer ungläubig den Kopf schüttelte. »Ein *kanaka*«, murmelte er, »Letitia und ein *kanaka*!«

Milo wusste, dass eine so schwere Anschuldigung die Gefahr barg, dass Max ihn in seinem Zorn umbrachte; auf der anderen Seite wusste Milo nicht, was geschehen wäre, hätte er *nichts* gesagt. In dieser Situation gab es für ihn nicht viel zu gewinnen, nur etwas zu verlieren.

Sein Leben.

Milo tat einen tiefen Atemzug. Er wusste, dass die nächsten Augenblicke sein Schicksal besiegeln würden.

22

Ich muss mich bei Ihnen entschuldigen«, sagte George Bennet zu Jordan, als sie wieder auf dem Wagenbock saßen und die Tore Willoughbys hinter sich ließen.

Jordan atmete tief aus, um auf diese Weise etwas von seiner Wut loszuwerden. »Schon gut, Dr. Bennett. Ich mache Ihnen keinen Vorwurf, dass Sie vom Schlimmsten ausgehen. Meistens dürfte Ihr Zynismus begründet sein – auf jeden Fall bei Maximillian Courtland.«

George Bennett erkannte bei Jordan dieselbe Bitterkeit, die ihn selbst erfüllte. »Das sehe ich auch so, aber Sie haben mir immerhin ein wenig von meinem Glauben an die Menschheit wiedergegeben. Um ehrlich zu sein, habe ich in letzter Zeit öfters mit dem Gedanken gespielt, meinen Beruf an den Nagel zu hängen. Ich sehe so viel Grausamkeit gegenüber den *kanakas*, dass es mir immer schwerer fällt, damit fertig zu werden. Aber wenn jemand wie Sie für Veränderungen zu kämpfen bereit ist, sehe ich einen Funken Hoffnung auf eine bessere Zukunft.«

»Sie dürfen nicht aufhören, Dr. Bennett«, sagte Eve. »Ich weiß nicht, was wir ohne Sie tun würden! Die Leute aus Geraldton bemühen sich schon seit Jahren um einen eigenen Arzt, aber bisher ohne Erfolg.«

Dr. Bennett seufzte. »Nur wenige Ärzte gehen in ländliche Gegenden, denn auf dem Land muss man weite Strecken zurücklegen, um zu den Patienten zu gelangen, und Bezahlung erhält man nur selten. Da braucht ein Arzt viel Idealismus und Nächstenliebe. Sie werden sich wohl nicht an meine Tochter erinnern, Eve, aber Rachel hat kürzlich ihr Examen an der medizinischen Fakultät von Brisbane abgelegt.«

»Rachel ... nein, ich kann mich nicht an sie erinnern, aber Sie müssen sehr stolz auf Ihre Tochter sein. Hat sie Aussichten auf eine Anstellung an einem der Krankenhäuser in der Stadt?«

»Das bezweifle ich. Sämtliche freien Stellen werden an männliche junge Ärzte vergeben, und bei den Arztpraxen werden Frauen nicht als Partnerinnen akzeptiert, eben weil sie Frauen sind.«

»Hätte Rachel Interesse, unsere Ärztin zu werden?«, fragte Jordan aufgeregt. »Ich würde ihr in der Stadt ein Haus mieten und für alles sorgen, was sie sonst noch braucht.«

George Bennett und Eve blickten Jordan überrascht an.

»Das ist sehr großzügig von Ihnen«, meinte Bennett.

»Und eine wundervolle Idee!«, fügte Eve hinzu.

»Ich bin sicher, meine Tochter wäre froh über eine solche Chance. Ich hätte ihr natürlich auch geholfen und sie in meine Praxis aufgenommen. Aber viele meiner Patienten würden sich weigern, sich von ihr behandeln zu lassen, weil sie jung ist und noch dazu eine Frau. Die meisten Menschen hier auf dem Land halten am Althergebrachten fest. Aber wenn meine Tochter ihre eigene Praxis hätte ...«

»Diese Stadt braucht dringend einen Arzt«, erklärte Jordan, »und deshalb wird es nicht lange dauern, bis ihr Wartezimmer täglich gut gefüllt ist.«

George Bennett bat Jordan, ihn in »San Remo« abzusetzen, wie Alberto Santinis Plantage hieß, die ungefähr vier Meilen von Eden entfernt lag. Er wollte nach einem der Kinder sehen, das an wiederkehrendem Fieber und ständigen Halsentzündungen litt. »Ich kann nach Eden laufen, wenn ich fertig bin«, sagte er und stieg mit seinem Arztkoffer vom Wagen.

»Ich könnte Ryan O'Connor schicken, um Sie abzuholen«, bot Jordan an, doch George blieb hartnäckig.

»Ich rate meinen Patienten immer, sich viel zu bewegen, also muss ich selbst auch danach handeln.«

»Wir warten mit dem Abendessen auf Sie«, rief Jordan, als sie davonfuhren.

Eve lachte herzlich. »Ich glaube, Dr. Bennett wird keinen Hunger mehr haben, wenn er kommt«, sagte sie leise. »Er liebt die italienische Küche, und Pia Santini ist offenbar eine begnadete Köchin. Er schwärmt immer von ihren wundervoll gewürzten italienischen Würsten, Lasagne, Tortellini und dem Kuchen. Wenn er die Santinis verlässt, wird er rundum satt sein. Das ist auch der Grund, warum er zu Fuß gehen will.«

»Ist das Kind denn wirklich krank?«

»Wahrscheinlich nicht.«

Während sie weiterfuhren, spürte Jordan Eves Blick auf sich ruhen. Nach einer Weile schaute er sie an. »Was hast du, Eve?«

»Tut mir Leid, dass ich dich so angestarrt habe. Ich dachte gerade, wie großzügig du bist, Rachel Bennett ein Haus anzubieten. Ich bin sicher, sie wird es nicht ablehnen.«

»Ich hoffe es. Ich habe nämlich in der Stadt einige passende Gebäude gesehen, die zum Verkauf standen. Vielleicht könntest du mir dabei helfen, ein geeignetes Haus auszusuchen?«

»Ich würde dir sehr gern helfen, wenn ich kann«, erwiderte Eve, freudig überrascht, dass er sie darum bat. »Wir könnten es hübsch herrichten. Ich könnte zum Beispiel die Zimmer neu streichen, wenn du willst.«

»Ja, gern. Ich werde dir dabei helfen. Wenn Rachel tatsächlich unsere neue Ärztin wird, kommt es uns alle zugute. Die älteren Leute werden zu Anfang vielleicht zögern, eine junge Frau aufzusuchen, aber sie gewöhnen sich schon daran. Die jungen Mütter und besonders die Kinder werden sich schnell mit ihr anfreunden.«

Eve schwieg einen Moment und studierte Jordans gut geschnittene Züge. Seit ihrer Rückkehr nach Geraldton war sie misstrauisch geworden, was die Beweggründe mancher Menschen anging, doch Jordan war ganz sicher nicht auf Dankbarkeit oder Anerkennung aus.

»Du bist ein ungewöhnlicher Mensch, Jordan Hale«, sagte sie und meinte damit seine Selbstlosigkeit.

Wieder warf Jordan ihr einen forschenden Blick zu und sah ihr leises Lächeln. »Ich möchte nur etwas tun, was der Gemeinschaft Nutzen bringt«, sagte er. »Es hat doch keinen Sinn, Reichtümer anzuhäufen, ohne damit etwas Gutes zu bewirken.«

Seine Worte ließen Eve an ihren Vater denken. »Leider denkt nicht jeder so wie du, Jordan.«

Er hörte die Bitterkeit in ihrer Stimme und verstand, dass sie vor allem ihren Vater meinte. »Ich frage mich, warum Max dich in Willoughby so seltsam angeschaut hat«, sagte er besorgt.

Eve ließ den Kopf sinken. »Um ehrlich zu sein, hat er mir Angst gemacht.« Ihre Offenheit überraschte sie selbst, doch sie fühlte sich Jordan sehr nahe – näher, als sie je einem Mann gewesen war. Er strahlte so viel Wärme und Sicherheit aus. »Er wirkte so fremd, so eigenartig«, fuhr sie fort. »Ich weiß nicht, ob es an Mutters Unfall liegt oder an etwas anderem, von dem wir nichts wissen. Aber irgendetwas stimmt da nicht.« Sie wandte sich von Jordan ab und blickte auf die Felder, ohne sie wirklich zu sehen. Ihre Gedanken schweiften in eine andere Welt, in die Vergangenheit, die sie lange Zeit als zu schmerzhaft empfunden hatte, um sich ihr zu stellen. Doch hier, neben Jordan und mit dem Gefühl der Sicherheit, das er ihr vermittelte, konnte sie es wagen. Als Eve wieder sprach, öffnete sie das Innerste ihrer Seele.

»Ich habe mich oft gefragt, wie es wohl gewesen wäre, in Willougby aufzuwachsen.« Sie hielt kurz inne. »Vielleicht wäre ich dann so geworden wie Celia oder, schlimmer noch, wie Lexie.«

Jordan bezweifelte, dass Eve jemals so selbstverliebt geworden wäre wie Lexie. »Warum bist du bei deiner Tante und deinem Onkel aufgewachsen?«

Eve schloss kurz die Augen und wandte sich ihm zu. »Weil meine Eltern mich nicht wollten.« Ihre Unterlippe zitterte verdächtig.

»Das glaube ich nicht, Eve.«

»Es stimmt aber, obwohl Mutter es abstreitet. Sie findet jedes Mal tausend Ausreden, aber keine ist glaubwürdig.«

»Ich würde die Geschichte gern aus deiner Sicht hören, Eve. Letitia hat mir erzählt, du seist nach Sydney gebracht worden, um dort in einer Klinik behandelt zu werden.«

»Das stimmt. Ich bin …«, sie senkte den Kopf, und Jordan sah, wie schwer es ihr fiel, darüber zu sprechen. »Ich bin mit einer verschobenen Hüfte zur Welt gekommen und konnte nur unter Schmerzen laufen – es sah auch seltsam aus. Meine Mutter behauptet, dass es in Sydney die besten Chirurgen gab, was wahrscheinlich sogar stimmte. Aber ich glaube, dass meine Eltern mich vor ihren Freunden verbergen wollten, weil sie nicht mit dem Makel leben konnten, ein Kind wie mich zu haben.«

Jordan sah ihr an, wie aufgewühlt sie war. Er spürte, dass sie sich gerade zum ersten Mal im Leben einem Menschen anvertraut hatte.

»Mit drei oder vier Jahren bin ich zum ersten Mal operiert worden, leider nicht sehr erfolgreich. Meine Familie wohnte bei Tante Cornelia und Onkel Louis, während ich im Krankenhaus war. Ich war zu jung, als dass ich mich noch an alle Einzelheiten erinnern könnte, aber ich glaube …« Sie hielt inne. »Max und die Mädchen fuhren nach Geraldton zurück, während ich mich erholte. Mutter blieb bis nach meiner zweiten Operation bei mir, doch danach sagte sie, sie müsse zurück zu Lexie und Celia, weil die beiden sie brauchten. Ich wollte mit ihr nach Hause fahren, aber sie ließ mich nicht. Auch wenn ich damals noch sehr klein war – ich erinnere mich gut, wie sehr ich darunter gelitten habe, zurückgelassen zu werden.«

Jordan nickte. Eve hätte ihre Mutter ebenso dringend gebraucht wie Lexie und Celia. Wie tief musste es sie verwundet haben, hinter die Schwestern zurückgestellt zu werden. Schließlich war sie die Jüngste gewesen. Außerdem hatte sie nach den Operationen sicher unter großen Schmerzen gelitten. Jordan verstand sehr gut, dass es Eve nach der Mutter verlangt hatte.

»Mein Onkel und meine Tante hatten ihr einziges Kind durch ein tragisches Unglück verloren – es war ertrunken. Deshalb hingen sie sehr an mir und gingen liebevoll mit mir um. Aber sie waren eben nicht meine richtigen Eltern. Mutter kam mich in den folgenden zwei Jahren genau zwei Mal besuchen ...« Eves Worte klangen hart und bitter. »Später konnte ich schon froh sein, wenn sie mir wenigstens noch schrieb. Sie hat alle möglichen Ausreden vorgeschoben. Einmal behauptete sie sogar, die Reise sei zu lang und zu anstrengend!« Eve konnte die Tränen nicht mehr zurückhalten. Sie wandte sich ab und wischte sie sich mit einer ungeduldigen Geste von den Wangen. Jordan reichte ihr ein Taschentuch. Eve nahm es verlegen und schnäuzte sich. Nachdem sie sich ein wenig beruhigt hatte, schaute sie Jordan ratlos an.

»Wie konnte sie mich verlassen, Jordan? Als Mutter!«

»Ich weiß es nicht, Eve.« Jordan verstand es wirklich nicht, war aber sicher, dass es irgendeinen Grund dafür geben musste.

»Bin ich so wenig liebenswert?«

»Nein, Eve, du bist sogar sehr liebenswert!« Jordan blickte in ihre schönen, dunklen Augen, deren Blick so viel Verletzlichkeit ausdrückte. Es musste leicht sein, sie zu lieben ...

Schließlich errötete Eve, wandte den Blick ab und brach damit den Zauber.

»Deine Tante und dein Onkel haben dich sicher sehr geliebt, nicht wahr?«, sagte er leise.

»Sie haben mir ihre Zeit und ihre Zuneigung geschenkt, aber sie konnten nicht wettmachen, dass meine Eltern mich praktisch im Stich gelassen hatten.«

Jordan entgegnet nichts.

Nach einem Moment des Schweigens schaute Eve ihn wieder an und tupfte sich die Tränen ab. »Jules Keane und Onkel Louis sind Vettern. Deshalb hat Jules mir die Chance gegeben, Artikel für die *Gazette* zu schreiben. Ich wollte nicht, dass Tante Cornelia meiner Familie etwas von meiner Rückkehr schrieb, weil ich nie mehr in dieses Haus wollte. Jules ist Junggeselle, sodass ich nicht bei ihm wohnen konnte, aber seine Schwester, Mary Foggarty, war froh, einen Gast zu haben.« Eve lächelte leicht. »Leider war es unmöglich, längere Zeit bei Mary zu wohnen, denn sie teilt das Haus mit ihren vielen Tieren. Als mein erster Artikel in der *Gazette* erschienen war, wollte mir niemand ein Zimmer vermieten, aber ein Makler war bereit, mir Eden zu zeigen. Er hatte nicht damit gerechnet, dass ich wirklich dort wohnen wollte, aber als er es begriff, besaß er die Frechheit, Miete zu verlangen. Eigentlich wollte ich gar nicht mehr hier bleiben, aber ich wollte unbedingt bei einer Zeitung arbeiten.« Sie seufzte tief. »Ich wollte über die Zuckerindustrie und erfolgreiche Plantagengründungen schreiben, doch als ich nach Geraldton kam und sah, wie die *kanakas* behandelt wurden, konnte ich es nicht hinnehmen. Ich habe mir meinen Zorn von der Seele geschrieben und gehofft, die öffentliche Aufmerksamkeit auf das Leid der *kanakas* zu lenken. Stattdessen habe ich die Wut der Gemeinschaft auf mich gezogen. Ich hatte mit Max' Zorn gerechnet, aber trotzdem gehofft, dass er wenigstens *versucht*, mich zu verstehen.« Wieder seufzte Eve. »Doch er hat mich wie eine

Aussätzige behandelt. Und wenn ich meinen Schwestern in der Stadt begegnete, ignorierten sie mich oder verhielten sich feindselig. Sie glauben, ich wüsste nicht, was für schlimme Dinge sie hinter meinem Rücken über mich verbreiten. Nur Mutter hat ein paar Versuche unternommen, mich besser kennen zu lernen ...«

»Ich muss gestehen, dass ich erschrocken war, als ich deinen letzten Artikel gelesen hatte, Eve«, sagte Jordan. »Obwohl ich mit allem übereinstimme, was du geschrieben hast, konnte ich nicht glauben, dass du deinen Vater öffentlich an den Pranger stellst.«

»Er ist für mich nie ein Vater gewesen. Und ich konnte vor dem Elend der *kanakas* nicht einfach die Augen verschließen. Wenn du gesehen hättest, was ich gesehen habe, wärst auch du entsetzt gewesen. Jules muss eine Information von einer seiner Quellen bei der Regierung bekommen haben, denn er hat den letzten Absatz über die Menschenrechtskommission ergänzt. Es wurde Zeit, dass man den Plantagenbesitzern eine Lektion erteilt. Diese Leute glauben, man könne andere Menschen wie Vieh behandeln!«

»Und deine Mutter, Eve? Sie hat auch darunter zu leiden.«

Eve warf Jordan einen hilflosen Blick zu.

»Sie hat mir gesagt, dein Vater habe ihr verboten, auch nur in die Nähe der Arbeiterbaracke zu gehen, seit sie gebaut wurde.«

»Glaubst du ihr?«

»O ja. Offensichtlich ist Letitias Rolle in Willoughby immer nur die einer Vorzeige-Ehefrau gewesen. Als sie mir von der Baracke der *kanakas* erzählte, war sie ehrlich betroffen. Nachdem dein Vater Elias ausgepeitscht hatte, war er so betrunken, dass er wie betäubt geschlafen hat. Deine Mutter nutzte die Gelegenheit, nach Elias zu sehen, ob sie ihm helfen konnte. Sie war schockiert und beschämt über das, was sie sah. Sie will etwas ändern, Eve, aber sie hat Angst vor Max.

Gott weiß, was am Abend des Balls vorgefallen ist und wie Letita zu ihrer Kopfwunde kam.«

Eve konnte die Tränen nicht mehr zurückhalten. Trostsuchend sank sie gegen Jordans Schulter, und er legte den Arm um sie.

»Ich werde schon einen Weg finden, ihr zu helfen, Eve, das verspreche ich dir!«, sagte er.

Max schleuderte einen leeren Rumkrug gegen die Stallwand. Seit Letitias Unfall hatte er sich möglichst vom Haupthaus fern gehalten, damit er nicht an sie denken musste.

»Wie kann Jordan Hale es wagen, einen von meinen *kanakas* bei sich zu behalten? Was glaubt der Kerl eigentlich, wer er ist!«

»Jordan ... hat Elias?« Milo Jefferson erschrak. Er hatte geglaubt, Elias sei aus der Gegend verschwunden oder an einem unentdeckten Ort an seinen Verletzungen gestorben, sodass unentdeckt blieb, dass er, Milo, Elias fast zu Tode geprügelt hatte. Doch wenn er noch lebte, konnte er längere Zeit nicht arbeiten, und dafür musste es einen Verantwortlichen geben. Dieser Verantwortliche war er, Milo Jefferson.

»Ja, Elias ist bei Jordan Hale«, sagte Max. »Und Jordan behauptet, er sei wieder geschlagen worden. Ich glaube nicht, dass er den Doktor nur wegen Letitia nach Geraldton geholt hat, also muss Elias übel zugerichtet sein. Was weißt du darüber, Jefferson?«

Milo überlegte, ob er lügen sollte, doch dieses eine Mal fand er, dass die Wahrheit mehr Wirkung erzielte. »Er ... ich habe gesehen, wie Elias ... die Missus berührte, Boss. Da habe ich den Kopf verloren.«

Max starrte ihn an. »Wie meinst du das, er hat sie berührt?«

»Er hielt ihre Hand.«

Max wurde blass und schwankte. Sein Blick wurde starr. »Sag mir genau, was du gesehen hast!«

»Am Abend des Balls, Boss, als die Missus nach Hause kam, sprachen sie miteinander, und Elias nahm ihre Hand. Ich habe es mit eigenen Augen gesehen ...« Milo dachte daran, wie schrecklich eifersüchtig er gewesen war, als Letitia Elias die Hand hingestreckt hatte, und wie er später in seinem Zorn über Elias hergefallen war.

Max wollte gar nicht erst an diesen Abend denken. »Du hättest es mir sagen müssen, Jefferson!«, fuhr er seinen Aufseher an. »Letitia ist meine Frau, also wäre es meine Sache gewesen, mich um Elias zu kümmern. Und wenn ich mit eigenen Augen gesehen hätte, wie dieser *kanaka* Letitia berührte, hätte er später nicht mehr die Kraft gehabt, sich aus dem Staub zu machen!«

»Er hat ihre Hand genommen, Boss, ich schwöre es Ihnen. Ich wollte Sie nicht damit belästigen, weil Sie wegen Evangelines Artikel schon Sorgen genug hatten.« Jefferson überlegte fieberhaft. Er wollte Max' Zorn von sich selbst ablenken und wusste auch schon genau, in welche Richtung.

»Jordan Hale nimmt sich zu viel heraus, Boss. Er hat kein Recht, einfach einen von Ihren *kanakas* bei sich zu behalten. Können wir ihn nicht verhaften lassen?«

Milo sah sofort, dass sein Versuch gelungen war, und atmete erleichtert auf. Max war so sehr von seiner Wut auf Jordan erfüllt, dass er kaum einen klaren Gedanken fassen konnte. »Ich weiß, was ich in dieser Sache tun werde!«, stieß er hervor, während er den Korken aus einem weiteren Krug Rum zog.

»Und was, Boss? Mit ein paar Männern hinüberreiten und Jordan Hale fertig machen?«

Max nahm einen langen Schluck aus der Flasche und rieb sich mit dem Handrücken einen Tropfen vom Kinn. »O ja, ich werde ihm den Kopf zurechtrücken. Aber allein!«

»Allein?«

»Was ist los mit dir, Jefferson? Glaubst du nicht, dass ich

mit einem Burschen wie Jordan Hale allein fertig werde?« Max war kein junger Mann mehr, doch wie so oft blendete ihn sein Stolz.

»Doch, natürlich, Boss. Sie können es mit jedem aufnehmen, vor allem mit einem schwächlichen Städter, der sich einbildet, Zuckerrohrpflanzer zu sein!«

Eine Stunde und einen weiteren Krug Rum später ritt Max über den Zufahrtsweg nach Eden. Er war allein und dermaßen betrunken, dass er sich nur mit Mühe auf dem Rücken seines Pferdes halten konnte. Sein schmutzstarrendes Hemd war nass von Schweiß, und ungeschickt hielt er eine seiner geliebten Havanna-Zigarren zwischen den Fingern.

In den Tiefen seines von Rum umnebelten Verstandes registrierte er, dass das Anwesen sauber und ordentlich aussah. Obwohl Eden seiner Meinung nach nicht mit Willoughby konkurrieren konnte, bot es nicht mehr das traurige Bild des Verfalls, sondern schien im Gegenteil aufzublühen. Als Max zum Haupthaus ritt, stiegen Erinnerungen in ihm auf, doch sie waren ebenso umnebelt wie sein Sinn für die Wirklichkeit. Beinahe vermeinte er Catheline Hale auf der Veranda stehen zu sehen. Ihre tiefschwarzen Haare flogen im Wind, ihre Augen strahlten in der Abendsonne, und ein Lächeln legte sich auf ihre Lippen, als sie ihn erblickte ...

»Catheline«, murmelte er. In diesem Augenblick strauchelte sein Pferd, was Max schlagartig in die Wirklichkeit zurückbrachte. Auch seine Wut loderte wieder auf. Ein paar Schritte vom Haus entfernt rief er: »Hale! Komm raus, Hale!«

Jordan öffnete die Tür und trat ins Freie. Die Nachmittagssonne warf Schatten auf ihn, sodass Max sein Gesicht nicht sehen konnte. Jordan schien ganz ruhig, doch Max hörte die mühsam beherrschte Wut in der Stimme des jungen Mannes.

»Ich hatte Ihnen doch geraten, niemals wiederzukommen!«, sagte er.

»Ja, das hast du! Aber selbst erwartest du in Willoughby einen roten Teppich!«, lallte Max mit sarkastischem Unterton.

»Ich habe kein Interesse, auch nur einen Fuß auf Ihren Grund und Boden zu setzen. Mir geht es nur darum, dass Letitia von einem Arzt untersucht wird.«

Die Sonne schien Max genau ins Gesicht und in seine blutunterlaufenen Augen. Er blinzelte geblendet. »Kümmere dich um deine eigenen Angelegenheiten! Ich bin gekommen, um mir etwas wiederzuholen, das mir gehört!«

Jordan dachte sofort an Eve, doch Max fuhr fort: »Wo ist Elias? Ohne Elias reite ich nicht heim!«

»Ich habe Ihnen doch gesagt, er wird nicht zurückkommen«, erklärte Jordan in ebenso beherrschtem wie entschlossenem Tonfall.

»Ich verlange, dass du ihn herbringst, bevor ich dich festnehmen lasse! Bring ihn her! Auf der Stelle!« Max riss so fest an den Zügeln, das sein Pferd rückwärts zu tänzeln begann, und er fluchte, weil er um ein Haar das Gleichgewicht verloren hätte.

Von dem Lärm alarmiert, kam Eve aus dem Haus.

Max erschrak, als er sie sah. »Was, zur Hölle, tust du hier?«

»Ich ... ich arbeite hier«, gab Eve leise zurück. Sie hatte mit einem Blick erkannt, das Max in noch viel schlimmerer Verfassung war als zwei Stunden zuvor, und ihre Nerven waren zum Zerreißen gespannt.

Max schoss Jordan einen Blick zu, aus dem purer Hass sprach, und seine Lippen verzogen sich zu einem hässlichen Grinsen. Dann fragte er Eve: »Und was arbeitest du?«

»Das geht dich nichts an.«

»Sag mir, was du hier tust, Evangeline, oder ich vergesse mich!«, rief Max. Der Schweiß strömte ihm aus jeder Pore. Das Hemd klebte ihm auf der Haut, ließ die Haare auf seiner Brust erkennen und seinen Bauch noch deutlicher vorstehen. An seinen Schläfen traten dicke Adern hervor, und seine Augen verschwanden fast unter seiner kantigen Stirn. Seine Haut hatte eine ungesunde, tiefrote Farbe angenommen, als würde ihn im nächsten Moment der Schlag treffen.

»Ich streiche das Haus und erledige kleine Arbeiten ...«, sagte Eve, um einem Zornesausbruch entgegenzuwirken. Zugleich stieg so etwas wie Trotz in ihr auf. Sie war wütend auf ihren Vater, weil dieser nach Eden gekommen war, um Streit zu suchen. »Warum interessiert es dich plötzlich, was ich tue? Bisher hat es dich nie gekümmert! Warum sollte es dich jetzt stören, dass ich in Eden wohne?« Obwohl Eve genau wusste, was sie mit diesen Fragen auslöste, konnte sie sich nicht zurückzuhalten. Max hatte ihrer Mutter das Recht verwehrt, von einem Arzt untersucht zu werden, und das zeigte einmal mehr, dass er durch und durch schlecht war.

Max stieg vom Pferd und machte ein paar unsichere Schritte auf Jordan und Eve zu. Kurz vor der Veranda warf er seine Zigarre mit einer zornigen Bewegung zu Boden, doch Jordan verzog keine Miene.

Viele Dinge schossen Max durch den Kopf, Gedanken und Erinnerungen. Jordans Drohung fiel ihm ein, mit den Frauen in seinem Leben »eng vertraut« zu werden. Er dachte an den Abend, an dem Patrick Hale gestorben war und daran, wie undankbar dieser auf das Angebot reagiert hatte, ihre Zwistigkeiten beizulegen. Max erinnerte sich daran, dass er immer der Meinung gewesen war, Patrick sei nicht gut genug für Catheline, und er wusste noch genau, was sie ihm an ihrem Todestag gesagt hatte ...

Max hasste die Hales mit aller Leidenschaft, zu der er fähig war, und er wollte, musste Jordan verletzen. Er sah, dass dieser sich schützend vor Eve gestellt hatte, und er begriff, dass sie für ihn viel mehr als nur eine Hilfe auf der Plantage war. Eve war der Trumpf in Max' Ärmel, und er war sich nicht zu fein, Eve zu benutzen, um seinen Feind zu zerschmettern.

Der letzte klare Gedanke, der ihm durch den Kopf schoss,

bevor er den Mund öffnete, war die Erinnerung an Letitias Worte vor ihrem Sturz: Sie hatte gesagt, sie wolle diejenige sein, die Eve die Wahrheit sagte – dass nicht Max, sondern ein anderer ihr Vater war.

Der Teufel soll sie holen, dachte Max. Dieses Vergnügen wird sie mir nicht nehmen – nicht nach allem, was sie mir angetan hat.

»Jetzt ergibt alles einen Sinn!«, lallte er. »Ich habe immer gewusst, dass du nicht meine Tochter sein konntest!«

Eve erschrak und tastete nach einem sicheren Halt, den sie an Jordans Arm fand. Sie war darauf vorbereitet gewesen, dass Max beleidigend wurde, aber das hier ...

»Wahrscheinlich hat dich irgendein hergelaufener *kanaka* gezeugt. Wenn das kein guter Witz ist!«

Eve starrte Max an. Sie konnte kaum begreifen, was er eben gesagt hatte. Er lügt, dachte sie. Er will mich nur noch mehr verletzen ...

Jordan blickte auf Eve hinunter, die neben ihm klein und verletzlich wirkte. Er sah die Empfindungen, die sich auf ihren müden Zügen spiegelten: Unglauben, Erschrecken und dann Schmerz angesichts der endgültigen Ablehnung. Jordan war sicher, dass Max ihr nur wehtun wollte, doch seine Worte waren so schmerzhaft, als hätte er ihr ein Messer ins Herz gestoßen. Jordan konnte nicht glauben, dass Max so grausam war, nach allem, was Eve schon hatte durchmachen müssen.

Er starrte Max an – und plötzlich sah er den Abend, an dem sein Vater gestorben war, so deutlich vor sich, als wäre es erst gestern gewesen. Auch damals hatte Max keine Skrupel gehabt, grausam zu sein ...

»Halten Sie den Mund, Courtland!«, rief Jordan schneidend. »Sie sind betrunken und wissen nicht, was Sie sagen.«

Jordan war klar, dass Max sehr wohl wusste, was er sagte, ob es nun der Wahrheit entsprach oder nicht, doch er wollte ihn zum Schweigen bringen.

Max beachtete ihn nicht. »Du glaubst mir wohl nicht?«, sagte er, den starren Blick unverwandt auf Eve gerichtet. Er hatte gehofft, es würde sein eigenes Leid ein wenig lindern, wenn er ihren Schmerz sah, doch so war es nicht. Er fühlte sich nur leer und ausgelaugt. »Es stimmt aber«, murmelte er, und in seiner Stimme lag Trauer. »Deine Mutter hat es mir gestanden. Nicht ich bin dein Vater, sondern einer unserer Feldarbeiter, auch wenn du es nicht glaubst. Du bist eine halbe *kanaka*.«

In diesem Augenblick stürmte Jordan los. Max sah den Schlag nicht kommen, doch im nächsten Moment lag er schon auf dem Rücken und stöhnte vor Schmerz.

»Nicht, Jordan!«, rief Eve, kam zu ihm geeilt und schaute auf den Mann hinunter, den sie ihr Leben lang für ihren Vater gehalten hatte. »Lieber bin ich eine reinblütige *kanaka*, als dein verdorbenes Blut in den Adern zu haben«, sagte sie. Diese Worte zehrten den letzten Rest von Selbstbeherrschung auf, den Eve noch besaß. Sie wandte sich um und rannte davon, in Tränen aufgelöst.

Gaby und Frankie standen im Hausflur. Eve erfasste mit einem Blick, dass sie jedes Wort gehört hatten. Sie hatte vermeiden wollen, dass Gaby auf diese Weise die Wahrheit erfuhr, doch jetzt war es zu spät. Gaby und Frankie traten stumm zur Seite, um Eve vorbeizulassen.

Eve wünschte sich nichts anderes, als so viele Meilen wie möglich zwischen sich und Maximillian Courtland zu bringen. Sie eilte durchs Haus und zur Hintertür hinaus. Ihre Schritte waren unsicher, und sie stolperte mehr, als sie ging. Augenblicke später lief sie an der Arbeiterbaracke vorüber. Nebo rief nach ihr, doch sie blieb nicht stehen. Das Herz hämmerte ihr gegen die Rippen, und sie hatte kaum noch Luft, doch sie lief weiter und weiter ...

Max rappelte sich auf und wischte sich mit dem Handrücken über den Mund. Als er das Blut sah, starrte er verwundert darauf. »Dafür wirst du bezahlen!«, sagte er und spuckte Jordan blutigen Speichel vor die Füße.

»Gehen Sie mir aus den Augen, bevor ich in Versuchung gerate, Sie an die Krokodile oben am Fluss zu verfüttern!«, stieß Jordan hervor und trat mit erhobenen Fäusten auf Max zu.

In diesem Moment erschienen Saul, Noah und Ryan O'Connor. Ryan packte Jordans Arm. »Er ist es nicht wert«, sagte er. »Der Mann ist Abschaum. Der letzte Dreck.«

Nach einem eisigen Blick auf Saul und Noah stieg Max mit einiger Mühe auf sein Pferd. »Du wirst den Tag noch bereuen, an dem du hierher zurückgekommen bist, Jordan Hale«, drohte er. »Dafür werde ich sorgen, und wenn es das Letzte ist, das ich tue!«

»Machen Sie, dass Sie wegkommen!«, rief Ryan und versetzte Max' Pferd einen Schlag auf die Kruppe.

Als Max endlich davonritt, trat Jordan wutentbrannt gegen den Wassertrog. »Dieser Hundesohn«, stieß er hervor. »Wie konnte er Eve das antun!«

»Er ist ein Scheusal. Wo andere Menschen ihr Herz haben, sitzt bei ihm ein Stein. Wenn es auf dieser Welt noch Gerechtigkeit gibt, wird Eve rasch erkennen, was für ein Glück sie hat, dass dieser Mann nicht ihr Vater ist«, meinte Ryan.

Jordan seufzte. »Das stimmt. Aber jetzt lässt er Eve im Ungewissen. Sie weiß nicht, ob er gelogen hat oder nicht. Wenn nicht, bleibt ihre wahre Herkunft ein Geheimnis, und der einzige Mensch, der es lüften könnte, liegt bewusstlos in einem Zimmer in Willoughby.«

23

Jordan holte Nebo ungefähr hundert Meter hinter der Arbeiterbaracke auf dem Weg am Fluss entlang ein. Der alte Mann war völlig außer Atem.

»Ist Eve diesen Weg gegangen, Nebo?«

»Ja, Master Jordan«, stieß Nebo keuchend hervor und deutete zum Flussufer.

Ein Blick genügte Jordan, um Eve zwischen den Bäumen zu entdecken, doch er blieb stehen, in tiefer Sorge um den alten Mann, der sich mit pfeifendem Atem gegen den Stamm eines Eukalyptusbaums hatte sinken lassen.

»Bleib hier und ruh dich aus, Nebo. Ich finde sie schon«, sagte Jordan.

»Was hat Miss Eve so aufgeregt, Master Jordan?«

Jordan zögerte kurz, doch er sah, dass Nebo vor Sorge völlig aufgelöst war. Er und Eve standen einander nahe, und Jordan erkannte, dass der alte Mann das Bedürfnis hatte, sie zu beschützen.

»Max Courtland war gerade hier. Er hat etwas gesagt, das Eve sehr getroffen hat, aber sie wird sich wieder beruhigen, keine Sorge.«

Nachdem Nebo ihm ein paarmal versichert hatte, dass es ihm gut ginge, eilte Jordan am Flussufer entlang.

Nebo wusste nun, dass Jordan nicht mehr böse auf Eve war, weil sie ihm verschwiegen hatte, eine Courtland zu sein. Sie hatten darüber gesprochen, und obwohl Jordan anfangs wütend gewesen war, hatte er versucht, Eves Gründe zu verstehen. Jetzt fragte Nebo sich verwirrt, was Eve so außer Fassung gebracht hatte ... ob Max vielleicht mit schlechten Nachrichten über Letitia gekommen war. Nebo war sicher, dass Eve allen Beteuerungen zum Trotz an ihrer Mutter hing.

Jordan blieb fast das Herz stehen, als er Eve mit dem Gesicht nach unten am Ufer liegen sah. Er lief eilig zu ihr und drehte sie sanft herum. Erleichtert sah er, wie sie die Augen aufschlug.

»Eve ...«, murmelte er mit einem Blick auf ihr tränenüberströmtes Gesicht. »Alles in Ordnung?« Er war froh, dass sie nicht verletzt zu sein schien, doch der Ausdruck auf ihren Zügen brach ihm fast das Herz. Er zog ein Taschentuch hervor und wischte ihr sanft den Schmutz und die Tränen vom Gesicht.

»Bitte kein Mitleid, Jordan, das ertrage ich nicht«, sagte Eve, deren Augen schon wieder feucht wurden. Jordan hätte beinahe gelächelt. Noch nie war er jemandem begegnet, der so viel Stolz besaß.

»Ich bemitleide dich nicht, Eve. Vielleicht wirst du mir nicht glauben, aber ich weiß genau, wie du dich jetzt fühlst.«

»Wie soll jemand wissen, wie ich mich fühle? Ich bin nie mit Max zurechtgekommen ... aber ich kann immer noch nicht glauben, dass er etwas so Schreckliches gesagt hat, nur um mich zu verletzen. Er ist der herzloseste Mensch auf der Welt!« Die Tränen strömten ihr über die Wangen.

Jordan tupfte sie fort. »Dann wird es dich sicher nicht überraschen, dass er heute Nachmittag nicht zum ersten Mal so grausam gewesen ist.«

Eve nahm Jordan das Taschentuch aus der Hand und putzte sich die Nase. »Was willst du damit sagen?«

Jordan holte tief Luft. Eigentlich hatte er nie über den Abend sprechen wollen, an dem sein Vater gestorben war, aber es würde Eve helfen zu verstehen, dass es in Max' Natur lag, Menschen zu verletzen. »An dem Abend, an dem mein

Vater starb, kam Max zu uns ins Haus. Wie du dir sicher vorstellen kannst, war mein Vater in einer schrecklichen Verfassung – schließlich war meine Mutter gerade erst gestorben. Ich hatte ihn nie verzweifelt gesehen.« Jordan starrte auf den Fluss. Zehn Jahre waren seitdem vergangen, doch es verfolgte ihn noch immer, dass er seinen Vater nicht hatte trösten können. »Das hielt Max aber nicht davon ab, meinem Vater einige sehr schlimme Dinge zu sagen«, fuhr Jordan fort und wandte sich wieder Eve zu. »Was Max sagte, war so beleidigend, so abscheulich, dass es meinen Vater buchstäblich umgebracht hat.«

»Oh, Jordan, das habe ich nicht gewusst!« Eve war entsetzt.

»Der einzige Mensch, dem ich je davon erzählt habe, ist mein Onkel. Er weiß auch als Einziger, warum ich wirklich hierher zurückgekommen bin.«

Eve schaute in Jordans dunkle Augen, deren Blick jetzt voll Schmerz war. Sie beugte sich zu ihm vor, und er schloss die Arme um sie und ließ das Kinn auf ihrem Kopf ruhen. Lange Zeit sprach keiner von beiden. Über ihnen, in einem der Eukalyptusbäume, schrie eine Krähe, und der Fluss strömte friedlich vorüber. Am anderen Ufer erschienen zwei Emus, um zu trinken. Eve fühlte sich sicher und beschützt in Jordans starken Armen. Sie lauschte auf den regelmäßigen Schlag seines Herzens und fühlte seinen warmen Atem in ihrem Haar.

»Du bist zurückgekommen, um deine Eltern zu rächen, nicht wahr?«, flüsterte sie schließlich.

Er nickte. »Bevor ich fortging, habe ich an ihren Gräbern geschworen, Max Courtland für all den Schmerz bezahlen zu lassen, den er ihnen zugefügt hat. Aber die schrecklichen Dinge, die er über meine Mutter sagte, habe ich nie geglaubt.«

»Ich hoffe nur, dass er diesmal nicht gelogen hat«, meinte Eve, hob den Kopf und blickte Jordan ernst an. »Ich bete, dass Max nicht mein Vater ist. Wenn ich an meine dunklen Haare denke, an meine mandelförmigen Augen und die braune

Haut, könnte es gut möglich sein, dass er diesmal die Wahrheit gesagt hat und dass mein richtiger Vater von den Südseeinseln stammt. Es ist nur ... ein ziemlicher Schock für mich.«

Jordan pflichtete ihr bei, schwieg aber.

»Max hat ja selbst gesagt, dass er sich nicht vorstellen kann, mich gezeugt zu haben. Du weißt, was er damit gemeint hat, nicht wahr? Dass ich ein Krüppel bin ...«

Jordan hörte die Bitterkeit in ihrer Stimme. »Er hat meine Familie zerstört, Eve. Lass nicht zu, dass er dich auch noch zerstört!«

»Im Moment sind die Wunden noch zu frisch, Jordan. Aber es ist leichter für mich, meinen Vater nicht zu kennen, als mit Sicherheit zu wissen, dass es dieser grausame Mann ist!« Wieder begann Eves Unterlippe zu zittern, und sie sank schluchzend in Jordans Arme. So sehr sie sich auch bemühte, es gelang ihr nicht, die Tränen zurückzuhalten.

»Ich glaube nicht, Eve, dass deine Hüfte irgendetwas mit alldem zu tun hat. Denk doch nur an die Menschen, die von Geburt an schielen oder die abstehende Ohren haben oder vorstehende Zähne ...«

Trotz allen Schmerzes musste Eve lachen. »Hör auf«, sagte sie.

Jordan legte einen Finger unter ihr Kinn und zwang sie auf diese Weise, ihn anzuschauen. »Dann gibt es noch Menschen, deren Augen so dunkel sind wie tiefe, unergründliche Seen ...«

»Nicht, Jordan. Ich weiß, dass du nur versuchst, mich aufzuheitern.«

»Niemand ist vollkommen, Eve, aber du bist schön ... nicht nur äußerlich, auch im Innern, und das ist sehr selten. Ich will nicht, dass du durchs Leben gehst, ohne es zu wissen. Als ich nach Eden zurückkam, war ich so von Hass und Rachewünschen erfüllt, dass ich kaum einen klaren Gedanken fassen konnte. Ich habe Wochen gebraucht, bis ich all die

Schönheit um mich herum überhaupt wahrnehmen und genießen konnte.«

Dich eingeschlossen, fügte er in Gedanken hinzu. Was für eine Überraschung du bist, Eve Kingsly!

»Ich habe meine Kraft nicht zur Zerstörung genutzt, sondern für ein gutes Ziel – für den Wiederaufbau der Plantage. Jetzt sehe ich klarer, und das habe ich dir, Nebo und all den anderen zu verdanken. Ihr alle habt viel Mut bewiesen und alles getan, damit mein Traum sich erfüllte. Das hat mir mehr bedeutet, als ich sagen kann. Du und ich, Eve, wir haben das gleiche Ziel. Wir wollen die Lebensbedingungen der *kanakas* verbessern. Wir wissen beide, dass Max das größte Hindernis auf diesem Weg ist. Ich habe einen Plan, der Erfolg haben könnte, aber dieser Plan setzt voraus, dass wir Max in die Knie zwingen. Es gibt keinen anderen Weg.«

Eve beobachtete eine Familie von Wildenten, die den Fluss hinunterschwamm. »Du musst tun, was du kannst, um es den *kanakas* leichter zu machen.«

Jordan meinte, leise Zweifel in ihrer Stimme zu hören. »Nicht, wenn es dich verletzt ...« Er hatte die Worte eigentlich nicht laut aussprechen wollen – sie waren ihm unwillkürlich über die Lippen gekommen.

Eve hatte an ihre Mutter gedacht, doch nun schlug ihr Herz vor Überraschung schneller, und sie blickte Jordan verwundert an, als sie den Ernst und die tiefe Zuneigung in seinen dunklen Augen sah. Er hatte sich abgewandt, und sie spürte, dass er seine Gefühle vor ihr verbergen wollte. Eve wusste, dass sie ihm etwas bedeutete, doch dass er in sie verliebt war, glaubte sie nicht. Er hatte ja selbst gesagt, dass er gern flirtete, und mit seinem blendenden Aussehen konnte er zweifellos jede schöne, begehrenswerte Frau haben, die er wollte. So war es ja schon in der Vergangenheit gewesen.

»Meinst du das ernst, Jordan?«

Jetzt blickte er sie fest an. »Ich möchte nichts tun, was dir Kummer bereitet, Eve.«

Wieder füllten ihre Augen sich mit Tränen, doch diesmal waren es Tränen der Freude. Jordan würde nie ermessen können, wie viel ihr seine Rücksichtnahme bedeutete. Zum ersten Mal gestand Eve sich ein, dass sie sich leicht in ihn verlieben könnte. Doch sie hatte schon vor langer Zeit gelernt, ihre Gefühle unter Kontrolle zu halten – aus Angst vor einem gebrochenen Herzen.

»Sag mir einfach, was du vorhast. Wenn ich dir helfen kann, kannst du auf mich zählen.«

Jordan hatte von Jimmy Hammond erfahren, dass am nächsten Abend in der Stadt eine Versammlung stattfinden würde.

»Es ist so etwas wie eine Krisensitzung«, hatte Jimmy gesagt. »Anscheinend stehen noch viel mehr Pflanzer vor dem Ruin, als ich dachte.«

»Wird Max auch daran teilnehmen?«, hatte Jordan gefragt.

»Das bezweifle ich. Er ist seit dem Ball nicht mehr in der Stadt gewesen und empfängt auch keine Besucher. Es heißt, Letitia sei die Treppe hinuntergefallen, aber so, wie Max nach dem Erntedankball mit ihr geredet hat, gibt es auch Gerüchte, dass er sie hinuntergestoßen hat.«

Jordan seufzte. »Die Wahrheit wird wohl nie ans Licht kommen. Ich habe einen Plan, Jimmy. Bitte sorg dafür, dass so viele Pflanzer wie möglich an der Versammlung teilnehmen.«

»Ich werde mein Bestes tun.«

Jordan und Dr. George Bennett erkundigten sich bei Constable Hawkins, ob man Letitia auch ohne Max Courtlands Einwilligung von einem Arzt untersuchen lassen könne, doch der Polizeibeamte beharrte darauf, dass es ohne Max' Einverständnis nicht möglich sei.

»Er ist ihr Mann, ihr nächster Verwandter, und er entscheidet«, sagte der Constable. »Sie dürfen seinen Grund und Boden nicht ohne Erlaubnis betreten.«

»Und wenn Letitia stirbt?«, fragte Jordan wütend.

»Das wäre etwas anderes. Wenn sie stirbt und der Gerichtsmediziner feststellt, dass sie ihren Verletzungen erlegen ist, wird man Max vor Gericht befragen, weshalb er keinen Arzt zu ihr gelassen hat.«

»Aber das ist doch der reine Hohn!«, begehrte Jordan auf. Doch der Constable zuckte nur mit den Schultern.

Beim Verlassen der Polizeiwache sagte George: »Ich habe schon öfter solche Fälle erlebt, Jordan. Ohne Max' Einwilligung können wir nichts für Letitia tun.«

Nachdem Jordan und Ryan O'Connor zu der Versammlung aufgebrochen waren, klopfte jemand leise an die Haustür. Eve war allein, und ihr Herz begann wie rasend zu schlagen. Sie wünschte, Gaby wäre da, doch sie und Frankie machten mit den Jungen einen Spaziergang am Fluss und würden nicht vor einer Stunde zurück sein.

Als es noch einmal klopfte, nahm Eve allen Mut zusammen und ging zur Haustür. Als sie öffnete, hätte ihr Erstaunen größer nicht sein können, denn draußen auf der Veranda stand Celia.

»Was machst denn du hier?«, fragte Eve. Sie hatte nicht unhöflich sein wollen, hätte jedoch niemals erwartet, eine ihrer Schwestern auf der Schwelle von Eden vorzufinden.

Celia wich zurück, als hätte Eve sie geschlagen. »Von allein wäre ich nicht gekommen, das kannst du mir glauben ...«

Eve hatte nichts anderes erwartet. »Warum bist du dann hier?« Plötzlich überfiel sie ein schrecklicher Gedanke. »Geht es um Mutter?«

Celia wandte sich halb ab. »Ich wusste gleich, dass es ein Fehler ist. Lexie meinte, du würdest ...«

»Was?«, stieß Eve verzweifelt hervor. »Was meint Lexie?«

»Dass du überheblich bist«, sagte Celia.

»Da hat sie wohl von sich selbst gesprochen«, erwiderte Eve. »Sie trägt ihre Nase so hoch, dass ich mich frage, wie sie überhaupt noch geradeaus schauen kann.«

Die Mädchen blickten sich einen Moment schweigend an; dann legte sich ein Lächeln auf Celias Lippen, denn auch sie fand Lexie oft hochnäsig.

»Du musst aus einem wichtigen Grund hier sein, Celia. Worum geht es?«

»Mutter hat nach dir gefragt.«

Eve blickte die Schwester verwundert an.

»Sie hat das Bewusstsein noch nicht vollständig wiedererlangt, aber sie murmelt deinen Namen, deshalb ...« Celia verschränkte die Arme vor der Brust. »Vielleicht hätte ich doch nicht herkommen sollen«, meinte sie und wandte sich zum Gehen.

»Warte, Celia!«, bat Eve. Sie musste mit ihrer Mutter sprechen, musste die Wahrheit über ihren Vater herausfinden. Sie dufte diese Gelegenheit nicht ungenutzt verstreichen lassen!

Celia kam zurück, die schmalen Lippen zusammengepresst.

»Ich weiß, dass du mich nicht magst, Celia, aber wenn ich etwas tun kann ...«

»Ich wüsste nicht, was du tun könntest, und ich verstehe nicht, warum Mutter überhaupt nach dir verlangt. Ausgerechnet mit dir will sie sprechen! Dabei hast du nie richtig zur Familie gehört. Und dann bist du wiedergekommen und wolltest nichts mit uns zu tun haben.«

»Machst du mir daraus einen Vorwurf, Celia? Ich bin nicht bei euch aufgewachsen, aber das lag ja nicht an mir.«

»An mir und Lexie lag es auch nicht!«

Die beiden jungen Frauen standen einander schweigend gegenüber; keine wollte klein beigeben.

»Als ich von Mutters Verletzung erfuhr«, sagte Eve schließlich, »bin ich mit Dr. Bennet an der Willoughby-Plantage gewesen. Aber Max wollte uns nicht einlassen.«

Celia war sichtlich überrascht und wütend auf ihren Vater. »Davon wusste ich nichts.«

»Ich würde jetzt gleich mitkommen, aber Max würde niemals erlauben, dass ich Mutter besuche.«

Celia wusste, dass Eve Recht hatte – wenn Max sie in Eden sah, würde er außer sich geraten. Sie senkte den Blick. »Vater ist seit dem Tag nach dem Unfall nicht mehr im Haus gewesen.«

Eve bemerkte, wie unbehaglich sich die Schwester fühlte. »Er war überhaupt nicht mehr im Haus?«

»Nicht, dass ich wüsste. Er sitzt die ganze Nacht auf der Terrasse, als wolle er das Haus bewachen, und jeden Nachmittag geht er in den Stall, um dort zu schlafen.«

Eve vermutete, dass er dann wahrscheinlich betrunken war, und ganz sicher plagte ihn sein Gewissen.

»Ich könnte morgen Nachmittag zum Tor kommen. Sagen wir um zwei Uhr«, schlug Celia vor. »Dann schläft Vater, und Milo ist auf dem Feld.«

»Ich werde da sein«, gab Eve zurück.

Jordan stand mit Jimmy und Alberto im hinteren Teil des Saales. George Bennett gesellte sich zu ihnen, nachdem er einige Krankenbesuche gemacht hatte.

Ein Mann namens Ed Harris richtete das Wort an die erwartungsvolle Menge. »Wenn wir unsere Plantagen verlassen, werden sie von Einwanderern übernommen«, sagte er. »All die Jahre, die wir geschuftet haben, sind dann umsonst gewesen. Aber so leicht geben wir nicht auf ...«

Jemand aus dem Publikum rief: »Was bleibt uns denn anderes übrig? Wir verlieren zu viel Geld. Bis zur Ernte kostet uns das Rohr fast zwölf Shilling die Tonne, und wenn wir es verkaufen, bekommen wir kaum mehr dafür.«

Ein anderer Mann erhob sich. »In ein paar Wochen nimmt die Mühle in Babinda den Betrieb auf«, sagte er. »Ich habe gehört, dass sie dort dreizehn Shilling pro Tonne bezahlen.«

»Aber die meisten von uns sind schon zu sehr verschuldet, um die Extrakosten für den Transport dorthin auch noch zu tragen«, gab Ed Harris zurück.

Schließlich trat Jordan vor. Er hatte abgewartet, um festzustellen, ob Milo Jefferson an der Versammlung teilnahm. Jordan wollte nicht, dass Max erfuhr, was er plante – zumindest noch nicht.

»Gentlemen, ich habe Ihnen etwas zu sagen«, erklärte er und ging zur Stirnseite des Saales. Sofort wurde es vollkommen still. Jordan sah, dass einige Männer ihn misstrauisch musterten. Doch Neuankömmlinge wurden immer mit Skepsis behandelt; außerdem hatte es Jordan nicht gerade geholfen, dass Max überall herumerzählte, er sei ein Unruhestifter.

Mit Erleichterung erblickte Jordan auch einige wohlwollende Mienen im Publikum, unter ihnen die von John Kingston und Hannes Schmidt.

»Wie manche von Ihnen wissen, habe ich früher schon einmal in dieser Stadt gewohnt«, begann er. »Mein Vater hat diese Gegend sehr geliebt und mit ganzem Herzen für unsere Plantage gearbeitet.«

»Das kann man wohl sagen«, murmelte Ted Hammond.

»Als er starb, war ich zu jung, um Eden zu leiten, aber jetzt bin ich zurückgekommen, um den Traum meines Vaters zu erfüllen«, fuhr Jordan fort.

»Gut für Sie«, rief jemand. »Aber was hilft es uns?«

»Hört ihn doch erst einmal an«, sagte Hannes Schmidt und stand auf. Er war ein Mann, mit dem man sich besser nicht anlegte, und es wurde wieder still im Saal.

»Ich habe vor kurzem die Mühle in Babinda gekauft«, erklärte Jordan.

Erstaunte Rufe wurden laut. Jimmy und Alberto wechselten verwunderte Blicke.

»Ich möchte Ihr Zuckerrohr kaufen, Gentlemen. Ich bin bereit, Ihnen dafür fünfzehn Shilling die Tonne zu bezahlen.«

»Das ist ein sehr großzügiges Angebot, Mr Hale«, stellte Ed Harris fest. »Aber für die meisten von uns kommt es zu spät. Man braucht Geld auf der Bank, um sich bis zur Ernte über Wasser zu halten, und dieses Geld haben wir nicht.«

»Ich habe einen Vorschlag, der dieses Problem lösen könnte«, erwiderte Jordan.

»Wir hören«, gab ein Mann in der vordersten Reihe skeptisch zurück.

»Sie wissen doch, wie hoch Ihr Ertrag normalerweise ist. Ich würde Ihnen fünfzig Prozent *im Voraus* zahlen.«

Jordans Worte lösten Jubelschreie aus, doch einige Zuhörer glaubten ihm nicht. Er hob die Hand, damit wieder Stille einkehre. »Ich habe allerdings eine Bedingung«, sagte er, und die Stimmung schlug so rasch um, als würde ein Gewitter aufziehen.

»Und welche? Dass wir Ihnen unsere Plantagen überschreiben?«, rief ein Mann gereizt.

»Nein. Wenn Sie an meinem Vorschlag interessiert sind, werde ich Verträge mit Ihnen abschließen, die Ihre Besitzrechte sichern. Meine einzige Bedingung ist, dass alle Ihre Plantagenarbeiter denselben Lohn bekommen.«

Jemand rief: »Ist das Ihr Ernst?«

»Mein voller Ernst«, erwiderte Jordan. »Ich möchte, dass alle *kanakas* genug zu essen bekommen und gut behandelt werden und dass keiner zugunsten von Wanderarbeitern hinausgeworfen wird. Als Gegenleistung bezahle ich Ihnen die Hälfte dessen, was Ihre Ernte wert ist – im Voraus.«

»Verlieren Sie dabei nicht eine Menge Geld?«, fragte Ed Harris misstrauisch, dem die ganze Sache zu schön schien, um wahr zu sein.

»Eine berechtigte Frage, die ich aber mit Nein beantworten kann. Ich bin ein erfahrener Geschäftsmann und habe alles durchgerechnet. In der Vergangenheit haben Sie keinen fairen Preis bekommen, aber das wird sich nun ändern. Ich kann Ihnen fünfzehn Shilling pro Tonne zahlen und bei den heutigen Preisen immer noch Gewinn machen. Sollte der Zuckerpreis im Lauf des nächsten Jahres fallen, kann ich die Verluste auffangen. Steigt der Preis, fällt mein Gewinn noch größer aus. Als Erstes werde ich Verträge mit denjenigen machen, die bisher sehr niedrige Preise bekommen haben. Danach nehme ich an, so viele ich kann. Aber die Zahl ist begrenzt, und je früher Sie kommen, desto besser.«

Für einen Augenblick herrschte Stille im Saal; dann rief jemand: »Wo muss ich unterschreiben?«

Später an diesem Abend erzählte Jordan Eve, dass sein Plan aufgegangen war.

»Willst du mir etwa weismachen, dass praktisch die ganze Stadt bei dir unterschrieben hat?«, fragte Eve verwundert. Sie hatte zumindest von Max' Freunden Widerstand erwartet.

»Der ein oder andere konnte es sich leisten, auf Max' Seite zu bleiben, aber es haben fast alle unterschrieben. Einige haben gezögert, als es darum ging, den *kanakas* den gleichen Lohn zu zahlen wie den anderen Arbeitern, aber dann haben sie nachgerechnet und festgestellt, dass sie trotzdem noch guten Gewinn machen.«

»Das heißt, die *kanakas* haben endlich eine faire Chance?« Eve lächelte bei diesem Gedanken, und nicht zum ersten Mal sah Jordan, wie bezaubernd dieses Lächeln war.

»So ist es.«

»Und die Mourilyan-Mühle ist ruiniert?«

»Ja, und Max mit ihr. Er wird sein Zuckerrohr weder verkaufen noch genügend ankaufen können, um die Mühle in Betrieb zu halten.«

Eve senkte den Kopf, und ihr Lächeln schwand, als sie an ihre Mutter und ihre Schwestern dachte.

»Hast du irgendwelche Zweifel, Eve?«

»Nicht, was Max angeht. Aber ich muss ständig daran denken, wie es Mutter und den Mädchen ergehen wird.«

»Das kann ich verstehen, Eve. Aber solche Opfer sind leider nicht zu vermeiden.«

24

»Eve, wie kannst du so ein Risiko eingehen? Man kann Max nicht trauen. Und es ist Wahnsinn, allein nach Willoughby zu fahren!«

Am Abend zuvor hatte Jordan genau dasselbe gesagt, als Eve ihm von Celias Besuch erzählt hatte. Eve ahnte nicht, dass er aus Sorge um sie die ganze Nacht wach gelegen hatte und dass seine Müdigkeit seine Furcht noch größer machte.

Trotz ihrer wachsenden Ungeduld angesichts seiner übertriebenen Fürsorge bemühte sich Eve, ihn zu beruhigen. »Keine Angst, Jordan. Celia sagte, dass Max jeden Nachmittag schläft. Und sie hat mir versprochen, mich am Tor abzuholen.«

Die Männer waren mit Hacken auf die Felder gezogen, um das Unkraut zwischen den frisch gepflanzten Reihen der Zuckerrohrpflanzen zu jäten. Gaby half Ting yan beim Spülen des Frühstücksgeschirrs, während sie der Diskussion zwischen Jordan und Eve zuhörte. Jordan war seine Besorgnis deutlich anzumerken.

»Ich könnte Eve begleiten«, schlug Gaby vor, während sie die Teller stapelte und das Besteck weglegte.

»Das wird nicht nötig sein, Gaby«, erwiderte Eve mit einer Stimme, in der Trotz mitschwang. Sie war ihr Leben lang unabhängig gewesen, und der Gedanke, zum Haus ihrer Mutter geleitet zu werden, weckte ihren Widerspruchsgeist.

»Ich wäre beruhigter, Eve«, sagte Jordan, doch ihre Miene sagte ihm, dass sie sich bereits entschieden hatte.

Er seufzte resigniert, als er ihren entschlossenen Blick sah. »Wenn du darauf bestehst, allein zu gehen, kann ich dich wohl nicht daran hindern ...« Insgeheim hatte er längst beschlossen, ihr zu folgen, um sicherzugehen, dass ihr nichts geschah.

»Genau«, gab Eve zurück. »Also hört auf, euch Sorgen um mich zu machen. Max mag ein Tyrann sein und mit Drohungen um sich werfen, aber er würde bestimmt nicht so weit gehen, mich anzugreifen.« Gewaltsam verdrängte Eve den erschreckenden Gedanken, dass der Sturz ihrer Mutter gar kein Unfall gewesen war. »Außerdem wird Celia dafür sorgen, dass ich Max nicht begegne – das will sie unbedingt vermeiden. Sie ist in großer Sorge um Mutter. Und ich darf Mutter nicht enttäuschen, wenn sie mich sehen will.« Eve merkte, dass Jordans Bedenken nicht ausgeräumt waren, und fuhr fort: »Du weißt doch, dass ich meine Gründe habe, warum ich sie sehen will. Ich habe viele Fragen, auf die ich Antworten suche ...«

»Ich weiß«, sagte Jordan ruhig. »Aber ich werde nicht eher beruhigt sein, als bis du heil und gesund wieder hier bist.«

Als Eve um Punkt zwei Uhr am Tor der Willoughby-Plantage erschien, stellte sie erleichtert fest, dass dort kein Wächter stand. Trotz ihres in Eden zur Schau getragenen Gleichmuts war sie angespannt, und ihr Herz raste. Sie versteckte ihr Fahrrad zwischen den Oleanderbüschen und blickte sich wachsam um, bis sie schließlich Celia die Verandatreppe herunterkommen sah.

Immerhin lässt sie mich nicht warten, ging es Eve durch den Kopf, während die Schwester auf sie zu eilte. Eve hatte insgeheim damit gerechnet, dass Lexie Celia dazu bringen würde, den geplanten Besuch abzusagen.

»Hallo«, sagte Eve leise, als sie und Celia sich zu beiden Seiten der Gitterstäbe gegenüberstanden. Celia wirkte sehr nervös, sodass Eve sich fragte, ob ihre Schwester es bereute, sie nach Willoughby bestellt zu haben.

»Hallo«, gab Celia gedämpft zurück. »Ich bin froh, dass du es dir nicht anders überlegt hast. Mutter hat wieder ein paar Mal nach dir gefragt, und sie wirkt irgendwie ... verstört. Wir wissen nicht, was ihr zu schaffen macht, aber es muss etwas mit dir zu tun haben. Ich kann mir nur nicht vorstellen, was es ist – du etwa?« Sie schloss das Tor auf und drehte den Schlüssel wieder um, nachdem Eve eingetreten war.

Eve wusste nicht, was sie antworten sollte. »Ich bin nicht sicher, Celia, aber vielleicht werde ich es heute erfahren.«

Als sie die Auffahrt entlanggingen, sah Eve, wie ihre Schwester nervös zu den Ställen blickte. Sie hätte gern gefragt, wo Max war, und Celia gesagt, dass sie deren Mut bewunderte, gegen den Willen des Vaters zu handeln. Doch sie fand keine Worte; sie war zu nervös, denn es stand viel auf dem Spiel. Und Max durfte auf keinen Fall erfahren, dass sie hier war. Vor allem aber würde sie vielleicht bald wissen, wer sie wirklich war – und der Gedanke daran erschreckte sie.

»Bist du ganz sicher, dass Max schläft?«, brachte sie schließlich mühsam heraus.

»Ja«, flüsterte Celia, als fürchtete sie, ihr Vater könne sie hören. »Ich habe Jabari gerade noch einmal nachschauen lassen. Normalerweise schläft Vater mindestens zwei bis drei Stunden, aber man weiß ja nie ...«

Donner grollte über den fernen Hügeln, und Celia beschleunigte ihren Schritt. Eve folgte ihr langsamer. An der Verandatreppe wartete Celia auf sie. »Wir müssen uns beeilen«, sagte sie und ging hinauf. Oben angekommen, standen die Mädchen Lexie gegenüber.

Eve war nicht überrascht, dass Lexie sie mit eisigem Blick und finsterer Miene anstarrte. Es war offensichtlich, dass sie über Eves Besuch nicht glücklich war und dass sie nicht die Absicht hatte, der Schwester mit Herzlichkeit zu begegnen.

Eve warf Celia einen Blick zu, die ihre Gedanken zu lesen schien und ein leises Lächeln nicht unterdrücken konnte. Lexie erkannte sofort, dass die beiden über sie geredet haben mussten, was ihren Zorn noch mehr entfachte.

»Lasst uns hineingehen, bevor uns jemand sieht«, meinte Celia und schob Eve ins Haus, bevor Lexie einen Streit anfangen konnte.

Die Atmosphäre in den stillen Zimmern war bedrückend. Eve schauderte, als sie neben Celia den Flur hinunterging. Hinter ihnen hallten Lexies Schritte. An Letitias Zimmertür angekommen, zögerte Celia in einem unerwarteten Anfall von Selbstzweifeln.

Beide Courtland-Schwestern wussten, dass Letitia Eve zu sehen wünschte, doch Lexie hatte ihre Meinung dazu sehr deutlich gemacht. Celia konnte also nicht auf Lexies Unterstützung zählen, falls ihr Vater etwas von Eves Besuch erfuhr. Nie zuvor hatte sie gegen den Willen ihres Vaters gehandelt, und nun drohten ihre ohnehin angeschlagenen Nerven plötzlich zu versagen.

Eve verstand Celias Ängste nur zu gut. »Jetzt, wo wir bis hierher gekommen sind«, flüsterte sie drängend, »können wir nicht mehr umkehren.«

Celia holte tief Luft und nickte.

»Ist Mutter irgendwann einmal unruhig gewesen?«, fragte Eve.

»Nein, eigentlich nicht. Heute Morgen war sie so still, dass wir uns große Sorgen machten. Normalerweise ist sie immer wieder einmal ansprechbar, um dann wieder längere Zeit zu schlafen. Wenn sie aufwacht, versuch bitte, sie nicht zu sehr zu ermüden.«

Zum ersten Mal begriff Eve, wie ernst es um ihre Mutter stand. Die Kehle wurde ihr eng, sodass sie kein Wort hervorbrachte und nur nicken konnte.

Celia öffnete die Tür, und die drei jungen Frauen betraten

das Zimmer in seltsamer Befangenheit. Dann stand Eve an der zur Tür gelegenen Kopfseite des Bettes und blickte auf Letitia hinunter. Sie war erschüttert, als sie das blasse, ausgezehrte Gesicht sah, und erschrak, wie sehr ihre Mutter in der kurzen Zeit gealtert schien. Zum ersten Mal bemerkte sie auch ein paar graue Haare an den Schläfen. Sie zwang sich, ihre Erschütterung hinter einer unbewegten Miene zu verbergen, worin sie jahrelange Übung hatte. Noch wollte sie ihre verletzliche Seite vor ihren Schwestern nicht zeigen, vor allem nicht vor Lexie.

Trotzdem zitterte sie, als sie die Hand der Mutter ergriff. Beinahe körperlich spürte sie Lexies eisigen Blick. Sicher dachte die Schwester gerade, dass Eve kein Recht dazu habe, ihre Mutter zu berühren.

Eve versuchte, sich dem Verlangen zu widersetzen, Lexie anzuschauen, doch es gelang ihr nicht. Sie sah, dass Lexie sie tatsächlich anstarrte, und ließ Letitias Hand sanft zurück auf das strahlend weiße Laken gleiten.

»Mutter«, sagte Celia und strich Letitia übers Gesicht. »Evangeline ist hier.«

Die drei Mädchen beobachteten Letitia – Celia und Eve hoffnungsvoll, Lexie voller Missbilligung.

Letitia reagierte nicht.

»Mutter«, sagte Celia noch einmal, diesmal drängender. »Evangeline ist hier.«

Die Mädchen starrten auf die reglosen Züge und warteten auf irgendein Anzeichen, dass sie Celia gehört hatte, doch nichts geschah. Sogar Letitas Hände blieben ruhig.

»Vielleicht sollte ich es selbst versuchen«, flüsterte Eve und blickte Celia über das Bett hinweg an.

»Glaubst du, du könntest mehr Erfolg haben?«, fragte Lexie bissig. »Wie kommst du denn darauf?«

»Es kann nicht schaden«, sagte Celia. »Wir wollen doch alle, dass Mutter wieder gesund wird.«

»Aber es war nie die Rede davon, dass sie dabei mehr hilft als wir!« Lexie deutete auf Eve.

»Ich kann ja wieder gehen«, meinte Eve.

»Warum tust du es dann nicht?«, gab Lexie mit erhobener Stimme zurück.

»Ich bin nur gekommen, weil Celia sagte, Mutter habe nach mir gefragt.« Verzweiflung überkam Eve, und sie war den Tränen nahe.

Celia und Lexie wechselten einen langen Blick.

Plötzlich stöhnte Letitia leise auf und wandte den Kopf. »Evangeline ...?«

»Ich bin hier, Mutter!« Eve nahm ihre Hand, die feucht von Schweiß und voller Abschürfungen war. Ganz langsam öffneten sich Letitias Lider. Eve beugte sich über das Bett, bis ihr Gesicht ganz dicht vor dem Letitias war. »Mutter! Wie fühlst du dich?«

»Wie zerschlagen. Und ich habe Kopfweh«, flüsterte Letitia und tastete mit ihrer zitternden freien Hand nach der Schwellung an ihrer Schläfe.

»Du hattest einen Unfall, erinnerst du dich?«

Letitia blickte zu der hohen Decke auf, an der einige kleine Eidechsen auf eine Mahlzeit lauerten. »Ich bin ... die Verandatreppe hinuntergefallen ... aber was dann geschah, weiß ich nicht mehr. Wie lange liege ich schon hier?«

»Hat Daddy dich gestoßen?«, fragte Lexie kalt.

»Lexie!«, rief Celia tadelnd, doch ihre Schwester zeigte keine Regung.

Letitia blickte zum Fußende, wo ihre Älteste stand. »Nein, Alexandra ... Ich bin gestolpert und mit einem Fuß im Saum hängen geblieben. Wie kommst du dazu, etwas so Schreckliches zu sagen?«

»Daddy benimmt sich sehr seltsam. Er trinkt viel und bleibt die ganze Nacht wach. Dann schläft er tagsüber in den Ställen und lässt niemanden zum Haus kommen.«

»Das alles braucht Mutter nicht zu wissen«, stieß Celia seufzend hervor, doch Lexie beachtete sie nicht.

Letitia erschrak, als ihr klar wurde, dass seit dem Abend ihres Unfalls mehrere Tage vergangen sein mussten. Plötzlich erinnerte sie sich wieder an ihren Streit mit Max, und sie schaute Eve mit einem schmerzerfüllten Blick an. »Evangeline, ich muss dir etwas sagen. Ich hätte es schon vor langer Zeit tun sollen, aber ...«

»Ich weiß, Mutter«, unterbrach Eve sie flüsternd. Sie wollte nicht darüber sprechen, solange ihre Schwestern im Zimmer waren.

»Du weißt es schon?« Letitia war nicht sicher, was Eve meinte.

»Max ...«, Eve warf einen unsicheren Blick zu Celia und Lexie hinüber, »... er ist nach Eden gekommen und hat es mir gesagt.«

Letitias Augen füllten sich mit Tränen, und sie wandte sich Celia zu. »Ich möchte allein mit Evangeline sprechen«, sagte sie schluchzend.

»Was hat dich so aufgeregt, Mutter?«, fragte Celia und blickte Eve misstrauisch an. »Was hat Daddy dir erzählt?«

»Bitte, Mädchen, lasst uns allein!«, bat Letitia.

»Alles, was du Evangeline sagst, kannst du uns auch sagen«, meinte Lexie gekränkt.

»Es gibt da eine Sache, über die Mutter und ich unter vier Augen reden müssen«, erklärte Eve. »Bitte, gebt uns ein paar Minuten Zeit.«

Celia und Lexie blieben unentschlossen stehen. Sie konnten es nicht fassen, dass ihre Mutter ausgerechnet mit ihrer »fremden« Schwester unter vier Augen sprechen wollte, und fühlten sich zurückgesetzt und gedemütigt.

»Bitte!«, flüsterte Letitia.

Celia ging um das Bett herum. »Ruf uns, wenn du etwas brauchst, Mutter«, sagte sie und warf Eve einen finsteren

Blick zu, während sie Lexie unterhakte. »Ich werde Zeta bitten, dir einen Tee zu kochen.«

Als die Tür sich hinter Celia und Lexie geschlossen hatte, wandte Eve sich um und schaute ihre Mutter an.

»Was hat Max dir erzählt?«, fragte Letitia mit pochendem Herzen. Ihre Stimme war rau, als wäre ihre Kehle ausgetrocknet. Eve schenkte ihr aus einem Krug neben dem Bett ein Glas Wasser ein und hielt es ihr an die Lippen, nachdem sie sie ein wenig aufgerichtet hatte. Dann zog sie sich einen Stuhl nahe ans Bett heran. Eve war sicher, dass mindestens eines der Mädchen so weit gehen würde, an der Tür zu lauschen.

»Er hat gesagt, dass er nicht mein Vater ist«, flüsterte sie.

Letitia schluchzte unterdrückt, denn sie fühlte sich verraten. Sie hatte geglaubt, Max würde wenigstens dieses eine Mal ihre Wünsche respektieren – dass sie diejenige war, die Eve die Wahrheit sagte. Schuldete Max ihr das nicht? Immerhin hatte sie ihm gesagt, dass sie nach ihrer Trennung keine Ansprüche an ihn stellen würde. Es gelang Max immer wieder, sie durch seine Bösartigkeit zu überraschen, und nicht zum ersten Mal fragte sich Letitia, wie sie ihn jemals hatte lieben können. »Ich habe ihm deutlich zu verstehen gegeben, dass ich es dir selbst sagen wollte.« Eine Träne stahl sich aus ihrem Augenwinkel. »Er hatte kein Recht dazu.«

Eve war einerseits erschrocken darüber, die Bestätigung zu erhalten, dass Max nicht ihr Vater war, zugleich aber auch unerwartet erleichtert. »Dann stimmt es also? Max ist nicht mein Vater?«

Letitia nickte. Sie beobachtete, wie ihre Worte in Eves Bewusstsein drangen, und tiefes Mitgefühl überkam sie. »Es tut mir sehr Leid, Evangeline. Ich hätte es dir schon vor langer Zeit sagen müssen, aber ich wusste einfach nicht, wie ich es anfangen sollte, und ich hatte …« Sie wandte sich verlegen ab.

»Du hattest Angst?«

Letitia nickte. »Ja. Du hältst mich jetzt bestimmt für feige, und damit hast du vollkommen Recht.«

Eve fühlte Scham in sich aufsteigen. Wie oft hatte sie gedacht, dass ihre Mutter feige war? »Und warum hast du deine Meinung jetzt plötzlich geändert und es ihm gesagt?«

Letitia seufzte. »Als ich vom Ball zurückkam, hat er sich furchtbar über deinen Artikel aufgeregt. Doch du hattest jedes Recht, über ihn zu schreiben, und ich habe dich insgeheim für deinen Mut bewundert. Und dann sagte ich mir, dass es höchste Zeit ist, selbst einmal mutig zu handeln. Ich hatte lange genug in Angst gelebt und glaubte plötzlich, nicht länger mit der Lüge leben zu können. Es hat mich tief befriedigt, Max zu sagen, dass ein so wundervoller und mutiger Mensch wie du nicht sein Kind ist. Zum ersten Mal seit vielen Jahren fühlte ich mich frei und unbelastet. Wahrscheinlich findest du es grausam, was ich getan habe, aber ...« Letitia wollte Eve nicht sagen, dass Max gedroht hatte, sie zu enterben. »Er hat mich jahrelang wie sein Eigentum behandelt, und ich fühlte mich ungeliebt. Ich gebe zu, dass es mir Genugtuung bereitet hat, Max zu sagen, wie sehr ich deinen Vater geliebt habe.«

Eve konnte vor Rührung nichts erwidern.

Letitia fuhr fort: »Als du noch klein warst, hatte ich Angst, dass Max mich hinauswerfen würde und dass ich dich und deine Schwestern nie wiedersehe. Aber mit der Zeit verändern sich die Dinge. Ihr seid jetzt alle fast erwachsen, und ich bin weder für dich noch für deine Schwestern von großem Nutzen. Bitte glaub mir, dass ich deinem Kummer gegenüber nicht blind gewesen bin – ich habe ihn in deinen Augen gesehen und in deiner Stimme gehört. Ich weiß, dass ich nie gutmachen kann, was dir entgangen ist, aber auch wenn es dir nicht viel hilft – es tut mir sehr Leid.« Letitia putzte sich die Nase und wischte sich die Tränen ab, während Eve zum Fenster ging und in den Regen hinaus starrte, der vom Verandadach tropfte. In der Ferne hörte sie Donnergrollen, und alles kam ihr seltsam unwirklich vor. Normalerweise machte Donner ihr Angst, doch sie war wie betäubt.

»Du wolltest immer wissen, warum du bei Cornelia und Louis aufgewachsen bist. Ich schäme mich sehr, es zuzugeben«, sagte Letitia, deren Augen wieder voller Tränen standen, »aber wann immer ich dich angeschaut habe, fühlte ich mich an meine geheime Schuld erinnert, und je älter du wurdest, desto ähnlicher wurdest du deinem Vater.« Letitia hielt inne und wischte sich die Tränen von den Wangen. »Es war nicht etwa leichter, dich nicht mehr zu sehen, nachdem ich dich fortgegeben hatte – im Gegenteil, es hätte mich beinahe umgebracht. Aber meine Schuldgefühle quälten mich zu sehr.«

Ganz langsam wandte sich Eve zu ihrer Mutter um. »Wer ist mein richtiger Vater?«

Letitia schloss die Augen, und wie immer sah sie sein Bild ganz deutlich vor sich. Sie dachte an seine Wärme, seinen Humor und an das Gefühl, in seinen Augen etwas Besonderes zu sein. Sie lächelte leicht, und dieses liebevolle Lächeln tröstete Eve und gab ihr Hoffnung.

»Er hieß Luther Amos. Seine Mutter war Irin, sein Vater Samoaner, und er hatte von seiner Mutter den Humor und die hellen Augen geerbt, von seinem Vater den kräftigen Körperbau und das freundliche Wesen. Er war ein wunderbarer Mann, stark und doch sanft und gefühlvoll, und er hatte dasselbe Gespür für Menschen wie du. In seiner Nähe fühlte ich mich glücklich und zufrieden, und ich lachte viel mit ihm, auch wenn mir eigentlich nicht danach zumute war. Er sah hinter allen Dingen immer nur das Gute und Schöne ... es ist schwer zu erklären, aber ich fühlte mich unwiderstehlich zu ihm hingezogen.«

Eve dachte an Jordan und verstand, was ihre Mutter meinte.

»Ich war unsterblich in deinen Vater verliebt, Evangeline,

auch wenn ich wusste, dass es nicht recht war, aber ich hatte mich hoffnungslos in meine Gefühle verstrickt. Ich will mich nicht entschuldigen, aber Max verbrachte damals sehr viel Zeit in Eden. Mir sagte er, er würde Patrick Hale beim Zuckerrohranbau beraten, aber ich wusste es besser. Er hatte sich in Catherine Hale verliebt ...«

Eve blickte Letitia überrascht an.

»Ich weiß nicht, ob sie seine Gefühle erwidert hat«, fuhr Letitia fort, »denn ich hatte nie zuvor zwei Menschen gesehen, die sich so liebten wie Catherine und Patrick. Jedenfalls erschien meine eigene Ehe mir nur noch absurd.«

»Was ist mit meinem Vater geschehen?«

Letitia kämpfte gegen neuerliche Tränen an. »Er ist ... verschwunden.« Immer wenn sie daran dachte, brach es ihr beinahe das Herz.

»Hat er dich verlassen?«

»Nein. Ich glaube, Milo hatte den Verdacht, dass etwas zwischen uns war, und hat ...« Letitia verstummte. Sie konnte ihre Befürchtungen nicht in Worte fassen.

Eve war entsetzt. »Willst du damit sagen, er hat meinen Vater *ermordet*?«

»Ich weiß nicht genau, was geschehen ist, aber ich habe ihn nie wiedergesehen. Ich bin sicher, dass er nicht ohne ein Wort verschwunden wäre, würde er noch leben. So war er nicht, und er hat mich von ganzem Herzen geliebt ...«

Der Gedanke, dass sie ihren Vater niemals kennen lernen würde, war zu viel für Eve, und sie begann zu schluchzen. Ihr Anblick brach Letitia fast das Herz. »Ich habe ein Bild von ihm in meinem Schreibtisch versteckt«, flüsterte sie. »Du kannst es haben.«

Augenblicke später hielt Eve das Foto ihres Vaters in den zitternden Händen. Durch den Schleier ihrer Tränen blickte sie auf das Bild eines gut aussehenden Mannes mit dunklen, mandelförmigen Augen. Sein Lächeln zeigte Eve, dass alles, was ihre Mutter gesagt hatte, der Wahrheit entsprach. Trotz ihrer Trauer strömte ihr das Herz vor Freude über, denn Luther Amos vereinte alles, was sie sich von einem Vater stets erträumt hatte.

»Danke, Mutter«, flüsterte sie.

»Es tut mir sehr Leid, dass du ihn nie kennen lernen wirst, Evangeline. Ich erwarte nicht, dass du mir jemals vergibst, aber du musst mir glauben, dass ich dich immer geliebt habe, jeden Augenblick meines Lebens«, sagte Letitia leise.

Eve glaubte ihr. Sie ließ ihren Tränen freien Lauf, als sie Letitia umarmte. »Du musst deine Schuldgefühle endlich ablegen, Mutter«, sagte sie schluchzend. »Ich hatte bei Tante Cornelia und Onkel Louis eine wunderbare Kindheit, und dafür bin ich sehr dankbar.« Entschlossen wischte sie sich die Tränen von den Wangen. »Wahrscheinlich hast du mir sogar einen Gefallen getan, indem du mich von Max fern gehalten hast. Es hätte mich zerbrochen, jeden Tag mit ansehen zu müssen, wie er die *kanakas* quält.«

»Ja, es ist herzzerreißend, und ich sehe keine Möglichkeit, etwas daran zu ändern, es sei denn, ich unternehme etwas ...«

Eve wollte nicht, dass ihre Mutter sich in Gefahr brachte. »Es ist schon etwas unternommen worden«, sagte sie im Flüsterton. »Ich kann noch nicht darüber sprechen, und du musst sowieso erst einmal wieder gesund werden!«

»Und du schreibst bitte keine Artikel für die Zeitung mehr. Es ist zu gefährlich!«

Eve schüttelte den Kopf. »Bitte gib mir eine ehrliche Antwort, Mutter. Hat Max dich die Stufen hinuntergestoßen?«

Letitia wirkte verwundert, als würde sie zum ersten Mal ernsthaft über diese Möglichkeit nachdenken. »Ich erinnere mich noch, dass wir uns gestritten haben und dass ich auf die Veranda hinausging, wo es dunkel war. Ich habe ihm gesagt, dass ich ihn verlassen und nach Neuseeland gehen will. Dann habe ich wohl nicht mehr daran gedacht, dass ich oben an der

Treppe stand, und mich umgedreht. Ich glaube, Max streckte die Hand aus, aber um mich festzuhalten. Vielleicht hat er mich dabei aus Versehen aus dem Gleichgewicht gebracht, jedenfalls bin ich mit dem Absatz in meinem Kleid hängen geblieben und hingefallen ...«

»Ich kann für ihn nur hoffen, dass es ein Unfall war. Er benimmt sich seitdem nämlich sehr seltsam. Ich habe einen Arzt hierher gebracht, aber er hat sich geweigert, dich untersuchen zu lassen.«

Letitia runzelte die Stirn. »Er ist sicher voller Bitterkeit und tief gekränkt. Trotz meiner Wut habe ich deutlich gespürt, wie sehr es ihn getroffen hat, dass du nicht seine Tochter bist.«

»Es wundert mich, dass er darüber nicht ebenso erleichtert ist wie ich!«

»Er gibt sich immer sehr herzlos, aber ich erinnere mich noch gut an den Ausdruck auf seinem Gesicht, als du deine ersten Schritte getan hast. Und als du zum ersten Mal ›Daddy‹ sagtest, war er der stolzeste Mann auf der Welt. Ich bin sicher, dass er diese Augenblicke und seine Gefühle nicht vergessen hat.«

Eve war ihrer Mutter dankbar für deren Versuch, sie zu überzeugen, dass Max sie einmal geliebt hatte. Doch sie konnte nicht recht daran glauben. »Ich glaube nicht, dass du hier sicher bist, Mutter, und Jordan genauso wenig. Du musst rasch gesund werden und möglichst bald von hier fort!«

Letitia lächelte. »Mach dir um mich keine Gedanken! Alexandra und Celia sorgen schon für meine Sicherheit. Ich muss mit ihnen sprechen, bevor Max irgendeine dumme Bemerkung macht. Es ist ihr gutes Recht, von mir zu erfahren, dass ich eine Beziehung mit einem anderen Mann hatte, aus der du hervorgegangen bist. Würdest du sie hereinbitten, wenn du gehst?«

»Natürlich. Ich kann aber auch noch bleiben, wenn du möchtest.«

»Nein, du musst fort. Aber ich hoffe, dich bald wiederzusehen!«

»Wenn es dir besser geht, reden wir weiter.« Eve fühlte sich sehr eigenartig. Diese neue Offenheit zwischen ihr und ihrer Mutter war noch sehr ungewohnt. »Vielleicht sollte ich wirklich los, bevor Max aufwacht.« Sie blickte auf das Foto ihres Vaters und ließ es lächelnd in ihre Hemdtasche gleiten. »Pass auf dich auf, Mutter«, sagte sie und beugte sich herunter, um Letitia schüchtern einen flüchtigen Kuss auf die Wange zu drücken.

Letitias Augen füllten sich wieder mit Tränen, und sie ergriff Eves Hand. »Pass auch du auf dich auf, Eve ...«

Eve war schon an der Tür, als ihr klar wurde, dass Letitia sie nicht Evangeline genannt hatte. Sie wandte sich um und lächelte ihr mit tränenfeuchten Augen zu.

Celia und Eve zogen sich die Kapuzen ihrer Öljacken über die Köpfe, während sie in dem wolkenbruchartigen Regen zum Tor gingen, der buchstäblich auf sie nieder trommelte. Sie waren nicht mehr als zwanzig Meter vom Tor entfernt, als sie einen Ruf hörten. Sie wandten sich um und sahen Max von den Ställen über die Rasenfläche auf sich zu kommen. Er trug keine Schuhe, und sein Hemd und seine Hose waren völlig durchweicht. Die Haare hingen ihm wirr ins Gesicht, seine Züge waren vor Wut verzerrt, und er hatte Schwierigkeiten, geradeaus zu gehen, denn er war offensichtlich sturzbetrunken.

»O Gott!«, rief Celia und ließ vor Angst den Torschlüssel fallen.

Eve bückte sich und tastete so lange in der Pfütze auf dem Boden, bis sie den Schlüssel wieder gefunden hatte. Dabei ließ sie Max keine Sekunde aus den Augen.

Celia stand da wie gelähmt. Voller Entsetzten beobachtete sie, wie ihr Vater fluchend und schreiend auf sie zu gelaufen kam. Was er rief, konnte sie nicht verstehen, doch selbst auf diese Entfernung erkannte sie, dass er vor Wut schäumte.

Nach einem Blick auf Eves entsetzte Miene handelte Celia endlich. »Komm!«, sagte sie und packte die Schwester am Arm.

Die beiden Mädchen rannten auf das Tor zu. Celia zog Eve buchstäblich hinter sich her. Völlig außer Atem erreichten sie kurz darauf das Tor. Celia hatte Schwierigkeiten mit dem Schloss.

»Beeil dich!«, rief Eve.

»O Himmel, hilf uns!«, stieß Celia mit einem Blick über die Schulter hervor. Ihre Hände zitterten so heftig, dass sie das Schlüsselloch nicht fand.

Max war gestürzt, doch er rappelte sich auf und kam wieder auf die Füße. Zum ersten Mal sah Celia die Gerte in seiner Hand. Es schien eine Ewigkeit zu dauern, doch irgendwann sprang die Tür auf, und Eve schlüpfte durch die Lücke. Sie wollte nur noch fort, machte sich aber Sorgen um Celia, die das Tor hinter ihr wieder abschloss.

»Komm mit, Celia! Er wird dich schlagen, wenn du hier bleibst!«

Celia schloss ihre Hände um die Stangen und starrte Eve an. »Lauf! Beeil dich! Lass ihn um Himmels willen nicht sehen, wer du bist!«

Jetzt war Max fast nah genug herangekommen, dass er Eve erkennen konnte, deshalb senkte sie den Kopf und wandte sich ab. Sie versteckte sich zwischen den Oleanderbüschen, entschlossen, in der Nähe zu bleiben für den Fall, dass Celia sie brauchte; trotzdem kam sie sich wie ein Feigling vor.

»Wer war das?«, brüllte Max, der die Gitterstäbe des eisernen Tors packte und wütend daran rüttelte. Dann nahm er Celia das Schlüsselbund ab, doch in seinem angetrunkenen Zustand konnte er das Schlüsselloch nicht finden.

»Mach das Tor auf!«, schrie er Celia an. »Wer war gerade hier?«

Celia hantierte mit dem Schlüssel, in der Hoffnung, Eve Zeit zur Flucht zu verschaffen. »Es war Warren, Daddy, es war nur Warren!«

Eve hörte die Angst in Celias Stimme. Die Schwester tat ihr schrecklich Leid.

»Er wollte mich besuchen, um über unsere Hochzeit zu sprechen. Du weißt doch, wie sehr ich ihn liebe, und ich vermisse ihn.«

Max lallte etwas Unverständliches. Dann hörte Eve, wie seine Schritte sich auf der von Pfützen übersäten Auffahrt langsam entfernten.

Sie blieb noch eine Weile, wo sie war. Ihr rasender Herzschlag dröhnte ihr in den Ohren, und sie konnte kaum atmen.

»Er ist fort«, hörte sie plötzlich eine männliche Stimme sagen, und sie zuckte erschrocken zusammen.

Als sie den Kopf aus den Büschen streckte, erkannte sie Jordan auf einem Pferd. Sie sah, wie er eine Pistole zurück in seinen Gürtel schob, und begriff, dass er Max erschossen hätte, falls nötig. Er trug keinen Regenmantel, woraus sie schloss, dass er schon ziemlich lange warten musste.

Jordan streckte ihr einen Arm hin. Eve ging ein paar schwankende Schritte, dann zog Jordan sie zu sich aufs Pferd und umschloss sie fest mit beiden Armen. Er war völlig durchnässt, aber das störte Eve nicht. Dankbar ließ sie sich gegen ihn sinken.

Dann ritten sie nach Eden.

25

»Eve, was hast du getan?«
Jordan stand im Wohnzimmer und blickte sich fassungslos um. Er war eben erst hereingekommen. Eve hatte auf ihn gewartet, um zu sehen, wie er reagierte. Sie erschrak über seinen unerwarteten Ausruf und warf Gaby einen unsicheren Blick zu.

Das Wohnzimmer, das Esszimmer, die Küche und noch ein anderer Raum im Erdgeschoss waren fertig renoviert. Eve und Jordan hatten mehrere Tage mit Anstreichen verbracht, bevor sie in die Stadt gefahren waren, um Möbel zu kaufen. Gaby hatte Vorhänge und Kissenbezüge genäht, doch Eve fand immer noch, dass etwas fehlte, eine persönliche Note.

Dann war Jordan nach Geraldton gefahren, um zu sehen, ob Rachel Bennett in ihrer neuen Praxis alles Notwendige zur Verfügung hatte. Eve hatte den Nachmittag genutzt, um Cathelines und Patricks Sachen auszupacken und sie im Haus aufzustellen. Sie hatte hart gearbeitet; nun wirkte das Haus wieder wie ein richtiges Heim. So ähnlich musste es zu Lebzeiten der Hales ausgesehen haben.

Sie hatte gebetet, dass es Jordan gefallen möge, doch als sie jetzt seine Miene sah, wäre sie am liebsten in den Boden versunken.

»Gefällt es dir nicht?«, fragte sie, von der plötzlichen Furcht ergriffen, genau das Falsche getan zu haben. Sie hatte Jordan etwas dafür zurückgeben wollen, dass er die letzten Wochen zu den glücklichsten ihres Lebens gemacht hatte. Eve und er waren sich sehr nahe gekommen, und er hatte sich für sie immer neue Dinge einfallen lassen, die sie erfreuten. So hatte er sie mit Picknicks und einem späten Abendessen am Flussufer überrascht, hatte Sonnenblumen für sie gepflückt und ihr aus Brisbane importierte Schokolade kommen lassen. Er hatte ihre Sachen in einem frisch renovierten Zimmer im Erdgeschoss untergebracht, sodass sie und Ting yan jetzt mehr Platz hatten. Als er herausfand, dass sie eine kleine Muschelsammlung besaß, hatte er ihr eine riesige Muschel als Schmuck für ihr Zimmer gekauft und sie mit Blütenblättern gefüllt. Eve hatte vor Freude geweint, als sie die Muschel sah, und ihre eigene kleine Sammlung darum herum arrangiert.

Jordan und Eve hatten zudem viele Stunden damit verbracht, die neue Arztpraxis zu streichen, und dabei viel Zeit und Gelegenheit gehabt, in Ruhe über sehr persönliche Dinge zu sprechen. Jordan hatte herausgefunden, dass Eve noch nie verliebt oder mit einem Mann zusammen gewesen war. Ihre Unschuld hatte sein Herz gerührt, doch er hatte auch begriffen, dass er mit ihren Gefühlen nicht spielen durfte.

»Ich weiß nicht, was ich sagen soll«, stieß er jetzt hervor. Er blickte sich im Wohnzimmer um, von Erinnerungen überwältigt. Das Zimmer sah fast genauso aus wie zehn Jahre zuvor, sodass Jordan beinahe meinte, dass sein Vater jeden Augenblick durch die Tür kam.

»Du bist mir böse, nicht wahr?«, sagte Eve, die seine Miene zu deuten versuchte. »Es tut mir sehr Leid, Jordan. Ich hatte gehofft, du würdest dich freuen!«

»Ich freue mich auch, Eve. Ich freue mich sehr! Nur ... für einen Moment waren die Erinnerungen zu stark, verstehst du? Lass mir ein bisschen Zeit.«

Eve war sicher, dass die Erinnerungen ihm unerträglich sein mussten. »Ich packe alles wieder ein«, meinte sie und nahm eine Vase von einem Tisch neben dem Sofa. »Es dauert nicht lange.«

»Nein ... bitte, nimm nichts fort«, bat Jordan und stellte die Vase zurück. »Alles ist genau richtig!«

»Bist du sicher?«

Jordan nickte. Er ließ sich aufs Sofa fallen und zog Eve neben sich. »Ich bin froh, was du getan hast. Ich selbst hätte nicht den Mut gehabt.«

»Ist es dir auch wirklich recht? Du brauchst auf meine Gefühle keine Rücksicht zu nehmen.«

»Es war sehr lieb von dir – und typisch für dich.« Er lächelte ihr zu. »Danke, Eve.« Dann küsste er sie auf die Stirn, und Eve spürte, wie sie sich entspannte.

Es klopfte an der Haustür, und Gaby ging, um zu öffnen. Kurz darauf kam sie mit verwunderter Miene zurück.

»Herrenbesuch für dich, Eve«, sagte sie, und in ihren blauen Augen blitzte es.

»Wer ist es denn?«, wollte Eve wissen, die überzeugt war, dass es sich um einen Irrtum handeln musste.

»Irwin. Irwin Read. Er sagt, er sei von der *Gazette*.«

»Irwin ist hier?«

»Ja. Soll ich ihn hereinbitten?«

Eve seufzte. »Er kommt bestimmt nicht zu einem Höflichkeitsbesuch, Gaby.« Sie stand auf. »Mal sehen, was er will.«

Irwin stand auf der Veranda und wirkte etwa so entspannt wie ein nackter Mann in einem Ameisenhaufen, aber das war bei Irwin nichts Außergewöhnliches.

»Grüß dich, Irwin«, sagte Eve. »Was kann ich für dich tun?«

»Ich ... du bist lange nicht mehr im Büro gewesen ... deshalb war ich bei Miss Foggartys Haus.« Er schüttelte den Kopf, und Eve ahnte, dass er aus Mary Foggarty nicht allzu viel Sinnvolles herausbekommen hatte.

»Und dann habe ich Celia in der Stadt getroffen. Als ich sie nach dir fragte, hat sie mir erzählt, dass du hier wohnst ...« Irwin schien erstaunt darüber zu sein, dass Eve in Eden zu Hause war, und obwohl sie nicht eng befreundet waren, schien es ihn zu verletzen, dass sie es ihm nicht erzählt hatte.

Eve trat auf die Veranda hinaus, und Irwin stellte verwundert fest, dass sie statt ihrer üblichen Reithose und dem Männerhemd ein rosa Sommerkleid trug. Auch der Hut war verschwunden, und ihre Haare waren gewachsen.

Eve bemerkte, dass er sie musterte. »Ich arbeite hier. Warum starrst du mich so an, Irwin? Ist mir ein anderer Kopf gewachsen, seit ich zum letzten Mal in den Spiegel geschaut habe?«

»Du siehst so anders aus.«

Eve lachte. »Dann habe ich mich hoffentlich zum Vorteil verändert.«

Irwin nickte. »O ja. Und hier arbeitest du also?« Er konnte seine Erleichterung kaum verbergen. Nachdem er mit Celia gesprochen hatte, hatte jemand ihm erzählt, dass Eve mit Jordan Hale in der Stadt gewesen war und ihm geholfen hatte, neue Möbel für das Haus auszusuchen. Irwin hatte nicht recht gewusst, was er davon halten sollte.

»Ich bin nicht im Büro gewesen, weil ich dachte, dort nicht sehr willkommen zu sein, nachdem ich Jules im Stich gelassen habe. Er war doch sicher wütend, weil er den Artikel über den Erntedankball nicht bekommen hat?«

»O nein.« Irwin senkte den Kopf und starrte auf seine großen Füße. »Das mit dem Artikel habe ich für dich erledigt. Ich hab etwas eingereicht ... Es war natürlich nicht so gut, als wenn es von dir gewesen wäre, aber es hat Jules genügt.«

Eve schaute ihn überrascht an. »Das war sehr nett von dir, Irwin. Ich hoffe, ich kam nicht auch in dem Artikel vor.«

Irwin zuckte mit seinen runden Schultern und errötete. »Nein, nein. Ich hab über die Kleider der Damen geschrieben, über das kalte Buffett des Landfrauenvereins und solche Dinge.«

Eve schüttelte insgeheim den Kopf über Irwins Mangel an Fantasie, war aber sehr froh darüber, dass ihre Konfrontation mit Max keine Erwähnung gefunden hatte.

»Jules hat im Moment sehr viel mit dem Bericht über die Untersuchung der Menschenrechtskommission zu tun. Bisher haben sie fünf Plantagen inspiziert ...«

In Eden waren sie noch nicht gewesen, doch Jordan machte sich deshalb auch keine Gedanken. Das Quartier für die *kanakas* war fertig, und er konnte stolz darauf sein.

»Weißt du, welche Plantagen sie besucht haben?«, fragte Eve.

»Die von Frank Morrison und von Maximillian Courtland ... Ich glaube, sie waren auch bei den Santinis.«

Eve riss die Augen auf. »Weißt du Näheres darüber, was in Willoughby geschehen ist?«

Irwin nickte. »Max muss eine hohe Geldstrafe zahlen, die alte Arbeiterbaracke abreißen und eine neue mit sanitären Einrichtungen und einer Kochstelle bauen. Jules sagt, das wird ihn ein Vermögen kosten.«

Eve musste an ihre Mutter und ihre Schwestern denken. Auch sie hatte Celia in der Stadt getroffen, und diese hatte ihr erzählt, dass Letitia fast ganz wieder bei Kräften war. Trotzdem machte Eve sich noch immer Sorgen, denn sie wusste nur zu gut, in welcher Verfassung sich Max befand.

»Es muss unbeschreiblich gewesen sein«, fuhr Irwin fort. »Jules ist mit den Mitgliedern der Kommission hingefahren, um darüber zu berichten, aber er sagt, er könne unmöglich veröffentlichen, was er dort gesehen hat. Ich glaube, er wollte keine Anzeige riskieren.«

»Und weiter?«, fragte Eve gespannt.

»Jules sagte, dass der Teufel los gewesen ist. Zuerst mussten sie Constable Hawkins rufen, um überhaupt auf das Grundstück zu kommen, und dann fanden sie den betrunkenen Max. Er hat versucht, sie an der Inspektion der Baracke zu hindern, in der die *kanakas* wohnen, und als das nichts nützte, ist er mit einer Forke auf einen der Männer losgegangen. Anscheinend musste Constable Hawkins ihm drohen, ihn zu verhaften, um ihn zur Vernunft zu bringen.«

»Großer Gott!«

»Als die Kommission die Strafe festgelegt hatte und sie Max sagten, dass die Plantage stillgelegt würde, wenn er sich nicht an bestimmte Vorgaben hält, hat er völlig den Verstand verloren. Er hat seinen *kanakas* befohlen, mit Spaten und Hacken auf die Kommissionsmitglieder loszugehen. Jules sagt, sie wären gerannt wie die Hasen. Ich glaube, Jules und die Leute von der Kommission können von Glück sagen, dass sie keine ernsten Verletzungen davongetragen haben.«

Eve war erschüttert. »Und wann ist das alles passiert, Irwin?«

»Hmmm, lass mich überlegen. Ich glaube, vor knapp einer Woche.«

»Weiß jemand, ob es Celia, Lexie und meiner Mutter gut geht?«

Irwin hatte noch nie gehört, dass Eve jemanden aus der Familie Courtland als »Verwandten« bezeichnet hatte; deshalb überraschte es ihn. Natürlich hatte er die Gerüchte gehört, dass Eve die jüngste Tochter von Max und Letitia war; er hatte die Szene auf dem Ball miterlebt und die Mutmaßungen darüber gehört, warum ihre Eltern sie bei Fremden hatten aufwachsen lassen – angeblich, weil Eve irgendwelche Probleme gehabt hatte. Doch bisher war sie jedem Gespräch über dieses Thema ausgewichen.

»Soviel ich weiß, ist mit deiner Mutter und deinen Schwestern alles in Ordnung. Es wird erzählt, dass Max noch an demselben Tag nach Babinda geritten ist und seitdem nicht wieder gesehen wurde.«

Eve schaute Irwin verwundert an. »Warum ist er nach Babinda geritten?«

»Keine Ahnung.«

»Jedenfalls habe ich eine Idee für einen neuen Artikel, Irwin!«, meinte Eve lebhaft.

Irwin schüttelte den Kopf. »Was ich dir gerade erzählt habe, darfst du nicht verwenden, Eve. Das war streng vertraulich. Jules würde mich zum Frühstück verspeisen, wenn er erführe, dass ich dir Material für einen neuen Artikel gegeben habe!«

Eve schaute ihn finster an. »Ich habe nicht im Traum daran gedacht, weitere Artikel über Max Courtland zu schreiben. Anscheinend hat er endlich bekommen, was er verdient. Ich hatte eher an etwas Erfreuliches gedacht.« Sie lächelte Irwin verschwörerisch zu. »Bitte sag Jules schon mal – oder besser noch, warne ihn vor –, dass ich morgen bei ihm vorbeischaue!«

»In Ordnung.« Irwin trat unruhig von einem Bein aufs andere, und Eve schaute ihn prüfend an.

»Ist noch was, Irwin?«

»Nein, eigentlich nicht. Wir sehen uns dann im Büro.« Als er die Verandastufen hinunterging, verlor er die Balance und wäre um ein Haar in der Pferdetränke gelandet.

»Sei vorsichtig, Irwin«, meinte Eve, die so tat, als bemerke sie seine Verlegenheit nicht. »Und danke für deinen Besuch!« Sie wandte sich um und wollte ins Haus zurück.

»Wäre es dir recht, Eve, wenn ich dich wieder einmal besuche?«

»Ich ...« Eve hatte nicht gedacht, dass es sich um einen Freundschaftsbesuch handelte, doch seine Worte ließen darauf schließen. »Wozu, Irwin?«

Tiefe Röte stieg Irwin in die Wangen. »Na ja ... um ein bisschen zu plaudern oder einen Spaziergang zu machen ...« Jetzt sah er den alarmierten Ausdruck auf Eves Zügen. »Und um über Ideen für neue Artikel zu reden, falls du noch daran interessiert bist.«

»Natürlich.« Eve runzelte die Stirn. Sie wollte ihn nicht verletzen, denn sie wusste, wie empfindsam er war – genau wie sie selbst. »Ja, Irwin, das wäre mir recht.«

Kopfschüttelnd kam Eve ins Haus zurück.
»Was ist los?«, wollte Jordan wissen.
»Ich kann mir keinen Reim darauf machen, warum Irwin überhaupt gekommen ist«, erwiderte sie nachdenklich. »Er schien nichts Bestimmtes zu wollen.«
»Ich weiß, warum er hier war, Eve«, meinte Gaby. »Er ist in dich verliebt.«
Jordans Miene wurde ernst. »Ich habe ihn in der Stadt gesehen – er ist doch fast noch ein Kind.«
»Er ist ein junger Mann, ein bisschen älter als Eve, und es ist nicht zu übersehen, dass er sie bewundert.«
Eve schaute Jordan an und merkte, wie ihr die Röte in die Wangen stieg. »Mach dich nicht lächerlich, Gaby«, sagte sie. »Jedenfalls hat er mir etwas Interessantes erzählt. Ich musste zwar alles aus ihm herausquetschen, aber wie es scheint, hat Jules die Mitglieder der Menschenrechtskommission nach Willoughby begleitet, um die Unterkunft der *kanakas* zu inspizieren – und dort soll der Teufel los gewesen sein. Max ist mit der Forke auf eines der Kommissionsmitglieder losgegangen, und der Constable hätte ihn beinahe verhaftet.« Eve ging unruhig im Zimmer auf und ab. »Als die Kommission wieder fort war, ist er nach Babinda geritten. Seitdem hat ihn keiner mehr gesehen. Das gefällt mir nicht, Jordan. Er hat irgendetwas vor, ich weiß es genau.«
Jordan wusste, dass Max besonders wütend wegen der Verträge war, die fast alle einheimischen Plantagenbesitzer bei ihm unterschrieben hatten. Er hatte Gerüchte gehört, nach denen Max einige Pflanzer eingeschüchtert hatte, damit sie ihre künftigen Ernten an die Mourilyan-Mühle verkauften. Andere hatte er sogar zu erpressen versucht, doch ohne Er-

folg. Es wurde erzählt, dass Max einige jener Plantagen, die er sich auf unrechtmäßige Weise angeeignet hatte, wieder verkaufen wollte, um Mittel für eine Art Gegenschlag zu sammeln. Viele der ehemaligen Besitzer warteten auf diese Chance, unter ihnen auch Alberto. Mit dem Geld, das Jordan ihnen im Voraus auf ihre Ernte bezahlte, konnten sie ihre Plantagen zu dem günstigen Preis zurückkaufen, zu dem Max sie erworben hatte; sie waren entschlossen, Max nicht einen Penny mehr zu bezahlen.

Die Abende in Eden waren wunderschön; zumindest empfanden Eve und Jordan es so. Meist verbrachten sie die Abendstunden gemeinsam und genossen die kühle Brise, die über den Johnstone River strich und die Wasseroberfläche kräuselte. Sie lauschten der Melodie der Zikaden, die diese zum abendlichen Konzert der Krähen und Kakadus beitrugen, die in den riesigen Eukalyptusbäumen am Ufer einen Platz für die Nacht suchten.

»Möchtest du noch ein Glas Wein, Eve?«, fragte Jordan. Sie saßen an einer Stelle, die ihr Lieblingsplatz geworden war, dort, wo der Fluss eine leichte Biegung machte und grünes Gras unter Weiden wuchs.

»Nein, mir ist auch ohne Wein schon ganz leicht im Kopf«, erwiderte Eve. Der Tag war perfekt gewesen. Sie hatte einen Brief von ihrer Tante Cornelia bekommen und voller Freude gelesen, dass Cornelia und deren Mann Louis bei guter Gesundheit waren. Auf ihre behutsame Art hatte die Tante versucht, Eves Fragen über ihre Eltern zu beantworten, ohne zu ahnen, dass Eve die wichtigsten Antworten schon selbst gefunden hatte.

Cornelia hatte geschrieben:

Lass dir versichern, Eve, dass deine Eltern dich immer sehr geliebt haben. Dein Onkel und ich haben es so gesehen, dass du uns nur »geliehen« warst, aber du hast die Leere in unseren

Herzen und in unserem Leben mehr als ausgefüllt. Wir können deiner Mutter und deinem Vater niemals genug dafür danken, dass sie dich bei uns haben aufwachsen lassen. Es war das wertvollste Geschenk, das man uns machen konnte. Wir werden dich immer wie unser eigenes Kind lieben. Eigentlich kannst du dich glücklich schätzen, denn du hast gleich zwei Familien, die immer für dich da sind.

Eve lächelte, als sie an den Brief dachte. Es war typisch für Tante Cornelia, ihr das Gefühl zu geben, so geliebt zu werden, und sie hatte großes Glück gehabt, bei den Kingslys aufzuwachsen. Cornelia hatte hinzugefügt, dass sie und Onkel Louis hundert Pfund auf Eves Bankkonto in Geraldton eingezahlt hatten. Eve hatte gewusst, dass Cornelia und Louis Geld in Aktien angelegt hatten, die gute Gewinne abwarfen, doch sie hatte nicht geahnt, dass das Geld für sie bestimmt war.

Wir wollten dir ein kleines Startkapital mit auf den Weg geben, hatte Tante Cornelia weiter geschrieben. *Und jetzt schien uns der richtige Zeitpunkt gekommen. Wir haben aus zuverlässiger Quelle erfahren, dass Jules Keane möglicherweise die* Gazette *verkauft. Falls du dich in Queensland wohl fühlst, kannst du vielleicht einen Anteil an der Zeitung erwerben. Wir möchten, dass dein Traum sich erfüllt.*

Cornelias Güte hatte Eve so tief gerührt, dass sie in Tränen ausgebrochen war. Allerdings glaubte sie nicht, dass Jules wirklich daran dachte, die *Gazette* oder Anteile an der Zeitung zu verkaufen.

»Die Sachen meiner Mutter im Haus aufzustellen, war für mich etwas ganz Besonderes, Eve«, meinte Jordan. Er hatte auf den Fluss geblickt, der still vorüberströmte; nun aber wandte er sich Eve zu und blickte ihr tief in die dunklen Augen. »Weißt du eigentlich, dass du eine wunderbare Frau bist?«

»O ja, natürlich«, erwiderte sie scherzend, wurde dann aber

unvermittelt ernst und senkte den Blick. »Ich habe nur versucht, dir etwas von dem zurückzugeben, was du für mich getan hast. In den vergangenen Wochen war ich so glücklich wie noch nie im Leben, und ich kann dir gar nicht genug für deine Freundlichkeit danken.«

»Freundlichkeit hat nichts damit zu tun, Eve.« Jordan ließ den Blick über ihr Gesicht schweifen. Sie saßen eng nebeneinander, und sein Arm berührte leicht den ihren. Eve erschauerte bei dieser Berührung und stellte fest, dass sie sich seiner Gegenwart in letzter Zeit stärker bewusst war.

Jordan blickte auf ihren Mund. In den vergangenen Wochen hatte er oft das Verlangen verspürt, sie zu küssen, hatte sich jedoch zurückgehalten, weil er nicht wusste, ob Eve das Gleiche für ihn empfand wie er für sie.

Eve war aufgefallen, dass Jordan sich in Augenblicken wie diesem von ihr zurückzog. Bestimmt fand er sie nicht attraktiv genug. Eve wusste, dass sie es nicht mit den schönen Frauen aufnehmen konnte, die Jordan in den großen Städten gekannt hatte. Doch je mehr Zeit sie mit ihm verbrachte, desto schwerer fiel es ihr, ihre Beziehung zu ihm so zu nehmen, wie sie war.

»Verlieb dich nicht in ihn, sonst bricht er dir das Herz!«, hatte sie sich selbst wieder und wieder gewarnt.

Jordan wandte den Blick zurück auf den Fluss, und das Schweigen zwischen ihm und Eve dehnte sich schier endlos. Schließlich wandte er sich um und schaute sie an. Dieses Mal wanderte sein Blick über ihr Gesicht und ruhte einen Moment auf ihren Lippen, und bevor sie begriff, was geschah, zog er sie sanft zu sich herüber, bis seine Lippen die ihren berührten.

Sie saß regungslos da, bis Jordan sich von ihr löste und ihr in die Augen schaute. Eve verstand ihn nicht. Er hatte sie geküsst, aber warum?

Jordan war erfahren genug, um die Mischung aus Verlangen und Verwirrung in ihrem Blick zu erkennen. Plötzlich war es ihm wichtig, dass sie ganz genau begriff, was dieser Kuss bedeutet hatte. Wieder berührten seine Lippen ihren Mund, doch wieder spürte Eve auch, dass er sich zurückhielt. Küsste er sie als Frau oder als Freundin, aus Verlangen oder spielerisch?

Als er sich erneut von ihr löste, lächelte er. »Das wollte ich schon lange. Ich hoffe, es stört dich nicht.«

Eve schüttelte den Kopf und blickte wieder auf den Fluss. Jetzt hatte sie die Antwort auf ihre Frage: Jordan spielte nur mit ihr. Sie trank einen Schluck Wein. »Es war nett«, sagte sie lachend, entschlossen, auf sein Spiel einzugehen. Noch einen Monat zuvor wäre sie sehr verlegen geworden, doch inzwischen hatte ihre Freundschaft sich so weit entwickelt, dass sie das Gefühl hatte, ihm alles sagen zu können.

»Dann sollten wir es vielleicht öfter tun«, meinte Jordan, kitzelte sie am flachen Bauch und knabberte an einem Ohrläppchen.

Eve lachte wieder. »Du nutzt doch nicht aus, dass ich leicht angetrunken bin?« Sie scherzte nur; Jordan meinte es ja auch aus Spaß – schließlich hatte er schon sehr lange keine »richtige« Verabredung mehr gehabt.

Zu ihrem Erstaunen wurde er plötzlich ernst. »Das würde ich niemals tun, Eve. Ich würde niemals etwas tun, das du nicht willst.«

»Ich weiß«, gab sie lächelnd zurück. »Ich wollte dich nur ein wenig aufziehen.« Auch ihre Miene wurde ernst. »Ich vertraue dir, Jordan. Ich würde dir mein Leben anvertrauen.« Lächelnd fügte sie hinzu: »Ich bin sicher, meine Tugend ist bei dir in guten Händen.«

Jordan seufzte. »*Ich* bin da nicht so sicher. Vielleicht sollten wir jetzt schlafen gehen. Du hattest einen anstrengenden Tag und bist sicher müde.«

Eve schaute ihn verwundert an. »Jordan, ich weiß, dass du mich nicht wirklich ...«

»Was?«, wollte Jordan wissen. »Dass ich dich nicht begehrenswert finde?«

Eve senkte verlegen den Blick. »Ich weiß, dass ich nicht begehrenswert *bin*, Jordan. Und ich habe keine Erfahrung mit Männern. Sie haben sich mir nicht gerade in Scharen zu Füßen geworfen.«

Jordan legte ihr eine Hand unters Kinn und zwang sie sanft, ihn anzuschauen. »Dann sind die Männer selber schuld.« Er nahm ihre Hand, zog sie unter sein Hemd und legte sie genau über sein Herz.

Eve, deren Puls schneller ging, blickte auf ihre Hand; dann schaute sie in Jordans Augen, in denen sich Verlangen spiegelte. »Das ist die Wirkung, die du auf mich hast«, flüsterte er rau, und wieder sah er ihren Mund lockend nah vor sich. Er ließ ihr Kinn los, strich mit den Fingern über ihr seidiges Haar und zog sie ein wenig näher zu sich heran. Dieses Mal war sein Kuss fordernd und voller Leidenschaft. Alle ihre Zweifel, dass er sie *nicht* begehrenswert fand, schwanden dahin, als er sie sanft ins Gras bettete. Dann löste er seine Lippen von den ihren und ließ sie langsam über ihren Hals gleiten, bevor sie wieder zu ihrem Mund fanden. Eve hatte nie zuvor so intensiv empfunden.

»Ich sollte lieber aufhören«, sagte Jordan schließlich und löste sich von ihr, »solange ich noch kann.«

Eve sah verwirrt zu ihm auf, und sein Blick verlor sich in den dunklen Seen ihrer Augen.

»Schau mich nicht so an«, meinte er mit leichtem Lächeln, »ich bin auch nur ein Mann.«

»Ach ja?«, erwiderte sie unschuldig.

Jordan ließ einen erstickten Seufzer hören, stand auf und zog sie auf die Füße. »Geh ins Haus, du schamloses Mädchen! Ich brauche jetzt dringend ein kühles Bad im Fluss!« Er begann sein Hemd aufzuknöpfen.

Eve lächelte.

»Geh schon, bitte«, sagte er, ohne sie anzuschauen.

Eve merkte ihm seine Erregung deutlich an, und ein wohliger Schauer durchrieselte sie. Schließlich aber wandte sie sich um und ging langsam zum Haus. Gleich darauf hörte sie ein lautes Platschen. Als sie zurückblickte, sah sie seine Kleidung an der Stelle am Ufer, wo sie gesessen hatten. Jordan schwamm durch den Johnstone River, als wäre ein Krokodil hinter ihm her.

»Danke, dass du mir das Gefühl gegeben hast, begehrenswert zu sein«, flüsterte Eve.

Sie war überrascht, wie stark es einen machte, wenn man die Gefühle anderer beeinflussen konnte. Sie wusste, dass sie in dieser Nacht angenehme Träume haben würde.

26

Max war betrunken und von blinder Wut erfüllt, als er die Bar des *Sunrise*-Hotels in Babinda betrat. Das *Sunrise* war eines der beiden Hotels in der Stadt, ein heruntergekommenes Etablissement, in dem sich Zuckerrohr- und Saisonarbeiter vergnügten, das aber auch in dem Ruf stand, Treffpunkt von Ganoven aller Art zu sein.

Diesmal hatte sich eine Bande gefährlicher Raufbolde unter die Plantagenarbeiter gemischt: Dermot Locke, Bill Boltoff, Hubert Ibald, Ned Fletcher und Charlie Hyde. Vor ein paar Wochen hatte Max diese Schläger angeworben, sich um Jordan Hale zu »kümmern«, und jedem von ihnen zwanzig Pfund bezahlt. Doch Dermot Locke und seine Kumpane hatten Max' Auftrag nie erfüllt: Saul und Noah, die beiden hünenhaften Männer von der Südseeinsel Tonga, hatten sie von Eden verjagt.

Max hatte so viel getrunken, dass er kaum noch einen klaren Gedanken fassen konnte. Er war überzeugt, dass sein Niedergang nur auf Jordan Hales Rückkehr nach Geraldton zurückzuführen war. Außerdem hatte es ihn mit Hass und Wut erfüllt, dass seine Frau ihm untreu gewesen war und seine jüngste Tochter gar nicht von ihm war. Am schlimmsten aber hatte ihn die Drohung der Menschenrechtskommission getroffen, seine Plantage wegen des Zustands der Arbeiterbaracke und der Lebensverhältnisse der *kanakas* zu schließen. Er durfte sich von Jordan Hale nicht ruinieren lassen!

»Dermot!«, brüllte Max, während er sich mit den Ellbogen

einen Weg durch die Menge bahnte und dabei Ned Fletcher, Hubert Ibald und Scott Finley beiseite stieß.

Dermot Locke blickte auf. »Was willst du?«, knurrte er.

Im ersten Moment hatte er Max nicht erkannt. Der reiche und mächtige Besitzer der Willoughby-Plantage war äußerlich so heruntergekommen, dass er selbst neben abgerissenen Ganoven wie Locke und den anderen kaum auffiel.

»Ich will, dass du und deine Kumpane endlich den Auftrag erledigen, den ich euch vor ein paar Wochen erteilt habe!«, stieß Max hervor. »Ich habe jedem von euch zwanzig Pfund bezahlt, dass ihr Jordan Hale fertig macht, aber ihr habe euch feige von Eden verjagen lassen!«

Dermot bedachte Max mit einem ausdruckslosen, kalten Blick, auf den eine Tigerschlange stolz gewesen wäre. Seine Reaktion ließ Max noch wütender werden.

»Steht nicht herum!«, brüllte er. »Ich will die Sache noch heute erledigt haben!« In seiner Trunkenheit dachte Max nicht daran, dass es Dermot und den anderen gar nicht recht war, wenn in der Bar, wo es viele neugierige Ohren gab, jeder mithören konnte.

Dermot stützte sich mit einem Ellbogen auf die Theke und hob sein fast leeres Glas. Er brauchte Geld, aber nicht so dringend, dass er sich von Max Courtland anschreien lassen musste wie ein *kanaka*. Überhebliche Plantagenbesitzer – und davon es gab eine Menge – hatte er immer schon gehasst.

»Mach dich davon!«, sagte Dermot. »Siehst du nicht, dass ich zu tun habe?«

Ned Fletcher schubste Max davon. »Hast du nicht gehört?«, stieß er hervor, wobei er Max sein pockennarbiges Gesicht zuwandte. »Verschwinde!«

Max schlug der Gestank nach Alkohol und Schweiß entgegen, als er Neds starren Blick verächtlich erwiderte.

»Wir haben eine Abmachung! Ich habe jedem von euch zwanzig Pfund bezahlt!«, fuhr Max die Männer an. »Also macht euch gefälligst auf den Weg nach Eden und tut etwas für euer Geld!«

Finley musterte Max von oben bis unten. »Du bist wohl mit dem Kopf gegen den Türbalken gerannt, du alter Hundesohn!«

»Wahrscheinlich hat er zu lange draußen in der Sonne gestanden«, meinte Ned lachend.

Max konnte seine Wut nicht mehr zügeln und blickte sich mit schmalen Augen um. »Ich dachte, ihr wärt harte Männer«, stieß er verächtlich hervor. »In Wirklichkeit seid ihr nur ein Haufen großmäuliger Feiglinge!«

Ned packte ihn am Hemdkragen, und mit Dermots, Charlies und Huberts Hilfe wurde Max ins Freie befördert und auf den schlammigen Boden geworfen.

»Wen nennst du hier einen Feigling, alter Mann?«, knurrte Ned, während der Regen auf sie nieder prasselte.

Max rappelte sich auf. Er bot einen traurigen Anblick, denn sein Hemd, seine Weste und seine Hose waren über und über mit Dreck und Pferdemist beschmutzt und völlig durchnässt. Seit Herz raste, als er sich aufrappelte und seinen Hut aufhob. Er spürte, wie sich ein Gefühl der Taubheit in seinen Armen und um seinen Mund herum ausbreitete. Zum ersten Mal im Leben hatte er die Kontrolle über eine Situation verloren, und das machte ihm Angst.

»Du siehst aus, als würd's dir dreckig gehen«, sagte Dermot grinsend und musterte Max herablassend. Er spürten die Verzweiflung des einst so mächtigen Mannes und beschloss, die Gelegenheit zu nutzen. »Also gut«, sagte er. »Wir reiten nach Eben, aber das kostet dich noch einmal hundert Pfund – für jeden von uns.«

Max riss fassungslos die Augen auf. »Hundert Pfund! Hast du den Verstand verloren?« Er wischte sich mit dem Hemdsärmel den Regen vom Gesicht und setzte seinen Hut wieder auf.

Dermot grinste Ned verschwörerisch zu. »Niemand würde sich darauf einlassen, einen anderen für ein paar Pfund fertig zu machen und zu riskieren, dass er dafür gehenkt wird. Wenn du willst, dass wir die Sache erledigen, kostet es dich hundert Pfund für jeden. Das ist mein letztes Wort.«

»Jordan Hale hat euch verjagen lassen wie räudige Hunde!«, stieß Max verächtlich hervor. »Wollt ihr euch nicht rächen und eure Selbstachtung wieder finden?«

Dermot lachte. »Unserer Selbstachtung geht es sehr gut, nur unseren Geldbörsen nicht!«

Die anderen starrten Max hasserfüllt an. Max erwiderte den Blick jedes Einzelnen, und seine Verzweiflung wuchs angesichts seiner Hilflosigkeit. Er konnte seinen eigenen Herzschlag hören, während sie sich im strömenden Regen gegenüberstanden, und vermochte die Anspannung kaum mehr zu ertragen. Plötzlich kehrte sein altes Selbstbewusstsein zurück. »Ihr habt euer Geld schon bekommen!«, rief er. »Ich lasse mich von Abschaum wie euch nicht ausrauben! Ihr werdet jetzt nach Eden reiten und tun, wofür ich euch bezahlt habe!«

Die Männer wechselten verschlagene Blicke, während sie Max einkreisten wie ein Rudel Aasfresser die Beute. Max' Hoffnung erlosch wie eine Kerze im Wind.

»Da wäre ich mir nicht zu sicher«, sagte Dermot und strich über die hässliche Narbe auf seiner Wange. »Los, machen wir ihn fertig!«, rief er dann den anderen zu.

Wie auf ein Kommando stürzte sich die Meute auf Max, und brutale Schläge prasselten auf ihn nieder. Als er halb bewusstlos war, durchsuchten sie seine Taschen und stahlen ein paar Pfundnoten und etwas Kleingeld.

»Mehr hat der Bursche nicht bei sich?«, fragte Ned enttäuscht.

»So wie der aussieht, können wir von Glück sagen, dass wir überhaupt so viel gefunden haben.« Dermot wühlte in Max'

Westentasche und riss die Taschenuhr von ihrer Kette. »Sieht aus, als wäre das Ding was wert«, sagte er und tat so, als könne er die Aufschrift auf der Rückseite lesen.

Charlie Hyde zog Max die Stiefel aus und nahm dessen Hut, bevor er und die anderen den zerschlagenen, blutenden Körper Max Courtlands in einen Graben gleich außerhalb der Stadt warfen.

»Was für ein herrlicher Ausblick!«

Jordan blickte überrascht auf. Für den Bruchteil einer Sekunde hatte er geglaubt, Eve sei zurückgekommen, und sein Herz schlug schneller. Er stand bis zur Hüfte im Wasser und atmete schwer, denn er war soeben bis zum gegenüberliegenden Ufer und zurück geschwommen, in dem vergebliche Versuch, jeden Gedanken an Eve aus seinem Kopf zu verbannen.

»Wie ist das Wasser?«, fragte Lexie.

Jordan konnte sie nicht sehen, doch er erkannte ihre Stimme und fühlte augenblicklich Zorn in sich aufsteigen.

Lexie trat aus dem Schatten eines Eukalyptusbaums und ging zum Flussufer. Als sie ins helle Mondlicht trat, sah Jordan, dass sie langsam die Knöpfe ihrer engen Bluse öffnete. Mit jedem Knopf entblößte sie ein wenig mehr von ihren vollen Brüsten.

Jordan beobachtete sie einen Augenblick sprachlos. »Was tust du hier, Alexandra?«, fragte er dann. »Solltest du nicht zu Hause sein und dich um deine Mutter kümmern?«

Lexie blieb an der Uferkante stehen, streifte sich die Schuhe ab und begann ihr Kleid auszuziehen, indem sie die Ärmel über die Schultern schob und es an sich hinuntergleiten ließ.

»Was soll das, Alexandra?«, stieß Jordan hervor, als er sah, wie ihr Kleid über ihre schlanke Taille fiel, bis es an ihren Knöcheln liegen blieb. Lexie machte einen Schritt und stand vollkommen nackt vor ihm.

»Mutter geht es schon viel besser«, erklärte sie schmeichelnd und watete ins flache Wasser. Dabei sog sie scharf den Atem ein, als die kühlen Fluten ihre warme Haut umspülten.

»Du solltest nicht hier sein, Lexie. Dein Vater wird nach dir suchen – und hier zuallererst.«

Lachend watete Lexie tiefer ins Wasser. »Mach dir wegen Vater keine Sorgen«, sagte sie atemlos. »Niemand weiß, wo er steckt. Er ist schon seit Tagen nicht mehr zu Hause gewesen.«

Ihre Brüste schimmerten weiß im Mondlicht, als sie sich auf den Rücken legte und sich treiben ließ. Jordan wandte den Blick ab. Er hatte ein Bad genommen, um seine Leidenschaft für Eve abzukühlen, und nun vergnügte ihre nackte Schwester sich neben ihm im Wasser.

»Weiß denn wirklich niemand, wo er ist?«, fragte er bemüht, sich abzulenken.

»Nein, nicht einmal Milo Jefferson. Aber ich finde es ganz schön, dass Vater eine Zeit lang mal nicht jeden meiner Schritte im Auge behält. Mutter macht sich allerdings Sorgen, denn es sieht Max gar nicht ähnlich, einfach fortzugehen und so lange weg zu bleiben.«

»Hat sie schon mit Constable Hawkins gesprochen?«

»Nein, noch nicht. Aber ich glaube, sie will ihn morgen aufsuchen. Deshalb möchte ich diese Nacht in Freiheit genießen!«

Jordan hatte den Eindruck, dass Lexie eher froh war, ihren Vater möglicherweise loszuwerden, als dass sie besorgt um ihn gewesen wäre, aber das überraschte ihn nicht. Es war nur ein weiterer Beweis für Lexies Selbstsucht. Jordan fiel wieder ein, dass Eve gesagt hatte, Max sei nach Babinda geritten. Bei diesem Gedanken runzelte Jordan die Stirn. Er hatte angenommen, Max sei längst wieder zu Hause, doch nun sah es so aus, als habe er irgendwelche finsteren Pläne.

»So langsam glaube ich, Jordan, dass mit dir etwas nicht stimmt!«, meint Lexie und bespritzte ihn spielerisch mit Wasser.

»Wie meinst du das?«, fragte er.

»Du bist nackt, ich bin nackt, und alles, worüber du reden kannst, ist mein Vater!«

»Du solltest nicht hier sein, Lexie«, erwiderte er seufzend und wandte sich zum Ufer.

Lexie stand auf und hielt ihn rasch am Arm fest. »Entspann dich, Jordan. Komm, vergnügen wir uns ...« Sie presste ihren nassen Körper gegen den seinen.

In der Vergangenheit hätte bedeutend weniger ausgereicht, um Jordans Verlangen zu erregen, doch Lexies Verhalten hatte die gegenteilige Wirkung auf ihn.

»Geh nach Hause, Alexandra«, sagte er.

»Ich will aber nicht!«, erwiderte sie schmollend, senkte den Kopf und ließ ihre nassen Finger über die Muskeln an seinem flachen Bauch gleiten.

Jordan ergriff ihre Hände und hielt sie fest. »Ich sage es noch einmal, Alexandra. Geh nach Hause!«

»Ich weiß, dass du mich willst«, flüsterte sie. »Wie lange ist es her, seit du zum letzten Mal eine Frau geliebt hast?« Wieder drängte sie sich an ihn und rieb ihre nassen Brüste an seiner seidigen Haut. Sie hörte, wie er scharf den Atem einsog, und genoss die Macht ihrer weiblichen Ausstrahlung.

»Du kannst mich nicht belügen«, sagte sie mit einem wissenden, verführerischen Lächeln.

Jordan wich zurück. Der Gedanke, Lexie zu berühren, war ihm zuwider.

Lexie schaute ihn verwundert an. »Ich kann bleiben, so lange du willst«, flüsterte sie und streckte den Arm nach ihm aus. »Stell dir vor, was wir alles tun könnten. Wir haben die ganze Nacht für uns ...« Lexie hatte nicht die Absicht, nach Hause zu gehen, bevor sie ihr Ziel erreicht hatte. Sie war sicher, dass Jordan ihr auf die Dauer nicht widerstehen konnte, vor allem dann nicht, wenn sie ihn umschmeichelte, nackt, wie sie war. Doch Jordan stieß ihre Hand fort.

»Hör sofort auf, Alexandra, und zieh dich an! Du benimmst dich wie eine Hure!«

Sie wich erschrocken zurück.

»Sieh mich nicht so schockiert an. Schließlich bist du hergekommen und hast dich mir angeboten – mehr als deutlich. Dich langweilt das Kleinstadtleben, nicht wahr? Und du bist die geborene Schauspielerin. Du solltest zum Theater gehen. Da kannst du deine Begabung richtig einsetzen.«

Lexie wurde zum ersten Mal im Leben zurückgewiesen, und für einen Moment war sie sprachlos. Schließlich stammelte sie: »Ich ... ich glaube dir nicht, dass du mich unattraktiv findest. Du spielst nur den Kavalier, weil du Angst vor deinen Gefühlen hast.« Leiser fuhr sie fort: »Es spricht für dich, dass du mich nicht anrühren willst, Jordan, aber du kannst deinen Gefühlen freien Lauf lassen. Ich habe schon lange davon geträumt, dass wir zusammen sind, du und ich ...«

»Hör auf, Lexie!«, unterbrach Jordan sie energisch. Er musste an den Abend denken, an dem sein Vater gestorben war. Max Courtland hatte Patrick damals gesagt, Jordans Mutter habe ihn begehrt, und jetzt noch machte die Erinnerung Jordan beinahe krank.

»Ich möchte dich nicht verletzen, Alexandra, aber die Wahrheit ist ... du übst keinen Reiz auf mich aus.«

Lexie war fassungslos. »Findest du mich wirklich nicht begehrenswert? Erregt es dich denn gar nicht, mir so nah zu sein, wenn ich nackt bin?«

Jordan antwortete nicht. Er dachte an den Schmerz, den Patrick bei der Vorstellung empfunden haben musste, seine Frau könne ihn betrogen haben. Alexandras moralische Einstellung dagegen war wie die von Max. Jordan wünschte nichts sehnlicher, als dass sie endlich ging.

»Ich bin die hübscheste Frau von Geraldton«, erklärte sie nicht eben bescheiden, und ihr Schmollmund verlieh ihr eher das Aussehen eines kleinen Mädchens als das einer verführerischen, erwachsenen Frau.

»Das ist eine Frage des Geschmacks«, murmelte Jordan, dem es zunehmend schwerer fiel, seinen Zorn zu unterdrücken. Er stieg aus dem Wasser und nahm seine Sachen.

Lexie konnte es noch immer nicht glauben. Sie schaute ihm nach und stellte fest, dass er immer wieder zum Haus blickte. Plötzlich glaubte sie zu verstehen, und ihre Augen wurden schmal. »Du findest Evangeline doch nicht etwa hübsch? Sie ist ...«

Ihre Ungläubigkeit verärgerte Jordan. Er unterbrach sie, bevor sie etwas Abfälliges über Eve äußern konnte. »Sag nichts Schlechtes über Eve! Sie ist viel mehr als nur hübsch!« Er hatte nicht vorgehabt, so leidenschaftlich zu sprechen, doch die Worte kamen ihm aus dem Herzen.

»Was denn, zum Beispiel?«, fragte Lexie.

»Sie ist schön, innerlich wie äußerlich.« Jordan zog die Hose an.

Lexie schnaubte nur verächtlich.

»Außerdem ist sie von Grund auf ehrlich.« Jordans Beziehung zu Eve war so weit gereift, dass sie offen über alles sprechen konnten. Zum ersten Mal wurde ihm klar, wie sehr ihn Eve an seine Mutter erinnerte. Er konnte kaum fassen, dass ihm die Ähnlichkeit nicht schon viel früher aufgefallen war. Er hatte auch seine Mutter alles fragen können, ohne Zweifel haben zu müssen, dass sie ihm nicht die Wahrheit sagte.

Plötzlich schwand alle Unsicherheit, alle Verwirrung Jordans, was die Vergangenheit betraf. Seine Mutter hätte niemals etwas getan, das ihn oder seinen Vater verletzt hätte.

Lexie wurde wütend. »Du willst sagen, Eve ist unwissend und naiv, nicht wahr?« Sie stemmte eine Hand in die Hüfte. »Ich nehme an, das macht sie zu einer leichten Beute für einen Mann wie dich!«

Jordan wandte sich um und starrte Lexie an. Sein Blick war

kalt, und sie fühlte sich plötzlich klein und verwundbar. Verlegen bedeckte sie ihre Brüste mit den Armen.

»Ich würde Eve niemals wehtun«, sagte er rau. »Ich ...« Jordan hielt inne. Er hatte sagen wollen, dass er Eve liebte. »Geh nach Hause, Alexandra«, murmelte er und ging am Ufer entlang davon. Lexie blieb allein zurück und schaute ihm nach.

Jordan hatte in letzter Zeit zwar ständig an Eve gedacht, doch als ihm klar wurde, dass er sie liebte, war er erstaunt, ja fassungslos. Es war ungewohnt für ihn, tiefere Gefühle für eine Frau zu empfinden und von dem Wunsch beseelt zu sein, sie glücklich zu machen. Diese Erkenntnis erstaunte ihn, machte ihn aber auch unsicher, denn er konnte nicht mit ihren Gefühlen spielen, wie er es bei anderen Frauen in der Vergangenheit getan hatte. Er durfte Eve nicht verletzen oder ihr das unschuldige Vertrauen nehmen, und er wollte nicht der erste Mann sein, der ihr das Herz brach. Er hatte nie darüber nachgedacht, warum er stets eine gewisse Distanz zu den Frauen in seinem Leben gewahrt hatte. Jetzt begriff Jordan, dass es etwas mit seiner Mutter zu tun haben musste ...

Lexie war wie vor den Kopf gestoßen. Der Abend hatte sich ganz anders entwickelt als geplant.

»Er liebt Evangeline ...«, flüsterte sie, als sie aus dem Wasser stieg und ihr Kleid überstreifte. »Wie kann ein Mann wie Jordan sich in eine Frau wie sie verlieben?« Obwohl Lexie sich durch die Zurückweisung gedemütigt fühlte, stieg auch Neid in ihr auf, und als sie sich schließlich zum Gehen wandte, schmiedete sie Rachepläne.

Jordan ging unruhig über die Veranda und blieb ab und zu stehen, um über die Felder zu blicken, die im silbernen Mondlicht lagen. Er dachte an seine Mutter. Zum ersten Mal seit Jahren konnte er sich deutlich an ihr Gesicht erinnern. Ihr Bild stand ihm so klar vor Augen, als stünde sie neben ihm und würde ihn mit ihrem gütigen Blick anschauen. Er lächelte in der Dunkelheit.

»Es tut mir Leid, dass ich an dir gezweifelt habe«, flüsterte er. Ihr Lächeln schien zu sagen, dass sie ihn verstand.

»Ich weiß, dass du Vater niemals betrogen hättest«, sagte er. »Ihr habt euch so geliebt, wie ich es auch erleben möchte ... und wie ich es mit einer Frau wie Eve erleben kann ...«

Kurz entschlossen ging Jordan zur Arbeiterbaracke hinunter. Er wusste, dass Nebo nicht viel schlief, und war deshalb nicht überrascht, ihn unter einem Baum sitzend anzutreffen, wo er dem Gesang der Zikaden lauschte und die kühle Nachtluft genoss.

Nebo hatte mit Genugtuung beobachtet, dass Alexandra schon kurz nach ihrer Ankunft wieder gegangen war. Nebo ahnte, dass sie gekommen war, um Jordan zu verführen, doch er wusste auch, dass Jordan und Eve einander inzwischen sehr nahe standen. Nebo hatte darauf vertraut, dass Jordan das Richtige tun würde – und Jordan hatte ihn nicht enttäuscht.

»Können Sie auch nicht schlafen, Master Jordan?«

»Nein, Nebo. Ich muss über vieles nachdenken.«

Der alte Mann nickte. »Erinnern Sie sich noch an die langen Gespräche, die wir geführt haben, als Sie ein Junge waren?«

»Ja«, gab Jordan lächelnd zurück. »Ich bin mit meinen Problemen immer zu dir gekommen, und du hast mir jedes Mal die Antworten gegeben, die ich brauchte.« Jordan hatte seinen Vater nicht zu oft fragen wollen; er hatte schon als kleiner Junge gewusst, wie schwer Patrick an der Verantwortung und Sorge um die Plantage trug.

»Ich habe immer gesagt, dass es gut ist, über alle Dinge zu reden, Master Jordan. Ihr Vater hat seine Probleme mit mir geteilt. Ihre Mutter ebenfalls.«

Jordan schaute Nebo überrascht an.

»Miss Eve und ich verstehen uns auch gut«, fügte Nebo hinzu.

»Meine Eltern ... Sie haben einander geliebt, nicht wahr, Nebo?«

»O ja, Master Jordan. Ich habe nie zwei Menschen gesehen, die einander mehr liebten.«

Jordan nickte. Nun, da die leisen Zweifel ihn nicht mehr quälten, fühlte er sich endlich ruhig und unbelastet. Sein Herz und sein Geist waren frei. »An dem Abend, an dem mein Vater starb, ist Max Courtland zum Haus hinauf gekommen«, sagte er leise.

Nebo hatte immer den Verdacht gehabt, dass an jenem Abend etwas vorgefallen sein musste. »Was wollte er, Master Jordan?«

»Angeblich wollte er sein Beileid aussprechen. Aber dann hat er einige sehr grausame Dinge gesagt, die mein Vater nicht ertragen konnte.«

»Was für Dinge, Master Jordan?«

»Max hat meinen Vater beschuldigt, nicht offen zu sagen, woran meine Mutter gestorben sei. Er behauptete, sie habe Selbstmord begangen, weil ...« Jordan verstummte jäh, doch dann sah er wieder das ermutigende Lächeln seiner Mutter vor sich, das ihm die Kraft gab weiterzureden. »Max sagte, er habe eine Affäre mit Mutter gehabt, und dass sie es nicht ertragen hätte, als er die Beziehung beendete.« Jordan erinnerte sich noch lebhaft an das Geflüster während der Beerdigung, das ihn damals schrecklich verunsichert hatte.

Nebo war sichtlich betroffen, und tiefes Mitgefühl überkam ihn. »Das ist eine gewaltig schwere Last für einen kleinen Jungen, Master Jordan.«

»Man hatte mir gesagt, Mutter sei an einem Schlangenbiss gestorben, Nebo. Das stimmt doch, nicht wahr?« Jordan war sicher, dass seine Mutter nicht Selbstmord begangen hatte, aber da er Max Courtland kannte, konnte er andere Dinge nicht ausschließen.

»So hat man es mir erzählt, Master Jordan.« Plötzlich fiel

Nebo der einzige Mensch ein, der Jordan helfen konnte, die Wahrheit herauszufinden, und er hoffte, dass dieser Mensch noch am Leben war. »Ich glaube, ich weiß eine Möglichkeit, die Antworten auf Ihre Fragen zu finden«, sagte er. »Überlassen Sie ruhig alles mir.«

27

Als Eve durch das geöffnete Tor von Willoughby schritt, fiel ihr auf, dass der Wind stärker geworden war. Blätter wirbelten um sie herum, und die Palmen bogen sich.

Kaum hatte Letitia den Einspänner die Auffahrt entlangkommen sehen, als sie auch schon auf die Veranda eilte. »Eve!«, rief sie, als diese den Wagen anhielt, »was machst denn du hier?«

Eve hörte die Besorgnis in der Stimme ihrer Mutter und kannte den Grund dafür: Letitia fürchtete, Max könne nach Hause kommen und sie auf seinem Grund und Boden vorfinden. Doch Eve hatte Celia getroffen, die auf dem Weg zu Warrens Plantage gewesen war. Die Schwester hatte ihr versichert, dass Max noch nicht nach Hause gekommen war. Deshalb hatte Eve beschlossen, das Risiko auf sich zu nehmen.

»Ich musste mich mit eigenen Augen vergewissern, dass es dir besser geht«, rief sie zurück.

Gerührt beobachtete Letitia, wie Eve vom Wagen stieg, Jabari die Zügel reichte und ihrer Behinderung wegen ein wenig schwerfällig die Treppe hinaufstieg.

Oben angekommen küsste Eve ihre Mutter schüchtern auf die blasse Wange.

»Du brauchst dir keine Sorgen um mich zu machen«, meinte Letitia und drückte Eves Hand. »Ich habe manchmal noch leichte Kopfschmerzen, aber das war zu erwarten.«

»Ich bin erleichtert und dankbar zugleich, dass Celia und

Lexie dich so gut gepflegt haben.« Leiser fügte sie hinzu: »Ich nehme an, Celia ist eher dazu geboren ...«

Letitia lächelte. »Sie waren alle beide wunderbar«, sagte sie und dachte daran, dass Lexie den ganzen Morgen in einer schrecklichen Stimmung gewesen war. »Ich wüsste auch nicht, was ich ohne Zeta tun würde. Sie ist hilfsbereit und treu.«

Wie auf ein Stichwort erschien in diesem Moment das Hausmädchen und fragte, ob es frischen Tee kochen sollte.

»Danke, Zeta«, erwiderte Letitia, »aber ich glaube, wir sollten hineingehen. Schau dir den Himmel an, Eve! Ich habe ihn noch nie so schwarz und bedrohlich gesehen. Es sieht aus, als bekämen wir ein schlimmes Unwetter.«

Eve konnte Letita ansehen, dass sie sich wegen irgendetwas Sorgen machte, und sie glaubte nicht, dass es mit dem bevorstehenden Unwetter zu tun hatte. »Was bedrückt dich, Mutter? Ich habe gehört, dass Max vor ein paar Tagen nach Babinda geritten ist – und als ich vorhin Celia traf, hat sie mir erzählt, dass er noch immer nicht zurück ist.«

»Wir wissen nicht einmal, wo er ist!« Letitia ließ sich neben Eve auf das Sofa sinken. »Es sieht ihm überhaupt nicht ähnlich, einfach davonzureiten, ohne zu sagen, wohin er will. Er ist jetzt schon drei Tage fort. Er war in einer schlimmen Verfassung, als er aufbrach. An dem Tag hatte die Menschenrechtskommission die Baracke der *kanakas* inspiziert. Ich habe Max noch nie so wütend gesehen – und unglücklicherweise war Milo Jefferson gerade nicht hier. Ich hatte ihn in die Stadt geschickt, um einige der Rechnungen zu bezahlen, die Max vergessen hatte.«

Eve dachte daran, wie Irwin Read ihr die Szene beschrieben hatte, und sagte: »Du musst große Angst gehabt haben.«

Letitia seufzte. »Ich selbst war eher verwirrt und verlegen, aber deine Schwestern hatten Angst. Ich kann immer noch nicht glauben, dass Constable Hawkins Max nicht sofort verhaftet hat. Max hat die Kommission mit einer Forke bedroht.

Als er sie auf diese Weise nicht aufhalten konnte, befahl er den *kanakas*, die Leute anzugreifen. Die *kanakas* sind geflohen. Einige von ihnen haben sich bis jetzt nicht getraut zurückzukommen, weil sie Angst haben, geschlagen oder ausgepeitscht zu werden. Deshalb ruht hier die Arbeit, seit Max fort ist. Ich wüsste bis zu diesem Moment nicht, wohin Max wollte, hätte ich Jabari nicht sagen hören, dass er nach Babinda reitet.«

Eve schaute sie forschend an. »Ehrlich gesagt, Mutter, wundert es mich, dass du dir solche Sorgen um ihn machst, nachdem er dich fast während eurer gesamten Ehe so schlecht behandelt hat.«

Letitia senkte traurig den Kopf. »Vielleicht liebe ich ihn nicht mehr, aber wir sind so lange verheiratet, dass ich nicht anders kann, als mir Sorgen zu machen.«

Eve winkte ab. »Er hat es nicht verdient. Max hat nicht einmal dem Arzt erlaubt, dich zu untersuchen, als du schwer verletzt warst – als hätte er gar kein Herz!«

Letitia stieß einen tiefen Seufzer aus und blickte zum Fenster. »Er ist ein stolzer Mann, Eve, und er hat mir zu Recht vorgeworfen, dass ich ihn betrogen habe.«

»Ich weiß, dass du ihn früher einmal geliebt hast. Es war *sein* Fehler, dass du dich jemand anderem zugewandt hast. Er hatte dich vernachlässigt. Wäre er aufmerksam zu dir gewesen und nicht dadurch abgelenkt, dass er Jordans Mutter nachstellte ...« Eve sah den Schmerz in Letitas Augen. »Es tut mir Leid, ich hätte nicht davon anfangen sollen.«

Letitia schüttelte den Kopf. »Trotzdem habe auch ich Schuld auf mich geladen, indem ich ihn betrog, Eve.«

»Du musst aufhören, ihn ständig zu entschuldigen, Mutter. Er ist gemein und selbstsüchtig! Denk doch nur daran, wie er mir sagte, dass ich nicht seine Tochter bin. Er hat es herausgeschrien, vor Jordan und den Malloys ...«

Letitia schaute sie betreten an. »Es tut mir sehr Leid, Eve.«

»Ich habe das nicht gesagt, Mutter, damit du dich schuldig

fühlst. Ich wollte dir nur vor Augen führen, wie wenig Max an andere denkt. Er denkt nur an sich selbst und hat kein Feingefühl.« Als Eve daran dachte, wie rücksichtsvoll und sanft Jordan war, stieg ein Glücksgefühl in ihr auf. »Ich hoffe, es macht dir nichts aus, wenn ich danach frage, Mutter, aber ... wie haben Lexie und Celia es aufgenommen, als du ihnen von meinem richtigen Vater erzählt hast?«

»Sie waren schockiert, wie nicht anders zu erwarten, haben es dann aber recht gut aufgenommen.« Letitia verzichtete darauf, von Lexies bissigen Kommentaren zu erzählen, dass Eves Vater ein halbblütiger Südseeinsulaner war. Letitia hatte Lexie getadelt und ihr gesagt, dass vieles von ihrer Boshaftigkeit ein Erbe ihres eigenen Vaters sei. Sie solle sich lieber *darüber* Gedanken machen, hatte Letitia gesagt, zumal ihr Vater nicht eben der freundlichste Mensch unter Gottes Himmel sei.

»In letzter Zeit scheint mir Max ohnehin verändert«, meinte Eve. »Es kommt mir so vor, als hätten seine Schandtaten aus der Vergangenheit ihn eingeholt, und dass er diese Last nicht tragen kann. Hast du schon mit Constable Hawkins über sein Verschwinden gesprochen?«

»Ja. Aber er wollte nicht nach Babinda reiten, um dort nach Max zu suchen, weil sich ein Wirbelsturm der Küste nähert. Ich habe deshalb Milo losgeschickt. Hast du schon gefrühstückt, Eve?«

»Ja, vielen Dank. Ting yan ist eine wunderbare Köchin. Ich kann dem, was sie auftischt, kaum widerstehen.«

»Ja, du bist ein bisschen rundlicher geworden. Du hast eine sehr schöne Figur!«

Eve, die solche Komplimente nicht gewohnt war, lächelte verlegen.

»Und wie stehen die Dinge in Eden?«

»Sehr gut. Die Setzlinge schießen förmlich in die Höhe, und mit der Renovierung sind wir fast fertig. Das Haus ist wunderschön. Du musst unbedingt einmal herüberkommen und es dir ansehen, wenn es dir wieder gut genug geht.«

»Ich käme sehr gern.« Letitia war froh darüber, dass Eve näheren Kontakt mit ihr wünschte; zugleich aber machte es den Gedanken an den Abschied von Geraldton und das Ende ihrer Ehe noch schmerzhafter.

»Übrigens hat Jordan der Stadt sehr geholfen, Mutter. Er hat einen Löschwagen gekauft, der gestern angekommen ist. Heute Morgen ist Jordan in die Stadt gefahren, wo er sich mit einem Feuerwehrmann aus Brisbane trifft, der die einheimischen Freiwilligen ausbilden soll.«

»Das ist wunderbar, Eve. Hat er nicht auch ein Haus für die neue Ärztin gekauft?«

»Hier verbreiten sich Neuigkeiten wirklich schnell!«

»Dafür haben wir unseren eigenen Buschtelegrafen – Corona Byrne!« Letitia lächelte ein wenig gequält. »Sie war gestern Nachmittag hier – angeblich, um mich über die Neuigkeiten in der Gegend aufzuklären. In Wirklichkeit ist sie wohl gekommen, um den Gerüchten auf den Grund zu gehen, die sie gehört hatte, und um etwas zu erfahren, das sie weitererzählen kann. Aber ich habe ihr nichts erzählt, und da ist sie enttäuscht wieder abgezogen.«

»Ich nehme an, sie hat dir berichtet, dass Rachel Bennett unsere neue Ärztin ist?«

»Ja.« Letitia lächelte versonnen.

»Dafür haben wir aber nicht nur Jordan zu danken, nicht wahr?«

»Wie meinst du das?«

»Dr. Bennett hat mir von deiner Spende und dem Stipendium erzählt. Hast du nicht gewusst, dass Rachel das Geld erhalten hat?«

»Nein. Ich wusste natürlich, dass jemand es bekommen hat, aber ich hatte keine Ahnung, dass es Rachel war!« Überwältigt schaute Letitia ihre Tochter an.

»Ich bin sehr stolz ich auf dich«, sagte Eve. »Was hat dich dazu gebracht, dieses Stipendium auszuschreiben?«

Letitia starrte auf ihre Hände. Es machte sie verlegen, über etwas zu sprechen, das sie viele Jahre lang für sich behalten hatte. »Die Krankenschwestern und der Arzt, die sich um dich gekümmert haben, waren mit viel Hingabe bei der Sache. Als du zum ersten Mal operiert wurdest, habe ich einige von ihnen recht gut kennen gelernt. Eine junge Krankenschwester erzählte mir, dass es ihr Traum gewesen sei, Ärztin zu werden, aber das Geld fürs Studium habe gefehlt. Später wurde sie selbst sehr krank – sie bekam Tuberkulose. Ihr konnte ich nicht helfen, aber ich hatte das Gefühl, etwas tun zu müssen, Eve.« Letitias Augen standen jetzt voller Tränen. »Nenn es Buße, wenn du willst. Aber wenn meine Spende einer jungen Frau geholfen hat, ihr Ziel zu erreichen, freue ich mich sehr darüber. Dass es ausgerechnet Rachel war und dass sie hierher kommen will, um unsere Ärztin zu sein, ist fast ein Wunder ...«

Beide Frauen fuhren erschrocken zusammen, als eine heftige Windbö das Haus erbeben ließ.

»Oh, Himmel! Ich sollte lieber nach Hause fahren, bevor zu regnen anfängt«, meinte Eve und stand auf.

Genau in diesem Augenblick kam Alexandra herein. »Mit wem sprichst du, Mutter? Ach, du bist es«, fügte sie hinzu, als sie Eve erkannte. Lexies Augen wurden schmal, als sie die Schwester betrachtete und sah, wie hübsch diese war und wie glücklich sie zu sein schien. Ihr entging nicht, dass Eve ein bisschen zugenommen hatte und ein Kleid trug. Es entsprach zwar nicht Lexies Geschmack, aber sie musste widerstrebend zugeben, dass es bei Eve sehr hübsch aussah. Eves Haare fielen ihr wie eine glänzende Flut bis knapp über die Schultern.

»Hallo, Lexie«, sagte Eve.

Ohne sie zu beachten, fragte Lexie ihre Mutter: »Wo ist Celia?«

»Sie ist zu Warren gefahren, um noch einmal über die

Hochzeit zu sprechen.« Letitias schaute Eve an. »Ehrlich gesagt weiß ich nicht, ob die beiden überhaupt heiraten oder nicht.«

»Mit ein bisschen Glück findet die Hochzeit statt«, murmelte Lexie. »Willst du gerade gehen?«, wandte sie sich dann an Eve.

Diese beschloss, Lexies üble Laune zu ignorieren. »Ja. Ich möchte zu Hause sein, bevor das Wetter noch schlechter wird.« Sie umarmte ihre Mutter, und Letitia flüsterte ihr zu: »Achte einfach nicht auf Lexie. Sie war schon den ganzen Morgen in so schrecklicher Stimmung.«

Alles in Lexie sträubte sich gegen die Vorstellung, Eden könne für Eve tatsächlich ein Heim werden. »Ich bringe Eve zur Tür, Mutter. Trink du deinen Tee, bevor er kalt wird.«

Letitia misstraute Lexies plötzlicher Hilfsbereitschaft, denn diese wollte gar nicht zu ihrer Stimmung und ihrer üblichen Abneigung gegen Eve passen.

»Ja, gut«, sagte Letitia trotzdem. »Auf Wiedersehen, Eve. Danke für deinen Besuch.«

»Gern geschehen. Ruh dich aus und mach dir keine Gedanken!«

»Du brauchst nicht weiter mitzukommen«, meinte Eve, während sie kurz hintereinander die Verandatreppe hinunterstiegen und zum Einspänner gingen.

»Ehrlich gesagt, Eve, ich brauche ein bisschen frische Luft, um wach zu bleiben. Ich habe heute Nacht so gut wie keinen Schlaf bekommen.«

Eve stieg in den Wagen, ohne etwas zu erwidern. Vermutlich war Lexies schlaflose Nacht der Grund für ihre schlechte Laune. Eve bemitleidete Letitia, die nun mit Lexie auskommen musste.

»Du bist gestern früh schlafen gegangen«, fügte Lexie hinzu, um Eves Aufmerksamkeit zu erregen.

Eve blickte sie misstrauisch an. »Woher weißt du das?«

»Ich bin gestern Abend noch in Eden gewesen. Alles schlief schon, nur Jordan nicht. Er wird heute Morgen genauso müde sein wie ich, wenn ich daran denke, was wir den größten Teil der Nacht getan haben.«

Eve klopfte das Herz plötzlich bis zum Hals. »Was willst du damit sagen?«

Lexie lächelte. »So naiv bist du doch wohl nicht, Evangeline?«

Eve wusste nicht, was sie sagen sollte. Sie spürte, wie ihr Gesicht ganz heiß wurde und ihre Handflächen zu schwitzen begannen. Plötzlich erinnerte sie sich deutlich daran, wie Jordan sie geküsst und wie sehr dieser Kuss ihn erregt hatte. Lexie hatte sich ihm sicher an den Hals geworfen – doch ob Jordan darauf eingegangen war? Eve konnte den bloßen Gedanken nicht ertragen.

»Ich sollte es dir vielleicht gar nicht erzählen«, fuhr Lexie genüsslich fort, »aber wir sind schließlich Schwestern.« Sie sagte es in einem Tonfall, als behagte es ihr nicht sonderlich. »Halbschwestern, um genau zu sein. Jedenfalls, Jordan ist ein großartiger Liebhaber! Neben ihm sind die einheimischen Männer Anfänger.«

Eve fühlte einen stechenden Schmerz in der Brust, als werde ihr Herz auseinander gerissen. Ihr Glücksgefühl zerplatzte wie eine Seifenblase, und sie hatte nur noch den einen Wunsch, so schnell wie möglich zu fliehen. Doch ein seltsamer Zwang hielt sie zurück, ließ sie weiter zuhören, während Lexie von Jordans leidenschaftlichen Küssen erzählte und davon, wie sie beide sich nackt am Flussufer vergnügt hätten.

Plötzlich kam Eve an Lexies aufgesetzter Fröhlichkeit irgendetwas seltsam vor. »Du lügst«, sagte sie. »Wenn du wirklich eine so traumhafte Nacht erlebt hast, warum bist du heute Morgen in einer so miesen Stimmung?«

»Ich ... ich mache mir Sorgen um Vater«, stieß Lexie hervor

und errötete. »Ich habe keinen Grund, dich anzulügen, Evangeline. Als ich nach Eden kam, hat Jordan nackt im Fluss gebadet.« Sie sah die Überraschung in Eves Blick und wusste, dass sie einen wunden Punkt getroffen hatte. »Das Wasser sah so einladend aus«, fuhr sie fort, »aber nicht annähernd so einladend wie Jordans nackter Körper. Da bin ich zu ihm ins Wasser gestiegen. Wahrscheinlich schockiert es dich, dass wir beide nichts anhatten ...« Sie lächelte wieder, doch Eve fand auch dieses Lächeln aufgesetzt. »Er ist ein sehr leidenschaftlicher Mann. Wenn er etwas will, muss er es haben, und zwar sofort.«

Eve ertrug es nicht, auch nur einen Augenblick länger zuzuhören. Sie nahm die Zügel auf und zog so ruckartig daran, dass ihr Pferd wild lospreschte. Der Weg die Auffahrt hinunter verschwamm vor ihren Augen, die vor Tränen fast blind waren.

Lexie sah ihr nach, ein zufriedenes Lächeln auf den Lippen. »Das wäre geschafft«, sagte sie laut. Dann wandte sie sich ab, um die Stufen zur Veranda hinaufzusteigen – und schaute überrascht auf Letitia, die auf sie hinunter blickte.

Als Jordan nach Hause kam, war er aufgeräumter Stimmung. Die Ausbildung der Feuerwehrmänner machte gute Fortschritte, und die Bewohner von Geraldton freuten sich, endlich einen eigenen Löschwagen mit einer tüchtigen Besatzung zur Verfügung zu haben, der schon lange dringend benötigt wurde.

Jordans einzige Sorge war der Wirbelsturm, der vor der Küste lauerte. Niemand konnte mit Sicherheit sagen, ob er hinaus aufs Meer oder über Land ziehen würde.

»Wir werden alles vernageln müssen, was noch nicht fest ist«, sagte er zu Frankie. »Der Wind ist jetzt schon ziemlich stark. Wo steckt Eve?«

»Sie ist vor einer Weile ausgefahren«, meinte Gaby. »Aber sie hat versprochen, nicht lange fort zu bleiben. Nebo bat mich, Ihnen auszurichten, dass er Sie gern sehen würde, sobald Sie zurück sind. Er ist in der Arbeiterbaracke. Irgendjemand ist bei ihm.«

»Wer?«

»Eine Frau. Ich habe keine Ahnung, wie sie heißt, aber Nebo hat anscheinend jemanden losgeschickt, der sie von irgendwo flussaufwärts geholt hat. Sie ist gekommen, während Sie fort waren.«

Als Jordan die Arbeiterbaracke betrat, sah er Nebo neben einer alten Frau auf einer der Pritschen sitzen. Die Frau trug ein schmutziges Kleid, und ihre Füße waren nackt. Auf der Nachbarpritsche lag ein verschlissener Hut. Jordan sah auf Anhieb, dass die Frau fast blind war, doch er erkannte sie nicht.

»Master Jordan«, sagte Nebo, »erinnern Sie sich noch an Lani?«

»Lani!« Plötzlich stiegen Erinnerungen aus der Kindheit in Jordan auf. »Ja, natürlich!« Er kniete vor der alten Frau nieder und nahm ihre runzlige Hand in seine. Ihre Finger waren so dünn wie die Zehen an einem Hühnerfuß. »Bist du Lani?«

»Ja, Master Jordan. Ich habe Ihrer Mutter geholfen.« Sie schenkte ihm ein zahnloses Lächeln. »Sie hören sich genauso an wie Ihr Vater, aber Sie müssen ja auch schon ein richtiger Mann sein.« Mit der anderen Hand fuhr Lani über die seine und erkannte, wie groß sie war. Die alte Frau konnte aus den Händen viel über einen Menschen lesen.

Lani hatte dünnes weißes Haar, und ihre Haut sah aus wie die eines Reptils. Jordan fragte sich, wo sie lebte und ob sie ein Dach über dem Kopf hatte. Sie war fast so dünn wie Nebo. Die Lani aus Jordans Erinnerungen war eine kräftige Frau gewesen, mit dunklen, gelockten Haaren und einem fröhlichen Lächeln. Man sah ihr an, dass sie bettelarm war, und wieder einmal erkannte Jordan, dass die Tragödie in seinem eigenen Leben auch für viele andere Menschen schlimme Folgen gehabt hatte.

Er erinnerte sich, dass seine Mutter Lani sehr gern gehabt

hatte; sie hatte ihr Kleidung, Schuhe und Extrarationen für ihre Familie gegeben. »Wo wohnst du jetzt, Lani?«, fragte er und konnte immer noch kaum glauben, dass es sich bei der alten Frau um Lani handelte.

»In einer kleinen Aborigines-Gemeinschaft in Emu Springs, gleich hinter Willows Bend«, erwiderte Lani. »Nach dem Tod Ihrer Eltern haben die Jirribal mich bei sich aufgenommen.«

Jordan warf Nebo einen Blick zu. Der alte Mann erkannte, dass Jordan erschüttert war, wie sehr Krankheit und Alter Lani verändert hatten.

»Wie bist du hierher gekommen, Lani?«, fragte Jordan.

»Winstons Junge, Elija Cato, hat sie geholt«, sagte Nebo an Stelle der alten Frau.

»Lani, du kannst jederzeit zu uns kommen und hier wohnen«, fuhr Jordan fort. »Wir würden uns um dich kümmern, und hier ist reichlich Platz.«

»Danke, Master Jordan. Sie sind sehr freundlich, genau wie Ihre Mutter es war. Aber Sie können hier keine nutzlose, blinde alte Frau gebrauchen. Ich werde mein Leben beim Stamm der Jirribal beschließen. Sie sind gut zu mir, und Emu Springs ist jetzt meine Heimat.«

Jordan wirkte immer noch besorgt. »Wie lange ist es her, dass du dein Augenlicht verloren hast, Lani?«

Die alte Frau seufzte. »Es fing schon an, als ich noch für Ihre Mutter gearbeitet habe, Master Jordan. Aber ganz blind bin ich seit ... Ich weiß nicht, wie viele Jahre es sind, ich verliere das Gefühl für die Zeit ...«

Wieder warf Jordan Nebo einen Blick zu, und der alte Mann erriet, was Jordan dachte. Wie sollte Lani ihm helfen können, wenn sie schon schlecht gesehen hatte, als sie noch in Eden gelebt hatte – und wenn ihr Gedächtnis nicht mehr richtig funktionierte?

Jordan stand auf. »Es war schön, dich wiederzusehen, Lani, aber ich glaube nicht, dass du mir ...«

»Lani weiß, was an dem Tag geschehen ist, als Ihre Mutter starb«, unterbrach ihn Nebo. »Wir haben darüber gesprochen, und Lani hat mir gesagt, dass sie Dinge gehört hat ...«

»Was wollen Sie wissen, Master Jordan?«, fragte Lani und blickte in die Richtung, in der sie zuletzt seine Stimme gehört hatte. »Ich habe zwar damals schon nicht gut gesehen, aber ich wusste, was geschah – und glauben Sie mir, es gibt Dinge, die werde ich nie vergessen ...«

Jordan ging wieder vor ihr in die Knie. »Ist meine Mutter von einer Schlange gebissen worden, Lani?«, fragte er drängend.

»O ja, Master Jordan. Eine Taipan.«

»Wie kannst du so sicher sein?«

»Nach dem Biss setzt sofort die Lähmung ein, Master Jordan, und das Blut verklumpt ... Es ist nicht schön, darüber zu reden, aber wir wissen sicher, dass es eine Taipan-Schlange war, weil Mosi sie erschlagen hat.«

»Weißt du noch, wie es dazu kam?«

Lani senkte den Kopf, und Jordan sah, dass sie in Erinnerungen versunken war. Er betete, dass sie ihm die Wahrheit sagen möge.

»Ihr Mutter hatte sich in der Vorratshütte versteckt ...«

»Versteckt? Wovor denn?«

»Vor diesem bösen Mr Courtland. Er lief ihr immer hinterher und sagte ihr dauernd, dass Master Patrick nicht der Richtige für sie ist.«

Wutentbrannt sprang Jordan auf.

»Ich habe es ihn selbst sagen hören, Master Jordan. Die Leute glauben immer, wenn einer blind ist, ist er auch taub – aber das ist ein Irrtum. Ich habe oft gehört, was Mr Courtland zu Ihrer Mutter sagte, aber an dem Tag, an dem sie starb, hat er sie sehr bedrängt. Ich weiß noch, dass ich böse auf ihn war und wünschte, Master Patrick wäre schon zu Hause. Mistress Catheline hat Ihren Papa geliebt. Er war ein guter Mensch.

Aber Master Courtland hat immer gesagt, Master Patrick sei ein verdammter Protestant. Er hat immer wieder davon angefangen. Es hat die Mistress fast verrückt gemacht!«

Jordan fragte sich, warum er nie bemerkt hatte, dass Max seiner Mutter nachstellte.

»Warum hat Mutter sich versteckt, Lani? Wenn sie nicht wollte, dass Max Courtland hierher kam – wieso hat sie ihn nicht einfach fortgeschickt?«

»Oh, das hat sie, Master, das hat sie! Aber an dem Tag, an dem sie gestorben ist, hatte er mit Freunden in der Stadt getrunken. Es war auch nicht das erste Mal, dass sie sich vor ihm versteckt hat. Manchmal versuchte er, sie zu küssen, aber Mistress Catheline hat nichts gesagt, weil sie keinen Streit zwischen Master Courtland und Master Patrick wollte. Sie war eine friedliebende Frau, und er ein Nachbar ...«

»Wir waren an dem Tag den Fluss hinauf zum Angeln gegangen«, meinte Jordan und dachte an den entsetzlichen Schock, den sie erlitten hatten, als sie zurückgekommen waren und Catheline tot vorgefunden hatten. Es war das schreckliche Ende eines wunderbaren Tages gewesen. Jordan hatte sich seinem Vater nie näher gefühlt, und er brauchte ihn mehr als irgendjemanden sonst, doch Patrick hatte sich plötzlich in einen unnahbaren Fremden verwandelt und war fast verrückt geworden vor Kummer.

»Ja, das stimmt. Sie und Master Patrick waren Angeln gegangen. Die Mistress hatte sich im Vorratshäuschen versteckt, und dort hat auch die Schlange sie gebissen. Taipan-Schlangen jagen Ratten und Mäuse. Sie mögen Orte, an denen Nahrungsmittel aufbewahrt werden und wo es viel Ungeziefer gibt. Sie sind nicht angriffslustig, außer wenn man sie in die Enge treibt. Die arme Mistress Catheline hatte sich in der Ecke versteckt, wo das Korn aufbewahrt wurde. Die Schlange hat wie der Blitz zugebissen.« Lani schnippte mit den Fingern.

»Aber warum gab es bei der Beerdigung dann so viel Getuschel, Lani?«

»Weil jeder wusste, dass Mr Courtland da gewesen war. Obwohl Ihre Momma an einem Schlangenbiss gestorben ist, haben die Plantagenarbeiter Mr Courtland die Schuld gegeben. Die Leute reden nun mal, Master Jordan – das ist menschlich.«

Jordan schaute Nebo an. »Warum hat Max am Abend der Beerdigung all diese schrecklichen Dinge zu meinem Vater gesagt?«

»Was hat er denn gesagt?«, wollte Lani wissen.

»Dass meine Mutter eine Affäre mit ihm hatte und Selbstmord beging, als er mit ihr Schluss gemacht hat.«

Lani schüttelte den Kopf und sagte etwas in der Sprache der Aborigines. »Er war nur eifersüchtig, Master Jordan«, übersetzte Nebo. »Er bildete sich ein, dass Mistress Catheline seine Gefühle erwidere, aber in Wirklichkeit war es nicht so. Als fast Blinder hört man Dinge in den Stimmen der Menschen, die andere nicht hören. Mistress Catheline hatte Mitleid mit ihm, aber sie fühlte sich nicht besonders zu ihm hingezogen. Sie war eine sanfte Frau und hat immer das Gute in den Menschen gesehen. Als Mr Courtland sie auf unanständige Weise bedrängte, war sie erschrocken, wollte aber keinen Streit.«

Jordan wusste nicht, was er davon halten sollte. Er ging zur Tür der Baracke und blickte von dort aus auf den Fluss.

»Ich hoffe, ich konnte Ihnen helfen, Master Jordan«, sagte Lani.

Jordan wandte sich um. »Das hast du, Lani, und dafür werde ich dir immer dankbar sein. Wenn du irgendetwas brauchen solltest, egal was, sag mir Bescheid.«

Die alte Frau schenkte ihm ein weiteres trauriges Lächeln. »Ich brauche nicht viel. Sie müssen vergessen, was damals geschehen ist, Master Jordan. Blicken Sie in die Zukunft. Ihre Mom und ihr Dad waren wunderbare Menschen, und Sie werden immer etwas von Ihnen in sich tragen.«

Jordan reichte Nebo eine Zehn-Pfund-Note, die er Lani aushändigen sollte, wenn sie zurückbegleitet wurde, sowie ein paar Pfund für Elijah. Lani war zu stolz, von ihm Geld anzunehmen, vermutete Jordan, doch aus Nebos Händen würde sie es sicher akzeptieren.

Er ging am Fluss entlang, um nachzudenken. Auf dem Rückweg begegnete er Eve, die am Ufer stand, die Arme vor der Brust verschränkt, und ins Wasser starrte. Sie schien sich in einer anderen Welt zu befinden, und Jordan spürte fast augenblicklich, dass etwas nicht stimmte.

»Eve!« Er ging auf sie zu, und sie fuhr zusammen. Als sie sich umwandte und ihn anschaute, sah er verwundert, wie kühl ihr Blick war. Sie hätte ebenso gut einen Fremden anschauen können.

»Wo bist du gewesen?«, fragte er.

Eve wandte sich wieder dem Fluss zu, und ihre Lippen zuckten. »Ich war in Willoughby, um meine Mutter zu besuchen.«

Jordan musterte sie eine Weile. Er fühlte die Spannung, die in der Luft lag. »Geht es ihr besser?«

Eve nickte. »Ja, viel besser«, sagte sie und machte ein paar Schritte auf den Fluss zu. Jordan kam es vor, als wolle sie einige Entfernung zwischen sich und ihn bringen.

»Stimmt etwas nicht, Eve? Du bist so seltsam.«

»Ich bin nur müde«, sagte Eve, denn sie konnte Jordan nicht erzählen, was Lexie ihr gesagt hatte. Auch ihre Verwirrung und den Grund dafür konnte sie ihm nicht erklären. Sie wusste, dass Lexie durchaus gelogen haben konnte, und sie wollte gern glauben, dass Jordans Gefühle für sie selbst aufrichtig waren. Aber waren sie es wirklich?

Eve wandte sich von Jordan ab. Er sah so umwerfend gut aus, und in dem Blick, mit dem er sie betrachtete, stand so viel Liebe ... Sie war sicher, dass er ihr nichts vorspielte.

Und was Jordan betraf, wirkte Eve so verletzlich, dass er

den Wunsch verspürte, sie an sich zu ziehen und festzuhalten. Er wünschte sich nichts sehnlicher, als sie für immer zu lieben und zu beschützen.

»Vielleicht ist jetzt nicht die Zeit und dies hier kein passender Ort, Eve«, sagte er, wobei er auf sie zuging, »aber ich möchte, dass du etwas weißt. Ich liebe dich. Ich habe noch nie so für eine Frau empfunden. Ehrlich gesagt, habe ich Angst davor – aber so kann ich immerhin etwas von dem nachfühlen, was du empfindest.«

Eve glaubte, ihr müsse das Herz zerspringen. Wie hatte sie sich danach gesehnt, diese Worte aus dem Mund des Mannes zu hören, den sie liebte. Doch nach ihrem Gespräch mit Lexie besaßen die Worte jetzt einen bitter-süßen Beigeschmack, und Eve verfluchte die Schwester dafür, dass sie ihr diesen wundervollen Moment verdorben hatte. Sie schloss die Augen, und Tränen strömten ihr über die Wangen.

Jordan drehte sie zu sich um, und sie sank ihm schluchzend in die Arme.

»Meine süße Eve«, sagte er leise. »Tut mir Leid, ich habe dich erschreckt...« Jordan machte sich Vorwürfe, weil er nicht daran gedacht hatte, wie unerfahren sie war. Er wusste, dass er um Eves willen behutsam sein musste. Doch es war schwer, die überwältigenden Gefühle zurückzuhalten, die er für sie empfand ...

28

Eve schaute aus dem Esszimmerfenster auf das Gelände hinter dem Haus. Sie machte sich Sorgen um Jordan und die anderen Männer, die Stunden zuvor aufgebrochen waren, um einen Brand auf der Plantage von Hannes Schmidt zu löschen. Hannes hatte auf dem Feldrain rund um seine Zuckerrohrpflanzen Unkraut abgebrannt, als unerwartet starke Windböen Funken zur Scheune getragen und diese in Brand gesetzt hatten. Das Feuer musste unbedingt gelöscht werden, bevor der Wind brennende Teile zum Haus hinüber wehte oder die Flammen die Felder und Nachbarplantagen bedrohten.

Als der Wind an Stärke zunahm, öffnete Ting yan zwei Fenster, eines an jeder Seite des Hauses.

»Was tust du da?«, fragte Eve entgeistert, als die Vorhänge heftig zu flattern begannen.

»Wenn Sie Fenster öffnen, Missy, fliegt das Dach nicht fort!«

Eve starrte sie ungläubig an, doch Ting yan schien zu wissen, was sie tat, denn sie hatte in einer Gegend gelebt, wo es häufig Wirbelstürme gab. Deshalb verzichtete Eve auf einen Einwand. Stattdessen nahm sie eilig Lampen, gerahmte Fotos und Vasen von den Fensterbrettern, damit sie nicht herunterfielen, während Ting yan die Vorhänge festband.

Ein plötzliches, donnerndes Tosen ließ Eve bis ins Innerste erschrecken. Sie war sicher, dass im nächsten Moment das Haus über ihr zusammenbrechen würde, und ließ sich verängstigt auf die Knie fallen, die Hände schützend auf die Ohren gelegt.

»Nur Regen, Missy«, rief Ting yan und wies nach oben, doch Eve hörte sie nicht. Ting yan nahm sie bei den Schultern, schüttelte sie und deutete zum Fenster hinüber. Eve wandte sich um und sah eine Regenflut vom Verandadach strömen. Etwas so Furchteinflößendes hatte sie ihr Leben lang noch nicht gesehen. Nicht einmal das Heulen des Windes, das sie allein schon zu Tode ängstigte, versetzte sie in das gleiche starre Entsetzen wie das ohrenbetäubende Trommeln des Regens auf dem Dach.

Eve ließ sich gegen Ting yan sinken, dankbarer denn je für deren Gesellschaft.

»Ist der Wirbelsturm direkt über uns, Ting yan?«, fragte sie und fürchtete sich vor der Antwort. Niemand hatte vorhersagen können, ob der Sturm über Geraldton hinwegtoben oder aufs offene Meer ziehen würde. Doch selbst wenn er übers Meer abzog, bedeutete das einen verheerenden Sturm.

»Ich glaube nicht, dass der Sturm uns direkt getroffen hat, Missy. In Darwin sind wir einmal mitten hineingeraten. Da war es viel schlimmer als jetzt!«

Eve mochte gar nicht darüber nachdenken, was »viel schlimmer« bedeutete. »Zumindest wird der Regen die Brände löschen«, sagte sie, um der Sache etwas Gutes abzuringen. Sie war erleichtert, dass Jordan und die anderen Männer nun bald nach Eden zurückkehren konnten.

Gaby, Frankie und die Jungen hatten die Pferde und Hühner in der steinernen Scheune eines Nachbarn in Sicherheit gebracht; jetzt, bei diesem Regen, würden sie wahrscheinlich irgendwo Schutz suchen, statt zurückzukommen. Eve fiel ein, dass Jordan und die Männer sicher genauso handelten, und fühlte Enttäuschung in sich aufsteigen, weil sie Jordan jetzt gern an ihrer Seite gehabt hätte. Tapfer hatte sie ihm versichert, dass sie schon zurechtkommen würden, doch jetzt erschien ihr jede Minute so lang wie eine Stunde, und sie fühlte sich alles andere als tapfer. Das Heulen des Sturms und das Trommeln des Regens hatten ihre Nerven zermürbt, und obwohl sie versuchte, nicht daran zu denken, erinnerte sie sich an Ryan O'Connors Berichte über frühere Wirbelstürme in der Gegend. Er hatte erzählt, dass schon ganze Hütten einfach fortgeweht worden waren. Bisher hatte Eve seine Schilderungen für übertrieben gehalten, nun aber glaubte sie ihm jedes Wort.

Eve hatte sich große Sorgen um Mary Foggarty gemacht, doch als sie nach der alten Frau sehen wollte, hatte Jordan darauf bestanden, dass sie blieb, wo sie war. Schließlich hatte Nebo sich erboten, zu Mary Foggarty gehen. Eve wusste, dass er sie niemals würde überreden können, ihre Tiere im Stich zu lassen, doch Nebo konnte zumindest dafür sorgen, dass sie auf den Wirbelsturm vorbereitet war, falls er tatsächlich mit voller Wucht über sie hinwegzog.

Elias hatte von einem der polynesischen Arbeiter auf der Willoughby-Plantage erfahren, dass Milo Jefferson losgeritten war, um nach Max zu suchen. Er hatte darauf bestanden, hinüberzureiten und dafür zu sorgen, dass Letitia in Sicherheit war. Eve bewunderte Elias' Verehrung und Loyalität ihrer Mutter gegenüber. Sie sagte viel über Elias als Menschen aus – aber ebenso über Letitia.

Der Himmel, der vor dem Unwetter vor Staub und Rauch grau verhangen gewesen war, wurde bedrohlich dunkel, als der Regen einsetzte. Eve starrte schaudernd aus dem Esszimmerfenster. Es war kaum zu erkennen, wo der Erdboden aufhörte und der Fluss begann, denn die gesamte Umgebung sah aus wie ein See, auch der kleine Ausschnitt des Zuckerrohrfeldes, den Eve sehen konnte. Sämtliche Gegenstände, die nicht gut genug festgenagelt waren, verwandelten sich in umherfliegende Geschosse: Äste, Stühle, Windmühlenflügel, Wäschestücke, Eimer ... alles segelte durch die Luft und verschwand im Nichts.

Gerade als Ting yan mit einer Platte belegter Brote aus der Küche kam, hörten sie im oberen Stockwerk ein Krachen wie von zersplitterndem Glas.

»Ich gehe nachsehen, Missy«, sagte Ting yan. Sie reichte Eve die Platte und verschwand nach oben, eine Petroleumlampe in der Hand. Als Eve sich wieder dem Fenster zuwandte, zuckte ein Blitz auf und beleuchtete das Geländestück zwischen dem Haus und der Hütte. Eve erkannte eine Gestalt, die eine Sturmlampe und noch etwas anderes in Händen hielt, in der Nähe von Frankies und Gabys Hütte am Fluss. Wer immer es sein mochte – er verschwand um die Ecke des Gebäudes, doch Eve sah schemenhaft die Gestalt eines großen, kräftigen Mannes, den sie nicht erkannte. Sie vermutete jedoch, dass er nach Gaby und Frankie suchte oder in der Hütte Schutz finden wollte.

Eve verharrte eine Zeit lang in angespannter Erwartung, ob der Mann wieder auftauchte. War es nicht der Fall und trat der Fluss über die Ufer, war der Fremde in großer Gefahr.

Mit jeder Minute wuchs Eves Gewissheit, dass sie etwas unternehmen musste, doch allein der Gedanke, jetzt hinauszugehen, versetzte sie in Schrecken. Dann aber wurde ihr klar, dass sie keine andere Wahl hatte: Sie musste den Mann herausholen.

Eve wollte keine Zeit damit verschwenden, Ting yan zu suchen, die noch immer im ersten Stock damit beschäftigt war, die Fenster zu überprüfen. Sie nahm sich eine Öljacke vom Haken und trat hinaus auf die hintere Veranda. Plötzlich erschien ihr die Entfernung von dort bis zur Hütte endlos, doch sie zwang sich, nur an ihr Vorhaben zu denken. Es war die einzige Möglichkeit, ihre Angst zu überwinden. Eve hielt sich an einem der Stützpfeiler der Veranda fest und versuchte, sich selbst davon zu überzeugen, dass sie es bis zur Hütte schaffte, zumal es eine eher kurze Strecke war. Sie ging davon aus, dass sie nur ein paar Minuten fort sein würde – Ting yan würde sie also nicht vermissen.

Als Eve die Verandatreppe hinunterstieg, riss der Wind ihr fast die Beine unter dem Körper weg, und Entsetzen stieg in ihr auf. Am liebsten wäre sie sofort wieder umgekehrt. »Gott stehe mir bei«, betete sie im Stillen. Eine neuerliche Windbö schob sie vorwärts und nahm ihr die Entscheidung ab. Sie stolperte durch den knöcheltiefen Schlamm, getrieben vom tosenden Sturm, der ihr die nassen Haare ins Gesicht wehte und ihr die Sicht nahm. Sie konnte sich nur mühsam auf den Beinen halten. Die Öljacke wurde ihr aus der Hand gerissen, und der Regen schüttete wie aus Eimern auf sie herunter.

Für einen Moment hatte Eve freien Blick auf den Fluss und sah alarmiert, dass der Wasserspiegel dramatisch gestiegen war. Normalerweise strömte der Fluss bedächtig an der Plantage vorüber, doch jetzt hatte er sich in einen reißenden Strom verwandelt. Eve hörte ein lautes Krachen und sah entsetzt, wie ein großer Ast von einem der Eukalyptusbäume am Ufer abbrach, in die wirbelnden Fluten stürzte und mitgerissen wurde.

Als sie endlich völlig erschöpft zur Hütte gelangte, hatte der Wasserspiegel des Flusses deren Fundamente fast erreicht. Eve dachte an die viele Arbeit, die Frankie in die Renovierung des kleinen Gebäudes gesteckt hatte, und an seinen Stolz auf sein Können, und es brach ihr fast das Herz, dass wahrscheinlich alles umsonst gewesen war.

Plötzlich flog die Tür auf und schlug mit einem Knall gegen die Außenwand. Eve stieß einen entsetzten Schrei aus, doch der Sturm trug ihn davon und nahm ihr den Atem. Wieder erfasste der tosende Wind die Tür und schlug sie zu. Eve packte den Knauf, der ihr sofort wieder aus der Hand glitt. Wieder griff sie danach, stolperte ins Innere des kleinen Hauses und schloss mit Mühe die Tür hinter sich.

»Hallo?«, rief sie in die Dunkelheit, während ihr ein beißender Geruch auffiel. »Ist hier jemand?« Obwohl sie rief, so laut sie konnte, klang ihre Stimme dünn und schwach vor dem

Tosen des Sturms, dem Prasseln des Regens und dem Rauschen des Flusses. Eve vermeinte, im ersten Raum zu ihrer Rechten, Frankies und Gabys Schlafzimmer, einen Lichtschein und tanzende Schatten zu sehen. Doch bevor sie die Schwelle erreicht hatte, erschien direkt vor ihr ein Gesicht. Eve erschrak so heftig, dass sie beinahe in Ohnmacht gefallen wäre.

Einen unwirklichen Augenblick lang starrte sie ungläubig auf den Mann, der eine Petroleumlampe und einen Kanister mit offenem Deckel trug.

Es war Max Courtland.

Plötzlich begriff sie auch, was für ein seltsamer Geruch in der Luft hing: Benzin. Die Dämpfe hatten sich im ganzen Zimmer ausgebreitet und raubten Eve beinahe den Atem.

»Was tust du hier?«, fragte sie, obwohl Max' Absicht erschreckend klar war. Sein Gesicht war voller Kratzer und Schürfwunden, und sein Blick wirkte fiebrig. Er trug nicht einmal Schuhe.

»Ich bin hier, um zu verhindern, dass Jordan Hale mich ruiniert«, sagte er drohend. »Ich werde Eden niederbrennen. Versuch nicht, mich davon abzuhalten!«

Eve starrte ihn offenen Mundes an. Mit einem Mal verflog ihre Angst und wich loderndem Zorn und einem Gefühl der Ungerechtigkeit. »Du hast doch schon dein Bestes getan, Jordan zu ruinieren – und warum? Weil du seine Mutter geliebt hast und sie nicht bekommen konntest!« Jordan hatte Eve alles über sein Gespräch mit Lani erzählt.

»Catheline war viel zu gut für einen verdammten Protestanten wie Patrick Hale!«, stieß Max heftig hervor.

»Was für ein Unsinn! Sie haben sich geliebt! Du hättest niemals versuchen dürfen, dich zwischen sie zu drängen. Wenn du Mutter ein besserer Ehemann gewesen wärst ...«

»Dann wärst du meine Tochter gewesen statt die eines hergelaufenen irischen *kanaka*!«

Eve sah eine Mischung aus Zorn, Schmerz und Verwirrung in Max' Blick. Vielleicht hätte sie Mitleid mit ihm gehabt, wäre sie nicht so entsetzlich wütend gewesen. »Jordan verdient nicht, was du ihm angetan hast! Du hast seinen Vater umgebracht, indem du ihm schreckliche Lügen erzählt hast!«

»Jordan ist genau wie sein Vater«, rief Max. Dabei schwenkte er die Petroleumlampe, und Eve wich erschrocken zurück. »Ich habe versucht, mit ihm auszukommen. *Er* war derjenige, der es nicht wollte. Er ist hierher zurückgekommen, um sich an mir zu rächen, und er hat mir ins Gesicht gesagt, dass er mich vernichten will!«

»Vielleicht war es zu Anfang so, aber Jordan erkannte rasch, dass Rache nur Schlechtes bewirkt, und er hat alle Kraft in den Wiederaufbau der Plantage gesteckt. Er will den Traum seines Vaters verwirklichen.«

»Wach auf, Evangeline! Er ist nicht der Gentleman, als der er sich gibt!«

Eve hörte ein Plätschern. Als sie zu Boden blickte, sah sie Wasser unter der Tür hindurchlaufen. »O Gott, wir müssen hier raus!«, rief sie entsetzt und wandte sich um. Doch Max war zu schnell für sie. Mit ein paar Schritten war er an der Tür und stellte sich mit dem Rücken davor.

»Was soll das?«, fragte Eve, die plötzlich fürchtete, Max wolle sie in der Hütte bei lebendigem Leibe verbrennen. Sie hörte ein lautes Knirschen und sah, wie sich in der Ecke über der Tür ein Spalt in der Mauer auftat. Eiskalte Finger schienen nach ihrem Herzen zu greifen, doch Max wich nicht von der Stelle und versperrte weiterhin den einzigen Ausgang des kleinen Hauses. Eve betrachtete entsetzt sein heruntergekommenes Äußeres. Im Licht der Lampe sah sein Gesicht verzerrt aus, und in seinen Augen loderte der Wahnsinn.

»Was ist mit dir geschehen?« Eigentlich war Eves Frage in dieser Situation absurd. Doch es musste irgendeine Verbindung bestehen zwischen dem, was ihm passiert war, und Max' beängstigendem Verhalten.

»Ich wurde in Babinda von Gangstern überfallen ... von denselben Männern, die Jordan für die Arbeit auf seiner Plantage eingestellt hatte. Wahrscheinlich hat er sie bezahlt, dass sie mich ausrauben!«

Eve starrte ihn ungläubig an. »So etwas würde er niemals tun. Niemand wusste, wo du warst. Mutter, Lexie und Celia haben vor Sorge fast den Verstand verloren. Wie bist du hierher zurückgekommen?«

»Milo hat mich auf der Straße aufgelesen.«

»Wo ist er jetzt?« Eve hoffte, dass Milo in der Nähe war und ihr helfen konnte.

»Ich habe ihn nach Willoughby zurückgeschickt«, sagte Max und zerstörte damit ihre Hoffnung. Er grinste höhnisch. In seinem Blick lag so viel Hass, dass es Eve körperlich schmerzte.

»Warum verteidigst du Jordan eigentlich?«, fragte er. »Seid ihr Frauen so dumm, dass ihr es nicht merkt? Jordan Hale hat euch alle nacheinander verführt!«

»Wovon sprichst du eigentlich?«

»Lexie, Celia, sogar meine Frau und nun dich! Er hat euch alle nur benutzt, um mich zu treffen!«

Eve konnte nicht glauben, was sie hörte. »Hast du völlig den Verstand verloren? Er hat mich nicht verführt – und ganz sicher nicht ...«

Max unterbrach sie rücksichtslos. »Jordan hat mir selbst gesagt, dass er vorhatte, die Frauen in meinem Leben zu verführen, um mir eine Lektion zu erteilen, weil ich seiner Mutter sehr nahe stand. Lexie war nur zu gern bereit, sich mit Jordan einzulassen, da bin ich sicher. Celia wollte Warren heiraten – bis Jordan auftauchte und ihr den Kopf verdrehte. Ich kann von Glück sagen, wenn Warren sie noch nimmt. Und was mein liebendes Weib angeht, so ist es nicht das erste Mal, dass sie mich betrogen hat ...«

»So etwas würde Jordan niemals tun«, gab Eve entschieden zurück. Allein der Gedanke war völlig unsinnig.

»So wahr ich hier stehe, er hat es geschworen!« Max sah, dass Eve ihm noch immer nicht glaubte. »Er würde es dir gegenüber natürlich nicht zugeben, wenn er versucht, nun auch noch *dich* zu verführen. Er ist gerissen, das muss ich ihm lassen!«

Eve schüttelte den Kopf. »Du stellst ihn als unverbesserlichen Schürzenjäger dar, aber das ist er ganz sicher nicht. Er ist freundlich und rücksichtsvoll ...«

Max' hämisches Lachen machte Eve wütend und verlegen zugleich.

»Du hast keinerlei Erfahrung mit Männern, Evangeline. Für einen Verführer wie Jordan bist du eine leichte Beute!«

Eve fühlte sich so in die Enge getrieben, dass sie plötzlich das Verlangen hatte, Max zu schlagen. Sie beugte sich vor und trommelte mit den Fäusten auf seine Brust. »Lass mich hier raus!«, schrie sie, ohne zu bemerken, dass ihr die Tränen über die Wangen strömten.

Max ließ in seiner Verblüffung den leeren Benzinkanister fallen und versuchte, Eve mit einer Hand abzuwehren. Als ihre kleine Faust sein gebrochenes Nasenbein traf, schoss unerträglicher Schmerz durch seinen Körper, und die Petroleumlampe fiel ihm aus der Hand. Beide starrten zu Boden und rechneten mit dem Schlimmsten. Doch zum Glück war das Glas zerbrochen, und das Wasser hatte den brennenden Docht gelöscht. Jetzt herrschte völlige Dunkelheit in der kleinen Hütte. Eves panische Furcht verwandelte sich in Hysterie. »Lass mich raus!«, schrie sie.

»Sei still, Evangeline«, rief Max und packte sie an den Schultern. Sie wehrte sich und trat gegen sein geschwollenes Knie, worauf er das Gleichgewicht verlor und gegen eine der Wände sank. Eve taumelte nach hinten. Im nächsten Moment hörte sie ein lautes Grollen, gefolgt von einem Geräusch wie von herabstürzenden Steinen. Dann sah sie trübes Licht durch eine klaffende Lücke fallen, die sich auftat, als die Wand hinter der Tür in sich zusammenbrach und im Fluss versank.

Ihres letzten Halts beraubt, fielen die Tür und der hölzerne Rahmen gleich hinterher. Eve blieb kaum Zeit zu begreifen, was geschah, bevor ein großer Teil der Decke einstürzte und zwischen ihr und Max auf den Boden krachte, gefolgt von Staub und Trümmern. Eve hielt sich schützend einen Arm über den Kopf und fühlte einen stechenden Schmerz, als ein scharfkantiges Stück Putz in ihren Unterarm schnitt.

»Papa!«, rief sie verzweifelt, »hilf mir!« Der Klang ihrer Stimme wurde vom Tosen des Sturms beinahe verschluckt. Sie spürte, wie die Wände und das Dach erzitterten, während sie gerade noch dem Sog der reißenden Strömung widerstanden. Eve war sicher, im nächsten Moment mitsamt der Hütte fortgespült zu werden. »Papa!«, rief sie noch einmal.

Max rappelte sich auf und starrte ungläubig auf den eingestürzten Teil der Decke. Evangeline war nirgends zu sehen, doch er meinte, eine helle Stimme »Papa!«, rufen zu hören.

Er fühlte sich um Jahre zurückversetzt, in die Zeit, als Eve ein kleines Mädchen gewesen war. Plötzlich erkannte er, dass die Jahre vor Eves Geburt die schönsten seines Lebens gewesen waren. Alexandra und Celia waren noch klein gewesen; er und Letitia waren noch glücklich und verliebt. Zum ersten Mal gestand er sich ein, dass sich mit Evangelines Geburt sehr viel verändert hatte – und insgeheim hatte er Eve dafür verantwortlich gemacht. Es war grausam von ihm gewesen, das erkannte er jetzt. Er hatte Eve geliebt, hatte ihr seine Liebe aber nur gezeigt, wenn Letitia nicht dabei gewesen war, die Eve stets von ihm fortgezogen und erklärt hatte: »Du kannst mit ihr nicht so wild spielen wie mit einem normalen Kind.« Letitia hatte ihm das Gefühl gegeben, er würde Eve wehtun. In Wirklichkeit hatte sie befürchtet, er könne herausfinden, dass sie gar nicht seine Tochter war. *Deshalb* hatte sie Max und Eve voneinander fern gehalten; das sah er jetzt so deutlich, als hätte man ihm eine Augenbinde abgenommen.

Wieder hörte er Eve nach ihm rufen.

»Ich bin hier, Evie!«, rief Max zurück. Evie war sein Kosename für sie gewesen.

Den Namen »Evie« zu hören, weckte in Eve vergessene Erinnerungen an ihre Kindheit. »Papa ... hilf mir!«, rief sie noch einmal. Eingekeilt und verletzt, fühlte sie sich wieder wie das hilflose kleine Mädchen von einst, das sich alles hatte erkämpfen müssen, was für normale Kinder selbstverständlich war. Sie dachte daran, wie besorgt Max um sie gewesen war, und erinnerte sich wieder an die Zuneigung, die sie füreinander empfunden hatten. Verwundert fragte sie sich, wie sie all diese Gefühle hatte vergessen können.

»Ich komme, Evie!«, rief Max. Mit einer Kraft, von der er nicht geahnt hatte, dass er sie besaß, schob er die Reste der eingestürzten Decke zur Seite und streckte den Arm nach Eve aus. Er nahm ihre kleine Hand in die seine und hob sie hoch und über den Schutt hinweg, der sich zwischen ihnen auftürmte, in seine Arme.

Eine Zeit lang hielten sie einander schweigend umschlungen. Eve schluchzte erleichtert.

»Schon gut, Evie«, murmelte Max. Dann wandten sie sich der klaffenden Lücke zu, wo die Wand gewesen war. Bis zu den Oberschenkeln durch das schäumende Wasser watend, schob Max Eve vor sich her, fort von der reißenden Strömung und hin zu einer höher gelegenen Stelle am Ufer. Fast wäre Eve ausgerutscht und von den Fluten mitgerissen worden, und auch Max verlor beinahe das Gleichgewicht. Doch er war entschlossen, sie in Sicherheit zu bringen.

Irgendwann spürte Eve festen Boden unter den Füßen. Von neuem Mut erfüllt, kroch sie auf Händen und Knien weiter in Richtung des Haupthauses. Ein paar Meter weiter gelang es ihr schließlich, sich aufzurichten. Plötzlich sah sie, dass Max nicht mehr hinter ihr war.

»Papa!«, rief sie erschrocken und wandte sich um. Entsetzt sah sie, dass er mehr als zehn Meter zurückgeblieben war und immer weiter in den Fluss gezogen wurde. Er mühte sich mit aller Kraft, zu ihr zu kommen, doch im tieferen Wasser glitt der Schlamm unter seinen Füßen wie Treibsand dahin, und die Unterströmung des Flusses war tückisch.

»Papa!«, schrie Eve noch einmal.

»Ich komme, Evie!« Max kämpfte sich ein Stück voran, doch der tosende Fluss schien unsichtbare Finger zu haben, mit denen er ihn zurückzog. Es schien, als hätte es Max' letzte Kräfte aufgezehrt, Eve zu retten, und als würde er jetzt einfach aufgeben.

»Komm doch, Papa!«, schrie Eve verzweifelt und streckte eine Hand nach ihm aus. Doch in diesem Moment verlor er vollständig den Halt und rutschte zurück bis an die Seitenwand der Hütte. Genau in diesem Augenblick stürzte die Wand auf der anderen Seite ein, und die Mauer, an der Max lehnte, geriet in Schräglage. Ein Teil des Dachs brach ein und stürzte auf Max.

»Papa!«, rief Eve entsetzt und sah, wie er versuchte, wieder auf die Beine zu kommen. Aus einer Kopfwunde lief Blut, das sich mit Wasser vermischte und in Schlieren über seine Wangen lief. Eve machte einen Schritt in seine Richtung, doch plötzlich fühlte sie sich von starken Armen umfangen.

»Nicht, Eve!«, sagte Jordan. Sie hörte die Angst in seiner Stimme und befürchtete das Schlimmste.

»Bitte, Jordan, hilf ihm!«, flehte sie.

Saul und Noah wateten mit langen, kräftigen Schritten in die Fluten. Kurz bevor sie Max erreicht hatten, begann die Mauer auseinander zu brechen, an die er sich stützte. Mehrere Steine trafen ihn, bevor Saul mit seinen Bärenkräften den restlichen Teil wegdrückte, sodass er nach hinten kippte. Noah packte Max, als dieser unterzugehen drohte, und hielt ihn fest, als die Trümmer der Hütte auch schon von der Strömung davongerissen wurden.

»Papa ...«, murmelte Eve und brach in Jordans Armen zusammen.

Saul und Noah zogen Max an Land, hoben ihn hoch und trugen ihn auf die Veranda, wo sie ihn vor Eve auf den Boden legten. Jordan wusste, dass er jetzt nichts tun konnte, und zog sich ein paar Schritte zurück.

»Papa!«, stieß Eve schluchzend hervor, ging in die Knie und bettete Max' blutüberströmten Kopf behutsam auf ihren Schoß. »Du wirst wieder gesund«, sagte sie und blickte zu Jordan auf. »Er wird doch wieder gesund, nicht wahr?«

Jordan wusste nicht, was er sagen sollte.

»Evie ...«, murmelte Max.

»Sprich jetzt nicht, Papa. Ruh dich aus, bis wir den Arzt holen können!« Die Frau eines der Nachbarn hatte ihr Kind zu früh bekommen, sodass Dr. Bennett in der Nähe war.

»Nein, Evie, dafür ist es zu spät.« Max schaute Jordan an, und beide Männer wussten, dass er Recht hatte.

»Nein!«, schluchzte Eve und ließ den Kopf sinken. »Ich will dich nicht schon wieder verlieren!« Sie schloss die Augen, um den Schmerz auszuschließen.

»Evie, hör zu ...« Max griff nach ihrer Hand und versuchte sie zu drücken, war aber schon zu schwach.

Eve öffnete die Augen wieder. Tief in ihrem Innern wusste sie, dass er sterben würde, und wollte diese letzten Augenblicke mit ihm so lange wie möglich festhalten. Der Sturm umtoste noch immer das Haus, doch Eve fühlte sich wie eingesponnen in einen Kokon, ganz allein mit Max, den sie so viele Jahre lang für ihren richtigen Vater gehalten hatte.

»Ich wollte dich nie verletzen, Evie«, sagte er und schaute sie an. Verwundert stellte sie fest, dass der irre Ausdruck aus seinen Augen verschwunden war. Er wirkte ruhig, in sein Schicksal ergeben, und schien zum ersten Mal seit langer Zeit klar zu sein. Jeder Gedanke an Rache lag ihm jetzt fern, und nichts schien ihm wichtiger, als mit seiner Tochter Frieden zu schließen. »Egal was man dir sagt, du wirst immer meine kleine Evie bleiben.« Er versuchte zu lächeln, und Eve zerriss es fast das Herz. Bevor er zum letzten Mal die Augen schoss, flüsterte er noch: »Denk immer daran, dass ... ich dich ... liebe ...«

»Oh, Papa!«, schluchzte Eve schmerzerfüllt.

Am nächsten Morgen ging Eve in aller Frühe auf die Veranda hinaus und setzte sich in einen Stuhl. Es war seltsam still; eine eigenartige Ruhe lag über allem. Kein Vogel sang oder stimmte sein Geschrei an, nicht einmal die wilden Kakadus. Der Wasserspiegel des Flusses schien zwar schon bedeutend niedriger, doch war der Johnstone River noch nicht in sein ursprüngliches Bett zurückgekehrt. Noch immer war das Gelände mit großen Pfützen übersät, die Ufer schlammbedeckt. Doch schon die ersten Sonnenstrahlen versprachen einen sehr heißen Tag. Überall lagen Trümmer. Eve wusste, dass die Männer bald aufstehen und sich an die Aufräumarbeiten machen würden.

Angesichts der Flut der Ereignisse hatte Jordan keine Zeit gehabt, sich Gedanken wegen seiner Pflanzen zu machen, doch Eve wusste, dass sie an diesem Morgen seine Hauptsorge sein würden.

Gaby kam aus dem Haus und brachte Eve eine Tasse Tee. »Du bist ja schon früh wach«, meinte sie.

»Wo ist Jordan?«, fragte Eve, ohne sie anzuschauen.

»Er ist gleich heute Morgen nach Willoughby gefahren, um deine Mutter zu informieren.«

Eve schaute Gaby verwundert an. »Ich hätte ihn gern begleitet. Warum hat er nicht auf mich gewartet?«

»Jordan meinte, dass du noch Ruhe brauchst, aber er wollte

Letitia so schnell wie möglich Bescheid sagen, was geschehen ist. Er wusste, dass sie sich große Sorgen gemacht hat, und gestern Abend muss sie beinahe den Verstand verloren haben. Am liebsten wäre er gestern noch nach Willoughby geritten, aber Frankie und Ryan O'Connor haben ihn nicht gelassen. Schließlich hat er nachgegeben, aber nur deshalb, weil er zu erschöpft war und weil es wirklich lebensgefährlich gewesen wäre.«

Eve verzichtete auf eine Erwiderung.

»Du darfst Jordan nicht böse sein, Eve. Er ist sehr besorgt um dich.«

Eve nickte, mied jedoch Gabys Blick.

Eine Stunde später, als Jordan zurückkam, saß sie noch immer auf der Veranda.

»Wie geht es dir, Eve?«, erkundigte er sich, als er sie sah. Er wirkte sehr müde.

»Mir geht es gut. Gaby sagte mir, du seist nach Willoughby gefahren.« Tränen traten ihr in die Augen, und sie wusste, dass sie niemals von Willoughby würde sprechen können, ohne an Max zu denken.

»Ja. Letitia sollte so schnell wie möglich von Max erfahren, weil ich wusste, wie besorgt sie war.«

»Wie hat sie es aufgenommen?«

»Erstaunlich ruhig, als hätte sie es gespürt.« Jordan konnte sich Letitia nicht anders als gefasst vorstellen. »Und Celia war sehr still. Ich glaube, sie stand unter Schock. Ausgerechnet Lexie musste mit einem Mittel ruhig gestellt werden.«

»Warum sagst du ›ausgerechnet‹?«

»Weil sie immer behauptet hat, sie hasse Max' ständige Verbote. Aber ich bin sicher, dass sie ihn trotzdem geliebt hat.« Er verschwieg, dass Lexie einen Hang zum Melodramatischen besaß.

»Hat es große Schäden am Haus oder den Außengebäuden gegeben?«

»Das Haus war unbeschädigt, doch die Baracke der *kanakas* war so baufällig, dass sie eingestürzt ist. Zum Glück waren zu dem Zeitpunkt schon sämtliche Arbeiter in der Scheune.«

Eve schwieg.

Jordan hatte die ganze Zeit darüber nachgedacht, was sich in der Hütte abgespielt haben mochte. Er fürchtete sich fast davor, danach zu fragen. »Hat Max dich verletzt, Eve?«

»Nein«, stieß sie impulsiv hervor. »Er hat mir das Leben gerettet.« Tränen traten ihr in die Augen.

Jordan spürte, dass etwas Bedeutsames zwischen den beiden vorgegangen sein musste, doch Eve schien nicht über die Ereignisse unmittelbar vor Max' Tod sprechen zu wollen. Er erkannte, dass sie noch unter Schock stand und dass das Geschehen zu schmerzhaft war.

»Es tut mir Leid, Jordan«, meinte Eve plötzlich. »Ich möchte dir gegenüber nicht unfreundlich sein. Ich weiß, du bist müde, und bin dir dankbar, dass du Mutter die schlimme Nachricht überbracht hast.«

»Schon gut, Eve. Wenn du über alles reden möchtest, bin ich für dich da.«

Eve starrte auf den leeren Flecken, an dem die Hütte gestanden hatte. Sie konnte kaum glauben, dass sie fort war – und Max ebenfalls.

»In den letzten Wochen war Max völlig außer sich. Es muss ein schlimmer Schock für ihn gewesen sein zu erfahren, dass ich nicht seine Tochter bin.« Eve wollte nicht entschuldigen, was Max getan hatte, verstand jetzt aber, wie er sich gefühlt haben musste.

»Ja«, meinte Jordan und setzte sich neben sie. »Diese Zeit muss schrecklich für ihn gewesen sein.«

»Er hat einige seltsame Dinge zu mir gesagt – ich weiß nur nicht warum. Zum Glück war er wieder bei klarem Verstand, bevor er starb.«

Jordan freute sich, dass Max seinen Frieden mit Eve gemacht hatte. Er hoffte, dass sie nun endlich Ruhe fand. »Wenn er etwas Verletzendes gesagt hat, Eve, dann denk einfach nicht daran.« Doch Jordan wusste, wie schwierig das war. Schließlich hatte er in den letzten zehn Jahren an all die schrecklichen Dinge denken müssen, die Max über seine Mutter gesagt hatte.

Eve schaute ihn an. In seinen dunklen Augen las sie Liebe und Güte. Sie verstand, dass Max' Worte ihn verfolgt und gepeinigt hatten, doch sie war auch sicher, dass es nicht stimmte, was Max über ihn gesagt hatte.

»Ich ... ich muss dich etwas fragen, Jordan«, meinte sie zögernd. »Aber ich weiß, dass du der Einzige bist, der es verstehen wird ... nach allem, was du mit Max schon erlebt hast. Er hat gesagt ...«

Sie verstummte.

»Was hat er gesagt?«

»Dass du alle Frauen der Courtlands verführen wolltest, als eine Art Rachefeldzug wegen seiner Gefühle für deine Mutter ...« Eve beobachtete Jordan genau und rechnete damit, dass er den Vorwurf weit von sich wies. Stattdessen zeigte er Verwunderung und wirkte alles andere als erschrocken. Eve stockte der Atem.

Jordan konnte kaum glauben, dass Max Eve tatsächlich von seiner Drohung erzählt hatte. Was hatte Max damit zu erreichen gehofft?

»Ja, das habe ich wirklich zu ihm gesagt«, meinte er ruhig. »Aber ich habe es nicht über mich gebracht. Eve, du musst verstehen ...«

Eve erhob sich. Ihre Knie zitterten. »Kein Wunder, dass Max völlig außer sich war. Das ist das Gemeinste, Abstoßendste, Widerlichste, das ich je gehört habe!« Plötzlich kam ihr der Kuss, den Jordan ihr gegeben hatte, abscheulich vor, und all die wundervollen Augenblicke, die sie miteinander geteilt hatten, erschienen ihr im Nachhinein beschmutzt.

Eve konnte nicht glauben, dass sie sich so in ihm getäuscht hatte, und es beschämte sie, dass sie tatsächlich so naiv war, wie Max behauptet hatte. Sie kam sich wie eine Närrin vor.

»Ich will dich nie wieder sehen!«, stieß sie hervor und ging ins Haus, um ihre Sachen zu packen. Sie hatte nicht die Absicht, jemals nach Eden zurückzukehren.

Jordan wollte ihr folgen, wollte sie anflehen, ihn zu verstehen, wollte ihr begreiflich machen, wie ihm zumute gewesen war, als er Max angedroht hatte, alle Frauen der Courtlands zu verführen – doch er konnte sich nicht rühren. Er hasste sich selbst fast ebenso sehr, wie Eve ihn jetzt verabscheute.

29

Sie brauchten zwei volle Tage, um im festgebackenen Schlamm unter einer erbarmungslos sengenden Sonne das Gelände Edens von den Trümmern zu räumen und die schlimmsten Verwüstungen zu beseitigen, die der Wirbelsturm hinterlassen hatte. Um nicht an Eve denken zu müssen, arbeitete Jordan bis zur völligen Erschöpfung.

Als sie mit der Umgebung des Hauses fertig waren, machten sie auf den Feldern weiter. Zum Glück hatte der Sturm an den noch relativ kleinen, aber starken Pflanzen nicht allzu viel Schaden angerichtet. Die Nachbarplantagen, deren Zuckerrohr schon höher gestanden hatte, hatten viel größere Schäden zu verzeichnen. Jordan musste nur die abgebrochenen Blätter von den Stielen entfernen und darauf achten, dass die Wurzeln von den Regenfällen nicht freigeschwemmt und nun der Sonne ausgesetzt waren.

Mit einem dampfenden Becher Tee in der Hand standen Jordan und Nebo an dem Ort, wo einst die Hütte gestanden hatte. Elias saß nicht weit von ihnen entfernt. Er war nach Eden zurückgekommen, als Milo Jefferson wieder in Willoughby erschienen war, doch Jordan hatte darauf bestanden, dass er sich weiterhin ausruhte und nicht körperlich arbeitete. Jordan wusste, dass Elias gern nach Willoughby zurückwollte, doch jetzt, nach Max' Tod, war die Zukunft der Arbeiter dort mehr als unsicher. Es konnte durchaus sein, dass Letitia die Plantage verkaufte.

»Ich habe Frankie gesagt, dass er anfangen kann, eine neue

Hütte für seine Familie zu bauen«, meinte Jordan, an Nebo gewandt. »Dieses Mal will er Holz nehmen und die Hütte auf drei Meter hohen Pfosten errichten, dort hinten, ein Stück weiter vom Fluss entfernt.« Er deutete auf eine Stelle in der Nähe einiger großer, Schatten spendender Bäume. »Gaby wohnt zwar gern nah am Fluss, aber die Malloys dürfen nicht das Risiko eingehen, dass ihr Heim noch einmal von einem Hochwasser fortgeschwemmt wird.«

Nebo nickte und musterte Jordan nachdenklich.

Dieser ahnte, was der alte Mann dachte. »Ich habe die Malloys gerne hier. Ich mag Gaby und die Jungen, und sie sind hier glücklich und zufrieden. Frankie ist ein netter Kerl, und hier wird es für einen Mann mit seinen Fähigkeiten immer etwas zu tun geben.« Jordan blickte versonnen auf den Fluss. »Falls es mich jemals in die Stadt zurückziehen sollte, wären die Malloys die idealen Verwalter für die Plantage.«

Nebo erschrak. »Sie denken doch nicht ernsthaft daran, in die Stadt zurückzugehen, Master Jordan? Ich dachte, Sie wären hier glücklich.«

Jordan seufzte tief. »Das war ich bisher auch, Nebo, aber im Moment bin ich mir nicht mehr sicher, was die Zukunft betrifft ...«

Nebo hatte Jordan still beobachtet, seit Eve fort war, und es hatte ihm beinahe das Herz gebrochen, ihn so leiden zu sehen. Der junge Mann hatte seinen Schmerz mit Arbeit betäubt und kaum etwas gegessen. Nebo hatte darauf gewartet, dass Jordan sich ihm anvertraute, um seinen Kummer mit jemandem zu teilen, bisher jedoch vergebens. »Sie wissen, dass Sie mir alles sagen können, Master Jordan ...«

Eine Zeit lang blieb Jordan stumm, und Nebo drängte ihn nicht.

»Hast du Eve gesehen?«, brach es dann plötzlich aus Jordan hervor. Die Frage hatte ihm schon lange auf der Seele gelegen.

»Ja, Master Jordan. Sie hilft Mary Foggarty dabei, ein paar

von den Tiere zu suchen, die beim Wirbelsturm weggelaufen sind.«

Eve war in schrecklicher Verfassung gewesen, als Nebo sie am Tag zuvor besucht hatte, doch zum ersten Mal, seit sie sich kannten, hatte sie ihm nicht anvertrauen wollen, was sie bedrückte. »Ich glaube, sie ist ziemlich durcheinander wegen Max Courtland ... und der Beerdigung. Obwohl sie sich nicht nahe standen, brauchte sie doch eine Vaterfigur.«

»Schade, dass Luther Amos tot ist«, murmelte Jordan.

In diesem Moment hob Elias den Kopf, nicht sicher, ob er richtig gehört hatte. »Haben Sie gesagt, Luther Amos ist tot?«

Eine Stunde später sah Gaby Jordan auf der Veranda sitzen und blicklos ins Leere starren. Sie ahnte nicht, dass er über etwas nachdachte, das Elias ihm erzählt hatte. Es war das erste Mal seit Tagen, dass Gaby ihn so still dasitzen sah. Bis jetzt hatte er unermüdlich geschuftet; sogar nachts hatte sie seine unruhigen Schritte auf der Veranda gehört.

Eve hatte für ihren plötzlichen Aufbruch keinerlei Erklärung gegeben, doch Gaby war sicher, dass sie ebenso litt wie Jordan. Es machte sie ratlos, zwei Menschen, die füreinander bestimmt schienen, so trauern zu sehen.

»Haben Sie die Titelseite der Zeitung schon gesehen?«, fragte sie Jordan.

»Nein«, erwiderte er, ohne den Blick von den Hügeln in der Ferne zu nehmen. Er hatte seit Tagen keine Zeitung mehr angerührt.

»Sie sollten sie lesen«, meinte Gaby und reichte ihm die *Gazette*. »Eve hat den Leitartikel geschrieben.«

Gaby sah, dass Jordans Hand zitterte, als er die Zeitung nahm. Sie ging ans andere Ende der Veranda, um ihn nicht zu stören, während er las.

Die Titelzeile sprang Jordan ins Auge:

Ein Mann macht Sklaverei ein Ende!

Jordan schlug das Herz bis zum Hals, als er weiterlas:

Die Stadt Geraldton war von niedrigen Zuckerpreisen und der Gier einzelner Plantagenbesitzer wirtschaftlich fast in die Knie gezwungen worden. Doch der neue Besitzer der Mühle in Babinda hat Pflanzern, die in Schwierigkeiten waren, einen Rettungsanker zugeworfen: Großzügig hat Jordan Hale diesen Leuten eine Vorabzahlung auf die Ernte des nächsten Jahres angeboten. Diese Investition in ihre Zukunft bedeutet für die Pflanzer, dass sie sich und ihre Familie erhalten können, während das Zuckerrohr wächst. Als Gegenleistung haben die Pflanzer Verträge unterzeichnet, in denen sie sich verpflichten, alle ihre Arbeitskräfte angemessen zu bezahlen. Das bedeutet nicht nur, dass die Pflanzer einen höheren Preis für ihre Ernten und einen garantierten Gewinn bekommen, sondern – was noch wichtiger ist – dass kanakas *nicht länger wie Sklaven behandelt werden. Mit seiner mutigen Tat hat Jordan Hale das erreicht, was die Regierung von Queensland nicht geschafft hat. Als Zeichen ihrer Zustimmung erklärten sich die Vertreter die Zuckerindustrie bereit, die gesamte Produktion der Mühle in Babinda aufzukaufen.*

Jordan Hale hat überdies eine Ärztin in die Stadt geholt. Demnächst nimmt Rachel Bennett, Tochter von Dr. George Bennett, ihre Arbeit als Geraldtons niedergelassene Ärztin auf. Außerdem sorgte Jordan Hale für eine professionelle Ausbildung von Feuerwehrmännern, sodass die Stadt kürzlich ihren ersten Löschwagen erwerben konnte.

Wer ist dieser Jordan Hale?

Als Sohn eines der Pioniere des Zuckerrohranbaus verbrachte er seine Jugend in Eden, auf der Plantage, die sein Vater gegründet hatte. Er verließ unsere Gegend vor zehn Jahren nach dem tragischen Tod beider Eltern und kehrte erst vor kurzem zurück – als wohlhabender Geschäftsmann, der das Ziel hatte, Eden wieder aufzubauen, das während seiner Abwesenheit zu einem Schandfleck verkommen war. Nach der gelungenen Renovierung des Hauses hätte Jordan Hale sich damit begnügen können, Zuckerrohr anzubauen und seine eigenen Taschen zu füllen. Doch er hat bewiesen, dass sein Herz für die Stadt schlägt.

Geraldton brauchte jemanden wie Jordan Hale, und es wäre nicht zu hoch gegriffen, ihn einen »Helden der Stadt« zu nennen.

Jordan ließ die Zeitung sinken und blickte in die Ferne.

Gaby kam zu ihm. »Es ist nicht zu übersehen, dass Eve Sie liebt, Jordan.«

Jordan seufzte. »Sie irren sich, Gaby. Sie hasst mich, und ich nehme es ihr nicht einmal übel.«

»Ich weiß nicht, was geschehen ist, seit Eve kurz vor dem Sturm diesen Artikel geschrieben hat. Aber jeder Narr kann zwischen den Zeilen lesen, dass sie Sie liebt. Vergessen Sie die Stadt – *Sie* sind *Eves* Held!«

Jordan schaute Gaby eindringlich an, und erst jetzt erkannte sie, wie tief sein Schmerz saß.

»Vielleicht hat Eve so empfunden, als sie den Artikel schrieb«, murmelte Jordan, »aber glauben Sie mir, jetzt fühlt sie nicht mehr so.«

Gaby holte tief Luft und beschloss, ihn auszufragen, was sie normalerweise niemals tat. »Und warum nicht?«, erkundigte sie sich und rechnete damit, dass er ihr sagte, sie solle sich um ihre eigenen Angelegenheiten kümmern.

»Eve hat in ihrem Artikel etwas vergessen – jetzt wird sie es sicher als Fehler betrachten. Als ich nach Eden zurückkehrte, war ich besessen von dem Wunsch nach Rache. Ich wollte Maximillian Courtland vernichten, und es war mir egal, was ich dafür tun musste. Ich hatte einen Plan, einen herzlosen, gemeinen, hinterhältigen Plan, um Max dort zu treffen, wo es ihn am meisten schmerzen würde. Er war schuld, dass mein Vater an gebrochenem Herzen starb, und ich wollte ihn ebenso leiden lassen.«

»Was ... wollten Sie ihm denn antun?«, fragte Gaby.

»Ich wollte seine Frau und seine Töchter verführen.« Jordan sah den Ausdruck des Erschreckens auf ihren Zügen, und Scham stieg in ihm auf. Er wandte sich ab, bevor er weitersprach. »Ich habe sie kennen gelernt, brachte es dann aber nicht über mich; wie Sie sehen, Gaby, hatte mein perfekter Plan einen großen Fehler.« Er wandte sich ihr wieder zu. »Letitia, Celia und Lexie waren nicht wie Max. Im Gegenteil, sie waren ebenso seine Opfer wie ich. Das haben ich rasch erkannt.«

»Haben Sie Eve das auch so erklärt?«

»Sie will es nicht hören.«

»Dann müssen Sie ihr zeigen, dass Sie sie lieben!«

Jordan seufzte tief. »Aber wie, Gaby? Diesmal werden mir weder Blumen noch Schokolade helfen. Ich bin nicht eingebildet, aber ich hatte es in meinem ganzen Leben noch nicht nötig, einer Frau hinterherzulaufen, und hatte auch noch nie den Wunsch dazu.«

»Dann haben Sie offensichtlich noch nie richtig geliebt.«

»Das stimmt, und ich muss gestehen, dass ich mich seit dem Tod meiner Eltern nicht mehr so verletzlich gefühlt habe.«

»Das war eine sinnlose Tragödie, Jordan. Aber alles Wertvolle hat seinen Preis. Sie werden doch sicher nicht zulassen, dass dieses Missverständnis Sie und Eve zu geschiedenen Leuten macht?«

Jordan lächelte verlegen. »Im Geschäftsleben kannte ich keine Zweifel, aber in dieser Lage ist das Risiko sehr hoch. Ich habe schreckliche Angst, dass Eve mich zurückweisen könnte. Ich weiß, das hört sich lächerlich an ...«

»Sie sind ein hervorragender Geschäftsmann, Jordan. Wenn

Sie nicht weiterwissen, gehen Sie die Sache doch einfach so an wie an eins Ihrer Geschäfte. Tun Sie so, als wäre Eve eine Kundin, die Sie gewinnen wollen. Aber was immer Sie tun – tun Sie es mit Herz, sonst klappt es nicht.«

Jordan runzelte die Stirn, als er über Gabys Vorschlag nachdachte.

»Ich lasse Sie jetzt allein, damit Sie sich einen Plan zurechtlegen können.« Gaby ging zur Hintertür.

»Vielen Dank, Gaby«, rief Jordan ihr nach.

Sie wandte sich noch einmal um und schenkte ihm ein Lächeln. Dann zwinkerte sie ihm kess zu, und Jordan musste lachen.

Zwei Tage später nahm Eve gemeinsam mit Hunderten von Trauergästen an Max Courtlands Beerdigung teil. Sie hatte sich nie als Angehörige der Familie Courtland betrachtet, doch war sie Max in den Augenblicken vor seinem Tod sehr nahe gewesen. Immer wieder hörte sie im Geist seine letzten Worte: »Denk immer daran, dass ich dich liebe.« Es versetzte ihr einen schmerzhaften Stich, wenn sie an die Zeit dachte, die sie beide verloren hatten.

Schüchtern bahnte Eve sich einen Weg bis zur vorderen Reihe der Trauernden und fand einen Platz am Grab direkt gegenüber ihrer Mutter und ihren Schwestern. Den Blick fest auf den Sarg gerichtet, lauschte sie der Rede des Geistlichen, der über Max' Leben und seine Verdienste sprach. Sein großspuriges, bestimmendes Wesen wurde taktvoll als »Stärke« bezeichnet; andere charakterliche Mängel wurde schweigend übergangen. Doch niemand konnte leugnen, dass er eine starke Persönlichkeit und ein außergewöhnlicher Mensch gewesen war.

Als die Menge sich zerstreute, blieb Eve am Grab stehen, um ein letztes Mal Lebewohl zu sagen. Es war schwierig für sie, sich Max nicht als ihren richtigen Vater vorzustellen, besonders, da sie keine Aussicht hatte, Luther Amos jemals kennen zu lernen.

»Eve!«

Sie wischte sich die Tränen ab und wandte sich um. Ihre Mutter stand neben ihr.

»Eve, Gott sei Dank, dass dir nichts geschehen ist! Jordan sagte mir, dass du bei Max warst, als er starb.«

Eve nickte, und ihre Augen schimmerten verdächtig. »Er hat mir das Leben gerettet, aber ihm fehlte die Kraft, sich selbst in Sicherheit zu bringen. Es tut mir Leid, Mutter.«

Letitia legte Eve einen Arm um die schmalen Schultern. »Es tut mir auch Leid, Eve – wegen vieler Dinge. Leider hat noch niemand herausgefunden, wie man die Uhr zurückdrehen kann, also gibt es keine andere Möglichkeit, als immer weiter zu gehen. Aber eine Sache hat mich verwirrt. Was wollte Max in Eden? Jordan wusste es nicht.«

Eve blickte auf den Sarg hinunter. »Sagen wir, er ist für kurze Zeit vom Weg abgekommen.«

Letitia starrte ebenfalls auf die offene Grube, und Eve wusste, dass sie verstanden hatte.

»Bevor er starb, Mutter, hat Max mir gesagt, dass er mich liebt. Nach all der dummen Feindschaft zwischen uns hat mir das sehr viel bedeutet.«

»Oh, Eve!« Letitia hatte immer daran geglaubt, dass Max einen guten Kern besaß.

»Was wirst du jetzt tun, Mutter?«

»Ich weiß es noch nicht.« Letitia bemühte sich, gefasst zu wirken, doch innerlich fühlte sie sich sehr einsam und verletzlich. »Ich muss darüber nachdenken, was für jeden von uns das Beste ist.«

»Es wird eher Zeit, dass du daran denkst, was für *dich* das Beste ist, Mutter.« Eve blickte zu Celia und Lexie, die noch immer auf der anderen Seite des Grabes standen. Celia wirkte traurig und verwirrt, doch Lexie starrte Eve auf ihre übliche, vorwurfsvolle Art an, als wäre es deren Schuld, dass sie ihren Vater verloren hatte. Als sie sich umwandte, rief Letitia sie streng zurück.

»Alexandra, ich glaube, du wolltest deiner Schwester noch etwas sagen.«

»Sie ist nicht meine ...«

»Alexandra!«

Lexie kaute verlegen auf ihrer Unterlippe. »Ich glaube nicht, dass jetzt der richtige Zeitpunkt ist!«, gab sie trotzig zurück.

»Ich finde, jetzt ist *genau* der richtige Zeitpunkt«, meinte Letitia. »Eve hat ein Recht darauf, die Wahrheit zu erfahren.«

Dann wandte sie sich zu Eve um. »Ich schäme mich, dir sagen zu müssen, dass Alexandra die Wahrheit oft zu ihrem Vorteil verdreht.«

Eve starrte Lexie an und spürte, wie ihr das Herz plötzlich heftig in der Brust schlug. Sie ahnte, dass Letitias Worte sich auf Jordan bezogen. »Wovon spricht Mutter, Lexie?«

Letitia warf Lexie einen scharfen Blick zu, der dieser keine Wahl ließ, als ihre Lüge zu gestehen.

Sie hob das Kinn und erwiderte Eves Blick voller Feindseligkeit. »Ich habe dich glauben gemacht, Jordan und ich hätten uns geliebt, aber das ist nicht wahr.« Sie presste die Lippen fest zusammen, entschlossen, sich weder zu entschuldigen noch zuzugeben, dass Jordan sie abgewiesen hatte.

»Alexandra wollte, dass du Jordan für einen Verführer hältst. Aber das stimmt nicht. Uns gegenüber hat er sich stets wie ein Gentleman verhalten – auch gegenüber Alexandra, obwohl sie ihm Gelegenheit genug gegeben hat, sich anders zu verhalten ...« Letitia warf ihrer ältesten Tochter einen bedeutungsvollen Blick zu, und diese zuckte wie unter einem Hieb zusammen.

»Warum hast du mir dann gesagt, dass ihr ein Liebespaar seid, du und Jordan?«, wollte Eve von Lexie wissen.

Lexie antwortete nicht; sie starrte stumm auf den mit Blumen bestreuten Sarg ihres Vaters. Lieber wäre sie gestorben als zuzugeben, dass sie auf Eve eifersüchtig war.

Letitia antwortete an Lexies Stelle. »Weil sie sich manchmal vor Neid nicht beherrschen kann und dann boshaft wird.«

Tief gedemütigt senkte Lexie den Kopf und ging davon.

»Mutter hat Recht«, meinte Celia. »Jordan ist stets ein tadelloser Gentleman gewesen.« Sie überlegte, als habe sie noch mehr zu sagen, und Eve wappnete sich innerlich.

»Seit du wieder in Geraldton bist, Eve, waren Lexie und ich sehr unfreundlich dir gegenüber. Ich kann nicht für Lexie sprechen, aber mir tut es sehr Leid, dass wir dich so behandelt haben. Ich hoffe, du kannst mir verzeihen, und ich wünsche mir von Herzen, dass wir eines Tages Freundinnen werden.«

»Ich möchte nicht deine Freundin werden«, gab Eve zurück, und Celia ließ enttäuscht den Kopf sinken. »Ich möchte, dass wir richtige Schwestern sind«, fuhr Eve fort. »Könntest du dir das vorstellen?«

Ein strahlendes Lächeln legte sich auf Celias Lippen, und ihre Augen füllten sich mit Tränen. »Das wäre wunderschön.« Sie wandte sich um und blickte Lexie nach, wie diese zur Kutsche und zum geduldig wartenden Warren lief.

Eve schaute ihre Mutter an. »Danke, dass du mir die Wahrheit über Jordan gesagt hast«, meinte sie. »Ich wusste nicht, was ich davon halten sollte ...«

Letitia nahm die Hand ihrer Tochter. »Das verstehe ich, Eve. Ich sehe dir an, wie verwirrt du bist – wegen vieler Dinge. Ich habe dir ja schon erzählt, dass Max in Catheline Hale verliebt war. Und ich glaube, er wäre imstande gewesen, Patrick aus Wut oder Eifersucht zu belügen, genau wie Alexandra es bei dir getan hat.«

Eve wusste, dass es so war.

»Wäre Jordan kein Ehrenmann, hätte er auf den Gedanken

kommen können, Lexie oder Celia oder sogar mir den Hof zu machen, nur um sich an Max zu rächen.«

Eve konnte kaum glauben, wie hellsichtig ihre Mutter war.

»Er ist ein sehr gut aussehender Mann, dem nur wenige Frauen widerstehen könnten. Er hätte sein Aussehen als gefährliche Waffe einsetzen können, aber das hat er *nicht* getan.«

Eves schlug das Herz bis zum Hals.

»Stattdessen bot er uns seine Freundschaft an, und mir hat er meine Selbstachtung zurückgegeben. Dafür werde ich ihm ewig dankbar sein.«

Eve verstand ihre Mutter nur allzu gut. Ihr selbst hatte Jordan das Gefühl gegeben, eine begehrenswerte Frau zu sein.

»Und mich hat er so behandelt, als wäre ich etwas Besonderes. Ich kam mir sogar hübsch vor«, meinte Celia. »Das hat bis jetzt noch keiner geschafft.«

»Er hat Charakter«, fuhr Letitia fort. »Die Frau, die einmal sein Herz gewinnt, kann sich glücklich schätzen.«

»Das stimmt«, bekräftigte Celia. »Wenn du auch nur den Hauch einer Chance hast, dein Leben mit ihm zu verbringen, dann kämpf darum, Eve!«

Eve dachte traurig daran, dass sie ihre Chancen wohl verspielt hatte. Sie musste Jordan unbedingt um Verzeihung bitten – doch würde er ihre Entschuldigung annehmen?

Celia schaute ihre Mutter an. »Wir sehen uns drüben bei der Kutsche. Warren ist sicher schon wütend, weil ich ihn mit Lexie allein lasse. Sie schafft es jedes Mal, irgendetwas von sich zu geben, das für Unruhe sorgt.« Sie wandte sich an Eve und fügte lächelnd hinzu: »Ich hoffe, wir sehen uns bald wieder.« Celia war froh, in Eve nun eine richtige Schwester zu finden, und hatte das Gefühl, ihr irgendwann näher zu kommen als Lexie, die so ganz anders war als sie.

»Bis dann, Celia«, sagte Eve.

»Es freut mich so, dass ihr beide euch miteinander anfreundet«, meinte Letitia, während sie Celia nachblickten.

»Celia und Warren wollen immer noch heiraten, nicht wahr?«

»Ja, aber Celia will sich nicht drängen lassen. Übrigens, Eve ... du wirst es nicht glauben, aber Alexandra hat mir gesagt, dass sie nach Melbourne an ein Theater geht.«

Das überraschte Eve nicht. »Sie würde eine sehr gute Schauspielerin abgeben«, meinte sie mit einem Funkeln in den Augen.

Letitia lächelte. »Da hast du Recht. Sie hat genug Übung darin, weiß Gott.«

Eves Miene wurde wieder ernst. »Das bedeutet, dass du nach Celias Heirat allein wärst.«

»Ja. Ich würde gern auf der Plantage bleiben, aber um ehrlich zu sein ... der Gedanke, Willoughby ganz allein zu führen, macht mir Angst. Ich hätte mich zu Max' Lebzeiten besser informieren müssen. Dann wüsste ich wenigstens, was ich jetzt als Erstes tun müsste.«

»Milo Jefferson ist doch noch da.« Es fiel Eve schwer, sich ihre Abneigung gegen Milo nicht allzu deutlich anmerken zu lassen.

»Nicht mehr.«

»Willst du damit sagen, er hat dich im Stich gelassen?«

»Nein. Ich habe ihn heute Morgen hinausgeworfen.«

Eve blickte Letitia überrascht an. »Ich würde sagen, das war ein sehr kluger Anfang.«

»Ich hoffe es. Ich habe auf mein Herz gehört, als ich vielleicht besser den Verstand benutzt hätte. Aber ich will keinen Aufseher haben, der die Arbeiter schlägt, und ich glaube nicht, dass Milo sich noch ändern könnte.«

»Stimmt, Mutter. Elias wird sich freuen, wenn er das erfährt.«

Letitia seufzte. »Ich schäme mich für das, was Milo ihm angetan hat, aber zumindest fühlt er sich in Eden wohl.« Sie senkte traurig den Kopf, und Eve ahnte, dass sie Elias vermisste.

»Er ist nicht wirklich glücklich dort. Sein Herz schlägt für Willoughby, und er macht sich ständig Sorgen um dich.«

Letitia war gerührt. »Er war immer so treu und verlässlich. Kurz bevor der Wirbelsturm losbrach, ist er herübergekommen, um zu sehen, ob ich Hilfe brauchte, aber als Milo dann kam, habe ich Elias nach Eden zurückgeschickt.«

»Warum machst du Elias nicht zu deinem neuen Aufseher? Er würde die Arbeiter gut und gerecht behandeln.«

Letitia blickte sie begeistert an. »Das ist eine großartige Idee! Aber einen Verwalter könnte ich trotzdem brauchen.«

»Du weißt doch, dass Jordan dir jederzeit helfen wird, und ich bin sicher, auch einige andere. Ich werde dich ebenfalls unterstützen, wo ich nur kann.«

»Danke, Eve. Aber ich muss lernen, auf eigenen Füßen zu stehen.«

»Das schaffst du schon, Mutter. Du bist eine starke Frau und musst nur zuerst wieder zu dir selber finden!«

Letitia seufzte. »Ich bedaure sehr, dass wir so viele Jahre verschenkt haben, die wir miteinander hätten verbringen können, Eve. Ich kann nur hoffen, dass es nicht schon zu spät ist. Ich würde alles tun, um an deinem Leben Anteil zu nehmen und dich glücklich zu sehen, das glaubst du mir hoffentlich ...«

Eve und Letita fielen einander in die Arme, und beiden liefen die Tränen über die Wangen.

Eve schlenderte durch die Stadt und richtete ihre Schritte unwillkürlich zum Zeitungsbüro. Nachdem sie sich von ihrer Mutter verabschiedet hatte, war ihr eine glänzende Idee gekommen. Sie wollte einen Artikel über die Verdienste der Frauen schreiben, die mit den ersten Pionieren der Zuckerindustrie nach Babinda und Geraldton gekommen waren. Eve war sicher, dass es über diese Frauen einige sehr interessante Geschichten zu berichten gab.

Je näher sie dem Büro kam, desto besser gefiel ihr die Idee.

Sie hatte vor, ein Interview mit ihrer Mutter an den Anfang des Artikels zu stellen; danach wollte sie mit Ted Hammond über dessen verstorbene Frau Irene und deren Rolle beim Aufbau von Willow Glen sprechen. Als sie die Tür zum Büro der *Gazette* aufstieß, fiel ihr ein, dass ihr sicher auch Dorothy Hammond einiges über das Leben ihrer Schwiegermutter berichten konnte.

Jules und Irwin starrten Eve an. Sie fragte sich, ob irgendetwas nicht stimmte, sagte sich dann aber, dass in der Stadt wahrscheinlich viel über sie geredet wurde. Um zu verhindern, dass die beiden Männer sie ausfragten, begann Eve rasch von ihrer Idee zu erzählen. Während sie Jules begeistert ihren Plan darlegte, schien er ihr kaum zuzuhören, was jedoch nicht ungewöhnlich war.

»Also, was halten Sie davon, Jules?«, fragte sie in Erwartung der unausweichlichen Kritik.

Jules blickte auf. Eve fand, dass er ein wenig verletzlich wirkte, was sie nie zuvor bei ihm erlebt hatte.

»Was hat meine Meinung schon zu bedeuten?«, murmelte er mit finsterer Miene. Jules hatte nicht damit gerechnet, dass es ihm so schwer fallen würde, sich an die neue Situation zu gewöhnen.

Eve starrte zuerst ihn verwirrt an, dann Irwin, der jedoch keine große Hilfe war. Er senkte den Kopf und wühlte in einem Papierstapel.

»Soll ich den Artikel schreiben, Jules?«, fragte Eve.

»Du kannst tun, was du willst!«

Allmählich wurde es Eve zu bunt. »Soll das heißen, Sie erlauben mir zu schreiben, was mir gefällt?«

»Du brauchst meine Erlaubnis nicht mehr.«

»Aber warum denn nicht?«

Jules blickte stirnrunzelnd zu Irwin hinüber. »Du bist der Boss, Eve«, sagte er. »Dir gehört diese Zeitung. Du kannst schreiben, was du willst.«

Eve schaute ihn verdutzt an. »Haben Sie zu viel Sonne abbekommen, Jules? Wie sollte ich denn eine *Zeitung* kaufen?« Dank ihrer Tante und ihres Onkels besaß Eve zwar einen Teil des Geldes, doch sie würde noch einiges mehr brauchen.

Jetzt war die Reihe an Jules, sie verwirrt anzublicken. »Ich habe weder einen Sonnenstich, noch bin ich verrückt geworden. Die *Gazette* gehört dir, und das bedeutet, dass Irwin und ich für dich arbeiten.« Er rutschte unruhig auf seinem Stuhl. »Zumindest für die nächste Zeit.«

Eve schaute Irwin an, der ihr schüchtern zulächelte und sich darauf freute, sie von nun an jeden Tag zu sehen. Eve jedoch deutete sein Lächeln so, dass Jules sie auf den Arm nehmen wollte. »Sehr witzig, Jules. Ich nehme an, jemand hat Ihnen von meinem Ehrgeiz erzählt, eines Tages meine eigene Zeitung zu besitzen. Und jetzt glauben Sie wohl, es wäre mir zu Kopf gestiegen, dass Sie ein paar von meinen Artikeln gedruckt haben. Wollen Sie mich so wieder auf den Boden der Tatsachen zurückholen? Ich weiß, dass meine Ziele sehr hoch gesteckt sind, doch eines Tages werde ich es schaffen – vielleicht eher, als Sie denken.«

Jules griff schweigend in seine Schreibtischschublade und zog einen Kaufvertrag heraus. »Seit heute Morgen um zehn Uhr bist du Besitzerin deiner eigenen Zeitung – der *Gazette*. Die Dokumente werden erst in ein paar Tagen fertig sein, aber das ist nur noch Formsache. Das alles hier«, er machte eine umfassende Geste, die das Büro und die Druckerpresse im hinteren Raum mit einschloss, »gehört jetzt dir!«

Eve starrte auf den Vertrag. Tatsächlich war unter der Bezeichnung »neuer Besitzer« ihr Name eingetragen. Ungläubig blickte sie Jules an.

»Wie ist das möglich?«, brachte sie flüsternd hervor.

»Jordan Hale hat mir ein Angebot gemacht, das ich nicht ablehnen konnte.« Jules stieg das Blut in die Wangen. »Ich hatte schon länger daran gedacht, mich zur Ruhe zu setzen«, erklärte er mit einem Seitenblick auf Irwin. Der wusste, dass es noch vor kurzem geheißen hatte, Jules sei verschuldet. »Wenn auch vielleicht nicht so schnell.« Er schien sich bei dem Gedanken, demnächst zwar schuldenfrei, aber dafür arbeitslos zu sein, nicht recht wohl zu fühlen.

Eves Gedanken überschlugen sich. »Will Jordan einen neuen Herausgeber einstellen?«

»Nein. Die Herausgeberin bist du, Eve. Du sollst alle Entscheidungen treffen, was die Zeitung angeht. Jordan hat ganz klar gesagt, dass er mit dem Betrieb nichts zu tun haben will.« Jules beobachtete Eve, als sie sich auf einen Stuhl sinken ließ. »Du hast das Zeug dazu, Eve. Das Büro zu führen, mag mühsam sein, aber du hast echtes Talent zum Schreiben.«

Eve starrte ihn immer noch ungläubig an, und Jules wurde verlegen. Es überraschte ihn, dass sie nichts von der Sache gewusst hatte, hielt die Gelegenheit jedoch für günstig, einige Dinge klarzustellen. »Eve, ich weiß, dass ich gehen muss – aber könnte Irwin vielleicht bleiben? Du wirst mit der Druckerpresse Hilfe brauchen, und Irwin ist sehr geschickt in solchen Dingen. Er muss zwar noch viel lernen, aber er ist sehr fleißig.«

Eve sah Jules verwundert an, während seine Worte in ihr Bewusstsein drangen. Also hatte er doch ein weiches Herz! »Natürlich.« Sie stand auf. »Ich möchte, dass keiner von euch beiden geht. Was weiß ich schon darüber, wie man eine Zeitung herausgibt?«

Jules' bis dahin düstere Züge hellten sich auf. »Danke, Eve! Um ehrlich zu sein, wüsste ich auch gar nicht, was ich im Ruhestand mit meiner freien Zeit anfangen sollte. Ich bin in diesem Geschäft, seit ich ungefähr in Irwins Alter war. Die Auflage der *Gazette* hat sich in letzter Zeit erhöht – auch wegen deiner Artikel, Eve. Deshalb glaube ich, kann die Zeitung uns alle drei ernähren.« Plötzlich stellte er verlegen fest, dass er vor Erleichterung redselig geworden war, und tat so, als vertiefe er sich in einen Text, den er von seinem Schreibtisch genommen hatte.

Eve ging wie benommen zur Tür. Als ihre Hand schon am Türknauf lag, drehte sie sich noch einmal um, blickte auf das Büro und konnte nicht begreifen, dass dies alles jetzt ihr gehörte. Sie wusste nicht, wie sie sich fühlen sollte: dankbar, verlegen, überwältigt oder zornig darüber, dass sie nicht gefragt worden war. Schließlich stieß sie die Tür auf und trat ins Freie.

Sie hörte Jules noch sagen: »Wir sehen uns dann morgen Früh«, als sie leise die Tür hinter sich ins Schloss zog.

Eve hatte sich soeben zu Fuß auf den Weg nach Eden gemacht, als Ryan O'Connor sie mit dem Einspänner überholte. »Wohin wollen Sie, Eve?«, fragte er.

»Nach Eden.«

»Aber Sie wollten doch hoffentlich nicht den ganzen Weg dorthin laufen.«

Eve schaute ihn verwirrt an. »Ich hatte gar nicht darüber nachgedacht.« Sie war in Gedanken mit Jordan beschäftigt gewesen und damit, was sie zu ihm sagen würde.

Ryan fand, dass Eve ein wenig seltsam wirkte. »Kommen Sie, steigen Sie auf!« Er streckte die Hand aus, um ihr auf den Bock zu helfen. »Wir haben Sie vermisst«, meinte er, als sie es sich bequem gemacht hatte. Dann nahm er die Zügel auf, und der Wagen fuhr an.

Auch Eve hatte die Bewohner Edens vermisst – schmerzlicher, als sie es je für möglich gehalten hätte. Sie waren ihr so lieb geworden wie eine Familie, auch Ting yan und ihre Brüder.

»Geht es allen gut?«, erkundigte sie sich.

»Eigentlich nicht. Jordan geht es nicht besonders.«

Eve blickte ihn ängstlich an. »Hat er sich verletzt?«

»Nein, aber er ist nicht mehr derselbe, seit Sie fort sind.«

Eve verzichtete auf einen Kommentar. Sie durfte es Jordan

nicht verübeln, wenn er ihr nicht verzeihen konnte, dass sie so schlecht über ihn gedacht hatte. Das wäre zu viel verlangt, und das wusste sie. Andererseits fragte sie sich noch immer, wie ein Mensch damit drohen konnte, aus Rache alle Frauen einer Familie zu verführen. Allein der Vorsatz war schändlich und unmoralisch. Eve wusste längst, dass sie ihr Herz an Jordan verloren hatte, doch derselbe Instinkt, der sie bisher hatte überleben lassen, ließ sie jetzt an seinen guten Absichten zweifeln.

»Ich weiß nicht, warum Sie fortgegangen sind, Eve«, meinte Ryan, »aber ich kenne Jordan inzwischen ziemlich gut. Er gehört zu der Hand voll ehrenhafter Männer, denen ich in meinem Leben begegnet bin.«

Eve schaute ihn an, und Ryan sah die Zweifel in ihren Augen.

»Ich weiß, dass er freundlich und großzügig ist, Ryan. Aber er ist auch nur ein Mensch, genau wie ...« Eve konnte nicht weitersprechen, ohne Max zu erwähnen – und das war nicht möglich, ohne dessen Andenken zu beschmutzen. Trotz der vielen Fehler, die Max gehabt hatte, erschien es Eve nicht fair.

Ryan jedoch kannte solche Bedenken nicht. »Man soll nicht schlecht über Tote reden, Eve, aber nach allem, was ich gehört und gesehen habe, hat Max Courtland viel Geld für seine üblen Machenschaften ausgegeben. Der Himmel weiß, dass ich kein Heiliger bin, und ob ich nun Geld habe oder nicht, macht mich nicht zu einem anderen Menschen. Aber nur ein sehr aufrechter Mensch widersteht der Versuchung, sein Geld zu missbrauchen. Jordan ist ein solcher Mann. Gewiss wird er öfter in Versuchung geraten sein. Doch am Ende trifft er immer die richtige Entscheidung, und das allein zählt.«

Eve bedachte Ryan mit einem Blick, als hätte er soeben für sie ein geheimnisvolles Rätsel gelöst. »Wissen Sie, Ryan, ich glaube, Sie haben Recht. In Versuchung zu geraten, macht jemanden nicht gleich zu einem schlechten Menschen. Es hängt allein von der Entscheidung ab, die man trifft.« Mit glücklichem Lächeln hakte sie sich bei ihm unter.

Ryan verstand zwar nicht recht, was Eve so glücklich machte, doch er war froh, sie wieder lächeln zu sehen.

»Gaby, wo ist Jordan?«, fragte Eve. Gaby richtete sich vom Waschtrog auf, in dem sie bis zu den Ellbogen in Seifenschaum gesteckt hatte.

»Eve!« Gaby war fassungslos, als wäre ihr soeben ein Geist erschienen. Sie blickte kurz auf die Wäsche; dann wandte sie sich ganz um und blieb vor dem Trog stehen. »Es ist schön, dich wiederzusehen!«

Eve fragte sich, warum sie so schuldbewusst wirkte und was sie zu verbergen suchte.

»Ich hoffe, du bist zurückgekommen, um zu bleiben«, fuhr Gaby fort. »Ohne dich ist es hier nicht mehr wie früher.«

Eve fühlte sich sehr seltsam. Sie wusste nicht, wie Jordan darüber dachte. Schließlich hatte sie ihm nicht allzu viel Vertrauen entgegengebracht, und das musste ihn sehr verletzt haben. »Ich muss mit Jordan reden. Weißt du, wo er ist?«

»Ja. Er ging am Fluss spazieren, als ich ihn das letzte Mal sah«, erwiderte Gaby.

Eve drückte Gabys Arm und hatte vor Rührung einen Kloß in der Kehle. Gleich darauf ging sie zum Fluss hinunter. Weiter vorn, in der Nähe ihres Lieblingsplatzes, sah sie Jordan, doch es war noch jemand bei ihm. Die beiden Männer wandten ihr den Rücken zu und standen am Ufer, in ein Gespräch vertieft. Eve sah, wie sie einen Händedruck tauschten, als wären sie in irgendeiner Sache zu einer Einigung gelangt. Einen Augenblick fürchtete Eve, Jordan könnte Eden verkauft haben, und ihr Herz wurde schwer.

Sie ging auf die beiden Männer zu und stellte fest, dass sowohl Jordan als auch sein Begleiter weiße Hemden, dunkle

Hosen und Stiefel trugen. Sie waren ungefähr gleich groß und hatten beide dunkles Haar. Als spürten sie ihre Anwesenheit, wandten sich beide gleichzeitig um. In Jordans Blick leuchtete es auf, als er Eve erkannte; der andere Mann jedoch blickte sie mit einem Ausdruck an, der nicht zu deuten war.

Eve blieb abrupt stehen, als sie noch ungefähr zehn Meter von ihnen entfernt war. Fieberhaft überlegte sie, was sie Jordan sagen sollte.

»Eve!«, stieß er hervor, offensichtlich verlegen. Er eilte ihr entgegen, doch sie wandte den Blick nicht von dem anderen Mann, der älter war als Jordan. Auch er kam jetzt auf sie zu und blieb dicht vor ihr stehen. Eve sah eine Narbe, die sich von der Stirn bis zur Unterlippe über sein Gesicht zog, und er hinkte leicht. Irgendetwas an ihm kam ihr vertraut vor.

»Eve«, sagte Jordan bewegt, »ich hatte nicht mit dir gerechnet, aber es ist wundervoll, dich zu sehen ...«

»Bist du sicher?«

»O ja. Wie kannst du daran zweifeln?«

»Ich muss dich um Verzeihung bitten. Ich weiß nicht, wie ich glauben konnte, du würdest ...«

»Du hattest jedes Recht der Welt, wütend zu sein, Eve. Ich hätte Max niemals sagen dürfen, was ich ihm gesagt habe. Ich bin voller Rachegedanken nach Eden zurückgekehrt, bin aber schnell wieder zur Vernunft gekommen. Letitia, Celia und Lexie ... ich hatte sie als Max' Anhängsel betrachtet, aber das war verkehrt. Du hast sehr viel dazu beigetragen, meine Sicht der Dinge zurechtzurücken, besonders was Eden betrifft. Und du hast sehr viel Freude in mein Leben gebracht.«

»Jordan, ich ...«

»Stimmt etwas nicht?«

»Ich komme gerade von der *Gazette*.«

»Oh. Dann weißt du also schon ...?« Er erkannte sofort, dass sie nicht so begeistert war, wie er gehofft hatte.

»Ja. Und ich kann nicht zulassen, dass du die Zeitung für mich kaufst. Es ist typisch für deine Großzügigkeit, aber ich brauche meine Unabhängigkeit ...«

»Ich wollte dir doch nur zeigen, Eve, wie sehr ich dich liebe! Es macht mich froh, dich glücklich zu sehen. Bitte, nimm mir diese Freude nicht.«

»Die vielen kleinen Dinge, die du für mich getan hast, genügen mir, Jordan. Es ist immer mein Traum gewesen, meine eigene Zeitung zu kaufen. Kannst du das verstehen?«

Jordan nickte zögernd, doch Eve sah, dass ihre Worte ihn verletzt hatten, und sie wollte ihm nicht noch einmal wehtun. Mit leisem Lächeln erklärte sie: »Ich habe Geld auf der Bank, aber davon kann ich leider nicht den gesamten Kaufpreis aufbringen. Vielleicht könnten wir beide uns irgendwie einigen ...«

»Wie wäre es mit einer Partnerschaft?«, schlug Jordan hoffnungsvoll vor.

»Ich würde dir das Geld gern in Raten zurückzahlen, wenn du einverstanden bist ...«

Jordan streckte ihr lächelnd die Hand entgegen, und Eve schlug ein. »Abgemacht«, sagte sie.

Dann fiel ihr plötzlich wieder ein, dass sie nicht allein waren, und sie wandte sich zu dem Mann um, der mit Jordan geredet hatte. Er war ein paar Schritte näher herangekommen. Eve erkannte, dass er ein Hemd, eine Hose und Stiefel von Jordan trug, und plötzlich ging ihr auf, was Gaby am Waschtrog getan hatte. Eves Miene spiegelte ihre grenzenlose Überraschung wider, als sie die vertrauten Züge im Gesicht des Fremden entdeckte.

»Eve«, sagte Jordan leise. Er spürte, wie sehr die Erkenntnis sie berührte, und fürchtete, es könnte zu viel für sie sein. Obwohl er sie sanft bei den Schultern nahm und zu sich umdrehte, konnte sie den Blick nicht von dem anderen Mann losreißen. Sie war sicher, ihm nie zuvor begegnet zu sein, doch irgendwie war er ihr seltsam vertraut, und er schaute sie an, als bedeute sie ihm etwas ... sehr viel sogar.

»Eve«, sagte Jordan noch einmal, »ist alles in Ordnung?«

Mit größter Willensanstrengung riss Eve den Blick von dem anderen Mann los. »Ja«, murmelte sie, »aber ich habe das Gefühl ... kennen wir uns?«, stieß sie endlich impulsiv hervor.

Der Mann schluckte schwer und schaute Jordan Hilfe suchend an. Er wusste nicht, was er erwidern sollte.

»Eve«, meinte Jordan, »ich wollte dich überraschen. Das ist Luther Amos, dein Vater.«

Eves Augen wurden groß vor Staunen, und sie öffnete den Mund, um etwas zu sagen, brachte aber kein Wort hervor.

»Hallo, Eve«, meinte Luther mit einer angenehm tiefen Stimme, die vor innerer Bewegung ganz rau klang.

Eve schaute wieder Jordan an. »Du hast also gewusst, dass mein Vater lebt, und hast es mir nie gesagt?«

Jordan schüttelte den Kopf. »Ich habe es vor zwei Tagen erfahren. Elias hörte mich sagen, dass ich wünschte, dein Vater wäre noch am Leben. Er wusste, wo Luther war, also habe ich ihn losgeschickt, um ihn herzuholen. Ich wollte dich überraschen.«

»Du wolltest mich überraschen!« Eve schüttelte ungläubig den Kopf. »Jordan, ich habe gerade herausgefunden, dass ich Besitzerin der *Gazette* bin, und jetzt stelle ich fest, dass du meinen Vater hergebracht hast – ehrlich gesagt glaube ich nicht, dass ich heute noch mehr Überraschungen überstehen würde!« Sie konnte nicht fassen, dass jemand so unglaubliche Dinge tun konnte, nur um ihr eine Freude zu bereiten.

Jordan blickte sie ernst an. »Eve, ich möchte den Rest meines Lebens damit verbringen, dich glücklich zu machen. Ich weiß, dass ich Fehler gemacht habe, aber ich liebe dich von ganzem Herzen.«

Eve liefen die Tränen über die Wangen. Sie fragte sich, womit sie so viel Glück verdient hatte.

»Er hat mich gerade um deine Hand gebeten«, meinte Luther, »also gib ihm bitte keinen Korb.«

Eve wandte sich ihrem Vater zu. »Du hast mich hergegeben, bevor du mich überhaupt kanntest?«

Luther lächelte, und in seinen Augen blitzte es erheitert auf. »Er scheint ein ganz anständiger Bursche zu sein!«

Eve blickte lächelnd in Jordans dunkle Augen. »Er ist mehr als das«, meinte sie. »Stimmt es wirklich, dass du mich heiraten willst?«

»Ja. Willst du mich auch, Eve?«

Eve konnte nicht fassen, dass das Schicksal ihr eine zweite Chance gab. »O ja! Ich wüsste keinen Ort auf der Welt, an dem ich lieber wäre als bei dir. Ich liebe dich, Jordan!«

Jordan stieß erleichtert den Atem aus und schloss Eve in die Arme, und ihre Lippen fanden sich zu einem leidenschaftlichen Kuss.

»Und ich? Werde ich nicht umarmt?«, beschwerte sich Luther.

Lachend löste Eve sich von Jordan und wandte sich ihrem Vater zu, der ein wenig verlegen wirkte. Von den Narben und den wenigen Spuren des Alters abgesehen, sah er nicht viel anders aus als auf der vergilbten Fotografie, die Eve von ihm besaß. Trotzdem konnte sie kaum glauben, dass er jetzt leibhaftig vor ihr stand. Zögernd machte sie ein paar Schritte und sank gleich darauf in seine weit ausgebreiteten Arme.

»Oh, Eve«, murmelte er, »mein schönes Mädchen!«

Eve genoss das Gefühl der Geborgenheit in seinen starken Armen und war erstaunt, dass ihr dieses Gefühl ganz und gar nicht fremd vorkam. Es kam ihr beinahe so vor, als hätte sie Luther schon ihr Leben lang gekannt. »Wir haben einander viel zu erzählen«, flüsterte sie, während ihr Freudentränen über die Wangen liefen.

»O ja. Verzeih mir, aber ich bin immer noch ziemlich durcheinander. Bis vor einer Stunde wusste ich nicht einmal, dass es dich gibt. Ich kann kaum glauben, dass ich eine erwachsene Tochter habe. Es ist wie ein Wunder.«

»Wo du gerade von Wundern sprichst – ich habe dich für tot gehalten. Mutter befürchtete, Milo Jefferson hätte dich umgebracht.«

»Ich war auch mehr tot als lebendig, als zwei geflohene *kanakas* mich zwischen den Felsen am Ufer fanden. Ein oder zwei Stunden später hätten die Krebse mich aufgefressen. Die *kanakas* brachten mich in ein Lager der Aborigines ein Stück nördlich von hier. Ohne deren Heilpflanzen und ihr Wissen darum wäre ich nicht hier, und dann hätte ich nie gewusst, wie schön es ist, eine Tochter zu haben.« Auch Luthers Augen standen voller Tränen.

»Warum bist du nicht früher zurückgekommen?«, wollte Eve wissen und wischte sich die feuchten Wangen ab.

Luther senkte den Kopf mit dem dunklen Haarschopf. »Bitte glaub mir, dass ich deine Mutter sehr geliebt habe, Eve.« Sie sah ihm an, dass er von schrecklichen Erinnerungen gequält wurde. »Ich hatte Angst, Letitia könnte in Schwierigkeiten geraten, wenn ich zurückkäme. Ich liebte sie zu sehr, als dass ich sie in Gefahr bringen wollte. Doch hätte ich gewusst, dass ich eine so schöne Tochter habe, hätte ich sicher einen Weg gefunden, dich zu sehen.«

Eve lächelte, und wieder liefen ihr Tränen über die Wangen. »Erst heute Morgen hat Mutter zu mir gesagt, dass wir die Uhr leider nicht zurückstellen können, sondern vorwärts gehen müssen. Und genau das will ich tun.« Ihr Lächeln hellte sich noch mehr auf. »Mutter wird überglücklich sein, wenn sie erfährt, dass du am Leben bist!«

Jordan und Eve brachten Luther im Einspänner nach Willoughby. Eve strahlte vor Glück, denn sie saß zwischen den beiden wichtigsten Männern in ihrem Leben. Als sie zum Tor gelangten, bat Luther Jordan, anzuhalten.

»Was ist?«, fragte Eve, die befürchtete, ihr Vater habe seine Meinung geändert, was das Wiedersehen mit ihrer Mutter betraf. Sein Bein war an ihres gedrückt, weil sie nebeneinander auf der schmalen Bank saßen, und sie fühlte, wie er zitterte. Mehr als zwei Jahrzehnte waren vergangen, und Eve konnte seine Ängste verstehen.

»Ich habe darüber nachgedacht, was du vorhin gesagt hast ... über Letitias Bemerkung, dass man die Uhr nicht zurückdrehen kann. Was ist, wenn sie nichts mehr für mich empfindet? Es ist schon sehr lange her.«

Eve schüttelte den Kopf. »Du brauchst dir darüber keine Sorgen zu machen. Als sie mir von dir erzählte, habe ich die Liebe in ihren Augen gesehen. Ich konnte sie sogar spüren, so intensiv war die Empfindung. Diese Art von Liebe stirbt nie.«

Luther wirkte erleichtert. »Ich habe mir diesen Augenblick seit zwanzig Jahren immer wieder vorgestellt. Natürlich wusste ich nicht, dass du bei mir sein würdest, aber ich habe mich gesehen, wie ich die Auffahrt hinaufgehe und wie deine Mutter auf die Veranda kommt. Ich erinnere mich noch ganz genau an sie. Sie war so voller Schönheit, innerlich und äußerlich ...« Vor Rührung versagte ihm die Stimme, und Eves Augen füllten sich mit Tränen.

Luther drückte ihre Hand. »Ich würde gern allein gehen. Es macht dir doch nichts aus?«

»Natürlich nicht.«

Er seufzte. »Ich habe so lange auf diesen Tag gewartet, Eve, und jetzt kann ich kaum glauben, dass er endlich da ist.« Plötzlich hatte er solche Angst, dass er sich nicht bewegen konnte.

Eve sah, wie er die Narben in seinem Gesicht berührte, und verstand, dass er auch deswegen unsicher war. Sie wusste, dass auch ihre Mutter Narben besaß, auch wenn man sie nicht sah.

Als Eve schließlich aufblickte, sah sie Letitia auf die Veranda kommen. Sie bot ein sehr einsames Bild.

Aber das, dachte Eve voller Freude, wird sich bald ändern.

»Da ist sie«, flüsterte sie. Luther hob den Blick. In seinen Augen stand ein verdächtiger Glanz. Er seufzte tief und legte eine Hand auf die Brust, in der sein Herz heftig pochte.

Er drückte Eve einen Kuss auf die Wange und stieg vom Wagen. Er versuchte zu lächeln, doch es wollte ihm nicht recht gelingen. So viele verlorene Jahre ... Er wandte sich um und machte sich auf den Weg die Auffahrt entlang.

Eve griff nach Jordans Hand. Er legte ihr einen Arm um die Schulter, fühlte, wie sie zitterte, und verstand, was dieser Augenblick für sie bedeutete.

Als Luther sich ihrer Mutter näherte, sah Eve, wie Letitia mit einer Hand nach dem Geländer griff und die andere vor den Mund legte. Dann eilte sie die Verandatreppe hinunter. Auch Luther schritt schneller aus. Und dann lagen sie einander in den Armen.

Jordan hielt Eve ganz fest, während sie sich an ihn schmiegte und vor Glück weinte.

»Lass uns nach Hause fahren, Jordan«, sagte sie dann und wischte sich die Tränen ab. »Nach Eden.«